O Sabor do Mel

Da Autora:

O Segundo Silêncio

A Ultima Dança

Você Acredita em Destino?

Honra Acima de Tudo

Trilogia
Amores Possíveis

Estranhos no Paraíso

O Sabor do Mel

Sonho de uma Vida

Eileen Goudge

O Sabor do Mel

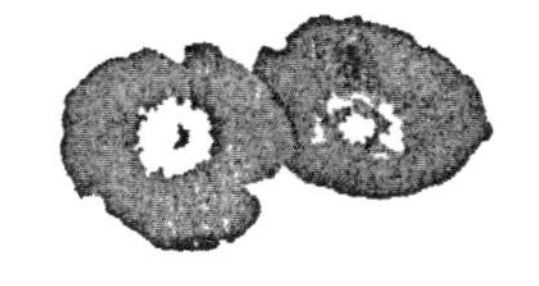

Trilogia
Amores Possíveis

Volume 2

Tradução
Ana Beatriz Manier

BERTRAND BRASIL

Título original: *Taste of Honey*

Capa: Silvana Mattievich
Foto da autora: Sandy Kenyon
Foto de capa: AFP/GETTY Images

Editoração: DFL

Texto revisado segundo o novo
Acordo Ortográfico da Língua Portuguesa

2010
Impresso no Brasil
Printed in Brazil

CIP-Brasil. Catalogação na fonte
Sindicato Nacional dos Editores de Livros – RJ

G725s Goudge, Eileen
O sabor do mel/Eileen Goudge; tradução Ana Beatriz Manier. – Rio de Janeiro: Bertrand Brasil, 2010.
476p. – (Trilogia Amores possíveis; v. 2)

Tradução de: Taste of honey
Sequência de: Estranhos no paraíso
Continua com: Sonho de uma vida
ISBN 978-85-286-1427-5

1. Adultos adotados – Ficção. 2. Romance americano. I. Manier, Ana Beatriz. II. Título. III. Série.

CDD – 813
10-1373 CDU – 821.111(73)-3

EDITORA BERTRAND BRASIL LTDA.
Rua Argentina, 171 — 2º andar — São Cristóvão
20921-380 — Rio de Janeiro — RJ
Tel.: (0xx21) 2585-2070 — Fax: (0xx21) 2585-2087

Atendimento e venda direta ao leitor:
mdireto@record.com.br ou (21) 2585-2002

Para meus afilhados, Jason e Ethan Lazar,
que servem de lembrete constante
de que a família se apresenta em vários tamanhos e formas.

No lugar dos costumeiros agradecimentos — todos vocês que merecem meu muito obrigada sabem quem são —, eu gostaria de aproveitar a oportunidade para falar de um episódio chocante que ocorreu durante a preparação deste livro: o 11 de Setembro. Eu estava subindo para o meu escritório no segundo andar, quando a notícia chegou. Junto com milhões de outras pessoas mundo afora, assisti horrorizada ao momento em que as torres gêmeas desabaram. Morar em Nova York tornou esse incidente ainda mais doloroso. Nos dias que se seguiram eu não conseguia sair de casa sem me deparar com fotos de todas aquelas pessoas queridas, desaparecidas, e sofrer diante da certeza quase absoluta de que elas não seriam encontradas vivas.

Tive mais sorte do que a grande maioria, pois eu podia voltar todos os dias para a segurança da minha cidade fictícia, Carson Springs, onde o destino de meus personagens não era controlado por terroristas, nem mesmo pelas ações de Deus. Era eu quem movimentava as peças no tabuleiro de xadrez, uma sensação de poder que também se apoderou de minha vida cotidiana, poupando-me das piores ansiedades que nos flagelavam como nação. Um lembrete de que, no final das contas, somos todos os capitães da nossa alma, se não do nosso destino.

Por fim, eu gostaria de fazer uma homenagem a todos que se foram naquele dia fatídico. São eles os verdadeiros heróis e heroínas. Os meus heróis existem apenas no papel, enquanto a lembrança dos que foram assassinados continua a habitar a mente e o coração de seus familiares e amigos.

Filho meu, saboreia o mel, porque é saudável,
e o favo, porque é doce ao teu paladar.
Então sabes que assim é a sabedoria para a tua alma;
se a achares, haverá bom futuro,
e não será frustrada a tua esperança.

— PROVÉRBIOS 24:13-14

Convento de Nossa Senhora de Wayside, 1973

Gerry Fitzgerald, parada em frente ao altar com seu hábito cinza-escuro e véu branco, fixou o olhar nos quadros de tecido estendidos sobre o assoalho gasto a seus pés. Eles quase pareciam flutuar como tapetes mágicos: o tecido branco, símbolo do mundo material ao qual estava renunciando; o negro, símbolo de sua jornada pelas trevas até chegar a Cristo. Dentro de poucos minutos ela se tornaria freira professa, os anos de instrução rigorosa e questionamento constante ficariam para trás. No entanto, enquanto estava ali com as companheiras noviças, ela sentiu um medo profundo e repentino. Seu coração começou a acelerar, e cada respiração a absorver o peso úmido do calor de agosto que se assentava pela capela como um pote recém-fervido fazendo pressão sobre seus pulmões — madre Jerome fora firme em sua recusa a instalar um sistema de ar-condicionado.

Ela levou uma mão trêmula ao véu que logo trocaria por outro, o véu negro das freiras professas, enquanto sua mente voltava à primeira entrevista no convento. *Isso será um teste, minha cara,* a velha madre superiora a advertira com gentileza, *não da sua força e coragem, que você já provou ter mais do que o suficiente* — e, nesse momento, ela sorrira —, *mas da qualidade da sua fé, que é o teste mais difícil.*

Na época, faltava pouco para ela completar dezoito anos, e os nove meses seguintes que cumprira como postulante haviam sido repletos de lembretes frequentes: caminhar sem levantar muito os calcanhares; manter as mãos cruzadas para que elas, nas palavras da irmã Eunice, não adejassem como dois pássaros; e, o mais difícil de tudo, manter controle sobre os olhos. Havia aprendido a travar a língua e a conter sua risada espontânea. Mais dois anos como noviça a haviam ensinado a ter uma paciência de Jó. Havia aprendido a deixar que as respostas viessem naturalmente, em vez de ficar à procura delas, e a dar sem pedir ou esperar nada em troca.

Não havia também se humilhado diante Dele, rezando até os joelhos ficarem constantemente doloridos? Levantado antes do nascer do sol, sete dias por semana, para os ofícios da manhã? Trabalhado duro sem reclamar, esfregando o chão e as latrinas, arrancando mato, trabalhando no apiário sob o risco de ser picada? Havia até mesmo suportado em silêncio (salvo alguns resmungos sussurrados) as críticas de irmã Eunice, a assistente de língua afiada da madre superiora. Tudo o que faltava agora era professar os votos perpétuos. Por que então seu coração batia assim? O que era aquele gosto parecido com o de moedas antigas que sentia no fundo da língua?

Ela observou Ann Marie Lozano, à sua direita, abaixar-se sobre o tecido negro, o rosto virado para baixo, os braços esticados ao lado do corpo. De cabelos escuros, batizada com o nome de Ann Marie e recémnomeada irmã Paul, sofrera desesperadamente com saudades de casa naquele primeiro ano e ainda hoje chorava com frequência durante o sono. Enquanto permanecia imóvel, um tecido branco foi colocado à sua frente, uma mortalha simbolizando o fim do mundo material. Ao observá-la professar seus votos, Gerry ouviu apenas uma série de piados abafados que pareciam imitar os das andorinhas que faziam ninhos no telhado de barro logo acima. Ela deu uma olhada por cima do ombro para a família de Ann Marie, que quase preenchia a segunda fileira de bancos — a mãe, o pai e os seis irmãos e irmãs, todos pequenos e morenos como ela, com olhos que pareciam ocupar metade do rosto. Estavam todos radiantes enquanto o padre Gallagher e madre Jerome recitavam suas bênçãos.

Depois de Ann Marie, o corpo são e forte de Peggy Rourke foi a prova crucial de devoção estendida no pano. A vocação de Peggy era motivo de inveja a qualquer menina de treze anos: a Santa Virgem Maria havia aparecido para ela com um manto azul reluzente e um buquê de rosas brancas. O fato de essa aparição ter ocorrido nos dias que se seguiram à morte de sua mãe a tornou ainda mais venerável. Por onde quer que passasse, Peggy parecia levar consigo um perfume sutil, mas penetrante, de rosas. No entanto, não passara despercebido para Gerry o fato de que, naquela sua humilde insistência de ser sempre a última da fila, de receber a porção menor de comida e tomar para si as tarefas mais pesadas, Peggy, simplesmente, conseguia atrair mais atenção para si mesma.

Sob o tecido branco que a cobria da cabeça aos pés, Gerry pôde vê-la tremendo. Por mais estranho que pudesse parecer, aquilo a tranquilizou. Se Peggy Rourke, a Bernadete de Lurdes do convento, ficava nervosa, então quem era ela para questionar a própria fé?

Não são apenas os nervos, e você sabe disso, outra voz mais ameaçadora sussurrou em sua mente. Uma voz que falava a verdade, pois seu estômago estava em plena atividade, não por causa do nervosismo, mas por conta de uma agitação que mais parecia um enxame ruidoso de abelhas.

Gerry ergueu os olhos para o retábulo esculpido acima do tabernáculo, em cujo centro, aplicado de forma artesanal em tons minerais e sumo de cacto por algum artista há muito esquecido, ficava uma pintura de Jesus crucificado, o coração à mostra como um medalhão em seu peito. Quando era pequena, lia equivocadamente *coração sangrado*, em vez de *coração sagrado*, até o dia em que, em seu primeiro ano de catecismo, irmã Alice a corrigiu na frente de toda a classe levando as colegas a sufocarem o riso. Ainda assim, aquilo lhe parecia apropriado de alguma forma. Como Jesus *não* teria sentido seu coração sangrar? Ele fora humano, afinal de contas, um homem com angústias e medos. Um homem que talvez tivesse até mesmo cedido a eventuais tentações...

Gerry sentiu-se tonta e apoiou-se sobre pernas que foram ficando bambas assim que o assunto que renegara a uma parte recôndita de sua mente veio à tona com força total. *Você é uma mentirosa e uma hipócrita*, censurou-a aquela voz cruel. *E ainda tem coragem de estar aqui, fingindo-se digna dos votos que está prestes a professar.*

Não que a mãe e o irmão não tivessem tentado avisá-la. Mavis, que não derramara uma lágrima sequer durante o funeral do marido, cinco anos antes, chorara quando a filha informou que entraria para o convento. Até mesmo Sam, sua melhor amiga, o fizera. Sam, que raramente elevava a voz, gritara com ela dizendo-lhe que se sentiria como um cavalo de corrida puxando um arado. Como de costume, Gerry não as ouvira, assim como não ouvira nem a si própria quando uma voz interior confirmara o que todos diziam. Ela sabia que dúvidas como aquelas eram comuns. No entanto, como ignorar o *chamado*?

Mas algo acontecera ao longo do caminho: ela havia pecado. Não os tipos de pecado que eram cochichados no confessionário — dúvidas e pequenos deslizes, uma palavra dita fora de hora —, mas outro, tão sério e pesado que ela não contara a ninguém. Nem mesmo à querida e generosa irmã Agnes. Pois a mestra das noviças teria se sentido na obrigação de levar o assunto à apreciação de madre Jerome, que teria mandado chamá-la imediatamente ao seu gabinete.

Isso ainda não é tudo, ela teria sido forçada a lhe dizer. *Há mais coisa.*

Mas a falta de uma menstruação não significava, necessariamente, algo mais sério, não é mesmo? Não era a primeira vez que ficava um mês sem menstruar, o que, provavelmente, se devia ao fato de não estar comendo o suficiente para manter um saco em pé, como diria sua mãe. Irmã Agnes não lhe dissera que o jejum poderia interromper o ciclo e até mesmo provocar enjoo?

Mas e se aquilo fosse algo mais? Algo que ela não ousaria contar nem para si? Gerry sentiu que aquele sentimento começava a criar forma, um medo obscuro num cantinho de sua mente, e foi varrida por uma sensação de frio que soprou sobre ela como um vento nórdico. Ela se sentiu tonta e inspirou devagar, repetidas vezes, até que a tontura atordoante cedeu e ela pôde confiar novamente nas pernas. Em seu coração, onde uma vez sentira o fervor do amor divino, havia apenas um vazio. Como Ele poderia amá-la diante do que ela havia feito?

Mesmo com a cabeça baixa, ela teve plena consciência dos olhos de padre Gallagher virados para ela. Mas, quando finalmente ousou encará-lo, o olhar do padre transpassou-a como se ela fosse invisível. Uma flecha gelada atravessou seu coração. O que havia por trás daqueles olhos? Olhos desprovidos de malícia e tão azuis quanto o ensolarado Mar da Galileia retratado no vitral que ficava acima do tabernáculo. Houve uma época em que ela acreditara que padre Gallagher — Jim — estava o mais próximo de Deus que era possível para um mortal. Mas agora sabia que ele caminhava sobre a Terra como qualquer outro homem: com pés de barro.

Se ele conduzia, eu seguia de boa vontade.

Não podia responsabilizá-lo. Fora sua própria fraqueza que a fizera tropeçar no caminho. E agora ali estava ela, pondo um pé na frente do outro, simplesmente por ser a única coisa que podia pensar em fazer.

Gerry relanceou pelo canto dos olhos para sua mestra. Irmã Agnes estava sentada na primeira fileira de bancos à sua direita, ladeada por madre Jerome e irmã Eunice cara de cavalo: uma mulher gorducha, com cara de bolinho de padaria, a quem aprendera a amar como mãe e que lhe ensinara tudo, desde entoar o ofício divino até cobrir os canteiros com palha e preparar um ensopado de carne e legumes. Irmã Agnes voltou o olhar para Gerry e sorriu encorajadora, as faces rosadas brilhando e os olhos azuis reluzindo com uma afeição que atingia até mesmo a frieza de seu coração.

Eu devia ter confiado nela. Irmã Agnes nunca julgava, apenas corrigia com gentileza. Ela via Deus em tudo, até mesmo na mais modesta de Suas criações: nas abelhas levando o pólen para as colmeias, numa fruta perfeita ou até nas mais simples das flores que, para ela, se equiparavam aos lírios do campo. *Ela teria entendido.* E, como uma janela iluminada, a teria guiado pela escuridão.

Mas ninguém podia ajudá-la agora. As últimas semanas haviam sido um tipo de semivigília na qual ela flutuara como se num sonho, sonho do qual acabara de acordar, como se tivesse levado um tapa violento. Agora, o momento do ajuste de contas estava próximo. Depois que professasse seus votos permanentes, não haveria retorno, nem mais tempo para pensar melhor. Não era apenas o fato de estar vivendo uma mentira, mas o de que não haveria mais — *Deus me perdoe* — a excitação, o prazer furtivo que encontrara na cama de Jim. Nunca mais sentiria aquele calor delicioso entre as pernas, que se intensificava gradativamente até se sentir consumida por ele.

Gerry observou com crescente terror quando removeram o manto que cobria Peggy e ela se pôs graciosamente de pé, um tanto oscilante, o rosto como um camafeu rosa pálido emoldurado por touca e véu engomados. Peggy, que preferia ter a cabeça cortada a abrir as pernas para um homem. Assim que padre Gallagher aproximou-se dela, Gerry permitiu-se dar uma olhada, uma só, como um gole roubado de vinho: o mero vislumbre de seus cabelos negros caindo como uma vírgula por cima da testa alva, o nariz pequeno e reto, o lábio superior bem definido formando um arco acima do inferior, mais cheio. Suas vestes brancas e douradas tremeluziram como joias sob a luz que entrava pelos vitrais, assim que ele dirigiu seu olhar beneficente para Peggy, antes de se virar para a madre Jerome.

— Reverenda madre — disse ele, com voz solene —, a senhora aceita a irmã Bernadette — fez um gesto de cabeça para Peggy — como membro de sua congregação pelo resto de sua vida religiosa?

Madre Jerome, tão velha quanto o breviário que segurava em uma das mãos, as páginas se desfazendo de tão gastas, esforçou-se para ficar de pé. Apesar de pequena e corcunda por causa de artrite, ela andava com uma graça conquistada ao longo dos anos como seguidora das regras da congregação. Numa voz estridente que de alguma forma ecoou até as vigas do telhado, ela respondeu:

— Aceito, padre, e com a graça de Deus ela permanecerá fiel aos seus votos durante todos os dias de sua vida. Que seu espírito seja um só com o de Cristo, unida a ele por toda a eternidade.

Padre Gallagher voltou seu olhar solene para Peggy. Não se haviam passado apenas seis anos desde que fora transferido para aquela paróquia, recém-saído do seminário? Sua postura era de alguém muito mais velho e sábio, como se ocupasse um plano superior ao daqueles à sua volta. Como podia estar ali com a aparência de que nada havia acontecido? Como se as coisas que haviam feito juntos no escuro do quarto dele não tivessem passado de um sonho febril. Ao se lembrar, Gerry sentiu o sangue lhe subindo pelas faces, fazendo-as latejar.

— E a senhora, irmã Bernadette, jura obediência, castidade e pobreza perante Deus pelo resto dos seus dias? — continuou ele.

Jim, ele disse para chamá-lo de Jim. Como se o nome sussurrado na intimidade, no escuro de seu quarto, fosse uma entidade separada do padre conhecido lá fora como padre Gallagher. Um homem que deixava de existir fora daquele espaço estreito de sua cama e, assim, não tinha qualquer responsabilidade pelo que acontecia lá. Havia momentos em que ela mesma se perguntava se não havia imaginado tudo aquilo. Apenas a culpa que lhe cravava seus dentes afiados dizia-lhe que aquilo fora real, culpa que ela ficara sozinha para suportar.

A recém-ungida irmã Bernadette, antes conhecida como Peggy Rourke, levantou os olhos azuis e inocentes para ele.

— Juro — respondeu com a voz carregada de emoção.

Madre Jerome caminhou com dificuldade e inclinou-se para o lado, para retirar o véu de Peggy, permitindo o vislumbre de seus cachos ruivos da cor de geleia de laranja — cabelos que, a partir de então, seriam cortados oito vezes ao ano, somente nos dias santos — antes de ajustar o véu negro de freira professa em sua cabeça. Quando a madre superiora a presenteou com uma cruz lisa de prata presa a um cordão preto e forte, Peggy a colocou em torno do pescoço com se fosse a mais bela das joias.

Gerry captou o brilho de felicidade em seus olhos assim que ela voltou para o banco, onde se ajoelhou e baixou a cabeça em oração.

Agora era a sua vez.

Gerry pôde sentir todos os olhos na capela virados para ela. Madre Jerome e todas as irmãs. Ann Marie, Peggy e suas respectivas famílias. Ela olhou por cima do ombro para a mãe, sentada com as costas eretas num banco várias fileiras atrás, os cabelos espessos que uma vez haviam brilhado como moedas novas, saltando das fivelas feito um emaranhado de fios enferrujados. Mavis, que gritara que não havia enterrado um marido para perder uma filha, mas que acabara aceitando sua decisão. Ao lado dela estava Kevin, o irmão de catorze anos de Gerry, que devia ter crescido pelo menos uns dez centímetros desde a última vez em que o vira. Ele parecia à beira das lágrimas.

O que eles achariam se soubessem?

Seus joelhos ameaçaram falhar. Ah, meu Deus. Estava condenada, não apenas ao inferno, mas também a sempre reviver aquelas lembranças: o hálito dele contra o seu pescoço, o roçar de seus lábios contra sua pele nua. Todos os dias, durante as orações da manhã e da noite, e enquanto entoava o ofício divino, quando deveria sentir-se preenchida pelo Espírito Santo, ela se via transbordando de pensamentos sobre Jim. Sua pele pálida e macia qual mármore. Suas mãos delicadas, seus toques tímidos que lhe deixavam sem ar. A sensação de tê-lo dentro dela, o leve arquejo que ele soltou como se pego de surpresa.

Ajude-me, Senhor.

Dizem que Deus se encontra nos detalhes e, no final, foi isso o que fez tudo piorar e clamar por premência. Diante daquela sensação, que parecia preencher toda a capela até as vigas do telhado, de que todos ali presentes prendiam a respiração, ela ouviu o resmungo da velha irmã Helena soltando gases. Gerry não precisou olhar à sua volta para ver as pessoas torcendo o nariz e apertando os lábios numa tentativa de conter o riso. De repente, a resposta para seu dilema ficou clara: ela não tinha mais controle sobre seu destino do que a pobre irmã Helena sobre seus intestinos. Por mais que se esforçasse, por mais que rezasse, seu destino estava selado. Ela não tinha outra escolha a não ser segui-lo.

Com um grito estrangulado, Gerry deu as costas e saiu correndo. Os bancos de carvalho de ambos os lados tornaram-se ceráceos, formando um borrão de velas acesas com uma fila de rostos perplexos. Ela avistou sua melhor amiga, Sam, com um vestido tubinho verde e sem mangas, os olhos grandes e esverdeados parecendo esboçar certo alívio.

Então um fogo pareceu envolvê-la, incinerando tudo em sua esteira, uma onda de calor que queimou seus pulmões, deixando-a sedenta de ar. Ela tropeçou e quase caiu. As portas duplas que davam para o vestíbulo surgiram à vista. O que a esperava por trás daquelas portas? Que tipo de vida teria? Pois não seria apenas ela. Haveria o...

O bebê.

O reconhecimento surgiu do nada, como um passarinho batendo de cabeça numa vidraça: estava grávida. De dois meses pelo menos. No fundo, não soubera o tempo todo?

Num pânico incontrolável, ela se atirou sobre as portas de carvalho, procurando às cegas pela maçaneta. Somente no dia seguinte percebeu o hematoma que descia como tinta pelo ombro direito até o cotovelo. A única coisa da qual se lembrava naquela manhã clara de agosto, quando saiu em disparada pelo vestíbulo e chegou ofegante ao jardim enclausurado e coberto de hera, com suas estátuas de santos olhando inexpressivamente para ela do meio da folhagem luxuriante, foi que a vida, a vida *dela* — completamente diferente de qualquer outra que tivesse imaginado — estava prestes a começar. E não havia droga nenhuma que pudesse fazer em relação a isso.

Capítulo Um

Dias de hoje

Gerry enfiou a mão no bolso do casaco. O envelope ainda estava ali: dobrado e redobrado, a carta dentro dele cheia de orelhas; seu conteúdo há muito gravado na memória. Nos dois dias que se seguiram à sua chegada pelo correio, ela o carregava por toda parte, mexendo nele da mesma forma compulsiva que certa época fizera com seu rosário. *O nome dela é Claire*. Não um nome que teria escolhido. Para ela, sempre seria Aileen. Aileen Fitzgerald, como sua bisavó de Kenmare.

Uma imagem lhe veio à mente: um rostinho avermelhado surgindo das dobras de uma manta, um tufinho de cabelos castanho-claros. Uma dor antiga ganhou vida e seus ouvidos foram preenchidos por um barulho rápido que, por um momento, excedeu o canto dos processionários. Na calçada abarrotada, sob o brilho tremeluzente de inúmeras velas em movimento, as vozes flutuaram em sua direção como se passando por camadas de algodão: *Noite feliz, noite feliz... ó Senhor, Deus de amor... pobrezinho nasceu em Belém...*

O grupo de pessoas à sua frente avançava devagar: homens e mulheres, todos segurando uma vela acesa, cheios de roupas por causa do frio pouco usual, muitos com bebês no colo ou apoiados sobre o quadril. Ela viu a irmã de Sam, Audrey, com o marido, Grant, e uma lata de bolinhas de chocolate com coco, que todos os anos dava para o reverendo Reardon, enfiada debaixo do braço. E quem poderia deixar de notar Marguerite Moore, com um blazer carmim, deslizando no início da fila como uma barca toda decorada? Ou as velhas gêmeas Miller, Rose e Olive, com casacos idênticos de veludo verde e chapéus *cloche* combinando com a roupa?

Essa era uma tradição que fazia parte das festividades de Natal de Carson Springs desde a época dos primeiros colonizadores espanhóis, a procissão à luz de velas até a Calle de Navidad, que se encerrava com uma missa noturna na Igreja de São Francisco Xavier. Gerry lembrou-se de quando era pequena e caminhava compenetrada ao lado da mãe, quando o que mais queria era estar em casa, onde era quentinho e podia ficar de olho em Papai Noel. Naquela noite, aquilo era a única coisa que podia fazer para deixar de pensar em seus problemas. Ela endireitou a postura e se uniu ao coro com sua voz forte de contralto:

Ó Jesus, Deus da luz... quão afável é Teu coração...

A música conhecida agiu como um tônico, e seus medos pareceram evaporar junto com a fumaça gelada que lhe saía da boca e subia pelo céu noturno. O nó em seu estômago se afrouxou e ela sentiu uma onda renovada de esperança: de que ela e Claire se encontrassem e descobrissem que tinham mais coisas em comum do que o contrário, de que descobrissem uma forma de deixar o passado para trás e seguir adiante, como uma perna quebrada que não se recupera por inteiro, mas ainda tem força para caminhar.

Isso, e dentro de algumas horas, Papai Noel e suas renas vão aterrissar no seu telhado com um saco cheio de presentes. Ela se permitiu um sorrisinho torto. Era Natal, época do ano em que era permitido imaginar fadas açucaradas dançando por toda parte. No dia seguinte, depois que os papéis de presente fossem jogados fora, ela voltaria à realidade, como diria sua filha.

Gerry avistou Andie uns dez metros à frente, tagarelando com um grupo de colegas da escola, seus rostos rosados sob a luz das velas. Ela parecia feliz e relaxada, e Gerry não pôde deixar de se perguntar há quanto tempo ela não se sentia assim em casa. Justin, arrastando os pés ao seu lado, seguiu-lhe o olhar e suspirou:

— Mãe, por que a Andie está com as amigas *dela* e eu não?

Gerry se virou para ele e respondeu com gentileza:

— Porque todos os seus amigos estão com os pais *deles*. E porque — acrescentou de última hora — você estaria deixando a sua pobre mãe sozinha na véspera de Natal.

Justin, sem ver graça em sua resposta, simplesmente a olhou tristonho, seu rosto magro e sardento emoldurado pelo capuz do moletom fazendo-a sentir saudades das vésperas de Natal em que ele era bebê e ela o carregava no colo, todo vestido com uma roupinha de frio, até a Calle de Navidad.

— É que... — A voz de Justin falhou e ele baixou os olhos para os tênis Nike de basquete, dois números a mais do que os do ano anterior. Embora fosse pequeno para sua idade, seus pés pareciam levar uma vida independente.

— Eu sei — disse ela, com doçura.

— Não tem nada a ver com *você*, mãe.

— Eu sei.

— É que seria diferente se o papai estivesse aqui.

— Você sente falta dele, não sente?

Ele lhe lançou um olhar constrangido.

— Mais ou menos... só um pouquinho. — Gerry sabia que aquele era o seu senso de lealdade. Ele devia achar que a estava poupando de alguma forma.

— Encare de outro jeito — disse ela —, pense em todas as coisas legais que *ele* está perdendo.

Uma expressão sombria e decididamente nada infantil passou pelo rosto de seu filho de onze anos.

— Está bem. Como o quê?

— Como passar o Natal com vocês dois, por exemplo, e...

— A neve? — Um dos cantos da boca de Justin se elevou num sorriso maroto.

— Tudo bem, mas uma casa de férias em Tahoe não é exatamente o que o cara que escreveu *Bate o Sino* tinha em mente — disse ela, com um toque de ironia.

O menino ficou em silêncio, suas palavras não ditas suspensas no ar. *Mesmo assim, ele poderia ter nos convidado.* Não que Justin preferisse passar o Natal com Mike e Cindy, mas teria sido legal se tivesse sido consultado. Gerry sabia muito bem como ele se sentia. Não tinha ela mesma passado a maior parte daqueles quinze anos esperando que Mike agisse certo com ela?

— Mãe, cuidado!

Os olhos de Gerry se voltaram para a vela ligeiramente inclinada em sua mão, a cera derretida a meio centímetro dos nós de seus dedos. Ela virou a vela para o outro lado, de forma que a cera escorresse para a calçada.

— Vamos ter um Natal maravilhoso, só nós quatro: você, eu, a Andie e a vovó — disse ela, numa voz que esperava não ter soado muito forçada. — Você vai ver.

A procissão avançava lentamente. Justin deu um passo arrastando os pés, apenas o bico dos tênis se fazia visível por baixo dos jeans que quase chegavam ao chão — jeans que, de tão baixos nos quadris, desafiavam a força da gravidade, ficando os bolsos traseiros quase na altura dos joelhos.

— A vovó vai dormir lá com a gente? — perguntou ele.

— Se não tiver problema para você. — A avó morava a apenas poucos quilômetros dali, perto de Horse Creek, na velha casa vitoriana onde Gerry havia crescido, mas sua visão ficara tão ruim que ela não dirigia mais. Passar a noite na casa da filha a pouparia do trabalho de ter de buscá-la cedo na manhã do dia seguinte. O único senão era que Mavis teria de dormir junto com Justin, pois o seu quarto era o único com duas camas.

— Claro que não. — Ele encolheu os ombros, embora Gerry soubesse que estava satisfeito. — Só o Buster é que não vai gostar.

— Ele não vai morrer se precisar dormir uma noite no chão. — O velho labrador deles estava mais do que mal-acostumado.

— Você devia ter deixado a vovó vir à procissão — disse ele, com um leve tom de censura.

Agora foi a vez de Gerry suspirar. Mavis ainda estava se recuperando de uma crise de pneumonia que quase a deixara só pele e osso, embora ela, naturalmente, alegasse estar bem, insistindo que tinha a força de um touro. Se ainda tivesse carro, teria dirigido até lá por conta própria.

— Está fazendo muito frio — disse ela. — A gente não iria querer vê-la doente de novo.

— Ela odeia se sentir deixada ainda mais de lado.

Da boca dos pequeninos... Talvez *estivesse* sendo protetora demais. Mas alguém tinha de fazer o papel do vilão. Desejava apenas que não precisasse ser sempre ela. Mavis estava aborrecida. A maior parte do tempo, Andie não falava com ela. E Justin... bem, ele ainda seria apenas um garotinho por um bom tempo.

Eles estavam praticamente na faixa de pedestres. À direita, ficava Muir Park, com suas paredes de adobe acima das quais erigiam árvores de copas escuras. Exatamente do outro lado da rua, uma luminária realçava a missão de duzentos anos com seu campanário estriado e fileiras de sinos que repicavam durante as festividades do Natal. No gramado inclinado logo à frente, a procissão diminuíra o ritmo diante do presépio em tamanho natural. Uma mulher estava tirando fotos. Gerry reconheceu a antiga colega de escola, Gayle Warrington, sem dúvida reunindo material para mais um dos folhetos que sempre preparava num esforço incessante de incentivar o turismo de inverno em Carson Springs. Gayle, sempre encarregada de administrar os eventos na escola, e hoje dona de uma agência de turismo de sucesso. Feliz no casamento de mais de trinta anos, com a mãe idosa que via pelo menos uma vez ao dia e dois filhos perfeitos — um deles estudando na escola pré-médica da UCLA e uma filha na faculdade de direito de Colúmbia. Gayle, que mesmo aos vinte anos teria vendido lápis na esquina da antiga missão com a Juarez, em vez de abandonar o próprio filho.

— Mãe? — Justin olhava para ela daquela forma: como se a lembrasse de que ele era velho demais para algumas coisas e jovem demais para outras. — Tudo bem se a gente precisar fingir que Papai Noel existe. Isso se, você sabe... a vovó se esquecer que eu sei que ele não existe.

Os olhos de Gerry comicharam de repente e ela fez o possível para não pegar a mão do filho. O que ele diria se soubesse que tinha outra irmã? Qual seria a reação de *Andie*? Seus filhos ficariam confusos, talvez até magoados. Gostariam de saber por que ela guardara segredo por tanto tempo. Acima de tudo, gostariam de saber por que abandonara a filha, sangue do seu sangue. E o que ela poderia lhes dizer? Que desculpa lhes daria?

Eu era outra pessoa naquela época. Tinha medo de tudo. Quase três anos dentro de um convento mal a tinham preparado para tomar conta de si, que dirá de um bebê! Mesmo assim, como poderia esperar que eles entendessem?

Naquele momento, ela avistou Sam logo adiante, de mãos dadas com Ian. Seus olhares se cruzaram e Gerry acenou, aproximando-se dos dois. De casaco vermelho e gorro de tricô, Sam, com seis meses e duas semanas de gravidez, fez Gerry se lembrar das jovens gestantes que via no parquinho, empurrando os filhos mais velhos no balanço. De nada importava que ela tivesse quarenta e oito anos, exatamente a sua idade, e duas filhas adultas grandinhas o bastante para serem mães. Ao se aproximar, Gerry percebeu que a vela que Sam carregava estava dentro de uma luminária entalhada. Ela sorriu. Aquilo não era exatamente a cara da amiga? Na escola, enquanto as colegas usavam gargantilhas de miçangas e deixavam o cabelo crescer até a cintura, ela mantinha os cabelos curtos e se interessava por macramê.

Sam a cumprimentou com um beijo no rosto.

— Sentimos sua falta no Café Casa da Árvore — comentou ela. Todos os anos a procissão saía de lá, com seus integrantes comendo biscoitos de gengibre e tomando sidra quente.

— Não consegui encontrar vaga para estacionar — contou-lhe Gerry. A verdade é que, quando finalmente conseguira reunir Andie e Justin, já era tarde demais. Sam teria entendido, com certeza, mas essas explicações sempre deixavam Gerry se sentindo um pouco inadequada. Ela se virou para Ian, que, talvez por conta da ocasião, usava um brinco de cruzinha em uma das orelhas. — E aí, papai? Como estão indo as coisas?

Ele lhe abriu um sorriso que, sem dúvida, havia deixado mulheres mais fortes do que Sam de joelhos. Ele tinha trinta e um anos, era quase quinze anos mais novo do que a esposa e, para completar, enteado da filha mais nova. Gerry gostava de implicar com Sam, dizendo que ela passara de revistas como *Pais & Filhos* para as de fofoca num pulo só. Uma coisa era verdade: tudo mudara depois que conhecera Ian.

— A Sam está ótima — disse ele. — Eu é que ando uma pilha de nervos.

— Lembre-se de que eu já tenho prática. — Sam enfiou o braço no dele e sorriu de forma tranquilizadora. — É como andar de bicicleta. Você nunca esquece.

Gerry chegou a abrir a boca para lembrá-la de que fazia mais de um quarto de século que ela havia andado nessa bicicleta, mas com a mesma velocidade a fechou. Com exceção do casaco que mal fechava, Sam estava esbelta como sempre e com a mesma energia. Mulheres com metade de sua idade estariam loucas para pôr fim àquela angústia enquanto ela estava enfrentando a situação com bravura. Tudo o que Gerry disse foi:

— Apenas lhe dê uma tira de couro para morder que ela ficará bem.

Ian puxou Sam para perto de si. A cabeça dela se encaixou com perfeição sob o seu queixo e ele sorriu.

— Estou contando com você para assumir o meu papel — disse ele. Seu rabo de cavalo louro e charmosamente encaracolado saía por baixo do gorro de tricô azul-escuro que usava puxado por cima das orelhas.

— Ele está com medo de desmaiar — disse Sam, com uma risada. — Eu disse a ele que essas coisas só acontecem nos filmes.

— O que ela disse mesmo — Ian corrigiu-a — é que, se eu dou algum valor à vida, é melhor nem pensar em desmaiar.

— Isso faz mais sentido — retrucou Gerry, rindo também. Sam tinha mania de pôr panos quentes, mas raramente hesitava em falar o que pensava.

— O Ian ficou encarregado de cortar o cordão umbilical — informou Sam, com naturalidade. — A Inez disse que é o que os pais fazem hoje em dia.

As duas amigas se entreolharam: não era assim na época *delas*. Os tempos haviam mesmo mudado. Gerry se lembrou de quando Sam dera à luz Alice; fora preciso praticamente um decreto-lei para que Martin pudesse entrar na sala de parto, onde, se bem se lembrava, *ele* havia desmaiado.

— Que nojo! — Justin fez uma careta.

Ian lhe lançou um olhar sério, de homem para homem.

— Espere só até chegar a sua vez, companheiro. Você vai ver. Eu prefiro lutar com um ciclista todo tatuado e bêbado do que enfrentar uma mulher grávida.

— A voz da sabedoria. — Sam lhe cutucou as costelas com o cotovelo e se afastou assim que a procissão começou a se mover para a rua, falando com a amiga por cima do ombro: — Por que você não passa lá em casa na volta? Fiz aquele meu bolo de café e marzipã. Se vocês não me ajudarem, estarei gorda feito uma porca quando este bebê nascer.

— Boa ideia — respondeu Gerry.

Como Sam conseguia?, perguntou-se. Ter um bebê quando a maioria das mulheres na sua idade estava planejando formaturas e casamentos dos filhos. Ela se lembrava daqueles dias exaustivos em que vivia tropeçando pelos cantos da casa, num transe causado por noites insones, uma fralda sobre o ombro que mais servia para esconder a mancha da babada anterior do que para se proteger de outras. Noites em que ficava andando de um lado para outro, tentando em vão acalmar um bebê chorando. Não, não trocaria de lugar com a amiga nem em um milhão de anos.

Ainda assim... quando ficava perto de Sam, sentia o arrependimento batendo como um coraçãozinho debaixo de camadas de desculpas esfarrapadas e racionalizações protetoras. Via a amiga levar a mão à barriga, estampando aquele sorriso secreto partilhado pelas mulheres grávidas mundo afora, e se pegava cheia de lembranças de sua primeira gravidez, o encanto daqueles primeiros movimentos. Conforme a barriga de Sam crescia, crescia também o desejo de Gerry, há muito posto de lado — ou assim acreditava ela —, de estar mais uma vez com a filha mais velha.

Três semanas antes, contratara um investigador particular. Não esperara ouvir uma resposta tão cedo. Na verdade, praticamente não esperara por notícias, o que, em alguns aspectos, teria sido um alívio. Quando a resposta *chegou*, seu choque teve o efeito de um tornado num monte de feno. Sob seu exterior tranquilo, ela girava como milhares de partículas aceleradas, motivo pelo qual não contara a ninguém, nem mesmo a Sam. Primeiro, precisava pôr a cabeça no lugar, decidir o que fazer.

A imagem lhe veio mais uma vez à mente: olhos azuis brilhantes espiando por cima das dobras de uma manta, um tufinho macio de cabelos. Gerry experimentou um sentimento profundo de pesar. Aquela menininha fora embora para sempre. Nunca mais a pegaria no colo; sua única esperança era conhecer a mulher na qual seu bebê havia se transformado. Enfiou a mão no bolso e, mais uma vez, remexeu no envelope, imaginando o endereço caprichosamente impresso na base do papel de carta dentro dele: *Claire Brewster, 457 Seacrest Drive, Miramonte*. Fora isso o que a incomodara mais, o fato de que, durante todo esse tempo, ela estivera tão perto, meio dia de viagem pela costa. Lembrou-se do fim de semana, seis anos atrás, no qual ela e Mike haviam passado naquela cidade costeira sem graça, passeando pelo porto com sua fileira de lojas cafonas para turistas, onde haviam se aquecido com tigelas de caldo de peixe e espiado pelas janelas embaçadas para ver o preparo de balas de caramelo. E pensar que poderia ter passado por Claire sem ter se dado conta.

As canções natalinas chegaram ao fim. Todos estavam subindo as escadas sobre um aclive íngreme que levava à missão iluminada num esplendor teatral, no alto do morro relvado que dava vista para o parque. Outra luminária, menor, estava voltada para o presépio arrumado com esmero entre bicos-de-papagaio — dúzias e mais dúzias, em todas as cores, desde rosa-claro a vermelho-sangue — que davam a ilusão de uma ilha tropical habitada por Jesus, Maria, José e os três Reis Magos. Ela se lembrou de uma véspera de Natal, alguns anos atrás, quando a manjedoura fora encontrada vazia, a imagem do Menino Jesus substituída por um bebê de verdade: um corpinho com apenas poucas horas de nascido. O mistério não ficara muito tempo sem solução. Em poucas horas a mãe, uma aluna popular da escola Portola High, tomada de remorso, aparecera para reivindicá-lo e, após muita discussão, as autoridades o liberaram sob a custódia dos pais da menina. Na manhã seguinte, dia de Natal, o Menino Jesus reapareceu intacto na manjedoura. Hoje, sempre via Penny Rogers pela cidade com seu garotinho, que parecia feliz e bem cuidado. Gerry sempre fez questão de ser simpática com ela.

Lá dentro, a igreja estava lotada, com lugar apenas para se ficar de pé. Ela logo perdeu Sam e Ian de vista e teve de ficar de olho nos filhos para que não os perdesse também. Andie lançou um último olhar ansioso para os amigos antes de se unir a ela e Justin. Juntos, eles subiram os estreitos lances de escada que levavam à galeria do coral, onde tiveram a sorte de encontrar três lugares, um ao lado do outro.

Gerry preferia a galeria. De lá, tinha vista panorâmica de todo o santuário: as vigas antigas de madeira lavrada à mão e as paredes revestidas escurecidas pelo tempo, os nichos com estátuas de santos de madeira pintada e a alcova cujo acesso se dava por um portão de ferro forjado, onde ficava a pia batismal. Uma paz profunda se instalou sobre ela. Pouco importava que tivesse falhado como freira e até hoje ainda se rebelasse contra a doutrina católica. No abraço reconfortante daquelas paredes antigas, envolvidas em fumaça e incenso, os rituais antigos nunca deixavam de exercer sua magia.

Seu olhar pousou em seu velho amigo, o padre Dan Reardon, resplandecente em sua veste púrpura no altar: um padre com o físico de lavrador e o coração doce de uma criança. Sob o brilho dourado lançado pelos candelabros em ambos os lados do tabernáculo, ele poderia passar por um astro do cinema atraente de um épico bíblico. Não fora Fran O'Brien que uma vez suspirara que era uma tremenda crueldade um homem tão belo quanto Dan estar fora do mercado? Gerry também concordava, embora soubesse que o fluxo constante de atenções femininas que ele recebia surtia tão pouco efeito nele quanto a *Mona Lisa* em um homem cego.

Em sequência a uma performance esplêndida do coral cantando a música *What Child Is This?* acompanhada por Lily Ann Beasley no órgão, todos se levantaram para a oração de abertura, o barulho de pés se arrastando e de páginas virando tão tranquilizante quanto o vento que soprava pelas árvores do lado de fora. Gerry se sentiu confortável com os ritmos familiares de chamada e resposta:

O Senhor esteja convosco.

Ele está no meio de nós.

Corações ao alto.

Nosso coração está em Deus.

Demos graças ao Senhor, nosso Deus.

É nosso dever e nossa salvação.

A primeira leitura foi de Miqueias, profetizando o advento do Messias em Belém. A segunda, dos Hebreus, falava da segunda aliança. Mas foi a leitura do Evangelho de Lucas, com sua referência ao menino Jesus no ventre de Maria, que disse mais a Gerry.

Padre Dan pareceu olhar diretamente para ela, assim que levantou a cabeça do livro de orações sobre o púlpito à sua frente. Mas ela estava imaginando coisas. Como ele poderia tê-la escolhido entre todas aquelas pessoas? Mesmo assim ela tremeu, olhando para Justin e Andie de cada lado seu. Não, não era um desastre total. Afinal de contas, havia criado dois filhos adoráveis.

Esse pensamento em nada adiantou para dispersar a sensação de que havia falhado com seu primeiro bebê. Por que não conseguira fazer o mesmo com Claire? Cuidado dela e a amado? Gerry baixou a cabeça em oração: *Meu bom Deus, se houver uma maneira de consertar esse erro, mostre-me qual.*

Pouco depois, ela e os filhos estavam descendo as escadas para se unirem aos congregantes que se dirigiam ao altar. Ao se pôr de joelhos para comungar, deu-se conta de que meses haviam se passado desde a última vez em que se confessara. De que adiantaria, uma vez que continuaria a cometer os mesmos pecados, repetidas vezes? Suas atividades extracurriculares poderiam desagradar à Igreja, mas, na sua opinião — conquistada a duras penas —, nada havia de errado em dois adultos gozarem de um pouco de companheirismo e satisfação mútua de seus desejos.

A lembrança dos dedos macios de Aubrey brincando com seus braços e pernas nus surgiu espontaneamente para lhe ruborizar as faces. Seu hálito que recendia a cigarro Gauloise. Seu...

Uma fagulha disparou em seu estômago. O presente de Natal que daria para si, pensou, se pudesse dar uma escapada, seria uma ou duas horas com Aubrey na grande cama de carvalho em Isla Verde.

O sermão foi curto e direto. Padre Dan contou a história real de um casal que ganhara milhões na loteria e dera cada centavo para caridade. Mais como um técnico de futebol animando o time do que como um padre lhes reavivando a memória com relação aos deveres cristãos, ele incitou todos os presentes a fazerem como o referido casal e abrirem espaço em seus corações para os que passavam necessidade.

Em seguida, estavam todos aguardando o hino final: Glória. A voz vigorosa de um contralto logo às suas costas fez com que Gerry desse uma olhada de relance por cima do ombro. Ela ficou surpresa ao ver que a voz pertencia a Vivienne Hicks, a bibliotecária medíocre da cidade. Vivienne estava com a cabeça tombada para trás, os tendões sobressaindo em seu pescoço. De onde viera aquele talento? Por que não o notara antes? Era como se seu mundo tivesse sido virado do avesso como um bolso, revelando todos os tipos de coisas que ela nunca percebera antes.

Na saída, Gerry mergulhou os dedos na água-benta e fez o sinal da cruz antes de sair para o frio. No alto do campanário, os sinos repicavam. Ela olhou de relance para Andie e Justin, a respiração quente deles formando uma névoa no ar noturno. Logo eles teriam de saber. Ela teria de encontrar uma forma de lhes contar. Mas, antes, precisava se encontrar com Claire. Só de pensar, Gerry sentiu um puxão por dentro, como se alguém lhe tivesse tracionado um ponto no peito e o deixado apertado.

E se ela não quiser me conhecer?

Quando chegaram ao carro, estacionado no final de El Paseo, Gerry estava gelada até os ossos. Tudo o que queria era se encolher em frente à lareira da casa de Sam, mas não podia nem pensar em perder a visita anual à Árvore do Povo. Nem mesmo os filhos reclamaram quando, após mais ou menos um quilômetro de estrada, ela saiu de Willow e virou para Old River.

A árvore, um cipreste espanhol muito alto que aparecia nos cartões-postais na Drogaria Shickler e, sem dúvida, nos panfletos de Gayle Warrington, ficava cravada no centro de Old River, a uma pequena distância do entroncamento com a Autoestrada 33. Vários anos atrás, quando a estrada estava em construção, o conselho municipal intimara uma reunião de emergência, duas semanas antes do Natal, para decidir o que fazer com ela. O óbvio seria derrubá-la, uma vez que contorná-la significaria abrir passagem pela barragem íngreme em um dos lados ou rebaixar a estrada até a altura do leito do riacho, no outro. No entanto, para os moradores de Carson Springs, suas árvores veneradas eram quase sagradas. A votação fora unânime a favor de deixá-la de pé, e a estrada fora simplesmente alargada para permitir o acesso pelos dois lados. Em homenagem à decisão, e por ser Natal afinal de contas, alguém não identificado pendurara um enfeite nela. Em seguida, outros enfeites começaram a aparecer, até que toda ela ficou coberta. Uma tradição que, décadas depois, ficara tão enraizada quanto a própria árvore.

Eles estacionaram e saíram. A estrada estava deserta. Praticamente centralizada, a Árvore do Povo, decorada com todo requinte, erguia-se altiva, escura e majestosa. Justin precipitou-se pela escada que havia sido colocada ao lado dela e procurou um lugar no qual pudesse colocar seu enfeite: uma bola de isopor cravejada de alfinetes coloridos que ele mesmo havia feito. Depois de pendurada, ele recuou para admirá-la, uma silhueta encapuzada em contraste com o céu estrelado.

— Não é a mesma coisa sem o papai.

Andie pareceu tao melancólica que Gerry se compadeceu.

— Eu sei — disse ela, amaldiçoando silenciosamente o ex-marido.

— Mas não estou chateada. Por causa de Tahoe. Eu não queria ir mesmo.

— Tenho certeza de que ele teria chamado vocês se... — Gerry deixou a frase inacabada. Pelo bem dos filhos, fazia questão de defendê-lo, naquele momento, porém, não conseguia pensar numa única desculpa válida.

— Deixa pra lá — disse Andie, encolhendo os ombros com um movimento exagerado.

— Haverá outras viagens — disse Gerry.

— Não, não haverá. Ela não gosta de mim. — *Ela* queria dizer Cindy.

Gerry estava para começar com aquela ladainha de que a nova esposa de Mike estava se ajustando aos enteados, mas pensou melhor.

— Eu não levaria isso para o lado pessoal. Ela não me passa a impressão de ser do tipo maternal.

Cindy estava claramente mais interessada em gastar o dinheiro de Mike do que passar algum tempo com os filhos dele. Mas não era *ela* o problema. Ele é que andava com a cabeça no mundo da lua.

— Você acha que algum dia eles vão ter filhos? — perguntou Andie, com certa trepidação na voz.

— Duvido. — Cindy ainda era bem jovem, na casa dos trinta e poucos, mas extremamente individualista.

Andie inclinou a cabeça para olhar para Gerry.

— Você e o papai queriam mais filhos?

Parecia que Andie, de alguma forma, tinha lido seus pensamentos. Gerry sentiu o envelope dobrado dentro do bolso arder feito brasa através da lã grossa de seu casaco.

— Chegamos a conversar sobre isso. — Ela manteve a voz tranquila. — Com filhos tão maravilhosos como vocês dois, por que não?

O rosto de Andie era um círculo pálido e ovalado, os cabelos negros e encaracolados mal apareciam na escuridão que os envolvia. Por alguma razão, o divórcio a pegara de jeito, talvez porque, desde pequena, sempre tivesse sido a garotinha do papai.

— Por que não tiveram?

Gerry encolheu os ombros.

— As coisas não estavam muito boas entre nós na época — disse ela. — Acho que nós dois sabíamos que outro bebê teria sido a maneira errada de tentar consertar as coisas.

Andie pareceu pensativa, e Gerry teve uma visão contundente e repentina da mulher que ela se tornaria — linda, forte e destemida. O momento passou e Andie já estava gritando para o irmão:

— Vamos *logo*, Justin! Estou congelando aqui!

Justin gritou de volta:

— Já estou indo! Já estou indo!

Ele estava descendo a escada quando escorregou, deslizando por vários degraus. O coração de Gerry saltou pela boca, mas, antes que pudesse correr para socorrê-lo, ele encontrou apoio para o pé e conseguiu ficar reto de novo, a única perda foi um enfeite que pegou carona na brisa e saiu planando rumo ao leito ressecado do riacho logo abaixo — um anjinho de papel, as asas brilhando fracas nas garras espinhosas da iúca onde aterrissara.

— Mãe, não! — gritou Andie.

Mas Gerry já estava tirando os sapatos e descendo o paredão rochoso. Galhos e pedrinhas afiadas entravam na sola macia de seus pés. Por que estava fazendo isso? Ela não sabia dizer. Quando chegou ao leito do riacho de um branco reluzente sob o céu estrelado, por conta de uma fina camada de gelo, ela viu que a iúca era mais alta do que parecia lá do alto da estrada, o anjinho estava preso em seu galho mais alto. Ela analisou o mato ao longo do paredão, ignorando a voz interior que a advertia da existência de cascavéis e outras pequenas criaturas da noite, até que encontrou um galho solto no comprimento suficiente para liberar o enfeite.

— Mãe, deixa isso pra lá — gritou Andie. Justin fez coro:

— É... não é nada de mais!

Mas ela não podia deixar. Por alguma razão, a ideia daquele anjinho condenado a ficar longe de seus confrades era demais para ela. Ela o sacudiu com o galho, lembrando-se de quando era criança e costumava golpear as *piñatas*, e de como se sentia tola ao dançar descalça sob as estrelas. Após várias tentativas, finalmente conseguiu soltá-lo.

Decorridos alguns momentos, os filhos a observaram em silêncio enquanto ela subia até o topo da escada e a firmava sobre um galho ao lado de um anjo encaroçado feito de limpadores de cachimbo e papel laminado.

— Você não é como as outras mães — observou Justin, conforme iam para a casa de Sam no Toyota Corolla de Gerry com quase duzentos e noventa mil quilômetros rodados e precisando ou passar por uma reforma completa ou ser vendido para o ferro-velho. Sua voz continha um toque de admiração.

— O que ele quer dizer é que você é estranha — disse Andie, facilitando as coisas.

— Vou considerar isso como um elogio. — Gerry sorriu.

Eles sacolejaram pela estrada esburacada e escura, a Árvore do Povo reluzindo fraca no espelho retrovisor como algo mais imaginário do que real. Era véspera de Natal, seus filhos estavam sãos e salvos. O que mais poderia desejar?

Sam havia feito mais do que assar um bolo. Eles chegaram e encontraram pratos de biscoitos caseiros, uma tigela de pipoca com manteiga e chocolate quente numa quantidade suficiente para esquentar as tropas de George Washington no Valley Forge. Sua casinha nas planícies brilhava por dentro e por fora. O fogo ardia na lareira e a árvore de Natal, decorada com enfeites antigos passados de geração em geração de Delarosa, cintilava com dúzias de luzinhas brancas.

— Ou você enlouqueceu ou eu parei no set de filmagem do especial de Natal de Kathie Lee Gifford — brincou Gerry.

— A primeira opção, eu espero — respondeu Sam, com uma risada. Ela havia trocado a roupa com que fora à procissão por uma túnica de veludo verde-musgo que lhe dava uma aparência majestosa quando se movia com seu gingado gracioso e ligeiramente curvado. — Só espero que este bebê chegue antes que eu fique sem projetos. Me prometa uma coisa: se eu começar a fazer tapeçaria, pode mandar me internar.

— Combinado. — Elas apertaram as mãos.

— Por falar em projeto, espere até ver o que o Ian fez no quarto do bebê.

Sam conduziu Gerry pelo corredor, deixando Andie e Justin com Ian, que lhes mostrava um jogo novo no computador. Gerry entrou no quarto do bebê e viu o antigo berço decorado com tecido estampadinho e o trocador de vime branco caprichosamente abastecido de produtos para bebê. Mas foi a parede de frente para o berço que lhe chamou a atenção e a fez ficar sem fala. Estava decorada com um mural elaborado, retratando uma infinidade de personagens de histórias infantis. Ian devia estar trabalhando nele há meses.

Gerry assobiou admirada.

— Você devia cobrar entrada.

— Não seria uma má ideia. Eu bem que gostaria muito de um dinheirinho. — Sam não parecia preocupada. Com o aluguel de Isla Verde e as encomendas de Ian, eles se viravam bem. — Por outro lado, dinheiro não é tudo.

Gerry sentiu uma pontada de inveja. Não tinha a menor vontade de ter um filho temporão, muito menos de se prender a alguém — um casamento havia sido mais do que suficiente —, mas a expressão no rosto de Sam, conforme ela olhava para o trabalho que Ian fazia por amor, a fez pensar em como seria bom ela mesma se sentir daquela forma com relação a alguém. A imagem de Aubrey mais uma vez lhe passou pela cabeça, mas eles eram *amigos* — amigos *íntimos*, tudo bem — e nada jamais surgiria dali.

— Você está coberta de razão. Dois casamentos e um bebê. Eu diria que o teu cálice transborda. — A filha mais nova de Sam, Alice, havia se casado no verão passado... com o pai de Ian. E faltava pouco mais de um mês para o casamento de Laura.

— Ou isso ou tem alguma coisa estranha na água. — Sam deu uma risadinha ao ajustar uma luminária que estava torta. — O que me faz lembrar que a Laura quer saber se você vai levar o Aubrey.

Gerry sentiu-se ficando vermelha.

— E eu aqui achando que estávamos sendo muito discretos.

Sam levantou uma sobrancelha, revirando os olhos verdes.

— Você está brincando? O maestro mais famoso do mundo se muda para essas bandas de cá, para a *minha* casa, pelo amor de Deus! E você acha que metade da cidade não vai saber que você está dormindo com ele?

— Acho que já se cansaram de falar de você e do Ian.

Elas trocaram a mesma risada da época em que eram meninas, quando se preparavam para encontrar os rapazes. Sam, com seus cabelos lisos castanho-avermelhados presos em rolinhos, e Gerry tentando alisar sua juba negra e rebelde com o ferro. As duas tão diferentes quanto a noite e o dia, mas, de alguma forma, muito mais conectadas do que a maioria das irmãs. Ultimamente, Gerry vinha pensando demais naqueles dias.

Ela ficou em silêncio, olhando para o mural. Após um momento, Sam pôs a mão em seu braço.

— Ei, você está bem?

— Tive notícias do Web Horner, outro dia — disse Gerry.

— O detetive particular?

— Como se pudesse haver mais de um cara com esse nome.

— O que ele disse?

— Ele a encontrou. — Nem mesmo falando alto isso lhe parecia real. — O nome dela é Claire Brewster. Ela mora mais para cima, na costa, em Miramonte. — Aquele mesmo sentimento estava de volta: outra vida completamente diferente, que deveria ter sido sua, sendo vivida em dimensões paralelas.

— Ah, Gerry. — O rosto de Sam se iluminou. — Isso é maravilhoso.

— É?

Sam respondeu com firmeza:

— *Sim*. É.

— Então por que estou me sentindo como se estivesse prestes a cometer o segundo maior erro da minha vida?

— Pelo que parece, você ainda não falou com as crianças.

— Nem sequer falei com a Claire.

— Talvez já esteja na hora.

— Já esperei esse tempo todo. O que são mais uns dias? — Ou *semanas*.

A expressão de Sam ficou dura.

— É essa a mesma mulher que obrigou o padre Kinney a parar de beber quando todas as outras pessoas faziam vista grossa?

— É mais fácil quando se sabe que existem bons argumentos.

Gerry correu os olhos pelo quarto, pela cadeira de balanço estofada, feita de carvalho, sobre a qual pendia uma manta delicada de crochê, seus quadrados azuis, rosa e brancos tão pálidos quanto um amanhecer nevoento, e pela luminária sobre a mesa ao lado do berço, com seu trenzinho que dava a volta pela base quando a lâmpada era acesa.

— É engraçado como as coisas quase nunca acontecem do jeito que a gente espera. Seis meses atrás eu não podia me imaginar tendo um bebê... — A voz de Sam estava suave. — Mas agora não consigo me imaginar *não* o tendo. — Ela apertou o braço de Gerry. — Prometa que vai ligar para ela.

— Prometo que vou pensar no assunto.

Gerry deu uma olhada no relógio quando elas voltavam pelo corredor.

— Não podemos ficar. A mamãe está me esperando.

— Vocês acabaram de chegar! Além do mais, você não vai me deixar aqui com toda essa comida.

— Você não me disse que tinha feito comida suficiente para alimentar todo o coro do Tabernáculo Mórmon. — Gerry deixou-se cair no sofá de frente para a lareira. Estava para tomar sua segunda caneca de chocolate quente quando se lembrou de olhar mais uma vez no relógio. Eram nove e meia. Como podia ser tão tarde? Relutante, ela se levantou com esforço. — Vamos lá, pessoal — chamou por Andie e Justin. — É melhor a gente ir. A vovó vai achar que aconteceu alguma coisa.

Sam pegou os casacos deles do armário do hall, jogou um agasalho por cima dos ombros e calçou os sapatos. Foi com eles até o lado de fora e murmurou no ouvido de Gerry, como se lhe estivesse dando um beijo de despedida:

— Não espere demais. Só os tolos e os reis se dão a esse luxo.

* * *

— Ah, que lindo! — Mavis levantou o lenço que havia desembrulhado. — Vai ficar ótimo com o meu terninho azul-marinho. — Ela se inclinou para abraçar Andie, sentada de pernas cruzadas no chão, ao lado do sofá. — Obrigada, minha querida. Você não podia ter escolhido um presente melhor.

Algumas coisas nunca mudavam, pensou Gerry. Mavis tinha murmurado os elogios apropriados para o *seu* presente, um suéter de cashmere cor-de-rosa da Nordstrom, que custara muito mais do que poderia pagar, mas que não a deixara tão entusiasmada quanto agora. Não que sua mãe não a amasse ou se sentisse grata, mas parecia que elas sempre erravam de alguma forma. Como o belo livro de receitas que Mavis lhe dera este ano. Gerry não tinha dúvidas de que ela tivera boas intenções, mas ele servia apenas para lembrá-la de como ela era péssima na cozinha.

Ela tomou um gole do café, uma das poucas coisas que sabia fazer bem. Aquela noção de possibilidade para a qual acordara há apenas algumas horas parecia ter diminuído junto com a pilha de presentes debaixo da árvore.

— É cem por cento seda. Olha aqui, é o que diz na etiqueta. — Andie lhe mostrou.

Mavis pegou os óculos de leitura do cardigã verde e larguinho e se inclinou para espiá-la, seus cabelos, uma vez ruivos, hoje da cor de moedas envelhecidas, encostados nos cachos escuros e brilhantes de Andie.

— É o que diz aqui. — A avó sorriu e endireitou a postura. — Também tenho algo para você. — Ela entregou a Andie uma caixinha tão mal embrulhada que Gerry ficou com pena só de olhar. As mãos da mãe, acometidas de artrite, faziam das mais simples tarefas um esforço hercúleo.

Andie a abriu e soltou um suspiro de encantamento. Aninhado na caixinha, havia um broche de ametista sobre uma filigrana de ouro amarelo — um que Gerry lembrava-se de ver a mãe usando em ocasiões especiais.

— Ah, vovó. É lindo. — Ela ergueu o olhar com uma expressão de insegurança. — Tem certeza?

— Tanta certeza quanto eu tenho de que ele vai ficar mais bonito neste seu pescocinho belo e jovem do que no meu já todo enrugado. — Os olhos de Mavis, azuis como a Baía de Kenmare, onde havia nascido, brilharam com amor. — Foi da minha mãe. Ela era muito bonita quando jovem. Você é a cara dela, sabe disso.

Gerry sempre ouvira dizer que Andie se parecia com *ela*. Quando se tornara a imagem cuspida e escarrada de sua bisavó? Ela observou Andie prender o broche na frente do moletom, pensando em como ele ficaria bonito com a blusa de seda que a filha ganhara de presente de Mike e Cindy, embora não conseguisse parar de desejar que o presente de Mavis não transformasse o seu presente para Andie no mais prosaico de todos: uma roupa da Gap e um vale-presente da Zack's Stacks.

— Adorei. — Andie pôs os braços em torno do pescoço da avó e deu-lhe um beijo estalado na face.

Depois que o último presente foi aberto, Gerry se levantou do sofá massageando as pernas endurecidas. Até aqui tudo bem. Era o segundo Natal deles sem Mike, e o primeiro em que a ausência dele não fora sentida como um dente arrancado. Agora, a única coisa que faltava antes de o peru ir para o forno era telefonar para o seu irmão.

Kevin atendeu no segundo toque.

— Estávamos de saída — disse a ela. — Indo para o *brunch* de todos os Natais na casa do Art e do Thomas.

— Quer que eu ligue mais tarde?

— Claro que não. Você acha que eu vou preferir ficar beliscando brioches e falando sobre as últimas novidades em cortinas e persianas quando posso bater um papo com a minha irmã favorita? — Ele riu e Gerry o imaginou em seu loft em Noe Valley, que havia saído na última edição da *Architectural Digest*. Prestes a se tornar famoso no ramo da culinária, ele ainda era seu irmão sardento com orelhas de abano e cabelos ruivos que não esticavam por nada. — Quais são as novas? A mamãe já está te enlouquecendo?

Gerry cobriu o bocal do telefone com a mão, de forma que Mavis não a ouvisse falar.

— Ela está se comportando feito um anjo.

— Ainda é cedo.

— Ela sente a sua falta. Todos nós sentimos.

— Ei, eu a chamei para passar o Natal com a gente. Até me ofereci para pagar a passagem. — Todos os anos Kevin convidava a mãe, que sempre dava um jeito de usar uma crise de artrite como desculpa para não ir. — Estou começando a achar que ela está com um pouquinho de dificuldade em aceitar que o filhinho querido dela é gay — acrescentou, fingindo um sotaque irlandês. O tom brincalhão de sua voz não chegava a disfarçar um toque de amargura.

— Vá devagar com ela, Kev. Ela está fazendo o melhor que pode. — Por que Gerry sempre se sentia na obrigação de defender a mãe perante Kevin, quando *ele* estava coberto de razão? — Falando da sua digníssima cara-metade, como vai o Darryl?

— Muitíssimo bem. Prestes a fechar mais um supernegócio. — O amante de Kevin trabalhava no ramo de corretagem de imóveis comerciais.

Gerry tinha curiosidade em saber se ele não se importava em não ter filhos. Ele sempre fora amoroso com Andie e Justin, que o adoravam. E, obviamente, não havia mal algum no tio lhes enviar presentes caros no aniversário e no Natal, como a bicicleta motorizada que Justin estreava na entrada de carros neste exato momento.

— Mande meus votos de um feliz Natal para ele. — Kevin e Darryl eram mais felizes do que a maioria dos casais heterossexuais que ela conhecia. — Ah, e obrigada pelo vale-presente. Já vi umas oitocentas coisas que vou querer comprar com ele. — O vale-presente era da Gump's, uma loja cara em San Francisco. Kevin fora atencioso o bastante para enviar um catálogo junto com o vale.

— Quanto ao *seu* presente, você sabe mesmo fazer o coração de um gay bater mais forte.

— Que bom que você gostou. — Gerry tinha encontrado um jogo de taças para martíni dos anos 30, acondicionado em uma caixa de couro envelhecido com forro de cetim, no antiquário de Avery Lewellyn. Ela trazia o nome do irmão impresso em toda a sua extensão. — Escute, é melhor eu desligar — disse ela. — Tenho que pôr o peru para assar.

— Não se esqueça de cobrir o peito com papel-laminado.

— O quê? E arriscar perder a reputação de pior cozinheira do mundo?

Kevin deu uma risada demorada e do fundo do coração.

Ao desligar, os pensamentos de Gerry se voltaram para Claire.

Será que ela está com a família? Ela nada sabia sobre o casal que adotara sua filha, exceto que eles eram católicos, em conformidade com as exigências da agência. Seria justo se intrometer? Uma ligação sua certamente era a última coisa que eles esperavam.

Quando o peru já estava no forno, ela voltou para dar um jeito na sala de estar, onde havia papéis de presente espalhados por todo o tapete como se fossem ervas daninhas. As achas de lenha na lareira já estavam todas queimadas, suas brasas exalando um calor fraco. A árvore, desprovida de seus presentes, parecia estranhamente desolada. Ela olhou de relance para as paredes pintadas de azul-ultramar, para as mesas e cadeiras de pinho. Uma cesta artesanal da Ilha de Nantucket, presente há muito tempo dado por Sam, ficava em cima do console da lareira, e, num canto, ao lado da cadeira de balanço, ficava uma vara de pescar — símbolo do relacionamento de Mike com o filho. Embora ele a tivesse dado para Justin no verão anterior, junto com a promessa de levá-lo para pescar no lago, nada acontecera. Gerry deu uma olhada pela janela para o filho, que ziguezagueava na entrada de carros em sua bicicleta nova. Bustler, que o seguia de perto, latia avidamente. Como não amar uma criança como aquela?

— Vou te ajudar. — Mavis levantou-se do sofá, aparentemente com grande esforço. As duas haviam enchido uma saca de lixo e estavam começando a encher outra quando Mavis fez um pausa e disse: — Estou tendo um Natal maravilhoso. Obrigada, querida.

— Nós adoramos a sua companhia. — Gerry estava sendo sincera.

— Sei que não sou das pessoas mais fáceis — continuou a mãe, determinada, alisando uma mecha de cabelos ruivos que lhe caía sobre a têmpora. — É duro envelhecer. O pior é se sentir tão inútil.

Gerry pôs-se de cócoras para pegar uma tira de papel que estava embaixo do sofá.

— Inútil? Você não para nunca! — Havia jogos de bridge às terças-feiras e encontros no centro para a terceira idade às quartas. Às quintas-feiras pela manhã, havia hidroginástica na piscina do YMCA e, às sextas, seu grupo de costura.

Mavis balançou negativamente a cabeça.

— Não é a mesma coisa.

Gerry sentiu uma onda de preocupação. As faces da mãe andavam mais coradas ultimamente, mas ela ainda estava muito fraca.

— Você já deu uma olhada naquele folheto? — Há meses ela vinha tentando convencer a mãe a vender a casa e se mudar para um daqueles condomínios novos e belos onde ficava a antiga fazenda da família Hensen. Mavis ficaria perto de outras pessoas da sua idade e o hospital ficava a apenas alguns minutos dali.

Mavis balançou a mão, desprezando a ideia.

— Para quê? Não vou a lugar algum.

— Aquela casa velha é muito grande para uma pessoa só — insistiu Gerry. — Isso sem falar que está despencando com você lá dentro. — Aquela discussão era antiga, assunto sobre o qual já haviam falado inúmeras vezes.

— Bem, então quando eu estiver morta e enterrada, você vai poder dar uma boa ajeitada nela e se ressarcir das despesas do funeral. — A mãe abriu um sorriso. Poderia estar despencando junto com a casa, mas ainda tinha todos os dentes e batia bem da bola, tão bem a ponto de, às vezes, superar a filha.

Gerry não pôde deixar de sorrir.

— Você não devia brincar com uma coisa dessas — disse ela.

Mavis sentou-se animada no sofá.

— Por que não? Pessoas morrem o tempo todo. Principalmente as velhas. — Ela inclinou a cabeça, examinando a filha. — Agora, por que você não me conta a *verdade* sobre o que está te afligindo? Você não está com essas olheiras por minha causa.

— Que conversa é essa? Estou ótima. — Gerry olhou à volta. Justin ainda estava lá fora, e Andie conversava ao telefone com Finch. Dava para ouvi-la falando lá do fundo do corredor, comparando as notas que davam para os presentes de Natal. Parecia que Finch havia ganhado um cavalo só para ela, além dos outros dois que Laura e Hector já tinham, e elas não conseguiam falar sobre outro assunto.

— Sei. — Mavis fez pouco-caso de sua resposta. — Tem alguma coisa errada. Não adianta tentar esconder.

Gerry hesitou por um momento, em seguida, sem nada dizer, foi até o armário que ficava no vestíbulo e tirou o envelope dobrado do bolso do casacão de inverno. Voltou e o entregou à mãe.

Mavis pegou os óculos no cardigã e se inclinou para ler a carta, segurando-a tão perto que ela quase roçou em seu nariz. Após o que pareceu uma eternidade, baixou-a até o colo e soltou um longo suspiro.

— Bem, não posso dizer que não pressenti que isso iria acontecer.

— Eu gostaria de ter feito isso anos atrás — Gerry disse com rebeldia.

— Você tinha os seus filhos para se preocupar.

— *Ela* também era minha filha. — Um dragão adormecido voltou à vida no peito de Gerry, adejando dentro dela com asas duras feito couro. — Eu jamais devia tê-la dado para adoção.

— Você não tinha escolha.

— Você não me deu uma! Não podia arcar com outro bebê dentro de casa, não depois de cuidar de duas crianças. — Se Mavis, por conveniência, havia se esquecido, aquilo estava tão vivo na memória de Gerry quanto as imagens em oito milímetros guardadas no sótão da mãe: filmes caseiros que apresentavam um quadro bem mais ensolarado.

Os olhos de Mavis ficaram duros feito aço atrás das lentes grossas dos óculos ligeiramente tortos para o lado.

— Se você a quisesse tanto assim, teria encontrado uma forma de ficar com ela.

Gerry baixou a cabeça, apertando os punhos fechados sobre os olhos. Ela suspirou fundo.

— Você tem razão. — Culpar a mãe era fácil.

Ela levantou o olhar e viu que a mãe a encarava com um sentimento de compaixão.

— Você era muito jovem. Não tinha emprego, nem perspectiva de vida. O que teria feito com um bebê?

— Eu o teria amado. — As palavras surgiram como um murmúrio rouco. Não soubera até então o que sabia agora, que o amor era o único pré-requisito necessário, o resto vinha sozinho.

— Você fez o que achou melhor.

— Como eu podia saber o que era melhor?

— Ninguém nunca sabe, querida. O melhor que podemos fazer é colocar um pé na frente do outro e esperar que tudo dê certo de alguma forma.

Mavis ficou triste em seguida, e Gerry pensou no pai, morrendo um pouco a cada dia, e nos sacrifícios que a mãe deve ter feito — sacrifícios que não poderia nem ter imaginado quando se casara jovem e inexperiente. Gerry só se lembrava do pai como uma pessoa doente, um homem de tez amarelada que ficava horas e horas sentado em frente à TV, vez por outra olhando com algum interesse para a mulher e os filhos. Ele morreu quando Gerry tinha treze anos, no mesmo ano em que ela recebeu o seu chamado.

— Sou maluca por fazer isso? — perguntou.

— Maluca? Não. — Mavis balançou negativamente a cabeça e disse com doçura: — Isso é o que qualquer mãe gostaria de fazer. — Havia certo desejo embutido em sua voz. Afinal de contas, Claire era sua neta.

— Não sou a mãe dela. Abri mão desse direito.

— E quanto à Andie e ao Justin? Você contou para eles?

— Ainda não.

— Eles vão querer saber por que só agora estão ouvindo falar disso.

— O Mike... — Gerry se conteve. Também não podia jogar a culpa no ex-marido. — Eu devia ter contado para eles quando eram pequenos. Só que... bem, não vi razão para isso.

Mavis lhe devolveu a carta, seus dedos se fecharam sobre os da filha, leves como os papéis de seda amassados debaixo da árvore.

— Eles vão entender.

Gerry não tinha tanta certeza assim.

— Eu... eu devia dar uma olhada no peru — disse ela, sentindo uma necessidade repentina de fugir dali.

Na cozinha, o peru estava ficando corado e batatas descascadas flutuavam numa água leitosa numa panela dentro do forno. Ela olhou para os quatro pratos solitários empilhados no canto da bancada, aguardando para serem postos na mesa da sala de jantar, e encostou a cabeça na porta aberta do refrigerador. O que havia de errado com ela? Por que estava sendo tão covarde com relação a esse assunto?

Em seguida, antes que pudesse mudar de ideia, pegou o telefone na parede. Estava tremendo quando digitou o número que aparecia na carta em sua mão.

Ela não vai estar em casa.

E se *estivesse*? O que faria?

O toque do outro lado da linha pareceu durar para sempre, até que ouviu um clique e a secretária eletrônica atendeu. Gerry congelou. Uma voz feminina e agradável atendeu agradecendo a ligação e pediu que deixasse recado. Mas o que diria afinal? *Alô? Você não me conhece, mas sou sua mãe. Olha, sei que já faz um tempo, mas eu estava pensando se não daria para a gente começar de onde parou.*

Ela estava prestes a desligar quando surgiu uma voz:

— Mãe? É você?

Gerry sentiu o coração saindo pela boca. Como Claire podia saber quem era? Ela quase delirou de tão encantada. Mas, antes que pudesse responder, Claire — ela tinha certeza quase absoluta de que era ela — continuou ofegante:

— Eu estava agora mesmo pondo a torta no forno. Chego aí até as cinco, está bem?

Meu Deus. E agora? Gerry fez força para que a sua voz passasse pelas cordas vocais que mais pareciam canos velhos e enferrujados:

— É Claire? Claire Brewster?

Seguiu-se um silêncio do outro lado da linha, então a voz perguntou com cautela:

— Quem é?

Durante um momento de pânico Gerry mal conseguiu respirar. Então seu coração voltou para o lugar e, com uma voz que mal reconheceu como sua, respondeu calmamente:

— É a sua mãe.

Capítulo Dois

— squeça esse negócio de paz na Terra. Eu já ficaria satisfeita em ter paz aqui em casa — disse Claire, com um suspiro.

Byron sorriu.

— Isso não vai acontecer tão cedo.

— Eles estão de briguinha há tanto tempo que isso já se tornou piada: os Montéquio e os Capuleto de Seacrest Drive. Eles pelo menos ainda sabem por que estão brigando?

Era dia de Natal, minutos antes da ligação que iria mudar sua vida, e ela estava aproveitando uma horinha de silêncio a sós com o namorado. A ironia de seus pais serem vizinhos de cerca dos pais de Byron era algo que não passava despercebido a nenhum dos dois.

Byron deu sua risada espontânea e descomplicada. Estava sentado com os ombros caídos, num banco de frente para a bancada da cozinha de Claire, vendo-a esticar a massa para fazer uma torta de maçã.

— A questão é básica: onde um vê branco, o outro vê preto. A única coisa que eles têm em comum é a cerca.

— E nós.

— Bem, nós, pelo menos, estamos fora disso — disse ele, encolhendo os ombros. Byron se recusava a levar o assunto muito a sério.

Claire parou o que estava fazendo para lhe lançar um olhar demorado e investigativo. Observou seus cabelos castanhos e crespos num rabo de cavalo amarrado com elástico, os olhos esverdeados no rosto de traços bem definidos que, na infância, lhe fizeram parecer seguro e um tanto presunçoso (ou arrogante, como a mãe dela se referia a ele na época... e ainda hoje), o que hoje, de fato, acontecera ao caber nas roupas usadas dos primos mais velhos e abonados. Sua camisa de flanela parecia ter saído diretamente da secadora e no lugar de um relógio de pulso ele usava uma pulseirinha de couro trançado. Byron era tudo o que seus pais abominavam, e ela o amava ainda mais por causa disso.

— Razão pela qual — disse ela, sendo irônica — somos forçados a sair às escondidas. — Ela havia passado a manhã abrindo presentes na casa dos pais e, tão logo o peru fora para o forno, aproveitara a desculpa da torta para dar uma fugida. Byron também dera sua escapada, planejando o tempo de forma que chegasse poucos minutos depois dela.

— Quem está se escondendo? Estamos apenas exercendo nossos direitos como adultos independentes. Por falar nisso... — Ele arqueou uma sobrancelha, lançando-lhe um olhar sugestivo.

— Você terá que esperar até a torta ir para o forno — disse a ele, erguendo os braços sujos de farinha até os cotovelos.

— Neste caso, é melhor eu te dar uma mãozinha. — Ele se levantou do banco, deu a volta na bancada e, com todos os seus um metro e oitenta centímetros, pernas compridas e ombros largos, chegou por trás e a abraçou pela cintura. Mordeu-lhe o pescoço e enfiou a mão por baixo do moletom, tomando um dos seios na mão em concha.

— Já que você está com as mãos tão desocupadas — disse ela, esquivando-se de seu braço —, por que não faz alguma coisa útil? — Ela lhe entregou um ralador e apontou para a tigela cheia de maçãs ao lado da pia.

Ele inclinou a cabeça.

— Você fica mesmo excitada com essas coisas, não fica? — O que não era bem uma pergunta.

— É, acho isso bem relaxante — respondeu ela.

— Pratos deliciosos em vez de práticas libidinosas? — brincou ele, em alusão ao seu trabalho como advogada.

Outro assunto delicado: as longas horas que passava no escritório cuidando de transferências imobiliárias, coberturas fiscais e fundos sucessórios, quando poderia estar pesquisando livros de culinária e testando receitas novas. Ela invejava a segurança de Byron. Tudo o que ele sempre quisera fora ser médico. Mesmo após um ano difícil de residência, com ainda dois anos e meio pela frente, ele não havia perdido o ânimo.

— Acredite em mim, não há nada que eu gostaria mais de fazer do que jogar tudo para o alto. — Não lhe dissera a seriedade com que vinha pensando no assunto. Para que despejar tudo aquilo em cima dele agora? Era Natal e ele ficaria só aquele dia na cidade.

— Não pode ser tão ruim assim.

— Não é. — Ela apertou o rolo de massa com força.

— Pelo menos um de nós dois tem dinheiro para pagar as contas.

— Pouco. — Ela ainda estava pagando o crédito educativo.

— Juro que farei isso por você. Quando a gente se casar, vou te deixar ficar descalça e grávida na cozinha. — Byron revirou os olhos esverdeados e ela não pôde deixar de sorrir só de pensar.

— Isso é uma ameaça ou uma promessa?

— Enquanto isso, você se contentaria com um residente faminto e até o pescoço em dívidas?

— O que me faz lembrar de que tenho algo para você. — Ela pôs o rolo de massa de lado e limpou as mãos no avental, antes de dar a volta pelo balcão com acesso lateral e pegar um pacotinho embrulhado para presente na sala de estar.

— Ei, isso não é justo — protestou ele, quando ela lhe entregou o embrulho. — Tínhamos concordado, lembra? Sem presentes este ano. Agora estou com cara de bobo.

— Você não precisa de mim para isso — implicou ela.

Era um telefone celular Nokia, num tom roxo moderno e iridescente, cujas contas seriam pagas por ela, um presente um pouco exagerado para o que ganhava. Após os devidos protestos de Byron com relação ao custo do presente, ela argumentou que aquilo seria apenas por um tempo. "Depois que a gente se casar..." Ultimamente, era assim que todas as frases sobre o futuro pareciam começar. Palavras que passaram a ter tanto significado quanto aquelas ditas pelas crianças: *Quando eu crescer...* No entanto, por mais estranho que pareça, quanto mais perto chegava a hora, mais longe ela parecia.

— Obrigado. — Byron beijou-lhe a ponta do nariz. Seus olhos estavam iluminados da mesma forma como aos dez anos, quando recebera o presente de Natal que seu tio Andrew lhe mandara, um walkie-talkie da Hammacher-Schlemmer. — Pena que não tenho nada para te dar.

— Sempre há o ano que vem.

— Poderíamos dar uma olhada nas alianças — disse ele, esperançoso.

— Ficar noivo por ficar não é a mesma coisa que *ficar noivo* — lembrou-lhe no mesmo tom advocatício com o qual tranquilizava os clientes que a olhavam com reservas por causa de sua aparência jovem (todos sempre lhe diziam que ela estava mais para dezoito do que vinte e oito anos). Eles haviam concordado que um noivado longo não seria nada apropriado, dois anos e meio estaria perto do ridículo. Além do mais, todos sabiam que eles iriam se casar, para que fazer propaganda?

Mais uma vez ele a abraçou, afundou o rosto em seu pescoço e cantarolou numa voz baixa e dissonante:

— Sexo frágil não foge à luta... nem só de cama vive a mulher...

— E não se esqueça disso — ela o interrompeu, entregando-lhe uma maçã para descascar.

A verdade era mais ou menos aquela. Não, ela não fugia à luta, e podia perfeitamente tomar conta de si mesma... mas também não conseguia se lembrar de um só momento em que não contara com Byron.

Lembrava-se do dia, na sétima série, em que teve sua primeira menstruação. Não sabia o que estava acontecendo. A mãe lhe falara sobre o assunto em termos muito vagos, fazendo referência a "quando você se tornar mulher". E na Escola Imaculada Conceição de Maria, a ideia que as irmãs faziam de educação sexual era uma conversa muito breve — mais sobre os perigos da promiscuidade do que qualquer outra coisa — que mais a confundira do que informara. Byron a encontrara encolhida na porta dos fundos, o rosto sobre os joelhos.

— O que houve? — perguntara, abaixando-se ao lado dela.

— Acho que estou morrendo — respondera com a voz rouca.

Byron inclinou a cabeça.

— Por que você está dizendo isso? — Ele nunca se apavorava logo, como faziam os pais dela, razão pela qual não recorrera a eles para lhes contar sobre aquele incidente alarmante.

Ela levantou a cabeça.

— Estou sangrando. — Acrescentou num murmúrio preocupado: — Aqui.

Byron assentiu com a cabeça, considerando-a com seriedade, e somente anos depois foi que ela percebeu o esforço hercúleo que ele deveria ter feito para não rir.

— Você não está morrendo — dissera, com gentileza.

Dissera a ela que se tratava apenas de suas regras, se bem que a palavra que usara fora *menstruação*. Os pais de Byron eram professores universitários (a mãe lecionava estudos feministas e o pai dirigia o departamento de inglês) e todos os três filhos do casal Allendale — Byron, Keats e Shelley — desde tenra idade haviam aprendido todas as funções biológicas e a se referirem a elas pelos nomes apropriados. Nenhum deles jamais dissera *meleca*, mas *muco*. E quando a pequena Shelley, com apenas cinco anos na época, precisava ir ao banheiro, costumava anunciar em voz alta que precisava urinar. Ao explicar para Claire o que estava se passando, Byron o fizera com tanta naturalidade e desenvoltura como se a estivesse ensinando a jogar cartas.

Agora, ao observar uma tira enroscada de casca se soltar da maçã em sua mão, uma maçã verde que em seus dedos compridos e ágeis poderia passar por uma ameixa rainha-cláudia, Claire pensou: *Ele será um bom médico*. Tinha jeito, mas, acima de tudo, tinha o dom de acalmar as pessoas.

Neste exato momento o telefone tocou na sala de estar.

Byron lhe lançou um olhar indagador.

— Quer que eu atenda?

— Não, tudo bem. — Devia ser a mãe querendo saber a que horas esperá-la para jantar. Como se eles estivessem com visitas, como se importasse a hora em que jantariam. Claire imaginou os pais à sua espera, como se a tecla *pausa* tivesse sido acionada e o filme começasse a rolar no momento em que ela chegasse.

A secretária eletrônica atendeu e ela arrancou o fone do gancho. Mas não era Millie. Após um momento de confusão, quando a pessoa se identificou, Claire sentiu-se como se o sangue tivesse sumido de sua cabeça.

Ela lançou um olhar assustado para Byron, que recuou querendo saber se deveria pegar a extensão no quarto. Ela negou com a cabeça. Não, lidaria com aquilo sozinha.

Ao mesmo tempo, sua mente girou em círculos frenéticos. Minha mãe? Minha *mãe*?

A sala estreita, de pé-direito alto, inclinou-se, e ela se segurou na cadeira mais próxima — cadeira que pertencera à avó, seu encosto em forma de harpa com um brilho ameaçador. Do apartamento de baixo vinha o toque enérgico de um piano: Katie Wexler, de nove anos, praticando escalas.

— *É* Claire Brewster? — A mulher foi educada, porém insistente.

— Sim... sim, sou eu. — De repente Claire sentiu-se sem peso, como uma tira de papel pega numa corrente de ar repentina.

Seguiu-se uma respiração pesada, e então:

— Meu nome é Gerry. Gerry Fitzgerald. — Como Claire não respondeu, ela perguntou ansiosa: — Eles te falaram sobre mim, não falaram?

— Disseram apenas que eu era adotada — respondeu Claire, desprovida de emoção.

Um silêncio opressor se estabeleceu. Então Gerry arriscou, cautelosa:

— Eu... eu estava pensando se nós poderíamos nos encontrar qualquer dia desses. Só para tomar um café. Eu poderia ir aí te encontrar. — Ela hesitou e acrescentou: — Tenho certeza de que você tem algumas perguntas.

— Para falar a verdade, nunca pensei muito nesse assunto. — Mentira. Não pensara nisso todos os dias durante os últimos vinte e poucos anos? Ela olhou novamente para Byron, que se aproximou com uma expressão preocupada. Por que estava agindo daquela forma? Acima de tudo, o que aquela mulher *queria*?

— Desculpe. Sei que isso é um choque. — Gerry parecia nervosa. — Você prefere que eu ligue outra hora?

— Prefiro. Não. Quer dizer... é que... — Claire começou a tremer.

— Ou talvez você prefira ligar para mim. Posso te dar o meu número?

— Acho que seria melhor. — Uma calma estranha se apoderou dela, que, como se entorpecida, estendeu a mão para pegar um lápis e anotar o número. Mas devia estar apertando muito a ponta, pois o grafite quebrou de repente e saiu rolando pelo bloco. Claire piscou e endireitou a postura. Seu coração batia rápido demais e a sensação de estar flutuando estava mais forte do que nunca. De repente, ela quis saber tudo o que podia sobre aquela mulher, aquela tal de Gerry Fitzgerald. Dando uma olhada no código de área diferente, comentou com a mesma voz calma: — Você não mora por aqui.

No andar de baixo, as escalas no piano chegaram ao fim, para então recomeçarem em seguida. *Da-da-DEE-da-da-da-DEE-da*. O barulho parecia vir de dentro de sua cabeça.

— Não estou muito longe... logo a leste de Santa Barbara. — Um pouco da tensão sumiu da voz de Gerry. — Uma cidadezinha chamada Carson Springs. Você conhece?

— Já ouvi falar.

— O filme *Estranhos no Paraíso* foi rodado aqui.

— Eu assisti. — Era um dos filmes transmitidos regularmente pelo canal de clássicos.

— Eu adoraria te mostrar a cidade um dia desses.

A sala continuava a girar e se inclinar. Claire sentiu os braços e as pernas moles e percebeu uma veia latejando na têmpora. Atirou-se na cadeira com tanta força que ela rangeu em protesto.

— Eu... eu também gostaria — acabou respondendo.

Gerry se animou ainda mais.

— Que tal depois do Ano-Novo?

— Não sei...

— Não precisa ter pressa. Por que você não pensa direito e depois liga para mim? — O nervosismo voltara à sua voz. Como Claire não respondeu, ela aguardou um momento antes de perguntar com brandura: — Há mais alguma coisa que você gostaria de saber?

Por onde começo? Tinha perguntas suficientes para mantê-las no telefone durante horas a fio... mas, de repente, não podia pensar em uma sequer. Claire penetrou no remoinho que se formara em sua mente e arrancou a primeira pergunta consistente:

— Você tem filhos?

— Um menino e uma menina. A Andie tem quinze anos e o Justin, onze, quase doze.

O orgulho com que Gerry falou fez Claire se retrair por algum motivo.

— Escute, eu... não posso conversar agora. Estou com visitas. — Ela deu mais uma olhada para Byron, a poucos centímetros dela, com uma expressão preocupada.

— Claro. Tudo bem. Eu não queria me intrometer. — Houve um silêncio, então ela acrescentou baixinho: — Feliz Natal.

— Para você também. — Claire olhou para o bloco em sua mão. De alguma forma, havia conseguido anotar o número de Gerry, embora não se lembrasse de tê-lo feito. — Adeus — disse e desligou o telefone.

Ela ficou parada durante um bom tempo, olhando para a parede à sua frente, onde havia várias fotos emolduradas. Havia uma foto dela, aos seis anos, sem o dente da frente, o braço em torno do pescoço de sua collie, Lady, um ano antes de ela morrer. Havia outra dos pais, tirada poucos anos atrás, um de cada lado de um bolo grande com a inscrição Feliz Aniversário em glacê rosa e azul. Ao lado desta, ficava uma foto de casamento muito mais velha, em preto e branco, tendo Millie, jovial, vestida com um terninho claro de corte acinturado e um chapéu tricorne, de braços dados com um marinheiro de cabelos escuros e farda branca, que tinha uma vaga semelhança com seu pai.

— Claire? Você está bem? — A voz de Byron parecia vir de muito longe.

Não soubera sempre que esse dia chegaria? Quando criança, fantasiava que sua mãe verdadeira fora forçada a dá-la para adoção após ser expulsa de casa por pais implacáveis... ou que havia sido o bebê desejado de um casal de amantes proibido de ficar junto e separado por circunstâncias além de seu controle (sua trama predileta era aquela em que seu pai era um agente da CIA capturado no exterior e que levara a mãe a uma busca desesperada por ele). Qualquer que fosse a fantasia, ela sempre acabava do mesmo jeito: com a mãe verdadeira aparecendo do nada para reivindicá-la.

Mas o que acabara de acontecer, de certa forma, fora ainda mais chocante: uma mulher comum perguntando animada se ela gostaria de sair para tomar um café. Uma mulher com outros dois filhos que jamais precisaram passar noites em claro pensando na mãe verdadeira.

Claire se virou para Byron. A batida no piano no andar de baixo felizmente havia chegado ao fim e ela pôde ouvir o arrulho dos pombos no peitoril da janela.

— Era *ela* — disse, numa voz tomada de encantamento.

Byron não precisou perguntar a quem estava se referindo. Desde pequena, ele fora a única pessoa em quem ela podia confiar. Ele a abraçou e balançou gentilmente para um lado e outro.

— Foi o que eu pensei. Você está bem?

— Acho que sim — respondeu com mais convicção do que sentia de fato.

— O que ela queria?

— Que a gente se encontrasse.

Ele recuou um pouco. Seus olhos verdes salpicados de dourado e marrom, como partículas minerais reluzindo no leito de um rio, a analisaram com calma.

— Você vai aceitar, não vai?

— Não sei. — Claire mal conseguia pensar.

— Não está curiosa?

Curiosidade era pouco. Mas...

— Você conhece os meus pais. Isso seria a morte para eles.

Claire tinha cinco anos quando eles lhe contaram que era adotada. Até então, referiam-se ao assunto de forma vaga, dizendo apenas que ela havia sido a resposta às orações deles, a criança que eles jamais imaginaram que teriam. Quando ela lhes perguntou quem era sua mãe, os olhos de Millie se encheram de lágrimas. "Sou *eu*", dissera numa voz trêmula e suave, que continha um leve tom de desafio.

Claire soubera então, mesmo numa idade tão tenra, que o assunto não estava aberto a discussões. Assim eram as coisas na sua casa, todos sempre evitando falar dos sentimentos do outro. Tão cuidadosos quanto eram com relação a bater à porta antes de entrar e dizer por favor e obrigado, eles não sabiam onde as próprias necessidades começavam e onde terminavam as do outro.

Ao mesmo tempo, ela os amava do fundo do coração e sabia que eles a amavam também. Se às vezes a casa em Seacrest lhe parecera o lugar mais solitário da face da Terra, a culpa não era deles. Os pais já estavam com seus quarenta e poucos anos e estabilizados na vida quando ela chegou. Claire fora obrigada a se adaptar a eles, e não o contrário.

— Quando você vai parar de pensar neles e começar a pensar em si mesma? — perguntou Byron.

— Talvez depois que eles estejam mortos e enterrados. — Ela deu uma risadinha.

— Não vejo onde está o problema de você se encontrar com ela.

— Não é tão simples assim.

— Olha, eu sei que eles te amam — disse ele, nesse momento falando exatamente como o pai, quando o dr. Allendale defendia alguma ideia mais do que lógica e, de alguma forma, deixava seu interlocutor se sentindo como se fosse um ratinho. — Mas isso não lhes dá o direito de te terem sempre à disposição deles.

— Eles nunca me pedem nada!

— Nem precisam. Já está subentendido.

Claire correu os olhos pelo apartamento do qual se orgulhava mais do que o normal. A mobília era espartana — a antítese da casa onde havia crescido, em que o excesso de coisas nunca era demais —, sua coleção de garrafas antigas cintilava feito joias alinhadas nos parapeitos sob o sol pálido do inverno que entrava pelas janelas. De onde tirara a ideia de que era independente? Em que paraíso ilusório estava vivendo? Byron, desgraçado, estava certo: a gratidão para com os pais a mantinha tão ligada a eles como se isso fosse uma obrigação.

— Você não pode fazê-los felizes — disse ele. — Assim só vai acabar fazendo a si própria infeliz.

Ela sentiu uma onda de ressentimento. Os pais de Byron também não eram exatamente nenhum modelo. Gaylord e Persa Allendale viviam sempre tão ocupados esforçando-se para que os filhos fossem crianças cultas, educadas e evoluídas que não lhes ocorrera deixar que Byron e os irmãos apenas *fossem crianças*. Se os pais dela, por outro lado, eram superprotetores, isso se dava, principalmente, porque ela era tudo o que eles tinham.

— Não preciso tomar nenhuma decisão agora — disse ela. Mas já não estava decidida? Não poderia ir sem o conhecimento dos pais. E envolvê-los nisso seria desnecessário e cruel.

Byron não discutiu. Apenas a olhou com pesar, como se, de alguma forma, ela o tivesse decepcionado.

Eles terminaram de preparar a torta e passaram para outros assuntos enquanto esperavam que ela assasse: desde os colegas do curso de residência médica na Stanford Medical e o departamento em que ele estava trabalhando no momento — a pediatria, que era dirigida por uma mulher mais velha e autoritária, que ele passara a odiar; para um planejamento sucessório particularmente complicado em que Claire estava trabalhando, que envolvia várias gerações de beneficiários; e por último, mas não menos importante, para as semanas, ou meses, que eles demorariam para se ver de novo.

Quando finalmente pararam para fazer amor, o coração de Claire estava em outro lugar. Ela não conseguia parar de pensar em Gerry. *Será que somos parecidas?* E quanto ao seu pai? Será que Gerry ainda mantinha contato com ele? Será que ele também gostaria de se encontrar com ela?

Quando chegou a hora de ir embora, Byron a acompanhou até o carro dela, um Escort com cinco anos de uso e menos de trinta e dois mil quilômetros rodados (isso já não dizia tudo?). Ela lhe deu um beijo de despedida.

— Ligue para mim — disse ela. — Ele sairia cedo na manhã seguinte, o que faria com que estivesse na estrada na hora em que ela chegasse ao trabalho. Contariam um para o outro as histórias de suas respectivas ceias natalinas, que sempre pareciam engraçadas quando lembradas.

— Como posso dizer não? Sou um homem teúdo e manteúdo. — Ele abriu um sorriso ao empunhar o celular.

Antes de entrar no carro, Claire o observou andar até o dele, um Hyundai azul, velho, com um arranhão na traseira por ter batido acidentalmente nas latas de lixo do pai dela. A torta, embrulhada num pano de prato, logo inundou o espaço confinado com o perfume de canela e maçãs recém-assadas. Ela pensou em parar na casa de Kitty, a meio caminho da casa dos pais, mas a amiga estaria ocupada com a própria ceia. Claire imaginou Maddie, de três anos, em cima de um banquinho, pressionando a massa de biscoitos, enquanto Kitty andava de um lado para outro da cozinha rearrumando a mesa que Sean havia posto. As duas irmãs de Kitty, Daphne e Alex, estariam lá também, junto com suas sobrinhas e sobrinhos. Mas, por mais que eles tivessem insistido em convidá-la, ela se sentiria apenas se intrometendo.

Cinco minutos depois, Claire estava estacionando em frente à casa dos pais. Todas as casas em Seacrest tinham basicamente a mesma aparência: eram quadradas, pós-vitorianas, revestidas por ripas de madeira, com telhados de duas águas e varandas profundas ladeadas por colunas retangulares. O que fazia daquela uma casa diferente era a falta de detalhes, de alguma particularidade que a fizesse se sobressair. A sebe de buxo, caprichosamente aparada, ficava em esquadro com o jardim da frente, onde cresciam somente as plantas mais inofensivas: juníperos, árvore-da-cera, hortênsias e uma ou outra roseira severamente podada. Do outro lado da porta, de onde pendia uma guirlanda de cipreste, a uniformidade era ainda mais declarada. Ali, o tempo era medido em colherinhas de chá, o termostato ficava eternamente ligado na temperatura de 20º C e ninguém tomava café após as onze da manhã. Ao descer do carro e se dirigir à casa dos pais, ela se preparou para o que teria pela frente — a filha adulta de pais adotivos que jamais lhe dirigiram uma palavra dura, nem nunca lhe levantaram a mão —, sentindo-se mais do que ligeiramente culpada por conta de seus pensamentos.

Claire reparou nas persianas baixas, que davam a impressão de um palco escuro, cuja cortina estava prestes a ser erguida. Um sentimento que apenas se intensificou quando a porta da frente se abriu antes mesmo que ela pudesse ter batido, como se a mãe tivesse ficado lá dentro de prontidão.

— Desculpe. Demorei mais do que imaginei — disse Claire entrando na varanda. Pouco havia passado das cinco, mas ela sabia como Millie ficava preocupada quando se atrasava, mesmo que por alguns minutos.

— Você está aqui agora. Isso é o que importa. — Millie estava com seu cardigã azul-claro jogado por cima dos ombros ossudos, como o xale de uma camponesa velha. — O jantar está pronto. Estávamos só te esperando.

Claire lhe entregou a torta.

— Vou lavar as mãos.

A casa recendia a peru assado e cebolas cozidas. Na sala de estar, os papéis de embrulho já haviam sido recolhidos e apenas umas poucas agulhas do pinheiro estavam caídas debaixo da árvore. Claire foi andando a passos silenciosos pelo carpete estampado e felpudo, que a envolvia como a um ovo no ninho. Conforme lavava as mãos no banheiro do quarto de hóspedes no final do corredor, com seu jogo de tapete e capa para vaso num tom de azul forte e toalhas natalinas bordadas com motivos de renas, vozes abafadas chegaram até ela, familiares e reconfortantes.

A mesa do jantar estava posta com o faqueiro e as louças de porcelana cara da vovó Brewster. Millie, filha única também, dava muita atenção para coisas assim, enquanto Lou, o mais jovem dentre cinco irmãos — um deles morrera ainda criança, outro, em combate na Segunda Guerra Mundial —, poderia passar todos os dias de sua vida comendo alegremente em pratos de papel. A louça brilhava como se fosse nova e Claire viu que a parte sobressalente do tampo havia sido acrescida à mesa. Com os três agrupados num canto, ela parecia uma balsa correndo o risco de virar.

Quando baixaram a cabeça em oração, Claire sentiu uma profunda gratidão que pouco tinha a ver com a comida. *Aquela* era a sua família. As pessoas que a amavam. Que sabiam que era alérgica a travesseiros de penas, adorava Mozart, adorava velejar e qualquer coisa feita com coco.

— Alguém quer carne branca?

Ela olhou decepcionada para o prato que o pai estava passando, com lascas de peito ressecado.

— Prefiro a parte rosada, por favor. — Pelo menos não iria se engasgar.

Até ir para a faculdade, Claire preparava a maior parte da comida. Não que a mãe não fosse tão cuidadosa na cozinha quanto era em todos os outros aspectos da vida doméstica. Só que tudo o que ela cozinhava saía exatamente do mesmo jeito: sem graça, sem gosto. Mesmo tendo o próprio apartamento, Claire os visitava várias vezes por semana e sempre ficava para preparar uma refeição. Seus esforços eram sempre muito elogiados, até mesmo os pratos mais experimentais — como o ensopado de quinoa da semana anterior, cujos restos ela descobrira na lixeira naquela manhã, quando levara o lixo para fora —, pela simples razão de que isso os livrava de terem de comer sozinhos.

Ela se serviu de uma coxa, observando o pai encher o prato, homem alto cuja composição carnuda havia cedido quase totalmente à lei da gravidade nos últimos anos. Suas faces haviam se juntado ao queixo, que emendava no declive que era seu peito, terminando no excesso substancial de gordura que lhe caía por cima do cinto. Ela teria que conversar a sério com ele sobre o seu excesso de peso, embora, ironicamente, fosse a mãe, que mal comia o suficiente para manter um passarinho vivo, quem a preocupava mais. Millie não parecia nada bem.

Claire se serviu de um pouco de couve-de-bruxelas.

— Como é a imagem da televisão, pai? — Seu presente para os pais naquele ano fora uma televisão nova em folha, em substituição à velha Zenith.

— Tão nítida quanto se estivéssemos vendo ao vivo — disse ele, dando uma risadinha ao acrescentar: — Agora vou saber qual time está marcando o *touchdown*.

— A televisão antiga ainda estava muito boa — disse Millie bruscamente, então se deteve, lançando um olhar constrangido para Claire. — Não que a gente não tenha gostado, querida. Mas é que preferíamos vê-la gastando o seu dinheiro com você. Temos tudo o que precisamos, não é, Lou? — Ela levantou a tampa de uma caçarola. — Alguém quer molho?

Lou lhe passou o prato.

— Você encontrou lugar para o forninho? — o pai perguntou a Claire.

— Ainda não — respondeu ela. — Vou ter que rearrumar algumas coisas primeiro.

Os pais se entreolharam e ela sabia o que eles estavam pensando. O que teria de rearrumar? Um ano havia se passado e seu apartamento estava tão vazio como quando ela se mudara.

Millie pigarreou e disse, animada:

— Você reparou que o seu pai está usando a gravata nova?

— Ficou bem em você, pai. — Claire comentou por obrigação. Todos os anos, no Natal, seu antigo supervisor distrital mandava para todos os gerentes aposentados da Food King uma gravata mais do que horrorosa, aquela tinha uma estampa chamativa em zigue-zague que remetia à imagem da televisão velha.

— Quarenta e dois anos — disse ele, balançando a cabeça, com uma garfada de purê de batatas a poucos centímetros da boca sorridente. — Há dias em que ainda não consigo acreditar que tudo isso ficou para trás.

— Você e a mamãe deviam fazer uma viagem — insistiu Claire. Há anos tentava convencê-los a fazerem um cruzeiro, como o que a sra. MacAfee, moradora do final da rua, fizera ao Alasca no ano anterior e não parara de falar até então.

— Claro, qualquer dia desses — dissera Lou num tom que sugeria estar tão disposto a viajar quanto a escalar o Monte Everest.

— Andei pensando — disse Millie, animada, como se só agora isso lhe tivesse ocorrido —, por que não alugamos um chalé em Pine Lake no próximo verão? Exatamente como nos velhos tempos?

Claire sentiu o coração ficando pesado. Até mesmo quando criança detestava ficar socada dentro daqueles chalés velhos e cheios de corrente de ar, longe dos amigos, passando as noites jogando gamão com os pais.

— É uma boa ideia, mãe, mas não sei se vou poder dispor desse tempo. Sabe como é... — Ela encolheu os ombros, com a esperança de que a mãe não insistisse no assunto.

— Mais alguma notícia com relação à sociedade? — Lou lhe lançou um olhar que dizia haver entendido e estava fazendo o possível para tirá-la do aperto.

O pensamento de Claire se voltou para a festa de Natal da semana anterior, quando um dos sócios mais velhos da firma lhe chamara num canto para lhe contar que tinha a intenção de convidá-la para ser a nova sócia da empresa. Discutiriam o assunto depois das festas de fim de ano, Glenn lhe falara de uma forma tão expansiva que certamente estava relacionada com os dois uísques duplos que ele já havia tomado. Normalmente ele nem a cumprimentava. Mas, em vez de a notícia ter o efeito esperado, Claire se sentira como se as paredes estivessem se fechando repentinamente à sua volta. Era aquilo o que queria?, perguntara a si mesma. Passar o resto da vida lidando com testamentos, planejamentos sucessórios, disputas entre parentes... e pessoas como Glenn Willoughby?

— Não. — Pegou-se falando agora. — E mesmo se me oferecerem a sociedade, não sei se vou aceitar.

— Será que ouvi bem? — O pai colocou a mão em concha em torno da orelha, sorrindo do jeito que as pessoas fazem quando sabem que você só está brincando.

Claire se preparou para o que viria. Planejara contar a eles, só que não tão rápido. Sequer havia contado para Byron.

— Na verdade, estou pensando em abandonar completamente a profissão.

— Você quer dizer que recebeu uma proposta de outra firma? — Lou parecia intrigado.

— Não exatamente — disse Claire, remexendo num fio solto em seu guardanapo. — A verdade é que... não gosto muito de ser advogada.

Millie olhou incrédula para ela. Seu rosto, redondo e sardento na juventude, parecia agora inchado, como uma massa que fica tempo demais para descansar.

— Você não está falando sério — disse ela.

Você não sabe da missa a metade, pensou Claire. O que a mãe diria se soubesse de Gerry?

— Ainda não me decidi — disse ela, acovardando-se.

O pai deu uma risadinha.

— Por alguns segundos você me enganou.

— Todos esses anos de estudo... Como você pode sequer pensar em jogá-los fora? — A voz de Millie tinha um tom de reprovação. Não era só o tempo e o esforço de Claire. Eles também não haviam tido participação?

Claire sentiu uma onda de revolta. É claro que os pais tinham ajudado a completar a renda que ela recebia em seu emprego de meio expediente no Chá & Chamego. Mas advocacia fora o sonho *deles*, não o dela. Um sonho alimentado, na maior parte, pela inveja. Pois não ficara o irmão mais velho de seu pai, Ernie, um litigante de má-fé que, na sua opinião, não passava de um advogado de porta de cadeia, anos a fio a esfregar seu sucesso no nariz do irmão? No dia em que ela se formou na

Universidade de San Francisco, tio Ernie foi a primeira pessoa para quem seu pai telefonou.

Uma sensação pesada de derrota se apoderou dela. De que adiantava discutir? Sempre fora assim. Na escola, quando teve vontade de se inscrever para a aula de ginástica, os pais lhe disseram que era perigoso demais, que ela poderia quebrar o pescoço. No verão em que ela se formou no ensino médio, quando pedira aos pais para acampar na Europa com os amigos, eles também foram contra. A frase favorita da mãe era: melhor prevenir do que remediar. E prevenidos eles eram... como lagartas dentro de um vidro. Mudar de casa para viver sozinha fora o maior salto que dera, e olhe só como chegara longe...

— O que você faria? — perguntou o pai, dando-lhe corda. — Você teria que se sustentar de alguma forma.

— Não sei. Ainda não pensei a sério sobre o assunto — disse a ele. A verdade é que nenhuma alternativa viável lhe aparecera até então. Se tivesse aparecido, ela já teria abandonado o emprego há meses.

Os pais trocaram um olhar que dizia: *Ela vai cair em si*. Quem, em sã consciência, abriria mão de tudo o que eles haviam lutado tanto para conseguir? E não tinha ela uma vida que todos invejavam? Carreira de sucesso, apartamento próprio, isso sem falar na família amorosa a poucos passos de distância.

Claire sentiu alguma coisa ceder dentro dela. Olhou para o prato, para o molho de mirtilo que havia se misturado ao purê de batatas, dando-lhe uma tonalidade rosa pouco apetitosa, e para o molho de carne que engrossava em cima da coxa de peru.

— A propósito — disse, esforçando-se para conter a emoção na voz —, ligaram para mim esta tarde. Uma mulher chamada Gerry Fitzgerald.

Um silêncio mortal recaiu sobre a mesa. Tudo o que se ouvia era o estalo dos dutos de aquecimento ao longo do rodapé e o leve zumbido do exaustor da cozinha, que Millie se esquecera de desligar.

Por fim, o pai deixou escapar uma respiração irregular.

— Acho que a gente já devia ter esperado por isso.

— Ela quer se encontrar comigo. — Claire sentiu uma onda de remorso. Devia ter ficado de boca fechada. Meu bom Deus, no que estivera *pensando*?

Millie emitiu um som agudo que pouco se assemelhou a uma risada.

— E você acha que isso é *tudo* o que ela quer?

— Como assim? — A cabeça de Claire, de repente pesada demais, virou-se devagar para a mãe.

Millie estava rígida, a mão pressionada contra o peito como se para estancar uma ferida sangrenta.

— Eu sabia — disse ela com um estranho tom de triunfo. — E como sabia. Ela esperou todos esses anos. Esperou até poder cravar as garras em você.

Claire não pôde deixar de rir diante da imagem.

— Do jeito que você está falando, parece que estou prestes a ser devorada.

— Você vai ver — continuou Millie, naquela mesma voz estranha e aguda. — Não vai parar por aí. Ela vai telefonar, escrever e fazer uma visita. E... logo, logo vai querer você toda para ela. — Seus olhos, do azul desbotado dos envelopes de postagem aérea que eram amarrados em fardos, brilharam com lágrimas não vertidas.

— Mãe, isso é ridículo.

— Você está dizendo isso agora, mas espere só.

— A sua mãe tem razão. — Lou não parecia inteiramente convencido; ela sabia que ele estava apenas defendendo a esposa.

— É só para tomar um *café*, pelo amor de Deus! — gritou ela, frustrada.

— Uma mulher que nunca se importou com você — continuou Millie, como se Claire não tivesse falado nada. — Uma mulher sem consideração por mais ninguém a não ser por si mesma. Estava pensando em *nós* quando telefonou? Em *você*? No que isso faria com o *nosso* Natal?

Claire sentiu-se extremamente infeliz.

— Tenho certeza de que ela não viu dessa forma.

— Nós queríamos mais filhos. — A voz de Millie tremeu. — Mas fomos abençoados somente com você. E você tem alguma dúvida de que eu me ajoelhei todos os dias para agradecer a Deus por ter te mandado para nós? E agora essa mulher que te abandonou, como se você fosse um filhote de gato, te quer de *volta*?

— Mãe, você está exagerando. É sério. Não vou a lugar nenhum. — Claire tentou dar um toque mais leve à voz, mas se sentiu mal por dentro.

Ela lançou um olhar desesperado para o pai. Eles ficaram se olhando por um instante e ela viu que ele entendia, que sabia que Millie estava fazendo uma tempestade num copo d'água. Mas simplesmente suspirou e baixou o olhar.

— A comida está esfriando — disse Millie, irritada. O assunto estava encerrado.

De um jeito ou de outro eles conseguiram chegar ao fim da refeição, mas isso somente por conta de muita força de vontade por parte de Claire. Até mesmo a torta de maçã estava descendo com dificuldade. Quando ela finalmente se levantou da mesa, parecia que uma era glacial inteirinha havia se passado.

— Mãe, por que você não descansa e põe os pés para cima? Eu lavo a louça — ofereceu-se.

— Obrigada, querida. Acho que é o que vou fazer. — Millie, mais pálida do que o comum, pôs-se de pé com o que parecia um esforço.

Lou tirou a mesa, enquanto Claire enxaguava a louça. Meia hora mais tarde, a lava-louças estava funcionando e as sobras já estavam guardadas na geladeira. Deixando o pai em frente à TV, onde passava um jogo de futebol, ela saiu pé ante pé pelo corredor para ver como estava a mãe.

Ao ouvir sua batida à porta, Millie gritou baixinho:

— Pode entrar.

Claire a viu esticada na cama, a manta de crochê que costumava ficar na altura dos pés puxada até os ombros. Sob a luz que chegava do corredor, ela parecia pequena e frágil. Claire lembrou-se de uma fala de Júlio César: *Ó pedaço de terra a verter sangue, perdoa o revelar-me humilde e brando...* Não tinha ela esfaqueado a mãe pelas costas da mesma forma que Brutus esfaqueara César?

— Estou de saída — disse ela. — Eu só queria ter certeza de que você está bem.

Os olhos de Millie brilharam sem força na meia-luz.

— Só estou um pouco cansada. Só isso.

— Você devia ter me deixado ajudar a cozinhar — disse ela.

— Você já faz muita coisa.

Claire plantou um beijo no rosto da mãe, liso e seco como madeira lixada.

— Obrigada mais uma vez pelo jantar. — Fez uma pausa e depois acrescentou: — Desculpe se eu te aborreci.

— Não foi *você* que me aborreceu. — O tom de voz de Millie deixou claro em quem ela jogava a culpa. Mas Claire, lá no fundo, não quisera mesmo magoá-la? Não era ela a verdadeira vilã ali presente?

A frustração veio à tona.

— Mãe, isso não tem nada a ver com você. Por que você não consegue ver?

— Ah, estou vendo muito bem. Vejo com muita clareza.

— Nada vai mudar. Vocês ainda são os meus pais.

— Sim, seus pais. — A voz de Millie estava grossa por conta das lágrimas. — Aqueles que te alimentaram, te vestiram e que cuidaram de você quando estava doente. Aqueles que ficavam morrendo de preocupação quando você chegava tarde em casa. O que essa mulher algum dia fez por você? Me diga. O que ela pode te dar que nós não podemos?

Claire ficou olhando para o rosto da mãe, para sua boca trêmula de tanta agonia e para as linhas profundas em torno de seus olhos.

— Não se trata do que ela pode me dar... Eu só quero saber *por que* — disse ela.

— Você vai ter mais do que está esperando.

— Talvez. Mas isso não vai mudar a forma como me sinto com relação a você e ao papai. — Ela estendeu a mão para pegar a da mãe, apertando-a com delicadeza. Ela estava fria, os ossos como se embrulhados frouxos num lenço de papel. — Boa-noite, mãe. Durma bem.

— Você fecha a porta quando sair? — Millie suspirou, virando a cabeça para a parede. Claire estava saindo para o corredor quando a mãe acrescentou numa voz quase inaudível: — A torta estava gostosa.

Claire fechou a porta com cuidado, fazendo uma pausa para encostar a cabeça em sua moldura. Começou a sentir dor numa das têmporas e os olhos arderam e doeram. *E agora?* Mas a casa não lhe deu nenhuma resposta. Ao passar pela sala de estar, havia apenas o som surdo da televisão. Do lado de fora, um vento forte soprava do oceano. Ela podia ouvir o seu zumbido no beiral do telhado, agitando as folhas que corriam pelas calhas que seu pai não se dispusera a limpar — seria preciso contratar um garoto para limpar o jardim.

— Tchau, pai! — gritou. Podia ver apenas o encosto da cadeira onde ele estava, sua careca tremeluzindo sob a luz que vinha da TV.

— Tchau, querida! — Ele não se levantou. — Dirija com cuidado!

Claire pegou o casaco do cabide de carvalho do vestíbulo e viu o próprio reflexo no espelho chanfrado: o maxilar largo salpicado de sardas, os olhos verde-acinzentados e a boca desenhada agora parecendo uma linha achatada. Com quem se pareceria? Com a mãe, com o pai... ou com nenhum dos dois? Seria de algum ancestral há muito esquecido que herdara os cabelos castanhos e encaracolados e a covinha no queixo?

Ela saiu e viu que o vento havia dispersado o nevoeiro, deixando o céu limpo não fosse pelas estrelas que reluziam como um punhado de areia arremessado com ímpeto. Parando para olhar para o outro lado da cerca, para as janelas acesas na casa ao lado, ela pensou em Byron. Jamais precisara tanto dele quanto agora. Mas sabia que a família Allendale deveria estar ceando, engajada numa discussão animada sobre algum tópico polêmico, como a pesquisa sobre células-tronco, o aquecimento global ou o controle de armas. Seria melhor esperar até o dia seguinte.

Seus pensamentos se voltaram mais uma vez para Gerry. Claire imaginou uma matrona robusta e grisalha à cabeceira de uma mesa, cercada pela família — sua irmã e irmão, avós, tias, tios, primos —, e sentiu uma onda de calor em antecipação. Seria isso uma dádiva que lhe era oferecida como um conto aprazível de Natal... ou a famosa maçã envenenada? Ela tremeu só de pensar e puxou a gola do casaco até as orelhas ao descer os degraus.

* * *

— Claro que você deve ligar para ela.

Kitty estava diante da bancada da cozinha de sua casa antiga e espaçosa que se desdobrara numa casa de chá, o cotovelo enfiado na farinha, o ar carregado do aroma delicioso de alguma coisa assando no forno. Um bule de chá estava em infusão sob uma capa acolchoada perto de Claire.

— Me dê só uma boa razão. — Já haviam se passado duas semanas do Natal e ela ainda não estava nem um pouco propensa a tomar uma decisão.

Kitty virou-se e lhe lançou um olhar de leve censura.

— Você não precisa de razão. Ela é sua mãe.

— Que me deu no dia em que eu nasci.

— Você, ao menos, não quer saber por quê?

Mais do que você imagina, pensou Claire.

— E quanto aos meus pais?

— O que tem eles?

— Isso seria a morte para eles.

Na mesma hora Claire lamentou a escolha das palavras. Tudo o que Kitty não precisava era ser lembrada do que acontecera aos próprios pais. Três anos antes, no que deveria ter sido o assassinato mais impressionante de Miramonte, Lydia Seagrave atirara para matar em seu marido de longa data, Vernon, para se suicidar logo em seguida. O escândalo — um crime passional, assim se ouvira falar (Kitty raramente tocava no assunto, embora Claire tivesse a impressão de que ela sabia mais do que admitia) — tivera o efeito de uma bomba jogada sobre a comunidade pacata onde moravam.

Mas Kitty não estava pensando nos pais agora.

— Assim que perceberem que ela não é uma ameaça, eles vão aceitar.

Ela fez aquilo parecer tão sensato que, por um momento, Claire quase acreditou. Inclinando-se na cadeira, observou Kitty andar atarefada de um lado a outro, seu ritmo familiar tão gracioso quanto um balé. Os cabelos acobreados da amiga estavam puxados para trás com um elástico e fios soltos flutuavam em torno de seu rosto delicado à medida que ela dava batidinhas na massa com os pulsos, lançando nuvens pálidas de farinha no raio de sol que entrava em ângulo pelas janelas. Com uma túnica larga, calças de algodão, chinelos chineses de tamanho infantil e meias, ela poderia passar por um gênio bondoso de um dos contos das *Mil e uma Noites.*

— O que te faz ter tanta certeza? — perguntou Claire.

— É que eu conheço um pouco a vida. — Além de Kitty ser doze anos mais velha, ela também era a pessoa mais sábia que Claire conhecia. — E também porque eles querem o melhor para você.

— Às vezes isso mais parece uma prisão.

Claire não teria admitido isso para nenhum outro ser vivo, nem mesmo para Byron. Mas praticamente desde o primeiro dia em que começara a trabalhar ali conseguia contar qualquer coisa para Kitty. Principalmente porque a amiga nunca julgava, criticava ou dava conselhos, a não ser se solicitada.

— Eu costumava me sentir assim com relação aos meus pais. — Ela fez uma pausa, seu olhar ficou estranho, distante, as mãos sujas de farinha descansando em cima da massa. — Mas sabe de uma coisa? Eles fizeram o melhor que puderam. Eu não percebia isso até ter a Maddie. Hoje rezo apenas para não errar muito.

Seu olhar se suavizou ao pousar na pequenina Maddie, de três anos, a criança que ela nunca imaginou ter, curvada à mesa sobre um pedaço de papel de açougue e um lápis de cera na mão gorducha, de frente para Claire. Após anos de tentativa, engravidar mais lhe parecera um milagre. O fato de também ter conseguido convencer Sean a tentar provara que as pessoas boas, de vez em quando, *recebiam* o que mereciam.

Claire olhou para além de onde estava Kitty, para a sala da frente, com sua variedade de mesas e cadeiras de estilos diferentes. Em menos de uma hora o sininho acima da porta iria badalar, as chaleiras iriam apitar e os planos para o Ano-Novo seriam coisa do passado. A primeira vez que ela passara por aquela porta em resposta a um anúncio colocado por Kitty, logo se sentira em casa. Kitty fora a razão principal de se sentir assim, é claro. Nos últimos cinco anos elas haviam ficado mais próximas do que a maioria das irmãs.

— Devo muito a eles — disse Claire.

Kitty a analisou pensativa.

— Talvez, mas não da forma como pensa.

— E se eu estiver abrindo a caixa de Pandora?

— Tarde demais. A tampa já foi retirada. — Kitty pressionou a massa com a base das mãos, achatando-a até formar um retângulo. — Se não der uma espiada lá dentro, nunca vai saber o que está perdendo.

— E quanto aos filhos dela?

— Quando eles te conhecerem, vão te ver como a pessoa maravilhosa que você é. — Ela se virou para dar um sorriso afetuoso e distraído, passando o pulso num rastro de farinha em seu queixo. — Você me daria isso aí? — Ela apontou para uma tigela refratária com uma mistura de nozes picadas, açúcar mascavo e canela.

Observando a amiga salpicar a mistura na massa, Claire se pegou fazendo uma confidência:

— Sabe de uma coisa? Às vezes eu gostaria de ainda trabalhar aqui. A vida era muito mais fácil naquela época.

Kitty riu.

— Isso porque não era você a chefe. São apenas oito e meia — Kitty olhou desanimada para o relógio na parede — e parece que passei o dia inteiro de pé.

— Eu trocaria de lugar com você num piscar de olhos — disse Claire, do fundo do coração. — Estou tão farta do meu trabalho que sinto vontade de gritar.

— Que tal outro campo do direito? Nunca é tarde demais para mudar.

— Como posso pensar em mudar de profissão com essa coisa martelando na minha cabeça?

— Mamãe, olha só! — Maddie gritou de alegria. — Desenhei o coelhinho da Páscoa.

Kitty fez a volta para dar uma olhada.

— Isso aí na boquinha dele é uma cenoura?

Maddie soltou uma risada. Com o rostinho delicado e cachinhos da cor de morango, ela era a cara da mãe. Apenas o queixinho e o lábio inferior que saltava quando ficava zangada eram de Sean.

— Não é uma cenoura. É uma *ba-na-na*.

— Eu não sabia que coelhinhos comiam banana.

Maddie confirmou vigorosamente com a cabeça.

— É, mas eles comem.

— Bem, neste caso, vamos deixar uma para o coelhinho da Páscoa este ano. — Ela beijou a cabecinha da filha e foi dar uma olhada na torta. O perfume de abóbora e temperos inundou a cozinha conforme ela foi abrindo a porta do forno. Do lado de fora vinha o barulho de uma serra elétrica. Era Sean podando o olmo no quintal dos fundos.

Kitty enrolou a massa até formar um cilindro grosso.

— Você não precisa do meu conselho — disse a Claire. — Já estava decidida quando entrou. Quer apenas que eu te dê apoio. — Sua voz fora tão enfática quanto a de Maddie ao insistir que os coelhinhos comiam banana.

— Eu gostaria de ter tanta certeza assim — disse Claire.

Ela observou Kitty beliscar as bordas da massa e fatiá-la em tiras fininhas passadas na canela. Mal havia acabado de arrumar as tirinhas no tabuleiro, o timer do fogão apitou. Num movimento imperceptível, ela tirou a torta do forno e a substituiu por outro tabuleiro com pãezinhos.

— Quer que eu ponha essas coisas lá na frente? — perguntou Claire, apontando para os bolinhos e os biscoitos que esfriavam em cima da bancada. Embora não recebesse mais pelo trabalho, ela sempre ajudava quando estava ali. E parecia que Kitty estava precisando mesmo de uma mãozinha. Willa estava atrasada, como sempre, e a jovem que assumira o lugar de Claire estaria de férias até a semana seguinte.

— Você faria isso? — Kitty olhou-a agradecida.

Na sala frontal ensolarada, Claire forrou as cestas de vime que ficavam na vitrine com pedaços novos de papel-manteiga antes de dispor as guloseimas em pequenas pilhas arrumadas: vários tipos de muffins — de mirtilo, de oxicoco, de abóbora, de maçã com canela, de pêssego —, biscoitos tão rechonchudos quanto almofadinhas para alfinete, pastéis dourados com casquinha torrada e rendada. Havia bolinhos com passas, fatias de bolo de laranja com calda de açúcar e uma receita sua que Kitty havia adaptado: barras de coco com limão, feitas dos limões plantados no quintal dos fundos.

Recuando para admirar a arrumação, ela pensou mais uma vez em como seria maravilhoso se *pudesse* passar todos os seus dias como aquele, imersa em fragrâncias tentadoras, cercada por clientes assíduos que mais pareciam membros da família. Como a querida Josie Hendricks, professora aposentada que era uma das primeiras clientes a chegar todas as manhãs. E Gladys Honeick, proprietária da Glad Tide-ins, loja de moda praia a duas portas dali, que no ano anterior havia se casado — onde mais senão ali? — com outro cliente antigo, o mal-humorado dono do jornal, Mac MacArthur.

Pode sonhar, uma voz zombou dela. Kitty seria a primeira a admitir que ninguém jamais ficaria rico dessa forma. Durante alguns anos, ela mal pagara as despesas.

Claire voltou para a cozinha e viu que Willa havia chegado como uma mudança de estação, sandálias de borracha batiam à medida que ela andava para um lado e outro buscando ovos, farinha e frutas da despensa. Aquela filipina grandalhona preferia roupas justas e estampas vibrantes, como o suéter rosa-choque bordado com borboletas de lantejoulas que estava usando no momento; e embora falasse sem parar, na maioria das vezes sobre seus namorados, nunca parecia ficar sem fôlego.

Willa dirigiu seu sorriso ensolarado para Claire.

— Você fica vindo aqui toda hora; daqui a pouco vai estar tão gorda quanto eu.

Claire riu.

— Não vejo qual o mal que isso *te* faz.

Willa deu uma risada.

— Ah, eu não te contei do meu *novo* namorado. Deke Peet. Que tal o nome? Nós nos conhecemos no Âncora Enferrujada... sabe aquele lugar na Autoestrada Um, com um letreiro de néon que fica piscando?... É meio esquisito, mas tem umas bandas legais que tocam no fim de semana... era isso que eu e a Teena estávamos fazendo lá, entendeu, né? Balançando os quadris... bem... enfim, então esse cara, *esse* cara com jeitão de quem tinha chegado montado numa Harley, chega junto e pergunta com uma voz superdoce se pode me pagar uma cerveja...

Claire deixou Willa falar mais um pouco, até que pegou o casaco que estava jogado no encosto de uma cadeira.

— Eu adoraria poder ficar o dia inteiro, mas é melhor ir andando. Preciso ir ao escritório.

— No sábado? — Kitty ergueu uma sobrancelha.

— Tenho um cliente que está vindo de outra cidade. Preciso deixar tudo pronto para ele assinar na segunda-feira bem cedo. — De passagem, Claire deu uma parada para ouriçar os cabelos de Maddie, que virou para trás e sorriu. — Obrigada... por tudo — ela agradeceu carinhosamente à amiga.

Kitty se virou e o sorriso que lançou para Claire foi tão afetuoso e acolhedor que a levou às lágrimas.

— Eu é que deveria agradecer — disse ela. — Na hora que você quiser, o seu velho emprego estará de volta, ele é seu.

Minutos depois, Claire já estava estacionando em sua vaga cativa atrás do prédio caprichosamente decorado com juníperos, onde ficava a sede do escritório Hodgekiss, Jenkins & Brenner. Sentiu o coração pesado ao destrancar a porta que dava para a recepção. Se não tinha coragem de retornar a ligação de Gerry, como poderia esperar ter coragem para abandonar o emprego e buscar uma nova carreira?

No escritório, sentou-se em sua cadeira. Sua mesa estava arrumada, pastas e documentos empilhados por ordem de prioridade no porta-papel aramado, o fundo sucessório que estava esboçando, caprichosamente enfiado em sua pasta. Embaixo da capa plástica, seu computador reluzia como um grande olho de vidro. Um olho *diabólico*. Pois naquele dia frio e seco de janeiro, enquanto as outras pessoas passeavam pela praia com as bainhas das calças enroladas para cima, ou se sentavam para tomar uma xícara de chá, ela estava à mesa do escritório sem nada à sua espera, a não ser uma pasta tão larga quanto seu polegar.

De repente, ela pegou seu Palm Pilot. Havia registrado o número de Gerry nele, achando que seria mais fácil ignorá-lo assim do que se o tivesse prendido na porta da geladeira. Agora, conforme digitava o número, Claire sentiu que começava a suar.

Ainda é cedo. Talvez ela ainda nem tenha se levantado.

Claire olhou para o telefone como se ele fosse uma cobra pronta para dar o bote. Estava suando em bicas agora, gotas de suor se acumulando sobre seu lábio superior. Graças a Deus nenhum dos sócios estava lá; eles não a reconheceriam — a Claire Brewster, sempre tão fria e controlada a ponto de seu apelido no escritório (embora ninguém a chamasse assim pela frente) ser Dama de Gelo. Como seria mais fácil esquecer tudo e fingir que Gerry nunca havia ligado. Sua vida continuaria como antes, estável e tranquila.

Mas ela sabia que não seria esse o caso. Como Kitty lhe dissera, a caixa de Pandora já estava sem tampa.

Ela pegou o telefone e digitou o número de Gerry. O telefone pareceu chamar por uma eternidade. Estava prestes a desligar quando uma voz familiar atendeu alegremente:

— Alô?

Claire afundou na cadeira.

— Sou eu, Claire.

Seguiu-se um pequeno arquejo do outro lado da linha.

— Olá. Eu tinha esperança de que você ligasse.

— É uma má hora?

— Não... de jeito nenhum.

— Pensei no assunto.

— E? — O tremor na voz de Gerry era quase mais do que ela podia suportar.

Claire fechou os olhos e respirou fundo.

— Eu gostaria que nós nos encontrássemos.

Capítulo Três

— Pode ir chegando pra lá, ouviu? — Gerry deu uma cutucada de brincadeira em Aubrey. — Ser famoso pode te levar ao papa, mas não te dá o direito de ficar com mais da metade da cama.

Ele rolou para o lado, apoiando-se sobre o cotovelo para olhar para ela. Imagem da dignidade no palco, naquele momento ele poderia passar pelo amante de Lady Chatterley: cílios longos e boca ligeiramente curvada, os cabelos grisalhos tão desalinhados quanto a cama.

— Por falar no papa — disse ele —, o que Sua Santidade pensaria disso? — Seu gesto amplo se referia aos lençóis e cobertores embolados, às poças formadas no chão pelas roupas tiradas às pressas.

Ela jogou a cabeça para trás com uma risada.

— Que eu, com certeza, vou direto para o inferno.

— Isso não te preocupa?

— Pareço preocupada?

— Muito pelo contrário, minha cara. Você parece uma mulher precisando de...

Gerry atirou um travesseiro nele, o que apenas o deixou mais determinado. Ele a agarrou e beijou, deixando-a visivelmente sem fôlego. Que homem mais danado! Por ele, ficariam o dia inteiro na cama e, embora aquilo fosse tudo o que ela queria, Gerry tinha filhos para cuidar, serviços de rua para fazer e uma casa que não se limpava sozinha.

— Não fique me tentando — resmungou ela.

Mas que mal faria dar uma rapidinha como saideira? Andie e Justin haviam saído com seus respectivos amigos e não deveriam voltar até o entardecer. Ela chegaria em casa muito antes disso. Por que sempre se sentia como se o tempo que gastava consigo fosse roubado da família?

Uma família que talvez logo incluísse Claire. Gerry ficou com os braços e o peito arrepiados e tremeu, puxando o lençol para cima dos seios. A filha chegaria de avião na próxima sexta-feira e elas haviam marcado de se encontrar no Café Casa da Árvore. Ela sentia um nó no estômago só de pensar. Exatamente uma semana havia se passado desde que ela telefonara, e Gerry dera um jeito de se manter equilibrada. Mas agora, desprovida de suas defesas, longe das exigências do trabalho e do mundo, não conseguia mais pôr a ansiedade de lado.

Será que vou gostar dela? Será que ela vai gostar de mim? Não podia esperar que aquela jovem confiante com quem conversara, na verdade uma perfeita estranha, preenchesse o vazio deixado por um bebê que segurara contra o coração apenas por tempo suficiente para abrir um rombo nele... ou substituísse a filha cujo aniversário ela marcava silenciosamente, ano após ano, imaginando como ela seria, como iria na escola, se era feliz e bem tratada.

E quanto a Andie e Justin? Eles ainda nada sabiam sobre Claire. Todas as vezes que ameaçava contar para eles, perdia a coragem. Mas o tempo havia voado. Esta noite se sentaria com os filhos após o jantar e lhes contaria a verdade da forma mais branda possível. Uma linha do Evangelho de Marcos lhe veio à mente: *Não temas, crê somente*. Ela precisava crer que tudo daria certo de alguma forma, que Deus estava mesmo olhando por ela. Caso contrário, como poderia continuar?

Gerry chegou para o lado e pôs os braços em torno do pescoço de Aubrey, puxando a cabeça dele e a encostando em seu ombro. Ele irradiava calor e, ao inspirar seu perfume — de suor seco, sabonete e um vestígio do cigarro Gauloise que ele havia fumado —, ela sentiu os músculos relaxarem. Após um momento, ele levantou a cabeça e sorriu, seus olhos — castanho-escuros como teca polida — pareciam acariciá-la de alguma forma. Olhos que uma jornalista com veia poética certa vez descrevera como uma reminiscência dos Românticos do século XIX. Gerry achava que a jornalista devia estar se referindo a mais do que seu apelo romântico, pois havia algo de torturante neles também, uma espécie de tragédia inefável enterrada na profundeza dos bosques sombrios daqueles olhos.

Ela se lembrou da primeira vez em que eles se encontraram, no último festival de música. Sua primeira visão de Aubrey fora de longe; ele estava de smoking, em pé no pódio do anfiteatro, prestes a mover a batuta. Um verso de um poema lhe veio à mente: *Era um cavalheiro da cabeça aos pés. Belo, elegante e pomposo*. Alto e esguio, tinha uma cabeleira grisalha impressionante e uma presença que mesmo a distância atraía o olhar. Assim que sua batuta desceu nos acordes de abertura da sinfonia nº 4 de Mahler e a música cresceu como se fendesse os céus, ela ficou arrepiada da cabeça aos pés. As centenas de pessoas espalhadas em cobertores sobre a grama ficaram em silêncio. Tudo o que se ouvia era a música grandiosa e seu eco no vale abaixo. Aubrey, no pódio, parecia um homem entre a agonia e o êxtase.

Logo depois, Sam a levara para trás do palco para apresentá-los. Sam o conhecia mais do que a maioria das pessoas — ele estava arrendando Isla Verde e eles já haviam se encontrado mais cedo para acertar alguns detalhes do contrato —, se bem que, a julgar pelas histórias que corriam em Carson Springs, dava para imaginar que metade da cidade fosse íntima dele. Havia boatos sobre a morte trágica de sua esposa num acidente de carro, alguns anos atrás, e uma grande especulação com relação às mulheres com quem vinha saindo desde então (as informações, em sua maioria, vinham dos tabloides). No momento em que seus olhares se cruzaram, Gerry vira o porquê de tanto rebuliço. Aubrey Roellinger era ainda mais carismático de perto, com um rosto anguloso, testa alta e nariz gaulês marcante que não faria sucesso separadamente, mas que, no conjunto, dava-lhe um toque irresistível. O efeito geral, somado ao seu ar claramente europeu, era o de uma árvore caindo no telhado de uma casa segura, trancada contra intrusos.

— É um prazer conhecê-la — dissera ele num inglês marcado por um leve sotaque, tomando-lhe a mão. Gerry achou que ele a levaria aos lábios e ficou desapontada quando não o fez.

— Você me deixou arrepiada — Gerry respondera e rira. — Quer dizer, quando estava regendo. — Os olhares deles se cruzaram num instante demorado demais, como se compartilhando um gracejo... ou um convite.

Saíram juntos para almoçar alguns dias depois e para jantar na noite seguinte ao almoço. Em poucas semanas já eram amantes. O arranjo se encaixava perfeitamente para os dois. Mike a curara de qualquer desejo de querer se casar novamente, e Aubrey deixara claro que não estava procurando uma esposa. Nenhum dos dois tinha qualquer interesse em ter mais do que aquilo: um encontro amigável de mentes e corpos e a satisfação mútua de seus apetites. O fato de terem vários interesses em comum e gostarem da companhia um do outro, tanto fora da cama quanto nela, vinha como bônus.

Agora, aninhada ao seu lado, Gerry ria da ironia do destino: ali estava ela na casa de Sam, na cama que a amiga dividira durante vinte e cinco anos com o marido. O fato de saber que Sam vivia feliz da vida onde estava não a livrava da estranheza da situação. A primeira vez que fora lá, ficara aliviada ao ver que Aubrey mantinha a casa quase da mesma forma que era; agora, olhava satisfeita ao redor para as paredes brancas cheias de aquarelas da flora nativa e para o piso de tábuas corridas, decorado com diversos tapetes navajos. A única coisa que faltava era a penteadeira colonial de carvalho que Sam havia levado para sua casa nas planícies. Em seu lugar, havia um belo armário antigo para roupas de cama, com prateleiras móveis que serviam de gavetas.

— Pobre Gerry. — Ele lhe cheirou os cabelos, seu hálito quente em contato com seu couro cabeludo. — Estou atrapalhando suas entregas?

Ela riu de seu jeito formal de falar. Uma vida inteira morando no exterior o deixara apenas com um leve sotaque, mas sua forma de colocar as coisas era, decididamente, continental.

— Não sou exatamente o Sedex 10 — disse a ele. — Por outro lado, você também não é nenhum cavaleiro num cavalo branco.

Ele recuou com um olhar de falsa surpresa.

— Você quer dizer que todas aquelas histórias nos jornais não são verdade?

— Se fossem, eu seria uma loira de vinte e cinco anos com seios modelados pelos fabricantes da Barbie.

Ele jogou a cabeça para trás numa risada espontânea.

— Prefiro você exatamente do jeito que é. Seios e tudo.

— Que bom, porque eles não vão rejuvenescer.

Ela olhou para os seios fazendo careta. Durante toda a vida quisera ter seios menores. Quando adolescente, usava sutiãs que poderiam amassar o para-lama de qualquer carro descuidado que batesse nela; quando noviça, procurara desesperadamente evitar que eles ficassem balançando sob o hábito. E agora, exatamente quando estava começando a se acostumar com a imagem de mulher fatal, para o diabo que eles estivessem começando a cair. Gerry suspirou. Que bom que Aubrey não era daqueles homens mais velhos obcecados por mulheres jovens — não que, foi logo se lembrando, quarenta e oito anos fosse *velha* —, pois ela não tinha a menor intenção de levantar os seios, a face, nem mesmo tingir os cabelos. Como se para enfatizar o que pensava, levantou a cabeça do travesseiro e sacudiu os cabelos de forma que eles balançassem para os lados: um jorro de cachos negros ligeiramente matizados de prata, mais apropriados para uma cigana que lê a sorte do que para uma mãe de três filhos.

— Bem, onde nós estávamos mesmo? — perguntou ela, com a voz grossa.

Aubrey lhe beijou o pescoço e passou levemente a língua por sua clavícula. Gerry tremeu, sentindo que ele estava excitado quando se encostou nele. Deus Todo-Poderoso, de onde vinha aquilo? Nem meia hora havia se passado desde que tinham feito amor e ele já estava ávido por começar de novo. Ela sorriu ao pensar como ele devia ter sido na adolescência. Não era de admirar que deixasse as mulheres na plateia sem ar e se remexendo nas cadeiras. Elas deviam pressentir que ele era mestre em algo mais além da batuta.

O calor de seu hálito contra o pescoço de Gerry irradiou numa linha prazerosa até sua barriga e abaixo, onde ele a acariciava devagar. Ela abriu as pernas, deixando que ele a explorasse com liberdade. Em nada importava que, poucos minutos atrás, ela estivesse plenamente satisfeita; de repente, foi como se não fizesse amor há um ano. Que efeito era aquele que ele exercia nela? Não se sentira assim com Mike, ou Rory King, nem mesmo com o garanhão Anthony Oliveira, que exalava sexo em cada poro e com quem ela transara dentro de carros, banheiros de restaurantes e, numa ocasião memorável, na cabana abandonada da guarda-florestal no alto do Monte Matilija.

Ela fechou os olhos e suspendeu a respiração assim que Aubrey a penetrou com o dedo. Ah, aquelas mãos! Como as de um mago — dedos compridos e maleáveis, fazendo mágica. Toda mulher, pensou, deveria ter um Aubrey Roellinger pelo menos uma vez na vida, mesmo que por uma única noite.

Seus movimentos suaves foram aumentando de intensidade até que ela já estava gritando, implorando que ele a possuísse.

— Ainda não — ele suspirou em seu ouvido, aguardando até que ela estivesse a ponto de gozar, para então recolher bruscamente a mão e levantar-se para montá-la. Gerry passou as pernas pelo tronco dele, usando-as para puxá-lo para si. Ali, coração com coração, pelve com pelve, com o sol aquecendo seus corpos nus e a antiga cama de carvalho estalando com o peso de seus corpos, eles balançaram juntos com um ritmo preciso e experiente. Não havia pressa, pois ela se esquecera de onde precisava estar e o que tinha tanta urgência em fazer. Tudo o que importava era o aqui e agora... *aquilo*. Quando ele recuou para lhe dar um sorriso indolente, ela sentiu que desmontava diante daqueles olhos misteriosos. Segundos depois, gozou com uma intensidade que percorreu o caminho até os dedos de seus pés.

— Jesus, Maria, José. — Gerry abriu a boca, espantada.

Suas arremetidas ritmadas e certeiras tornaram-se curtas e fortes. Então, de repente, ele tremeu e jogou o corpo para trás com um grito rouco: o grito de alguém que não tinha filhos no final do corredor, tampouco vizinhos bisbilhoteiros do outro lado das paredes finas. Gerry apertou levemente os dentes no ombro dele. Até a textura da pele dele a excitava, era como se estivesse mordendo uma azeitona firme com o leve sabor de terras exóticas. Ela parecia não conseguir obter o suficiente dele, o que a assustava um pouco. Pois se, ou melhor, *quando* aquilo acabasse, ela acabaria subindo pelas paredes.

Eles sucumbiram extremamente exaustos. Gerry pôde senti-lo pulsar dentro dela como um batimento cardíaco, então ele rolou até ficar de barriga para cima. Ela sentiu o colchão umedecer sob o seu corpo. *Pelo menos, não preciso me preocupar com gravidez*, pensou. Antes da primeira vez, haviam tido uma conversa franca. Ela lhe dissera que estava tomando pílula, e ele, que ela era a primeira mulher com quem se deitava desde a morte da esposa. Concordaram em abolir o uso da camisinha somente após um atestado de saúde de seus respectivos médicos. Gerry não tinha a menor intenção de pegar uma doença sexualmente transmissível ou de acabar como Sam, mãe de meia-idade trocando fraldas e andando pela casa às duas horas da manhã.

— Não sei como algum dia vou conseguir me levantar desta cama. — Ela expirou com força, esticando os braços e as pernas e olhando para a sombra do galho de uma árvore, imóvel no teto. — Minhas pernas estão moles feito espaguete.

— Não estou com pressa. Só vou embora amanhã — disse ele, lembrando-lhe de que passaria a maior parte da semana seguinte na

Filadélfia. Ele passou a mão pelo contorno de seu seio. — Podemos ficar o dia inteiro na cama, se você quiser.

— Neste caso, espero que ela tenha rodinhas. De que outra forma vou conseguir chegar à loja? — Com muita relutância, Gerry se levantou. Quando ele riu, ela perguntou:

— Qual é a graça?

— Você — disse ele. — Você me diverte.

— E durante esse tempo todo eu achei que era o meu encanto sexual.

— Isso também. — Ele passou a mão pela parte interna de suas coxas, enviando um tremor que lhe percorreu o corpo como após o abalo de um terremoto. — Você tem pernas maravilhosas, sabe disso.

— Boas para competir na corrida dos cinquenta metros. Eu já te contei que uma vez ganhei uma medalha na corrida? — Por um breve momento ela se entregou àquela lembrança... à sensação da pista sob seus pés ágeis, a linha de chegada parecendo correr em sua direção conforme ela se apressava para transpô-la.

— É mesmo? — Ele parecia não se surpreender com nada que ela lhe contasse.

— Na época do ginásio. Desnecessário dizer que esporte não era minha prioridade quando eu entrei para o convento.

Ele inclinou a cabeça e sorriu.

— Ainda não consigo te imaginar como freira.

— Eu era muito menos divertida naquela época. Eu achava que as freiras não podiam rir.

— Posso ver por que isso não durou. — Ele passou as pontas dos dedos pela boca de Gerry. — Desculpe-me por soar piegas, mas é o mesmo que pedir ao sol para não brilhar.

— Não foi esse o único motivo.

Gerry podia senti-lo esperando que ela lhe contasse mais e imaginou se deveria fazê-lo. Uma das razões de se darem tão bem era o fato de manterem a leveza daquela relação. Ele não precisava tê-la chorando em seu ombro, assim como ela não precisava de um ombro para chorar. Razão pela qual raramente falava do ex-marido e praticamente nada sabia sobre a falecida mulher dele. Por outro lado, Claire logo faria parte de sua vida.

Gerry o analisou sob a luz do sol que era filtrada pelas altas janelas de batente. Cada ruguinha e cada marca suas estavam iluminadas, dando ao seu rosto aquela aparência cansada e experiente de um homem que, apesar de todo sucesso, conhecia um pouco de um lado escuro da vida no qual poucas pessoas botavam os pés. Uma ternura inesperada a dominou e ela levou a mão ao rosto dele, roçando distraidamente o polegar na barba grisalha que despontava.

— O outro motivo foi que eu fiquei grávida.

Aubrey a olhou com curiosidade.

— Acredito que suas escolhas tenham sido bem poucas. — O tom de sua voz saiu irônico, como se ele tivesse consciência da forma como as outras pessoas deviam tê-la julgado na época. Se não o amava até então, quase o amou naquele momento.

— O pai era o padre da nossa paróquia.

Aubrey balançou a cabeça.

— *Mon Dieu*. E a criança?

— Uma garotinha. Eu a dei para adoção. — Gerry se surpreendeu com o efeito que isso ainda exercia nela, mesmo após todos aqueles anos. — Achei que nunca mais fosse vê-la de novo, mas... — Ela se deteve e logo baixou a cabeça.

Aubrey a puxou gentilmente para seu peito, acariciando-lhe as costas e murmurando em francês. Suas palavras tiveram o efeito de um acalanto. Aos poucos, o nó na garganta dela foi se desfazendo.

— Contratei um detetive particular para encontrá-la — continuou ela. — Nós conversamos pelo telefone. Ela está vindo para cá para me conhecer... nesta sexta-feira, a propósito.

Ela levantou a cabeça e, naquele momento de descuido, viu a expressão de dor que dominava o rosto estreito e gaulês dele. Sua esposa, lembrou-se, estava no sétimo mês de gravidez quando faleceu. Ele jamais conheceria o filho, e se invejava a chance dela de conhecer a sua era cavalheiro demais para deixar isso transparecer. Tudo o que disse foi:

— Você deve estar ansiosa.

Gerry deu uma risadinha nervosa.

— Você não faz ideia do quanto.

— Posso imaginar.

— E se ela não gostar de mim?

— Como poderia não gostar? — Ele estendeu a mão para pôr uma mecha de cabelo atrás de sua orelha.

— Você precisava ouvir os meus filhos. Ontem à noite o Justin disse que me odiava.

— Achei que estávamos falando da sua filha.

— Ela provavelmente me odeia também.

— Por que você está dizendo isso?

— Eu a abandonei, não? — Gerry sentiu um aperto familiar no estômago.

— Tenho certeza de que você teve seus motivos. — Ele não lhe perguntou quais tinham sido, e ela o amou por isso também.

— As crianças não querem saber de motivos.

— Ela não é mais criança.

— Tem razão. — Claire tinha vinte e oito anos.

— Como ela reagiu no telefone?

— Bem — disse ela. — Um pouco reservada, mas quem não estaria?

— Está vendo? Você não tem nada a temer.

— Sou católica. Temor é o meu nome do meio. — Ela desceu as pernas para fora da cama, pegando as roupas jogadas no chão com o dedão do pé. — Além disso, há tantas outras coisas envolvidas que você nem pode imaginar. Para os meus filhos, eu era tão pura quanto um bebê quando me casei com o pai deles. — Ela vestiu sua calcinha de seda preta.

— *Mon Dieu*. — Ele balançou a cabeça mais uma vez.

Ao estender o braço para pegar o sutiã de renda preta que estava no puxador do armário, viu de relance seu reflexo no espelho, o cabelo preto grisalho e o rubor que sobressaía em suas faces.

— Não vi motivos para contar para eles — disse ela. — Até agora.

Aubrey permaneceu em silêncio com um olhar estranho, como se os dois tivessem acabado de se conhecer e ele estivesse tentando imaginar o que pensar dela.

Gerry continuou:

— O que estou tentando dizer é que num minuto eles são bebês e daqui a pouco estão pedindo as chaves do carro. — Ela levou os braços às costas para fechar o sutiã. — Para onde foi o tempo? Por que não vi isso se aproximando?

— Não sou a pessoa certa para responder — disse Aubrey.

Ao perceber seu sorriso tenso, ela logo se arrependeu de ter jogado tudo aquilo em cima dele. O homem já tinha seus próprios problemas. Ela fez uma pausa enquanto vestia os jeans.

— E eu devo estar te enchendo a paciência.

— Muito pelo contrário. Estou feliz por você sentir que pode confiar em mim.

Ele parecia sincero, mas seu olhar estava parado no porta-retrato com a foto da mulher, em cima da cômoda; uma mulher de pescoço comprido e vestido azul decotado, os cabelos louros presos num coque, os ombros perolados e brilhantes. Em seus olhos azuis reluzentes fixados em algum lugar além do foco da câmera ela parecia ter um vislumbre do próprio destino: uma morte que reverberara por todo o mundo da música, pois Isabelle Hubert fora uma musicista notável por mérito próprio. Gerry ouvira uma de suas últimas gravações, um concerto de violino de Franck, tão maravilhoso que não era capaz de ouvi-lo sem se render às lágrimas.

Ela enfiou o suéter pela cabeça e abaixou-se para lhe dar um beijo no rosto.

— Obrigada. Você é um amor.

— Ligarei para você da Filadélfia — disse ele.

Ela sentiu uma leve apreensão. Eles só se falavam por telefone quando queriam marcar para se encontrar. Seria aquela a sua forma de dizer que queria mais ou estava apenas sendo gentil?

— Você sabe onde me encontrar — disse ela num tom casual, deixando claro que, ao mesmo tempo em que apreciaria um telefonema seu, não via motivo para ficar radiante.

A caminho da cidade, seus pensamentos, mais uma vez, se voltaram para os filhos. Como eles receberiam a notícia sobre Claire? Andie, pelo menos, conseguiria entender. Várias meninas da sua sala tinham sido obrigadas a parar de estudar no semestre anterior. Todas, exceto uma, estavam pensando em dar seus bebês para adoção. Por outro lado...

Ela talvez veja isso como mais uma razão para me culpar por tudo o que está errado em sua vida.

Gerry baniu o pensamento da cabeça. O dia estava simplesmente lindo demais para ser desperdiçado, o sol brilhava e o vale estava espalhado diante dela como um presente aguardando para ser aberto. Ao descer para as planícies onde a estrada íngreme e sinuosa se tornava plana e estreita, ela olhou para a sucessão de fileiras de laranjeiras cercadas por muretas de pedras, muitas patrulhadas por gansos — mais eficazes do que cães de guarda, assim ouvira falar — que andavam empinados em meio às sombras salpicadas como pequenos e pomposos generais. Ao longo da estrada, flores silvestres surgiam das valas — azedas-miúdas, lisimáquias, camomilas, jarrinhas e os ocasionais cactos ou iúcas, que despontavam como pulsos espinhentos —, enquanto, ao longe, colinas relvadas davam lugar a montanhas com picos nevados, cujos nomes fantasiosos — Pedra do Cacique Deitado, Ninho da Lua, Picos Gêmeos — tanto incitavam sua imaginação quando criança. Como seria possível Claire *não* se apaixonar por aquele lugar?

Ela desviou para não atropelar um vira-lata imundo que atravessava a estrada. O cachorro do velho Dick Truesdale — ele realmente precisava mantê-lo preso na coleira. No entanto, reclamações insistentes de vizinhos preocupados chegavam a ouvidos surdos; o pobre homem nunca mais fora o mesmo após a morte da mulher. E, a julgar por seu jardim coberto de mato, pelos frutos murchos e apodrecidos das laranjeiras espalhados por toda parte e pela casa decadente logo atrás — uma estrutura velha com boa parte das telhas faltando e cujas paredes pareciam inclinadas para dentro como velhos bêbados que se seguravam um no outro —, ele também não estava fazendo um trabalho muito bom ao cuidar de si mesmo.

Pelo menos eu tenho os meus filhos...

Minutos depois ela estava virando para a rua da antiga missão, com suas lojas em estilo espanhol antigo, adornadas por azulejos coloridos.

A galeria coberta que se estendia em um lado da rua estava apinhada de transeuntes, o que fez Gerry se lembrar de que a Rusk ainda continuava com a liquidação pós-Natal. No parque, do outro lado da rua, o velho Clem Woolley, de cabelos brancos e um pacote com exemplares do livro que ele mesmo publicara, *Minha Vida com Jesus*, dava palpites ao chefe dos jardineiros, um vietnamita chamado sr. Nuyen, homem franzino e solitário, tão quieto e conservado quanto o jardim do qual cuidava. Tudo o que Gerry sabia dele era que fora para lá após a guerra e se encantara tanto com sua nova terra que não passara nem mais uma noite fora de lá desde então.

Perdida em seus pensamentos, ela quase passou da entrada para a Del Rey Plaza, sendo forçada a dar várias voltas até encontrar uma vaga. Agora, onde teria enfiado a lista de compras? Ela procurou dentro da bolsa, depois nos bolsos. Devia ter caído na casa de Aubrey.

Lembranças de como havia passado a tarde lhe causaram um rubor de prazer. O que aquelas pessoas que empurravam seus carrinhos de supermercado pensariam se soubessem? Ela avistou Marguerite Moore descendo de seu Le Sabre azul-claro, em frente à Safeway. No verão passado, quando ficou sabendo do romance de Sam e Ian, Marguerite agira como um cão perdigueiro farejando a caça, sem dúvida desejando secretamente um homem, qualquer homem — mesmo que fosse um tão jovem e atraente quanto Ian —, que *lhe* desse um motivo para trocar os lençóis no meio da semana.

Ela percebeu o olhar atravessado que Marguerite lhe lançou. Marguerite e pessoas da sua laia há anos empinavam o nariz para Gerry. Por uma única razão: ela não correspondia ao padrão que elas julgavam apropriado para uma mulher de meia-idade. Tampouco vestia roupas seculares que equivalessem ao hábito e ao véu, como seria apropriado a uma ex-freira. A roupa que usava naquele dia, jeans justos que nada deixavam por conta da imaginação e uma camiseta colante que mostrava mais do que um centímetro da reentrância dos seios, fizera com que Marguerite olhasse para ela com declarado desprezo. Gerry acenou alegremente quando de passagem. *Eu queria só ver o que essa bruxa velha acharia se soubesse o que estou usando por baixo.*

Dentro do mercado, ela andou pelos corredores atirando caixas, latas e potes dentro do carrinho sem praticamente se preocupar com o preço. Estava preocupada demais pensando em Claire. Será que o Casa da Árvore tinha sido a melhor escolha? Será que não deveria ter escolhido um lugar menos movimentado, onde elas não atrairiam a atenção indesejada de pessoas como Marguerite?

Gerry não havia visto Fran O'Reilly até que elas quase esbarraram. Ao erguer os olhos, viu Fran, com seus cabelos cor de fogo, jogar rapidamente uma caixa no carrinho, com uma expressão ligeiramente abalada. Só após alguns instantes Gerry percebeu que a proprietária da Creperia da Françoise ficara constrangida ao ser pega comprando bolinhos Pop Tarts.

— Pois é — disse Fran, com uma risada constrangida. — Eu e meu diploma em culinária.

Gerry riu.

— Quem sou eu para julgar? Lá em casa, sou conhecida como "o desastre na cozinha".

— Você não tem uma reputação a manter. — Fran lançou um olhar furtivo e escarnecedor para Marguerite, que passeava pelo corredor com o carrinho.

Você está coberta de razão, pensou Gerry. Qualquer reputação que tivesse tido um dia há muito tempo se perdera.

— Seu segredo está seguro comigo — disse ela, colocando o dedo sobre os lábios. — Por falar nisso, como vão os negócios?

Gerry lembrou-se de quando Fran se mudara para lá, mãe solteira do Brooklyn, que trocara o salário de secretária por uma chance de realizar o trabalho dos seus sonhos. Aquilo acontecera há... o quê? Oito, nove anos. Desde então a pequena e magra Fran, que a fazia lembrar de um esquilo-vermelho sempre em movimento, fizera de seu negócio um verdadeiro sucesso. Sua pequena creperia era tão popular que havia sempre uma fila saindo pela calçada.

Fran se iluminou.

— Para falar a verdade, estou pensando em me mudar para um lugar maior. Se souber de alguma coisa, me fale. Terá que ser um lugar pelo menos duas vezes o tamanho do atual, mas com um aluguel que não me coma viva.

— Que tal a casa da família Dalrymple? Ouvi dizer que está para alugar. — Gerry visualizou o antigo chalé de madeira com roseiras subindo pela fachada e pedaços de telha de barro espalhados pelo chão do quintal. — Não acredito que eles estejam pedindo muito. A casa está precisando de alguns reparos.

— É, estou sabendo. Foi o primeiro lugar que vi. Seria perfeito... e também serve para comércio. Só que é meio longe da rua principal, e eu acabaria perdendo o movimento do almoço. — Fran parecia pensativa, como se não houvesse descartado completamente a ideia.

Elas falaram brevemente sobre o alto preço dos imóveis, até que Gerry saiu com seu carrinho.

Quinze minutos depois, estava a caminho de casa. Ao virar para a Green Willow, ela acenou para Tom Kemp, curvado como um ponto de interrogação sobre a cerca, com uma tesoura de jardim. Ela se lembrou de quando o ex-sócio de Martin fora apaixonado por Sam e imaginou se ele ainda teria esperanças. Será que o amor se revelava eterno? Ela não sabia. Os homens com quem saíra haviam sido descartáveis. Somente Aubrey era diferente e de uma forma que ela ainda não conseguia definir bem.

Ela saiu da Green Willow e virou para Mesa, reduzindo a velocidade ao ver dois meninos andando de bicicleta. Um pouco mais à frente, a filhinha de Marcy Walters pulava amarelinha na calçada, enquanto seu irmão pedalava seu carrinho Hot Wheels com toda energia. Mike costumava ficar furioso por não poder estacionar seu Lincoln Town Car na entrada de carros sem ter a preocupação de que alguma criança o arranhasse. Mas tudo o que o ex-marido odiava naquele bairro ela amava — suas casas no estilo espanhol antigo, com paredes geminadas, muitas ainda com as luzinhas de Natal; e os vizinhos que acenavam para você e sabiam de tudo o que acontecia. Não trocaria aquele lugar pela casa nova de Mike nas colinas, como também não trocaria o emprego que adorava por qualquer outro que pagasse o dobro de seu salário.

Ao subir a entrada de carros, a primeira coisa que percebeu foi a bicicleta de Justin bloqueando a entrada da garagem. Seu estado de contemplação se dissipou. Mas que droga! *Quantas* vezes já havia lhe dito...

Calma, advertiu uma voz interior. *Você não vai querer começar uma briga.*

Dentro de casa, Gerry viu o filho quase debruçado em cima da TV, completamente concentrado num videogame. Ele mal ergueu o olhar quando ela entrou.

— Onde está a Andie? — perguntou ela, largando as sacolas de compras em cima da bancada da cozinha.

— Hã?

— Sua irmã. Sabe quem? Um metro e sessenta, cabelos escuros encaracolados. Vista pela última vez usando um moletom vermelho e calças jeans.

— Sei não... acho que está com a Finch. — Os olhos de Justin permaneceram grudados na tela da TV, onde carros de corrida, impressionantes de tão reais, passavam zunindo por túneis e curvas.

— Ela disse a que horas voltava?

— Não.

Gerry suspirou. Quando Andie e Finch estavam juntas, perdiam a noção do tempo. Teria sorte se a filha voltasse na hora do jantar. Mas não fora assim com ela e Sam? Naquela mesma idade elas eram inseparáveis. Gerry, possivelmente, passara mais tempo na casa de Sam do que na sua própria.

— Ei, companheiro, estou precisando de uma mãozinha aqui. Se não for inconveniente *demais*. — O velho labrador deles, que tirava uma soneca perto da lareira, levantou o focinho grisalho. — Não é com você que estou falando — disse Gerry. Buster voltou a deitar a cabeça sobre as patas com um grunhido.

Justin lançou um olhar encabulado para a mãe.

— Hã? Ah, claro, mãe. Só um minuto.

Gerry suspirou novamente. A trilha sonora maníaca que vinha da sala de estar fez com que os dias que ela costumava passar junto com as irmãs no fliperama vagabundo em Palisades Park, jogando Cigana da Sorte e Tiro ao Alvo, parecessem envoltos numa aura dourada. No entanto, tinha certeza de que o filho, empoleirado sobre o sofá com suas calças largas e camiseta do Lakers mais larga ainda, fosse zombar da ideia.

Ela tornou a sair para buscar uma segunda leva de compras. A mãe diria que ela era mole demais com os filhos, que não dava para administrar bem uma casa sem fazer uso do chicote de vez em quando. Mas Gerry não tinha intenção de administrar nada muito bem. Não fora isso que fizera com Mike? Equilibrara trabalho e filhos com uma rodada constante de listas de compras, tarefas de rua e outras atividades, como coquetel com clientes, jantares para pessoas que mal conhecia e um fluxo sem-fim de compromissos no clube.

Não fosse pela família Dawson, quem poderia dizer o tempo que aquilo teria durado? Ela se encolheu diante da lembrança, muito embora aquilo tenha sido sua salvação de um jeito ou de outro. Paul e Nancy Dawson, casal que ela conhecia da igreja, haviam mostrado interesse em entrar para o clube. Gerry, sem ver razões para que pessoas tão maravilhosas não fossem recebidas de braços abertos, se oferecera para apadrinhá-los. Infelizmente, os membros do comitê não pensavam da mesma forma. A família Dawson, Gerry ficara sabendo com o resultado da votação, não era requintada o suficiente para fazer parte da comunidade do Clube Dos Palmas.

— Eles sabiam do risco de não serem aceitos — dissera Mike, quando ela o procurara às lágrimas. — Isso aqui é um clube particular, não uma dessas organizações de igreja.

Isso servira apenas para incitar a ira de Gerry.

— Estou entendendo. Eles são mais do que bons para organizar um movimento em prol das vítimas do terremoto na Nicarágua, mas não tão bons para exibir o bronzeado na beira da piscina.

Mike encolhera os ombros.

— Vários outros pontos foram levados em consideração.

— Como, por exemplo, o fato de o Paul não jogar golfe e a Nancy não fazer parte do conselho do museu?

— Isso não teve nada a ver com o assunto e você sabe muito bem. Pare de fazer tempestade num copo d'água. Eles, simplesmente, bem, eles não se encaixam.

— Talvez eu também não me encaixe — rebatera. Gerry sabia perfeitamente bem que não teria entrado para o clube por conta própria. Não que se importasse; fora Mike quem fizera questão de entrar.

No dia seguinte, ela lhe dissera que ele poderia boicotar o clube. No entanto, se no íntimo Gerry tivera esperança de que ele passasse a ver o incidente da mesma forma que ela, o tiro saíra pela culatra. Mike não via motivos para não passar os finais de semana no Dos Palmas, simplesmente porque ela era tola o bastante para ficar em casa. Fora mais ou menos naquela época que ele conhecera Cindy — recém-divorciada e, ainda por cima, excelente golfista. Cindy, que tinha voz fina, cintura mais fina ainda e olhos azuis que podiam avistar um homem a cinquenta passos de distância. Quando se tornaram amantes, tudo já estava acabado entre Gerry e ele. Um ano depois, quando se casaram, Gerry lhes desejou felicidades. Nada tinha contra ela; tampouco contra Mike. Tudo fazia muito sentido. No entanto, ela se perguntava o que Mike, algum dia, vira *nela própria*.

Após descarregar e guardar as compras, ela encheu uma panela grande de água e colocou no fogão. Quando a água já estava borbulhando, jogou um pacote de massa e saiu à cata do vidro de molho de tomate que tinha certeza de ter em casa. Uma das grandes inovações do século XX, pensou, era molho pronto para espaguete. Misturado com meio quilo de carne moída, era a refeição perfeita.

O jantar estava quase pronto quando Justin entrou calmamente na cozinha para ajudar. Ela o encarregou de pôr a mesa, tentando não dar atenção quando ele pôs facas e garfos no lugar errado e se esqueceu de pegar o leite. Andie entrou assim que eles estavam prontos para se sentarem para comer.

Gerry observou a filha tirar a jaqueta e pendurá-la em um dos ganchos do cabide ao lado da porta. Tinha as faces rosadas por conta de algo mais além do frio; parecia que ela e Finch tinham ido ao balcão de maquiagem da Rusk. E aquilo seria um brinco novo? Difícil dizer com tantos outros na orelha.

— Você chegou a tempo — disse ela.

Andie aproximou-se devagar da mesa.

— O que tem para o jantar?

— Espaguete — Gerry respondeu com calma, embora estivesse mais do que óbvio o que estavam comendo. — Você e a Finch se divertiram?

— Ficamos na fazenda a maior parte do tempo. Depois o Hector teve que ir à cidade e então pegamos carona com ele. — Andie sentou-se em seu lugar e olhou sem muito interesse para o espaguete. — A gente experimentou umas coisas lá na Rusk.

— Isso aí no seu rosto?

— É. Vimos o vestido da Laura. Ela teve que ir lá experimentar.

— Ficou bonito? — Gerry lembrou-se de que o casamento de Laura e Hector aconteceria dentro de poucas semanas. Ainda não havia comprado nada para eles. O que dar para um casal que, se pudesse, passaria a maior parte do tempo no lombo de um cavalo ou acampando sob o céu estrelado?

— Ficou. Sem babados nem nada do gênero. Parece mais uma camisola longa. — Andie passou manteiga numa fatia de pão. — E ela vai usar uma grinalda de flores em vez de véu.

Com certeza aquele casamento seria muito diferente do de Alice. Em vez de um casamento na igreja seguido de uma festa no gramado de Isla Verde, haveria apenas uns poucos parentes e amigos mais chegados na cerimônia rústica no alto da colina. Gerry imaginou que tipo de casamento Sam e Ian teriam, se algum dia decidissem se casar. Conhecendo Sam, ela tentaria combinar o casamento com o batismo em nome da praticidade; por que não matar dois coelhos com uma cajadada só? Ela sorriu só de pensar.

— Casamento é uma coisa idiota — disse Justin. Ele estava aborrecido porque ela lhe dissera que ele não poderia levar seu amigo, Nesto.

— Só mesmo um idiota diria uma coisa dessas — respondeu Andie, com desprezo.

— Quem disse? — Justin a encarou.

— Pergunte a qualquer pessoa.

Gerry largou o garfo no prato, produzindo um tinido.

— Chega, vocês dois! — Sentiu-se cansada de repente. Como poderia apresentar Claire à família, quando eles passavam metade do tempo sem conseguir se relacionar um com o outro? — Eu gostaria que uma vez, pelo menos uma vez, nós conseguíssemos jantar sem vocês dois discutirem por bobagens.

Andie e Justin ficaram quietos pelo resto do jantar. Limitaram-se a assuntos mais corriqueiros: o novo professor que havia substituído o sr. Geiger na escola de Justin, os testes para o ingresso na Liga Juvenil, que começariam dentro de poucas semanas, o lava-jato que Andie e Finch estavam organizando para arrecadar dinheiro para a Associação Protetora dos Animais. Quando se levantou para tirar a mesa, Gerry estava se sentindo mais otimista. Não obstante, aguardou até que a lava-louças estivesse ligada e as crianças, acomodadas na sala de estar, com suas taças de sorvete.

— Pessoal, tenho uma coisa para contar pra vocês. — Ela deixou-se cair no sofá.

Justin abaixou a colher com um olhar preocupado.

— Uma coisa ruim? — A expressão em seu rosto era a mesma que ele havia estampado quando a mãe lhe contara que ela e o pai iriam se divorciar.

— Absolutamente — respondeu. Gerry sentiu-se enjoada. Aquelas crianças já não haviam sofrido o suficiente? Por que ela simplesmente não escrevia um livro? *Cinquenta Maneiras de Ferrar com os seus Filhos.* — Só uma coisa que vocês precisam saber. — Ela olhou para Justin e para Andie, que ficaram imóveis. Gerry teria dado qualquer coisa naquele momento para que eles voltassem a ser pequenos de novo, quando ainda acreditavam na fada dos dentes e a ideia de uma irmã desconhecida não soaria tão estranha. — Lembram de quando contei para vocês sobre a minha época no convento? A razão pela qual saí?

— Por que você não tinha vocação para ser freira, não é isso? — Andie olhou para ela, cautelosa.

— Em parte foi por isso. — Gerry respirou fundo. — E também porque eu fiquei grávida.

Seguiu-se um momento longo e atordoante durante o qual ninguém falou nada.

Andie ficou boquiaberta. Ela olhou para Gerry como teria olhado para um estranho que tivesse acabado de irromper pela porta da frente.

Justin parecia simplesmente confuso.

— Mas... você não era casada com o papai naquela época.

Andie virou-se bruscamente, olhando furiosa para ele.

— Você não *entendeu*? Ela não era casada, *ponto final.* — Ela olhou para a mãe, os olhos em chamas. — Não posso acreditar que você não contou pra gente.

— Não vi razão para vocês saberem — Gerry disse com calma, como se o tom de sua voz pudesse fazê-los acreditar que havia uma explicação perfeitamente plausível para tudo aquilo.

— E por que você está contando agora? — Andie semicerrou os olhos.

— Aconteceu uma coisa.

— O quê?

Gerry sentiu-se como se estivesse com um osso atravessado na garganta. Aquilo estava sendo pior do que quando ela lhes contara sobre Mike, porque, naquela época pelo menos, eles tinham tido noção do que esperar. Aquilo era como jogar uma bomba numa aldeia que vivesse em paz. Ela engoliu em seco.

— Vocês têm uma irmã... e ela quer conhecer vocês.

Andie a encarou, a cor sumindo de seu rosto.

— Não acredito.

— O nome dela é Claire — continuou Gerry no mesmo tom propositalmente otimista. — Eu não sabia onde ela estava morando até poucas semanas atrás. Descobri que ela mora logo ali, subindo a costa. Ela está vindo para cá na semana que vem para nos conhecer.

— Eu não acredito — repetiu Andie, balançando a cabeça.

— Como ela é? — perguntou Justin, cheio de esperança.

Gerry sentiu vontade de lhe dar um beijo.

— Simpática. Acho que vocês vão gostar dela.

— Do jeito que você fala, parece que ela é um cachorrinho. — A voz de Andie estava carregada de deboche.

— Ela vai ficar aqui? — A taça de sorvete no colo de Justin já havia se transformado num mingau escuro.

— Não dessa vez — disse Gerry. — Nós achamos que seria melhor ela ficar num hotel até a gente se conhecer um pouco.

Andie gemeu:

— Me diga que isso não está acontecendo.

— Peço desculpa por contar isso para vocês dessa forma. — Gerry aproximou-se para pousar a mão sobre o joelho de Andie num gesto de consolo, mas ela se esquivou, como se já fosse escaldada. — Eu devia ter contado para vocês. Eu *queria* contar. Mas... tudo isso aconteceu muito antes de vocês sequer terem nascido. — Privou-se de acrescentar que Mike fora inflexível ao não querer que ela lhes contasse.

— Por que você não ficou com ela? — Justin pareceu tão inocente nesse momento... como quando era pequeno e quis saber por que o vovô Ed tinha de ir para o céu. Aquilo quase partiu seu coração.

Ela sorriu afetuosamente.

— Eu era jovem. E você tem razão... eu não era casada com o seu pai naquela época. Fiquei com medo de não conseguir criá-la direito.

— A vovó não podia ter ajudado?

Gerry muitas vezes se fizera a mesma pergunta, mas, por fim, a decisão acabara sendo *sua* mesmo.

— Ela trabalhava em dois empregos e cuidava do seu tio Kevin. Não teria sido justo com ela.

— E se tivesse sido um de nós?

Todos os olhares, inclusive o de Buster, se viraram para Andie quando ela falou. Havia algo em sua voz. Algo muito triste e desolador. De repente, Gerry percebeu o verdadeiro motivo de ter guardado esse segredo por tanto tempo: sempre soubera que aquela era a raiz do problema, o denominador comum da equação. Pois também não se fizera a mesma pergunta?

— Foi diferente quando eu tive vocês. Eu teria cortado um braço fora antes de ter que dar qualquer um de vocês dois — ela disse com segurança, sem deixar margem para dúvidas.

— Você está dizendo isso agora. — Andie não se deixaria convencer com muita facilidade. — Mas, se tivesse sido *eu* em vez dela, você teria feito a mesma coisa... teria me dado para outra pessoa.

Gerry ficou com o coração apertado.

— Ah, querida. Você sabe que eu...

Mas era tarde demais. Andie pôs-se subitamente de pé e saiu correndo da sala. Momentos depois, Gerry ouviu a porta do quarto dela bater. Então expirou de forma entrecortada, como se o ar dos pulmões estivesse saindo por um orifício muito pequeno. Que tal *Cinquenta e Uma Maneiras de Ferrar com os seus Filhos*?, pensou ela. Seu olhar se voltou para a taça de sorvete que Andie deixara no chão, o qual Buster lambia alegremente.

Justin, afundado no sofá, disse com a voz desprovida de emoção:

— Ele pode ficar com o meu também.

Mais tarde naquela noite, enquanto lia deitada na cama, Gerry ouviu uma batida na porta de seu quarto.

— Pode entrar! — gritou.

Andie enfiou a cabeça pelo vão da porta.

— O Justin está chorando no quarto dele. Achei que você devia saber. — Sua voz não continha qualquer emoção, como a de um repórter anunciando a morte de duzentas pessoas num acidente aéreo. Mas a expressão em seu rosto contava outra história.

— Vem cá. — Gerry bateu na cama, no espaço ao seu lado.

Após um momento de hesitação, Andie se aproximou, impassível. Usava agora calças legging e uma camiseta velha que pertencera a Mike — sua roupa de dormir habitual nos últimos dias. Em pé ao lado da cama, com os cabelos encaracolados puxados para trás e presos por um elástico, ela poderia se passar por um corvo parado à beira de um lago.

— Você quer falar sobre o assunto? — perguntou Gerry.

Andie lhe lançou um olhar profundamente magoado, como se dissesse "*Você ainda pergunta?*". Então, com um suspiro, sentou-se na cama. Gerry lembrou-se de quando os filhos eram pequenos e se enfiavam debaixo das cobertas, aninhando-se a ela como filhotinhos de cachorro, um em cada braço. Naquela época, parecia que nunca mais conseguiria dormir o suficiente, mas agora faria qualquer coisa para voltar o relógio do tempo. Ela enfiou o marcador de livro no romance no qual fixara os olhos sem conseguir ler de verdade, de uma autora chamada Daphne Seagrave.

Ela tentou uma tática diferente.

— Sinto muito se eu te aborreci.

Andie encolheu os ombros.

— É o Justin que está chorando. Não eu.

Gerry suspirou. Ultimamente pensava na filha em termos de Antes e Depois, visto que parecia ter perdido mais do que um marido no divórcio. A menina afetuosa e radiante que falava sem parar, ajudava nas tarefas de casa e sempre a abraçava sem qualquer motivo havia desaparecido, deixando em seu lugar aquela adolescente implacável e de cara amarrada.

— Será que ajudaria — disse de mansinho — se eu te dissesse que estou tão nervosa quanto você por encontrá-la?

Andie levantou a cabeça. Sob a luz rarefeita do abajur, seus olhos pareciam abatidos.

— A diferença é que você tem escolha. Nós não.

— Tem razão. — Gerry reconheceu e percebeu um ar de surpresa no rosto da filha. Vinham se bicando há muito tempo. — Ainda assim... — Arriscou um sorriso tímido. — Você não está nem um pouquinho curiosa?

— Talvez. — Andie puxou um fio solto da coberta. Decorrido um momento, perguntou numa voz tão baixa que Gerry precisou se esforçar para ouvir: — Por que você decidiu procurar por ela?

O olhar de Gerry pousou no pôster emoldurado e pendurado na parede perto da penteadeira: *Bonequinha de Luxo*, em italiano, que ela e Mike haviam comprado quando estavam em lua de mel, mas que agora parecia uma lembrança de outra vida.

— Não sei muito bem — respondeu. — Acho que teve a ver com a sua tia Sam. O fato de vê-la grávida. Não sei... isso me tocou, acho que foi isso.

— Você não pensou nela quando *eu* nasci?

— Todo santo dia. — Gerry pôs a mão sobre a da filha, acalmando sua ansiedade. — Mas não teria adiantado procurar por ela naquela época. Mesmo que eu a tivesse encontrado, duvido que os pais dela tivessem me deixado vê-la. Além do mais, o seu pai... — Ela deixou a frase por terminar.

— O papai sabia?

Ela concordou.

— Contei para ele antes de nos casarmos. — Mike fora compreensivo na época. Somente depois que os filhos nasceram é que ele revelou seus verdadeiros sentimentos. Não queria que eles se decepcionassem com ela, dissera. Envergonhada demais para discutir, Gerry acabou concordando.

Andie torceu a boca num sorriso que mais parecia uma careta.

— É estranho, né? Eu achava que seria o papai e a Cindy a nos surpreender com um irmão. Jamais esperei isso de *você*.

— Acho que estamos todos um pouco chocados.

— O que vamos fazer agora?

Gerry estendeu a mão para tirar um cacho de cabelo da testa da filha.

— A coisa mais importante que você precisa se lembrar é de que eu amo muito você e o Justin. Nada jamais irá mudar isso.

Ela percebeu o brilho das lágrimas nos olhos da filha.

— Às vezes a Finch fala sobre isso, sobre como é crescer sem ter pais. Sempre me senti tão sortuda... — Ela se virou, suas costas pareciam uma parede de tijolos que Gerry não conseguia derrubar. — Vou me deitar agora. Tem missa amanhã?

— Você gostaria de ir?

Andie, para quem os domingos tinham se tornado um campo de batalha, concordou sem fazer muito alarde antes de se levantar e se dirigir à porta.

Gerry levantou-se da cama.

— Vou ver como está o seu irmão.

Andie parou no vão da porta e virou-se, uma sombra recaía sobre seu rosto. Sob a luz rarefeita que chegava pelo corredor, a metade iluminada de seu rosto brilhava como uma moeda recém-cunhada.

— Ele sente falta do papai.

— Eu sei. — Gerry a beijou na testa. — Boa noite, querida. Durma bem. Sonhe...

— ... com os anjos. — Andie terminou por ela, dando um risinho e balançando a cabeça, como se estivesse diante de uma palhaçada de criança. Naquele momento ela pareceu tão madura que Gerry sentiu um desejo imenso de arrancá-la da iminência da vida adulta da mesma forma que a teria arrancado dos trilhos de um trem em alta velocidade.

Eles chegaram logo depois do primeiro hino e sentaram perto de Anna Vincenzi, na penúltima fileira. Anna sorriu e entregou um missal a cada um. Ela estava com a mesma aparência apagada de sempre, com uma bata floral toda disforme, mas algo havia de diferente nela. Gerry logo reparou o que era: estava acostumada a ver Anna com a irmã, empurrando-a resignada por toda parte em sua cadeira de rodas. Monica a tratava como se ela fosse a representante da comitiva que costumava vigiar todos os seus movimentos. Naquele dia, Anna estava com a mãe. Devia ser um dos bons dias da sra. Vincenzi.

— Página 13 — sussurrou Anna, enquanto a mãe permanecia com o olhar parado à frente, um fantasma de olhos profundos com um lenço negro sobre a cabeça branca, o que apenas adicionava mais efeito à sua aparência.

Gerry relanceou para os filhos. Justin, com o rosto ainda um pouco inchado, folheava silencioso o missal. Andie, dessa vez vestida com discrição, com uma camiseta de manga comprida por baixo de um vestido de veludo sem mangas, estava igualmente infeliz. Gerry a viu tirar alguma coisa do bolso e ficou surpresa em ver que era o rosário que Mavis lhe dera no dia de sua crisma.

A congregação se levantou para o ato penitencial e Gerry recitou junto com os outros:

— Confesso a Deus Todo-Poderoso e a vós, irmãos, que pequei muitas vezes — Gerry bateu com a mão de leve no peito — por pensamentos e palavras, atos e omissões por minha culpa, minha tão grande culpa...

O ritmo familiar da missa envolveu-a como um cobertor quente e, quando chegou a hora da eucaristia, ela se sentiu como se tivesse acordado de um sono leve. Dirigiu-se ao corredor, passando por Althea Wormley cara de macaco, com um chapéu amarelo horroroso fora de moda há muitas estações; por David e Carol Ryback e seu filho doente, Davey, e pelas velhas gêmeas idênticas Rose e Olive Miller. No altar, quando levantou a cabeça para receber a hóstia, viu os olhos azuis e gentis de padre Dan voltados para ela como se estivessem olhando para sua alma... e gostando do que viam. Ela sentiu uma onda de gratidão. Durante todo o tempo que o conhecia, ele jamais a julgara ou condenara. Enquanto outros cochichavam às suas costas, Dan parecia entender suas paixões e necessidades. Necessidades contra as quais ele com certeza lutava, pois, com todas as mulheres que lhe jogavam charme, ou ele era gay ou feito de pedra, para, no mínimo, não se sentir tentado.

Gerry fechou os olhos e tudo o que ouviu foi o roçar das vestes do padre, que recendiam a goma e incenso. O murmúrio de sua voz ao dar a bênção junto com a hóstia foi como água fresca escorrendo pela cabeça de Gerry.

O sermão que se seguiu tinha a ver com a leitura do dia, do livro de Coríntios. Com sua voz grave, padre Dan leu:

— "Se o pé disser: Porque não sou mão, não sou do corpo; nem por isso deixa de ser do corpo..." — Ele levantou a cabeça, estampando aquele seu sorriso simpático que parecia englobar uma piscada significativa. — Quem dentre nós nunca fez isso? Nosso patrão nos pede para fazer alguma coisa e nós dizemos "Ah, não, eu não. Isso não é atribuição *minha*. Peça ao sr. Jones". Ou a mulher pede ao marido para tomar conta dos filhos... — seu olhar pousou em Janet Stickney e sua prole, cinco meninos ruivos na idade entre dois e doze anos — e ele diz "as crianças são responsabilidade *sua*. Estou ocupado demais ganhando a vida". — Ele esperou os risinhos chegarem ao fim. — A questão é que todos nós somos culpados por nos eximirmos de responsabilidade, por pensarmos que isso é problema dos outros, não nosso. O apóstolo Paulo diz que há várias partes, mas um só corpo. — Ele fez uma pausa. — Acho que isso se aplica não somente ao nosso emprego e à nossa família, mas também aos nossos relacionamentos com outras pessoas. Pois, se estamos mais fracos, encontramos força no corpo como um todo.

Padre Dan poderia muito bem estar falando diretamente para ela. Pois, apesar de todas as suas dúvidas com relação à Igreja, era aquilo que a levava à missa todos os domingos: lembrar-se de que não estava sozinha. Gerry deu uma olhada para Anna, discretamente tentando acalmar a mãe, que começara a ficar agitada. Em comparação com os problemas de Anna — cuidar da mãe senil, além de trabalhar longas horas satisfazendo cada capricho da irmã —, os seus pareciam pequenos.

Quando todos se levantaram para o canto final "Somos gratos ao Senhor", ela se sentiu em paz pela primeira vez na semana. Até mesmo Andie e Justin pareciam mais tranquilos. Eles engrossaram a fila dos paroquianos de saída, rumo aos degraus onde Gerry parou para falar com padre Dan.

— Belo sermão — disse a ele.

— Você teria gostado ainda mais do sermão da semana passada. — Um lembrete não muito sutil de que ela havia faltado à missa da semana anterior, embora seus olhos azuis reluzentes lhe dissessem que não tivera tal intenção ao lhe dizer aquilo. — Está tudo bem?

— Tudo — mentiu ela. — Melhor que isso só se eu tirasse férias.

— As irmãs querem você sempre à disposição delas, não é? — Ele abriu um largo sorriso. O trabalho de Gerry como administradora do apiário no Convento de Nossa Senhora de Wayside, de alguma forma, parecia diverti-lo.

— Você conhece o velho ditado: "Para os perversos não há paz."

— Ah, então não se trata só de trabalho.

Gerry sorriu diante da inferência a Aubrey.

— Estou surpresa de você ainda não ter ouvido as notícias pela Marguerite.

Ele arqueou uma sobrancelha.

— Alguma coisa que eu deva saber?

— Nada de nada, padre. — Gerry estampou um olhar inocente.

A mão de Gerry, quando padre Dan a tomou entre as suas, ficou parecendo uma flor imprensada entre as páginas de um livro.

— Quando sentir vontade de falar sobre o assunto, sabe onde me encontrar.

Antes que ela pudesse responder, ele se dirigiu a um grupo de senhoras da Associação de Acólitos, deixando-a livre para ir à procura dos filhos. Gerry avistou Andie com várias colegas da escola. A uma pequena distância dali, Justin alugava o ouvido ao falante sr. Hennessey, ex-marinheiro mercante que tomava conta da igreja desde que ela se dava por gente.

Gerry lembrou-se de que prometera parar na Sorveteria Lickety Split a caminho de casa. Justin estava numa idade em que poderia comer uma banana split inteira e não perder o apetite para o almoço. Talvez mais tarde, se todos concordassem, eles fariam uma caminhada até o Wheeler Canyon. Era bonito lá naquela época do ano, com apenas um resquício de frio no ar. A estação das maçãs, a mãe costumava dizer, pois, próximo ao pomar, ainda se podia sentir o leve aroma das maçãs caídas no solo. Com um pouco de sorte, eles não se deparariam com nenhum urso, como o que Waldo Squires jurava ter visto na semana anterior em Chorro Ridge (o que Waldo dizia, contudo, era um pouco duvidoso, por conta de sua já conhecida luta contra o álcool). No entanto, depois de tudo pelo que tinham passado, o que seria dar de cara com alguns animais selvagens?

Ela sentiu uma onda repentina de otimismo. As coisas dariam certo de alguma forma. No final, os filhos acabariam aceitando Claire... e ela os aceitaria também. Um dia, todos poderiam assistir à missa juntos, isso sem falar nos casamentos e batismos que viriam pela frente: uma família como o corpo sobre o qual falara o apóstolo Paulo, um corpo feito de partes diferentes, mas bastante forte como um todo.

Gerry mal havia descido todos os degraus quando o mundo mergulhou-se em sombra. Ela levantou os olhos para o céu, onde o sol havia desaparecido por trás de nuvens que tinham surgido do nada. Outras tantas se acumulavam, densas, sobre as montanhas a oeste, e o vento soprava forte sobre as árvores, produzindo um farfalhar vigoroso. Gerry tremeu puxando a gola do casaco para cima.

— Andie! Justin! — chamou.

Não haveria passeio algum naquele dia. Eles já teriam sorte se conseguissem chegar em casa sem ficar ensopados.

Capítulo Quatro

ando um suspiro, Andie jogou a mochila no ombro e começou a subir as escadas. Portola High fora toda construída num nível só, uma série de prédios baixos interligados por passarelas abertas, com exceção do prédio onde ela se encontrava agora. Ele abrigava os escritórios do diretor e do vice-diretor, uma sala de professores no andar de cima e um salão que dava vista para o pátio quadrangular, onde o jornal da escola distribuía suas ruminações mensais sobre tudo o que acontecia, desde a onda de azar pela qual o time de futebol passava atualmente até a petição de um aluno — que circulava agora — solicitando a instalação de máquinas automáticas que vendessem preservativos nos banheiros masculinos e femininos. E onde também naquela bela tarde de segunda-feira, uma boa meia hora depois que seu namorado prometera se encontrar com ela na frente da escola, Andie tinha certeza de que o encontraria: Simon, editor-chefe do *Scribe*.

Era para ela estar mais do que chateada. Aquela não era a primeira vez que ele a deixava esperando.

Simon não era o cara mais bonito da escola. Tampouco era o mais popular (não que ele se importasse com isso). Enquanto outros rapazes admiravam Derek Jeter e Shaquille O'Neal, jogadores de beisebol e basquete, respectivamente, os ídolos de seu namorado eram os jornalistas Bob Woodward e Carl Bernstein. E enquanto atletas como Pete Underwood e Lonnie Thorsen davam cabeçadas no campo ou batiam com a toalha um no outro dentro dos vestiários, seu namorado podia ser visto à caça de uma boa matéria ou digitando ferozmente em seu teclado.

Assim era Simon. Ele se preocupava com assuntos como aquecimento global e controle de armas e não ficava correndo atrás de garotas (ou, como no caso de Dink Rogers, correndo atrás de sexo, drogas e rock and roll) para tentar aparecer — embora o editor responsável pelo *Valley Clarion*, para quem Simon costumava trabalhar como voluntário, lhe sugerira que muitos de seus artigos estavam mais apropriados para o extinto *Berkeley Barb*, jornal contracultura dos anos 70.

Ele também tinha o seu charme — de um modo inverso e especial. Era do tipo que não fazia propaganda de si mesmo e sempre ficava um pouco surpreso quando alguém achava o contrário. A razão pela qual ainda não tinham feito *aquilo* não era por ela não querer ou estar esperando uma oportunidade melhor, mas simplesmente por ter medo de onde aquilo poderia levar. Já era louca por ele. O que aconteceria se dormissem juntos?

Andie estava inclinada a perdoá-lo quando chegou ao alto das escadas. Viu a porta que dava para a sala do *Scribe* aberta e escorada por uma lata de lixo transbordando de papel. Lá dentro, olhou para as prateleiras e escaninhos lotados com livros de consulta e edições antigas do jornal; para o quadro de avisos que quase cobria uma parede inteira, tomado de fichas, fotos e horário das finais dos campeonatos de cada modalidade de esporte; para as mesas sobre as quais ficavam os computadores com torradas voadoras e cubos coloridos voando na tela. Apenas um deles estava sendo utilizado — aquele em frente ao qual Simon se debruçava, alheio ao mundo.

Ele piscou para ela, as lentes grossas de seus óculos de aro preto dando aos seus olhos grandes e castanho-claros uma aparência ligeiramente assustada.

— Andie, oi. O que você está fazendo aqui?

— Eu é que pergunto — disse ela, irritada, pondo as mãos nos quadris. — Era para você ter ido me encontrar lá embaixo, na frente do prédio.

Simon resmungou e baixou o olhar para o relógio velho que pendia do topo do monitor como os relógios derretidos de Dalí, lugar onde, sem dúvida, esperava que ele tivesse se feito mais visível.

— Droga. Desculpe. Me distraí. — Ele se levantou rapidamente, passando com agilidade por cima dos cabos e fios do computador que serpenteavam como raízes de uma árvore pelo chão. Quando a tomou nos braços, Andie resistiu de início para logo em seguida ceder com um suspiro. Ele tinha um cheiro familiar, como o de um suéter velho e confortável em um dia de nevoeiro. — Você me perdoa? — Simon recuou para lhe lançar seu adorável sorriso enviesado, os óculos caídos para um lado e um tufo de cabelos castanhos formando uma ponta acima de uma das orelhas.

— Estou tentando — disse ela, de má vontade.

— Só mais um minuto, está bem? — Ele levantou o dedo indicador todo manchado de tinta. — Prometo que não demoro.

— Está bem. Mas tomara que o que você esteja fazendo valha a pena.

— E vale. Na verdade, isso pode ser o grande furo jornalístico da minha vida. — Ele voltou para o computador e digitou um endereço na Internet. — Vou entrevistar Monica Vincent dentro de... — deu mais uma olhada no relógio — ... exatamente uma hora.

— *A* Monica Vincent? — Andie engasgou, impressionada.

— A única que existe.

— Como foi que você conseguiu? — Aquela conterrânea famosa era conhecida por se recusar a dar entrevistas.

Ele deu batidinhas na têmpora e lhe lançou um olhar misterioso.

— Tenho meus métodos.

Uma página da web se abriu e uma foto de Monica surgiu na tela. Devia ter sido tirada anos atrás, pois ela andava por um tapete vermelho com um vestido verde-água brilhante, os famosos cabelos ruivos caindo em cascata sobre os ombros. Ela estava estonteante.

— Fala sério — pediu ela.

— Está bem, foi pura sorte. Devo tê-la pegado no momento certo. — Ele pressionou uma tecla e a impressora começou a cuspir páginas. — O Bob Heidiger, do *Clarion*, está tão animado que está quase se mijando nas calças. E se uma das grandes agências de notícias publicar... — Ele não precisou acrescentar que se isso acontecesse o material estaria nos jornais de todo o país.

Andie analisou a foto na tela.

— É estranho quando a gente pensa que ela costumava sair na capa de todas as revistas. Não dava para ficar na fila do supermercado sem que a imagem dela pulasse em cima de você.

Ela se lembrou da reportagem que saiu na *People*, logo após o acidente de barco que deixou Monica paralisada da cintura para baixo, na qual seu empresário e amigos apareciam falando como ela estava encarando a situação com coragem. O que eles não disseram foi a louca desvairada que ela era — todos os lojistas no centro tinham uma história para contar a seu respeito. A mansão de Monica na colina era apropriadamente chamada de LoreiLinda, em alusão à sereia Lorelei de *A Odisseia*, que atraía os marinheiros para a morte.

— Hoje em dia ninguém conseguiria pedir a ela para posar para a capa da *Time* — disse ele.

— Não vejo o que ela tem a esconder. Quer dizer, veja só o Christopher Reeve.

— É pura e simplesmente uma questão de ego — disse ele, encolhendo os ombros. — Ela prefere ser lembrada em toda a sua glória.

— Suponho que isso queira dizer "nada de fotos".

— Estou levando a máquina fotográfica, por via das dúvidas. Afinal de contas, é só o jornal da cidade. — Ele piscou. — Ei, por que você não vem comigo? Digo a ela que somos uma equipe.

— Não sei não — Andie hesitou, embora a proposta fosse tentadora... ela não conhecia ninguém que já tivesse entrado na LoreiLinda. — É melhor eu ir para casa.

Simon desligou o computador.

— Por quê? Qual o problema?

Algo muito maior do que Monica Vincent, pensou Andie. No entanto, ela apenas sacudiu os ombros e disse:

— Preciso terminar um trabalho sobre o *Servidão Humana*, que é para entregar amanhã, e ainda nem acabei de ler o livro.

— Eu te conto tudo sobre ele no caminho. — Simon passou o braço pelos ombros dela. — Afinal de contas, quantas vezes você tem a chance de observar um inseto predador em seu hábitat natural?

— Ela não deve ser tão ruim *assim*.

— Diga isso ao Herman Tyzzer. — Herman, ex-fuzileiro naval, barbudo, que se considerava entendido em cinema, era dono do videoclube favorito deles, o Den of Cyn. — Ela ficou quinze minutos reclamando nos ouvidos dele que ele não tinha todos os filmes dela. Nem mesmo a Blockbuster tem todos eles.

— Uma vez eu a atendi na Rusk's — lembrou-se Andie. — Ela devolveu um par de meias-calças que estavam com aparência de usadas. O sr. Kremer me disse para aceitar mesmo assim.

— Homem esperto.

— Você acha que ela iria me reconhecer?

— Duvido. Pelo que eu ouvi, ela se preocupa mais com que as pessoas *a* reconheçam. — Ele pegou a mochila abarrotada do chão e a jogou por cima do ombro.

Já haviam descido metade das escadas quando ela percebeu que não havia exatamente confirmado que iria. Simon apenas achara que sim. Ah, tudo bem. Valeria a pena só pelas histórias que ela poderia contar.

O carro dele, um Volkswagen Squareback com mais quilômetros rodados do que um 747, era um dos poucos carros que restavam no estacionamento. Andie estava abrindo a porta para entrar quando viu um vulto carregando uma maleta vir na direção deles. Ao reconhecê-lo como seu professor de matemática, ela entrou correndo.

Simon abriu um sorriso.

— O que foi...? Você não passou em alguma prova de álgebra?

Andie ignorou a piadinha. Tudo bem, álgebra não era mesmo o seu forte.

— Você não ouviu? Viram o sr. Hillman num bar gay em Sunset Strip.

— Sério? — Simon, de tão surpreso, não sabia o que dizer. Ele ligou o motor, que engasgou e depois pegou com um ronco ensurdecedor.

— Você sabia que ele era gay?

O namorado de Andie encolheu os ombros, dando mais uma olhada para o professor. Tudo com relação ao sr. Hillman era bege: seus cabelos ralos, seu casaco, sua maleta, até mesmo sua pele. Ele era a última pessoa que alguém esperaria ver em qualquer tipo de bar.

— Não sei e também não me importo. Eu só estava pensando quem seria estúpido o bastante para delatá-lo. Quer dizer, pense bem, por que outro motivo alguém estaria num bar gay se também não fosse gay?

Ele tem razão, pensou Andie. Após um momento, acrescentou:

— Meu tio é gay.

— Aquele que mora em San Francisco? — Eles saíram do estacionamento e começaram a descer a colina.

— É ele mesmo, o tio Kevin.

— Eu gostaria de conhecê-lo qualquer dia desses.

— Vocês dois se dariam bem. — A última vez que vira o tio fora há um ano, quando ele mandara as passagens de avião para que ela e Justin o visitassem. Segundo se lembrava, fora a vez em que mais se divertira desde o divórcio.

Simon lhe abriu um sorriso.

— Eu me daria bem com qualquer pessoa que cozinhe. — Simon era famoso por seu apetite, embora nunca parecesse engordar um quilo sequer.

Ela hesitou antes de perguntar:

— Quando eu vou conhecer a *sua* família? — Nos quatro meses que eles namoravam, ela não fora nem uma vez sequer à casa dele. Era sempre uma ou outra desculpa.

— Você conhece a minha irmã — disse Simon, resguardado.

— Só conheço porque a gente estuda na mesma escola. — Além do mais, Ricki era aluna do segundo ano do ensino médio, o que significava que elas mal se viam.

— A minha mãe quase nunca está em casa. E você não iria achar meus irmãos interessantes. Pode acreditar.

— Como se o meu fosse grande coisa.

— O Justin? Ele é legal.

Andie continuou confusa. Simon fizera de tudo para ser gentil com o irmão dela, ajudando-o com o dever de casa e lhe mostrando algumas coisas no computador. Não fazia sentido ele ser tão frio com relação aos próprios irmãos. Estaria escondendo alguma coisa? Ou... um pensamento ainda mais preocupante passou-lhe pela cabeça... estaria mantendo-a a certa distância da família?

O Volkswagen engasgou e sacudiu ao descer a colina, fazendo barulho suficiente para abafar o ronco dos motores de um grupo de motoqueiros. Na pista oposta, um ônibus escolar vazio passava devagar como um cavalo velho voltando para a cocheira. O motorista, o grandalhão sr. Drill, que ajudava a esposa no serviço de bufê, acenou para um grupo de meninas de cabelos molhados do time de natação que caminhavam pelo acostamento. Andie se sentiu pelo menos uns cem anos mais velha do que aquelas meninas.

Simon pareceu perceber seu humor.

— Ei, você está bem? Parece meio para baixo. — Ele estendeu o braço e lhe apertou a mão. — Você ainda não está chateada comigo, eu espero.

Andie se recostou no banco, com um suspiro.

— Não é nada com você... as coisas andam meio estranhas lá em casa. — Mesmo depois de dois dias, ela ainda não havia assimilado bem a notícia.

— Em que sentido? — Ele parecia mesmo interessado em saber.

Ela hesitou. Não que se importasse que ele soubesse — não havia contado para Finch? —, só que era difícil falar sobre um assunto que ainda parecia tão surrealista.

— Aqui vai uma prévia para você — disse ela, numa voz ligeiramente sarcástica, que deveria distanciá-la de tudo aquilo, mas que deu uma reviravolta e a fez sentir um estrangulamento na garganta. — Acabei de descobrir que tenho uma irmã.

Simon lhe lançou um olhar espantado; depois, vendo que ela falava sério, assobiou por entre os dentes.

— Meu Jesus! Como isso foi acontecer?

— Da forma convencional. Minha mãe ficou grávida.

— Pelo que estou entendendo, isso foi antes de ela conhecer o seu pai.

— *Muito* antes.

— E ela esperou todo esse tempo para te contar? Uau! — De repente, até mesmo Simon ficou sem fala.

— Ela disse que foi para o nosso próprio bem. Você consegue acreditar? — Andie ficou arrepiada de novo de tanta indignação.

Simon encolheu os ombros.

— Normalmente, as pessoas inteligentes podem ter uma terrível falta de percepção quando o assunto é os próprios filhos. — Ele tinha mais é que saber. Na edição do mês anterior do *Scribe*, Simon havia publicado uma coluna sobre a realidade do sexo na adolescência, que resultara numa invasão de pais afrontados no gabinete do sr. Blanton, como um bando de corvos berrando.

— Agora ela quer que a gente a receba de braços abertos... como se fôssemos todos uma família grande e feliz. — Isso parecia uma piada cruel. No último ano e meio Andie havia desejado que as coisas voltassem a ser da forma como eram antes do divórcio, mas não fora assim que imaginara preencher o assento vazio deixado à mesa pelo pai. — Não que a mamãe tenha, exatamente, *mentido*, mas não dá no mesmo?

Eles estavam passando em frente à escola do ensino fundamental, onde a bandeira ainda se encontrava a meio mastro por conta do sr. Geiger, falecido há duas semanas após um longo período doente.

No gramado em frente, um laço amarelo e agora murcho estava amarrado à base de concreto do sino de ferro fundido que viera da escola original, de uma sala somente, do outro lado da cidade.

— Eu me lembro de quando o meu pai nos deixou — disse ele, com uma voz estranha, estrangulada. — Eu tinha nove anos. Tudo o que eu fiquei sabendo é que ele tinha saído para comprar cigarros e não voltou mais. Só depois de pelo menos uns seis meses é que a minha mãe resolveu nos contar que ele nunca mais iria voltar.

Então era por isso que ele nunca falava do pai. Ela teve outra visão de Simon; eles tinham mais coisas em comum do que ela havia percebido.

— O engraçado é que eu sempre quis ter uma irmã — disse a ele. — Só que nunca pensei que seria assim.

— Quem sabe? Você pode vir a gostar dela.

— Não é essa a questão. — Andie pensou por um minuto, franzindo a testa. Qual *era* a questão? — Eu achava que conhecia a minha mãe, mas agora... Não sei mais. Não é a mesma coisa que ela dormir com os caras com quem sai e achar que eu não sei. É como se... bem, como se de repente ela fosse uma pessoa completamente diferente.

O mesmo acontecera com relação ao pai. Ela costumava achar que era a pessoa mais importante da vida dele. Ele não a chamava de sua garotona? Tinha até uma piscada especial que ele lhe dava escondido, quando ficava do lado dela contra a mãe. Ela se lembrou das manhãs em que ele costumava acordá-la quando ainda estava escuro para levá-la para pescar no lago; na volta, eles sempre paravam para tomar café e comprar rosquinhas... algo que ele não fizera nem com Justin. Mas tudo havia mudado desde o divórcio. Cindy era a garotona dele agora. Andie tinha sorte quando conseguia vê-lo uma vez por semana.

— Acho que eu nem reconheceria o meu pai se o visse agora — disse Simon.

— Ela está vindo para cá na sexta-feira. — Faltavam apenas três dias. Andie sentiu-se apavorada de repente. — A mamãe vai levá-la para jantar lá em casa. Já pensou como *isso* vai ser estranho? Quer dizer, vamos ter milhões de assuntos para conversar... mas não vou saber o que dizer.

— Ela certamente também vai estar nervosa, portanto vocês, pelo menos, vão ter isso em comum. A propósito, *ela* tem nome?

— Claire.

— O que ela faz?

— Acho que é advogada.

— Isso deve dar assunto para pelo menos uns quinze minutos. Depois, você vai ter que improvisar. — Ele esticou o braço para lhe apertar a mão novamente. — Não se preocupe. Vai dar tudo certo.

— É fácil para você falar. — Simon poderia conversar com a mesma despreocupação com o Dalai-Lama.

Eles ficaram em silêncio, ambos perdidos nos próprios pensamentos. Haviam saído de Agua Caliente e estavam subindo a estrada íngreme e sinuosa para a LoreiLinda. De cada lado, erguiam-se paredões íngremes de arenito salpicados de uvas-ursinas e sálvia. Andie se lembrou de quando a professora do sexto ano lhes disse que, no passado, aquele vale inteiro fora parte do leito do oceano. Conforme o carrinho valente de Simon foi subindo a colina fazendo um barulho ininterrupto, ela imaginou os dois como criaturas marítimas subindo até a superfície.

Eles passaram pela casa de Wes e Alice, construída em níveis que se projetavam como degraus de vidro e aço da escada de rochas que era a colina. Uns seiscentos metros abaixo, num paredão ainda mais íngreme, ficava a casa que uma revista chamara de “O Mausoléu de Monica”. Andie podia vê-la reluzindo ao longe, como um templo no topo do Monte Olimpo. Somente ao se aproximarem é que a casa foi engolida pelas árvores densas que a cercavam como um forte. Simon parou diante de um portão alto de duas folhas, de ferro forjado.

Ele espichou a cabeça para fora do carro e anunciou com a voz clara no interfone:

— Simon Winthrop. Tenho hora marcada às quatro e trinta com a srta. Vincenti. — Como se todos os dias ele visitasse uma estrela de cinema.

Uma campainha soou e os portões se abriram com um rangido lento e odioso. Lentamente, eles subiram um caminho de cascalho triturado que reluzia sob a luz do sol daquela tarde iluminada. Um gramado digno dos campos do Dos Palmas se desenrolava de cada lado, margeados por arbustos baixos e sombreados aqui e acolá por árvores antigas e majestosas. Andie viu um esquilo correr com passos curtinhos pelo gramado, como se fosse um fugitivo. Aquele fora o primeiro sinal de vida que ela vira.

Eles estacionaram sob as árvores na beirada do largo para manobra e saíram do carro. A casa assomou diante deles, imponente e ligeiramente surrealista, com seus leões de pedra de cada lado dos degraus curvos e das altas colunas gregas. Havia uma claraboia acima da porta de entrada, similar a que havia na casa de sua avó, apenas mais elaborada, seus painéis de vidro fosqueado com desenhos graciosos de frutas e flores. De cada lado da porta, ficava uma grande urna de bronze.

Simon lhe estendeu a mão.

— Relaxe. Vai ser moleza.

Sua batida à porta foi atendida por uma mulher gorda e de cabelos castanhos desbotados, com uma camiseta branca lisa e saia de brim, que Andie conhecia da igreja como Anna Vincenzi — a irmã de Monica. Anna olhou para ela intrigada, então se recompôs e disse com simpatia:

— Andie! Que grata surpresa! Eu não estava à sua espera. — Virou-se para Simon e estendeu a mão. — Olá. Nós nos falamos por telefone. Sou a assistente da srta. Vincent, Anna.

Isso soou muito estranho, Anna se referindo à própria irmã daquela forma... mas talvez Monica tivesse insistido. Andie se perguntou como Anna tolerava isso.

Simon apertou-lhe a mão.

— Espero que a senhora não se importe por eu ter trazido a minha — ele olhou para Andie — colega.

— Não, de jeito nenhum. — Anna ruborizou e Andie teve a sensação de que Monica não seria tão agradável assim. — Por favor, entrem. Direi a ela que vocês estão aqui.

Eles foram conduzidos por um corredor de lajotas que dava para um pátio ensolarado e circundado por árvores em grandes vasos de porcelana chinesa. A sala de estar à frente era ainda mais palaciana, com suas janelas do chão ao teto que permitiam uma visão estupenda do vale. Andie caminhou por um carpete bege que parecia grama macia sob seus pés e abaixou-se, tensa, até uma cadeira de pés dourados.

— Tenho a sensação de que não estamos mais no Kansas — Andie disse baixinho para Simon, imitando a reação de Dorothy ao chegar à terra de Oz.

— Com certeza.

Simon começou a andar pela casa como se ela fosse um museu, parando para observar um retrato de Monica, acima da lareira. Ela devia ter vinte e poucos anos quando ele foi pintado, embora hoje, aos quarenta, mal parecesse ter envelhecido. Os mesmos cabelos ruivos sedosos, os mesmos olhos cor de esmeralda, o mesmo sorriso de um milhão de dólares.

Simon virou-se ao ouvir o barulho abafado do elevador. Decorrido um momento, Anna retornou, empurrando Monica em sua cadeira de rodas. Com uma blusa de seda em tom verde-claro e calças combinando, um colar de pérolas pendendo de seu pescoço longo e alvo, ela poderia passar por uma rainha em seu trono. Seu perfume chegou até eles, leve e floral.

— Olá, olá — disse alegremente. — Desculpe tê-los feito esperar. Como vocês podem ver — ela bateu nos braços da cadeira de rodas —, não me locomovo mais com a mesma facilidade de antes.

Andie piscou, surpresa. Aquela era a mesma Monica Vincent que havia levado Dawn Parrish, da Blue Moon, às lágrimas depois que ele, acidentalmente, derrubou café em sua blusa? *Aquela* Monica que estava ali parecia tão agradável quanto as personagens fatais e de bom coração pelas quais ela era famosa.

Simon aproximou-se e estendeu a mão.

— Simon Winthrop. E essa é a minha, humm, minha colega de trabalho, Andrea Bayliss. — Ele gesticulou na direção de Andie. — É uma honra finalmente conhecê-la, srta. Vincent. Assisti a todos os seus filmes, muitos deles duas vezes.

— Nossa, é muita gentileza sua. — Ela sorriu sedutora, mostrando uma covinha em uma das faces. — Devo admitir que quando você ligou eu não sabia se te recebia ou te mandava desistir. O que um menino da sua idade poderia querer com uma velha como eu? — Ela parecia saber muito bem o que qualquer adolescente comum poderia querer com ela, aleijada ou não. — Mas confesso que a curiosidade me venceu.

Simon agarrou a oportunidade de ir direto ao assunto.

— Veja, tenho certeza de que a senhora está cansada das pessoas dizerem que adoram os seus filmes, principalmente *Luzes do Norte*, com aquela cena no túmulo da mãe, que é arte, pura arte... portanto, não vou aborrecê-la com essas coisas. O que quero saber é da senhora como pessoa. Seus gostos, suas aversões, o que a interessa, coisas assim.

— Tenho medo de que você me ache meio chata. — Monica abaixou a cabeça, olhando para ele de um ângulo sedutor, com um olhar oblíquo. — Por favor, sente-se. — Ela apontou para o sofá modulado, cheio de almofadas, onde havia lugar para acomodar todo o seu séquito. — Vocês gostariam de alguma coisa para beber? Chá gelado, refrigerante?

— Eu gostaria de um chá gelado — disse Andie, animada.

Simon afundou no sofá.

— Prefiro uma Coca-Cola, se tiver.

— O de sempre para mim. — Monica mal olhou para a irmã, parada ao seu lado. Anna assentiu com a cabeça, saindo silenciosa para o aposento anexo. — Agora, onde estávamos mesmo?

Simon tirou o minigravador da mochila.

— A senhora se importa se eu gravar?

Monica balançou a mão com um gesto de desdém, o que pareceu estranho, considerando sua fama de paranoica. Claramente, ela não via Simon como um ameaça.

— Então você é fã de *Luzes do Norte* — disse ela. — É também um garoto esperto. Sabe muito bem que nós, atrizes, nunca, nunca, nos cansamos de ouvir as pessoas falando de nós. É verdade o que dizem... cada palavra: vaidade, vaidade. — Ela deu uma risada animada que de nada serviu para banir a amargura que permeava sua voz. — Mas é claro que tenho muito menos do que me envaidecer ultimamente. — Ela lançou um olhar saudoso para o retrato acima da lareira.

Simon foi feliz ao dizer:

— Não sei por que a senhora não continua a fazer filmes. Quer dizer, com esse rosto...

Ela se iluminou.

— Obrigada, meu querido, mas, infelizmente, acho que não há muita procura por atrizes aleijadas hoje em dia. — Andie percebeu uma vulnerabilidade que fez dela uma pessoa quase agradável.

Simon perguntou:

— E quanto à televisão?

— Recebi algumas propostas. Nada muito interessante. — Anna retornou e Monica arrancou o drinque da bandeja que ela trazia. — Enfim, por que me incomodar com isso? Tenho mais dinheiro do que poderia gastar em duas vidas. As pessoas acham que passo os meus dias por aí com pena de mim mesma? — Ela se inclinou para a frente, a boca esboçando um sorriso que não chegava aos olhos. — A verdade é que nunca fui mais feliz. Não é mesmo, Anna?

— É... claro — respondeu Anna, submissa. Seu andar pareceu estranhamente tenso ao cruzar a sala de estar com a bandeja e entregar as bebidas a Andie e Simon.

— E quanto a trabalho voluntário? — quis saber Simon.

Monica deu sua risadinha alta e excessivamente animada.

— Você consegue me imaginar vendendo doces para arrecadar fundos? Ou coletando doações de porta em porta? Ah, não confunda as coisas... — Ela balançou a mão com unhas bem-feitas na qual pulseiras de ouro tilintaram. — Estou envolvida em várias ações sociais. Por exemplo, mês passado eu doei um casaco russo de pele de marta para o leilão da amfAR, da minha querida amiga Liz, fundação que, como vocês sabem, levanta fundos para pesquisa para a Aids.

Um casaco de pele que não teria muito uso na ensolarada Carson Springs, pensou Andie. Em sua cabeça, podia ver a casinha decrépita da família Vincenzi, na estrada, do outro lado da casa de Laura, e imaginou o que aquele dinheiro significaria para Anna.

Simon deu uma olhada em suas anotações.

— Um casaco avaliado em cento e quarenta mil dólares.

Monica pareceu impressionada.

— Nossa, pelo que posso ver, você fez o dever de casa. O que mais sabe sobre mim, meu jovem? — Sua voz se tornara estranhamente arrastada e Andie percebeu que o copo em sua mão estava vazio. Claramente ela havia começado a beber antes de eles chegarem.

Simon não perdia nenhuma oportunidade.

— A senhora fez catorze filmes que foram grandes sucessos de bilheteria, foi indicada cinco vezes para a Academia e recebeu um Oscar de melhor atriz coadjuvante no filme *Lírios Silvestres*.

— Que mais parecia o papel principal — disse ela, torcendo o nariz. — Mas acho que isso é detalhe. — Ela apontou para a estatueta cintilante no console da lareira. — Vá lá. Pegue-a. Não seja tímido.

Simon pôs-se de pé e Andie fez o mesmo. A estatueta do Oscar, entre um par de cachorros de porcelana chinesa, era mais pesada do que se poderia julgar e, por mais curioso que pareça, causava emoção tocá-la. Andie imaginou Monica a recebendo no palco, sorrindo radiante para a câmera. Uma pena que aquele acabara sendo o último discurso de agradecimento que daria na vida.

Eles falaram mais sobre os filmes dela e Monica lhes contou a história de sua grande oportunidade, quando fora "descoberta" servindo às mesas na cantina dos estúdios da Universal. Falaram sobre todas as coisas de praxe, inclusive as fofocas sobre seus três ex-maridos. A única referência ao acidente fora a forma como falara da própria vida, como se ela tivesse se dividido em duas partes, como a.C. e d.C.

Quando não podia mais fazer filmes, disse a eles, voltara para a casa em Carson Springs.

— Nasci e me criei aqui — disse ela. — Portanto, faz sentido que eu também seja enterrada aqui. — Falava em tom de brincadeira, mas havia algo em seus olhos que fez Andie sentir um frio na nuca, como se, de uma forma ou de outra, Monica já estivesse morta.

Após esvaziar outro copo de seu drinque, ela ficou ainda mais falante, tecendo críticas e mais críticas às várias mentiras que haviam sido perpetuadas pela mídia. Como o boato de que fora responsável pelo fim do casamento de Roone Holloway, que qualquer outra pessoa poderia dizer que já estava fadado ao fracasso muito antes de ela entrar em cena, explicou, e como a mentira ainda mais odiosa de que ela negligenciava sua pobre e velha mãe.

— Quem paga o salário da sra. Simmons para tomar conta dela enquanto você está trabalhando? — perguntou a Anna. — Quem paga as contas que o seguro dela não cobre? Deus do céu, as pessoas esperam que eu, além de tudo, ainda banque a enfermeira?

— Você tem sido muito generosa — murmurou Anna, lançando um olhar preocupado para o copo em sua mão.

— Jesus Cristo! Durante metade do tempo a minha mãe nem sabe quem eu *sou*. Mas o que essas pessoas desprezíveis sabem sobre isso? Tudo o que elas querem é me arrastar na lama. — Seu rosto angelical ficara duro, a boca torcida num sorriso de sarcasmo. — *Agora* é diferente. Elas têm pena de mim. Pobrezinha da aleijada da Monica. Querem saber por que não dou entrevistas? *Desliga essa porra!* — gritou ela, apontando com a unha para o gravador. — Vou dizer por quê. Porque as pessoas não dão a mínima para a verdade. Bastardas sanguessugas... só estão interessadas no que vende.

— Monica, você não tem um compromisso às cinco e meia? — Anna bateu no relógio, numa tentativa de encurtar a entrevista.

Simon pegou a deixa e se levantou em seguida.

— Obrigado, srta. Vincent. Acho que já tenho o bastante para continuar. — Ele lançou um olhar significativo para Andie, que também se pôs de pé. — Não quero ocupar mais o seu tempo.

— Meu caro jovem. — O acesso raivoso de Monica havia passado como uma chuva de verão. Quando Simon lhe estendeu a mão, ela a acariciou antes de se virar zonza e sorrir para Andie: — Se eu fosse você, ficaria de olho nele. Se não, alguma garota esperta vai tentar roubá-lo de você.

— Eu... — Andie não sabia o que dizer. — Obrigada pelo... por tudo.

Anna parecia tensa e distraída ao conduzi-los até a porta. Por que tolerava aquilo? Com certeza poderia arrumar um emprego em qualquer outro lugar. Será que sabia que a irmã era conhecida na cidade como a Megera sobre Rodas? Qualquer um entre uma dúzia de lojistas daria emprego a Anna apenas por pura solidariedade.

Andie já estava no meio da escada quando Anna gritou atrás dela:

— Ah, quase me esqueci. Por favor, agradeça à sua mãe pelo mel.

— Claro, direi a ela. — Gerry estava sempre distribuindo potes do mel Bendita Abelha, e Andie, por alguma razão, achou o lembrete da atenção que a mãe dispensava aos outros ligeiramente desconfortável. — Ah, acho que nos veremos no casamento. Você vai, não vai?

Anna pareceu confusa por um momento, ficando visivelmente iluminada em seguida.

— O casamento. Sim, claro. Eu não o perderia por nada neste mundo. — Ela passou a mão pelos cabelos finos e sem vida, os olhos ficando marejados sem razão aparente. — Desculpe, é melhor eu... — Ela fez um gesto débil na direção dos fundos da casa. — Foi um prazer conhecê-lo, Simon. Obrigada por... por não falar nada. Ela, humm... fica meio deprimida de vez em quando.

— É compreensível — respondeu ele.

— Você não vai...?

— Sou apenas um garoto, lembra? O que eu sei? — Ele lhe abriu seu sorriso inocente, empurrando os óculos que haviam escorregado até metade do nariz.

Anna pareceu aliviada.

— Obrigada.

Eles estavam dentro do carro, descendo o caminho até o portão, quando Andie arriscou timidamente:

— Você falou sério, não falou? Você não vai falar nada sobre...

— Sobre ela estar bêbada? — completou Simon. — Não se preocupe. Tenho algo muito mais interessante em mente.

Ela não ousou pensar no que Monica poderia fazer com ele em caso contrário.

— Você foi maravilhoso — disse a ele. — Acho que eu não teria me saído tão bem.

— Isso quer dizer que você vai dormir comigo? — perguntou ele, insinuante. Aquela era uma campanha que não tinha fim, embora, para seu crédito, ele nunca tentasse persuadi-la ou intimidá-la. Andie quase preferia que ele o fizesse... seria muito mais fácil resistir.

Pouco tempo depois, eles estavam estacionando em frente à casa dela. A casa era uma das mais velhas do bairro, o que dava para perceber. A mãe se recusava a pintá-la; gostava daquela cor sépia desbotada e das trepadeiras que subiam pelas paredes laterais. Deixava a cerca viva crescida também, dizendo que não queria que a casa se parecesse com todas as outras do quarteirão. Mas o que havia de tão fantástico em ser diferente? Andie queria entender.

— Quer entrar? — perguntou ela. Justin, sem dúvida, estava na casa de Nesto e a mãe não voltaria nas próximas horas.

Simon não precisava de mais encorajamento.

A casa estava silenciosa, havia apenas o latido de Buster nos fundos. A luz do sol entrava pelas persianas, lançando degraus de sombras no tapete e no antigo móvel de farmácia, com suas dúzias de gavetinhas que acondicionavam caixas de fósforos, cardápios de restaurantes, cartas antigas, listas, moldes de costura e botões soltos de camisas.

Ela se virou para Simon.

— Está com fome?

Ele balançou negativamente a cabeça. Estava olhando para ela de uma forma que fez seu estômago pesar, como se tivesse despencado.

— Por que não ouvimos música em vez disso?

O coração de Andie acelerou. Ele queria dizer no quarto dela, com certeza.

Seus olhares se cruzaram e ela tremeu um pouco, imaginando: *Será que estou pronta?*

Ser virgem não era algo de que ela se orgulhava. Fora apenas uma promessa que fizera à mãe, tempos atrás, quando as duas se sentaram para ter aquela conversa de mãe para filha sobre de onde vinham os bebês. Se Gerry tivesse lhe dito para aguardar até o casamento, pois, caso contrário, ela iria para o inferno — como as freiras do catecismo estavam sempre fazendo —, ela provavelmente já teria transado. Mas ela fora tão sensata, dizendo apenas que Andie deveria esperar até ter certeza de que estava pronta, até que isso tivesse algum significado.

Mas Andie não sabia então que a mãe era uma falsa.

Agora, uma voz desafiadora sussurrava em sua cabeça: *Não que você vá fazer alguma coisa que ela não tenha feito.*

Ela o conduziu pelo corredor até o quarto, lembrando-se subitamente dos bichinhos de pelúcia amontoados em cima da cama, da estante cheia com os livros favoritos de sua infância, como *Ursinho Puff* e a *Teia de Charlotte.* Do pôster dos Backstreet Boys, de quem há muito tempo não gostava mais, mas que não chegara a retirar. Ela se sentou na cama, sentindo uma leve excitação na boca do estômago. Simon ficou parado, em pé, olhando hesitante para ela, as mãos enfiadas nos bolsos da frente das calças jeans. Ela não conseguia parar de sorrir. Qualquer outro rapaz já estaria tentando agarrá-la.

Ele pôs um CD para tocar — a gravação de Sarah Vaughan que ele havia lhe emprestado, na esperança de lhe despertar o gosto pelo jazz — antes de se sentar ao lado dela na cama. Parecia nervoso, embora ela não pudesse imaginar a razão, pois eles já haviam tirado uns sarros antes. Foi então que Andie se deu conta de que seria *ela* que teria que tomar a iniciativa.

Ela se deitou na cama.

— Você não vai me beijar?

Simon abriu um sorriso.

— Achei que você não ia pedir.

Ela adorava o jeito como ele beijava... não era molhado demais e exercia a pressão na medida certa. Ela abriu os lábios e sentiu a ponta da língua dele brincar com a sua. A excitação que sentira no estômago descera, fixando-se como uma mão quente entre as pernas. De olhos fechados, poderia estar em qualquer lugar... numa boate enfumaçada ou num motel barato, como no filme *Thelma e Louise.*

Os beijos de Simon se intensificaram, tornando-se mais urgentes. Ela sentiu uma pressão na perna e pensou como deveria ser desconfortável ficar com o pênis todo encolhido dentro dos jeans. Andie abriu-lhe o zíper e enfiou a mão lá dentro. Já o havia tocado uma vez, mas com pouca segurança e muito rapidamente, como se tivesse esbarrado por acidente. Agora, explorava-o determinada. Era macio, como pétalas de rosa, e parecia marmorizado, com veias que pulsavam sob a ponta de seus dedos. Simon gemeu, pondo a mão sobre a dela e movendo-a para cima e para baixo, até que ela pegou o jeito. Após alguns poucos movimentos, ele se afastou.

— Pare. Ou vou gozar. — Ele parecia rouco e sem fôlego.

Eles se despiram sob o canto provocador de Sarah Vaughan. Ela nunca havia ficado completamente nua na frente dele. Eles sempre paravam pouco antes de tirarem as roupas íntimas. Agora, Andie olhava para Simon.

Livre dos jeans e da cueca de algodão, ele parecia ainda maior, despontando vigorosamente de sua rede de pelos escuros. Finch lhe dera uma ideia do que esperar, mas Andie nunca imaginara que seria assim tão... bem, claramente, o negócio era sério. Ela tremeu, cruzando os braços sobre os seios.

Simon foi devagar. Eles se beijaram mais um pouco, antes de ele inserir gentilmente o dedo entre suas pernas. Estava gostoso e ela fechou os olhos, deixando as sensações de calor tomarem conta da mesma forma que acontecia quando se masturbava à noite, debaixo das cobertas. Após alguns minutos, Andie lhe afastou a mão e sussurrou:

— Estou pronta agora.

Mas tudo o que Simon fez foi ficar deitado, ofegante. Por fim, disse com a voz grossa de desejo:

— Eu não trouxe camisinha. — Sem óculos, seus olhos castanho-esverdeados tinham uma expressão diferente, desfocada.

— Ah... — Nunca lhe ocorrera que ele não estaria preparado.

— Tudo... tudo bem se eu tirar na hora?

— É melhor não. — Ela já havia assistido a várias palestras... tirar antes não era garantia alguma. Por outro lado, a probabilidade de ela engravidar daquela forma era tão grande quanto a de seus pais voltarem a viver juntos. — Mas acho que tudo bem... só dessa vez.

Simon também parecia saber que era arriscado, mas de repente sua mente desconsiderou o risco. Ele se deitou sobre ela, penetrando-a aos poucos. Tinha as faces rosadas e os cabelos colados na testa em cachos suados.

— Não estou te machucando, estou?

— Não.

— Se machucar, me fale que eu paro.

— Talvez você não esteja...

Ela sufocou um grito, sentindo uma ardência dolorida. Não tão ruim quanto havia esperado. Em seguida ele estava se movendo dentro dela com arremetidas cuidadosas. A cama ficou úmida. Sangue? Mas esse pensamento foi logo substituído por ondas de prazer que percorreram seu corpo. Então era assim. Não obstante, ninguém poderia tê-la preparado para como era bom... para todo aquele calor, aquela suavidade e aquela doçura, como chocolate derretendo não apenas na boca, mas no corpo todo.

Simon gemeu e, com uma puxada repentina, saiu de dentro dela. Andie sentiu alguma coisa quente respingar em sua coxa. Após um momento, ele se afastou, murmurando:

— Desculpe. Essa passou perto.

Ela tocou a coxa na parte molhada. O cheiro era parecido com o de uma piscina com excesso de cloro.

— Tem certeza de que tirou antes?

Ele concordou.

— Você...?

Andie fez que sim com a cabeça, sorrindo para que ele soubesse que estava tudo bem.

— Foi a sua primeira vez, não foi? — Simon falara de forma evasiva sobre o assunto, dando a entender que tivera um ou dois possíveis encontros antes.

Ele ficou ainda mais ruborizado.

— Você ficaria decepcionada se eu te dissesse que sim?

— E por que ficaria?

— Sei lá. Todo esse lance de ser machão.

— Desde quando você se preocupa em ser machão?

— Tem razão. É bobeira minha.

— Foi como você esperava? — perguntou ela.

Ele abriu um sorriso.

— Digamos que é muito melhor do que fazer carreira solo.

Durante um bom tempo eles ficaram apenas deitados, olhando para o teto. No quintal dos fundos, Buster começou a latir novamente e pela janela aberta entrou o cheiro sutil de almôndegas. A vizinha, sra. Corliss, sempre preparava almôndegas às quartas-feiras. Por fim, Simon levantou-se para usar o banheiro. Andie ouviu o barulho da torneira aberta e, momentos depois, ele retornou com uma toalha úmida que usou para limpar gentilmente o sangue de suas pernas. Quando já estavam vestidos, ele a ajudou a limpar a mancha do lençol. Se a mãe descobrisse, ela diria que fora uma mancha de menstruação.

Simon a abraçou.

— Nos filmes, essa é a parte em que o cara diz "eu te amo".

— Você vai precisar de uma trilha sonora.

— Assim? — Ele cantarolou alguns compassos desafinados de *Memory*.

Ela sorriu.

— É melhor você parar enquanto ainda dá tempo.

— Está bem, mas só se você prometer que não vai terminar comigo amanhã de manhã.

— O que me faz lembrar... — Ela se afastou. — ... Que se eu não começar logo a fazer o meu trabalho da escola, vou ter que passar a noite em claro.

Qualquer outra pessoa teria entendido isso como uma indireta para ir embora, mas não Simon. Ele ficou na cama, esperando pacientemente enquanto ela remexia na mochila até encontrar a cópia surrada de *Servidão Humana*.

— Tudo bem — disse ele. — O que você não pode deixar de lembrar sobre Somerset Maugham é que ele era gay, portanto muitas pessoas acham que quando ele escreveu sobre a obsessão de Philip por Mildred estava na verdade escrevendo sobre...

* * *

Na manhã seguinte Finch correu para se encontrar com ela nos armários no corredor.

— Você ouviu o que aconteceu? Aquele idiota do Freischman pôs fogo no laboratório de química.

— Sério? — Andie virava os números tentando acertar a combinação do cadeado do armário. Ficara metade da noite acordada, fazendo o trabalho da escola (que ela nunca teria acabado a tempo, não fosse por Simon) e estava mais do que cansada.

— Você precisava ouvir o Wonderlich gritando com ele.

— Humm — murmurou Andie.

Pelo canto dos olhos ela avistou o musculoso Russ Benadetto abraçado à namorada, a loura Shannon Harris, que fazia parte do comitê estudantil, vindo na direção dela. Pouco passava das dez e meia e a barba já despontava em seu rosto. Shannon, que se sentava perto de Andie nas aulas de espanhol, passou por elas sem sequer olhar.

Finch deu "aquela" olhada para Andie — olhada que queria dizer como elas tinham sorte em ter um clube exclusivo só delas, enquanto "figuras" como Russ e Shannon simplesmente se *achavam* melhores do que os outros.

— Ei, que bicho te mordeu? — perguntou Finch, quando Andie não esboçou qualquer reação.

— Hã? Ah, nada. — Ela mal olhou para Finch antes de voltar a mexer no cadeado. Era a segunda vez que tentava abri-lo; devia ter confundido os números.

— Nada uma ova! Você está estranha a manhã inteira. — Finch se aproximou, os cabelos deslizando pelos ombros como uma cortina escura de seda. — Você ainda está puta da vida com a sua mãe?

— Não estou puta com ela. Nunca *estive*. Enfim, não dá para falar agora. — Ela olhou por cima do ombro para Russ e Shannon, que se afastavam. Finch era a única pessoa além de Simon que sabia sobre Claire, e Andie preferia que ficasse assim. — Droga. Esse treco deve estar quebrado. — Ela bateu na porta do armário com a base da mão. Se não conseguisse abri-lo, se atrasaria para a aula do sr. Hillman.

— Tudo bem, a gente conversa na hora do almoço. — Impaciente, Finch empurrou a mão de Andie para o lado e deu vários giros hábeis no cadeado. A porta se abriu.

— Obrigada. — Andie lhe lançou um olhar encabulado.

Finch acenou de saída para a sala de aula, uma menina esguia de cabelos escuros, jeans e camiseta vermelha transada que tinha pouca semelhança com a garota que Andie vira pela primeira vez no verão anterior. Ela se lembrava de ter atendido Finch na Rusk's e de como ela era retraída, com um jeitão meio esquisito e tão insegura no que dizia respeito a Andie quanto com relação às botas que estava experimentando. Somente quando passaram a se conhecer melhor é que ela começou a se abrir. Andie ficou chocada quando soube que Finch passara doze dos seus dezesseis anos pulando de um lar adotivo para outro antes de fugir no ano anterior. Ela era a única dentre suas amigas, mesmo dentre aquelas que tinham pais divorciados, que entendia perfeitamente sua situação com o pai e não precisava perguntar por que ela e o irmão não passavam as tardes de domingo com ele, comendo Lanche Feliz no McDonald's.

Uma hora e meia depois, estavam as duas sentadas no gramado que margeava o prédio da administração de um lado e o prédio de matemática e ciências do outro, e que descia numa inclinação suave até o estacionamento e o ponto de ônibus. O mastro da bandeira ficava bem no meio e servia como um delimitador em torno do qual várias facções se agrupavam. Os calouros, que pertenciam a uma "casta" inferior, ficavam mais perto do estacionamento, enquanto os alunos do segundo ano ficavam no meridiano logo acima. A área ao norte do mastro era reservada aos alunos mais adiantados, como Andie e Finch, e os mais populares ficavam nos bancos em torno do pátio.

— Você já escolheu o vestido? — perguntou Andie, dando uma mordida em seu sanduíche de atum. O casamento de Laura seria dentro de menos de um mês e Finch ainda não fazia ideia do que vestir.

Ela revirou os olhos.

— Nem me lembre.

— Pelo menos você não vai ter que usar um vestido horroroso escolhido por outra pessoa. — Finch era a dama de honra, mas, como a cerimônia seria bem informal, ela ficara livre para escolher o que vestir.

— Essa é uma forma de encarar a situação — disse ela. — Por outro lado, ninguém vai dar a mínima para o que eu estiver vestindo. A única coisa que as pessoas vão ver — sua expressão se fechou — é a trombadinha que entrou de penetra no casamento da Alice.

Andie não fora ao casamento da irmã de Laura no verão anterior. Aquele fora o final de semana em que o pai, numa tentativa fracassada de aproximá-los de Cindy, os levara para Tahoe. Mas ouvira falar do incidente. Quem não ouvira? Finch aparecera do nada, no meio da festa, maltrapilha e faminta — passara dias na estrada com muito pouco para comer — e fora pega roubando comida da mesa do bufê. Sorte a dela Laura ter ficado com pena e a levado para sua fazenda. A amiga vivia lá desde então.

— E daí o que pensam as outras pessoas? — perguntou Andie. — Você tem a mim, ao Hector, a Laura e a Maude. O que mais importa?

Finch encolheu os ombros.

— É, eu sei, só que às vezes eu me preocupo. O lance de eu não me encaixar...

Andie sentiu-se privilegiada por Finch lhe confidenciar tal coisa, sabendo que a amiga preferia ter o dedão do pé cortado a admitir aquilo para qualquer outra pessoa.

— Você é um milhão de vezes melhor do que esses palhaços. — Ela gesticulou na direção de Russ e Shannon, sentados num dos bancos e cercados por seus amigos igualmente esnobes, todos eles rindo alto por conta de alguma piada... certamente uma que fazia troça de alguém.

— Só espero que eu não tropece no meio do corredor — disse Finch, tristonha. A ruga entre suas sobrancelhas grossas, que se acentuava quando ficava triste ou preocupada, estava profundamente marcada, e suas faces azeitonadas, ruborizadas.

— Sorte a sua que não vai ter corredor nenhum. — A cerimônia aconteceria no alto de uma colina.

— Você sabe o que estou querendo dizer. A única pessoa menos ansiosa do que eu para esse casamento é o Hector. — Um canto de sua boca se elevou. — Acho que ele preferiria se casar só com a presença de nós quatro e do juiz de paz.

— Bem, isso vai acabar logo. E então tudo vai voltar ao normal. — Andie pensou em Claire e sentiu um leve bolo no estômago. A vida em sua casa jamais voltaria ao normal.

A ruga na testa de Finch se suavizou e ela se recostou com os cotovelos apoiados na grama.

— Está bem, mas o que é normal? Preciso procurar essa palavra no dicionário. Na minha definição, normal é morar no mesmo endereço por mais de algumas semanas.

— Entendo o que você está dizendo. Nada mais foi o mesmo depois que os meus pais se divorciaram — disse Andie, acrescentando com cuidado: — Não que eu jamais tenha passado pela mesma dureza que você.

Finch virou-se para ela, franzindo os olhos contra a luz do sol.

— O seu pai sabe sobre a sua irmã?

Andie sentiu um vazio familiar na boca do estômago.

— Ele estava ocupado quando eu liguei, então a gente não teve muita chance de conversar. — A verdade é que ele pareceu achar que o assunto não tinha muita importância, limitando-se a comentar que talvez fosse bom para ela ter uma irmã. — Enfim, até parece que ele *pode* fazer alguma coisa. Quer dizer, eu meio que não tenho como fugir dela, tenho?

Finch atirou um pedaço da casca de seu sanduíche para um pardal que bicava a grama aos seus pés.

— Talvez não seja tão ruim quanto você está pensando. Talvez ela seja legal.

— Por outro lado, talvez não.

— De qualquer forma, ela é só um ser humano. — Finch sentou-se e enfiou o resto do sanduíche na mochila. Andie já havia percebido que ela raramente terminava uma refeição, como se quisesse saber de onde viria a próxima. — Quanto a mim, cada vez que eu ia para uma nova família, tinha um monte de parentes para conhecer.

— Deve ter sido dureza.

Uma nuvem pareceu encobrir o rosto de Finch, com as maçãs do rosto proeminentes e a pele parda que faziam Andie se lembrar da lendária princesa Matilija, enterrada no Monte Matilija ao lado do amante.

Ela olhou para Andie com seus olhos escuros que já haviam visto muito e revelado quase nada.

— Você se acostuma.

De repente, Andie se sentiu mesquinha e egoísta. Será que estava fazendo uma tempestade num copo d'água?

Ela olhou de relance para o mastro da bandeira, onde as meninas do segundo ano estavam rindo com as amigas, todas elas olhando diretamente para o sr. Hillman, que passava apressado com a cabeça baixa. Mais cedo, naquela manhã, ela ouvira dizer que um idiota anônimo rabiscara "X + Y = VIADO" no quadro-negro. Ela imaginou se fora aquilo que Russ e seus amigos tinham achado tão hilariante.

— Acredito que ela não seja tão ruim quanto a Monica — admitiu.

Finch ficou com os olhos arregalados de tanto interesse. Andie apenas falara por alto sobre a visita e ela estava ávida por saber mais.

— Ainda não consigo acreditar que você foi *mesmo* à casa dela.

— Ficamos lá quase uma hora. Ela estava completamente bêbada quando saímos.

— Além disso, como ela estava?

Andie pensou por um momento. Que palavra resumiria Monica?

— Parecia triste.

Finch bufou.

— Ah, tá. Com todo aquele dinheiro?

— Acho que ela trocaria toda a grana dela por alguém que realmente a amasse.

— Ela já foi casada algumas vezes, não foi? Deixa pra lá, falei bobagem. — Elas se entreolharam. Ambas sabiam que o amor e o casamento nem sempre andavam de mãos dadas. — Ouvi dizer que ela já dormiu com metade dos homens da cidade. Você acha que é verdade?

Andie lembrou-se da forma como Monica tinha olhado para Simon.

— Acho que ela gosta de atenção. Fora isso, não acredite em tudo o que ouve. — Ela pensou no que havia acontecido em seguida em sua casa. O sol batendo em cheio sobre sua cabeça fez com que, de repente, sentisse um calor ainda maior.

Andie ergueu o olhar e viu os olhos escuros de Finch cravados nela.

— Também, mesmo que ela tenha dormido com todo mundo, e daí? Quer dizer, isso não significa que saiu por aí magoando as pessoas.

— Por que o súbito interesse pela vida amorosa da Monica?

— Não é só a vida da Monica. Eu me referi a todos em geral. Se alguém quer transar com o namorado, e daí?

— O que você está querendo dizer? — Andie franziu os olhos para Finch.

— Nada. — Finch começou a mexer na grama com uma expressão de inocência. — É que eu encontrei o Simon depois da primeira aula e, quando toquei no seu nome, ele ficou mais vermelho do que um pimentão. Está rolando alguma coisa entre vocês dois que eu não esteja sabendo? — Andie hesitou apenas o suficiente para Finch captar a mensagem. Ela deixou escapar um gritinho. — Você *dormiu* com ele! Meu Deus! Não posso acreditar que não me contou!

— E perder a oportunidade de deixar você descobrir sozinha? — As faces de Andie pareceram pegar fogo e ela olhou para os lados para ver se alguém havia percebido.

— Está bem. Pode parar. — Finch fez um gesto para Andie se aproximar.

Andie encolheu os ombros. Não adiantava... Finch a faria falar de uma forma ou de outra.

— Ontem, depois que a gente voltou da casa da Monica, a gente foi para o meu quarto... e, bem, você sabe... — Ela deixou a frase incompleta.

Finch, os olhos brilhando, aproximou-se ainda mais para perguntar baixinho:

— E como foi?

— Acho que foi legal. — Fora mais do que legal, mas ela não queria ficar se lembrando do assunto. Finch não era virgem — estava muito longe disso —, mas o período de sua vida, antes de ela se mudar para a cidade, não era algo de que ela gostasse de se lembrar.

— Espero que ele tenha se protegido.

— Não exatamente.

— Como assim? Ou se protegeu ou não.

— Ele tirou antes da hora.

Finch torceu o nariz.

— Essa velha história. Meu Deus, não posso acreditar que você caiu nela.

— Eu não pensei direito na hora.

— Vamos torcer para você não ficar grávida.

Então Andie se deu conta de que não era o caso de *vir* a engravidar... se Simon não tivesse tirado a tempo, ela *já* estaria grávida. Um tremor lhe percorreu o corpo e, de repente, ela percebeu o solo umedecido, onde se encontrava repleto de todos os tipos de vida, de seres que se contorciam.

A campainha soou em seguida e elas amassaram os saquinhos de papel, espanando as migalhas do colo. Estavam indo juntas para uma aula no ginásio, a única que faziam juntas, quando Andie se virou para Finch e perguntou:

— Estou fazendo uma tempestade num copo d'água com essa história?

— Com quem...? Com o Simon?

— Não, com *ela*. — De repente a imagem das duas se entrelaçou em sua mente, pois, se estivesse grávida, não seria a mesma história se repetindo? Ela estaria no mesmo barco que a mãe estivera.

— Você só vai saber quando a encontrar — disse Finch, com ar de alguém já bem versado nesses assuntos.

Andie sentiu um rombo se abrir dentro do peito. Costumava acreditar que os sonhos se realizavam, mas agora sabia que acreditar nessas coisas era tão bobo quanto acreditar no coelhinho da Páscoa. Mas suponhamos que pudesse formular um desejo naquele momento... qual seria? Há mais ou menos um ano seria para o pai voltar para casa, o que, por mais que detestasse admitir, teria sido um desastre. Agora, tinha mais a ver com um sentimento do que com um acontecimento... queria se sentir parte de uma metade recortada que ela daria tudo para ver inteira de novo. Uma vontade, pensou tristonha, que apenas se intensificaria com a chegada da filha bastarda da mãe.

Capítulo Cinco

sexta-feira, dia da visita de Claire, amanheceu fria e nublada. Durante o café da manhã as crianças estavam mais quietas do que o normal, principalmente Andie, que comeu logo todo o seu cereal e saiu correndo para pegar o ônibus, sem dar uma palavra sequer. Gerry mal percebeu; estava pra lá de preocupada, embora qualquer pessoa que a visse pudesse confundir seu estado de espírito com o de uma tranquilidade suprema. No trabalho, passou a manhã inteira ocupada. Em seu escritório, na sede do convento, no final do corredor onde ficava o gabinete da madre superiora, ela respondeu a e-mails, acompanhou pedidos

e deu conta de várias perguntas feitas por diversas lojas interessadas em ter os produtos Bendita Abelha, a cabeça a mil por hora.

E se ela não gostar de mim? E se as crianças não gostarem dela?

Gerry olhou de relance para o relógio digital sobre a mesa. Dez para as onze. Em pouco menos de uma hora, estaria cara a cara com Claire. Sentiu um nó no estômago. Ninguém no convento sabia; não contara nem mesmo à madre Ignatius. Já bastava o fato de algumas das freiras mais velhas, a reverenda madre entre elas (várias das outras já haviam morrido), se lembrarem da razão pela qual abandonara a vida religiosa anos atrás. Elas não precisavam de mais lembretes de que Gerry tinha uma filha ilegítima.

Quando o telefone tocou, ela deu um pulo e o arrancou do gancho.

— Bendita Abelha, Gerry Fitzgerald falando.

— Poderia aguardar um minuto, por favor, que a sra. Marian Abrams vai falar? — pediu uma voz feminina.

Gerry fez uma inspeção no banco de dados de sua mente para lembrar quem era Marian Abrams. Ah, sim... a editora da revista *West*, que queria fazer uma reportagem sobre a Bendita Abelha. Gerry lhe dissera que retornaria a ligação.

Uma voz diferente surgiu do outro lado da linha, mais forte e mais decidida.

— Gerry, que bom que te encontrei. Eu queria saber se você teve a oportunidade de dar uma olhada no material que eu te passei por fax.

Gerry puxou pela memória enquanto remexia nas pilhas de faxes sobre a mesa.

— Ainda estamos meio devagar por conta dos feriados — disse ela. — Por que você não reaviva a minha memória?

— Os textos da redatora, que eu gostaria de incluir na reportagem — disse Marian. — Ela fez vários trabalhos para nós no passado e eu acho que teria sensibilidade para abordar, humm, certos assuntos.

— Como por exemplo? — Gerry sorriu. A maioria das pessoas achava que as freiras ou tinham um parafuso a menos... ou eram quase anjos.

— Bem, por exemplo, como toda essa atividade lucrativa se encaixa numa vida de oração e contemplação.

Gerry deu uma risada gutural.

— Ninguém aqui está rico, pode acreditar. A maior parte da renda gerada pela Bendita Abelha vai para a manutenção do convento. Quanto à vida contemplativa, você ficaria surpresa se soubesse o quanto é possível rezar com as mangas arregaçadas. Se vir uma das freiras de joelhos, é bem provável que ela esteja esfregando o chão.

E Marian Abrams também não ficaria surpresa ao saber que as freiras pregavam peça uma nas outras? Como a irmã John, que botava açúcar no saleiro, ou como a irmã Agnes, que fizera uma brincadeira com uma das postulantes na primavera passada, dizendo a ela para plantar as mudas de cabeça para baixo, de forma que as abobrinhas não germinassem debaixo da terra como os nabos? A pobrezinha ainda estava traumatizada.

— Estou vendo que isso também não vai ser fácil para nós... a começar por derrubar alguns mitos — Marian respondeu com uma risadinha. — Por que não marcamos uma data para nos encontrarmos pessoalmente?

Gerry olhou ansiosa para a agenda.

— Vou falar com a reverenda madre. — Madre Ignatius, dividida entre o orgulho pela Bendita Abelha e o receio de que elas se tornassem uma atração turística (principalmente depois do que acontecera em sequência ao artigo publicado na *People*, quando um bando de curiosos começou a aparecer tirando fotos e espiando pelos portões), era famosa por se recusar a dar entrevistas. — Se ela der sinal verde, marcaremos alguma coisa.

— Está bem. Espero um retorno seu então. — Seguiu-se uma pausa educada e Marian acrescentou, determinada: — Mas, por favor, não demore demais. Estou programando publicar a matéria na nossa edição de julho.

— Falo de novo com você na segunda-feira.

Gerry desligou e deu um suspiro. Não era só aquele artigo da *People*. No início do ano, a cobertura dos jornais e da televisão por causa da prisão de irmã Beatrice as mandara de volta à Idade Média no que dizia respeito à opinião pública. Um jornal tivera até o desplante de insinuar que a irmã havia assassinado aquelas pessoas para extravasar sua frustração sexual. O Convento de Nossa Senhora de Wayside *precisava* de mais reportagens como aquela que Marian Abrams estava se propondo a fazer, de forma que as pessoas pudessem ver que, em muitos aspectos, suas freiras não eram diferentes das outras pessoas. Mas vá tentar convencer madre Ignatius... O apóstolo Paulo tivera mais facilidade para converter os romanos.

Deixa pra lá. Pensaria nisso na segunda-feira. Agora, só teria tempo para uma palavrinha rápida com a irmã Carmela. No início da semana, a supervisora do apiário falara com Gerry sobre uma praga em uma das colmeias e, embora elas tivessem potes de mel suficientes até a primavera, quando as colmeias estariam produzindo novamente, a pobre mulher estava tão preocupada que Gerry precisava checar a seriedade do assunto.

Ela foi para o corredor, deixando a porta de seu escritório aberta. No convento, confiança não era problema; seria inconcebível para qualquer uma das irmãs pegar um clipe de papel sem pedir permissão. E se alguém se sentisse ofendido com alguma coisa que outra pessoa fizesse, falaria cara a cara com ela. Desse modo, Gerry se mantinha o mais afastada possível do mundo dos negócios. Razão pela qual não podia se imaginar trabalhando em qualquer outro lugar. Após vinte e oito anos, aquele era o seu segundo lar.

Ela se lembrou de quando madre Jerome lhe fizera a proposta de se tornar gerente laica do Bendita Abelha. Fora poucos meses depois de dar à luz Claire. Encontrava-se tão abalada que mal conseguia levantar da cama, que dirá enfrentar mais um dia estafante à procura de emprego. Comentários sobre o seu infortúnio deviam ter chegado aos ouvidos da madre superiora, pois ela lhe telefonou, chamando-a para tomar um chá.

A velha madre fora direto ao assunto:

— Ouvi dizer que você está tendo problemas para arrumar emprego. O que não me causa espanto, por conta de suas qualificações um tanto específicas. — Ela sorriu, uma mulher pequenina, curvada por causa da idade, segurando a xícara de chá com as duas mãos enrugadas para que não respingasse. — Ora, ora, não há motivo para choro... Eu não te chamei aqui para isso. A verdade é que poderíamos aproveitá-la aqui.

Gerry não conseguia conter as lágrimas.

— Não vejo como eu poderia ser de alguma serventia. — Baixara os olhos para o prato no qual havia um bolinho cortado pela metade, brilhando com um pouco de mel. Voltando a lançar mão do humor negro que lhe fora útil anos a fio, erguera a cabeça e acrescentara com um sorriso tímido e hesitante: — A não ser que a senhora me queira como lembrete dos perigos de se cair em desgraça.

— Tolice. — Madre Jerome não se colocava acima dos expletivos brandos. — Não estou pensando em fazer você de exemplo para nada... Deus do céu, criança, tenho coisas melhores para fazer. Precisamos de alguém para supervisionar a parte comercial da Bendita Abelha, alguém bem versado na vida do convento e que possa interagir com o mundo lá fora, e não consigo pensar em ninguém mais qualificado do que você. — A reverenda madre sorriu. — Você não quer saber qual vai ser o seu salário?

— Não preciso saber — dissera Gerry. — Qualquer que seja ele, vou aceitar.

Começara a trabalhar no dia seguinte e estava lá até hoje.

Agora, Gerry olhou para o corredor e o viu vazio; até mesmo a recepção estava deserta. Mas já estava acostumada. Ao sair, um coro suave chegava da capela: o canto do ofício do meio da manhã. Ela parou no meio da escada e fechou os olhos para prestar atenção aos ritmos antigos da adoração. O sol havia surgido e lançava uma luz irregular e esverdeada sobre o jardim interno, onde jaziam ferramentas largadas às pressas e onde um copo com refrigerante pela metade atraía moscas. Sete dias por semana, em intervalos precisos, as freiras largavam o que estivessem fazendo e se dirigiam à capela para entoar a liturgia das horas. Desnecessário dizer que ninguém andava sem relógio.

Ela desceu pelo caminho onde tinha certeza de que pegaria irmã Carmela quando ela estivesse saindo da igreja. O jardim se encontrava em vias de florescer, no aguardo da primavera. Conforme foi passando, Gerry olhou para os canteiros cobertos por folhas que asseguravam a umidade do solo, para as roseiras desfolhadas, para a árvore esquelética que em poucos meses estaria transbordando de botões de glicínias. Até lá, irmã Agnes e sua equipe estariam a todo vapor: as mangas arregaçadas acima dos cotovelos e a barra dos hábitos dobrada e enfiada no cinto, declarando guerra às ervas daninhas e aos insetos. Até mesmo a estátua de pedra de São João, que ficava em evidência acima do jardim-labirinto em estilo medieval, levaria uma boa escovada.

— Desde quando você passa por um velho amigo sem cumprimentá-lo?

Assustada, ela olhou para os lados e viu padre Reardon sentado no banco sob o salgueiro-chorão, parcialmente escondido por seus galhos. Ela sorriu, com expressão de pesar.

— Desculpe, Dan, acho que eu estava com a cabeça em outro lugar.

— Você precisa *mesmo* de férias. — Ele franziu os olhos azuis.

— Férias? Preciso procurar esta palavra no dicionário. — Ela inclinou a cabeça para o lado, olhando para ele com uma seriedade fingida. — Posso perguntar o que você está fazendo aqui, espiando pessoas inocentes enquanto elas trabalham?

Ele suspirou, passando a mão pelos cabelos negros rebeldes com alguns fios grisalhos nas têmporas.

— Eu gostaria de dizer que estou aqui à toa... é a irmã Seraphina.

— Ela...?

Dan balançou negativamente a cabeça.

— Alarme falso. — Aquela era a terceira vez que ele era chamado para lhe dar a extrema-unção, ainda assim irmã Seraphina, uma das fundadoras da ordem, que já estava com seus noventa e poucos anos, de alguma forma dava um jeito de sobreviver... mesmo que por um fio. — Como você pode ver, estou só pegando um pouquinho de ar. — Ele respirou fundo, olhando encantado à sua volta. Como se, face a face com a morte, fosse bom se lembrar das coisas que fazem a vida valer a pena.

Gerry não sabia se sentia pena ou alívio. Ficar presa à vida da forma como irmã Seraphina estava não era nada bom.

— Quando chegar a minha hora — disse a ele —, quero que uma onda enorme me leve direto para o mar.

— Conhecendo você, isso não vai acontecer por um bom tempo. — Ele deu uma batidinha no banco no espaço vago ao seu lado. — Sente aqui.

Gerry deu uma olhada no relógio. Achou que irmã Carmela poderia esperar.

— Tudo bem — disse ela, sentando-se no banco —, mas só um pouquinho. Preciso ir a outro lugar.

Dan recostou-se no banco e esticou as pernas: ele era o sonho de toda mãe irlandesa, com seu terno preto e colarinho branco... e de toda mulher solteira, com seus olhos azuis cintilantes e ombros largos que pareciam não caber debaixo do paletó.

— E para onde você vai tão apressada neste belo dia?

Ela pensou em Claire e sentiu um novo nó no estômago.

— Vou me encontrar com alguém para almoçar.

Ele deu uma olhada no relógio.

— Ainda é cedo.

— Você me conhece... estou sempre adiantada — disse ela, sem querer tocar no assunto. — Minha mãe sempre diz que qualquer dia vou chegar aos lugares antes de mim mesma.

— Como está sua mãe? Não a vi na igreja no domingo passado.

— Está bem, pelo menos é o que sempre diz. Quando estiver para dar o último suspiro, vai pedir para pôr a chaleira no fogo e não se importar com a bandeja, pois ela vai descer em um minuto. — Gerry balançou a cabeça, embora Dan estivesse provavelmente pensando "tal mãe, tal filha". — A verdade é que a saúde dela não é mais o que era. Venho tentando fazê-la vender aquela casa, que é um elefante branco e velho, mas ela não quer me ouvir.

— Pelo menos ela está melhor do que irmã Seraphina. — Ele olhou para um sabiá empoleirado na borda lodosa do bebedouro para pássaros. — Que tal eu dar uma passada lá na semana que vem? Parece que ela está precisando de um pouco de ânimo.

— Ela adoraria. Só não se esqueça de ir de estômago vazio.

Ele riu com vontade.

— Jamais me esqueci da torta com cobertura de abacaxi e caramelo que ela fez da última vez... comi três fatias. Não pense você que eu também não tenho meus próprios motivos para ir lá.

— Bem, de qualquer jeito ela vai ficar feliz de te ver.

Gerry observou quando o sabiá, as penas alvoroçadas, produziu um jato de gotas que captaram a luz do sol como se fossem diamantes reluzentes.

— E quanto a você? Há anos que não passa lá no presbitério — ralhou o padre, considerando-a com atenção. — E não venha me dizer que é porque anda ocupada demais. Essa desculpa é antiga.

Gerry se sentiu ruborizar. Da capela, como se fosse o murmúrio de uma brisa suave, veio o último refrão do ofício: *A bênção de Deus Todo-Poderoso, Pai, Filho e Espírito Santo, desça sobre vós e permaneça para sempre. Amém.*

— Eu devia ter te contado antes — disse ela.

Ele ergueu uma sobrancelha, esperando que ela continuasse.

Gerry inspirou fundo o ar com cheiro de terra molhada.

— A pessoa com quem vou me encontrar é minha filha.

Padre Reardon parecia confuso.

— Andie? Ela não está na escola?

— Não é a Andie. Minha *outra* filha.

Sua confusão se transformou em uma grata surpresa.

— Então você a encontrou?

— Há algumas semanas.

— Bem, isso pede uma comemoração! — Ele abriu os braços. Tinha mãos enormes, abrutalhadas, que pareciam mais apropriadas ao arado do que ao livro sagrado. — Se eu bebesse, diria para tomarmos um bom uísque.

— Isso pelo menos acalmaria os meus nervos — disse ela.

— Você? A destemida Gerry?

Ele a conhecia muito bem. Aquele homem a vira enfrentar uma multidão zangada de ambientalistas que ameaçavam botar fogo nos condomínios recém-construídos em Horse Creek (ela acabara convencendo-os a entrar com um processo, como alternativa).

— Meus filhos não ficaram muito felizes quando contei para eles.

Ele encolheu os ombros.

— Era de esperar que isso causasse alguns problemas.

— Tem a questão do pai dela também... ela vai querer saber *dele*.

O rosto rosado do padre tornou-se sombrio e o brilho fugiu de seus olhos.

— Então você vai lhe contar a verdade... dizer que ele é um homem de *merda* com um coração frio que denigre o colarinho que veste. — Anos atrás, quando lhe contara toda a sua triste história, Gerry jamais o vira assim tão transtornado. O tempo nada fizera para acalmar seu desprezo.

De sua parte, Gerry mantivera silêncio durante todos aqueles anos, e se a transferência súbita de padre Gallagher levantara suspeitas na época, ela nada fizera para piorar a situação. Tampouco tentara procurá-lo. Atualmente, tudo o que sabia era o que ouvia falar: que ele era o favorito para substituir o bispo Cardiff quando este se aposentasse. Se aquela história se espalhasse, destruiria toda e qualquer chance que ele pudesse ter.

Mas por que deveria se importar? Ele por acaso havia pensado nela quando *a* engravidou? Nada falaram sobre anticoncepção, o que os dois sabiam ser pecado (como se o que estavam fazendo *não fosse*). Só que Jim não tivera de enfrentar as consequências. E se aquilo de alguma forma tivesse pesado em sua consciência, o que ela duvidava, ele não tinha agora que encarar uma jovem cheia de perguntas para as quais não haveria boas respostas, ou imaginar como essa pessoa iria se encaixar numa família capenga, como uma cadeira com três pés.

Todavia, se alguma vez se sentira tomada de ira, hoje tudo o que sentia era mágoa.

— Havia noites que eu ficava acordada pensando em todas as formas de afetá-lo. Mas — suspirou — ... não sei se tenho o direito de arruinar a vida de um homem.

— Ele não se preocupou se arruinou a sua ou não.

Gerry lhe lançou um olhar de leve censura.

— Não é obrigação dos padres pregar o perdão?

— Também é nossa obrigação manter o pinto dentro das calças — rebateu ele, sem deixar passar nada. Se pudesse apontar uma falha em padre Dan, pensou ela, seria o seu temperamento irlandês.

Gerry sorriu.

— Bem, falando desse jeito...

— Desculpe. Eu não queria ficar tão irritado. — Dan relaxou os punhos e inclinou-se para a frente, apoiando os cotovelos sobre os joelhos e sorrindo acanhado para ela. — Você já pensou em procurá-lo? Deve haver uma forma civilizada de lidar com essa situação.

Gerry sentiu um pouco da antiga amargura transbordar.

— A última vez que vi Jim Gallagher foi para dizer a ele que estava grávida. Ele se recusou a assumir qualquer responsabilidade. Ficou dizendo que eu o havia ludibriado, que era tudo culpa minha. — Seus lábios se comprimiram num sorriso triste. — O pior é que, na época, eu acreditei nele.

— Mas não acredita agora, espero.

— Não, mas isso aconteceu há muito tempo. Será que precisamos mesmo reavivar esse assunto?

— Você talvez não tenha escolha.

— Vou deixar isso por conta da Claire.

— Belo nome, Claire. — Ele sorriu.

— Eu teria escolhido um nome um pouco diferente. Um pouco mais original.

— Como o que, por exemplo?

— Aileen, como minha avó irlandesa.

— Tive uma tia com esse nome. Ela acreditava piamente que criança mimada era criança estragada.

Gerry percebeu qual era sua intenção, ele estava tentando lhe acalmar os nervos, e sentiu uma onda de afeição por ele.

— Tudo o que eu quero é uma chance de conhecê-la. Isso não é esperar muito, é?

Ele estava com o olhar fixo no jardim com seus caminhos de pedra que serpenteavam até sair de vista e suas árvores antigas curvadas por causa da idade.

— A esperança — disse ele, virando-se com um sorriso — nada mais é do que a prima pobre da fé. E isso, minha querida, você recebeu em abundância. — O padre levantou-se, dando um suspiro. — Sendo assim, que tal eu te acompanhar até o carro? Depois de toda essa conversa, a última coisa que eu quero é que você se atrase.

Eles mal haviam começado a descer o caminho quando as irmãs emergiram da capela, dirigindo-se, silenciosas, para a passagem coberta que a unia à sede do convento. Ninguém levantou a sobrancelha ao ver Gerry passeando lado a lado com o belo padre Reardon (toda a fofoca sobre Jim morrera anos atrás), e era assim que ela queria que as coisas ficassem.)

O portão de ferro batido rangeu assim que Gerry o abriu e eles saíram para a estrada orlada por rosas. Gerry acenou assim que o padre entrou em seu velho Pontiac, que parecia não ter condições de sair do lugar. Momentos depois, ela seguia a nuvem de poeira que ele deixava em sua esteira — as freiras, propositalmente, mantinham a estrada sem asfalto para evitar a presença de visitantes não desejados —, passando por cima de raízes e desviando de buracos.

Um pensamento perturbador lhe passou pela cabeça. E se Claire tivesse mudado de ideia e decidido não vir?

Ela sentiu o coração apertado.

Não, ela teria telefonado.

Gerry não havia percebido que estava pisando fundo no acelerador até que passou por cima de um buraco e, por um momento assustador, sentiu o carro sair do chão. Em seguida, os pneus tocaram o solo com um baque forte o bastante para que ela batesse com os dentes de trás, produzindo um clique audível. Sentiu o carro sair de controle e segurou firme o volante, alinhando-o de novo. Tomada de alívio, começou a rir, uma risada baixa e ofegante que continha um toque de histeria. Não lhe ocorrera até aquele momento que poderia ser ela, sem que a culpa fosse sua, a não ir se encontrar com Claire.

A vários quilômetros de distância, Claire passava pela estrada íngreme e sinuosa que dava vista para o vale, com o cuidado de alguém que, desde cedo, aprendera que praticamente tudo na vida era um acaso iminente. Passara a maior parte das duas últimas horas dirigindo e chegara sem problemas até as cercanias de Ventura, onde a estrada fazia a curva a nordeste para a Rodovia 33 e começava a subir. Agora, tudo o que havia eram rochedos íngremes de arenito de um lado, e o menor dos acostamentos separando-a dos altos precipícios, do outro lado.

Isso parecia uma metáfora do que teria pela frente.

Por que insistira em fazer a viagem? Ela, dentre todas as pessoas, deveria ter pensado melhor. Era advogada, pelo amor de Deus. E por acaso a regra número um em estratégia não era que sempre se procurasse manter a vantagem de ficar em território próprio? Era por isso que atendia um bom número de clientes em suas casas, onde eles se sentiam mais à vontade para discutir assuntos tanto ligados à vida quanto à morte, e discutir o destino de suas propriedades.

Em seguida, fez uma curva e uma paisagem rochosa se fez visível. Quase sem perceber, parou o carro. Como se em transe, soltou o cinto de segurança e saiu. Uma brisa leve soprava e ela percebeu o perfume sutil de relva seca e sálvia. Logo abaixo, um vale se abria como uma terrina imensa. Do lado direito, um lago rodeado de árvores fitava, sereno, o azul do céu, e à esquerda, um grupo de colinas marrons cobertas por chaparreiros elevava-se ao encontro dos cumes cobertos de neve, que podiam ser vistos ao longe. Plantações de laranjas que se entrelaçavam como fileiras de pespontos caprichados estendiam-se em retalhos verdes espalhados pelo solo do vale entremeado por aglomerados de construções.

Ela se aproximou da borda, o vento lhe agitando os cabelos e jogando-os sobre o rosto. *Conhecia* aquele lugar. Dizer que já estivera lá seria demais: era mais uma sensação de que, de alguma forma, se encontrava em casa. Mas isso era loucura, não era? Não poderia ter mais do que alguns dias de nascida quando fora embora dali.

Claire sentiu uma alegria súbita e inquietante, como se fosse uma fagulha que o vento pudesse varrer e fazer girar por cima do vale abaixo coberto por arbustos. Em nada importava que depois desse dia jamais voltasse a se encontrar com Gerry. O que almejara durante toda a sua vida estava se tornando realidade. Finalmente iria conhecer sua mãe biológica.

As palavras de Millie voltaram para assustá-la: *Ela te abandonou como se você fosse um filhote de gato.* Mas será que Gerry havia sido tão desnaturada assim? Ela não lhe parecera assim ao telefone. Uma coisa era certa: fora mais fácil quando Gerry era uma página em branco.

Relutante, Claire virou as costas e seu olhar pousou numa placa de bronze com uma base de concreto, a poucos centímetros de onde estava, parcialmente escondida por um arbusto alto de folhas prateadas. Ela analisou suas letras escurecidas pelo tempo. Falava algo sobre o filme *Estranhos no Paraíso*, que fora produzido ali nos anos 50. Talvez por isso o lugar lhe parecesse tão familiar.

Ao voltar para o carro, ela se perguntou que tipo de filme *aquele* acabaria se tornando — um melodrama ou um daqueles pseudodramas em que todos falavam em círculos e nada nunca acontecia? Fosse o que fosse, sua vida jamais seria a mesma.

Ela voltou à estrada e logo começou a descer. Apesar da descida, ainda teria mais alguns quilômetros pela frente até que postos de gasolina e lojas de conveniência começassem a substituir rochas e arbustos. Em seguida, já estava passando pela rua principal da cidade, com suas lojas no estilo espanhol decoradas com mosaicos de azulejos e calçadas com árvores cítricas plantadas em vasos de cerâmica. Pequenos detalhes lhe saltaram à vista: uma porta em azul vibrante enfeitada com uma guirlanda de pimentas secas, o cavalo de um carrossel antigo com uma sela de couro nova, um carrinho de mão cheio de caixas de frutas e verduras arrumadas com tanto capricho que pareciam joias. Na esquina, em frente ao sinal de trânsito, ficava o prédio do correio, construído na época da Grande Depressão, o mesmo que estava impresso na capa do guia turístico que ela havia comprado. Claire olhou para seu campanário dourado, reluzente sob o sol daquele fim de manhã. Isso, de alguma forma, pareceu-lhe um bom presságio.

Seguindo instruções de Gerry, virou à esquerda no sinal. Na esquina à sua direita, surgiu um carvalho grandioso que se erguia a partir de um pátio moderno, cercado por tela — o que só poderia ser o Café Casa da Árvore. Ela encontrou uma vaga e desceu do carro. Suas mãos tremiam quando pôs dinheiro no parquímetro e deixou cair uma moeda, que saiu rolando na direção dos arbustos. Começou a seguir a moeda, mas logo endireitou a postura e deu uma risada baixa e trêmula. Que impressão daria se Gerry a visse remexendo nos arbustos?

Na entrada do pátio, ficava uma estante rústica com fileiras de livros usados e uma caixinha para pagamento no sistema de confiança. Ela passou pela porta de tela e entrou num pátio quase do mesmo tamanho de um campo de beisebol, onde havia várias mesas espalhadas. Aos fundos, havia um pequeno barracão de obras e, ao centro, ficava o carvalho grandioso que se podia ver da rua. Uma casinha de madeira cujo acesso se dava por uma escada firme havia sido construída sobre os galhos mais baixos, onde várias crianças corriam e gritavam. Na sombra logo abaixo, as pessoas mordiscavam alegremente suas refeições, algumas sem dúvida lendo livros, selecionados das prateleiras abarrotadas nos fundos do café.

Ao ser recepcionada por um homem bronzeado, de porte atlético e camiseta com o colarinho aberto, Claire destravou a língua o suficiente para lhe dizer:

— Marquei de me encontrar com uma pessoa. Gerry Fitzgerald.

O homem abriu um grande sorriso. Parecia ter cerca de trinta anos, tinha cabelos castanhos e fartos, olhos igualmente castanhos e sorriso Colgate.

— Você deve ser a Claire. Ela me pediu para te recepcionar. Venha comigo.

Ela o seguiu, olhando em pânico para os lados.

E se aquilo acabasse como o conto horripilante de W.W. Jacobs, *A Pata do Macaco*? Mais um caso em que se deveria ter muito cuidado com o que se desejava? Seu olhar pousou numa mulher vestida com uma roupa de napa e tênis brancos, franzindo a testa para o menu. Duas mesas adiante, havia uma senhora obesa com um chapéu de palha e uma túnica colorida pedindo informações em voz alta sobre o prato do dia. Sob a luz do sol, que formava focos iluminados no chão a seus pés, Claire sentiu um frio repentino.

Isso foi um erro. Eu não devia ter vindo.

Ah, meu Deus, não podia ter deixado tudo como estava?

* * *

Gerry havia chegado alguns minutos antes do meio-dia, pouco antes do corre-corre da hora do almoço. Conversara rapidamente com David Ryback, à porta. O pequeno Davey estava novamente no hospital e, embora David devesse estar sob um tremendo estresse andando para cima e para baixo, ele parecia relaxado como sempre. Gerry não sabia como ele conseguia. Seus dias como atleta, tanto no ensino médio quanto na faculdade, em conjunto com os anos que trabalhara no café com o pai, haviam lhe servido como bom treino.

David a levou a uma mesa na sombra, nos fundos do café, e puxou uma cadeira na qual ela se sentou como uma leoa, sob as patas traseiras, todos os músculos tensos. Entendendo mal seu nervosismo aparente, ele disse com uma piscada:

— Ficarei atento para quando ele chegar. Como ele é?

— Na verdade, é *ela*. — Gerry percebeu que não sabia como era a filha; imaginou que a reconheceria. Agora se sentia uma tola. — Tem mais ou menos a sua idade e o nome dela é Claire.

Pediu um chá gelado e tomou-o devagar. Os minutos mais pareciam horas. Ah, meu Deus. Não era Marguerite Moore que estava lá junto com as senhoras do clube de bridge? *Por favor, não olhe para cá*, implorou Gerry. Não se importava com o fato de as pessoas fazerem fofoca sobre sua vida amorosa, mas isso era outra coisa completamente diferente.

Marguerite não se virou. Pelo menos uma vez, estava cuidando da própria vida. O mesmo não podia ser dito de Dean Cribbs. Gerry percebeu que o vendedor de carros, um grosseirão — ele era dono da maior revendedora Chevrolet de Ventura — cercava Melodie Wycoff na copa. Pobre Melodie. Quem agiria em sua defesa da forma como ela estava vestida? A roupa daquele dia era uma minissaia de brim com uma blusinha branca através da qual Gerry podia ver o contorno do sutiã. Ela também poderia achar que Melodie estava paquerando Dean, como cos tumava fazer com os clientes masculinos, não fosse pelo sorriso forçado em seu rosto.

Dean não estava dando descanso. Se chegasse um pouquinho mais perto, a fivela de seu cinto deixaria uma marca na pele de Melodie. Gerry não conseguia ouvir o que ele estava dizendo, mas, a julgar pela expressão no rosto da garçonete loura — de um bom humor forçado e desesperado prestes a se romper —, era óbvio que ele não estava pedindo doações para a Cruz Vermelha. Deus do céu, será que o homem algum dia iria aprender? Ele era assim desde o ensino médio. Gordo e cheio de espinhas, não conseguia arrumar uma namorada que lhe tirasse do sufoco até que sofreu uma metamorfose da noite para o dia e se transformou num vendedor de cabelos oleosos e pele bronzeada. Gerry viu quando ele colocou a mão gorducha na cintura de Melodie e ela recuou, batendo com a cabeça no armário onde ficava a louça, produzindo um leve tinido. De onde estava, Gerry pôde ver o que estava fora do campo de visão de Dean: a mão de Melodie para trás, tateando ao redor em busca de um garfo.

Gerry levantou-se de um pulo e foi até lá. Colocando a mão no ombro de Dean, disse com uma voz firme, porém simpática:

— Por que você não volta para o seu lugar, Dean? Sua comida está esfriando.

Ele se virou subitamente, o olhar surpreso logo substituído por um sorriso largo tão iluminado e frio quanto uma placa de néon.

— Gerry, que prazer — cumprimentou-a, com sua fala arrastada de vendedor. — A Melodie e eu estávamos tendo uma conversinha. Talvez você queira se unir a nós. — Olhou-a com malícia, de forma que ela percebeu que ele estava inteirado dos boatos que também corriam sobre ela.

Gerry devolveu o sorriso e respondeu com simpatia:

— Ótima ideia. Que tal eu ligar para a sua esposa? Tenho certeza de que ela adoraria vir também. — Ela dirigiu um olhar insinuante para seu telefone celular que se encontrava sobre a mesa.

O rosto bronzeado de Dean ficou da cor de uma salsicha branca. Ele recuou, ainda sorrindo.

— Boa, Gerry. Você com certeza vai fazê-la rir sem parar. Como eu sempre digo, nada como uma boa piada de freira. — Ele fingiu que tirava um fio solto da lapela. — Bem, foi um prazer te ver. — Ele piscou para Melodie. — Ah, querida? Ainda vou querer aquele pedaço de torta. Gosto sempre de comer algo doce depois da refeição.

Melodie resmungou alguma coisa e avançou sobre ele, mas Gerry foi ainda mais rápida. Arrancou o garfo da mão da moça e o ergueu para Dean.

— Tem certeza de que vai querer a torta?

Ele ficou lívido, o sorriso sumindo do rosto.

— Pensando bem, vou pedir a conta.

Claire ficou olhando incrédula para a cena que se desenrolava à sua frente: uma mulher bonita e bem-vestida ameaçando um homem grandalhão com um garfo, enquanto uma garçonete loura observava ansiosa. Após uma troca tensa de olhares — ela não conseguia ouvir o que eles estavam falando —, o homem virou as costas com um olhar de ódio e saiu devagar.

— Gerry... — O dono do café correu para ver o porquê de toda aquela comoção.

Claire olhava aterrorizada. Então *aquela* era sua mãe. Meu bom Deus. *No que estou me metendo?*

Mas era tarde demais para recuar. A mulher já estava andando na sua direção... alta e com seios fartos, usava calças marrom-claro, um suéter cor de caramelo e grandes argolas douradas que cintilavam em meio aos cabelos desalinhados que se enrolavam na altura das orelhas. Claire ficou chocada ao reconhecer nela os mesmos olhos que via todas as manhãs na frente do espelho... olhos grandes e verdes, cílios espessos. Olhos que agora se enchiam de lágrimas.

— Claire? — Gerry pôs a mão da filha entre as suas. Claire pôde senti-las tremendo, os olhos verdes e espantados de Gerry buscando os dela com uma intensidade tão grande, como se estivessem famintos, que a fez sentir vontade de recuar. — Você é muito bonita. Eu não fazia ideia de que fosse tão linda assim. — Sua voz estava baixa e estranhamente calma.

— É... é um prazer finalmente te conhecer. — Claire deu um jeito de falar.

— Espero que as informações que eu te dei tenham sido corretas.

— Foram. Mas, por segurança, saí com uma boa margem de tempo.

Gerry deu um sorriso de pesar.

— Desculpe pelo incidente de agora há pouco, mas, infelizmente, acho que o Dean merecia.

— O que ele fez?

Ela olhou de relance para a garçonete loura, agora numa conversa séria com o dono do restaurante.

— Digamos apenas que ele queria mais do que açúcar no café dele.

— Ah. — Claire esboçou um sorriso. Como podia saber se a mãe não era desequilibrada?

À mesa, ela se sentou na cadeira de frente para Gerry. A garçonete se desvencilhou do dono e correu para atendê-la.

— Qualquer coisa que você quiser é por conta da casa — disse ela, olhando para Gerry de uma forma que beirava a veneração. Uma madeixa de cabelos louros com mais de dois centímetros de raiz escura se soltara dos grampos que a prendia com folga no topo da cabeça. Ela enfiou a mecha atrás da orelha. — Minha nossa, se não fosse por você, eu ia acabar fazendo companhia ao Jimmy na delegacia.

— Aceito mais um chá gelado. — Gerry sorriu para a garçonete. — E se ser presa por aquele marido bonitão que você tem é algum tipo de punição, pode acreditar que eu não te fiz favor nenhum. — Ela se virou para Claire. — O que você gostaria de beber?

— O mesmo para mim — pediu Claire.

Gerry esperou até que a garçonete não pudesse mais ouvi-las e se inclinou para a frente.

— Você gostaria de ir para um lugar mais reservado?

Claire balançou negativamente a cabeça.

— Aqui está bom.

— Pelo menos a comida é boa. E não há lugar mais bonito.

Comida era a última coisa que passava pela cabeça de Claire. E, do jeito que estava seu estômago, ela teria sorte se conseguisse digerir um crouton.

— É lindo aqui. O vale todo... é tão lindo quanto você disse.

Gerry recostou-se na cadeira, a testa ficando mais relaxada.

— Pensei em te mostrar a cidade depois do almoço.

Claire hesitou e disse:

— Claro... eu gostaria muito. Mas, antes, preciso dar entrada no hotel.

— Onde você vai se hospedar?

— Na Pousada Horse Creek.

— Ótimo. Podemos parar no meio do caminho.

No meio do caminho para onde?, imaginou Claire, mais uma vez sentindo que dera um passo maior do que a perna. Gerry não parecia o tipo de aceitar não como resposta.

Mas ela devia ter percebido sua hesitação, pois foi rápida em sugerir:

— Por outro lado, você deve estar cansada. Talvez queira descansar.

— Para falar a verdade...

— Quer dizer, não há pressa, não é? Você vai ficar aqui até domingo.

— Certo. — Claire sentiu-se cansada de repente, mas conseguiu falar com entusiasmo suficiente. — Estou ansiosa para conhecer seus filhos.

O chá gelado chegou e ela o tomou com prazer.

— Eles também estão curiosos para te conhecer. — Gerry demorou a tirar a embalagem do canudo.

— Acredito que não é todo dia que se conhece uma irmã que não se sabia que existia. — Claire falara isso para quebrar o gelo, mas acabou soando sarcástica. Ela corou.

A expressão de Gerry se fechou por um breve momento.

— Por falar nisso, você não mencionou nenhum irmão ou irmã quando conversamos por telefone.

— Sou filha única.

— Deve ter sido solitário crescer só.

— Meus pais souberam compensar — ela respondeu com frieza.

— Eu não quis... — O rosto de Gerry ficou abatido. — Ah, meu Deus. Eu estava com medo de fazer isso... de meter os pés pelas mãos e falar o que não devia. Tenho esse mau hábito.

Claire amoleceu.

— Acho que estamos as duas meio nervosas.

Gerry esticou o braço como se para lhe tocar a face, mas ficou com a mão suspensa no ar, até que a deixou cair para o lado.

— Não sei dizer quantas vezes imaginei isso. Nós duas... — Uma lágrima lhe escorreu pelo rosto e ela a enxugou com uma risada encabulada. — Ah, meu Deus, prometi a mim mesma que não faria isso... te constranger com rios de lágrimas. É que... — sua voz falhou — ... faz tanto tempo.

Claire sentiu os próprios olhos marejados.

— Acho que precisamos pôr muitos assuntos em dia.

— Você deve ter milhares de perguntas.

Claire sentiu o ar à sua volta ficar pesado. Respirou fundo, uma inspiração tão forte que pareceu encher seus pulmões de água.

— Na verdade, tenho apenas uma... *por quê*?

Gerry examinou o rosto da filha. Claire tinha uma expressão de leve censura em conjunto com algo mais profundo e triste. Ela sentiu uma onda de pânico e pensou: *Comecei mal o assunto*.

De um jeito ou de outro, teria que voltar no tempo.

— Eu era jovem — começou hesitante, baixando os olhos para a mesa onde a embalagem de seu canudinho jazia dobrada, formando um quadradinho perfeito. — Ah, eu sabia o que estava fazendo quando... eu sabia que poderia haver consequências. Só que jamais achei que acabaria grávida.

Ela ergueu o olhar para Claire, que permanecia calada e atenta como uma corça, sob a sombra fragmentada da árvore. Tinha traços familiares, mas, ao mesmo tempo, era tão diferente do que Gerry esperara que ficava sobressaltada cada vez que seus olhares se encontravam. Imaginara que Claire fosse bonita, mas não tanto. Era alta e esguia como Jim, herdara sua boca e sua pele de porcelana, ligeiramente pintada por sardas. Apenas os olhos eram de Gerry.

— Você estava apaixonada por ele? — perguntou.

Gerry sorriu.

— Não tivemos o que se poderia chamar de um namoro comum. Eu era freira na época.

Claire pareceu chocada.

Gerry sorriu novamente.

— Sim, eu sei. É difícil acreditar olhando para mim agora.

— Eu não fazia ideia.

— E como poderia?

— O que aconteceu quando você descobriu que estava grávida?

— Deixei o convento e voltei para a casa da minha mãe. Foi difícil para nós duas. Meu pai havia falecido alguns anos antes e ela estava tentando equilibrar as contas. Quanto a mim, eu não conseguia encontrar um emprego que me salvasse a vida. Quem empregaria uma ex-freira?

— Então você nunca pensou em ficar com o... comigo? — Claire não demonstrou qualquer emoção.

Gerry suprimiu uma risada irônica.

— Era só o que eu pensava. Mas, no final, fiz o que achei que seria o certo. Para você. Para nós duas. — Ela fez uma pausa. — Eu só não sabia que passaria o resto da vida me lamentando.

Uma expressão sombria passou pelo rosto de Claire. Mas, quando ela falou, sua voz saiu leve, até mesmo animada.

— Não há nada do que se lamentar. Eu não podia querer pais melhores.

Gerry forçou um sorriso que ficou grudado em seu rosto.

— Me fale sobre eles.

A expressão de Claire se suavizou.

— Meu pai é aposentado. Ele era gerente de um supermercado. Minha mãe trabalhou vinte anos no departamento contábil, no andar superior, mas saiu do emprego para ficar em casa e cuidar de mim.

— Eles parecem boas pessoas.

— E são.

— Eu gostaria de conhecê-los qualquer dia desses.

Claire ficou tensa.

— Acho que não seria uma boa ideia.

Gerry se sentiu ofendida. O que eles tinham contra ela? Para falar a verdade, tinham mais é que lhe agradecer.

— Foi só uma ideia — disse ela, encolhendo os ombros.

— No que você trabalha? — Claire parecia ávida para mudar de assunto.

— Acho que podemos dizer que dei uma volta de trezentos e sessenta graus. Sou gerente laica do apiário do convento. — Gerry apontou para o caixa logo à frente, onde, junto com uma variedade de geleias e compotas, as prateleiras atrás do balcão exibiam dúzias e mais dúzias de potes do mel Bendita Abelha. — A única diferença é que eu não uso mais véu.

— Parece interessante.

— E é, na maioria das vezes. — O olhar de Gerry desceu para a mão de Claire, onde brilhava uma pequena safira. — Você não me disse que era noiva.

— Não sou, bem, não ainda... é como se eu estivesse me preparando para ficar noiva. — Claire deu uma risadinha envergonhada, baixando a mão até o colo. — O Byron está no segundo ano de residência em Stanford.

— Vocês se conhecem há muito tempo?

— Digamos que... nós praticamente crescemos juntos. Os pais dele são vizinhos dos meus. — Ela corou um pouco e Gerry teve a sensação de que havia mais a ser dito. — E quanto a você? Você disse que era divorciada.

— Há quase dois anos.

— Ele não é...

— Não. — Gerry inspirou fundo. — Isso aconteceu muito antes de eu conhecer o Mike. Seu pai era... *é*... padre.

Houve um momento de silêncio. Então Claire abriu um sorriso.

— Eu não esperava por essa.

— O que você *esperava*?

— Sei lá... James Dean em *Rebeldes sem Causa*. — Ela balançou a cabeça ainda sorrindo. Naquele momento, um raio de sol abriu caminho por entre os galhos, iluminando seus cabelos, que tinham dezenas de tons de castanho, desde o mais escuro até o tom de mel e gengibre. — Ele mora por aqui?

Gerry negou.

— Ele mora na arquidiocese, em San Francisco.

— Ele tem vontade de me conhecer?

— Você teria que perguntar a *ele*. Mas minha opinião é que não.

— O que te faz pensar assim?

— Primeiro, ele precisaria admitir que você nasceu.

Claire olhou confusa para ela.

— Ele não sabe?

— Ah, sabe muito bem. Mas saber e reconhecer são duas coisas completamente diferentes.

— Talvez se eu fosse vê-lo...

— Você pode ir. — Gerry escolheu as palavras com muito cuidado. — Mas eu não recomendaria.

Claire ficou em silêncio, o olhar parado ao longe. Por fim, Gerry disse:

— Você deve estar com fome. Por que não fazemos o pedido?

Claire voltou o olhar para ela.

— Na verdade, não estou com muito apetite. — Ela pareceu ligeiramente constrangida, como se com medo de parecer grosseira.

O apetite de Gerry também parecia ter desaparecido.

— Tenho uma ideia melhor então... vamos pular o almoço. Vou compensá-lo com um belo jantar. Você gosta de comida chinesa?

— Claro. Qualquer coisa.

— Sinto muito não poder te oferecer comida caseira. Não sou exatamente uma Martha Stewart. — Um dos cantos da boca de Claire se elevou num sorriso, fazendo com que Gerry perguntasse: — O que foi? Eu disse alguma coisa engraçada?

Claire fez que não com a cabeça, apertando os lábios para não rir.

— Nada, eu só estava pensando que você e a minha mãe, apesar de tudo, têm algo em comum.

— Somos as duas péssimas cozinheiras? — Pelo menos isso já era alguma coisa.

— Digamos apenas que sou eu quem quase sempre cozinha em casa.

— Um talento que você, obviamente, não herdou de mim. — Gerry riu. — Espere só até você conhecer a sua... a minha mãe. Ela prepara a melhor carne em conserva do Atlântico e o pão de centeio dela é coisa de outro mundo. Vocês duas vão poder trocar receitas até o pôr do sol.

Ela fez sinal para Melodie, que parecia já ter se esquecido do incidente com Dean e se encontrava na maior paquera com Bobby Treadwell. Melodie saiu correndo para atendê-la. Gerry percebeu que ela estava com as faces mais vermelhas do que o normal e que os dois primeiros botões de sua blusa estavam desabotoados.

— Mudamos de ideia com relação ao almoço — disse-lhe Gerry.

— Algum problema? — Melodie parecia ansiosa.

— De jeito nenhum.

Por um instante, Gerry quase acreditou nas próprias palavras. Haviam sobrevivido à tempestade, não é mesmo? Com certeza, o pior já ficara para trás.

Estavam passeando pela calçada quando ela percebeu que aquele pensamento era absurdo. Claire virou-se e perguntou:

— Quantos anos você *tinha* na época?

— Vinte — contou-lhe Gerry.

Claire ficou desapontada.

— Achei que...

Ela nem precisou terminar: teria achado mais fácil perdoar as atitudes de uma adolescente. Mas vinte anos... bem, isso era diferente. Gerry já era adulta.

Ela abriu a boca para explicar, mas alguma coisa no rosto de Claire a fez pensar melhor.

— Neste momento, me sinto tão velha quanto aquelas colinas — disse Gerry, com um ânimo forçado. — Para falar a verdade, acho que eu é que preciso descansar um pouco.

Aubrey ficou olhando pela janela para a mulher que subia a entrada de carros. Alta, com um andar propositadamente apressado, o suéter marcava suas curvas generosas. O sol batia em seu rosto e mesmo de seu estúdio no segundo andar ele pôde ver que era um rosto maduro... porém mais gracioso do que o rosto de muitas mulheres mais jovens que viviam lhe entregando seus cartões. Ele ficou feliz por ela não ter cometido o erro que tantas outras mulheres na proximidade dos cinquenta cometiam. O de fazer uma plástica facial ou até mesmo pintar os cabelos.

Isabelle teria aprovado.

Tal pensamento, como sempre, foi como um puxão conhecido... uma contracorrente que poderia jogá-lo no mar se ele não navegasse com muito, muito cuidado. Sua esposa faria quarenta e seis anos, se estivesse viva. Isabelle, cujos cabelos tinham a cor do sol sobre as colinas para as quais ele olhava todos os dias, e cujos olhos e boca eram cercados por linhas fininhas. Isabelle, que podia fazer um violino cantar alegremente ou chorar desesperado.

Ele afastou o pensamento. Houve uma época em que chegara à beira da loucura e aquela ameaça ainda estava lá... à espreita, como um tigre esperando para atacar. Às vezes com mais intensidade, outras vezes com menos. Mas sempre lá. Dr. Drier lhe dissera que tudo ficaria mais fácil com o tempo, mas Aubrey descobrira que, caso ele tivesse razão, aquele processo não era gradual ou linear, como as ranhuras de um pneu que vão ficando gastas, mas sim um processo que seguia uma rota estranha e tortuosa e que, de tempos em tempos, parecia não chegar a lugar algum. Aquela fora a parte que o bom médico deixara de lhe contar.

Como você leva a vida, Aubrey?

Sou maestro; o senhor sabe.

Eu não estava me referindo à sua profissão.

Já entendi aonde o senhor quer chegar.

E aonde é?

Acho que em algum discurso idiota do tipo "o que se leva da vida é a vida que se leva".

E por que é um discurso idiota?

Porque toda essa baboseira sobre levar a vida é apenas... um monte de merda. A vida não inclui apenas o viver... inclui o morrer também. Pessoas que a gente ama e que morrem. Pessoas que não tinham nada que sair de carro à noite numa tempestade.

Você parece furioso.

Eu ESTOU furioso, droga! Ela não *pensou, ela não parou nem um minuto sequer para pensar no que poderia acontecer... o que aconteceria conosco se...*

O quê? Fale, Aubrey.

Mas ele não conseguira falar. Pois, na época, precisaria ter aceito e, caso tivesse, ela teria ido embora — ido de verdade. Ele fechou os olhos e viu o caixão da esposa coberto de flores. Flores vermelhas, azuis e violeta caindo em cascata até o chão. Isabelle sempre gostara de cores vivas... os cômodos da casa deles na Rue des Saints-Pères eram decorados com listras e florais vibrantes. O pequeno caixão branco ao lado do dela chegava quase a parecer antiético, um bofetão em tudo o que ela amara. Mas os caixões de crianças não vinham em cores vibrantes. *O senhor não sabia disso, sabia, dr. Drier? Não, claro que não, seu idiota.*

Aubrey afastou-se da janela. A aparelhagem de som tocava a sonata para violão e piano em Dó Maior de Franck e ele fez uma pausa para deixar a música fluir como uma brisa forte derrubando os escombros. De início, se sentira inseguro com aquela gravação, com sua qualidade onírica, quase gaulesa, e a atenção rígida aos detalhes, mas com o tempo vinha gostando mais dela. Ela em nada se comparava à gravação de Isabelle, mas seus CDs estavam guardados numa gaveta. Não tivera coragem de ouvi-los desde sua morte.

O que a maioria das pessoas não entendia com relação à música, pensou ele, é que ela não é estática. Uma gravação que já se havia ouvido uma centena de vezes poderia soar diferente na centésima primeira. Um concerto de Bach, tão preciso quanto uma equação matemática, poderia, num piscar de olhos, levá-lo às lágrimas. A música, pensou, era apenas a estrutura da qual pendiam esperanças e sonhos, frustrados ou não.

Ao descer as escadas, Aubrey pensou em como tudo seria mais simples se a vida fosse dividida em andamentos. Um *adagio*, seguido por um *allegretto*, a suavidade tranquilizadora de um *pianissimo* após a explosão de um *fortissimo*. Gerry, pensou ele, seria um *con brio* — com vivacidade.

Depois que a via, sempre se sentia renovado, como após uma caminhada revigorante. E o sexo...

Aquilo, pelo menos, não o abandonara. Somente nas piores horas dos seus piores dias é que o desejo sumia. Gerry Fitzgerald tinha apenas aberto a porta e deixado o ar fresco e o sol entrarem. Melhor ainda, ela se dava sem medo, sem pedir nada em troca. O que ele queria era o que ela também queria: amizade e intimidade sem vínculos. Sem exigências, sutis ou não, sem lágrimas quando chegasse a hora de terminar. Gerry era a única mulher que conhecia que fugiria para as colinas mais rápido do que ele ao ouvir o repicar de sinos de casamento.

Ao descer as escadas, ele pôde ouvi-la no vestíbulo conversando alegremente com Angelita. Quando o viu, uma expressão de grande alívio dominou seu rosto. Ele sabia que o espanhol dela era tão deficiente quanto o inglês de sua criada.

Angelita virou-se para ele.

— Señor Roellinger. Trago bebida?

— Temos chá gelado na geladeira. — Ele sorriu para Gerry, que tinha os cabelos desalinhados por causa do vento, as faces coradas e os olhos muito brilhantes. — A não ser que você queira algo mais forte.

— Chá gelado está bem — disse ela.

Angelita correu para a cozinha, uma figura magricela com grandes olhos castanhos que a faziam lembrar o Bambi. Ao observá-la sair, Aubrey percebeu que não havia exatamente substituído Lupe, mas incumbido a antiga criada de uma nova atribuição: Angelita tinha permissão de fazer o trabalho mais pesado da casa desde que Lupe monitorasse cada movimento seu. A menina podia sentir-se agraciada pelo fato de as exigências de sua tia-avó não terem diminuído sua natureza alegre.

— Tem certeza de que não é uma má hora? — Gerry lhe deu um beijo no rosto. Ela recendia a ar livre, um perfume ligeiramente cítrico, como limões recém-colhidos ainda quentes por causa do sol.

— Não posso imaginar uma interrupção melhor. — Quando ela lhe telefonara alguns minutos atrás, ele estava escrevendo notas numa partitura. Mas o som de sua voz lhe trouxe associações tão bem-vindas que ele logo aproveitou a oportunidade para convidá-la a ir até lá.

— Prometo que não demoro — disse a ele.

Ele se lembrou de que aquele era o dia em que ela havia marcado de se encontrar com a filha. Será que não havia sido um bom encontro? Ela parecia ligeiramente aturdida, e ele se deu conta de que ninguém conseguiria corresponder às suas expectativas. Talvez a filha se sentisse da mesma forma. Esse era o problema com as pessoas que não estavam presentes — um assunto com o qual estava muito familiarizado —, aos olhos da mente, elas tendiam a parecer muito mais do que eram. No fundo, ele tinha uma leve suspeita de que até mesmo Isabelle, caso fosse viva hoje, não conseguiria corresponder às lembranças gloriosas que tinha dela.

— Fique o tempo que quiser — disse ele, sorrindo. — Quero saber de tudo. — Ele lhe pegou o braço e o entrelaçou ao seu. — Podemos ficar lá no pátio? Está bem quente hoje.

Eles passaram pela sala de estar ensolarada com sua mobília colonial escura, estofada com tecidos vibrantes do sudoeste — toda ela pertencente a Sam (o gosto dela era exatamente o dele, portanto ele não vira razão para mudanças) —, e Aubrey lembrou-se de sua primeira visita a Isla Verde, menos de cinco meses atrás. Diferentemente dos corretores que ficavam chamando a atenção para cada vantagem do imóvel até que você tinha vontade de jogá-los pela janela, Sam Kiley deixara a casa falar por si só.

— Demore o tempo que quiser. Estou aqui se o senhor tiver alguma pergunta — dissera a ele, fazendo uma pausa na arrumação das malas para gesticular na direção das escadas. Então fora isso o que ele fizera, entrara em todos os aposentos, absorvendo a casa da forma como faria com uma composição musical particularmente harmoniosa: sua solidez quadrangular suavizada por suas curvas mediterrâneas, sua alvura total adornada em alguns pontos por azulejos decorativos. A vista de cada lado era diferente, mas igualmente encantadora à sua maneira. As janelas do primeiro andar davam para o jardim, as do segundo, para as colinas distantes. Era uma casa que fora construída para suportar incêndios e terremotos, e agora, se Deus assim o quisesse, para suportar as lembranças de Isabelle.

Eles saíram para o pátio, onde a piscina cintilava com um azul celestial e as árvores cítricas estavam carregadas de globos verdes dos frutos em amadurecimento. Os altos muros de pedra cobertos por buganvílias pareciam acolher a luz do sol como uma terrina. Ao se sentarem nas cadeiras de jardim, Aubrey pôde sentir o calor das lajotas através da sola dos chinelos.

Angelita apareceu em seguida com uma bandeja contendo uma jarra de chá e um prato de *dulces* recém-assados. Colocou-a sobre a mesa de vidro entre eles e saiu com os olhos baixos.

— Por que sempre tenho a sensação de que ela teme nos encontrar nus e na maior farra?

— Talvez porque nós normalmente estejamos assim.

— A portas fechadas.

— Se você preferir subir...

— Você não tem jeito. — Um sorriso de repreensão surgiu em sua boca... boca da qual ele não conseguia se cansar.

— Gosto da sua companhia de qualquer jeito. Com ou sem roupa.

— Essa é a coisa mais bonita que você já me disse.

Ele lhe serviu um copo de chá gelado antes de se servir.

— Agora me conte sobre a sua filha. Como ela é?

O rosto de Gerry se iluminou.

— Ah, Aubrey, ela é tudo o que eu esperava... bonita, inteligente, segura.

— *Oui*. Ela é sua filha.

— Ainda estou me beliscando.

Ele sentiu uma espetada e ficou imóvel, como se preso em arame farpado. Após mais de dez anos de tentativas, ele e a esposa ficaram radiantes ao saber que um bebê estava a caminho. Agora, jamais conheceria o filho, um menino.

Ele pensou na própria infância. Passava nove meses por ano no úmido e gelado Reino Unido e, de junho a agosto, ficava com os avós, na Bretanha. Lembrou-se de quando catava ostras na baía de Trinité-sur-Mer, o avô ensinando-o a abrir as conchas duras, e a avó com seus remédios do Velho Mundo, como repolho triturado para tratar furúnculos e tasneirinha para dores de estômago. O dialeto provinciano deles pouco tinha a ver com o francês dos livros escolares que ele falava com o pai, e conforto era coisa rara: um poço sob a ameaça constante de secar, o único telefone disponível a dez minutos de bicicleta. Ainda assim, ao final de cada verão, quando chegava a hora de partir — para o semestre interminável em Eton e para as férias ainda mais intermináveis com os pais na casa em Cheyne Walk —, ele ficava no embarcadouro, um nó do tamanho de uma ostra na garganta, lutando contra as lágrimas. Até hoje, nas noites em que não conseguia dormir, Aubrey conseguia fechar os olhos e lembrar-se do perfume da avó: perfume de pão assando e lençóis secando no varal.

— Fico feliz por você — disse a Gerry.

A expressão dela se fechou de repente.

— O problema é que eu não tenho certeza se ela gostou de *mim*.

— Dê-lhe um tempo.

Ninguém poderia não gostar de Gerry. Mas, é claro, ele era suspeito para falar. Aubrey pensou em como ela havia iluminado sua vida, em como, durante todos os meses que vinham se vendo, ele não se cansava dela. Ao olhar agora para ela era difícil acreditar que, apenas um ano atrás, ele não tinha o menor interesse em namorar.

Ele se lembrou do dia em que se conheceram no festival de música, no verão anterior. Como ela lhe parecera vibrante e como ele ficara impressionado com sua agradável falta de veneração. Para Gerry, ele não era o grande Aubrey Roellinger, mas apenas um homem que ela achara interessante.

— Vou levá-la lá em casa hoje à noite para conhecer as crianças — contou-lhe

— Vai ser interessante — disse ele.

— Isso para dizer o mínimo — resmungou ela.

Ele queria tranquilizá-la, mas o que poderia dizer de forma a não cair num chavão? Em vez de falar alguma coisa, passou-lhe o prato de bolo que Lupe tinha assado naquela manhã.

Ela pegou um pedaço, mordiscando-o sem muita vontade.

— Ainda me sinto como se estivesse sonhando. Todos esses anos imaginando como estaria grande, se iria bem na escola, se... — Gerry parou, lançando-lhe um olhar aflito.

A visão de Aubrey tornou-se embaçada e ele sentiu um gosto salgado no final da língua. Lágrimas, percebeu ligeiramente chocado. Fazia muito tempo que não chorava.

— Meu filho faria quatro anos este ano — disse baixinho.

— Ah, Aubrey... desculpe. — Gerry levou uma mão entreaberta à boca. — Não pensei no que estava dizendo.

— Está tudo bem — disse ele.

Era a primeira vez que ele falava sobre o assunto com ela, e sentiu algo muito apertado dentro de si afrouxar um pouco. Não havia necessidade de elaborar; bastava-lhe ter conseguido dizer o indizível sem que a terra houvesse se dissolvido sob seus pés.

Passaram para outros assuntos. Ele lhe contou sobre sua viagem iminente a Budapeste, onde seria o maestro convidado num festival de música no qual solistas do mundo inteiro interpretariam composições de Liszt. Ela, em contrapartida, contou-lhe sobre o artigo que a revista *West* queria escrever sobre o mel Bendita Abelha e sobre a dificuldade que estava tendo em convencer a madre superiora a dar sua permissão.

Quando chegou a hora de ela partir, eles foram andando pela passagem coberta que ia da lateral da casa até o pequeno pátio frontal fechado com um portão, àquela hora do dia afundado em sombras, o lago de carpas reluzindo no escuro. Ele a tomou nos braços e a beijou levemente na boca.

— Você estará livre na próxima sexta? Tenho ingressos para um concerto.

— Preciso dar uma olhada na minha agenda.

Era isso o que ela sempre dizia, e ele sorriu, pois era a mesma resposta que usava — com menos sinceridade — com as outras mulheres. Houve muitas outras mulheres depois de Isabelle, todas ávidas por consolá-lo, tanto na cama quanto fora dela. Ele não tivera coragem de dizer a elas que não estava nem um pouco interessado.

Ao olhar para Gerry agora, pronta para sair, próxima ao lago salpicado da luz que era filtrada pelas árvores, tudo o que queria era sequestrá-la e levá-la para seu quarto. Em vez disso, pegou-lhe a mão. Por mais estranho que pareça, isso era uma das coisas de que mais sentia falta do casamento, a mão macia de uma mulher em contato com a dele.

— Podíamos transformar isso num hábito — disse ele.

Ela recuou com uma risada.

— Você está dizendo isso agora.

— Estou falando sério.

— Famosas últimas palavras: você iria se encher de mim em uma semana. — Ela começou a vasculhar a bolsa à procura das chaves. Como conseguia encontrar alguma coisa naquela bagunça, ele jamais saberia. — A propósito, a Sam quer saber se você vai comigo ao casamento da Laura. Por alguma razão, ela parece esperar que sim. — Ela fez uma pausa para sorrir, como se de uma antiga tradição.

Ele encolheu os ombros.

— Se você for, conte comigo.

— Ótimo. Vou falar com ela.

Ele acenou para Gerry conforme ela passou pelo portão. O peso que carregava como se fosse um casaco encharcado havia desaparecido. Aubrey sentiu-se mais leve do que se sentira há dias. Se dr. Drier estivesse certo, se *aquela* fosse mesmo sua verdadeira forma de levar a vida — vivê-la em sua plenitude —, Gerry Fitzgerald lhe dera um novo ânimo.

Capítulo Seis

— É lindo — disse Claire.

Pastos ondulantes se estendiam suavemente de ambos os lados em vários tons de marrom e verde, entremeados por carvalhos gigantes e figueiras e habitados somente por um ou outro cavalo. Elas estavam andando de carro há cerca de uma hora e Claire ainda não vira nenhum centrinho comercial ou uma placa de néon.

— Você precisa ver como é bonito na primavera. Daqui a alguns meses tudo isso vai ficar coberto por papoulas. — Gerry estava dirigindo propositadamente devagar, como alguém que, acostumado a correr, estivesse levando um parente idoso ao médico. — Quando éramos pequenos, meu pai costumava dizer que elas eram fantasmas dos garimpeiros que voltavam para nos assombrar.

— Quando ele morreu?

— Eu tinha treze anos. — Claire percebeu um toque não exatamente de tristeza, o que os franceses chamavam de *tristesse*, permeando seu tom indiferente de voz.

— Sua mãe nunca se casou de novo? — Claire pensou em Lou e Millie, juntos há tanto tempo que eram como unha e carne. Às vezes parecia até que eles adivinhavam o pensamento um do outro.

Gerry balançou negativamente a cabeça.

— Deus sabe como ela ainda era jovem, tinha apenas quarenta anos. Mas a mamãe sempre disse que só havia um homem para ela e que esse homem tinha sido o papai. — Ela reduziu a velocidade para não atropelar um esquilo que atravessava a estrada. — Eles se conheceram durante a guerra, quando o papai estava de licença em Dublin. Ele e os colegas tinham saído numa noite e a mamãe estava trabalhando num dos bares aonde eles foram. Quando ele lhe contou que o nome dele era Fitzgerald, ela disse que já sabia... que fora um presságio. — Gerry sorriu. — Fitzgerald era também o nome de solteira da minha mãe.

Meus avós, pensou Claire, revirando aquele pensamento na cabeça da forma como teria feito com um sabor exótico na boca.

— Mas fique sabendo que não foi um casamento perfeito — continuou Gerry. — Eles tinham a cota de problemas deles. Meu pai... bem... digamos apenas que minha mãe tinha determinação suficiente para os dois. Ela foi levando quando... — Deteve-se com um sorriso enigmático. — Você vai ver quando a conhecer.

— Mal posso esperar. — Estavam indo para lá agora.

Ao mesmo tempo, Claire se sentia tensa e preocupada, não que Gerry não estivesse fazendo o possível para agradá-la, mas porque, simplesmente, *estava*. Como seria muito mais fácil se Claire pudesse voltar para Miramonte com a certeza de que os pais estavam certos o tempo todo ao dizer que Gerry era uma criatura vazia e sem coração, que não tivera mais sentimentos pela própria filha do que uma gata por seus filhotes desmamados. Em vez disso, a cada palavra gentil e sorriso esperançoso dela, Claire se sentia como se as facas enterradas em suas costas estivessem sendo torcidas.

— Tenho um irmão mais novo, o Kevin — continuou Gerry. — Ele era pequeno quando o papai morreu.

— Ele mora por aqui?

Elas viraram a curva e uma casa de fazenda vermelha, no estilo dos quadros de Grandma Moses, surgiu à vista. Uma placa pintada à mão dizia: ANTIQUÁRIO DO LEWELLYN.

— Ele mora em San Francisco — disse-lhe Gerry. — Eu gostaria que a gente se visse mais, mas, quando ele não consegue vir, manda passagem para as crianças irem visitá-lo.

Claire deduziu pelo tom de voz dela que eles fossem chegados.

— Moro a pouco mais de uma hora de lá — disse ela.

— Vou te dar o endereço dele. Ele está louco para te conhecer. — Gerry afastou um cacho escuro de cabelo que estava colado no rosto. — Na verdade, vocês dois têm algo em comum: os dois gostam de cozinhar. O Kevin é chefe de cozinha do Ragout. Você já ouviu falar? Acabou de ser considerado restaurante três estrelas.

— Não costumo comer muito fora. — Claire comprimiu os lábios num sorriso desprovido de felicidade. Ao contar sua história para Gerry, "A breve história das aventuras e desventuras de Claire Brewster", ela percebeu uma coisa: que sua vida era para lá de chata.

— O Kevin é exatamente o oposto... ele quase nunca come em casa. O Darryl vive reclamando que praticamente não o vê. — Claire deve ter parecido confusa, pois Gerry foi rápida ao acrescentar: — Darryl é a cara-metade dele.

Então seu tio era gay. Claire imaginou o que os pais teriam a dizer sobre *isso*. Lou se referia aos gays como "bichas", e Millie tinha certeza de que todos eles corrompiam garotos jovens.

— A sua mãe sabe?

Gerry suspirou.

— Sabe e não sabe. Sabe, mas finge que não. Para ela, o Darryl é uma versão um pouco mais estendida de um colega de escola.

— Meus pais morreriam se tivessem um filho gay.

Claire logo lamentou as próprias palavras. E se Gerry os interpretasse mal? Quaisquer que fossem seus defeitos, eles eram seus pais. Gerry era apenas uma senhora adorável com quem ela tinha parentesco.

Claire ficou aliviada quando ela respondeu com naturalidade.

— Deus sabe como é difícil ser mãe, mesmo nas melhores das circunstâncias. Eu me lembro do verão passado, quando a Andie quis pôr um piercing na sobrancelha. — Gerry riu. — Dava para pensar que ela queria entrar para o circo da forma como eu reagi.

— Quem venceu?

— Acabamos chegando ao acordo de mais dois furos em cada orelha.

Claire sorriu.

— Tive um cliente que queria que ficasse registrado em seu testamento que se o neto aparecesse em seu funeral com uma argola no nariz ele seria deserdado imediatamente — lembrou-se.

Gerry jogou a cabeça para trás numa risada espontânea, reflexos deslizaram sobre as lentes de seus óculos escuros como imagens se movendo numa tela escura.

— Aposto que você poderia escrever um livro.

— Não mesmo. Para falar a verdade — ela deu um sorriso tristonho —, na maior parte do tempo o meu trabalho é bem entediante.

— Se pudesse começar de novo, ainda escolheria a advocacia?

Claire pensou em Kitty.

— Quando eu estava na faculdade, trabalhei meio expediente numa casa de chá. Chá & Chamego, que tal o nome? Funciona numa casa antiga, e uma amiga minha, a proprietária, prepara todos os doces e salgados. Se eu pudesse, seria isso o que faria... trocaria de lugar com a Kitty. — Claire balançou a cabeça. — Mas isso é o mesmo que desejar ir à Lua.

— Por quê? — Gerry falou como se aquilo fosse tão fácil quanto trocar de lugar dentro de um ônibus.

— Bem, para começar, não tenho a menor ideia de como administrar um negócio.

— Pode aprender. E já sabe cozinhar.

— Como hobby, não como profissão.

Gerry ficou em silêncio, como se pensando no assunto.

— Se você arrumasse um sócio... — acabou dizendo, virando para uma estrada de uma só pista cheia de buracos. — Essa amiga sua, por exemplo. E você entende de assuntos como baixas contábeis, benefícios fiscais e coisas assim. *Poderia* dar certo.

— Se uma de nós tivesse dinheiro, o que não temos.

— Vocês não poderiam pegar um empréstimo?

— Já estou devendo a roupa do corpo em crédito educativo.

Gerry sorriu.

— Bem... foi só uma ideia.

— Uma ideia impraticável — disse Claire, com uma risada.

— Alguns impérios foram construídos com menos.

Como você pode saber o que é melhor para mim?, pensou Claire. Talvez Gerry não pensasse duas vezes antes de satisfazer cada capricho seu, mas no *seu* mundo cada ação tinha que ser cuidadosamente coreografada. A coisa mais arriscada que fizera na vida fora ir até lá.

Felizmente, Gerry não tocou mais no assunto. Pouco depois, elas entraram no caminho de carros de uma casa vitoriana decadente cercada por árvores e arbustos crescidos. Um comedouro para passarinhos — uma imagem de São Francisco com os braços abertos — ocupava posição de destaque no que sobrava do gramado danificado. Na varanda, um mensageiro dos ventos feito de conchas de abalone agitava-se na brisa com um leve tilintar.

A porta da frente estava encostada. Ao entrar, Claire percebeu um movimento pelo canto dos olhos, mas era apenas o próprio reflexo no espelho do móvel de carvalho do vestíbulo. Ali, naquele ambiente mal iluminado, ela ficou petrificada. A casa recendia a biscoitos recém-saídos do forno e, de alguma forma, pareceu-lhe familiar.

— Mãe! Sou eu! — Gerry gritou a plenos pulmões. Após alguns minutos sem resposta, ela explicou: — Ela não ouve muito bem.

— Não precisa gritar, querida. Posso ouvir perfeitamente bem.

Claire virou-se e viu uma senhora vindo na direção delas. Alta e de ossatura larga, tinha cabelos da cor de canos enferrujados que se encaracolavam por todos os lados e olhos como pedacinhos do céu vistos pelas fendas de tábuas mal encaixadas. Claire percebeu que ela havia sido muito bonita na juventude e, à medida que se aproximava, tornava-se mais óbvio, pela forma como se movia, que fora uma mulher acostumada às pessoas virando a cabeça para vê-la passar.

— Você deve ser a Claire. — Dedos que pareciam madeira enodoada e lixada se fecharam sobre os dela. — Estou feliz por você estar aqui.

Nenhum discurso floreado, nenhum prelúdio constrangedor, apenas aquelas poucas palavras simples. Claire sentiu-se logo desarmada.

— Eu também — disse ela.

— Eu não sabia quando vocês viriam, caso contrário teria me arrumado. — Olhou com pesar para o avental amarrado por cima do macacão e de uma blusa azul de gola alta que combinava com seus olhos. Em seus pés, um par de chinelos.

— Você está bem, mãe — disse-lhe Gerry.

— Bem, tenho certeza que vocês não vieram até aqui para ver como estou vestida. — Seu olhar penetrante pousou mais uma vez em Claire. — E aposto que vocês gostariam de uma xícara de chá.

Claire sorriu.

— A senhora leu os meus pensamentos.

Mavis passou a mão pelos cabelos ruivos, enfiando uma mecha solta atrás da orelha.

— Fiquem à vontade enquanto eu ponho a chaleira no fogo. — Ela fez um gesto na direção da sala de estar logo adiante. — Um minuto só.

Mavis desapareceu nos fundos da casa, e Gerry conduziu a filha até um salão ensolarado mobiliado com poltronas estofadas e algumas quinquilharias. No chão, havia um tapete oriental com algumas partes gastas. Claire sentou-se no sofá surrado e confortável. Na mesa próxima ficava uma sequência de porta-retratos: Gerry e o irmão em várias idades e outras mais recentes dos netos. Seu olhar foi atraído por uma foto em particular, sua bela moldura decorada com búzios: um garotinho e uma menina construindo um castelo de areia na praia.

Gerry seguiu seu olhar.

— Esta foto foi tirada no ano que Andie entrou para o jardim de infância. Tínhamos alugado uma casa em Santa Monica no verão. Achei que esses dois jamais fossem sair da água.

Lembranças nas quais Claire não tinha qualquer participação. Ela experimentou uma sensação súbita e aguda de perda.

— Eu cresci a um quarteirão da praia. O melhor de tudo era cair no sono todas as noites, ao som das ondas.

— Parece o paraíso.

Claire estava prestes a dizer que não passara muito tempo na praia quando criança — Millie sempre tivera um medo exagerado de que ela se afogasse ou de que, no mínimo, ficasse vermelha como um pimentão —, mas pensou melhor.

Mavis retornou minutos depois trazendo uma bandeja carregada que balançou precariamente quando a baixou até a mesinha de centro. Ela continha uma chaleira florida com o bico lascado que combinava com o açucareiro e a jarra para leite, xícaras e pires de outro jogo e um prato de biscoitos caseiros. Sua mão acometida por artrite tremeu um pouco quando ela as serviu.

— Açúcar?

— Só um pouquinho — respondeu Claire.

— Espero que você goste de bolachas de gengibre — disse ela, passando o prato. — Eram as favoritas das crianças.

— Minhas também. — Claire mordeu a bolacha, saboreando a delicada mistura de tempero e melado. — Humm. Uma delícia.

Mavis inclinou-se para a frente e confidenciou-lhe em voz baixa:

— O segredo é usar gengibre fresco.

Claire sorriu.

— É mesmo? Vou experimentar da próxima vez.

Mavis abriu o grande sorriso de alguém que se encontrava com um conterrâneo em algum lugar remoto.

— Estou vendo que vamos nos dar bem.

Em seguida, elas já estavam entrosadas. Mavis a distraía com histórias sobre o famoso toque saudável de sua mãe e sobre seus igualmente famosos desastres culinários — contados com um bom humor que deixava claro que essas falhas eram coisas do passado. Ela lhe ofereceu a receita de seu precioso pão de centeio, e Claire, em troca, prometeu lhe enviar algumas de suas receitas favoritas. Após vários minutos, Claire olhou para Gerry. Ela exibia o sorriso forçado de alguém que se sentia completamente deixado de lado, mas que estava fazendo o possível para não deixar transparecer.

Por fim, ela se levantou e espanou as migalhas do colo.

— É melhor a gente ir andando, mãe. Escute, por que você não mostra a casa para a Claire enquanto eu arrumo a cozinha?

— Que bobagem — disse Mavis. — *Eu* mesma arrumo.

Claire levantou-se.

— Obrigada pelo chá, sra.... eh, Mavis.

Ela seguiu Gerry, observando a cozinha espaçosa e antiquada que lembrava a cozinha de Kitty, com sua despensa enorme e varanda telada. No andar de cima, ficavam os quartos com papéis de parede florais gastos e mobília pesada e escura.

— Este quarto era meu — contou-lhe Gerry, quando entraram num quartinho que dava vista para o jardim dos fundos. A cama havia sido removida de lá e, em seu lugar, havia uma máquina de costura e uma mesa cheia de moldes antigos e retalhos. Parecia que não era usado há algum tempo. Havia uma pilha de caixas de papelão encostadas na parede junto com edições antigas da *National Geographic* e da *Saturday Evening Post* amarradas com barbante. Gerry remexeu dentro de uma caixa, tirando dela um envelope pardo amarrotado. Abriu o envelope e espalhou seu conteúdo sobre a mesa: fotos antigas em preto e branco.

— Aqui são minha mãe e meu pai no dia do casamento deles. — Ela apontou para uma foto desbotada de Mavis muito mais nova, radiante num vestido de noiva ao lado de um homem louro, baixo e robusto, trajando uniforme. Havia uma foto de recém-nascidos também, Gerry e seu irmão, usando a mesma roupa rendada de batismo. Uma mulher gorda e mais velha, com sapatos confortáveis e chapéu, franzindo os olhos para a câmera, foi identificada como a mãe de Mavis, a avó irlandesa Fitzgerald.

— Aqui sou eu com o Ginger. — Gerry apontou para a foto de uma garotinha desdentada segurando um filhotinho de cachorro no colo. — Ah, aquilo é que foi Natal. Meus pais o deixaram debaixo da árvore dentro de um engradado, só que o Ginger saiu e comeu tudo o que viu pela frente. Era para ser uma surpresa para nós, mas acabou que os nossos pais é que ficaram surpresos.

Havia outra foto de Gerry adolescente, com um vestido de noiva e uma coroa de botões de rosas na cabeça.

— Essa aqui foi no dia em que fiz os meus votos. — Gerry falou com naturalidade, mas Claire não pôde deixar de perceber a pressa com que ela tirou a foto de vista.

— Mas eu achei que...

— Só se é freira professa depois dos votos perpétuos — explicou-lhe.

— E quanto tempo isso demora?

— Fiquei lá quase três anos.

— Você teria continuado se não tivesse ficado grávida?

— Acho que eu não tinha jeito para ser freira. É claro que precisei levar na cabeça para perceber.

— Suponho que aborto tenha ficado fora de questão.

Gerry lhe lançou um olhar chocado.

— Sequer pensei nisso. Nem por um segundo.

Mas você não teve problemas em me dar como se eu fosse um sapato velho assim que eu nasci, pensou Claire.

— Sorte a minha. — Ela não fez questão de disfarçar o sarcasmo na voz.

Gerry abaixou a cabeça, enfiando as fotos de volta no envelope... mas não sem que antes Claire percebesse o brilho de lágrimas em seus olhos.

Quando chegou a hora de ir embora, Claire tinha mais perguntas do que respostas. Por que Mavis não insistira para que Gerry ficasse com ela? Estava atarefada demais ou havia outras razões?

Mavis as acompanhou até a porta da frente.

— Parece que vocês acabaram de chegar. Mas não posso ser egoísta... Tenho certeza de que a Andie e o Justin estão loucos para te conhecer.

— Deu-lhe um abraço rápido e apertado, cheirando a sabonete e gengibre. Quando recuou, seus olhos, aqueles olhos notáveis que lembravam pedacinhos do céu, estavam fixos nela com um brilho intenso. — Você vai voltar, não vai?

Claire murmurou alguma coisa educada, as emoções jorrando dentro dela como água sobre pedras. Ainda não havia conseguido pensar no que faria após aquele final de semana. Mas agora, olhando para a grande ruína que fora o rosto uma vez bonito de sua avó, teve a sensação de que voltaria.

Andie olhou desconfiada para a jovem sentada à cabeceira da mesa. *Minha irmã*. Por mais que tentasse, mal conseguia absorver o fato. Aquilo se parecia com os contos de fada que a mãe costumava ler quando ela era pequena, sobre meninas camponesas que eram princesas de verdade vivendo sob um feitiço maligno. Quando o feitiço era desfeito, as princesas voltavam para sua família de verdade e todos viviam felizes para sempre. Mas isso só acontecia nas histórias. Como seria na vida real?

E olha só como a mãe a estava bajulando! Justin também. Naquele exato momento, ele estava prestando atenção a cada palavra da história que Claire estava contando — alguma coisa sobre o concurso de Miss América na cidade dela.

— As feministas fazem piquetes todos os anos — dizia ela. — No concurso do ano passado, uma delas usou um vestido feito de fatias de mortadela. Tudo ia bem até que os cachorros perceberam o que estava acontecendo. Ela já estava quase nua quando tiraram os cachorros de cima dela.

Justin deixou escapar uma risada alta.

— Ela estava usando calcinha?

— Devia estar. Ela saiu na primeira página do jornal da cidade... na frente da vencedora, que ficou na página três. — Claire sorriu, batendo com o guardanapo na boca. — A propósito, isso está uma delícia.

— Sinto muito, mas é comida de restaurante — desculpou-se Gerry. — Como eu disse, não sou muito boa na cozinha.

— Isso não é verdade, mãe — Andie interveio, com a voz alta. — Você faz uns bolinhos de carne deliciosos.

Gerry revirou os olhos.

— Qualquer um sabe fazer bolinho de carne.

— Ela também sabe fazer uns waffles gostosos — disse Justin a Claire. — Não só essas coisas congeladas.

Gerry sorriu radiante para Justin, aliviada em ver os dois se dando tão bem... como ela suspeitara.

— Mais alguém quer bolinhos? — Ela estendeu o prato de papelão.

Andie olhou ávida para eles, mas logo balançou a cabeça.

— É melhor não.

— Ela tem medo de engordar. — Justin se serviu de dois. — Como se o Simon fosse perceber.

Andie lhe lançou um olhar de desprezo.

— O que você quer dizer com isso?

— Nada. — Justin encolheu os ombros, empurrando um bolinho pelo prato com os hashis, até que desistiu e o espetou com o garfo. — É que eu não tenho visto ele por aqui ultimamente, só isso.

— Nós não terminamos, se é isso que você está insinuando.

A principal razão pela qual Simon não aparecera era porque ela não o convidara. Teria sido estranho demais. Ela ficaria o tempo todo achando que estaria estampado em letras vermelhas na sua testa: "Nós Fizemos Amor." Não que a mãe estivesse em posição de julgar.

— Simon é seu namorado? — perguntou Claire, demonstrando interesse.

— Mais ou menos. — Andie não via por que isso poderia interessá-la.

— Garanto que ele prefere a Monica Vincent. — Justin deu um sorrisinho malicioso.

Andie lhe lançou um novo olhar de desprezo.

— O Simon está escrevendo um artigo sobre ela para o jornal da cidade — contou a Claire. — Para falar a verdade, eu estava junto quando ele a entrevistou.

Claire pareceu impressionada.

— Sério? Como ela é pessoalmente?

— Por aqui ela é conhecida como Bruxa sobre Rodas.

Gerry lhe lançou um olhar de censura.

— Andie! Não é nada bonito fazer troça das pessoas que andam em cadeiras de rodas.

Andie ardeu de raiva, como se tivesse levado um tapa.

— Eu *não* disse isso.

— *Ouvi* dizer que ela é intragável. — Claire lhe lançou um olhar solidário.

Andie não respondeu.

Seguiu-se um breve silêncio, preenchido pelo tilintar de um garfo e o barulho de Buster lambendo um prato debaixo da mesa. Como se aquele fosse um jantar comum numa noite qualquer, como se aquela *perfeita estranha* não tivesse surgido do nada com a mãe esperando que eles a recebessem de braços abertos. Como se tudo fosse tão simples quanto adicionar água quente e misturar.

Por outro lado, seria justo culpar Claire? Até parece que ela havia pedido para fazer parte daquela família. *Se pudesse ter escolhido alguém para ser irmã dela, não teria sido eu.*

Andie engoliu com dificuldade um pedaço de frango Hunan.

— A mamãe disse que você é advogada.

— Sou obrigada a admitir que sim. — O sorriso de Claire praticamente nem chegou aos olhos.

— Como na TV? — perguntou Justin.

— Não exatamente — disse-lhe. — Na vida real, os advogados não passam tanto tempo assim no tribunal. Principalmente o meu tipo de advocacia. Eu lido com testamentos e imóveis.

— De gente rica? — Justin parecia ansioso.

Claire riu e balançou negativamente a cabeça.

— Sinto muito te desapontar, mas a maioria dos meus clientes é de pessoas comuns como você e eu. No entanto, pode acreditar em mim, no final dá tudo no mesmo. Já vi parentes brigarem por causa de um jogo de pratos como se fossem as joias da coroa.

— Quando eu crescer, vou ser piloto — anunciou Justin.

— Militar ou civil? — Claire, para mérito seu, não estava sendo condescendente. Parecia mesmo interessada.

— Piloto da marinha de guerra. — Justin empertigou-se, dando a impressão de que ficara centímetros mais alto.

— *Top Gun* é o filme predileto dele — disse-lhe Andie. — Ele sabe todas as falas de cor.

— Você viu *Águia Solitária*? — perguntou Claire. Quando Justin negou com a cabeça, ela acrescentou: — É sobre a primeira travessia do Atlântico feita por um homem só, um homem chamado Charles Lindbergh. Eu tenho o vídeo... Vou mandá-lo para você. O que me faz lembrar... — Ela se levantou da mesa e foi para o vestíbulo, retornando momentos depois com alguns presentes. Ela deu o menor para Andie, dizendo: — Espero que goste.

Era uma presilha de prata para os cabelos, com uma pérola incrustada, delicada e bonita. Aninhada em sua mão, ela pareceu brilhar. Andie se sentiu prestes a chorar.

— Obrigada — disse ela, lançando o olhar para Claire. — É muita gentileza sua.

O rosto de Justin se iluminou quando ele abriu o presente dele — um Game Boy.

— Caramba! Ei, como você sabia? É praticamente o único que eu não tenho. — Ele olhou para Claire como se ela fosse a encarnação de Jesus Cristo. — Espere só até eu contar para o Nesto! — Ele saiu apressado da mesa.

— Você não está se esquecendo de nada, rapazinho? — Gerry o lembrou.

— Hã? — Ele olhou envergonhado para Claire. — Ah, é. Obrigado.

— Tudo bem, você está desculpado. — O assentimento da mãe o fez sair voando pela porta feito uma bala de canhão.

Claire se levantou.

— Vou ajudar com a louça.

— Não. — Andie levantou-se também. — Você é visita. — Ela pôs um pouquinho de ênfase na palavra visita. — Eu lavo a louça.

A campainha tocou naquele exato momento e a mãe saiu apressada da sala, deixando as duas sozinhas. Um silêncio opressor surgiu entre elas. Por fim, Claire limpou a garganta.

— Olha, tenho certeza de que isso é tão estranho para você quanto é para mim. — Ela olhou bem nos olhos de Andie. — Só quero que você saiba que não estou procurando uma mãe. Eu já tenho uma.

Andie sentiu a comida congelar e se transformar numa pedra pesada em seu estômago. Não fora isso que Cindy lhe dissera? *Sei que você tem mãe e não estou tentando tomar o lugar dela.* Mas não era o lugar da mãe que Cindy estava tomando, era o lugar de Andie. E se aquilo acontecesse ali? Em vez de com o pai?

A mãe voltou à cozinha antes que Andie pudesse responder.

— Era só o rapaz da loja de móveis trazendo as almofadas novas que eu comprei para as cadeiras do pátio. — Ela estendeu o braço para pegar o avental que estava no gancho ao lado do fogão, lançando um olhar distraído para Andie. — Você não tem dever de casa?

— Hoje é *sexta-feira*, mãe. — Andie sentiu-se prestes a cair no choro.

Gerry não respondeu. A torneira estava aberta, ela estava enxaguando os pratos e os passando para Claire colocá-los na lava-louças. Elas não se pareciam em nada: Gerry era alta, morena, com seios fartos, enquanto Claire era magra e alta, e tinha cabelos castanhos que lhe caíam em ondas suaves pelos ombros. No entanto, pareciam estranhamente entrosadas, movendo-se ao mesmo tempo como dançarinas. Andie as observou por um tempo — teve a estranha sensação de que estava do lado de fora, espiando-as pela janela — e saiu sem fazer barulho.

— É melhor eu ir logo. Não quero perder o voo.

Claire dobrou o guardanapo e o pôs ao lado do prato. O café da manhã de domingo no Café e Padaria Lundquist, famoso por suas panquecas de maçã — às quais ela comera com exagero —, fora o final perfeito para aquele fim de semana e ela estava ansiosa para voltar para casa.

— Vou te acompanhar até o carro. — Gerry lançou um olhar significativo para os filhos, que os fez entender que deveriam ficar onde estavam.

Justin empurrou o prato e ergueu os olhos para Claire.

— Vê se não esquece, é só fazer o download do jeito que eu te mostrei. O resto é fácil. — Ele estava se referindo ao MSN da AOL. No dia anterior, após o almoço, ele lhe dera uma breve explicação.

Claire apertou a mão dele de forma solene.

— A gente se vê no chat.

— Foi um prazer te conhecer — disse Andie, com uma gentileza formal. Havia pedido rabanada, mas mal a tocara. Agora, estava empedernida na cadeira. A presilha que lhe segurava os cachos escuros num dos lados da cabeça não era a que Claire lhe dera de presente.

Claire desejou que houvesse uma forma de fazer Andie ver que ela não era uma ameaça. Mas não cabia a ela, não mesmo. Andie claramente já estava com problemas muito antes de ela surgir em cena.

Ela sorriu afetuosamente para sua meia-irmã.

— Gostei desta cor em você. Você devia usar vermelho com mais frequência.

Andie corou e olhou para o suéter.

— Obrigada, foi um presente do meu pai. — Fora a primeira resposta sincera que Claire obtivera dela durante todo aquele final de semana.

— Bem... tchau. — Claire tocou-a no ombro.

— Tchau — disse Andie, com os olhos baixos.

O final de semana, no todo, fora bom. O que, para os padrões de Claire, queria dizer que não tinha havido cenas desagradáveis e apenas o mínimo de silêncios pesados. No sábado, Gerry lhe mostrara mais lugares na cidade — entre eles, a sede abandonada da escola que servira de cenário para o filme *Estranhos no Paraíso* —, antes de parar para fazer uma visita à amiga, Sam, e o namorado com quem ela vivia, Ian.

Claire logo simpatizou com eles. Os dois tinham o pé no chão e eram fáceis de se conversar. Além do mais, era impossível ficar mais de cinco minutos com eles sem perceber como eram loucos um pelo outro e como estavam animados com o bebê que chegaria dentro de alguns meses. Embora parecessem não ter nada em comum, Sam a fazia lembrar-se de

Kitty, e a casinha que dividia com Ian era muito confortável e aconchegante. Se pudesse, Claire se mudaria para lá imediatamente.

A afeição profunda entre Sam e Gerry também era evidente. De vez em quando, Claire se pegava desejando que Gerry não fosse sua mãe, que pudesse conhecê-la apenas como amiga. Como seria muito mais fácil se tudo o que Gerry fizesse e dissesse não acabasse num caso de muito pouco ou tarde demais.

Agora, conforme desviava das mesas cheias de casacos pendurados nas cadeiras e dos cotovelos dos comensais, Claire sentiu uma pontada aguda de angústia. Estava em algum lugar no meio do caminho: nem filha, nem amiga. Gerry podia lamentar-se por tê-la dado para adoção todos aqueles anos atrás, mas será que estava pronta para mais do que aquilo? Um relacionamento a distância não lhe criaria problemas.

Ela observou a mãe parar e conversar com várias pessoas pelo caminho. Gerry parecia conhecer todo mundo e, obviamente, era querida. Uma das garçonetes, uma mulher gorducha e de cabelos louros com um avental tão rosa quanto suas faces, acenou para ela quando de passagem. Logo as duas estavam passando pela vitrine de doces e salgados que exalava um aroma quente, apertadas pela fila que se estendia até a calçada.

Do lado de fora, o sol brilhava e os sinos repicavam. Claire ergueu os olhos para o campanário que despontava acima de um mar de árvores do outro lado do parque. Quando voltou o olhar para Gerry, viu que ela a analisava com atenção, quase como se quisesse guardar sua imagem na mente.

— Espero que você saiba no que está se metendo — disse ela. — Um chat cheio de adolescentes na faixa dos doze, treze anos pode ser bem educativo.

— Ah, acho que consigo lidar com isso.

— O Justin gostou mesmo de você — disse Gerry.

— Ele é um ótimo menino.

— A Andie também vai mudar de opinião. Ela só precisa de um pouco mais de tempo.

— Não levei para o lado pessoal.

— Ela nunca mais foi a mesma desde o divórcio. — Um tom de amargura foi sentido na voz de Gerry. — O Mike também não facilita as coisas. Metade do tempo é como se tivesse esquecido que *tem* filhos.

Quem é você para falar?, pensou Claire.

Estavam andando calmamente até o carro. Claire ficou esperando que Gerry dissesse como estava triste por ela estar indo embora, ou como fora importante ter ido lá — em parte desejando que o fizesse ao mesmo tempo em que desejava que não.

Ela avistou seu Taurus azul alugado, virou-se para Gerry e disse:

— Ouça, eu... — Deteve-se de repente.

Um grupo de mulheres corria para onde elas estavam — dois pares de gêmeas idênticas: um de gêmeas idosas, o outro, de adolescentes. As idosas estavam vestidas da mesma forma, com vestidos floridos e chapéus de palha combinando, enquanto as mais novas, que deveriam ser netas, pareciam ter feito o possível para se distinguirem uma da outra. Uma delas usava uma blusa discreta e uma saia longa; a outra,uma calça jeans e um colete moderno de brim.

— Gerry! Que coincidência. A Olive acabou de dizer que não tinha te visto na igreja — falou alegremente uma das gêmeas mais velhas. Ela e a irmã poderiam passar por dois passarinhos com seus olhos castanhos curiosos e cabelos grisalhos puxados para trás e enrolados para dentro. — O sermão do padre Reardon foi...

— ... dos mais tocantes — a irmã terminou por ela.

— Olive, Rose, Dawn, Eve, eu gostaria que vocês conhecessem... — Gerry hesitou. Queria desesperadamente apresentar Claire como sua filha, mas alguma coisa na rigidez dos ombros da moça lhe dizia que era melhor não fazê-lo. Ela poderia achar isso forçado demais, ou, pior, pretensioso. E o fim de semana tinha sido tão bom que ela não queria arriscar estragá-lo. Na próxima vez (ah, como desejava que houvesse uma próxima vez), quando Claire estivesse mais confortável com toda a situação, ela subiria na torre do correio e gritaria para todos ouvirem. Terminou a frase baixando o tom da voz: — Claire Brewster. Ela é, ah, está visitando a cidade.

Claire sentiu sua respiração formar um nó no peito. Ficara tão ansiosa por ouvir as palavras *minha filha* que, de início, foi o que achou que Gerry havia falado. Uma fração de segundo depois foi que percebeu a triste realidade: *ela tem vergonha de mim*. Uma coisa era Sam e Ian saberem, pois Sam era sua amiga mais antiga, e outra coisa bem diferente era que isso fosse de conhecimento público.

— É um prazer enorme te conhecer. — Uma das gêmeas idosas estendeu a mão pequena e enluvada. Seria Rose ou Olive? — Espero que você esteja gostando daqui. Não costumamos receber muitos turistas nessa época do ano.

— Eu... na verdade já estou indo embora — gaguejou Claire. Por um momento terrível ela achou que fosse se debulhar em lágrimas.

— Bem, então não vamos te prender — disse a outra, com simpatia. — Foi um prazer te conhecer, querida.

— O prazer foi meu — Claire conseguiu gaguejar.

As gêmeas mais jovens olharam para ela com se sentissem que havia alguma coisa errada, no entanto, uma delas disse alegremente:

— Da próxima vez, vá conhecer o nosso Café. Fica logo ali no fim da rua. É o Lua Azul. — Ela apontou para o caminho. — A vovó faz um hambúrguer maravilhoso.

Claire observou as duas senhoras animadas descerem a calçada, as netas logo atrás. Podia perceber que Gerry queria dizer alguma coisa, e, fosse o que fosse, não iria querer ouvir. Naquele exato momento, não conseguia se controlar nem para olhá-la nos olhos.

Quando chegaram ao carro, ela esticou a mão e, no mesmo tom polido e formal que Andie usara, disse:

— Obrigada. Por tudo.

Gerry parecia à beira das lágrimas.

— Espero que você tenha gostado.

Um dos cantos da boca de Claire se elevou.

— Foi uma experiência e tanto.

— Eu estava pensando se...

Claire deu uma olhada no relógio.

— Preciso correr. Não quero perder o avião.

Momentos depois, Claire virava à direita na interseção. Estava dirigindo devagar, enxergando mal por causa das lágrimas. A menos de dois quarteirões de distância, parou abruptamente ao lado da calçada e, com um choro engasgado, apoiou a cabeça sobre o volante, que apertava com força, como se estivesse fazendo uma curva muito fechada. Não sabia o tempo que tinha ficado assim e esforçou-se para recuperar a postura. Aparentemente, ficara tempo suficiente para chamar a atenção.

— Ei... você está bem?

A voz, junto com a batidinha no vidro, fez com que ela levantasse a cabeça. Um homem alto e forte, com roupas de trabalho, cabelos louros desalinhados e bigode avermelhado caindo por cima do lábio, estava curvado, olhando para ela com olhos castanhos e preocupados.

Claire, o rosto em brasa, abaixou o vidro.

— Estou bem... obrigada.

— Tem certeza? — Ele a olhou com curiosidade.

Ela levou uma mão trêmula à têmpora.

— Tenho, estou bem.

— Não quero ser grosseiro, mas você não me parece bem.

— Vou ficar... daqui a um minuto. — Jamais ficara tão constrangida em toda a sua vida.

Mas o homem não estava de saída.

— Você gostaria de entrar um pouco? Não é da minha conta, mas acho que não deveria dirigir assim.

Claire olhou além dele para uma casinha de telhado vermelho coberta por hera. Uma placa de VENDE-SE jazia bêbada na parte gramada. Acima dela, uma faixa dizia: Visitas de 12h às 15h.

— Eu... — Ela abriu a boca para repetir que estava bem.

Ele sorriu e endireitou a postura.

— Não se preocupe. Sou inofensivo.

Antes que pudesse perceber, estava saindo do carro, mesmo enquanto uma voz interior gritava: *O que você pensa que está fazendo? Vai perder o avião!*

O homem, que tinha mais ou menos sua idade e era pelo menos uma cabeça e meia mais alto, estendeu a mão grande e calejada.

— Matt Woodruff. — O cinto de ferramentas preso na altura dos quadris lhe dava a leve impressão de ser um atirador do Oeste Selvagem. — O horário de visitas só começa daqui a uma hora — disse ele, referindo-se à casa —, mas não há nenhuma lei que me proíba de te deixar entrar um pouco antes da hora.

— Você é o dono? — perguntou ela, remexendo na bolsa à procura de lenços de papel. Devia estar com uma aparência horrível, mas de que importava?

Ele abriu um sorriso largo, exibindo dentes grandes e muito brancos.

— Deus do céu, não. Já tenho dor de cabeça de sobra do jeito que está. A sra. Dalrymple me pediu para dar uma ajeitada rápida na casa. Deixá-la apresentável. — Seu sorriso se alargou ainda mais. — Ela é o que os corretores chamam de chalé para lua de mel, o que é um termo bacana para um imóvel que precisa de reparos.

— Parece em boas condições olhando daqui.

Matt Woodruff observou-a com interesse. Havia alguns vestígios de serragem acumulados nas dobras de sua camisa de cambraia e suas mangas arregaçadas acima dos cotovelos mostravam braços tão grossos e fortes quanto os tirantes de uma ferrovia. Um verso de um poema de Longfellow, que ela se lembrava da escola, lhe veio à mente: *Sob uma castanheira frondosa estava o ferreiro da aldeia...*

— Vamos lá. Vou te levar para uma visita rápida.

— Preciso ir — disse ela, dando uma olhada no relógio. — Tenho que pegar um avião.

— Não vai demorar. Não há muito para ver.

Claire hesitou. Estava acostumada a ser paquerada. Era isso o que estava acontecendo ali? Não, achou que não. Matt tinha o rosto tão sincero e simpático, seus olhos, da cor de chá forte, brilhavam com nada mais do que um sentimento de amizade sincera... e talvez solidariedade.

— Acho que ainda tenho alguns minutos — disse ela. Havia algo de cativante no comportamento alegre daquele homem. Ou isso ou o final de semana que passara com a mãe a deixara completamente abalada.

Por outro lado, que mal isso lhe faria?

Capítulo Sete

s aulas preparatórias para parto normal eram dadas no salão social dos Veteranos de Guerras Estrangeiras — segundo Sam, lugar perfeito para isso, pois a mulher que dava à luz uma criança, principalmente numa idade avançada como a *dela*, merecia ganhar uma condecoração de guerra —, onde, no momento, Sam e Gerry estavam sentadas de pernas cruzadas sobre seus tapetes. Havia nove mulheres ao todo, das mais variadas idades e classes sociais, formando um círculo torto em volta do perímetro de um salão amplo com cadeiras de alumínio dobráveis empilhadas num canto e uma prateleira de troféus próxima a uma mesa com uma garrafa de café e um prato de biscoitos no outro canto. A instrutora, uma loura atraente chamada Jane, que devia ser bebê quando Sam estava grávida de Laura, treinara com elas os vários tipos de exercícios respiratórios — todos uma lembrança remota para Gerry, que se sentia muito feliz por aquela etapa de sua vida ter ficado para trás. Sam, por outro lado, estava adorando cada minuto. E, embora fosse de longe a grávida mais velha da sala, estava elegante como nunca, mesmo com seis meses e meio de gravidez. Com um moletom largo — que devia ser de Ian, a julgar pelos punhos manchados de tinta —, ela mal parecia grávida.

— O que devemos levar dentro da bolsa para a maternidade, senhoras? — Jane, enfermeira obstetra e mãe de duas crianças, andava em torno do círculo de tapetes com as mãos entrelaçadas às costas. Elas estavam descansando dos exercícios respiratórios e aproveitando para fazer uma revisão de outros assuntos mais práticos.

— Meu marido! — respondeu logo a gorducha Emma Pettigrew, casada com um bombeiro e mãe de duas crianças em idade pré-escolar que, coincidentemente, haviam nascido quando o pai estava ausente, apagando incêndios.

As mulheres caíram na gargalhada.

— Minha mãe diz que é para a gente levar uma caixa de tranquilizantes para cavalos — sugeriu uma das mães de primeira viagem, Yvonne Ramsey, uma negra magra e elegante com apliques caprichosamente arrumados nos cabelos. Gerry a reconheceu como uma das gerentes da Rusk's.

— Guarde os tranquilizantes para o seu marido! — sugeriu Kit Greggins, mulher de voz grave, cabelos tingidos por hena, tatuagens e grávida de seis meses de seu quinto filho. — Isso, se ele não desmaiar por conta própria antes.

— Está bem, senhoras. — A instrutora sorriu, enquanto balançava a cabeça. — Acho que já ouvimos muitas histórias de guerra. Tenho certeza de que a maioria de vocês está ansiosa só por estar grávida.

— Acertou na mosca — concordou Katrina Brill, uma executiva de quarenta e poucos anos que se cansara de esperar pelo príncipe encantado e resolvera agir por conta própria. Estava acompanhada de uma irmã que parecia tão disposta quanto ela. — E se eu sair dessa cheia de estrias, aí mesmo é que eu *nunca* vou encontrar um marido.

O humor descontraído foi quebrado por Faye Bontempi, que estava ali como ajudante da filha de dezesseis anos, Christina.

— A bolsa da Chris já está pronta — anunciou, com expressão sisuda. — Escova de dentes, camisola, protetor labial, walkman... não com essas músicas malucas que ela ouve, mas com músicas bonitas e suaves... ah, claro, e pirulitos. Ela vai precisar de pirulitos para manter o nível de açúcar no sangue.

Não houve qualquer menção ao enxoval do bebê. Christina, menina gorda e desajeitada, submissa ao lado da mãe, não iria precisar de enxoval para o filho. Gerry sentiu um aperto no coração, desejando que pudesse dizer alguma coisa para a menina... mas dizer o quê? *Pense duas vezes, você pode vir a se arrepender.*

Seus pensamentos se voltaram para Claire. Já fazia duas semanas que a vira e tudo o que recebera após sua visita fora um bilhete educado agradecendo por sua hospitalidade. Gerry lhe telefonara várias vezes, deixando recados em sua secretária eletrônica, mas ela não lhe retornara nenhuma ligação. A única pessoa que tivera notícias dela fora Justin, com quem ela conversava on-line.

Gerry teria pegado um avião se julgasse que isso faria alguma diferença, mas suspeitava que só pioraria as coisas. Estava claro que Claire precisava de tempo para absorver tudo aquilo. E tudo o que Gerry tinha a fazer era esperar, e torcer para que, no fim, ela mudasse de ideia.

É na vossa perseverança que ganhareis as vossas almas. Palavras do Evangelho de Lucas que seriam postas em teste nos próximos dias.

— Não tenho coragem de dizer a elas que esta é a parte fácil — sussurrou Sam. — Deixa só os filhos delas crescerem.

Ela sabia muito bem o que dizia. No verão passado, quando começara a sair com Ian, as filhas fizeram o maior escândalo. Sam, que sempre colocara a família em primeiro lugar e que teria dado a própria vida por aquelas meninas quando elas eram pequenas, felizmente seguira o conselho de Gerry: o de que era a vez dela. Com o tempo, Laura e Alice acabaram percebendo isso também.

— E eu não sei? — resmungou Gerry. — Atualmente a Andie só abre a boca para me alfinetar.

— Ela é adolescente. — Sam encolheu os ombros.

— Quem dera fosse só isso.

— Por que você acha que tem mais coisa?

A aula chegou ao fim e elas enrolaram os colchonetes. Gerry enfiou o dela na bolsa de palha volumosa de Sam, que também continha seu telefone celular, garrafinhas de água mineral, pastilhas para tosse e creme para as mãos (ela não tinha a menor dúvida de que a bolsa que iria para a maternidade já estava pronta e ao lado da porta). As outras mulheres haviam se dirigido à mesa do lanche, onde ficaram conversando enquanto tomavam um pouco de café descafeinado e comiam alguns biscoitos. Jane estava numa conversa compenetrada com Faye Bontempi, cuja expressão continuava séria. Faye, que tinha quarenta anos, mas aparentava cinquenta, estava com os braços magros cruzados na frente do corpo, assentindo de vez em quando para alguns comentários que a instrutora fazia.

Gerry suspirou.

— Tem sido pior ultimamente... desde a visita da Claire.

Sam, que conhecia Gerry melhor do que qualquer outra pessoa, entre elas a própria mãe, franziu a testa numa demonstração de solidariedade.

— Você já tentou conversar com ela?

— Mais de uma vez. Mas é o mesmo que conversar com uma parede.

— Então espere que ela venha até você.

— Lembra de quando ela era pequena? — Gerry sentiu-se nostálgica. — Ela era a danada de uma tagarela... a gente não conseguia fazer com que parasse de falar. Minha mãe costumava dizer que aquilo era uma brincadeira que Deus estava fazendo comigo depois de todos aqueles anos no convento.

Sam olhava para Gerry como se dissesse “tal mãe, tal filha”.

— As pessoas sempre dizem que aqueles mais parecidos com a gente é que são os piores. — Ela tomou impulso e se levantou. — Ninguém também conseguia fazer você parar de falar. Lembra daquele debate com o Kingswood, no ensino médio? O sinal já havia tocado e você continuou falando.

— Acho que nem ouvi o sinal — lembrou-se Gerry, dando uma risada.

— Está vendo só?

Sam parecia muito jovial naquele momento, com as faces rosadas e os cabelos avermelhados balançando sobre os ombros. Gerry foi logo transportada de volta ao seu último ano na escola, quando sua melhor amiga partia o coração de todos os rapazes e ela já estava com um pé no convento.

Algumas coisas nunca mudam, pensou Gerry. Sam estava com o cara mais bonitão da cidade, enquanto ela ainda rezava... atualmente para o Santo Protetor das mães divorciadas.

Gerry sentiu uma pontinha de inveja. Não, inveja não. Não poderia chamar de inveja, pois não trocaria de lugar com a amiga nem por todo o chá da China. Mas, às vezes, não seria bom ter alguém além dos filhos para ir para casa junto com ela? Alguém com quem pudesse se encolher no sofá e assistir a filmes antigos? Do jeito que fora com Mike quando eles eram recém-casados, quando estavam tão cegos de amor que não tinham a menor ideia de como o outro era *de fato*.

Ela pensou em Aubrey. Dos homens com que saíra depois do divórcio, ele era o único em quem ela pensava tanto fora da cama quanto nela. Só que ultimamente ele andava rondando seus pensamentos com uma frequência meio *exagerada*, o que ela achava ruim. Pois mesmo que estivesse cogitando se casar de novo, o que definitivamente não era o caso, (Mike a tinha curado desse mal), estaria cantando na freguesia errada. Não havia espaço no coração de Aubrey para mais ninguém a não ser Isabelle.

Certo, mas como será no futuro, quando você ficar velha junto com as freiras na colina, com apenas seus casinhos secretos? Talvez Sam estivesse certa, afinal de contas.

Gerry ergueu os olhos e viu a amiga olhando com curiosidade para ela, como se suspeitasse que alguma coisa estava errada. Sam entrelaçou o braço no de Gerry.

— Você paga um drinque para uma mulher grávida?

— Acho que também quero um. — Gerry não costumava beber, mas naquela noite abriria uma exceção. — Que tal irmos ao Sylvester's? — Era uma espelunca, mas ficava logo ali perto.

Cinco minutos depois, elas estavam passando pela porta de vaivém no estilo faroeste. O Sylvester's, de um jeito ou de outro, mantinha-se de pé desde a época da Corrida do Ouro, primeiro como posto de gasolina e loja de conveniência, depois como bordel e hoje em dia como salão de sinuca e taberna. Além da localização conveniente, praticamente ao lado do prédio dos Veteranos de Guerra — que tinha um fluxo constante de velhos soldados querendo reviver suas glórias ou afogar suas mágoas, ou as duas coisas juntas —, era para lá que se ia quando todos os outros lugares já estavam fechados, o que, em Carson Springs, onde tudo fechava às nove, significava um grande negócio.

— Aquela lá não é a Melodie Wycoff? — murmurou Sam, assim que elas se sentaram a uma mesa perto do bar. Na vitrola automática, a canção de Garth Brooks falava de um coração partido, e sob o brilho fraco e pálido que saía da máquina, a garçonete predileta de todos dançava de rosto colado com um homem que, definitivamente, não era o seu marido.

— Não sei de nada, não vi nada. — Gerry já tinha problemas de sobra para ainda se preocupar com os de Melodie. E, pelo que parecia, ela estava bêbada demais para se preocupar se o marido, um policial conhecido pela sua autoridade e temperamento explosivo, ficaria sabendo.

Sam pediu cerveja sem álcool e Gerry, sem pestanejar, pediu um uísque.

— Aos santos e pecadores. — Sam ergueu a caneca espumante.

— Beberei em homenagem a eles — disse Gerry.

— Escute, obrigada por ter vindo comigo. Agradeço de coração.

— Você está brincando? Eu jamais deixaria de vir. Por mais remota que sejam as probabilidades, se eu precisar te ajudar na hora do parto, preciso saber o que fazer.

Sam sorriu.

— Não acredito que vá haver necessidade. Não posso ir até o portão para pegar a correspondência sem o Ian insistir para que eu leve o celular. Ontem, literalmente, tive que expulsá-lo de casa. Até parece que San Bernardino é uma viagem à Lua.

Gerry sabia que Ian não teria ido se não fosse uma emergência. O teto havia caído em cima de um de seus murais e ele precisara ir para salvar o que pudesse.

Mesmo assim, ela balançou a cabeça, perplexa.

— Quem poderia imaginar? — Até mesmo Gerry, que os apoiara desde o início, não acreditava que ele fizesse o estilo paternal. Primeiro, Ian era quinze anos mais novo do que Sam... segundo, era artista... e dos que viajavam bastante. Mas, para a satisfação de Gerry, ele se mostrara um maridão. Até onde sabia, aquela era a primeira aula preparatória para parto normal que ele perdia.

— No dia que nós compramos o berço, ele passou metade da noite acordado para montá-lo.

— Bem diferente de antes. — Gerry estava pensando no falecido marido de Sam, que podia fazer os passarinhos descerem das árvores, mas era incapaz de mover um dedo em casa.

As linhas delicadas em torno dos olhos e da boca de Sam se sobressaíram por conta de seu sorriso irônico.

— Ultimamente, tenho pensado bastante no que a minha mãe costumava dizer: há sempre um chinelo velho para um pé cansado. Se isso for verdade, passei muitos anos tentando andar com um chinelo que não me servia.

Gerry suspirou.

— Consigo entender bem.

— Ah, não me entenda mal... Eu amei o Martin. Você sabe disso. Mas... — A voz de Sam falhou e ela olhou para o bar, onde um jogo de futebol passava na TV e um homem de macacão, empoleirado num banco alto, saboreava uma cerveja. — Acho que só recebemos as coisas que julgamos merecer, e eu não me dava muito valor naquela época.

O que será que eu mereço?, imaginou Gerry.

Ela tomou um gole do uísque. Na sinuca, aos fundos, Jimmy DeSoto batia papo com Luis Martinez, enquanto, perto dali, Melodie e seu amigo praticamente haviam parado de dançar e mal balançavam o corpo ao ritmo da música. Estavam tão agarrados que mal dava para passar uma carta de baralho entre eles.

Gerry lembrou-se mais uma vez de Aubrey e sentiu um calor se espalhar pelo corpo, calor que não podia ser totalmente atribuído ao uísque. Pensou na noite anterior, na forma como ele a despira, centímetro por centímetro, fazendo-o tão devagar que quando ela ficou só de calcinha já estava quase implorando para que ele a tirasse. Mesmo assim, ele agira sem pressa, esperando até que ela estivesse quase a ponto de gozar. Nossa, o que aquele homem podia fazer com ela! Se não tomasse cuidado...

Gerry percebeu que Sam a observava com atenção. Será que dava para perceber? Mas a amiga perguntou apenas:

— Notícias da Claire?

Gerry negou, sentindo o calor abrandar.

— Acho que eu a assustei para sempre.

— Como? — Sam sorriu, claramente sem lhe dar crédito.

— Tem os pais dela também. — Gerry lembrou-se de como ela ficara na defensiva cada vez que o assunto viera à tona. — Tenho a impressão de que eles não estão muito felizes com tudo isso.

— Não sei por quê.

Se a amiga tinha um defeito, pensou Gerry, era o de demorar a ver defeitos nos outros.

— Acho que eles me veem como uma ameaça. — Gerry tomou um gole do uísque e franziu a testa.

— Até parece que você quer roubá-la de alguém. Ela é adulta, pelo amor de Deus.

— É exatamente o que eu acho.

Sam analisou a questão por um momento.

— As pessoas normalmente veem nas outras o que não querem ver em si. Se os pais dela se sentem ameaçados, provavelmente é porque, no fundo, têm medo de não terem feito um bom trabalho ao criá-la.

— Uma desculpa muito reconfortante — disse Gerry, aborrecida.

— Ah, não me entenda mal... eles a amam, isso é evidente.

Gerry olhou para o copo e ficou surpresa ao ver que ele estava praticamente vazio. Sentiu apenas uma leve tontura.

— Dá para ver que sim. Só não sei se ela é feliz.

Sam suspirou.

— Ela parece... Acho que infeliz é uma palavra muito forte. É algo mais para perdida.

— Meu Deus, o que eu não daria para voltar o relógio do tempo! — Gerry segurou o copo com tanta força que foi um milagre ele não ter se estilhaçado. — Hoje eu quase fui falar com a pobre Christina sobre o erro enorme que ela está cometendo.

— Talvez não seja erro para ela — disse Sam, com ternura, os olhos transbordando de solidariedade.

— Ela deveria saber — continuou Gerry com a mesma voz baixa e carregada — o que é acordar noite após noite por causa de um bebê que você ouve chorar, mas não está ali. E, durante o tempo todo, ficar imaginando como ele está e se está feliz. Se eu pudesse... — Ela sentiu um nó na garganta.

— Você está criando dois filhos lindos. — Sam falava com firmeza, o rosto parecendo fora de foco em meio à nuvem de fumaça de cigarros que estava suspensa no ar. — Não tem do que se culpar.

Gerry esvaziou o copo e o pôs com força sobre a mesa.

— Podemos falar sobre outra coisa? Estamos correndo o risco de isso se transformar numa canção piegas.

Ela deu uma olhada para Melodie. Na vitrola automática, Shania Twain murmurava uma canção que falava de um coração partido, enquanto Melodie e seu amigo se atracavam sob a luz pálida lançada pelas luminárias penduradas acima da mesa de sinuca. Ela estava com a cabeça para trás e ele a beijava. Gerry chegou a ficar excitada ao imaginar os lábios de Aubrey nos seus.

— Não te contei a última. — Sam mudou discretamente de assunto. — Acabou que a família do Hector vem para o casamento. Tias, tios, sobrinhos, sobrinhas, primos... e nenhum deles fala uma palavra sequer de inglês. A Laura não faz ideia de onde vai acomodar todos.

— Posso hospedar um ou dois — ofereceu Gerry.

— Obrigada, tenho certeza que ela vai gostar de saber. — O olhar de Sam pousou em Melodie, mas ela logo o desviou, como se tivesse se lembrado de quando fora ela o alvo de línguas ferinas.

— A propósito, eu falei que o Aubrey vai comigo? — Gerry contara a Laura, mas acabara não comentando com Sam. Talvez por medo de ouvir a resposta que ouviria agora.

Sam estampou um sorriso malicioso ao levar a caneca à boca.

— Bem, já estava na hora.

— Não é o que você está pensando — alertou-a Gerry. Só porque ele ia acompanhá-la ao casamento, não queria dizer que iriam selar a relação no altar. — As coisas estão ótimas do jeito que estão.

Sam ergueu uma sobrancelha.

— Por enquanto, talvez.

Gerry não gostou do rumo da conversa.

— Mesmo que eu quisesse mais... o que posso lhe garantir que *não é o caso*... Aubrey Roellinger é o último homem na face da Terra com quem eu me casaria.

Sam se recostou na cadeira com um olhar confuso.

— Não entendo. Vocês parecem perfeitos um para o outro.

Gerry lhe deu uma piscada de quem sabia o que dizia e percebeu que talvez *estivesse* ligeiramente bêbada.

— Tenho como hábito não dividir a minha cama com mais de uma pessoa de cada vez.

— Acho que você está se referindo à esposa dele. — Sam às vezes podia ser ingênua, mas não era cega.

— Dizer que ele não superou a morte dela é pouco. Ele não consegue nem tocar no nome dela.

Ela pensou na forma como seus olhos ficavam sombrios de vez em quando, tão profunda e completamente sombrios como se alguém tivesse apagado as luzes em um quarto fechado. Nas poucas vezes que ele falara de Isabelle, Gerry tivera a impressão de que ele apenas fingia tocar a vida por causa das pessoas que, de outra forma, não o deixariam em paz e ficariam se metendo. Diferentemente de Sam, que no fundo devia ter ficado aliviada quando Martin morreu, Aubrey guardava seu sofrimento como um tesouro bem enterrado.

— Isso leva tempo. — O tom sofrido na voz de Sam a fez lembrar de que, apesar de tudo, ela *havia* amado o marido.

— Pois acredite em mim: uma vida só não seria suficiente. — Gerry sentia inveja. Não de Isabelle propriamente dita, mas da devoção dele. Ter sido amada com tanta intensidade...

As mãos de Sam estavam entrelaçadas sobre a mesa. Sua expressão dizia claramente que ela não estava acreditando muito no que ouvia.

— Isso não te mataria, você sabe disso.

— O quê?

— Se você *estivesse* apaixonada.

— Apaixonada? O que é isso? — Gerry deu uma risada cínica.

— Engraçado. Você fez um trabalho tão bom ao *me* vender essa ideia. — Sam estava lembrando à amiga de como ela fizera uma campanha incessante a favor de Ian. — Agora que é você que está com a bola...

— Comigo é diferente. Estou só dormindo com o homem. — Gerry falou como se aquilo não fosse nada de mais, mas sabia que não era simples assim. *Poderia* se apaixonar por Aubrey, para isso faltava apenas um empurrãozinho. — Além do mais, se o que aconteceu com você é para servir de exemplo do que pode vir a acontecer comigo, é melhor eu me mandar correndo para as colinas. Vamos falar a verdade, Sam. Por mais que você venha a amar esta criança, seus dias de paz e tranquilidade acabaram. Quanto a mim? Tenho planos de chegar saracoteando à meia-idade.

— Do que você está falando? Nós já estamos na meia-idade.

Gerry empinou a cabeça.

— Fale só por você.

As duas riram juntas.

Do outro lado, Melodie e seu amante estavam silenciosos à mesa, tomando uns drinques e fumando. Jimmy e Luis haviam parado de discutir e jogavam sinuca de novo, o homem no bar estava na sua segunda cerveja. A vitrola automática clicou e carregou outra música, antiga, porém boa: *A Taste of Honey*, de Herb Alpert.

Gerry fez sinal para pedir a conta.

A manhã do casamento estava fria e nublada. Gerry tinha suas dúvidas quanto a uma cerimônia ao ar livre naquela época do ano, mas, quando ela e os outros convidados foram levados por um carro com tração nas quatro rodas pela trilha de terra que saía de trás da fazenda de Laura até o topo da colina onde aconteceria a cerimônia, o céu clareou como num passe de mágica.

Ela olhou à volta, encantada com a vista desimpedida. Nada havia à frente, a não ser campos relvados, árvores subindo e descendo em ondas suaves e o coração verde do vale estendido logo abaixo. A vários quilômetros dali, no topo da colina vizinha, ficava o convento, que, por conta da distância, mais parecia uma fortaleza medieval do que qualquer outra coisa. Ela observou uma nuvem de poeira na estrada estreita lá longe — irmã Josepha, sem dúvida voltando de sua expedição semanal à cidade para a compra de mantimentos.

As montanhas além das colinas pareciam tão próximas a ponto de serem tocadas: a Pedra do Cacique Deitado e o Pico de Toyon, com seus picos nevados que mais pareciam coberturas de açúcar, e para o sul e oeste, os Picos Gêmeos e o Ninho da Lua, cuja forma lembrava uma bigorna. As sombras lançadas pelas poucas nuvens remanescentes deslizavam silenciosas como barcas cinzentas acima das colinas abaixo.

Ela se virou para Aubrey, então ao seu lado, a mão tocando de leve em sua cintura.

— Não posso imaginar um lugar melhor para alguém se casar.

— É exatamente a minha opinião. — De calças jeans e paletó azul-marinho, pois Laura fora taxativa ao recomendar traje esporte, Aubrey era a imagem da elegância despojada. Até mesmo seus cabelos tocavam o colarinho costurado à mão com o toque certo de rebeldia. Ele apontou para uma montanha no extremo norte no vale.

— Que montanha é aquela ali?

— É a Sespe... que para a tribo Chumash quer dizer rótula do joelho — explicou-lhe. — Veja se não parece uma pessoa ajoelhada?

— Nada muito romântico.

— Ah, sei lá. Vai ver é alguém de joelhos para propor casamento. — Ela podia brincar daquele jeito com Aubrey, sabendo que ele não a interpretaria mal.

— Neste caso, nunca vamos saber qual foi a resposta dela. — Sob a luz do sol, os olhos dele, enrugados pelo sorriso, exibiam um castanho-dourado da cor do riacho que serpenteava em volta dos salgueiros abaixo.

Passou pela cabeça de Gerry que eles deviam estar na mesma situação. Duas pessoas que haviam encontrado abrigo temporário nos braços um do outro e jamais passariam daquele ponto. Esse pensamento a fez ficar triste. Talvez fosse o momento... ou quem sabe a imagem daqueles amantes congelados para sempre. Fosse o que fosse, ela se pegou desejando algo a mais; talvez não o que Laura e Hector haviam encontrado, mas o suficiente para lhe trazer consolo nas noites em que o conforto de uma cama só para si pouco significava em comparação a ter alguém ao seu lado.

— Não olhe agora — Gerry aproximou-se para cochichar —, pois estamos sendo observados.

Alice Carpenter os observava friamente, sob a sombra de um carvalho onde estava com o marido, Wes, pai de Ian. A poucos centímetros deles, Anna Vincenzi também lhes lançava olhares furtivos.

Aubrey não pareceu nem um pouco incomodado.

— É melhor você ir se acostumando. Tenho a impressão de que isso é apenas o começo.

— Até parece que nunca me viram com um homem — disse ela.

Ele levantou uma sobrancelha.

— É para eu ficar com ciúme?

— Louco de ciúme. — Ela nunca sabia quando Aubrey estava brincando. Com certeza ele não fazia o tipo ciumento.

— Pelo menos a sua vida particular não é alvo dos jornais.

— O que será que eles diriam sobre *nós*? — Ela sorriu.

— Ah, com certeza diriam que nos casamos às escondidas. — Seus olhos castanhos reluziram com humor. — Ou, pelo menos, que estamos noivos.

Gerry se permitiu imaginar como seria: Aubrey e ela. Então a imagem se desfez e, junto com ela, qualquer outro pensamento tolo e romântico que o evento daquele dia pudesse despertar. Ela se sentiu ligeiramente irritada. Até então, não se importava com as brincadeiras dele, mas, de repente, desejou que ele não falasse essas coisas.

Ela deu uma olhada nos filhos. Andie, com um vestido azul de tricô e fileiras de brinquinhos reluzentes subindo em cada orelha, parecia estar encorajando Finch, um tanto exótica num vestido de malha de mangas compridas que se agitava com a brisa, na altura dos tornozelos. Justin chutava um torrão de terra a alguns metros dali, parecendo desconfortável com seu casaco novo e calças de algodão, e mais do que aborrecido por não ter ninguém da sua idade para conversar.

O que achavam de Aubrey? Ela o levara para jantar em casa na semana anterior e os dois haviam se comportado muito bem — bem até demais —, a ponto de ela não saber dizer se tinham ou não gostado dele.

Ela se perguntou pela vigésima vez se levá-lo consigo havia sido mesmo uma boa ideia. Não estaria dando algum tipo de declaração? Por falar nisso, e *quanto* aos jornais? Mais cedo ou mais tarde eles ficariam sabendo de sua existência.

Alice e Wes foram até onde eles estavam. Com calças de pregas na cor creme, blazer chocolate e lenço amarrado com gosto em torno do pescoço, a filha mais nova de Sam parecia ter saído de um anúncio da Ralph Lauren. Ela olhou para Gerry e Aubrey com jeito de quem estava a par da relação deles. Sem dúvida ela também atraía sua cota de olhares quando estava com Wes, que era bem mais velho do que ela.

Alice lhe deu um beijo no rosto antes de esticar a mão para Aubrey.

— Olá. Sou Alice Carpenter.

— Eu a reconheci pela foto. — Aubrey logo se explicou. — Encontrei uma foto do seu casamento, que a sua mãe esqueceu de levar com ela.

Alice sorriu para Wes.

— Nós nos casamos no verão passado.

— E *que* casamento. — Wes riu, e Gerry sabia que ele estava se referindo a Finch, que invadira a festa e quase acabara com ela.

— E aqui estamos nós de novo. — Alice suspirou. — Sinceramente, nunca imaginei que veria este dia. — Ela se virou para Gerry. — Lembra quando nós éramos crianças, como a minha irmã ficava seguindo o Hector por todos os lados feito um cachorrinho? Ele sempre fingiu que não percebia, mas só sendo cego para não ver. Por que será que demorou tanto para pensar no assunto?

Gerry lembrou-se de anos atrás, quando Hector, um rapaz magro de dezoito anos que não falava inglês e nem mesmo tinha o green card, batera à porta de Sam. A amiga o acolhera como empregado e ele vivia com a família desde então.

— Talvez tivesse algo a ver com o Peter — disse Gerry com a voz irônica, lembrando a todos que não era a primeira ida de Laura ao altar.

— Peter? Ele foi só aquecimento. — Alice o descartou com um gesto de mão, dizendo para Wes: — Está vendo, querido? Se você não tomar cuidado, pode acabar com um papel secundário.

Wes deu uma risada alta.

— Há duas coisas que sempre digo: nunca tenha um carro que não consiga dominar e nunca se case com uma mulher que consiga dominar. — Alto, bonito, com um jeito de herói e cabelos e barba da cor de aço, Gerry sempre pensou nele como um homem com poucas coisas na vida que não soubesse lidar. Ele beijou Gerry no rosto antes de estender a mão para Aubrey. — Ouvi falar muito a seu respeito. — O olhar que Wes lhe lançou foi o de uma alma gêmea. Fundador e diretor de uma rede multibilionária de TV a cabo, ele também atraía sua cota de atenção indesejada da mídia. — Sam sempre diz que não poderia desejar um inquilino melhor.

— Talvez porque eu raramente esteja em casa — disse-lhe Aubrey.

— A Lupe já está te deixando louco? — Das duas filhas, Alice era a que mais se parecia com a mãe. Tinha a mesma estrutura óssea delicada e rosto em forma de coração, mas seus cabelos eram louros e seus olhos, azuis, cópias perfeitas dos olhos de Martin.

Aubrey riu.

— Ela às vezes tende a ficar meio dominadora.

— A mamãe passou anos tentando fazer com que ela se aposentasse. Acho que ela pensou que, ao alugar a casa, fosse conseguir. Mas acho que não conseguiu.

— Ela não me incomoda... para falar a verdade, não sei o que faríamos sem ela.

Alice parecia estar imaginando de que forma Gerry se encaixava ali.

— Bem, que bom que finalmente nos encontramos. Adoraríamos que vocês fossem jantar conosco um dia desses.

Houve um momento de silêncio constrangedor. Nada contra Alice e Wes, só que, por conta da personalidade pública de Aubrey — ou talvez em reação a ela —, ele quase nunca saía com outras pessoas que não fossem da família ou velhos amigos. Por sorte, ele foi salvo de ter de responder pelo ronco do motor do Explorer de Laura, que subia a estrada de chão com serpentinas coloridas e reluzentes amarradas ao parachoque. Assim que o carro chegou ao topo, Gerry viu Finch se afastar de Andie para assumir suas responsabilidades como dama de honra.

Hector, de calças jeans e camisa branca bem passada — uma corrente de prata folclórica fora sua única reivindicação para a ocasião —, desceu do banco do motorista e fez a volta para abrir a porta para Laura. Ao vê-la descer com um vestido de organdi que poderia muito bem passar por uma tira de pano, mas que ficara muito bem nela, Gerry não pôde deixar de pensar numa flor de cacto que desabrochara após um longo período de seca no deserto. Laura emagrecera os dez quilos que devia ter engordado depois do divórcio e, embora Alice sempre tivesse sido a mais bonita das duas, naquele momento Laura era, de longe, a mulher mais bonita naquela colina. Seus olhos castanhos cintilavam e a pele azeitonada brilhava. Uma grinalda de botões de rosas lhe enfeitava os cabelos castanhos.

Hector, com as pernas arqueadas por causa de uma vida inteira no lombo de um cavalo e o peito largo, duro feito aço, por conta de tanto levantar fardos de feno e maquinários pesados, ofereceu o braço a Laura, seus olhos escuros fixos nela, como se os dois fossem as únicas pessoas presentes num raio de quilômetros.

Gerry deu uma olhada nos outros convidados — quase umas cinquenta pessoas no total, sendo que o contingente de Hector em muito batia o de Laura. Boa parte de seus parentes estava conversando animadamente entre si, enquanto Sam circulava pondo em prática seu espanhol sofrível aprendido no ensino médio. Por sorte, Gerry não precisou arrumar espaço em sua casa para acomodá-los. Alice e Wes, como presente de casamento, custearam estada para todos na Pousada Horse Creek.

O olhar de Gerry pousou em Ian, que conversava com Anna Vincenzi ao lado do altar improvisado — uma armação de sela decorada com flores. Anna parecia menos apagada do que de costume, com um vestido floral e batom; as faces gorduchas, rosadas por conta da atenção à qual não estava acostumada. Normalmente, ela era ofuscada por Monica.

A poucos centímetros dali, a velha Maude Wickersham, uma das pessoas solitárias que Laura acolhera, e que já vivia tempo suficiente com ela, a ponto de fazer parte da família, espiava por baixo de um chapéu de abas largas tão grande que quase desequilibrava seu corpo frágil. Ela vestia um terninho de xantungue proveniente de outra era, uma de suas compras em brechós, sem dúvida. Gerry a viu andar com dificuldade para cumprimentar Mavis, que estava igualmente bem-vestida numa saia de brim rodada e uma camisa moderna de vaqueira, como aquelas que a atriz Dale Evans costumava usar.

As pessoas abriam espaço à medida que Laura e Hector se dirigiam ao altar, parando para cumprimentá-las pelo caminho. Laura segurava a bainha do vestido para que não arrastasse no chão, mostrando um par de botas na cor creme, novinhas em folha, que fizeram Gerry rir. Elas eram tão... bem, tão a cara de Laura! Hector usava botas pretas com pespontos modernos e um cinto com uma fivela no feitio de concha tão grande que poderia derrubar um boi.

Gerry piscou para espantar as lágrimas que surgiram de repente. Droga, prometera a si mesma que não iria chorar. Qual o problema com ela? Para alguém tão contrário à ideia de se casar de novo, por que era tão frouxa com relação às outras pessoas?

Ela avistou o padre Dan alugando o ouvido para Audrey, a irmã de aparência pouco saudável de Sam... e tão diferente dela quanto a água do vinho. Como Laura era divorciada e ele não pudera oficializar sua união, parecia agora que se tornara alvo de qualquer alma necessitada de alívio. Pobre Dan. Gerry seria forçada a resgatá-lo se Audrey se demorasse muito.

A pastora episcopal era uma velha amiga de escola de Laura: mulher alta, com o rosto sem maquiagem e cabelos castanhos curtos. Embora ostentasse um ar majestoso, de frente para Laura e Hector, com seu manto e sobrepeliz esvoaçando na brisa, ela conduziu a cerimônia de uma forma bem intimista, mais como uma irmã mais velha que dava conselhos. Gerry sorriu com medo de que ela lembrasse a Hector para não deixar de baixar a tampa do vaso sanitário.

Mantendo o mesmo tom informal, Laura leu em voz alta um pequeno conto de fadas sobre um casal de idosos a quem fora concedido um único desejo: o de morrerem juntos quando chegasse a hora, e que haviam sido transformados em árvores entrelaçadas para sempre. Hector, a voz carregada de emoção, prosseguiu com um poema de Pablo Neruda, que ele leu tanto em inglês quanto em espanhol. Na sequência, Finch apresentou-se timidamente para falar sobre o dia em que Laura a acolheu, quando ninguém mais o faria, e o quanto ela esperava que Hector fosse feliz com sua mãe adotiva do mesmo jeito que *ela* era. Quando os noivos trocaram seus votos, não havia quem não estivesse com os olhos marejados de lágrimas.

Gerry deu uma olhada para Sam, que sorria por entre lágrimas. As duas filhas estavam casadas e ela estava prestes a começar tudo de novo. Uma prova cabal, pensou Gerry com um sorriso irônico de que as coisas boas não chegavam necessariamente embaladas em papel de presente, por encomenda registrada.

— Eles parecem felizes, não? — murmurou Aubrey. Gerry teve a impressão de sentir um toque de nostalgia em sua voz e imaginou se ele estaria pensando em Isabelle.

— Eles merecem. — Gerry teve medo de falar mais... estava para lá de engasgada.

Quando tomou coragem de olhar para Aubrey, viu que ele tinha o olhar fixo não em Laura ou em Hector, mas lá nas montanhas. De repente, sentiu vontade de tirá-lo de onde quer que sua mente o tivesse levado. Ela podia fazer o que Isabelle não podia mais — aquecer sua cama —, mas em todos os outros aspectos ele permanecera fiel à esposa.

Então Aubrey lhe tomou a mão, apertando-a gentilmente e fazendo com que ela pensasse que estivera apenas imaginando coisas.

Ao voltarem para a fazenda, decorada com balões e tirinhas de papel crepom — sem dúvida, trabalho de Maude —, até os animais haviam se unido à festa. Rocky, o terrier, ficou atrás de todos que estavam com um prato na mão, na esperança de uma sobrinha; Pearl, pobrezinha, já muito velha e honrada para pedir comida, andava devagar oferecendo sua cabeçorra amarela para receber carinho, enquanto os gatos, Napoleon e Josephine, corriam ansiosos entre a profusão de pernas que ocupavam a sala de estar. Até mesmo Punch, Judy e a nova égua alazã de Finch, Cheyenne, arrastavam os cascos na cocheira se fazendo lembrar.

Sam correu para dar um beijo no rosto de Gerry.

— Espero que você esteja com fome, pois tem comida suficiente para um pequeno exército. — Ela nem precisava ter falado: Lupe estava no comando da cozinha.

O aroma de frango grelhado chegava do pátio, e Gerry podia ver Lupe, um pouco além de Sam, com as tranças negras e grossas presas no topo da cabeça — a única coisa que não envelhecera nela —, andando atarefada de um lado a outro, como o general mais velho do mundo. Sobre a mesa improvisada do outro lado da sala de estar aconchegante (uma porta velha apoiada sobre dois cavaletes e coberta por uma toalha bordada), havia tigelas, pratos e cestas cheios do famoso pão de milho com pimenta-jalapeña de Lupe. Que diferença da recepção elegante de Alice nos gramados de Isla Verde!

Sam também devia estar pensando em Isla Verde, pois se virou para Aubrey com um sorriso.

— A propósito, o sr. Hathaway me pediu para falar que o telhado vai ficar pronto na semana que vem. Espero que todo esse barulho não esteja sendo incômodo demais.

Gerry lembrou-se de que o sr. Hathaway era o administrador que Sam havia contratado, o que a levou a se lembrar também da principal razão pela qual a amiga alugara Isla Verde: os custos de manutenção eram mais do que ela podia bancar sozinha.

— Nem um pouco. — Aubrey *comentara* sobre o barulho, mas era cavalheiro demais para deixar Sam saber disso.

— Bem, se precisar dar uma fugida, há sempre a casa da Gerry.

Gerry lhe lançou um olhar de advertência.

— Um dia só lá em casa e ele voltaria correndo para o seu telhado com vazamento.

— Isso sem falar na Lupe. — Aubrey, graças a Deus, não estava levando essa conversa a sério.

— Quanto a Lupe, ela agora é problema seu. Eu já desisti dela anos atrás — disse Sam, com uma risada. — Com licença...

Ela se apressou em resgatar Anna, que não conseguia se livrar de um dos tios de Hector, um senhor grisalho que, claramente, tinha uma queda por mulheres. Pela sua expressão de pânico, era evidente que ela não estava entendendo uma só palavra do que ele dizia.

— Até aqui, tudo bem — murmurou Gerry, dando uma olhada à sua volta. Até o momento, pelo menos, eles estavam sendo oficialmente ignorados.

Aubrey deu uma olhada divertida para Andie e Justin, na fila em torno da mesa com um prato na mão.

— Tenho a leve impressão de que os seus filhos não deixaram passar nada.

Gerry suspirou disso.

— Conhecendo-os como eu conheço, não tenho dúvida disso.

Aubrey tomou um gole de vinho, observando-a com atenção por cima da armação dos óculos. As pessoas se empurravam em torno deles, rindo e conversando, todos se divertindo — até mesmo as gêmeas idosas, Olive e Rose Miller, que haviam exagerado um pouquinho na bebida, estavam rindo como duas colegiais, enquanto o irmão de Sam, Ray, tentava ensiná-las a dançar o passo duplo do Texas.

— Não sei muito bem se eles têm alguma opinião sobre mim — disse ele.

Um pouco tonta por causa do champanhe, Gerry se aproximou para lhe confidenciar:

— Acho que estão se sentindo meio intimidados.

— Sou algum tipo de bicho-papão?

— Pior... você é famoso.

Ele sorriu.

— Espero que uma coisa não seja sinônimo da outra.

— Você também é a segunda bomba que eu lanço em cima deles em menos de um mês. — A lembrança de Claire lhe causou uma dor sutil.

— Sua filha, concordo... — Aubrey bebeu um gole do vinho, os dedos longos dobrados sobre a haste do cálice. — Ainda sem notícias?

— Nada ainda. — Gerry forçou um sorriso, determinada a não jogar uma cortina de fumaça sobre a festa. — Escuta, esqueça que eu toquei no assunto. Eu não devia te chatear com essas coisas.

Aubrey roçou a ponta dos dedos no braço de Gerry.

— Você nunca vai conseguir me chatear.

Os cabelos do antebraço dela ficaram arrepiados. Deus do céu, não devia ter bebido tanto. Como era mais fácil manter tudo bem fechado dentro de uma caixa quando se estava sóbria.

— É por isso que nós nos damos tão bem... nunca fico tempo demais com você para pôr isso à prova — disse ela, ligeiramente bêbada.

Gerry achou que ele iria rir, mas não riu. Ela percebeu um brilho diferente em seus olhos e sentiu um frio inquietante. Com muita frequência, quando em sua companhia, sentia como se ele caminhasse entre dois mundos: o passado, com suas lembranças, com que nenhuma mulher de carne e osso poderia competir, e o presente, em que cada passo tinha de ser cuidadosamente negociado. Então aquele brilho se fora e mais uma vez ele lhe sorrira como se ela fosse a única mulher naquela sala.

Aubrey lhe tomou o braço.

— Não é melhor comermos alguma coisa antes que não sobre nada?

Quando chegaram ao fim da fila, os pratos já haviam sofrido uma séria devastação. Eles se serviram de frango grelhado, salada de feijão e torta de *tamale* antes de se dirigirem à varanda, onde um número considerável de convidados aproveitava o tempo ameno, algo raro naquela época do ano. A comida estava tão deliciosa quanto aparentava e Gerry comeu mais do que deveria. Estava prestes a entrar para pegar um copo de água para aplacar a ardência do pão de milho com pimenta de Lupe quando Aubrey lhe disse:

— Você me dá licença por um momento? Vi uma pessoa com quem gostaria de conversar.

Ela se virou na direção em que ele estava olhando e viu uma bela jovem hispânica com um jeans de cintura baixa que pouco deixava por conta da imaginação — sem dúvida, uma das sobrinhas de Hector. Gerry sentiu uma pontada ardente e repentina, então viu que era na direção do irmão de Hector, Eddie, que Aubrey estava indo. Ela se lembrou de que Eddie também era célebre em sua especialidade — no circuito de rodeios. Aborrecida por tirar conclusões precipitadas, e mais ainda por ter sentido ciúme, ela franziu a testa ao mesmo tempo em que abria a porta de tela.

Lá dentro, avistou o padre Dan na fila junto à mesa. Ela não pôde deixar de perceber que estava na hora de ele cortar os cabelos — era só demorar mais um pouco que Althea Wormley o acusaria de ser um daqueles padres hippies que, de acordo com ela e outros de sua laia, haviam desvirtuado toda a santidade da Igreja com suas missas cantadas, grupos de discussão e outras tolices do gênero.

Ela se aproximou sorrateiramente.

— Está se divertindo?

Ele se virou com um sorriso.

— Para ser sincero, estou me sentindo meio deslocado. Não estou acostumado a vir a casamentos como convidado.

— Pense em todo o trabalho que você terá pela frente. — Ela olhou para onde estavam os sobrinhos de Sam, filhos de Audrey, magros e morenos como a mãe, fazendo o possível para impressionar as netas gêmeas de Rose Miller, Dawn e Eve.

— Ah, nunca faltam pessoas querendo que eu as case — disse ele, os olhos azuis cintilando em seu rosto largo de irlandês. — É quando elas retornam, depois que o viço abandonou as rosas, é que eu gostaria de aconselhá-las a esperar.

Ela sentiu uma afeição profunda pelo seu bom amigo. Quantas vezes não o procurara em busca de conselhos? Dan não tinha todas as respostas e era isso o que ela adorava nele. Se não tinha conselhos a dar, apenas ouvia. Ele era o único padre que ela conhecia que não sentia necessidade de citar um capítulo e versículo para cada mal na Terra.

— Não acredito que as rosas *deles* percam o viço.

Ela fez um gesto de cabeça na direção de Laura e Hector, cercados pela família e por amigos. Eles já pareciam casados há muito tempo... as mãos levemente entrelaçadas, os olhares se procurando antes de voltarem, relutantes, para quem quer que estivesse falando.

— É pouco provável — concordou Dan.

— Quanto a mim — ela se sentiu compelida a acrescentar —, uma vez só é suficiente.

— Nunca diga nunca. — Ele inclinou a cabeça com um sorriso, o único homem naquela sala alto o bastante para baixar os olhos até ela.

Gerry se sentiu ruborizar... ele teria dito aquilo com referência a Aubrey?

— Essa é boa — disse ela —, ainda mais vindo de um homem que nunca foi para a cama com uma mulher.

— Não tenha tanta certeza disso. — Ele piscou. — Lembre-se de que nem sempre fui padre.

Aubrey não estava pensando em Gerry quando abriu a porta de tela. Pensava em Eddie Navarro, homem que montava touros da mesma forma que Itzhak Perlman tocava violino. Para sua surpresa, acabou que Eddie também era seu fã. Ele ouvia música clássica antes de cada rodeio, sem dar a mínima para os outros vaqueiros, que achavam que ele estava passando dos limites. Os dois tiveram uma conversa agradável, mas, alguns minutos depois, Aubrey ficou surpreso ao perceber que estava com saudade de Gerry.

Ele parou na soleira da porta para analisar a sala lotada e a viu numa conversa animada com o padre. Qual era o nome dele? Reardon, isso. Um camarada exageradamente simpático, ombros e peito largos como os de um nadador olímpico, que se não usasse aquele colarinho branco jamais passaria por padre. No entanto, o que mais o impressionou foi a forma como Gerry olhava para ele, o rosto inclinado, iluminado como o de uma jovem...

... *apaixonada*.

O pensamento o surpreendeu. Meu Jesus, de onde tirara *isso*? Ele não tinha qualquer motivo para pensar tal coisa, e daí se fosse verdade? Nem sequer tinha um compromisso com ela... No entanto, sentiu uma inquietação que levou um momento para identificar: *Estou com ciúme*. Ele ficou parado, surpreso demais para se mexer, a sala repleta de pessoas conversando alegremente, perdendo o foco. E por que cargas d'água estava com ciúme? Não estava apaixonado por Gerry. Gostava dela, sim, bem mais do que esperara no início, mas isso não era a mesma coisa, era? A única razão pela qual continuava a vê-la era porque... bem, porque... não conseguiria ficar *sem* vê-la.

Ele franziu a testa, a inquietação se tornando mais forte. Após meses, anos, apenas com a cabeça fora d'água, tinha finalmente conquistado certa alegria, alegria que ele sabia não se equiparar à felicidade — pois esta fora enterrada junto com a esposa —, mas que era igualmente preciosa à sua maneira. Ele a protegia da forma como um homem desprovido de sua riqueza protegeria suas últimas moedas. Agora, seu coração tomava um rumo que ele não havia esperado. E ele não estava gostando disso; não estava gostando nem um pouco.

Achava que Gerry ficaria igualmente surpresa. Ela deixara claro que não queria nada além do que ela própria estava preparada para dar: sexo e amizade, e nessa ordem.

Ele deu um passo para trás, fechando devagar a porta de tela. Ao se virar, seu olhar pousou no filho de Gerry, sentado nos degraus da varanda jogando uma bola velha de tênis para um dos cachorros — um terrier pretinho que rosnava com uma raiva simulada conforme ele lhe arrancava a bola da boca e a atirava de volta no pátio de terra batida. Aubrey se aproximou.

— Posso te fazer companhia?

Justin apenas encolheu os ombros, sem se mover, quando Aubrey sentou-se ao seu lado.

— Eu sempre gostei de terriers. Eles são como cachorros grandes, só que menores. — Fez sinal com a cabeça na direção de Rocky. — Meus avós tinham um... o nome dele era Mignon. Ele nadava para pegar os gravetos que eu atirava e as ondas o traziam de volta à praia. Ele nunca desistia.

— Os cachorros não sabem o que fazem — disse Justin.

Aubrey lhe lançou um olhar pelo canto dos olhos. Justin estava sentado sobre os joelhos, os ombros tensos.

— Você não está se divertindo muito, não é?

O menino voltou a encolher os ombros.

— Não tem ninguém da minha idade.

— É. Eu sei. — Aubrey se lembrava muito bem de como tinha sido morar com os avós a quilômetros de distância da vila mais próxima.

Agora o menino o encarou, seus olhos verdes tão parecidos com os da mãe, voltando-se para ele como água gelada.

— A mamãe não me deixou trazer o Nesto.

— Deve ser porque ele não foi convidado.

Justin o olhou bem nos olhos.

— Você também não foi e está aqui.

— Boa resposta. — Aubrey sorriu. Ninguém ia passar a perna naquele menino.

— Eu queria ter ido para a casa do meu pai, mas ela também não deixou. — O rosto emburrado de Justin ficou ainda mais duro... mostrando um indício da adolescência que estava por chegar.

Aubrey olhou para as hortênsias que orlavam a entrada de carros. Elas o faziam lembrar do chalé que ele e Isabelle haviam alugado num verão em Aix-en-Provence. Ele era cercado de hortênsias. Rosa e azuis, as flores do tamanho de repolhos. Ele sentiu o coração se retrair e voltar para a segurança de sua caverna.

Quando voltou o olhar para Justin, o menino o examinava com atenção.

— Você conhece o meu pai?

— Infelizmente não tive o prazer.

— Ele é mais ou menos da sua idade, só que mais alto.

— Só isso? — Se Justin estava tentando tirar onda com a cara dele, ia se decepcionar.

— Ele também é praticamente o diretor da empresa em que trabalha.

— E no que ele trabalha? — Aubrey já sabia; estava perguntando apenas por educação.

— Ele empresta dinheiro para as pessoas comprarem casa e outras coisas. — Uma jogada mais forte mandou a bola quicando mais alto e indo cair nos arbustos. O cachorrinho saiu correndo atrás dela.

— Sei... ele trabalha no ramo de poupança e empréstimo.

— É, é isso aí.

— Meu pai era um *barrister*, que, em inglês britânico, quer dizer advogado. Eu não tive muito contato com ele quando criança.

— Seus pais eram divorciados?

— Não. Eu saí de casa para estudar.

— Como em *Harry Potter*? — Justin parecia intrigado.

— Excetuando a magia. — Aubrey sorriu, observando o cachorro vasculhar os arbustos à procura da bolinha.

— Você não ficava com saudades de casa?

— No início, sim, mas depois você se acostuma. — Em sua mente, Aubrey ouviu o pai dizendo quase as mesmas palavras, dizendo que aquilo faria dele um homem. Tinha oito anos na época e percebeu que aquilo não era bem verdade: havia uma diferença entre se acostumar com alguma coisa e simplesmente tolerá-la.

Justin demorou um segundo para refletir sobre o assunto, os cotovelos apoiados sobre os joelhos enquanto olhava para o jardim. Por fim, virou-se para Aubrey, semicerrando os olhos como Clint Eastwood em *Por um Punhado de Dólares*... outro caubói que ele admirava.

— Você e a mamãe vão se casar?

Então era isso o que o estava preocupando. Aubrey pensou cuidadosamente no que ia responder.

— Feliz do homem que se casar com ela — disse ele. — Mas não estou planejando me casar... com ninguém.

Justin pareceu aliviado.

— A mamãe disse a mesma coisa quando eu perguntei para ela.

— O que mais ela disse?

— Que você gostava de viver sozinho.

Aubrey sentiu uma pontada repentina, como se o pulmão cheio de ar estivesse exercendo pressão sobre uma costela quebrada.

— Já fui casado uma vez — disse ele — com alguém que eu amava muito. Ela morreu.

— Oh. — Justin baixou o olhar.

Nesse momento, o terrier voltou, subindo correndo os degraus com a bola agora tanto suja de terra quanto de baba. Aubrey a arrancou da boca do cachorro e a secou com um guardanapo que alguém deixara cair. Num impulso, disse:

— Que tal a gente atirar umas bolas?

O rosto do menino se iluminou e, com um encolher de ombros, olhou logo para outra direção.

Aubrey levantou-se e desceu da varanda. Em seguida, ouviu o barulho de passos apressados atrás de si. Ele deu um sorrisinho que tomou cuidado em disfarçar antes que o garoto o alcançasse.

Gerry os observou do vão da porta, o garoto magricela cujas roupas teriam que ir direto para o tanque assim que chegassem em casa e o homem elegante de cabelos grisalhos, indiferente ao seu casaco caro. Alguma coisa se agitou em seu peito. Como ele sabia do que Justin precisava? O menino, que ficara o dia inteiro de cara feia, ria agora de orelha a orelha.

— Parece que ele arrumou um novo amigo.

Gerry virou-se e viu que Sam estava ao seu lado.

Ela encolheu os ombros.

— Você conhece o Justin... ele se dá com qualquer pessoa.

— Ele precisa de um homem na vida dele.

— Ele tem o pai.

— Quando o Mike conseguir arrumar tempo. — Sam tinha uma visão ainda mais pessimista do que ela do ex-marido da amiga, se é que isso era possível.

Gerry lhe lançou um olhar de censura.

— Olha aqui, seja lá o que você esteja querendo insinuar, não estou interessada.

Ela observou Justin pular para pegar a bola e a atirar de novo para Aubrey, que a pegou com facilidade. Aubrey a avistou e acenou. Gerry retribuiu, informando por meio de gestos que estava quase na hora de cortar o bolo. Quando se virou, preparando-se para mais uma reprimenda, viu que Sam havia saído. Ela a avistou do outro lado da varanda, conversando com Tom Kemp. Pelo brilho de suas orelhas — a praga dos ruivos —, estava claro que ele ainda nutria sentimentos por ela. Gerry imaginou se o amor era sempre tão aparente, mesmo quando os atormentados por ele não queriam enxergá-lo.

Aubrey e Justin subiram os degraus com passos pesados e todos foram para dentro. Na sala de estar, as travessas já haviam sido recolhidas e substituídas por pratos de biscoitos e uma tigela grande de salada de frutas. O bolo, de três andares, estava no centro da mesa — uma alta homenagem, embora ligeiramente inclinada, ao talento culinário de Maude. Gerry se serviu de duas xícaras de café da cafeteira e deu uma para Aubrey. Indo para perto da lareira, eles encontraram um lugar no sofá arranhado pelos gatos.

— Foi gentil da sua parte fazer o que fez — disse a ele.

Ele encolheu os ombros.

— Eu me diverti.

— Bem, foi gentil, de qualquer forma.

— Ele é um bom menino.

— Logo depois do divórcio, tentei fazer todas essas coisas... uma vez caí num lago tentando puxar um peixe que acabou se revelando uma camiseta ensopada. — Ela sorriu tristonha diante da lembrança. — Mas se tem uma coisa que eu aprendi é que não dá para ser mãe e pai ao mesmo tempo.

Ele a olhou de uma forma diferente, e ela sentiu um friozinho subindo pela boca do estômago. Estaria ele avisando para não ficar muito animada somente porque ele fora gentil com Justin? Confundindo-a com aquelas mães solteiras que usavam os filhos como instrumentos de persuasão?

Gerry estava voltando à mesa para se servir de mais café quando viu Andie com alguns CDs na mão. Laura devia ter lhe pedido para reabastecer a aparelhagem de som. Gerry sorriu para a filha e ela, finalmente, não lhe secou com o olhar. Parecia estar se divertindo.

Todos fizeram silêncio quando Maude entrou para propor um brinde, cambaleando um pouco por causa do excesso de champanhe. O amontoado de cabelos brancos no topo da cabeça começava a desabar na forma de fios nevados que esvoaçavam pelo seu rosto como o de bonecos de roça, feitos de maçã desidratada.

— Para duas pessoas que amo do fundo do coração — disse ela, erguendo a taça bem ao alto. — Que eles vivam muito, sejam felizes... e jamais se cansem de dar abrigo aos necessitados.

Seguiu-se um coro de gritos entusiasmados e vivas, e então o bolo foi cortado. Laura ofereceu um pedaço a Hector, enquanto todos tiravam fotos com as máquinas que estavam à disposição. Ela pareceu um pouco constrangida com toda aquela atenção, ao mesmo tempo em que satisfeita por tudo estar saindo tão bem. Hector, por sua vez, exibia aquele olhar um tanto confuso de um homem que havia sido jogado do lombo de um cavalo.

A música começou a tocar de novo... não o rock calmo de antes, mas um belo concerto de violino. Somente quando olhou para Aubrey foi que Gerry percebeu que alguma coisa estava errada. Ele estava com um olhar aflito, a boca paralisada com o que parecia a caricatura assombrosa de um sorriso. Foi então que Gerry percebeu: a música era de Isabelle.

Andie. Foi Andie que fez isso.

Gerry, chocada com aquela crueldade gratuita, ficou enraizada onde estava enquanto as pessoas circulavam, batendo palmas e fazendo brindes — alguns grosseiros, como o do ranzinza dr. Henry, ao dizer que Laura e Hector, com certeza, dariam novo significado ao termo criação caseira de gado. Taças se tocaram e mais champanhe foi servido. O tempo todo, a beleza sofrida da música de Isabelle em conjunto com o sofrimento no rosto de Aubrey foi praticamente mais do que ela podia aguentar.

Capítulo Oito

laire passou para a pista da direita. Logo adiante, havia uma carreta parada e, embora ela não tivesse visto qualquer sinal na estrada, reduziu ao passar por ela. *Não faz sentido correr riscos*, advertiu-a uma voz interior — a voz de Millie. Ela sorriu diante da ironia. Pois naquele dia frio de fevereiro, enquanto viajava ao norte na Autoestrada 101, na direção de San Francisco, não eram exatamente riscos que a aguardavam do outro lado?

Quando chegou a San Mateo, pegou o celular de dentro da bolsa e digitou o número de Byron. Ele estava de folga e ainda era cedo — pouco depois das dez. Talvez o pegasse ainda.

Ele atendeu no quarto toque.

— Oi — disse ela.

— Oi, amor. — A voz dele estava grossa de sono.

— Achei que você não estaria em casa. Eu ia deixar uma mensagem erótica.

Ele bocejou.

— Fiquei de plantão até às quatro. Acabei de levantar.

— Desculpe, eu não queria te acordar.

— Sem problemas. Ainda posso receber a mensagem erótica?

— Agora não... Estou dirigindo.

— Aonde você está indo?

— Você sabe.

— Ah, é. Esqueci.

— Ele está lá. Liguei antes de sair para ter certeza.

— O que você disse para ele?

— Nada. Eu desliguei.

— Ele poderá ter saído quando você chegar.

Ela sentiu uma pontada de irritação. Será que ele achava que ela não sabia?

— Neste caso, tentarei encontrá-lo outra hora. — Poderia procurar pelo irmão de Gerry para fazer hora. Tinha mesmo planejado fazê-lo.

— É, mas mesmo assim não há garantia de que ele vá te receber.

Por um momento ela achou que ele se referia a Kevin, antes de perceber que era ao padre Gallagher, é claro.

— Acho que é um risco que terei de correr. — Seu pulso acelerou só de pensar.

Ela ouviu um barulho de passos do outro lado da linha e então o som de Byron fazendo xixi no banheiro. Deus do céu, eles nem estavam morando juntos e já pareciam casados há muito tempo. Então se lembrou de que na casa de Byron ninguém tinha vergonha dessas coisas; seus pais até tomavam sol sem roupa. Ela os vira uma vez por cima da cerca.

— Escute, concordo plenamente com o que você está fazendo — disse ele —, contanto que isso vá te ajudar a chegar a um fechamento. —

Ele havia se acostumado a usar esse jargão desde que começara o turno atual em psiquiatria.

Pessoalmente, Claire tinha suas dúvidas quanto àquelas palavras. Vinte anos atrás, ninguém havia ouvido falar em "fechamento", nem saberia ao que você estaria se referindo.

— Não estou fazendo isso para curar o meu ego ferido — disse ela, um pouco irritada. — Só quero saber como ele é. É o meu pai, afinal de contas. — Era estranho falar dessa forma, a única imagem que lhe vinha à mente era a de Lou.

— Ei, estou do seu lado, lembra? — Ela ouviu o barulho da descarga.

— Eu sei — respondeu ela, dando um suspiro.

— Estou com saudades suas, meu amor.

— Eu também.

— Eu gostaria de poder estar aí.

É o que ela também gostaria. Ao mesmo tempo, retraía-se só de pensar em Byron como um mero espectador, um espectador solidário, enquanto ela se esforçava para entender aquela família que caíra em seu colo.

— Eu te darei um relatório completo quando voltar — prometeu ela.

— Boa sorte.

— Obrigada, vou precisar.

— Eu te amo.

— Eu também.

Ela apertou o botão de finalizar chamada, desejando que as palavras tantas vezes sussurradas em seu ouvido fossem acompanhadas por Byron presente, de carne e osso. Era difícil vê-lo tão pouco. E o que mais a preocupava era o fato de o relacionamento deles de longa distância estar começando a parecer normal.

Esse pensamento induziu a outros sobre Gerry. Pelo menos uma dúzia de vezes nas últimas semanas se sentira tentada a pegar o telefone e ligar para ela, mas algo sempre a detinha. Ligar para quê? Uma coisa levaria a outra e, antes que se desse conta, se sentiria na obrigação de convidar Gerry para ir até lá. E como explicaria *isso* para Lou e Millie? Conseguira justificar o primeiro encontro, em sua cabeça pelo menos, mas seus pais veriam outra visita como nada menos que uma traição ainda maior.

Então ela se lembrou dos e-mails carinhosos e engraçados de Justin. E das receitas que Mavis lhe enviara cuidadosamente copiadas numas fichas com sua escrita difícil, por conta da mão com artrite. Nem mesmo as lembranças da ambivalência de Gerry e do distanciamento de Andie foram suficientes para apagar o sentimento de carinho que começava a surgir.

Mas, primeiro, precisava desvendar o mistério sobre seu pai. A partir da pouca informação que Gerry lhe passara, ela conseguira o número de sua casa com os escritórios da arquidiocese em San Francisco. Por sorte, a empregada atendera quando ela telefonou. Com os dedos cruzados às costas, Claire lhe dissera que trabalhava para a revista *Marian Reader* e gostaria de enviar ao padre Gallagher uma cópia do artigo em que ele fora citado.

Agora, com o endereço dele em mãos, iria confrontá-lo pessoalmente.

Claire viu que se aproximava do desvio no Civic Center e sentiu um novo peso no estômago. Seria justo cercá-lo dessa forma? Talvez devesse ter-lhe contado quem era ao telefone. Se Gerry estivesse certa, isso teria evitado uma ida à toa até lá.

E quanto aos seus pais? Não lhes contara sobre essa pequena viagem. Eles mal podiam aguentar ouvir o nome de Gerry. Após o fim de semana que passara em Carson Springs, eles lhe perguntaram apenas o mínimo — como ela era, como eram seus filhos. Claire sabia que eles se sentiam mal por causa da reação que haviam tido. Millie se esforçara ao máximo para ser simpática, e Lou se oferecera para consertar um vazamento debaixo da pia de seu apartamento. Sendo assim, ela se limitara a comentar o ocorrido sem maiores elaborações. Era mais fácil deixar que achassem que sua curiosidade fora satisfeita, que ela havia chegado a um... fechamento.

Padre Gallagher morava na Turk Street, numa casa pré-fabricada, estreita, de dois andares, recuada da calçada. Ela deu várias voltas no quarteirão, até que encontrou um lugar para estacionar. A neblina estava baixa e a umidade grudava como flanela molhada à medida que ela se dirigia à casa.

Ela passou pelo portão e seguiu o caminho que dava para a porta da frente. No pátio, árvores anãs e arbustos estavam curvados com o peso da umidade e a casa parecia assomar como um navio no nevoeiro. Seu coração começou a acelerar enquanto subia os degraus até a varanda.

Claire bateu à porta e um longo minuto se passou até que olhos azuis cansados, encobertos por uma franja grisalha, apareceram no vidro oval à sua frente. Ela não deve ter parecido ameaçadora, pois a porta se abriu. Uma mulher idosa e pesada, com um suéter marrom surrado que descia pelos quadris, surgiu com um espanador verde-limão em uma das mãos.

— Posso ajudar?

— Estou procurando pelo padre Gallagher — disse Claire.

— Ah, sim, ele está à sua espera. — O coração de Claire acelerou. Como ele sabia? Então a mulher falou: — O padre disse que estavam mandando uns papéis para ele assinar. — Ela chegou para trás, para Claire poder entrar.

Claire foi conduzida para uma sala de estar antiga, porém meticulosamente arrumada, com uma pequena área de jantar em um dos cantos. Percebeu o leve aroma de peixe da noite anterior. Ao que parecia, a redução das restrições trazidas pelo Concílio Vaticano II não haviam chegado àquele canto do universo eclesiástico.

O que estou fazendo aqui? Isso é loucura. Deveria estar olhando para a frente, para o futuro, e não remoendo o passado. Já não bastava Gerry? O que este homem teria a lhe oferecer que valesse a pena o desgaste?

Ela ouviu o rangido de alguém descendo as escadas e, em seguida, um homem passou ligeiramente claudicante pelo arco que dava para a sala de estar — a imagem perfeita de um padre, com olhos azuis penetrantes e cabelos grisalhos penteados em ondas por cima das têmporas. Tinha o rosto liso e sereno, a não ser pela linha profunda, na forma de V, entre as sobrancelhas.

Ele esticou a mão grande e seca com um leve perfume de sabonete. Seu aperto de mãos era firme.

— Sinto muito que o arcebispo tenha precisado mandá-la até aqui. — Ele sorriu e deu palmadinhas na perna. — Crise de reumatismo. Mais um ou dois dias e estarei de volta à minha mesa.

Suas faces ficaram ruborizadas.

— Receio que o senhor esteja me confundindo com outra pessoa.

Ele inclinou a cabeça, demonstrando um ar ligeiramente confuso, como se estivesse tentando se lembrar se a conhecia de algum lugar.

— Bem, eu me enganei então. O que posso fazer por você?

— Meu nome é Claire... Claire Brewster. — Ela aguardou para ver se seu nome lhe diria alguma coisa; como não disse, ela se sentiu desencorajada. — Tudo bem se eu me sentar?

— Claro. — Ele lhe indicou o sofá.

Claire teve a estranha sensação de que as almofadas escorregavam mesmo quando se sentou sobre elas. Esperava que o padre se sentasse também, mas ele permaneceu de pé, apoiando-se sobre a perna boa e inclinando-se sobre o encosto de uma poltrona bergère.

Ela limpou a garganta.

— A Gerry me disse onde eu poderia encontrar o senhor.

— Gerry?

— Fitzgerald.

Tudo o que o padre fez foi franzir ligeiramente a testa, então tamborilou com os dedos na têmpora e disse:

— Ah, sim... do Convento de Nossa Senhora de Wayside. Ela era uma das irmãs de lá. Ensinava catecismo, não é mesmo?

— Mas vocês não eram...? — Deteve-se, sentindo-se insegura de repente.

— Amigos? Sim, acho que poderíamos chamar assim. Como qualquer conselheiro espiritual pode ser. — Padre Gallagher analisou-a com delicadeza. — Não quero ser grosseiro, srta. Brewster, mas estou um pouco ocupado no momento. Talvez a senhorita pudesse me dizer por que veio até aqui.

Claire respirou fundo.

— Achei que... ela me disse que o senhor é o meu pai.

A ruga em sua testa se intensificou e, dessa vez, ele se sentou, deixando-se afundar na poltrona.

— Por que ela diria... ou até mesmo pensaria isso?

— A verdade é que eu não a conheço muito bem. Sou adotada — continuou Claire. — E não sabia quase nada de coisa alguma quando um dia ela me telefonou de repente.

A expressão dele não se alterou, mas o que ela havia tomado como uma serenidade sacerdotal, de repente, pareceu-lhe algo muito menos saudável — um tipo de distanciamento assustador. Ao procurar alguma semelhança, Claire ficou feliz quando não percebeu nenhuma.

— Seja lá o que ela tenha lhe contado — disse ele numa voz tão distante e assustadora quanto a expressão em seu rosto —, creio que a senhorita se deixou enganar.

Não poderia estar fazendo mais do que vinte graus na sala, mas, mesmo assim, o suor escorria pelos seus braços. Era exatamente como Gerry lhe havia contado... ele não queria saber dela. Ah, meu Deus, por que tinha ido ali?

— Não vejo por que ela iria inventar uma coisa dessas — disse Claire.

— Ah, não duvido que ela esteja sendo sincera em sua crença. — Sua expressão mudou de súbito, como a de um ator desempenhando um papel. Ele se inclinou para Claire com um olhar preocupado: — Isso acontece com mais frequência do que se pode imaginar... freiras jovens se apaixonando por padres até chegarem ao ponto da histeria... algumas vezes, até da ilusão. — Ele balançou a cabeça. — Há um ramo inteiro da literatura sobre esse assunto, se a senhorita se interessar em ler.

— Ela... ela não é desse tipo.

Se alguém estava mentindo, era padre Gallagher. Isso ela podia *jurar*. Ao mesmo tempo, não estava cem por cento certa.

— A senhorita admitiu que mal a conhecia. — Ele juntou as pontas dos dedos em oração abaixo do queixo e ela viu o brilho de um anel de sinete dourado. — Posso lhe dar uma sugestão, srta. Brewster? Deixe o assunto de lado por enquanto. Com o tempo, talvez a verdade, a verdade *verdadeira*, venha à tona. — Ele parecia tão sincero, como se ela não passasse de uma paroquiana que o procurara em busca de orientação espiritual, que Claire quase acreditou em suas palavras.

— Mas...

Ele deu uma olhada no relógio e levantou-se.

— Infelizmente, acho que terei que encurtar a nossa conversa. Sinto muito que a senhorita tenha vindo até aqui por nada.

Claire se pôs de pé, as faces ardendo como se estivesse com febre.

— Obrigada por me receber, padre. — A ironia de chamá-lo de padre, evolução etimológica do latim *pater*, não lhe passou despercebida.

— Não por isso, minha filha — respondeu ele, como se ela fosse um simples membro de seu rebanho. E quando Claire estendeu a mão, ele a tomou entre as suas, acariciando-a com gentileza.

Em seguida ela estava do lado de fora, descendo os degraus num estado de torpor. O que havia acontecido ali? Claire mal sabia a que conclusão chegar. *Havia* ouvido casos em que o fervor religioso ultrapassava os limites e partia para a histeria sexual. Seria possível que aquele caso existisse apenas na cabeça de Gerry? Se assim fosse, se aquele homem não era seu pai, quem *era* então?

Padre Jim Gallagher não podia se lembrar de nenhum momento em que não tivesse desejado ser padre. Enquanto os outros garotos fumavam escondidos no estacionamento da Igreja Episcopal de Todos os Santos e se gabavam de suas explorações sexuais com as meninas do Colégio Santa Cruz (a maior parte delas pura fantasia), ele encontrava conforto no gabinete gelado de padre Czerny, todo cercado de livros, onde passavam horas discutindo textos bíblicos e as mudanças radicais trazidas pelo Concílio Vaticano II.

Padre Czerny, homem grande e de sobrancelhas despenteadas, com o hábito de piscar rapidamente quando ficava agitado (como geralmente ficava ao discutir assuntos como o mandato do Vaticano para que a missa passasse a ser rezada no idioma de cada país, em vez de latim), fora mais do que padre da paróquia e mentor. Fora um verdadeiro salvador. Graças a ele, Jim aprendera a lidar com a bebedeira do pai e a negligência da mãe. O velho padre, que nada tinha de santo — fumava demais e gostava de um joguinho de cartas de vez em quando —, fizera mais do que lhe mostrar o caminho da luz, ele lhe mostrara a saída: saída do bairro e da escória da sociedade, onde nada mudava jamais, onde cada dia se parecia com o anterior, com a mãe berrando com o pai por causa da conta do bar, ele berrando de volta, exigindo mais respeito, e a sra. Malatesta, vizinha do apartamento de baixo, batendo no teto com a vassoura e gritando: *Calem a boca, seus irlandeses de merda! Calem a boca ou eu vou chamar a polícia! Desta vez vou mesmo!*

Com o passar dos anos, o pequeno Jimmy Gallagher, cujas mangas das camisas estavam sempre curtas demais e o nariz sempre escorrendo, foi pouco a pouco abrindo espaço para o padre Jim Gallagher. O seminário que alguns viam como restritivo fora o refúgio que lhe trouxera paz e saúde mental. Até mesmo o celibato, com o qual se debatera no início, foi se tornando mais fácil com o tempo e com a ciência de que uma vida sem sacrifícios era muito parecida com aquela que ele havia abandonado: desestruturada, indisciplinada... e, em geral, normalmente inadequada. Foi somente após ser transferido para a paróquia de São Francisco Xavier, onde uma bela e jovem noviça chamada Gerry Fitzgerald entrou em sua vida, que tudo mudou, que ele começou a acordar no meio da noite com os lençóis umedecidos e manchados.

Ah, sim, lembrava-se muito bem dela. Gerry, com seus olhos negros e sorriso cativante, quadris que balançavam de forma sedutora por baixo do hábito. Gerry, cuja própria inocência o deixava em brasa. Era como se uma ave exótica tivesse sobrevoado o muro, sua plumagem viva visível apenas para ele, seu canto roufenho, para uma audiência de uma só pessoa: uma criação de Deus que voava diante de tudo que havia de sagrado e que, sem cometer pecado algum, causava sérios danos à sua existência cuidadosamente ordenada. E tudo isso antes que tivessem chegado a trocar mais do que uma ou outra palavra de passagem.

Quando foi que ultrapassaram o limite? Não conseguia se lembrar do momento preciso; apenas de pequenas liberdades ao longo do caminho.

Sua mão em contato com a dela por um tempo maior do que o devido. Comentários que evoluíam para conversas mais demoradas. Visitas ao convento que foram se tornando mais frequentes, e não apenas coincidentes com os horários em que ele teria maior probabilidade de se encontrar com ela. Até mesmo quando ela se ajoelhava diante dele no confessionário, quando sua proximidade era como uma droga que fazia sua mente divagar e seu coração acelerar, ele demorava mais tempo com ela do que com as outras. Agora, ao fazer uma retrospectiva, ele revia essas confissões no cubículo escuro do confessionário impregnado de seu perfume, suas vozes murmurantes tão íntimas como as de dois amantes, como o prenúncio do que viria pela frente. A absolvição que lhe dava era como moedas sujas passando de mão em mão. Pois não era ele culpado de pecados muito piores do que os dela? Nem mesmo o alívio extraordinário que encontrava depois, na privacidade de seu quarto, era suficiente para aliviar seu tormento.

Ele se lembrava como se fosse ontem da noite em que tropeçara na beira do abismo. Gerry fora indicada por madre Jerome para assumir as aulas de catecismo de um professor que ficara doente. Logo ela adquiriu o hábito de parar na residência paroquial após as aulas para tomar uma xícara de chá e ingressar num debate inflamado — Gerry era a favor do Concílio Vaticano II. Na verdade, ela defendia com fervor a necessidade de mais mudanças. Com o passar das semanas, a cadeira dele foi ficando mais próxima da dela. O chá ficava horas esfriando quando um ou outro se lembrava de olhar para o relógio e comentar como estava ficando tarde. Ambos sabiam que o que estavam fazendo era errado — era proibido para uma freira ficar sozinha com qualquer homem, mesmo com um padre —, mas nenhum deles tocava no assunto.

Então, uma noite, quando Gerry estava se preparando para partir, os céus se abriram com o estouro de um trovão. Ela ficou parada sob o vão da porta, olhando para fora, para a chuva torrencial.

— Você não pode sair com esse tempo — lhe dissera ele.

— Também não posso ficar.

Eles se entreolharam como dois colegiais tomados de culpa.

Ele saiu em busca de um guarda-chuva, mas naquele exato momento a residência paroquial ficou às escuras. Ele foi esbarrando nos móveis, as mãos estendidas, tateando em busca de formas familiares que pudessem orientá-lo. Localizou uma gaveta, remexeu seu conteúdo indecifrável até que encontrou uma caixa de fósforos. Somente então se deu conta de que se a governanta havia comprado velas, ele não tinha a menor ideia de onde elas estavam.

O padre riscou um fósforo e o rosto de Gerry, emoldurado por sua touca de freira e véu, surgiu à vista: faces vermelhas e olhos arregalados. Ele não havia percebido que a encarava até que a chama lhe queimou a ponta dos dedos e ele deixou o fósforo cair com um brado.

— Você está bem? — A voz dela fluiu na escuridão.

Ela deve ter se movido na direção dele, pois eles esbarraram um no outro. Ele se apoiou nela para se equilibrar, sentindo seu perfume, perfume de linho engomado, de chá com leite e flores.

Pareceu-lhes simplesmente natural quando eles se beijaram.

Ela recuou, suspendendo a respiração e sussurrando numa voz trêmula:

— Não... não podemos.

— Desculpe... foi culpa minha... eu não devia ter feito isso. — Ele sentiu um desespero quase esmagador, combinado com um alívio reconfortante e animador: tropeçara, mas não caíra.

— Não, a culpa foi...

— Isso não vai acontecer de novo.

— Ah, Jim. — Ela respirou fundo, abraçando-o com força, afetuosa, macia e entregue.

Ele tornou a beijá-la. Os dois tremeram como se a porta tivesse se aberto, deixando entrar a chuva torrencial e o frio.

Então, sem que soubessem como, estavam despidos no quarto dele, a pele pálida de Gerry brilhando com uma luminescência perolada, exceto no triângulo escuro que acabava entre suas coxas, os seios fartos — a lembrança daqueles seios, todos esses anos depois, ainda lhe causava um leve tremor na virilha — sobre a colcha gasta de chenile, macios e convidativos.

Jamais se deitara com uma mulher até então. O sexo era dividido em duas categorias distintas: as uniões sagradas, que eram aludidas na Bíblia, e os grunhidos selvagens, que ouvia através das paredes finas do quarto dos pais. Gerry ficava em algum lugar ali no meio: tímida e virginal, com um pouco mais do que um vestígio de lascívia. Trovões ribombavam, raios riscavam o céu — dando vida ao crucifixo na parede acima da cama, com lampejos breves e ofuscantes como pontos de exclamação —, e ela ia ficando mais atrevida, acariciando-o e provocando-o até levá-lo à loucura. Ele mal podia acreditar que aquela era a primeira vez dela. Somente quando a penetrou e ela gritou foi que ele teve certeza. Então todo e qualquer pensamento sensato foi suprimido pelo calor alarmante que se instalou em sua virilha, chegando a um ponto que pareceu culminar em loucura propriamente dita. Gerry gritou de novo, não por dor dessa vez, as pernas apertadas em volta do corpo dele, os dedos enterrados em sua pele. Então ele também perdeu o controle, caindo repetidas vezes da encosta íngreme e escorregadia que passara toda a vida adulta tentando escalar.

Nos dias e semanas que se seguiram ele não conseguia entrar no quarto sem pensar nela; em seus seios macios, em suas coxas atraentes, em seus lábios pressionados sobre os dele, como pétalas frágeis. Ele via o crucifixo encará-lo com distância e encantamento. Será que Deus o estava testando? Ou aquilo era trabalho de Satanás? Fosse o que fosse, teria que acabar.

Então ela aparecia de novo e ele não era mais capaz de evitar o que acontecia em seguida do que o próprio pai fora capaz de evitar beber. Exceto por alguns momentos passageiros aqui e ali, como os raios que iluminaram seu caminho tanto para o paraíso quanto para o inferno naquela primeira noite, ele não parara para pensar nas consequências. Por mais incrível que lhe parecesse agora, ele não pensara na criança que poderia — que *iria* — surgir dali.

Agora, todos esses anos depois, Jim Gallagher abaixou o rosto até as mãos. Embora sua pele estivesse febril, estava tremendo da cabeça aos pés, como se morresse de frio. Os anos que passara se convencendo de que tudo aquilo não fora mais que um sonho maravilhoso e igualmente terrível — um feitiço que fora jogado sobre ele — haviam sido em vão

De repente ele se viu de volta à residência paroquial da Igreja de São Francisco Xavier, revivendo o momento angustiante em que Gerry lhe dissera que estava grávida.

E agora ela voltara à cena, como uma doença reincidente. Exceto que fora a filha dela — a filha *deles* — que mandara em seu lugar, uma jovem que tinha tanta semelhança com ele que ele precisou se controlar para manter a postura.

Ele precisava encontrar uma forma de impedir aquela infecção. Durante todos aqueles anos, soubera do paradeiro de Gerry, que ela ainda vivia ligada à comunidade, perto o suficiente para poder prejudicá-lo. Durante muito tempo temeu que ela *buscasse* revanche, mas, com o passar dos anos, suas preocupações foram diminuindo. Pois quaisquer que fossem suas razões — razões que provavelmente tinham mais a ver com ela do que com ele —, Gerry escolhera manter segredo. Apenas pouquíssimas pessoas, segundo sabia, tinham conhecimento do ocorrido, e delas, apenas duas ainda estavam vivas — irmã Agnes e a atual madre superiora, madre Ignatius.

Mas agora que a filha deles estava ali não haveria como varrer a sujeira para baixo do tapete. Os boatos começariam de novo — boatos que ele fora capaz de deter uma vez, mas talvez não fosse capaz de deter de novo. Sua única esperança era cortar qualquer vínculo que Gerry tivesse com a Igreja. Quanto menor o contato, menor a possibilidade de as notícias chegarem aos ouvidos do arcebispo. Era uma ideia ousada, com certeza, ou talvez apenas a medida desesperada de um homem desesperado. Mas que outra escolha tinha ele?

Pensou em Brian Corcoran, seu velho amigo do seminário. Almoçara com Brian na semana anterior — via muitos velhos amigos atualmente, amigos que talvez não o tivessem procurado, caso ele não exercesse influência sobre o arcebispo — e por acaso ele não lhe dissera de passagem que sua irmã, Caitlin, era assistente de confiança na Casa Mãe da congregação em San Diego?

A ruga na testa do padre Jim se intensificou de tal forma que, tivesse ele se olhado no espelho naquele momento, aquilo o teria incomodado profundamente. Parecia a marca de Caim. Por fim, ele se levantou com as pernas bambas, a dor nos ossos tão intensa que fez com que se lembrasse daquelas fogueiras subterrâneas que ficavam décadas queimando, e mancou até a escrivaninha com tampo corrediço, onde folheou sua agenda de endereços e pegou o telefone.

— É uma hora ruim? — perguntou ela.

O homem com uniforme branco e manchado de chef, que saíra da cozinha para cumprimentá-la, era ossudo, tinha braços e pernas flexíveis, cabelos ruivos curtos e uma aparência pueril no rosto repleto de ruguinhas finas que logo a fez se sentir à vontade.

— Ah, que se dane a hora. — Ele ignorou sua mão estendida para tomá-la em seus braços. — Não consigo imaginar nenhuma interrupção melhor. — Ele se afastou para olhar para ela, pequenas linhas como raios de sol irradiavam dos cantos de seus olhos azuis. — Minha irmã me fez prometer que eu não iria te aborrecer, ou eu mesmo teria ido te ver. Ela disse que você tinha conhecido toda a quinta divisão da infantaria e precisava de tempo para organizar as ideias.

Claire retribuiu o sorriso, desarmada.

— É mais ou menos por aí.

— Sente-se enquanto eu tento descolar um café.

Ele fez um gesto na direção da área de jantar, deserta àquela hora, exceto por um único garçom que acabava de dar os retoques finais na arrumação das mesas. O restaurante ficava no andar superior de uma casa vitoriana e tinha uma janela projetada com vista para a Golden Gate, que se erguia acima do nevoeiro como uma cidade lendária. A formalidade do lugar era quebrada por pôsteres antigos de circo pendurados na parede e pela decoração excêntrica — como a de alcachofras e aveia silvestre na mesa de madeira natural, no centro da sala —, que substituía os tradicionais arranjos florais. Claire procurara pelo lugar no *Zagat's*, famoso guia de restaurantes que lhe atribuíra vinte e seis pontos com uma menção especial à decoração, mas não esperara que ele fosse tão charmoso. Após a manhã que passara com padre Gallagher, o local lhe pareceu tão acolhedor quanto um casaco quentinho num dia frio.

O irmão de Gerry reapareceu alguns minutos depois com canecas fumegantes e um prato de crostinis, que ofereceu a ela.

— Estou testando a receita. Gostaria da sua opinião.

Ela se serviu de um crostini e teve a boca deliciosamente invadida por uma variedade de sabores sutis.

— Maravilhoso. O que você usou? — Ela esticou a mão para pegar outro, percebendo de repente que não havia tomado o café da manhã.

— Uma mistura de pimenta vermelha, echalota e ovas de salmão. — Ele se recostou na cadeira, analisando-a com uma curiosidade deflagrada, que, de alguma forma, não pareceu intrusiva. — Minha irmã disse que você gosta de cozinhar.

Ela se sentiu ruborizar.

— Não estou no mesmo nível que você.

— Ei, somos parentes, não somos? — Seu sorriso se alargou mostrando o pequeno intervalo entre os dentes da frente. — Ela também me disse outras coisas. Mas elas só iriam te deixar encabulada, portanto não vou repeti-las. — Pela expressão em seu rosto, ela percebeu que eram elogios.

— Também ouvi falar muito de você.

— Não acredite em nem uma palavra do que ouviu. — Ele piscou.

— Desculpe não ter entrado em contato mais cedo.

— Eu não ficaria surpreso se você tivesse decidido dar um chute no traseiro de todos nós.

Claire deu um suspiro culposo. Não fora exatamente isso o que pensara em fazer?

— *É* meio confuso — confessou.

— Não consigo me imaginar acordando um belo dia com um bando de parentes novos. Já é difícil lidar com os que eu tenho.

— Como assim?

Kevin tomou um gole do café.

— Tirando a Gerry e eu, o termo "família disfuncional", até onde eu sei, é um oxímoro. Eles são *todos* doidos de pedra.

— O problema é que eles nunca se veem assim.

— E eu não sei? Aqui, coma o resto. — Ele empurrou o prato para ela. — Experimente ser uma criança gay numa cidade pequena. Fui expulso da aula de ginástica pelo meu professor, que gritou para eu tirar o meu traseiro de maricas do campo.

Claire ficou chocada.

— O que você fez?

— Tirei o meu traseiro de maricas do campo... e segui em frente. Fui direto para casa, falar com a minha mãe, que teve um ataque quando eu disse por que não estava na escola. Dava para pensar que Jesus foi crucificado só por causa dos meus pecados. — Se ficara traumatizado na época, parecia ter superado agora. — E quanto a você? Algum esqueleto dentro do armário? Alguma ovelha negra na família?

— Não que eu saiba. — Ela lhe contou sobre Lou e Millie e como fora crescer numa casa em Seacrest, pulando a parte sobre como se sentira solitária.

— E como foi a visita à minha irmã? — perguntou por fim.

— Boa. — Claire se resguardou.

Kevin não se deixou enganar.

— Não poderia ser fácil.

— Em comparação ao lugar de onde acabei de vir, foi como um passeio de domingo no parque. — Ela lhe contou sobre a visita ao padre Gallagher. — Eu só gostaria de saber no que acreditar. Ele foi tão... bem, como se eu não significasse nada para ele.

Kevin ficou em silêncio, brincando com um pacotinho de açúcar. Da cozinha, chegavam ruídos de fervura, de panelas e de várias línguas sendo faladas — ou, melhor, gritadas — ao mesmo tempo. Após um momento, ele disse baixinho:

— Eu só tinha treze anos, mas jamais vou me esquecer da cara da minha irmã quando ela chegou do hospital. Era como se tivessem arrancado o coração dela. Durante dois dias inteiros ela ficou parada, olhando para o vazio, sem comer nem dormir. Eu fiquei apavorado. — Seus olhos azuis estavam sérios. — Tem uma coisa que você deveria saber sobre a minha irmã. Ela cometeu sua parcela de erros, mas não há nem um pingo de desonestidade nela.

— E se ela apenas achar que ele é o meu pai?

— Se ela acha, é porque ele é. — Seus dedos se apertaram em torno da asa da caneca. — E pode acreditar em mim: ela pagou caro por isso.

— Eu gostaria que ela tivesse me contado o que você acabou de contar. — As lembranças de Kevin foram muito mais reveladoras do que qualquer coisa que Gerry havia lhe dito. — Eu não fazia ideia. Se eu soubesse... — Claire deteve-se de repente. Por que deveria ter pena da mãe? E por acaso Gerry havia parado para pensar no que aquilo fizera com *ela*?

— Ela não quer a sua compaixão — disse Kevin, com ternura. — Quer que você goste dela.

— Eu mal a conheço. — Sua palavras saíram mais duras do que pretendia.

— Dê tempo ao tempo. — Ele lhe pareceu triste por alguma razão.

Ela virou a cabeça para olhar para fora da janela. O nevoeiro estava subindo e ela podia ver a baía, onde as gaivotas circulavam como crianças pálidas num carrossel invisível e barcos de brinquedo competiam ao longo das ondas espumosas. Tempo? Poderia passar o resto da vida conhecendo Gerry e isso não daria para compensar todos os anos perdidos.

Claire terminou o café e o restante dos crostinis. Kevin conversou sobre outras coisas. Sobre o sucesso quase estonteante do Ragout e a filial que ele e os sócios abririam em Sonoma, se Deus quiser, até o final do ano; sobre seu namorado, Darryl, e os três gatos deles, chamados Ducasse, Boulud e Gerard, em homenagem a três chefs lendários. Ela, em contrapartida, contou-lhe sobre sua vontade de abandonar o emprego e lhe pediu conselhos no que se referia a negócios ligados à culinária... como, por exemplo, serviços de bufê. Kevin lhe disse que, a não ser que estivesse disposta a passar fome nos dois primeiros anos, ela deveria pensar melhor antes de abandonar um emprego estável com pagamento certo no final do mês.

Quando ela finalmente deu uma olhada no relógio, ficou surpresa em ver que quase uma hora havia se passado.

— É melhor eu ir andando — disse ela.

Ele a acompanhou até a porta, onde a abraçou de novo. Ele cheirava a orégano e a alguma coisa levemente defumada.

— Vê se não some, ouviu?

— Não vou sumir. — Por mais estranho que parecesse, era como se ela conhecesse Kevin desde sempre.

— E se você falir quando começar o seu próprio negócio, sabe onde poderá encontrar refeições de graça.

— Ah, eu não faria...

Ele recuou com um largo sorriso.

— Ei, para que serve a família?

Kitty tirou o tabuleiro de pãezinhos do forno, parecendo mais ruborizada do que de costume. Aquele era o dia do aniversário de noventa anos de Josie Hendrick e um grupo de ex-alunos estava dando uma festa em homenagem. Lá na frente, todas as mesas estavam ocupadas e os bules de chá fumegavam. Além de Willa e sua ajudante de meio expediente, Suzette, Kitty havia contratado duas estudantes do ensino médio para trabalharem à tarde. Não obstante, ela mal podia dar conta. Apenas Maddie, de quatro anos, encantada com toda a atenção que lhe era dispensada pela tia Zee-Zee (como Josie era conhecida por ela) e suas amigas, ficaria contente se aquilo durasse para sempre.

— Graças a Deus você está aqui. Não sei o que eu faria sem você — disse Kitty a Claire.

Ela pôs o tabuleiro sobre a bancada e afastou alguns fios de cabelo da testa com as costas do pulso sujo de farinha. Eram quatro horas e não havia qualquer sinal de trégua. Pela porta de vaivém da cozinha chegava a balbúrdia de vozes conversando alto; crianças gritando de tanto rir e, no meio de tudo isso, Josie batendo com sua bengala.

Claire não podia fazer mais nada além de sorrir. *Ela acha que estou lhe fazendo um favor?* Ela é que estava: se não tivesse se oferecido para dar uma mão, teria passado a tarde toda arrumando armários ou, pior, trabalhando

Ela pegou o tabuleiro com um pegador de panelas e o levou para o salão da frente, onde os pãezinhos caramelados eram apanhados quase com a mesma velocidade que ela os servia. A aniversariante estava acomodada numa cadeira de palhinha ao lado da janela, o batom borrado fazendo-a parecer uma criança muito mais velha que havia assaltado o pote de geleia. Tinha um chapeuzinho de festa torto sobre a cabeleira branca e uma das convidadas envolvera sua bengala com uma tira de papel crepom vermelho, dando-lhe a aparência daquelas bengalinhas de Natal.

Uma das chaleiras atrás da bancada estava assobiando. Enquanto Suzette e suas ajudantes retiravam xícaras, pires e pratos, Claire preparava chá da forma que Kitty lhe havia ensinado, derramando um pouquinho de água fervente num dos bules, nem dois parecidos, e sacudindo-o até que as folhas no fundo ficassem totalmente ensopadas antes de enchê-lo de água até a boca. Esperou que o chá ficasse em infusão por um minuto e depois colocou-o numa bandeja junto com o coador de prata, um bule com leite, o açucareiro e um pratinho com pedaços de limão.

Na hora seguinte, ela não parou de se mover. Havia mais chá por fazer, bules de leite para encher, biscoitos, bolinhos e tortinhas para sair da cozinha. Ainda assim, não se sentia cansada ou explorada. Alguém uma vez lhe dissera — devia ter sido Byron — que só as coisas que não gostamos de fazer é que são cansativas, o que explicaria por que uma hora em sua mesa era mais exaustiva do que cinco horas de pé.

Pouco depois das cinco, Josie levantou-se com dificuldade e todos se uniram à sua volta para cantar parabéns. Quando apagou as velas do bolo — bolo de coco com recheio de limão, seu favorito —, as palmas foram tão entusiasmadas como se houvesse noventa velas, e não nove, uma para cada década. Então partiram o bolo e serviram as fatias. Claire percebeu que Maddie adormecera no colo de uma mulher loura e gorducha, mãe de dois garotos que não haviam conseguido se divertir o quanto queriam com a linda garotinha de vestido rosa com babados. Ela pegou Maddie com toda delicadeza e a levou para seu quarto no segundo andar.

Quando retornou, as pessoas estavam começando a ir embora. Kitty veio da cozinha com um presente para Josie: uma caixa de ferramentas contendo martelo, pregos, várias chaves de fenda, um tubo de cola e uma lata de WD-40. A velha senhora, cuidadosa quase a ponto da obsessão no que dizia respeito a dobradiças enferrujadas, pés de mesa bambos e papéis desgrudando da parede, deu uma boa risada por conta própria.

— O que me faz lembrar que... — disse ela, enquanto passava praticamente carregada pela porta, amparada pelos cotovelos por dois homens de meia-idade que em nada se pareciam com alunos, exibindo barrigas igualmente avantajadas e cabeças calvas — ... percebi que um dos seus pratos está rachado.

Após todos terem se retirado, Claire desfrutou de um momento de paz a sós com Kitty enquanto Willa e as meninas faziam a limpeza. Ela correu os olhos pelo salão ventilado com suas mesas e cadeiras descasadas e cortinas de renda e ilhoses, por onde passavam os últimos raios de sol, lançando desenhos indistintos no chão.

— Não consigo me lembrar de já ter ficado com os pés tão doídos assim — reclamou bem-humorada. Kitty abriu a boca, sem dúvida para lhe agradecer mais uma vez, mas Claire se adiantou e disse: — É bom estar de volta. Senti saudades disso.

— Saudades do quê? — perguntou Kitty, com uma risada. — Você está aqui praticamente dia sim, dia não.

— A única diferença é que não sou paga para isso — brincou Claire.

— Apenas porque você não me *deixa* te pagar.

— Considere isso um trabalho feito por amor.

— Você é doida, sabia? — Kitty balançou a cabeça e comeu um biscoito que ficara para trás. — Você faz mais dinheiro por hora do que eu faço por dia. Por que diabo preferiria trabalhar *aqui*?

— Olha só quem está falando.

— Está bem. Você me pegou. — Kitty levantou os pés e os apoiou sobre uma cadeira. Por um momento, pareceu perdida em seus pensamentos, talvez se lembrando da época em que fora professora como Josie. — Não sei o que *é*... talvez eu goste de me sentir necessária.

Claire não teria conseguido se expressar tão bem. O Chá & Chamego, pensou, oferecia também alimento para a alma. As pessoas vinham trocar ideias junto com as últimas fofocas, discutir propostas de emprego e jogar xadrez — mas, acima de tudo, vinham para um lugar onde havia alguém sempre feliz em vê-las e onde se sentiam bem-vindas para ficar o tempo que quisessem.

— Talvez você precise deste lugar tanto quanto ele de você. — Tão logo proferiu essas palavras, Claire percebeu que elas diziam tanto sobre si mesma quanto sobre Kitty.

— Ah, não duvido nada. — Kitty franziu os olhos. — Os pratos não são as únicas coisas rachadas por aqui.

— Fui sincera no que eu disse antes... eu trocaria de lugar com você num piscar de olhos.

Kitty tinha a aparência de quem havia pensado no assunto desde então.

— Neste caso, que tal nós fazermos negócios juntas?

— O que, por exemplo?

— Eu só estava pensando... — Um dos gatos pulou para o seu colo e ela o acariciou praticamente sem perceber. — E se eu abrisse uma filial do Chá & Chamego? Seríamos sócias, só que você é que ficaria no comando do trabalho do dia a dia.

Parecia que Kitty tinha adivinhado seus pensamentos. O pulso de Claire acelerou.

— Teria que ser em algum lugar fora de Miramonte, onde você não competisse consigo mesma.

A casinha em Carson Springs com "várias possibilidades de negócios" nas palavras de Matt Woodruff veio-lhe à mente. Não ousara pensar nisso na época — com que propósito? —, mas agora sua cabeça estava a mil, cheia de possibilidades.

Então a realidade entrou em cena, levando-a a uma parada brusca.

— Só tem um pequeno detalhe.

— Qual?

— Dinheiro.

— É verdade. — Cada centavo extra que Kitty ganhava ia para o plano de previdência universitário de Maddie. — Mas deve existir um banco que nos faça um empréstimo.

— Não quero ser estraga-prazeres, mas sua única garantia é esta casa, que está mais do que hipotecada. — Claire havia redigido o testamento de Kitty, portanto conhecia muito bem a situação da amiga. — Quanto a mim, eu teria mais sucesso roubando um banco do que tomando um empréstimo.

— E se você pedir dinheiro emprestado a um dos seus clientes ricos? Seria uma boa oportunidade de investimento.

— Claro, e quem sabe, enquanto eu estiver no ramo, poderei mostrar a eles um belo pântano na Flórida. — Um peso familiar estava se estabelecendo. Uma sensação de desesperança que sempre seguia essas liberdades de fantasia.

— Acabei de pensar uma coisa. — Kitty baixou os pés com um baque, fazendo o gato pular de seu colo com um olhar de censura. — Minha irmã, Alex. Emprestei dinheiro para ela, alguns anos atrás. Eu não estava esperando que ela me pagasse tão cedo, mas ela recebeu uma comissão grande de uma casa que vendeu. Vai me pagar metade, o que são exatamente vinte mil dólares. Se a gente conseguisse arrumar mais uns vinte ou...

— Isso é loucura, você sabe disso, não sabe? — interrompeu-a Claire.

— Não é mais loucura do que *não* fazer. — Os olhos azuis de Kitty brilharam, desafiadores.

Durante um momento prazeroso e furtivo, Claire se permitiu imaginar a cena: seu próprio Chá & Chamego. Seu coração se elevou... e, com a mesma velocidade, despencou. Isso não era nada menos do que loucura. Primeiro, Lou e Millie encheriam seus ouvidos até ela morrer. E quanto a Byron? Eles estavam contando com a renda dela para quando se casassem.

Sean entrou pisando forte nesse momento. Passara várias semanas trabalhando num grande projeto para a cidade, aparando os olmos ao longo de Cypress, o que sua aparência de fato comprovava: extremamente bronzeado, tinha a camiseta e as calças jeans manchadas de piche e os cabelos negros e espetados, sujos de poeira.

— Fique onde está. — Kitty esticou a mão, detendo-o sob a moldura da porta. — Botas e meias — ordenou ela, aguardando enquanto ele abria as botas sujas de piche. Um montinho de serragem se acumulou no capacho assim que ele tirou as meias. — Está bem, agora o resto. — Ela ria enquanto falava.

Sean fingiu que a levava a sério, chegando a ponto de abrir o cinto, antes que Kitty corresse para ele e o abraçasse sem se importar com o piche em suas calças. Claire não pôde deixar de sentir inveja deles. Mas por quê? Tinha Byron, não tinha?

Mas não era em Byron que estava pensando agora. Talvez fosse o cheiro da serragem, mas ela se pegou pensando em Matt Woodruff. Imaginou-o andando por todos os aposentos, as botas deixando um rastro quadriculado no chão de madeira, os músculos em suas costas largas forçando o tecido gasto da camisa. Quando se deu conta de que a casa já poderia ter sido vendida, sentiu uma pontada forte e infundada de perda.

Aquela casa seria perfeita, pensou. Menor do que a de Kitty, toda num nível só, mas com uma cozinha grande e uma garagem que poderia ser convertida. E Matt comentara que ela estava numa área que podia ser utilizada para comércio.

De repente, seu entusiasmo foi apagado por um jato frio de realidade. O que seria de seus pais se ela se mudasse para Carson Springs? E o que Gerry acharia disso? Todos assumiriam que a razão pela qual ela estava tomando uma atitude tão drástica era a de conhecer a família... e em parte estariam certos. Pois, durante as últimas semanas, sentia alguma coisa lhe martelar a mente, nada tão certo quanto uma decisão, apenas a sensação crescente de que uma mudança estava por vir, uma mudança que viria como os ventos quentes que sopravam do sul e que, se ela se pusesse na posição certa, iriam levá-la navegando para um território novo e emocionante. Se não aproveitasse essa oportunidade, até mesmo correndo o risco de magoar os pais, Claire sabia que passaria o resto da vida se lamentando.

Capítulo Nove

A estrada de chão sulcada descia como o cabo frisado de uma colher até a campina logo abaixo. Ao descê-la, tudo o que se via de início era uma extensão contínua de grama, cercada por amoreiras e eucaliptos de um lado e um galpão comprido com telhado de zinco do outro. Somente mais de perto é que se viam as fileiras de colmeias à mesma distância umas das outras, como um condomínio de miniaturas de casinhas brancas de construção barata enfiadas no meio das árvores.

Tudo isso parecia muito pastoril, mas, à medida que Gerry andava por entre as colmeias com a irmã Carmela ao seu lado, refletia, como quase sempre fazia, sobre a fragilidade do fio que suportava aquela indústria caseira. Um mero parasita, uma invasão de abelhas selvagens, até mesmo a morte prematura de uma rainha poderia dizimar uma colônia inteira. Se uma parte significativa fosse afetada, a produção diminuía e o lucro do mel despencava: como acontecera no ano em que uma infestação de CPA, Cria Pútrida Americana, quase dizimara todo o apiário.

— Não são todas as colônias, pelo menos ainda não. — Irmã Carmela, baixa e gorda, enquanto Gerry era alta e bem torneada, pisava forte pelo caminho, as mãos calejadas, entrelaçadas às costas. — Estamos tratando delas com fumagillin e parece que está resolvendo, mas só teremos uma noção melhor daqui a uma ou duas semanas. Estou com esperanças. — O tom monótono de sua voz em conjunto com as rugas profundas que marcavam a pele encarquilhada de seu rosto, sugeria o contrário.

Gerry não precisava que ninguém lhe dissesse como uma contaminação por *Nosema* era séria. Se não fosse erradicada a tempo, o voo anual de limpeza das abelhas seria marcado por dezenas delas caindo no solo, em vez de fazendo sua incursão de primavera até o campo.

— Corremos o risco de perder quantas colmeias? — perguntou Gerry.

Elas pararam em frente a uma colmeia parcialmente destruída. Sua tampa e melgueira haviam sido removidas, ficando apenas as duas câmaras de cria. A base em torno da entrada da colmeia estava salpicada com o que, à primeira vista, pareciam ser flores caídas das árvores, mas que, após uma inspeção mais cuidadosa, Gerry reconheceu como dúzias de abelhas mortas.

Irmã Carmela balançou a cabeça com pesar.

— Nada a fazer aqui. — Aquela seria queimada junto com as outras colmeias seriamente infectadas. Ela continuou a andar pela trilha, parando para dar uma olhada em outra colmeia, levantando a melgueira pesada com a mesma facilidade com que teria levantado a tampa de uma caixa de isopor. Sem medo de ser picada, sua pele já estava tão grossa por conta dos anos que passara trabalhando ao ar livre que ela não precisava mais daqueles aparatos desconfortáveis de proteção, a irmã enfiou o braço ali dentro para tirar um quadro da câmara de cria. As abelhas estavam lentas por causa do inverno, mas pareciam saudáveis. Satisfeita, ela pôs o quadro no lugar. — Se tivermos sorte, não vamos perder mais do que umas poucas colmeias.

— Vamos cruzar os dedos.

— Fiz mais do que isso. Pedi ao padre Reardon para celebrar uma missa especial.

Gerry procurou por um sinal de que ela estivesse brincando, mas o rosto enrugado e moreno da freira mais velha estava sério. Para irmã Carmela, rezar pelas abelhas era o mesmo que rezar por um paroquiano ou por um membro da família que tivesse adoecido.

— Mal não vai fazer — disse ela.

Alguma coisa chamejou nos olhos castanhos e bondosos da freira.

— Ah, eu sei o que falam de mim por aí: "Se tem uma coisa que a irmã Carmela se importa é com aquelas abelhas." Mas elas são criaturas de Deus tanto quanto eu e você.

Gerry também concordava com ela, embora irmã Carmela, às vezes, chegasse a extremos exaltando suas virtudes para quem quisesse ouvir, dizendo como as abelhas eram um modelo de sociedade, em que cada membro da colônia tinha um trabalho a fazer e tudo vivia no seu devido lugar. Mais ou menos como no convento, pensou ela. Gerry passou o braço pelos ombros da velha amiga, em sinal de conforto.

— Se as pessoas fossem tão bem-comportadas quanto as abelhas, o mundo estaria em muito melhor forma.

Gerry olhou para além da campina, onde algumas abelhas das colmeias mais expostas ao sol já estavam fazendo suas incursões, movendo-se, meio bêbadas, em meio aos galhos de vara-de-ouro e capim rabo-de-gato. Ela adorava toda aquela concepção do voo de limpeza, mais ou menos parecido com uma faxina de primavera: abelhas removendo as que já haviam morrido, junto com restos de cera e outros dejetos.

De certa forma, ela não havia feito o mesmo? Décadas de antigos arrependimentos e fantasias haviam desaparecido. Sua filha tinha nome e rosto. Ela sabia qual a cor de seus olhos e o som de sua risada. Podia fechar os olhos e ver Claire na cadeira sobressalente à cabeceira da mesa da cozinha. Se aquela imagem era tudo o que Deus julgara suficiente para abençoá-la, bem, ela teria de encontrar uma forma de se conformar.

Mesmo assim, seu coração doía. Estavam em março, seis semanas após a visita de Claire, e tudo o que recebera dela fora um bilhete formal de agradecimento. Suas esperanças aumentaram quando Kevin lhe contou que ela fora vê-lo. Mas ele a avisou para ter paciência, pois, ao mesmo tempo em que Claire dera a impressão de querer conhecê-los, sua lealdade, em primeiro lugar, era para com os pais.

— Eles arrasaram mesmo com ela. — Gerry ouvira o desgosto na voz do irmão.

— O que ela te contou sobre eles?

— Não muito... foi só a impressão que eu tive. Sabe aquela coisa de amar alguém até a morte? Bem, com os pais dela o sentido é literal.

— Também tive a mesma impressão.

— A última coisa de que ela precisa agora é de outra viagem para se sentir culpada.

Gerry com certeza podia entender. Não carregara uma boa dose de culpa com relação à mãe quando criança? Isso sem falar da Igreja, que tinha milhares de anos de prática no assunto.

— Você acha que algum dia vou voltar a ter notícias dela?

— Difícil responder, mas meu palpite é que sim.

O coração de Gerry quase saíra pela boca.

— Você não parece muito seguro.

— Ela foi ver o Gallagher. — A voz de Kevin ficara séria. — Parece que ele negou tudo. Agora ela está mais confusa do que nunca.

Gerry sabia que isso iria acontecer, é claro, mas mesmo assim ficou surpresa, quase sem ar. Ela sentiu a antiga raiva vir à tona.

— Santo Deus, pobre Claire.

— Não é com a Claire que estou preocupado... é com *ele*.

— O que você quer dizer?

— Fique de olhos bem abertos, só isso — aconselhara Kevin.

— Por quê?

— Não sei, mas alguma coisa me diz que ainda vamos ouvir falar desse homem.

Agora, enquanto andava pelo caminho sombreado, Gerry se perguntava se seu irmão estaria certo. Ela não achava que teria notícias de Jim — ele não deixara bem claro que não queria saber nem dela nem de Claire? —, mas isso não queria dizer que o efeito desencadeado pela visita da filha não fosse sentido. Por via das dúvidas, era melhor ficar mesmo de olhos bem abertos.

Quando acabaram de inspecionar as colmeias, Gerry e irmã Carmela voltaram para a unidade de extração, a casa do mel, onde outro tipo de faxina de primavera estava em andamento. Mesas desoperculadoras, extratores, peneiras e centrífugas estavam sendo esfregados para receber os favos de mel que logo estariam prontos para a coleta. Até mesmo irmã Paul, a bioquímica do convento, arregaçara as mangas para dar uma faxina completa em seu laboratório entulhado aos fundos — o berço da novíssima linha de cremes para mãos e hidratantes Bendita Abelha.

Quando Gerry voltou à sede do convento para a entrevista com Marian Abrams da revista *West*, para a qual madre Ignatius dera sua autorização relutante, já era quase meio-dia. Ao passar pelo jardim, seus pensamentos se voltaram para a reverenda madre, que parecia abatida nos últimos dias. Será que estaria definitivamente perdendo o ritmo? Afinal de contas, a mulher já estava com oitenta e tantos anos. Mesmo assim, a ideia de ela sucumbir à idade era tão inimaginável quanto a de as montanhas desmoronarem.

É melhor eu conversar com ela, por via das dúvidas...

Gerry era a única pessoa que madre Ignatius consultava — não em questões espirituais, é claro, mas em assuntos que variavam desde o tom de branco para a pintura da capela até a decisão de investir ou não em outro carro —, talvez por ser a única que não tremia na sua frente. Se ela estivesse errada de alguma forma, a reverenda madre lhe diria.

Estava se aproximando da capela quando viu irmã Agnes, sua velha amiga e mestra de noviciado, ajoelhada com uma pá no jardim que fora o projeto de sua vida — jardim que continha cada planta, árvore e arbusto mencionado na Bíblia.

Gerry parou para analisar uma placa laminada:

OLIVA

(*Olea europaea*)

À tarde ela voltou a ele;

trazia no bico uma folha nova de oliveira.

Gênesis 8:11

— Veio me ajudar com o cultivo da primavera?

Irmã Agnes analisou-a por baixo da aba de um chapéu de palha desengonçado, protegendo os olhos do sol: um projeto de mulher sem qualquer osso pontudo ou anguloso. Embora quase tão idosa quanto madre Ignatius, ela enfrentava bem a idade.

— Acredite em mim, não há nada que eu quisesse mais — respondeu Gerry, dando um suspiro.

— Até mesmo Deus descansou no sétimo dia. — As faces arredondadas de irmã Agnes brilhavam como duas maçãs polidas e uma mecha de cabelos grisalhos escapava por baixo do véu. — O que está fazendo você correr tanto a ponto de não poder parar nem um minutinho para aproveitar um pouco de ar fresco e de sol?

Gerry lhe contou sobre Marian Abrams.

— Deus sabe que um pouquinho de publicidade seria bom de vez em quando. — Ela se absteve de acrescentar: *Depois daquela provação de irmã Beatrice.*

Mas irmã Agnes parecia ter lido seus pensamentos, pois se sentou sobre os calcanhares, fazendo o sinal da cruz.

— Aquela pobre mulher... espero que tenha encontrado algum conforto.

Apenas irmã Agnes seria tão clemente a ponto de perdoar alguém que havia tirado a vida de duas pessoas inocentes e quase tirara a de uma terceira — a de Sam.

— Tenho certeza de que sim — disse Gerry, imaginando que no hospital psiquiátrico para onde fora, irmã Beatrice, pelo menos, estaria sob efeito de medicação pesada.

— Rezo por ela todos os dias.

Gerry sabia o que sua ex-mestra estava pensando — que ninguém levava uma vida sem pecados. O que as outras irmãs achariam se soubessem que irmã Agnes havia sido pega furtando na Delarosa, alguns meses atrás? Não fosse pela discrição de Sam ao conduzir o assunto, ela talvez também estivesse passando algum tempo atrás das grades. Embora Gerry não conseguisse comparar seu fraco por coisas bonitas com os atos homicidas de uma louca.

— Estou feliz por isso ter ficado para trás — disse Gerry.

— Eu também, embora isso com certeza tenha tido um preço. Nossa reverenda madre não me parece muito bem esses dias.

Então irmã Agnes também havia percebido.

— Ela lhe disse alguma coisa? — perguntou Gerry.

A pequena freira negou com a cabeça. De cócoras, ela parecia uma das lebres que Gerry costumava ver cedinho, todas as manhãs, quando ia para o trabalho, imóveis em meio à grama alta.

— Você acha...? — Irmã Agnes se deteve, sem coragem de traduzir seus medos em palavras. A ameaça da idade, principalmente de Alzheimer, recaía sobre a comunidade mais idosa da população como uma mortalha.

Gerry viu a preocupação em seus olhos e soube que ela estava pensando na pobre irmã Seraphina, agarrando-se por um fio à vida.

— Vou ver o que consigo descobrir.

Irmã Agnes levantou-se, ficando bem ereta — o topo de sua cabeça mal alcançava o ombro de Gerry — e pousou uma mão em seu braço. Mão do tamanho da de uma criança, embora enrugada por causa dos anos ao ar livre.

— Você me contaria, não contaria? Se alguma coisa *estivesse* errada?

— Você seria a primeira a saber — assegurou-lhe Gerry.

Irmã Agnes a acompanhou assim que ela começou a descer o caminho. Carregava uma cesta da qual saía um buquê de alfazemas amarrado com um pedaço de barbante. Ela olhou para Gerry e disse:

— É para a irmã Seraphina. Estão dizendo que ela não vai aguentar mais muito tempo e que não saberia a diferença entre a própria mãe e um buraco na parede, mas acho que ela não pode estar tão mal a ponto de não conseguir aproveitar um pouco da natureza.

Gerry sorriu.

— Tenho certeza de que vai gostar.

— É uma pena.

— Ela estar tão doente?

— Não, não... todos teremos que morrer um dia. Só que é uma pena que a morte dela já tenha sido anunciada. — Uma referência, sem dúvida, aos inúmeros alarmes falsos que fariam da morte de irmã Seraphina, quando chegasse a hora, um anticlímax.

Elas passaram pela capela, seguindo o passeio coberto todo decorado com quadros em baixo-relevo — catorze ao todo, um para cada Estação da Via-Sacra. Quando chegaram ao caminho que conduzia à enfermaria, Gerry parou para pegar um raminho de alfazema, segurando-o sob o nariz e inspirando seu perfume. Estava prestes a colocá-lo no lugar quando irmã Agnes o tirou de sua mão, enfiando-o numa casa de botão do casaquinho da amiga.

— Para dar sorte. — Seus olhos eram da cor violeta da alfazema.

— Obrigada. — Um pequeno gesto, mas que deixou Gerry comovida; era como se irmã Agnes tivesse lido seus pensamentos. Ela deu uma olhada à volta antes de se inclinar para dar um beijo rápido no rosto da irmã. Demonstrações de carinho não eram bem aceitas ali e, como único membro leigo daquela comunidade, ela precisava ter mais cuidado do que todos.

Momentos depois, Gerry estava sentada no escritório da reverenda madre, duas portas depois do dela. A janela estava aberta, permitindo a entrada de uma leve brisa perfumada de jasmim — um lembrete de que a primavera estava logo ali na esquina. E também a única indicação de que algum tempo havia se passado desde a última vez em que estivera naquela sala. Pois, por mais tempo que estivesse no Convento de Nossa Senhora de Wayside, a escrivaninha sólida de carvalho à sua frente mantinha o mesmo mata-borrão manchado de tinta, o mesmo ventilador antigo de ferro em cima de um volume da *Enciclopédia Britânica* e a mesma prateleira com as mesmas lombadas de couro craquelê. A cruz lisa de madeira e a tapeçaria gasta — a Virgem Maria de joelhos diante do anjo Gabriel — estavam pendurados na parede desde a época de madre Hortense, únicos objetos que faziam com que ela não ficasse totalmente sem ornamentação.

Madre Ignatius estava sentada à sua escrivaninha, olhando séria para Gerry.

— Eu não havia planejado contar nada até ter certeza — disse ela, as mãos cruzadas sobre o mata-borrão à sua frente. — Alguém da Casa Mãe da congregação já havia me alertado na semana passada, não vou dizer quem, mas só há algumas horas é que recebi a confirmação. Madre Edward me telefonou para dizer que estão enviando alguém, uma tal irmã Clement, para fazer uma avaliação do nosso convento. Com base no resultado dessa avaliação, eles podem vir a fazer algumas mudanças.

— Que tipo de mudanças? — Gerry sentiu um nó no estômago.

— Não sei ao certo... — deteve-se — ... mas alguma coisa me diz que tem algo a ver com você.

— Comigo?

— A madre Edward me pareceu muito interessada em você. Ela queria saber qual, no caso de existir algum, era seu envolvimento com a comunidade fora da Bendita Abelha e que efeito a sua, devo dizer, "influência leiga" pode ter exercido sobre nós. — Ela ergueu a mão, mantendo-a esticada, como se para alertar Gerry a não tirar conclusões precipitadas. — Talvez eu esteja vendo coisas que não existem. Depois do que aconteceu com a irmã Beatrice, estamos todas meio assustadas.

O nó no estômago de Gerry se apertou.

— A senhora está dizendo que eu posso ser demitida?

— Sempre fui honesta com você, Gerry, portanto não vou fazer uso de meias palavras agora: sim, seu emprego pode estar em jogo. — A madre suspirou. — Se servir de consolo, tenho a impressão de que talvez seja eu a próxima da fila. — Seus olhos azul-claros brilharam com afronta e talvez um toque de resignação no rochedo que era seu rosto.

Gerry sentiu sua indignação aumentar.

— A *senhora*?

— Bem, estou cada dia mais velha.

— Quem disse?

— Vou me lembrar disso na próxima vez em que tiver problemas para me levantar na capela. — Os lábios da velha madre se comprimiram no mais fraco dos sorrisos. — Quanto a você, se eu tivesse certeza de que ela não iria entender mal, teria dito a verdade a madre Edward... que você é um sopro de ar fresco por aqui.

— Parece que elas me consideram mais um veneno. — Gerry agradecia as palavras de apoio da reverenda madre, mas precisaria de mais do que isso para não ser demitida.

— Não saberemos de nada até a irmã Clement preparar seu relatório. Até lá, sugiro que você continue trabalhando normalmente.

Trabalhar normalmente... com aquele peso na cabeça?

— O que devo dizer a Marian Abrams quando ela chegar? Que as abelhas não são as únicas coisas com as quais se deve ter cuidado por aqui?

— Eu não diria isso. — A voz da reverenda madre estava séria.

— Isso não é justo — continuou Gerry, apesar dos pesares. — Estão procurando um bode expiatório, e quem melhor do que eu? — Lançou um olhar arrependido para a própria saia, que, embora recatada, na altura dos joelhos, sobressaía-se dentre as demais.

Madre Ignatius suspirou.

— Eu gostaria que fosse simples assim, mas a verdade é que eles têm um argumento. Não com relação a você, em particular, mas não preciso te lembrar que uma comunidade espiritual é como... bem, como um coral. — Ela riu da própria analogia, uma que usaria somente com Gerry. — O que acontece a um membro afeta a todos.

— "A amizade do mundo é inimiga de Deus?" — Gerry citou Tiago. — Não sei bem se é o caso de padrões tão rígidos assim.

Ela se lembrou do aviso do irmão. Será que aquilo poderia ter alguma coisa a ver com Jim? E se ele estivesse planejando se livrar dela secretamente? Isso era meio forçado, com certeza, mas ele bem que seria capaz de fazê-lo. E com a influência que devia ter na arquidiocese...

Seus pensamentos foram logo interrompidos por madre Ignatius, dizendo determinada:

— Se alguém tem motivos que não sejam verdadeiramente puros, iremos até o fundo dessa história, isso eu posso te garantir.

O silêncio breve que se seguiu foi quebrado apenas pelo zumbido de insetos contra a tela e o ruge-ruge de uma escova no final do corredor. Gerry pôs-se de pé.

— Quando chega a irmã Clement?

— Segunda-feira. Confio em você para fazer com que ela se sinta bem-vinda. — Madre Ignatius levantou-se e saiu de trás da mesa. Alta e magra em seu hábito de sarja escura que lhe caía em dobras, parecia uma reminiscência das pioneiras de olhos duros que apareciam nas fotos em sépia no museu no centro da cidade.

Gerry esboçou um sorriso.

— Farei o melhor que puder.

Ela se levantou devagar e pôs-se a caminho da porta. Foi de repente que percebeu: havia passado toda sua vida adulta atrás daquelas paredes. Como seria sua vida sem aquele lugar para ir todos os dias? Sem o jardim para passear, sem o som suave daquelas vozes entoando uma canção? Sem as colmeias, a casa do mel e irmã Agnes? Se assim fosse, poderiam muito bem despachá-la para perto de irmã Beatrice.

Acabou que Marian Abrams era uma mulher atraente de meia-idade, com cabelos escuros desbastados na nuca e rosto bem maquiado. Era apenas uma entrevista preliminar, mas ela fora preparada: pasta com bloco de anotações, gravador e uma Nikon moderna dentro da capa. Gerry a levou para um passeio pela propriedade, seguido por um chá na sala de visitas, onde lhe contou a história da origem da Bendita Abelha.

— Tudo teve início nos idos de 1930, com a irmã Benedicta — começou ela. — Ela veio para cá para se recuperar de uma tuberculose, pois acreditava-se que se beneficiaria do nosso clima seco. E no início ela se beneficiou *mesmo*. — Gerry sorriu, gostando de contar essa lenda tanto quanto gostava dos livros que lia para os filhos quando eram pequenos. — Ela era muito alegre, estava sempre cantando, tinha sempre uma palavra amiga... porém, o mais impressionante era o seu jeito com os animais. Diziam que os papagaios pousavam em seus ombros e os alces comiam em sua mão. Ela podia andar entre as abelhas e não ser picada, podia até mesmo enfiar a mão desprotegida no buraco de uma árvore e puxar a colmeia.

"Logo as freiras tinham todo o mel que queriam... mel que, segundo diziam, tinha poderes curativos. Em seguida elas estavam cheias de pedidos de fora e a irmã Benedicta ficou encarregada de construir um apiário. Em poucos anos, o mel Bendita Abelha estava sendo vendido por todo o vale e para outros lugares também. — Gerry fez uma pausa, tomando um gole de seu chá adoçado com mel. — Então a irmã Benedicta adoeceu de novo."

— Espere! — Marian apressou-se para pôr outra fita cassete no gravador.

Quando a fita começou a rodar, Gerry continuou:

— Ela morreu pouco depois e foi enterrada no cemitério na colina. Vou pedir a uma das irmãs para te levar lá. É uma boa subida.

— Tudo bem se eu fotografar?

— Tenho certeza de que não haverá problema. — Ela tomou outro gole de chá. — Onde estávamos? Sim, o enterro. Era inverno, época em que as abelhas normalmente hibernam, mas uma coisa incrível aconteceu: um enxame se formou sobre a lápide da irmã Benedicta. Todos os esforços para tirarem as abelhas de lá foram inúteis. Quando o tempo esfriou, elas começaram a morrer, caindo sobre seu túmulo. Na primavera seguinte, flores silvestres brotaram do que sobrara do corpo de todas as abelhas que haviam morrido. Algumas freiras dizem que, se você prestar bastante atenção, ainda pode ouvir um leve zumbido no ar.

— É uma história e tanto. — Marian sorriu, claramente sem acreditar em uma palavra sequer. Não obstante, seus olhos brilhavam entusiasmados. Sabia reconhecer uma história que agradaria a seus leitores só de ouvi-la. — Eu a entregarei para a nossa redatora, se estiver tudo bem para você. — Ela parou a fita com uma unha comprida e vermelha. — Ela vai te telefonar na próxima semana.

— Ótimo. Vamos combinar alguma coisa. — Faria de tudo para tirar a visita iminente de irmã Clement da cabeça.

Elas terminaram o chá, e Gerry encaminhou Marian para irmã Carmela, a fim de darem uma volta pela casa do mel e o apiário. Uma hora mais tarde, Marian estava de volta ao escritório de Gerry.

— Não sei como te agradecer — disse ela, apertando-lhe a mão. — Isso aqui é incrível... exatamente o que eu esperava.

Gerry a acompanhou até a porta.

— Telefone se tiver alguma dúvida.

Mais tarde naquele mesmo dia, quando estava a caminho de casa, Gerry se deu conta de que talvez não fosse mais lá para tirar suas dúvidas. Dependendo das descobertas de irmã Clement, ela já poderia estar fora antes que o artigo na revista *West* fosse impresso. Ela congelou só de pensar. Deixando as próprias necessidades de lado, como iria alimentar os filhos?

Pensou em telefonar para Aubrey; seria bom apenas ouvir sua voz. Não o via desde o casamento — ele fora para Budapeste no dia seguinte. Duas semanas já haviam se passado e ela sentia sua falta mais do que podia imaginar. E foi por essa mesma razão que não saíra correndo atrás dele dois dias atrás, quando ele retornara. Precisava provar para si mesma que podia ficar bem.

Houve ainda aquele incidente terrível no casamento. Aubrey não falara nada, era gentil demais para isso. Mas Gerry, por outro lado, dera uma tremenda bronca em Andie quando elas chegaram em casa. Ainda não havia perdoado completamente a filha, que garantia não ter feito de propósito e que fora apenas coincidência o CD de Isabella estar entre os que ela havia puxado da prateleira — uma desculpa que Gerry achava difícil de engolir.

Não, esperaria mais um ou dois dias. Na noite passada, haviam se falado rapidamente pelo telefone e Aubrey parecera ávido por vê-la. Mas Gerry tinha certeza de que ele parecia assim porque sentia falta de sexo. Um mês atrás, talvez tivesse sentido o mesmo, mas uma mudança sutil ocorrera nas últimas semanas. Percebera que queria mais, e esse pensamento a aterrorizava. Se mantivesse distância, aqueles sentimentos passariam, disse a si mesma.

Estava passando pela casa da sra. Dalrymple quando percebeu que a placa de VENDE-SE não estava mais ali. Imaginou quem a teria comprado. Será que Fran O'Brien havia mudado de ideia? Ou algum médico ou advogado esperto tinha aproveitado logo a deixa? Havia percebido que várias casas na rua tinham placas discretas anunciando serviços de advocacia, médicos, contadores e até mesmo cartomancia. Os negócios deviam estar indo bem.

Chegou em casa poucos minutos depois e encontrou a bicicleta de Justin bloqueando a entrada da garagem. De novo. Ela apertou a buzina. Como ele não respondeu, Gerry desceu do carro, soltando um suspiro aborrecido.

Só depois que estava arrastando a bicicleta para dentro da garagem foi que Justin saiu de casa como uma bala com o amigo Nesto em seu encalço.

— Desculpe, mãe. — Ele correu para ajudar, enquanto Nesto, que tinha de moreno o que Justin tinha de louro, recuou timidamente. Tão logo a bicicleta foi levada em segurança para perto da máquina de lavar e secadora, Justin pediu ofegante: — Mãe, o Nesto pode ficar para jantar?

Gerry sentiu a raiva surgindo. Quantas vezes havia lhe dito para não perguntar na frente dos amigos?

— Claro — respondeu com a voz mansa. — Qual é o menu?

Justin olhou para ela de queixo caído.

— Hã?

— Imagino que você esteja cozinhando, já que está convidando os amigos para jantar. — Ela piscou para Nesto.

— Ah, eu achei que... — Justin olhou para a casa. — Já que vamos ter visita mesmo...

Gerry sentiu uma pontada de apreensão. Não, Mike não faria isso com ela, não depois de todo esse tempo. Mesmo assim, fez uma careta só de pensar. Uma noite, pouco depois de eles terem se separado, ela havia chegado exausta em casa e encontrara o ex-marido refestelado no sofá, vendo televisão com um filho em cada braço.

— Andie estava assustada — dissera Mike, como se ela fosse do tipo de mãe que deixava os filhos sozinhos por horas, até mesmo dias a fio.

Gerry fizera o possível para não explodir. Não havia telefonado para os filhos dizendo que chegaria tarde? Andie usara o truque mais antigo do mundo para que o pai fosse correndo. E o pior foi que Gerry não teve escolha a não ser deixá-lo ficar. Ou isso ou correria o risco de provocar um escândalo.

Agora, olhou cautelosa para Justin e perguntou:

— E que visita é essa?

Ele olhou boquiaberto para ela. Claramente não esperava que fosse surpresa.

— A Claire — disse ele. — Ela está aqui. Achei que você soubesse. — O rosto do filho, Gerry percebeu, estava tão iluminado como se fosse Natal e Páscoa de uma vez só. — Ela se mudou para cá, para Carson Springs. Já comprou casa e tudo. Não é *demais*?

Gerry não parou por tempo suficiente para responder. Qualquer um que tivesse espiado pela janela naquele momento a teria visto passar voando pela entrada de carros, a bolsa lotada batendo contra o quadril e um sorriso de orelha a orelha estampado no rosto tomado de surpresa.

— Eu não queria contar para ninguém até ter certeza de que daria certo. — Claire estava acomodada no sofá, uma taça de vinho na mesinha de centro à sua frente. — Acabei de chegar do escritório do corretor. Vamos fechar a venda amanhã.

Gerry mal podia acreditar no que estava ouvindo. Sua filha ia se mudar para ali! Claire estava explicando que abriria uma casa de chá com sua ex-chefe, Kitty, mas Gerry sabia que essa não podia ser a única razão. A alegria tomou conta dela a ponto de achar que iria explodir.

— Bem, você não terá dificuldade em encontrar ajuda. — Olhou de relance para Justin, que concordou entusiasmado. Ele parecia ter se esquecido completamente de Nesto, que teve o bom-senso de ir para casa. — Somos uma equipe que faz todo tipo de trabalho... tudo, desde desencaixotar até pendurar cortinas. Somos especialmente bons em pedir pizza — acrescentou ela, com um sorriso.

Claire parecia na dúvida.

— Eu não gostaria de causar nenhum problema para vocês.

— Ah, problema nenhum. — Ela abriu um sorriso e fez um gesto de cabeça, sentindo-se como um daqueles cachorros bobos dentro de um carro que balançavam o rabo cada vez que o motorista andava.

Calma, alertou-a uma voz. *Você não quer que ela saia correndo.*

— Vamos esperar para ver como as coisas vão andar. — Claire parecia feliz, mas mesmo assim Gerry sentiu um pouco de reserva de sua parte.

— Tenho certeza de que você vai dar um duro danado — disse ela.

Claire riu ciente do que tinha pela frente e tomou um gole de vinho.

— Ainda nem comecei a arrumar as coisas. Pedi demissão há algumas semanas, mas os meus chefes queriam que eu ficasse até que tudo estivesse pronto. Só vim para cá ontem.

— Ontem? Você devia ter ligado. — Gerry tentou não parecer magoada por Claire não ter avisado. — Temos espaço de sobra. — O que ela sabia que era um pouco de exagero, mas Andie podia se acomodar no quarto com Justin. — Por falar nisso, por que você não fica aqui esta noite?

Ela estava feliz por Andie não estar ali para se opor. Devia ter saído com Finch ou com Simon. Mesmo sabendo que ela não ficaria animada com a novidade de Claire, isso em nada diminuía sua alegria.

— Obrigada, mas eu já paguei a pousada. — Claire estava deixando claro que não tinha a menor intenção de se deixar persuadir. — Além do mais, preciso estar de pé amanhã bem cedinho. Tenho uma reunião importante com o meu empreiteiro.

— Bem, se mudar de ideia... — Gerry estava dividida entre a decepção e o alívio, pois pedir a Andie para dormir no quarto de Justin, com certeza, seria motivo para uma insurreição. E ela não ia querer que Claire dormisse no sofá.

Claire percebeu o alívio na voz da mãe e pensou: *Eu deveria tê-la avisado*. Jogar essa notícia em cima dela fora um erro. Gerry devia estar pensando como iria apresentá-la aos amigos e vizinhos. *Ah, a propósito, você já conhece a minha filha? Você não sabia que eu tinha mais de uma filha? Bem, veja só...*

Se Gerry parecia entusiasmada era só porque tinha sentimentos conflitantes. Mas o que Claire estava esperando? Ser recebida de braços abertos? Isso era fantasia de criança. Tão infantil quanto esperar que seus pais entendessem.

Lou e Millie não ficaram furiosos quando ela lhes contou. A reação deles fora mais parecida com uma implosão, como um prédio condenado vindo abaixo — eles foram se encolhendo, voltando-se para dentro de uma forma que deu pena de ver. Millie chorara e Claire também, enquanto Lou ficara apenas apático, balançando a cabeça, confuso. Não havia explicação que os dissuadisse de pensar que a única razão pela qual a filha comprara uma casa em Carson Springs era para ficar perto de Gerry.

Mas, se isso fosse verdade, ela ficaria extremamente decepcionada. Gerry não a queria, não mesmo. É claro que havia ficado feliz por elas terem se encontrado... mas não com a novidade de que ela fora para ficar. Era quase o mesmo que uma pessoa dizer que não era racista, pensou ela, e ter que se pôr à prova quando uma família negra se mudava para a casa ao lado. Uma coisa era certa: Gerry teria um bocado de explicações para dar.

A porta da frente se abriu e Andie entrou pisando forte. Ao ver Claire, ela parou.

Antes que a irmã pudesse cumprimentá-la, Justin foi logo anunciando:

— Ei, Andie, a Claire vai se mudar para cá. Isso não é o máximo?

Capítulo Dez

Se aquilo fosse um filme de TV, pensou Andie, estariam todos chorando e se abraçando, com Claire fazendo um discurso sentimental sobre como estava feliz por finalmente ter o irmão e a irmã com que sempre sonhara. Em vez disso, ela estava explicando calmamente, enquanto tomava um cálice de vinho, que estava fazendo aquilo por *si mesma*, por causa da oportunidade de fazer negócios.

— Sei que há muito a fazer. — Claire estava sentada no sofá, tomando vinho. Ela parecia nervosa, mas animada ao mesmo tempo. — O lugar precisa de reparos e estamos com o orçamento muito apertado.

— Ela não parece muito ruim, vendo de fora — disse Gerry.

— Está pior do que você imagina. Mas a boa notícia é que o Matt, o meu empreiteiro, não vai cobrar os olhos da cara.

— Isso *é* ótimo. — Gerry olhava para Claire como se ela fosse a oitava maravilha do mundo.

Andie pensou: *Vou vomitar.*

— Quanto ao dinheiro, acabou que a Kitty tinha uma quantia para receber, o suficiente para a gente começar.

— Se você precisar de ajuda... — Gerry começou a falar, mas não terminou, como se tivesse pensado melhor.

— Nós vamos conseguir. — Claire parecia um pouco encabulada.

— Bem, então pode contar conosco para ajudar a levantar peso.

Andie sentiu o coração pesado.

— É, eu posso cortar a grama. Você nem iria precisar me pagar — acrescentou Justin.

Claire se virou para ele. Quando sorriu para Justin, foi com todo o seu rosto, não apenas com a boca.

— Por enquanto você ficaria satisfeito com todos os biscoitos que aguentasse comer?

Os olhos de Justin se iluminaram.

— Talvez a vovó também possa ajudar. Ela sempre fala de como sente falta do trabalho dela.

— A vovó já está velha demais — disse Andie.

Mas a mãe disse, pensativa:

— Sabe de uma coisa, até que não é uma má ideia. Vou falar com ela sobre o assunto, ver o que ela acha.

Se eles fossem os personagens de *Uma Casa na Campina*, pensou Andie, estariam todos fazendo um mutirão para construir um celeiro. Ela se sentiu constrangida ao perceber que a mãe a olhava, como se esperando que ela falasse alguma coisa.

— Humm... talvez eu consiga que o Simon escreva alguma coisa no jornal — disse ela.

Não valeria a pena criar problemas. Estava com a reputação baixa desde o casamento de Laura, apesar de tudo ter sido um engano inocente. Como ela iria saber que se tratava da esposa de Aubrey?

— Seria ótimo... embora eu não vá precisar por enquanto — disse-lhe Claire. — Mesmo que tudo corra bem, estamos imaginando demorar pelo menos uns dois meses.

— Uma casa de chá... — Gerry ficou com o olhar distante. — Sabe de uma coisa? É exatamente disso que esta cidade precisa. Um lugar tranquilo, como os que existiam na época da minha mãe.

— E que dê lucro — Claire respondeu, dando uma risada. — Só espero que o lugar não seja muito afastado do movimento. — Ela se abaixou para acariciar Buster, cujo rabo batia continuamente no pé da mesa, ao mesmo tempo em que olhava estático para ela. Até o cachorro deles havia trocado de lado, pensou Andie.

— Talvez isso seja uma vantagem — disse Gerry. — Você poderá até pôr mesas do lado de fora. Vou pedir a Sam para dar uma olhada no jardim... ela entende mais de jardins do que qualquer paisagista. O lugar pode virar um verdadeiro oásis.

Claire recostou-se na cadeira e cruzou os braços. Aquele brilho em seu rosto por conta da expectativa havia diminuído um pouco.

— Eu não gostaria que isso tomasse muito do seu tempo. Sei como você é ocupada.

Andie sentiu vontade de sacudi-la. Será que ela não via como a mãe estava se esforçando? Queria ajudar por causa *dela* e não por causa de uma casinha de chá. Será que Claire era tão tapada assim?

Gerry aparentava ter captado a mensagem. Pareceu forçar alegria ao perguntar:

— E quando será a grande mudança?

— Na semana que vem. O Matt disse que consegue deixar o lugar habitável até lá. Mas acho que isso depende da ideia que se faz de habitável. Só espero que não seja uma cama portátil e um lampião.

Andie rezou para que a mãe não a convidasse para ficar com eles. Uma onda de alívio tomou conta dela quando Gerry disse:

— Aqueles quartos na casa da mamãe estão vazios. Tenho certeza de que ela adoraria te acolher lá.

Claire balançou negativamente a cabeça.

— Vou ficar melhor num lugar onde possa ficar de olho nas coisas.

— Tem uma cama sobrando no meu quarto — disse Justin.

Andie bem que podia ter ficado aborrecida com ele, mas, de repente, ela se sentiu um pouco dona do irmãozinho: Justin, para cima e para baixo com calças jeans e camiseta num tamanho três vezes maior que o seu, que precisava de alguém para lhe lembrar de tomar banho e que, naquele exato momento, cheirava mais a cachorro do que o próprio Buster. Com certeza ele era um pé no saco, mas também era o único irmão que tinha.

A expressão de Claire se suavizou.

— Obrigada, Justin. Se eu me cansar de dormir numa cama portátil, talvez eu aceite.

— Um brinde ao Chá & Chamego South. — Gerry ergueu a taça. Tinha as faces vermelhas e a mão ligeiramente trêmula. — Tenho certeza de que será um grande sucesso.

— Com todos os biscoitos que vou poder comer — Justin acrescentou alegremente.

— Ah, meu Deus, isso me faz lembrar... do jantar. Tudo o que temos são algumas sobras. — Gerry parecia envergonhada.

— Não se preocupe, é melhor eu ir embora. — Claire levantou-se de repente.

— Não seja boba. — Gerry levantou-se com a mesma velocidade. — Com certeza tem comida para todos.

— Mãe, quando foi a última vez que você abriu a geladeira? — A voz de Andie trazia vestígios de irritação.

Mas a mãe não ia deixar Claire sair assim, sem mais nem menos.

— Está bem, que tal pedirmos comida chinesa?

— Foi o que nós pedimos da última vez — Andie a lembrou.

Claire a surpreendeu ao dizer:

— Tenho uma ideia... que tal *eu* cozinhar?

— Eu ajudo. — Justin levantou-se do sofá num pulo.

Andie levantou de má vontade.

— Eu ponho a mesa.

Na cozinha, a mãe olhou insegura para dentro da geladeira.

— Temos ovos — disse ela. — Acho que também tem um pouco de queijo... ah, aqui está, temos sim. — Ela se virou com um olhar sem graça, segurando um pedaço mofado de queijo embalado em filme plástico. — Infelizmente acho que é muito pouco.

Claire não pareceu se importar.

— Já cozinhei com menos.

De repente ela virou a profissional, olhando dentro dos armários, remexendo na prateleira de temperos. Acabou encontrando algumas batatas, uma cebola e uma lata de fundos de alcachofra. Em pouco tempo a manteiga estava chiando na frigideira e a cozinha, envolvida por aromas tentadores. Enquanto Claire descascava as batatas e picava a cebola, Gerry fazia uma salada com o que sobrara de verduras. Quando os ingredientes na frigideira já estavam dourados a contento, Claire a levou para a mesa e a virou em cima de um prato.

— O que é isso? — perguntou Justin.

— Uma *frittata* — explicou-lhe. — O que nada mais é do que ovos e batatas e qualquer outra coisa que você queira adicionar. Se quiser, outra vez eu te mostro como fazer.

— O cheiro está delicioso. — Gerry acomodou-se em sua cadeira.

Andie ficou com a boca cheia de água. O cheiro estava *mesmo* delicioso. Ela deu uma garfada. O sabor estava ainda melhor.

Em pouco tempo não sobrara nem um pedaço e a frigideira estava vazia. Justin deu um arroto alto e pôs a mão na boca, dando uma risadinha. Pela primeira vez, a mãe não lhe deu uma bronca.

— Melhor do que qualquer restaurante. — Gerry olhou encantada para Claire. — Vão fazer fila na sua porta.

Olhe para mim, Andie sentiu vontade de gritar. *Estou aqui. Também sou sua filha.*

Em vez disso, ela se levantou.

— Vou lavar a louça. — Quem sabe assim, pelo menos, ganharia uns pontos extras.

— Obrigada, querida — disse a mãe, distraída, ao se levantar da mesa. — Eu estava pensando em dar uma passada com a Claire na casa da sua avó. Mal posso esperar para lhe contar as novidades. — Ela se virou para Claire. — Se você não estiver com pressa.

Claire sorriu.

— Claro, por que não?

— Posso ir também? — quis saber Justin.

Claire desarrumou-lhe os cabelos.

— Se não tiver problemas para a sua mãe.

— Você não tem dever de casa? — Gerry já estava pegando o casaco de um cabide ao lado da porta.

— Eu já fiz. — Justin abaixou a cabeça, mas não antes de Andie perceber um brilho de culpa em seus olhos. Ele estava mentindo.

Claire se virou para Andie.

— Quer que a gente espere por você?

— Não, tudo bem. — Ela tentou não soar magoada por ter sido a última a ser lembrada. — Diga à vovó que eu mando um beijo.

Então eles saíram e a deixaram com a pia cheia de louça, uma pilha de dever de casa e algo que ela estava fazendo o possível para não pensar: a menstruação atrasada.

Andie ia pegar o detergente no armário debaixo da pia, quando, de repente, irrompeu em lágrimas. Talvez Claire não fosse o seu pior problema. E se *estivesse* grávida? O que faria? Sua vida estaria arruinada.

Antes que se desse conta, estava pegando o telefone e digitando o número do pai. Por sorte ele estava em casa.

— Pai?

— Querida, tudo bem? — A preocupação na voz dele era quase mais do que ela podia suportar, fazendo-a lembrar-se de quando era pequena e corria para ele com o cotovelo ou o joelho ralado.

— Está tudo bem — fungou.

— Você não parece muito bem.

— Ah, pai. — Um soluço escapou e ela logo o abafou com a mão. — Sinto tanta saudade de você.

— Eu também, meu amor. — Dessa vez não fora como quando ela ligava e ele estava ocupado ou distraído demais para conversar. Fora como antes do divórcio... e antes de Cindy.

— Você está ocupado? — perguntou ela.

— Não muito. A Cindy está no clube. É a noite dela jogar bridge. Estou fazendo uma limpeza na minha escrivaninha. — Seguiu-se uma pausa e ela esperou ouvir o barulho familiar do pai à mesa de trabalho: o roçar de folhas de papel e o estalo do teclado. Mas tudo o que ouviu foi o ruído de sua respiração. — Qual o problema?

— A Claire está se mudando para cá.

Ele ficou alguns instantes em silêncio e disse:

— Bem, isso *é* mesmo complicado.

— Não que eu a odeie ou qualquer coisa parecida. — Andie se deu conta de que não fora somente a mãe que guardara Claire em segredo por todos aqueles anos. Agora ela estava chocada ao ouvir a voz daquela Andie de cinco anos de idade sair de sua boca. — Ah, pai, por que vocês não contaram para a gente? Se eu soubesse desde sempre, não teria sido tão ruim.

O pai respirou fundo no telefone.

— Eu teria contado, meu amor, mas não tinha o direito. Eu tinha que respeitar a vontade da sua mãe. — Ele fez uma pausa, e ela ouviu o barulho de uma gaveta sendo fechada. — Como ela é? Você quase não me falou dela. Tudo o que eu sei é que o seu irmão acha que ela é a encarnação de Jesus Cristo.

— Maneira. Ela é maneira.

— Bem, pelo menos isso já é alguma coisa.

— Pai. — Andie fungou, recostando a cabeça na parede. — Tudo bem se eu for morar com você? — Ela não tinha planejado perguntar, as palavras saíram antes que percebesse. Agora sentia uma pontada de culpa. A mãe ficaria furiosa. E o pai...

Meu Deus, por favor, que ele responda sim. Acho que eu não conseguiria aguentar.

Mas de repente não houve outra ligação para ele atender, ou qualquer outro lugar onde precisasse estar. Também não lançou mão de seu estoque de desculpas. Em vez disso, na voz paternal que ela se lembrava de quando era pequena, ele disse as palavras que soaram como uma melodia suave em seus ouvidos:

— Claro que sim, querida. A hora que você quiser.

A MANSÃO DE MONICA NA COLINA

por

Simon Winthrop

Os portões de ferro que guardam a entrada da LoreiLinda se abrem com as palavras mágicas *Monica Vincent está nos esperando.* Assim que estacionamos em frente à casa, vemo-nos despreparados para sua grandiosidade: mais um templo romano do que uma mansão, e com um terreno que poderia passar por um jardim botânico o ano inteiro fechado ao público. Ficamos perplexos também com o silêncio do local; até mesmo os pássaros parecem saber que não devem piar.

Somos recebidos à porta pela assistente de Monica, Anna Vincenzi. Se há alguma semelhança entre os nomes, deve-se ao fato de Anna ser sua irmã. Monica encurtou seu sobrenome para Vincent quando se mudou para Hollywood, mais de doze anos atrás, tendo como ingresso para o estrelato um rosto pelo qual meros mortais seriam capazes de matar. Embora seu primeiro filme, *A Névoa Sagrada*, tenha ficado conhecido como "o nevoeiro profano", ela acabou fazendo mais sucesso com seu segundo filme. Por seu papel principal em *Carinhosa*, ela foi indicada ao Oscar de melhor atriz. O resto todos já sabem. Depois disso, ela fez mais de trinta filmes, até que, em 1996, sua estrela despencou até o chão, num acidente de barco que a deixou paralítica da cintura para baixo.

A Monica de cabelos longos e ruivos continua adorável como sempre. Enquanto deslizava em sua cadeira de rodas até a sala de estar, onde a esperávamos, ela parecia Cleópatra surgindo em sua liteira. Nada nela desperta piedade. Quando lhe perguntamos sobre sua famosa reclusão, ela rejeitou a ideia com um gesto de mão. "Se vocês estão esperando outra Garbo", disse ela, "estão cantando na freguesia errada." Srta. Vincent, como ela insiste em ser chamada, até mesmo por sua irmã, ainda está na ativa e pronta para enfrentar outro dia. É uma demonstração de vivacidade que se torna mais clara quando nos sentamos com nossos drinques — refrigerante para nós e algo mais forte para ela — sob a luz rosada do pôr do sol, olhando para o vale que ela uma vez chamou de lar e hoje, bem-humorada, chama de prisão...

— Então, o que você acha?

Andie levantou os olhos do jornal e viu Simon olhando ansioso para ela. Haviam parado na livraria a caminho de casa, depois da escola, onde ela logo pegara o último exemplar da manhã do *Clarion*. Ao que tudo indicava, a notícia se espalhara e houve uma corrida atrás do jornal, numa proporção que não se via desde o escândalo que envolvera irmã Beatrice.

— Eu adorei — disse ela. — Mas não tenho tanta certeza se a Monica vai gostar.

Ela não ficaria nada satisfeita com a referência disfarçada ao seu alcoolismo e citações sobre tudo, desde ex-maridos e amantes até o triste estado atual da indústria cinematográfica.

— Ela pode me processar se quiser. Tenho tudo gravado. — Ele falou como se não se importasse, mas ela sabia que era só fachada. Estava ansioso, não tanto por Monica, mas para saber se seu artigo seria ou não usado por uma das grandes redes de jornais.

— Ô-ô, falando do diabo. — Ela cutucou Simon, que deu uma olhada por cima do ombro, os olhos se arregalando diante da visão de Monica entrando em sua cadeira de rodas. — Olha só para onde ela está vindo.

Monica, com uma blusa preta de gola rulê e calças pretas de tecido fino que lhe davam a aparência de uma aranha em sua teia, estava indo direto para a seção de jornais e revistas ao lado do caixa.

— Com certeza ela já foi informada — observou ele, sarcástico.

— Quais são as nossas chances de darmos o fora daqui sem que ela nos veja? — Andie perguntou baixinho.

— Uma em um milhão. — Ele não parecia preocupado. Então ela se lembrou: Simon adorava uma discussão.

Andie deu uma olhada ao redor. A loja estava quase deserta, a não ser por alguns clientes nos fundos. Ela observou Monica parar em frente ao caixa, quase bloqueando a passagem. Se eles tentassem sair agora, ela teria que ser tão cega quanto paralítica para não vê-los. Andie se encolheu atrás de uma estante de livros para não ser vista e puxou Simon consigo.

— Vi que vocês estão sem o *Clarion* — disse ela gentilmente a Myrna.

Andie deu uma espiada e viu Myrna McBride parar no meio de um recebimento. Com seu suéter tricotado à mão e saia de tweed, cachos louro-avermelhados que a faziam lembrar um porquinho-da-índia, Myrna tinha de brega o que Monica tinha de elegante.

— Sinto muito — disse ela. — Acabei de vender o último.

— Você vai receber mais? — perguntou Monica.

— Hoje não. A senhora poderia tentar a biblioteca.

— Eu já vi o jornal, obrigada. Eu queria um exemplar para mim. — Estava perdendo a paciência. — Você sabe onde eu poderia *comprá-lo*?

— A farmácia costuma vender, mas também estão sem.

Estava claro que Myrna já havia lidado com Monica no passado, e, além disso, ela não era do tipo de levar desaforo para casa. Quando ela e o marido, com quem dividira a administração da única outra livraria da cidade, se divorciaram, Myrna abrira a própria livraria concorrente, bem do outro lado da rua — apropriadamente chamada de A Última Palavra.

Simon saiu de trás da estante.

— Pode ficar com este.

Ele arrancou o jornal da mão de Andie e foi até onde estava Monica, entregando-o a ela com uma mesura. Meu Deus, de onde ele tirava aquela cara de pau? Se tivesse sido Andie a escrever aquele artigo, ela não seria capaz de olhá-la nos olhos.

Mas, se Monica estava furiosa, não deixou transparecer.

— Nossa, que galante! — Esticou os lábios num sorriso sedutor. — Pelo jeito, te pagaram em cópias. — Um lembrete não muito sutil de que o *Clarion* era um jornal de cidade pequena e não deveria ser confundido com as publicações nas quais ela costumava aparecer.

Simon encolheu os ombros, as mãos enfiadas nos bolsos das calças de algodão.

— Não estou no ramo por causa de dinheiro.

— Não me diga. É a caçada, a *caça*, que te seduz. — Um vestígio de desdém se fez sentir na voz dela. Ao mesmo tempo ela parecia estar se divertindo, como se fizesse troça de Simon.

Ele não se deixou abalar.

— Não importa. Só não vejo razão em ficar repetindo as mesmas baboseiras... a senhora sabe: Monica Vincent, a Lenda. As pessoas estão cansadas disso. Aposto que a senhora também está. Eu queria mostrar a senhora como uma pessoa de verdade. — Ele parecia tão sincero, com os cabelos castanhos caindo pela testa e os óculos escorregando pelo nariz, que Andie quase acreditou nele. Ela não ficou surpresa quando um sorriso se abriu lentamente no rosto de Monica.

— A garota da cidade pequena que ficou rica e famosa? — Dessa vez, não havia malícia em sua voz. — Você é mesmo corajoso, verdade seja dita. Quantos anos você disse mesmo que tinha?

— Dezesseis. — Um rubor lhe chegou às faces.

— Garanto que você está de olho nas universidades da Ivy League, um garoto esperto como você.

Simon desviou o olhar, ficando ainda mais ruborizado. Sem dúvida ele tinha notas e pontos suficientes para isso — nota A do início ao fim e pontos suficientes para entrar em qualquer faculdade —, mas sem uma bolsa integral ele não teria chances. Uma faculdade subsidiada pelo Estado era tudo o que sua mãe poderia pagar.

— Colúmbia e Stanford são as minhas primeiras escolhas — disse a ela.

Monica o olhou de forma especulativa. Uma expressão de genuíno interesse substituiu aquela outra, fabricada, que usava quando estava em público.

— Por acaso o diretor de admissões em Stanford é um velho amigo meu — disse ela.

Simon mostrou-se interessado.

— Sério?

— Eu poderia te recomendar. Por que você não passa lá em casa amanhã, mais ou menos a essa hora, e discutimos o assunto?

De repente, Simon ficou sem fala. Então se recompôs e gaguejou:

— Amanhã? Claro, seria ótimo.

— Ótimo, vou pedir a Anna para marcar na agenda.

Antes que ele pudesse dizer qualquer outra coisa, ela já estava indo para a porta, o sol vespertino batendo nas calotas de sua cadeira de rodas, dando-lhes a aparência de cata-ventos de luz.

Andie saiu de trás da estante. Olhou para Simon. Simon olhou para ela. Por bons trinta segundos, nenhum dos dois falou nada. Por fim, ela respirou fundo e disse:

— Não consigo acreditar.

— O quê? — Simon estava vestindo seu ar de inocente.

— Você ter caído nessa.

— Você não ouviu o que ela disse? Isso pode ser a minha chance.

— Ah, tá bem.

— Eu teria que ser louco para dizer não.

— Se você acha que é na sua *mente* que ela está interessada, não é tão esperto quanto eu imaginava.

Simon deu uma risadinha nervosa, como se soubesse que tinha sido pego no flagra.

— Cai na real. Ela deve ter a idade da minha mãe.

— Exceto que aposto que ela não se parece em nada com a sua mãe. — Ela não sabia. Ainda estava para conhecer a mãe dele. Mais um ponto nevrálgico.

— Calma aí, Andie, não faz assim. — Só quando ela passou pisando forte a caminho da porta é que ele pareceu perceber que estava mesmo falando sério. Ele correu para alcançá-la do lado de fora. — Escute aqui, isso é loucura. Ela vive numa *cadeira de rodas*, pelo amor de Deus.

— O que não a fez parar até agora.

— Você está sendo paranoica.

— Estou? Você prestou atenção na cara que ela fez?

— Que cara?

— Cara de gato que comeu o canário. — Ela saiu apressada pela arcada, desviando de uma mulher forte que equilibrava várias sacolas de compras e um pequinês, cuja coleira se enroscara no pé de um banco.

Ele apertou o passo para acompanhá-la.

— Está bem. Só como hipótese, vamos supor que ela *realmente* tenha sentido tesão por mim. O que te faz pensar que eu faria alguma coisa com relação a isso?

— Então você admite que ela tem tesão por você.

— Você está distorcendo as minhas palavras.

— Você acabou de dizer...

Simon a segurou pelo cotovelo e a virou para ele.

— Qual *é* o problema com você? Se é por causa da sua irmã, estou do seu lado. Tudo o que você tem a fazer é...

Andie o incendiou com o olhar, as lágrimas brotando em seus olhos.

— Não tem nada a ver com *isso*.

— Olha, eu entendo.

— Você não entende *nada*. — De repente, ela imaginou Simon pegando Monica em seus braços e a levando para o quarto, sussurrando: *Não se preocupe, eu tiro na hora*.

Ela se desvencilhou de seu toque e saiu apressada pela arcada. As pessoas foram ficando para trás num borrão, enquanto pequenos detalhes saltavam-lhe aos olhos como se fossem imagens congeladas: um sorvete derretendo e formando uma poça na calçada da Sorveteria Lickety Split, uma mãe puxando o braço do filho que choramingava. Na esquina, enquanto esperava que o sinal abrisse, ela viu uma mulher pesada, de meia-idade, com cabelos grisalhos encaracolados sobre as orelhas. Andie a reconheceu como a dra. Rosário, a obstetra de sua mãe que fizera o parto tanto dela quanto de Justin.

Aquele medo instalado num lugar recôndito de sua mente mais uma vez fez-se plenamente perceptível. E se estivesse grávida? Sua menstruação estava só um pouquinho atrasada, menos de uma semana, o que não era nada tão incomum, mas ainda assim...

Um bebê ferraria com tudo. Seria como a mãe e Claire... a história estaria se repetindo. Mas e se ela ficasse com o bebê? Por um lado, seria pior. Ela poderia se despedir da escola. Enquanto seus colegas, inclusive Simon, estivessem estudando, ela estaria presa em casa trocando fraldas. Apenas mais uma a aumentar a estatística de mães adolescentes.

Quando a dra. Rosário a viu e sorriu, Andie virou-se com um soluço e saiu correndo.

Capítulo Onze

— Mãe? — Claire estava sentada no chão com as pernas cruzadas e o telefone no ouvido. A sala de estar estava vazia, exceto pelas caixas empilhadas e encostadas na parede, pela caixa de ferramentas de Matt e um pedaço de carpete velho ao lado da porta.

— Claire, querida. Está tudo bem? — A voz ansiosa de Millie do outro lado da linha soava fraca e longe. Parecia que Claire estava ligando da Tasmânia.

— Está tudo bem. Só estou ligando para ver como...

— Você tem tudo o que precisa?

— Ainda não acabei de desembalar as coisas. A maior parte vai ficar dentro das caixas até que a reforma fique pronta. — Ela falava com uma alegria forçada. — Meu empreiteiro já fez alguns progressos. — Ela podia ouvir rangidos e pancadas assustadores à medida que Matt engatinhava no telhado logo acima.

Claire sentiu um nó no estômago. Aquilo era um tremendo de um risco. E se não desse certo? Mesmo assim, sair do emprego e se mudar para ali fora fácil em comparação a tentar fazer com que os pais entendessem. Não adiantava explicar: eles se recusavam a ver além dos próprios medos, deixando-a remoer sua culpa — culpa que subia e baixava como a maré, junto com ondas de dúvida e de autorrecriminação.

— Eu não sabia que você tinha telefone. — O tom de voz de Millie traía acusação.

— Ele acabou de ser instalado... há mais ou menos uma hora.

— Ah, achei que... deixa para lá.

Achou que eu estava na casa da Gerry. Típico de Millie imaginar o pior.

— Deixa eu te dar o número. Tem caneta por perto?

— Em algum lugar por aqui... — Claire ouviu o barulho de coisas batendo, enquanto a mãe tateava dentro de uma gaveta. Já houve época em que havia umas seis canetas à mão, mas andava meio esquecida ultimamente.

Claire aguardou o que parecia uma eternidade, enquanto a mãe procurava uma caneta e copiava o número.

— Assim que eu estiver completamente estabelecida, eu gostaria que você e o papai viessem me visitar.

— Ah, querida. Não sei não. — A voz vaga e hesitante de Millie, de alguma forma, foi pior do que uma recriminação. — O dr. Farland disse que é melhor eu evitar excessos.

Um pequeno alarme soou.

— Alguma razão em particular?

— Ah, você o conhece... ele é um pouco exagerado. Tenho certeza de que não é nada de mais, só uma dorzinha no peito.

— Dor no peito? — O alarme soava mais alto agora. — Por que você não me disse nada?

— Como eu disse, não deve ser nada. Além disso, eu não queria te preocupar. Você anda muito ocupada.

— Nunca estou ocupada demais para uma coisa importante como essa, mãe.

Seguiu-se um silêncio do outro lado da linha.

A maré subira mais um pouco, quase alcançando o nível de preamar.

Claire sentiu que contraía os músculos do maxilar. Sua dentista já lhe dissera que ela trincava os dentes quando dormia e recomendara que usasse uma placa de bruxismo durante a noite. *O que preciso mais do que isso é parar de me sentir como a vilã*, pensou.

— Mãe, olha, sei que você está chateada comigo — disse calmamente —, mas nada mudou. Ainda amo você e o papai. Isso não é uma troca. Eu só senti que precisava me dar o direito de tentar.

Millie suspirou.

— Eu sei, querida, você já nos disse.

— Eu só gostaria que houvesse uma forma de convencer vocês.

Outro longo silêncio se seguiu. Havia apenas uma coisa que ela poderia dizer e que satisfaria a mãe: *Foi tudo um erro lamentável. Estou indo para casa.*

Então Millie disse, cansada:

— É melhor eu desligar agora. Estou ouvindo o seu pai na cozinha. Você sabe como ele é enrolado. Mesmo que o que estiver procurando esteja bem debaixo do nariz dele.

— Lembra daquela vez que ele revirou a casa inteira procurando as chaves e acabou que elas estavam dentro do bolso dele? — Claire se agarrou ao fio que os unia através dos quilômetros de distância.

— Quando foi isso? Já perdi a conta. — Millie deu uma risada fraca e, por um momento, elas estavam unidas pela mesma história: todas aquelas lembranças, como as bugigangas no guarda-louças que o pai certamente estava remexendo agora, aparentemente sem utilidade e valor, até que alguém precisasse de alguma coisa. — Mas ele sempre se lembrou das coisas importantes. — Não havia nenhum toque de ironia em sua voz; Millie não era de ironias.

Claire fechou os olhos.

— Tchau, mãe. Mande um beijo para o papai.

— Vou mandar, querida. Você sabe que estamos aqui pensando em você.

Ela desligou se sentindo mais culpada do que nunca. Se a mãe não tivesse soado tão triste, Claire poderia ter ficado aborrecida. Em vez disso, sentiu-se como uma criminosa.

O que piorava tudo eram suas dúvidas. Ela poderia preparar um resumo de todos os motivos válidos para ter se mudado para ali, mas isso não era o mesmo que *saber* que estava agindo certo. O que havia feito, pela primeira vez em sua vida, fora simplesmente seguir o próprio coração — um coração tão desacostumado a correr riscos quanto um filhote de passarinho a alçar voo de seu ninho.

Até mesmo Byron, que sempre a apoiara, estava tendo problemas em aceitar. O que ela já havia previsto... e razão pela qual fora de carro até Palo Alto para conversar com ele tão logo sua oferta para comprar a casa fora aceita.

— Não dá para acreditar que só agora estou sabendo disso — disse-ra ele, incrédulo.

— Não havia nada definido até hoje.

— Mas você já estava com isso na cabeça.

— Bem, estava...

Eles estavam na cama. Ela esperara até eles acabarem de fazer amor, o que parecera uma boa ideia no momento, mas que acabou se transformando num erro, pois Byron se sentira enganado.

Ele se sentou na cama, passando a mão pelos cabelos.

— Meu Jesus, Claire, você faz ideia do que isso significa?

— Não foi uma decisão de momento — respondera, saindo debaixo das cobertas e se curvando à procura das roupas.

— Não há jeito da gente conseguir se virar só com o meu salário, não com essa droga de empréstimo que vou ter que pagar.

— Mas isso só vai acontecer daqui a dois anos — Claire o lembrara.

— O que vai mudar daqui a dois anos?

— Muita coisa pode acontecer.

— É, a gente pode estar ainda mais endividado.

Ela se empertigara, olhando séria para ele.

— Tudo o que estou querendo dizer é que quero parar de me sentir como se a minha vida estivesse ficando para depois.

— Quem disse isso?

— Eu disse, Byron. *Eu*. — Isso fora o mais perto que ela chegara de gritar com ele. — Detesto ser advogada. Estou de saco cheio de morar na mesma rua que os meus pais.

— A gente se muda, então. O meu tio quer que eu vá trabalhar com ele.

— É isso o que *você* quer? — Ela se lembrava dos dias em que Byron fazia troça do fato de seu tio Andrew, cirurgião-ortopedista famoso em Hillsborough, morar numa minimansão e dirigir um Jaguar, dizendo que preferia trabalhar numa clínica de cidade do interior e cuidar dos pobres. — Pensei que você queria ter o seu próprio consultório.

— Queria... quero. Mas ele acha que, primeiro, eu devia passar uns anos pegando experiência. E... bem. Acho que ele talvez tenha razão.

Ela estava vestindo a camiseta e, quando sua cabeça passou pelo decote, viu Byron sentado na beira da cama, os olhos verdes fixos nela, num misto de decepção e rebeldia.

— Por que só agora eu estou sabendo disso? — perguntara ela, repetindo as palavras que ele lhe dirigira ao ser informado da situação.

— Eu estava me preparando para te contar quando você soltou a *sua* bomba.

— Deixe-me ver se entendi direito. — Inspirara fundo e pausadamente. — Não está certo eu correr atrás do que *eu* quero, mas eu não deveria nem piscar para rearrumar toda a minha vida por *você*.

— Achei que era isso que você também queria.

Ele lhe parecera tão triste que ela mudou repentinamente de postura, deixando-se cair na cama e entrelaçando os braços nos dele.

— Desculpe, acho que estou um pouco emotiva. — Ela não precisava explicar; ele sabia como era o relacionamento dela com os pais. — Você tem razão... eu devia ter te contado antes.

— Se é isso mesmo que você quer — dissera ele, acariciando seus cabelos —, vamos arrumar um jeito de fazer dar certo.

O rosto querido de Byron passava agora por sua mente numa série de flashes em ordem temporal: o garotinho da casa ao lado atirando pedras em sua janela para chamar sua atenção; o adolescente desajeitado de dezesseis anos com quem ela havia dançado no baile de final de ano (e que mais tarde lhe segurara os cabelos enquanto ela vomitava o ponche que bebera em excesso); o jovem estudante de medicina que, orgulhoso, a vira receber seu diploma de direito. Byron sempre estivera ao seu lado e continuaria a estar nos dias e anos vindouros.

Claire correu os olhos pela sala, onde contemplava seu futuro como se o estivesse vendo pela primeira vez — o chão e as vigas de madeira maciça, portas e batentes pesados de carvalho. Kitty uma vez lhe dissera que não havia nada mais assustador para uma mulher do que assumir riscos sozinha: "A gente se casa com um homem que já teve passagem pela cadeia e dezesseis tatuagens no corpo, mas não pega emprestimozinho em banco", dissera em tom de brincadeira. Mas olha só como dera certo para ela: um negócio que ia de vento em popa, uma filha que adorava *e* o homem dos seus sonhos.

Ela ouviu passadas fortes na varanda, ergueu o olhar e viu uma silhueta grande sob a moldura da porta, delineada por um brilho dourado. Matt, de volta de sua expedição ao telhado.

— É melhor ter boas notícias — disse ela. — Do jeito que estão as coisas, vou falir antes de abrir.

Ele entrou, tendo a consideração de limpar as botas na sobra de carpete.

— Você vai precisar substituir as calhas, mas o telhado parece bem forte. Deverá aguentar mais alguns anos, pelo menos.

Ela respirou aliviada.

— Você me fez ganhar o dia.

— Não agradeça a mim, mas ao clima — disse ele. — Aqui chove apenas alguns meses por ano.

Ela olhou para fora da janela.

— E como fica tudo tão verde?

Ele apontou na direção dos picos nevados das montanhas, visíveis apenas a uma longa distância.

— Toda aquela neve tem que ir para algum lugar. Você já foi ao lago?

— Só passei de carro.

— Tem mais de quinhentos metros de profundidade — disse-lhe. — E também é mais frio do que o Polo Norte, mesmo no verão. O que é uma coisa para se levar em consideração na próxima vez que sentir vontade de dar um mergulho.

— Acho que não terei muito tempo para isso.

— Vai ficar ocupada demais assando bolos? — Ele acariciou o bigode, puxando suas extremidades como se para conter o riso. Por alguma razão, Matt parecia achar divertida a ideia de uma casa de chá.

— Não faça pouco caso dos meus bolos. Você ainda não sabe o que é bom até provar o meu bolo de chocolate.

— É assim que você se mantém tão magra? Engordando todos nós?

Matt não era gordo, apenas grande. Ele a fazia lembrar-se do gigante bonzinho do antigo programa *Capitão Canguru*. Mas ele não era o seu tipo. Tinha cabelos fartos demais e precisava aparar o bigode. E olha só as mãos dele: pareciam duas pás.

Ele deve ter percebido seu ar pensativo, porque, de repente, ela se deu conta de que ele a olhava. Claire ficou com as faces quentes e baixou os olhos. Havia um furinho num dos bolsos das calças jeans dele, onde ela percebeu o brilho de uma chave que queria sair.

Ela mal podia acreditar que o conhecia há apenas algumas semanas. Parecia muito mais. Talvez porque estivesse ali todos os dias, arrancando tábuas podres, fios velhos, engatinhando embaixo da casa à procura de carunchos e cupins (ao que parecia, ele não acreditava em relatórios de engenheiros). No dia anterior, havia se encontrado com um representante da fiscalização sanitária. Tudo teria que estar de acordo com o exigido se ela quisesse obter licença para trabalhar no ramo de alimentação.

— Eu costumava receber para engordar a carteira das pessoas — contou a ele.

— Só isso?

— Eu era advogada. Tecnicamente, ainda sou. Impostos e bens imobiliários, planejamento sucessório, esse tipo de coisa.

— Planejamento sucessório? É assim que estão chamando hoje em dia?

— Não olhe para mim... Não fui eu que inventei o termo. Uma das razões de eu ter abandonado a profissão foi ter ficado de saco cheio de toda essa pretensão.

— Advogada, hein? — Ele olhou para ela com renovado respeito, não por sua profissão, pois ela suspeitava que ele tinha uma visão bem obscura dos advogados, mas por sua coragem em chutar tudo para o alto. — Por que você nunca falou isso antes?

Claire levantou os ombros.

— Nunca me ocorreu.

Ela estava começando a se levantar do chão, quando Matt se inclinou com a mão estendida. Ela a segurou, sentindo seu calor áspero e os calos altos em toda a sua palma. Por uma fração de segundo ela era uma menininha de novo, sua mão de criança envolvida pela do pai, experimentando aquela mesma sensação de segurança, a certeza absoluta de que tudo estava certo no mundo.

— Aposto que você gostaria de uma cerveja — disse ela, lembrando-se de que fazia calor em cima do telhado. Quase no mesmo instante, lembrou-se também de que a geladeira antiga que viera junto com a casa fora para o lixo naquela manhã. A outra nova não seria entregue até o fim da tarde.

Matt encolheu os ombros.

— Tomo o que tiver.

Ela tirou duas garrafas de água Evian do saco de compras que estava no chão.

Ele abriu uma delas e tomou um gole. As dobras de seu pescoço estavam sujas de poeira por ter ficado engatinhando no telhado e seu pomo de adão sobressaía como uma maçaneta polida. Ele virou a garrafa, enxugando a boca com o dorso da mão.

— Obrigado. Era o que eu precisava.

Claire perguntou:

— Mais alguma coisa além das calhas?

— Uma casa de marimbondos. Mas já dei cabo dela.

— E não foi picado? — Ela ficou surpresa.

Ele bateu no bolso da camisa, onde um maço de cigarros fazia volume.

— Eu os expulsei com fumaça.

— Eu não sabia que você fumava.

— E não fumo. Parei no ano passado. — O que não explicava o maço de cigarros. Mas ela estava aprendendo que, com Matt, era melhor não fazer muitas perguntas; se você fosse paciente, ele acabaria dando voltas e mais voltas até responder ao que quer que quisesse saber.

— Vou me lembrar disso da próxima vez que me deparar com uma casa de marimbondos. — Claire tomou um gole de água e sorriu. — Estou pensando se funcionaria tão bem no sentido figurado.

— Sua família está causando problemas?

Ele certamente havia percebido, quando ela lhe apresentou Gerry como sua mãe biológica, que a família dela não era nada convencional.

— Digamos apenas que os meus pais não estão muito felizes comigo no momento. — Não sabia por que estava lhe contando isso. Talvez porque não tivesse mais ninguém com quem conversar. E Matt era bom ouvinte.

— Por quê? — perguntou.

— Eles não queriam que eu me mudasse.

— Todos temos que partir um dia.

Ela o viu caminhar até a janela, onde se debruçou no parapeito. O sol em suas costas lançou sua sombra em ângulo sobre as tábuas de carvalho gastas do chão.

— Como você se sentiria se fosse com os *seus* filhos? — perguntou ela, testando-o.

Matt tinha dois filhos. Uma menina e um menino. No dia em que se conheceram, após a excursão pela casa, ele puxou uma carteira tão gasta a ponto de parecer feita de raspas de madeira e tão deformada a ponto de ter a forma arredondada de seu traseiro, e surgiu com fotos de um menininho de mais ou menos oito anos, com os mesmos olhos castanhos do pai e cabelos ruivos, e uma menininha com marias-chiquinhas em tom castanho-escuro, que não devia ter mais do que cinco anos. A partir de então, ele às vezes os levava consigo, geralmente quando estava transportando algum material. As crianças sempre ficavam na caminhonete. Matt não gostava de vê-las perto de ferramentas afiadas, a não ser que estivesse de olho.

— Provavelmente não muito diferente da forma como me sinto agora. — Ele ficou com o olhar distante de repente e Claire lembrou-se de que ele era divorciado.

— Sinto muito. Deve ser difícil.

— Ei, poderia ser pior. Fico com eles duas noites por semana e nos domingos, e também durante seis semanas no verão. — Ele parecia estar repetindo as palavras de um advogado. — Minha ex-mulher e eu brigamos com relação a quase tudo, mas se tem uma coisa com a qual concordamos é que as crianças vêm em primeiro lugar. — Ele fez uma pausa, sentindo-se claramente desconfortável com o assunto. — E quanto a você? Algum ex-marido dentro do armário?

Ela balançou negativamente a cabeça.

— Apenas o namoro mais longo da história.

— Já marcaram a data?

— Ainda não. — Ela sentiu uma pontinha de apreensão diante da tranquilidade com que dissera isso. Claire costumava contar os dias para se casar e agora parecia não ter a menor pressa.

— Bem, seja lá quem for, ele é um cara de sorte.

Ela desviou o olhar, as faces ruborizadas. Será que Matt a estava paquerando? Se estivesse, a culpa seria toda dela. O que achava que estava fazendo contando todas aquelas coisas para ele?

Ela deu uma olhada no relógio.

— É melhor eu ir andando. Tenho uma reunião importante com um camarada que vende equipamentos usados para restaurantes.

— Eu também. Preciso pegar meus filhos na escola. — Ele se empertigou, colocou a garrafa vazia no parapeito da janela e enfiou a mão no bolso para pegar as chaves.

— Te vejo amanhã?

— Ao raiar do dia. — Ele fez um gesto como se levantasse um boné invisível da cabeça.

Claire o observou ir embora, um homem que mais parecia um urso com calças jeans e botas Timberland salpicadas de tinta. Ela imaginou se seus filhos sabiam como tinham sorte.

Ela e Byron haviam conversado sobre ter filhos, mas nunca muito a sério. "Teremos a média estatística de 2,2 filhos. Com um cachorro, arredondamos para três", Byron gostava de dizer. Ela sempre concordara com a brincadeira, mas, pela primeira vez, sentia uma pontada de dúvida, imaginando o que seria ser mãe.

De repente, dois anos lhe pareceram tempo demais.

Nas semanas seguintes, Matt e sua equipe trabalharam todos os dias, do amanhecer ao pôr do sol, substituindo portas e janelas, tirando azulejos e instalações velhas do banheiro, colocando uma pia nova na cozinha e instalando os eletrodomésticos — Claire gastara mais do que deveria com um freezer e geladeira de primeira qualidade, um fogão industrial de segunda mão e uma lava-louças adicional para dar conta de emergências. Ela se acostumara a ver caminhões e caminhonetes na entrada de carros e a ouvir o ruído de serras elétricas e batidas de martelo. Nunca se sentira tão exaurida, mas, ao mesmo tempo, tão animada. Quando surgiam dúvidas e preocupações, ela logo lançava mão de uma tática: nunca se deixava pegar de surpresa, estava sempre prevenida.

Tão logo a cozinha ofereceu condições mínimas de trabalho, ela começou a testar receitas: rosquinhas com cobertura de melado, receita da vovó Brewster, tortinhas de tangerina que aproveitariam a oferta de cítricos do vale e uma versão atualizada do bolo de chocolate com rum do famoso livro de receitas *Fannie Farmer*. Com Matt e sua equipe, ela não tinha problemas de escassez de cobaias dispostas a provar tudo: o problema era acompanhar a demanda. Matt lhe confidenciara, junto com uma piscada, que seu encanador, Billy Bremerton, dissera que até trabalharia de graça, desde que ela continuasse com o fornecimento de seus quitutes.

Justin também estava feliz em provar as delícias que Claire fazia. Cumprindo sua palavra, ele ia para lá de bicicleta após a escola e nos finais de semana. Quando vez por outra atrapalhava o serviço — incomodando Matt e os outros empregados com perguntas —, ela lhe pedia para varrer a entrada ou cortar a grama. A maior parte do tempo, gostava de sua companhia. Era bom ter um irmãozinho, embora ela não pudesse dizer o mesmo de Andie. Com ela, Claire se sentia da mesma forma que com os pais: como se estivesse pisando em ovos.

Mavis fora a mais bem-vinda de todas as surpresas. A senhora idosa que se movimentava com grande dificuldade quando elas se conheceram havia sido substituída por outra com energia para dar e vender. Talvez porque Mavis, finalmente, também estava fazendo algo que gostava. De qualquer forma, ela era uma enviada dos céus: forrando armários, arrumando prateleiras da cozinha e até mesmo lidando com a tarefa assustadora de organizar o arquivo de receitas de Claire. Também tinha inúmeras sugestões de como promover o Chá & Chamego.

— Você vai precisar de panfletos — disse ela, certa manhã, sentada em frente à velha máquina de costuras Singer que levara de sua casa para a cozinha de Claire (não havia por que comprar cortinas prontas quando o tecido era muito mais barato). — Alguma coisa bem atraente que chame a atenção das pessoas.

Claire pensou em suas reservas econômicas cada vez mais escassas com um sentimento próximo ao pânico.

— Acho que isso não consta do meu orçamento.

— E quem falou em dinheiro? — Mavis endireitou a postura, afastando uma mecha solta de cabelo. Estava usando um coque e pequenas mechas finas, da cor dos fios de cobre espalhados aos pedaços pela casa, esvoaçavam pelo seu rosto. — Minha amiga Lillian vai fazer o esboço de graça. Ela trabalhava com propaganda, portanto sabe o que fazer. Para falar a verdade, já conversei sobre isso com ela e ela disse que adoraria ajudar.

— Me sinto mal por não pagar.

— Bobagem. O que mais ela tem para fazer o dia inteiro? — Seus olhos azuis incisivos estavam fixos em Claire. — Tem uma coisa que você precisa entender se quiser fazer sucesso aqui: as pessoas *gostam* de se sentir úteis, principalmente as idosas. — Ela abanou o dedo, tão nodoso quanto um pedaço de corda velha, na direção da cristaleira que Claire estava pintando, uma antiguidade do mercado das pulgas. — Você esqueceu de pintar um pedaço.

Claire não pôde deixar de comparar Mavis com sua avó materna, Nana Schilling, mulher sisuda que era lembrada pelos seus suéteres que sempre chegavam no Natal e nos aniversários, invariavelmente num tamanho menor. Uma vez ao ano, Nana pegava o trem em Albuquerque. Sempre ficava exatamente duas semanas — nem um dia a mais ou a menos. E nesse período inspecionava as gavetas de Claire para se certificar de que tudo estava caprichosamente dobrado. Se percebia a falta de todos aqueles suéteres, jamais falara nada.

Ela sempre sentira mais afinidade com a avó paterna, vovó Brewster, que lhe serviu de primeira inspiração para a arte culinária. Claire sempre se lembrava da avó na cozinha, mexendo alguma coisa no fogão ou tirando um refratário do forno. Quando fazia bolos, a avó sempre a deixava lamber a tigela. Aquela era a única lembrança boa que tinha dela — essa e suas rosquinhas maravilhosas com cobertura de melado —, pois a avó tinha tendência a ser autoritária e rude.

Mavis nada tinha a ver com nenhuma delas. Tampouco era uma daquelas velhinhas doces que as agências de atores procuravam. Falava o que pensava e tinha opinião sobre tudo, desde a Igreja Católica até assuntos atuais no Congresso americano. Também tinha como lema viver o presente. Para ela, muitas viagens de volta ao passado não deixavam que se aproveitasse o aqui e agora.

Claire mergulhou o pincel na lata de tinta e pintou repetidas vezes a parte que faltava, enquanto Mavis voltava para suas costuras. Uma pilha ordenada de quadrados de tecido à espera de bainhas estava sobre uma mesa dobrável ao seu lado: guardanapos feitos do mesmo tecido que as cortinas.

— E para distribuir os panfletos — disse ela, elevando a voz acima do barulho ritmado da máquina de costura — temos uma arma secreta:

Justin. Quem iria desconfiar se ele enfiasse um folheto nos jornais que ficam na porta das casas por onde anda?

Claire olhou para ela tomada de admiração. Jamais teria pensado nisso sozinha. Pouco importava que Mavis estivesse ficando meio esquecida ultimamente; mesmo assim, ela parecia melhor do que muita gente.

Logo em seguida, Gerry chegou com Sam, que presenteou Claire com um ramo de narcisos embrulhado em jornal.

— Os primeiros da estação — disse ela, indo na direção do armário à procura de um vaso.

Claire ficou comovida. Pôs o pincel de lado e se levantou com as juntas estalando.

— Obrigada. É muita gentileza sua.

— Que nada. Eu exagerei um pouco nos cuidados com o jardim no outono passado e agora tudo está crescendo sem controle. Em poucos meses, quando as abobrinhas começarem a brotar, vocês não vão nem querer me ver. — Sam encontrou um jarro e o levou para a pia. Os canos velhos rangeram assim que ela abriu a torneira: mais uma coisa para fazer na lista de Matt.

— Não se preocupe, tenho uma ótima receita de pão de abobrinha — disse-lhe Claire.

Sam sorriu.

— Você vai precisar.

Claire secretamente imaginou que, se Sam fosse sua mãe, em vez de Gerry, teria sido uma combinação mais apropriada em alguns aspectos. Sam, que parecia ter saído de um catálogo de roupas femininas de tão elegante e afetada que era, foi caminhando até que Gerry fez alguma observação indecente que a fez dar uma risada — risada tão desenfreada quanto a de Gerry.

Gerry passou os dedos sobre os guardanapos que Mavis estava fazendo bainha: amarelo-vivo com estampa de morangos.

— Parece que você tem guardanapos suficientes para cobrir todos os colos da cidade.

— Vamos torcer para que eles sejam bastante usados. — Claire sentiu aquela tensão típica de preocupação com falta de dinheiro. Uma preocupação mais ou menos constante ultimamente.

— Não vai ser por falta de esforço. — Mavis apertou o pé no pedal da Singer, seu zunido furioso parecendo realçar suas palavras.

— O que me faz lembrar... — Gerry virou-se para Claire. Estava usando uma variação de sua indumentária de sempre: calças jeans, camiseta justa, sapatos tipo mule com solado de cortiça, nada que deixasse perceber que era uma ex-freira. — ... que falei com o Kevin. Ele pediu para te dizer que ele e o Darryl estarão aqui para a inauguração. Suas exatas palavras foram que estaria aqui com o maior prazer e pronto para ajudar — Gerry relanceou para Mavis —, e que não perderia isso por nada neste mundo. Ele quer saber também se você vai precisar de ajuda para alguma coisa.

— E deixar que ele mostre como sou amadora? De jeito nenhum. — Mesmo assim, Claire ficou agradecida pela oferta. — Diga a ele para não se preocupar... Kitty vai estar aqui comigo.

— Sua amiga Kitty, de quem você tanto fala? — Mavis estava louca para pôr fim ao assunto de Kevin e seu amante. — O que será que ela vai pensar de nós, meros mortais?

— Ela vai querer te sequestrar e levar para Miramonte para fazer guardanapos para *ela* — respondeu Claire, com uma risada.

Sam estava arrumando os narcisos no jarro quando parou de repente e levou a mão à barriga, dando um sorriso.

— O Júnior está agitado hoje.

— O que te faz pensar que é um menino? — Gerry foi até a fruteira em cima da pia, servindo-se de uma banana. Da sala da frente vinha o barulho do martelo de Matt.

— Só um palpite — disse ela. — Embora eu fique igualmente feliz com uma menina.

— Que pena que você não guardou todos aqueles vestidinhos da Alice — disse Gerry.

— Se eu tivesse guardado, eles estariam todos mofados. — Sam sentou-se na cadeira de frente para a antiga mesa de pinho que viera do sótão de Isla Verde: seu presente de boas-vindas para Claire. — Imagine só ter irmãs da idade de Laura e Alice. Vai ser como se tivesse *três* mães.

— Pode considerar quatro — disse Gerry.

Um silêncio se seguiu e Claire de repente sentiu como se todos os olhos tivessem se voltado para ela. Não que ela não tivesse perdoado Gerry. Havia perdoado quase totalmente. Mas ainda havia um vazio que jamais seria preenchido e frases impensadas como aquela apenas faziam esse vazio aumentar. Se Gerry queria ser mãe do filho de Sam, deveria se lembrar de que tinha mais de uma filha legítima.

Claire foi até a geladeira.

— Quem quer beber alguma coisa? Temos chá gelado e limonada.

Gerry correu para o armário onde ficavam os copos, como se estivesse ávida para ser útil.

Ela encheu os copos com gelo, enquanto Claire pegava as jarras de chá gelado e de limonada e fatiava o pão de banana que estava esfriando na bancada. Matt se uniu a elas na cozinha, totalmente deslocado e estabanado. Ao observá-lo, Claire precisou esforçar-se para não rir. Ele estava claramente fora do seu ambiente, no meio de todas aquelas mulheres falando sobre enxoval de bebê, amamentação e parto normal *versus* anestesia peridural. Ela não o culpou quando ele deu o fora o mais rápido que pôde, sem ser grosseiro.

Claire ficou mais tempo à mesa, enquanto Gerry e Sam lavavam a louça. O dia fora longo e ainda não havia acabado. Ainda havia muito a ser feito: caixas por abrir, coisas para arrumar e, no jardim, mato acumulado ao longo dos anos para arrancar. Quando Matt já estava a certa distância dali, ela começou a fazer pedidos por atacado. Kitty lhe dera uma lista de atacadistas de produtos que não necessitavam de refrigeração, mas ela precisaria de fornecedores locais para começar a produzir. Na semana anterior, dera uma volta pelas redondezas visitando vários pomares e plantações de frutas cítricas, falara também com o proprietário de uma granja que lhe prometera todos os ovos que ela precisasse.

— Parece que o seu jardim está precisando de um pouquinho de cuidado. — Sam, olhando para fora da janela, parecia ter lido seus pensamentos. — Eu mesma poderia fazer isso, mas minha médica me passaria a maior espinafração. — Ela se virou da janela com um sorriso otimista. — Mas isso não quer dizer que eu não possa esboçar um projeto. Vamos contratar um jovem cheio de energia para fazer o trabalho pesado.

Os olhos de Claire se encheram de lágrimas.

— Isso seria... — Ela não sabia o que dizer. Todos estavam sendo tão gentis, inclusive Gerry. — Não sei como te agradecer.

— Não seja boba. Você está *me* fazendo um favor. Para falar a verdade, estou ficando meio nervosa. — Sam acariciou a barriga sem perceber, dando aquele sorrisinho discreto, antes de falar sobre um incidente que acontecera em sua última consulta à médica. Parecia que sua ficha havia sido trocada pela de outra paciente que teria gêmeos. Ela quase desmaiou quando a enfermeira que estava à mesa olhou para ela e disse: "Presente dobrado, trabalho dobrado."

Quando os pratos e copos estavam secos e guardados, Sam saiu acompanhada por Mavis para dar uma olhada no jardim. A sós com Gerry, Claire sentiu um pouco daquele desconforto voltar. Se ela fosse qualquer outra pessoa, e não sua mãe, se elas tivessem se conhecido em outras circunstâncias, ela seria capaz de se livrar daquele sentimento, como um ossinho entalado na garganta, de que Gerry, apesar de todo o esforço para provar o contrário, preferiria que ela permanecesse em Miramonte.

— Sam tem o dedo mais verde do que qualquer outra pessoa que eu conheça. Já no jardim de infância, as sementes de abacate dela brotavam com mais folhas do que as das outras crianças. — Gerry estendeu o pano de prato no escorredor de louças, sorrindo ao se lembrar. — Um dia desses vou te levar a Isla Verde e te mostrar o jardim de lá. O único que se compara à sua beleza é o do Convento de Nossa Senhora de Wayside.

E que Claire ainda estava para conhecer. Já dera algumas pistas para Gerry de que gostaria de conhecer o convento, mas ela a dissuadira. Sem dúvida, não queria passar pelo constrangimento de ter que apresentá-la às freiras. Algumas das irmãs certamente já estavam lá quando Gerry era noviça e se lembrariam do motivo pelo qual ela fora embora. Por que arriscaria seu mundinho seguro por alguém que acabara de conhecer?

Mesmo eu sendo filha dela.

Ela observou o olhar de Gerry se voltar para a janela. Ela parecia perdida em seus pensamentos. Não, mais do que isso, parecia perturbada.

Claire sentiu-se impelida a perguntar:

— Algum problema?

Gerry virou-se da janela com um suspiro.

— Ainda não contei para ninguém, mas parece que vou perder o emprego. — Ela começou a explicar que era alguma coisa com relação à Casa Mãe da congregação achar que ela era uma má influência, o que não fazia muito sentido, dado o tempo que já trabalhava lá. Então disse alguma coisa que fez Claire pular: — Tem alguém por trás disso, e tenho a impressão de que é o seu pai.

Naquele primeiro momento de choque ela pensou em Lou, mas logo percebeu que Gerry se referia a padre Gallagher.

— Por que você acha isso? — perguntou ela. Não havia comentado nada sobre sua visita. Por um lado, ainda não sabia ao certo em quem confiar.

— O Kevin me disse que você foi vê-lo — contou-lhe Gerry.

Claire recostou-se com força na cadeira, a lembrança voltando rapidamente.

— Foi horrível. Ele negou tudo... exatamente como você disse que ele faria.

Gerry não parecia surpresa, apenas enojada.

— Aposto que ele te disse que eu havia imaginado tudo isso.

— Alguma coisa por aí. — Claire abaixou a cabeça de forma que Gerry não percebesse que ela tinha suas dúvidas, dúvidas que agora lhe pareciam bobas.

— Bem, ele sabe da verdade tanto quanto eu.

— Ainda não entendo — disse ela. — O que ele ganha com a sua demissão?

— Conheço a forma de ele agir... enterre a cabeça na areia que isso vai passar. Funcionou até o momento... até que você apareceu. Agora ele precisa esconder mais do que a cabeça. O que significa me tirar, tirar a *nós duas*, de cena.

— Mas você não ficou em cena esse tempo todo?

— Com certeza, e tudo correu muito bem enquanto guardei o nosso segredinho só para mim. Mas agora nada mais está valendo. Você deve tê-lo abalado muito. Se essa notícia se espalhar, a arquidiocese o mandará para a sua equivalente na Sibéria.

Isso ainda não fazia sentido para Claire.

— Mesmo que ele consiga fazer com que você seja demitida, isso não quer dizer que estará morta.

— Para ele, eu estaria. Na opinião dele, nada existe fora da Igreja.

— O que a impediria de ir a público?

Gerry esticou os lábios num sorriso desprovido de humor.

— Ele me conhece muito bem. Eu até poderia sentir vontade, mas desde que isso não significasse arrastar o nome da Igreja na lama. Apesar de todas as suas falhas, eu devo muito a ela.

Claire ficou parada, pensando no assunto. Nada disso era culpa dela; ela fora apenas a catalisadora. Mas Claire via agora que a relutância de Gerry em apresentá-la a público tinha raízes muito mais profundas do que o mero desejo de não se expor.

As marteladas na sala ao lado se reduziram a algumas batidas esporádicas e as vozes no quintal se tornaram mais distantes assim que Sam e Mavis fizeram a volta para ir até a frente da casa.

— Acho que terei que esperar para ver o que acontece — disse Gerry. — Embora Deus saiba que a paciência não é uma das minhas maiores virtudes.

Claire se sentiu culpada de repente.

— Se isso fizer alguma diferença, eu sinto muito. Eu devia ter perguntado a sua opinião antes.

Gerry balançou negativamente a cabeça.

— Você fez o que tinha de fazer. — Ela se virou rapidamente, pegando a bolsa que estava em cima da máquina de costura, mas não sem que antes Claire percebesse o brilho de lágrimas em seus olhos. — É melhor eu ver onde está a Sam. Se ela começar a atacar aquelas trepadeiras, a médica dela vai me matar, isso sem falar no Ian.

Claire a seguiu pela sala de estar, onde Matt estava tirando as medidas para aplicar um revestimento de lambri na parte inferior da parede, sugestão dele para que o lugar se parecesse mais com uma casa de chá e menos com uma residência. Ele estava agachado, de costas para ela, e ela não pôde deixar de notar as marcas de suor em sua camiseta que a fizeram se ajustar mais ao seu corpo, ressaltando-lhe os músculos.

Ela percebeu que tinha os olhos fixos nele e desviou o olhar. Qual o problema com ela?

Você está com saudades do Byron, é isso.

Elas estavam pondo os pés na varanda quando um carro estacionou — um Jaguar prata tão fora de contexto naquele bairro que Claire ficou de queixo caído. Um homem desceu do carro. Atlético, apesar de ligeiramente robusto, ele possuía uma elegância que combinava com o Jaguar. Seus cabelos ondulados, percebeu ela, tinham o mesmo tom prata do carro.

— Aubrey! — gritou Gerry, o rosto se iluminando. — O que você está fazendo aqui?

— Liguei para a sua casa e o Justin me disse onde te encontrar. — Ele parou no caminho, olhando para elas. Um homem de calças jeans e paletó azul-marinho de cashmere, com olhos castanho-escuros no rosto estreito e anguloso que nada tinha para ser bonito, mas de alguma forma era. Um homem que só poderia ser o namorado de Gerry, mas que ela teimava em considerar como *amigo*. — E achei também que esta seria uma boa oportunidade para conhecer a Claire. — Ele subiu para a varanda, oferecendo a bolsa de compras que trazia na mão, vermelho-vivo, com uma logomarca dourada discreta. — Isso é para você. Um pouco redundante, eu sei... mas não consegui pensar em nada diferente.

Dentro da sacola havia uma variedade de chás em latinhas reluzentes. Foi só Claire dar uma olhada rápida para saber que Aubrey havia pago uma pequena fortuna por elas.

— O meu cálice transborda. — Ela sorriu e estendeu a mão. — Você deve ser Aubrey. Ouvi falar muito a seu respeito. — Claire viu Aubrey erguer uma sobrancelha para Gerry, que foi rápida em acrescentar:

— O Justin te acha maravilhoso.

— O que é um grande elogio vindo dele. Esse menino é muito perspicaz. — Ele falava com um leve sotaque que ela não conseguia distinguir bem de onde. Da Inglaterra... ou será que era da França? Mais parecia uma mistura dos dois.

Claire podia compreender por que Justin gostava tanto dele, apesar do pouco contato que mantinham. Para alguém tão famoso, Aubrey nada tinha de arrogante.

— Você gostaria de entrar? — Ela fez um gesto na direção da casa.

— Infelizmente, terei que deixar para outra hora. — Ele deu uma olhada no relógio delicado e caro. — Preciso estar no aeroporto dentro de algumas horas.

— Aubrey tem mais milhas acumuladas do que poderá usar em dez vidas — disse Gerry, com uma risada. No fundo, porém, Claire detectou um leve vestígio de irritação.

— É só por uma noite, dessa vez. Vou inaugurar uma nova casa de concerto em Marin. — Ele se inclinou para dar um beijo nas faces de Gerry, no estilo continental. Quando se virou para Claire, ela viu o brilho em seus olhos. Ele estava tão claramente apaixonado por Gerry quanto ela por ele. — Estou feliz por termos tido a oportunidade de nos conhecer. Você é tão encantadora quanto Gerry falou. — Ele lhe tocou o cotovelo, sorrindo.

Sam e Mavis chegaram e ele acenou para elas de saída, gritando:

— Até mais, senhoras.

O olhar de Claire pousou nas tesouras de jardim na mão de Sam.

— Tentei fazê-la parar, mas ela não quis me ouvir. — Mavis fez um sinal com a mão para uma pilha de galhos cortados ao lado da garagem.

— Se você não tomar cuidado, *nós* é que vamos fazer o seu parto, em vez da Inez — bronqueou Gerry. Ela desceu os degraus e estendeu a mão, forçando Sam a lhe entregar as tesouras contrabandeadas que ela devia ter encontrado na garagem.

Claire ouviu o barulho de um motor e ergueu os olhos para ver o Jaguar arrancar pela rua.

— Bem, pelo menos você já o conheceu — Gerry falou alegremente, como se ele não fosse nada mais do que um vizinho que havia aparecido por ali.

Era óbvia a sua paixão por aquele homem. O que a fazia ficar tão tímida? Talvez por ser divorciada ou... Outro pensamento lhe passou pela cabeça: de que aquilo pudesse ter alguma coisa a ver com *ela*. O fato de tê-la abandonado deveria tê-la afetado tanto quanto afetara a ela própria. Enquanto ela crescia, na santa ignorância, Gerry ficara sozinha lutando contra seus demônios. Demônios que talvez a tenham levado a se casar inadvertidamente... e a desconfiar de uma coisa boa quando ela aparecia.

Claire percebeu que o telefone tocava dentro da casa. Estava se virando para entrar quando Matt enfiou a cabeça pela porta.

— É o seu pai. Ele parece meio preocupado.

Claire entrou correndo e pegou o telefone.

— Pai? O que foi? Está tudo...

O pai não a deixou terminar.

— Estou no hospital. É a sua mãe. O coração dela... — Ele deixou escapar um suspiro entrecortado. — Acho que é melhor você vir para cá.

Capítulo Doze

ias depois, quando teve a oportunidade de refletir, o que mais impressionara Gerry foi que ela não havia hesitado. Sequer parara para analisar os possíveis efeitos que sua atitude poderia surtir: na família de Claire e na sua própria, até mesmo no dia de trabalho que perderia num momento tão crucial. Uma olhada para o rosto pálido e tenso da filha e ela fez o que deveria ter feito anos atrás. Tomou uma atitude.

— Eu vou com você — dissera.

Mas Claire não estava ouvindo. Estava sentada no chão com o telefone no colo, o olhar parado à frente. Seu rosto tinha a cor da placa de gesso acartonado encostada na parede.

— Ela estava bem. Falei com ela hoje de manhã. Isso não teria acontecido se eu... — Claire fechou a boca, os lábios tão apertados que chegaram a tremer.

Gerry agachou-se de frente para ela, segurando-a gentilmente pelos ombros.

— Me ouça, Claire. As pessoas adoecem por uma série de razões. Ninguém tem culpa. E pode não ser tão sério quanto você está pensando. Não faz sentido algum ficar especulando até ir vê-la. Agora, por que você não arruma sua bolsa enquanto eu reservo um voo para nós duas?

Claire piscou, trazendo Gerry ao foco.

— Nós?

— É, *nós*. Você e eu.

Dessa vez era sério. Claire abriu a boca, espantada, como se Gerry tivesse sugerido que fossem apagar um incêndio na casa ao lado.

— O quê? Você enlouqueceu? Você não pode nem chegar *perto* dela.

— Eu devia ter feito isso semanas atrás. — Gerry levantou-se, o estalo em suas juntas como um lembrete de que estavam envelhecendo. — Me ver não pode ser pior do que ela imagina.

Ela e Claire haviam ficado mais próximas nas últimas semanas, mas não haveria proximidade que bastasse para preencher as lacunas de todos aqueles anos. Isso era uma coisa contra a qual ela teria de parar de lutar, algo que também deveria levar conforto para Millie Brewster: mesmo se Gerry quisesse tomar o seu lugar, jamais conseguiria.

— Eu não poderia fazer isso com ela. — Claire negava com a cabeça.

Ao se pôr de pé com dificuldade, Gerry percebeu que uma parte dos cabelos dela estava desalinhada e se lembrou de quando costumava pentear pacientemente os cabelos de Andie e lhe fazer tranças, uma parte de cada vez. *Se eu tivesse podido fazer o mesmo com a Claire*. Mas ela não era mais criança; era uma filha adulta precisando de mais do que carinho de mãe.

— Acho que é o melhor para todos nós — disse Gerry.

A sala ficara silenciosa e a luz do sol entrava em raios oblíquos que banhavam as tábuas empoeiradas do chão, cobertas por pegadas fantasmagóricas sobrepostas. Matt não estava onde pudesse ser visto, embora provas de seu trabalho estivessem por toda parte: no revestimento de lambri aplicado pela metade, nos batentes e molduras recém-raspados das portas e janelas, nas prateleiras presas na parede onde ficariam os mostruários. No chão, perto dos pés de Claire, estava a sacola vermelha que Aubrey havia trazido — Gerry reconheceu a logomarca da Celi Cela, uma loja cara de Santa Barbara que vendia artigos para gourmets. Chá para uma casa de chá, assim era Aubrey. Ela sorriu por dentro diante do reverso da sutileza de algo tão óbvio. Como a luva de agarrador de beisebol que outro dia chegara pelo correio para Justin: uma luva comum, como a de qualquer outro garoto, diferente apenas pelo fato de que nem ela nem Mike haviam pensado em substituir a antiga luva de Kevin que o filho vinha usando.

— Eu costumava achar que sabia o que a fazia feliz — disse Claire dando um suspiro. Um pouco de cor voltou ao seu rosto; agora ela parecia apenas cansada. — Achei que era o meu emprego que... preenchia as lacunas. Mas não consigo mais. Não sei se alguma vez cheguei a conseguir.

— Ah, minha querida, não é assim que funciona. Nós é que temos que preencher nossos vazios. — O coração de Gerry doía pelo da filha. Pois estava ficando cada vez mais claro para ela que o casal Brewster, por mais bem-intencionado que tivesse sido, nem sempre pensara nos interesses dela.

— É fácil para você falar. Você tem tanto. Minha mãe... — A urgência da situação subiu-lhe à mente e Claire olhou ao redor com um sentimento próximo do pânico. — Preciso ir. — De repente ela estava correndo pelo corredor. Minutos depois, apareceu com uma blusa limpa enfiada por dentro das calças jeans e uma bolsa de viagem pequena.

Gerry aproveitara o tempo para telefonar para sua agência de viagens e estava desligando o telefone quando Claire entrou.

— Reservei nossos lugares no voo das cinco e quarenta para San Francisco — disse ela, o tom de sua voz não deixando espaço para discussão. — Vamos no meu carro. — Sam poderia dar uma carona a Mavis até sua casa.

Claire hesitou, como se estivesse mortificada. Então pareceu chegar a uma decisão.

— Tudo bem, mas sob uma condição: você não vai chegar perto da minha mãe, a não ser que ela dê consentimento.

Gerry concordou:

— Aceito.

Em seguida, estavam indo para a varanda, onde Mavis e Sam conversavam nos degraus, alheias ao drama que se desenrolava. Gerry chamou Sam para um canto.

— Surgiu um imprevisto. Preciso pegar um avião para San Francisco com a Claire. Você poderia ficar com a Andie e o Justin esta noite? Te conto tudo quando eu voltar.

Sam lhe lançou um olhar curioso, mas tudo o que disse foi:

— Sem problemas. Passo na sua casa para pegá-los assim que deixar a sua mãe.

Gerry a abençoou em silêncio pelo simples fato de saber o que tinha de ser feito, um lembrete da razão pela qual continuavam amigas após tantos anos. Nunca havia muito alarde com Sam.

Pouco depois, conforme passavam pelas colinas, Gerry refletiu sobre o que teria pela frente. Por quase três décadas — quase metade de sua vida —, imaginara como seriam as pessoas que criavam sua filha. A única imagem que lhe vinha à mente naquelas noites insones em que rolava na cama, olhando para o teto com lágrimas secando em suas têmporas, era a da mãe e do pai dos personagens dos livrinhos infantis *Dick & Jane*: um casal comum, com roupas dos anos 50. Do tipo que ia regularmente à igreja, servia três refeições balanceadas e que tinha relações sexuais em vez de fazer amor. Eles nunca xingavam ou perdiam o controle, nem nunca excediam o limite de velocidade. Em suma, eram tudo o que ela não era.

Somente quando teve Andie é que percebeu que não se tratava de ser perfeita, que não tinha muita importância a frequência com que se ia à igreja, a quantidade de homens com que já havia dormido ou se sempre se dirigia dentro do limite de velocidade. A única coisa que importava de verdade era se você amava o seu filho. Todo o resto vinha em segundo lugar.

Elas chegaram ao aeroporto com quase uma hora de antecedência. Após terem feito o *check-in*, Claire insistiu em lhe pagar a passagem, o que Gerry acabou aceitando apenas por ser mais fácil do que ter de explicar que *ela* também precisava fazer aquilo. Dera àquelas pessoas a dádiva que era a sua filha, o mínimo que elas podiam fazer em troca era permitir que ela e Claire tivessem a chance de se conhecerem.

Meia hora após terem decolado, já estavam chegando a San Francisco. Elas se dirigiram para o balcão da locadora de veículos, onde havia uma fila enorme seguida por outra ainda maior para o ônibus intermunicipal. Já passava das seis quando as duas se viram na estrada, na hora do rush. Gerry tentou se lembrar da última vez em que estivera naquela região. Quando Kevin inaugurou o restaurante? Parecia que décadas haviam se passado desde então.

Seus pensamentos se voltaram para Aubrey. No aeroporto se vira com os olhos atentos, o pulso acelerado cada vez que um homem grisalho surgia ao longe, pouco importava que ele provavelmente estivesse em outro terminal. O fato de não tê-lo visto não era o que mais importava, mas o fato de *esperar* vê-lo. Durante meses ele ficara quietinho, enfiado em uma caixa, e agora estava do lado de fora, brincando com a vida dela. Tornando-se amigo de Justin e agora também de Claire. Até mesmo Laura a chamara num canto durante o casamento para lhe confessar que o achava o "par perfeito" para ela.

O que fazia daquilo tão perturbador era que Aubrey, diferentemente dos outros homens com quem ela saíra desde o divórcio, não tinha nenhum motivo para agir assim. Estava apenas sendo *gentil*. O que a preocupava mais do que se ele estivesse disposto a se casar com ela. Droga, por que ele não era um merda? Ou, pelo menos, um merda com algumas qualidades louváveis. *Isso* ela poderia compreender.

— Nunca vamos chegar lá nesse ritmo — disse Claire, preocupada.

— Se eu for mais rápido, vamos engolir o cano de descarga desse camarada aí na frente. — Gerry olhava para o Subaru azul-escuro que se arrastava na frente delas, como se ele fosse o motivo do engarrafamento.

— Pena que eu não roo as unhas. Pelo menos seria algo para fazer.

— O Justin estala as juntas dos dedos.

— Já percebi.

— O que me faz subir pelas paredes.

Claire deu um sorrisinho.

— Já percebi também.

— Você vai ver quando tiver os seus filhos.

— O que não vai acontecer durante um bom tempo.

Gerry percebeu certo tom de desejo em sua voz e perguntou como amiga:

— Qual a posição do seu namorado com relação a filhos? — O tráfego diminuíra até quase parar e ela reduziu a pressão no acelerador a tempo de não beijar o para-choque do Subaru.

— Ah, ele quer... um dia — disse Claire.

— Bem, pelo menos já é um início. A propósito, quando vou conhecer esse rapaz?

Claire olhava distraída pela janela.

— Logo, espero. É difícil para ele dar uma escapada.

— Ele virá para a inauguração, não virá?

— Ele disse que faria o possível.

Gerry sentiu que havia algo a mais do que a agenda apertada do namorado da filha, mas deixou para lá. Fosse o que fosse que estivesse acontecendo entre eles, Claire não precisava de sua intervenção. Pensou também em Matt. Não pôde deixar de perceber que ele e Claire haviam se tornado bons amigos. Será que ele estava dando trabalho ao namorado dela?

Ela ficou surpresa quando Claire acrescentou por livre e espontânea vontade:

— A verdade é que o Byron não está muito animado com toda essa história.

— Da casa de chá?

— Digamos apenas que não seria muito bom para ele se ela for um tremendo sucesso.

— E por quê?

Claire franziu a testa.

— Bem, em primeiro lugar, Carson Springs não é exatamente o lugar onde ele planeja abrir um consultório... e eu também não estaria com disposição para me mudar.

— Estão construindo um centro médico novo perto de Dos Palmas — disse-lhe Gerry. — Ouvi dizer que estão procurando médicos.

— É uma ideia. — Claire animou-se um pouco e voltou a olhar tristonha pela janela. — Seja como for, não temos dinheiro. Vamos encarar os fatos: mesmo que eu me saia bem, isso não quer dizer que vamos ver o Chá & Chamego entre as quinhentas melhores empresas da *Fortune*.

Gerry deu uma risada de quem sabia o que falava.

— O mesmo acontece com a Bendita Abelha. Só que acho que nenhuma de nós está nessa por dinheiro.

Gerry sentiu o estômago pesado só de pensar em irmã Clement, que havia chegado no início da semana. O que ela diria se soubesse de Claire?

— O Byron e eu vamos dar um jeito — disse Claire. — Sempre demos. — Suas palavras soaram mais como uma bravata do que como uma convicção.

— A prova de fogo vem depois que você se casa. — Gerry pensou no próprio casamento, que fora um choque brutal após os vinhos e as rosas do namoro. — Pode parecer estranho, mas às vezes acho que, se eu e o Mike tivéssemos morado em casas diferentes, ainda estaríamos juntos.

O nevoeiro chegava da baía em nuvens cinzentas e macias, envolvendo-as numa bruma espessa e escura e fazendo com que os carros à frente parecessem croquis feitos a lápis. Após um momento, Claire perguntou:

— Você teria se casado com o meu pai se ele tivesse pedido?

Gerry levantou os ombros.

— Digamos apenas que me sinto feliz por ele não ter pedido. Teria sido um desastre. O que *sei* mesmo é que eu não teria me casado com Mike se não fosse por causa do Jim.

— Por quê?

— Eu não conseguia ver nada além do fato de que ele queria filhos. E eu estava desesperada para ser mãe.

— Irônico, não é? — A voz de Claire estava desprovida de emoção.

Gerry sentiu alguma coisa se soltar dentro do peito, como se a roda dentada de uma engrenagem tivesse saído do lugar. Ela perguntou com brandura:

— Você acha que algum dia vai conseguir me perdoar?

— Não há nada para perdoar. — Claire lhe lançou um olhar frio.

— O que há então?

Claire hesitou por um momento, e então disse:

— Não se trata do que aconteceu naquela época. É que não consigo parar de pensar que você, *hoje*, tem vergonha de mim.

Gerry ficou tão chocada que quase bateu na traseira do carro da frente, sendo obrigada a afundar o pé no freio.

— Vergonha? Por que diabo você acha isso?

— Naquele primeiro final de semana, quando você não me apresentou às suas amigas, tive a sensação de que não queria que eu fosse uma letra escarlate estampada no seu peito, como símbolo do seu pecado.

Gerry se sentiu magoada por tamanha injustiça. Durante todo o tempo se segurara por achar que *Claire* é que poderia ficar sem jeito.

— Se você soubesse... — disse ela com a voz trêmula. — Eu teria gritado para meio mundo se achasse que... — Ela respirou fundo para se controlar. — Fiquei com medo de que, se eu pegasse muito pesado, você corresse para a direção oposta.

Claire estava olhando para ela de uma nova forma... pensativa e ponderada.

— Acho que estávamos as duas erradas. — Ela parecia estar lutando para manter as emoções sob controle. Decorrido um momento, apontou para uma placa logo à frente. — É a próxima saída.

Já estava bem escuro quando elas saíram da Rodovia 17 e pegaram a Pacific Coast, a estrada principal de acesso à cidade. Passaram por lojas para turistas, revendedoras de barcos e restaurantes com nomes tipo Âncora Enferrujada e Ninho da Gralha. Gerry achou Miramonte quase do mesmo jeito de que se lembrava, a não ser pelas casas mais novas e alguns condomínios agora intercalados com as casas mais antigas à beira da praia.

O hospital dominicano ficava no extremo sul da cidade: um prédio moderno de vidro e concreto, com uma cruz de aço acima do letreiro luminoso na fachada. Gerry entrou no estacionamento e viu que ele estava cheio, as únicas vagas disponíveis eram as reservadas aos funcionários. Ela deu várias voltas, até que enfiou o carro, um Taurus alugado, na vaga reservada à diretoria.

— Se formos rebocadas — disse ela —, vamos sair com estilo, como se nada tivesse acontecido.

Claire parecia prestes a protestar, mas nada disse.

Elas seguiram pelo caminho ladeado de juníperos até a entrada principal, onde empurraram as pesadas portas de vidro que davam para a recepção. Paredes de vidro se erguiam do chão ao teto com aquecimento solar, o que, àquela hora, dava ao local um aspecto cavernoso. Do outro lado, ficava o balcão da recepção, ladeado por fileiras de cadeiras. Claire correu para lá, voltando momentos depois com o olhar arrasado.

— Ela está na Unidade Coronariana.

— Vá até lá. Eu espero aqui — disse-lhe Gerry.

Claire lhe lançou um olhar agradecido e saiu correndo para os elevadores, deixando Gerry imaginar se essa se tornaria uma viagem perdida. *Não*, pensou. Independentemente do que pudesse acontecer, tivera a oportunidade de esclarecer uma dúvida da filha — um mal-entendido que, se não tivesse sido corrigido a tempo, teria tido consequências muito piores do que qualquer coisa que o casal Brewster pudesse bolar. Conforme ia para a sala de espera, ela recitou uma oração de graças. Deus realmente escrevia certo por linhas tortas.

Ela encontrou um lugar vazio e tirou o celular da bolsa, digitando o número de Sam.

— Alô? — Sam parecia distraída.

— Como estão as coisas?

— Tudo bem. Acabamos de jantar. Escuta, Gerry...

— As crianças estão se comportando?

— O Justin está um anjo. Mas...

— Andie?

— Ela não está aqui.

Pela agitação em sua voz, Gerry percebeu que Andie não havia saído com Simon ou Finch. Ela sentiu o coração ficar pesado.

— Como assim? Onde ela está?

— Na casa do pai. Acabei de falar com o Mike por telefone.

— Não há nada errado, há? — Gerry se esforçou para manter a calma.

Seguiu-se um momento de silêncio, um momento solitário, nada mais, porém o suficiente para Gerry sentir o mundo começar a ruir.

— Segundo o Mike, ela quer ficar com ele. Definitivamente.

Gerry apertou a borda da cadeira em que estava sentada.

— Você tem certeza de que ele não falou isso por falar?

— Acho que não. Ela estava em casa quando fui lá para pegar os dois. Ficou muito aborrecida quando eu disse para onde você tinha ido. — A voz de Sam estava abafada, como se estivesse protegendo o telefone com a mão em concha.

— Ah, meu Deus, não achei que... — Gerry sentiu-se enjoada. Ficara tão ocupada pondo a culpa em Andie pelo que acontecera no casamento de Laura que não vira isso acontecendo. Por que não pudera dar à filha o benefício da dúvida?

— Não é tarde demais — disse Sam. — Se você conversar com ela...

A cabeça de Gerry começou a girar. Desde quando aquilo passara a ser decisão de Andie? Não era *ela* quem deveria estar no comando? Tentou se lembrar da última vez que elas tinham tido uma conversa de mãe para filha. Há dias? Semanas? Meses? Não conseguia se lembrar.

— Você pode colocar o Justin na linha? — Ela morreria se não conseguisse falar com pelo menos um dos filhos.

Falou rapidamente com ele, que parecia alheio a tudo o que estava acontecendo com a irmã. Diante da oportunidade de louvar seu herói, Justin estava encantado em poder passar algum tempo com Ian. Ouvir o filho falar todo animado foi como água morna tirando o sal de sua ferida.

Ser mãe era estar em processo ininterrupto de triagem, pensou ela. Você era constantemente forçada a escolher distribuir abraços, beijos e o seu tempo particular e precioso ao filho que estivesse com mais necessidade, fosse no momento que fosse. O que queria dizer que alguém sempre se sentiria deixado de lado. E o que se deveria dizer ao *outro* filho? Que a vida não era justa e quanto mais cedo ele percebesse isso, melhor?

Uma hora se passou. Ela folheava revistas antigas e, vez por outra, dava uma espiada na televisão, onde legendas corriam na base da tela em substituição ao som. Estava passando o noticiário e ela assistiu apenas tempo suficiente para ter uma noção geral do que acontecia: tiroteio policial, protestos. Ataques de terroristas do Oriente Médio. Quando já estava perdendo as esperanças de ver Claire voltar, viu-a saindo do elevador. Gerry mal a reconheceu. Ela parecia ter envelhecido uns dez anos. Tinha a cabeça baixa, os ombros tensos e proeminentes, o andar tão acautelado e pesado, como se estivesse carregando um grande peso nas costas.

Gerry foi se encontrar com ela.

— Como ela está?

Claire parecia surpresa por ainda encontrá-la ali, então, recuperando-se, disse em seguida:

— Não é tão sério quanto eles pensaram de início. — *O que ninguém diria ao olhar para você*, pensou Gerry. — O primeiro diagnóstico é de angina. O médico quer que ela faça mais exames e, se tudo sair como o esperado, poderá ir para casa amanhã.

— Você deve estar aliviada.

Se estava, isso nada fizera para diminuir o peso que ela carregava.

— Eu disse a ela que você estava aqui.

— E?

— Demorei para convencê-la, mas ela acabou concordando em te ver.

O coração de Gerry se comoveu.

— Não vou demorar. Imagino como ela deve estar cansada.

Como única resposta, Claire deu um sorriso triste, como se dissesse que não haveria como Gerry piorar as coisas.

Ao subirem no elevador, Gerry imaginou Millie Brewster se preparando para sua visitante indesejável da forma como se prepararia para o resultado de seu eletrocardiograma. Ela sorriu diante da ironia dos fatos. Anos atrás, fora *ela* quem se consumira de ciúme. Agora, estava por conta dela acalmar os temores de Millie.

A Unidade Coronariana ficava no terceiro andar, logo depois da enfermaria. Tinha quatro leitos, cada um separado por uma cortina, e monitores com luzinhas piscantes em número suficiente para iluminar o quarto sem o auxílio das lâmpadas fluorescentes. Millie Brewster estava no leito mais próximo da porta: uma mulher de cabelos grisalhos tão pequena e frágil que mal pesava no colchão. Estava imóvel, os olhos fechados, a mão ligada ao soro repousando pálida e sem peso no peito.

A linha no monitor que ficava no alto movia-se em ondas uniformes.

O pai de Claire estava na cadeira ao lado da cama, homem grande e careca, no limite de ser considerado obeso. Tinha o olhar parado à frente, perdido em seus pensamentos, mas foi tomado de assalto quando elas se aproximaram, um alerta momentâneo animou seu rosto triste e derrotado. Ele olhou para Claire e Gerry, seu olhar se demorando um segundo a mais do que permitia a educação.

— Ela acabou de adormecer — sussurrou ele.

Gerry sentiu necessidade de sair correndo dali. O que esperava conseguir?

— Posso voltar mais tarde, se o senhor quiser. — Ela manteve a voz baixa, não querendo acordar Millie.

Mas Millie se mexeu, os olhos se abriram, trêmulos, pequenos e ansiosos. Ela encarou Gerry, esperando que ela tomasse a iniciativa.

Gerry tocou-lhe a mão. Não viu necessidade de apresentações.

— A Claire me disse que a senhora vai ficar bem.

— É o que eles dizem. — A voz de Millie era um grunhido áspero e baixo, o rosto pálido como cera. Se Gerry já não soubesse da situação, acharia que a mulher estava à beira da morte.

Lou deu um tapinha no ombro da mulher.

— Você vai se sentir melhor quando estiver na sua cama.

— Minha mãe sempre diz que hospital não é lugar para pessoas doentes. — A tentativa ineficaz de Gerry de tentar aliviar o desconforto não surtiu efeito algum. Millie olhou inexpressiva para ela, que tentou outra postura: — Sinto muito. Talvez essa seja a pior hora possível, mas a Claire estava tão triste... — Ela hesitou, o pânico se estabelecendo.

Mas as palavras vieram sem dificuldade. — Estou feliz por finalmente termos a oportunidade de nos conhecer. Quero que a senhora saiba como lhe sou grata. A senhora fez um excelente trabalho criando a Claire.

Notoriamente não era isso o que Millie estava esperando ouvir.

— Não preciso que a *senhora* venha me dizer isso.

— Mãe... — Claire deu um passo à frente.

Gerry estendeu a mão.

— Não, tudo bem. — Ela voltou a olhar para Millie. — Não estou tentando tomar o seu lugar, sra. Brewster. Não conseguiria mesmo que tentasse. Tudo o que quero é ter participação na vida dela.

Millie franziu o rosto, um nó apertado e cinza contra o travesseiro.

— Bem, você deu o seu jeito, não deu?

— Mãe. A decisão foi *minha*. — Claire parecia abalada.

O olhar de Millie pousou na filha. A expressão zangada desapareceu, sendo substituída por uma ternura quase insuportável.

— Ah, querida, não estou te culpando. Se há alguém para culpar, esse alguém sou eu. — Sua voz estava fraca e ligeiramente trêmula. — Sei que nós interferimos na sua vida mais do que deveríamos. É como se você... nos completasse.

Ela afundou no travesseiro como se estivesse extremamente cansada. Claire ficou olhando para a mãe, os braços inertes ao lado do corpo, os olhos se enchendo de lágrimas. No monitor acima da cama, a tela de LCD mostrava uma variação leve, porém perceptível.

— Não era isso o que eu queria. — A voz de Claire estava fraca e triste. Gerry não sabia se ela se referia ao amor excessivo dos pais... ou à recusa dela em aceitar não como resposta.

— Eu sei, querida. Eu sei. — Lou passou o braço pelos ombros da filha.

Claire lhe lançou um olhar sério.

— Quero que você e a mamãe vão me visitar.

— Nós iremos — disse ele, cansado. — Assim que sua mãe estiver de pé.

Gerry limpou a garganta, que ficou apertada de repente.

— Espero que vocês consigam ir para a inauguração. Eu adoraria que conhecessem a minha família.

Lou virou-se para ela.

— A Claire nos disse que a senhora tem filhos seus. — Ele corou como se percebesse como suas palavras tinham soado... como se Claire também não fosse filha dela.

— Dois, um menino e uma menina — disse-lhe Gerry. Ela sentiu uma pontada de dor ao pensar em Andie. — Meu filho acha a Claire o máximo.

Lou deu uma risadinha.

— Nós também. — Ele lançou um olhar de grande admiração para a filha. — Entre outras coisas, sentimos falta da comida dela.

— Quanto a mim, não sou grande cozinheira. — Gerry agarrou-se à oportunidade de mudar de assunto... qualquer coisa que a livrasse daqueles olhos que a encaravam como as luzes contínuas do monitor. — Salada de batatas é tudo o que sei fazer sem me atrapalhar.

— Preparo a minha com creme de leite azedo. Dá um sabor bom — disse Millie.

Gerry conteve um sorriso.

— O meu segredo é creme de leite pronto.

O rosto de Millie relaxou um pouco e Gerry viu como ela deveria ter sido na juventude, como as pessoas deveriam ter visto uma semelhança entre ela e Claire. Ambas tinham constituição delicada, eram claras e mostravam o mesmo ar pensativo. Millie soltou um longo suspiro.

— Estou um pouco cansada — disse para ninguém em particular.

Gerry entendeu a indireta.

— É melhor eu deixar a senhora descansar — disse ela, afastando-se da cama.

Lou puxou gentilmente o cobertor até os ombros da esposa antes de se virar para Claire.

— Por que você não pega alguma coisa para comer, querida? Ainda estarei aqui quando você voltar.

— Foi um prazer conhecê-lo, sr. Brewster. — Gerry estendeu a mão.

— Lou. Pode me chamar de Lou. — Ele lhe apertou de leve a mão, seus olhos se encontrando brevemente com os dela antes de olharem para outra direção. — O prazer também foi meu.

— Posso te trazer alguma coisa? — perguntou Claire.

— Eu aceitaria uma xícara de café.

Claire o beijou no rosto.

— Volto num minuto.

Gerry foi com ela pelo corredor. Constantemente iluminado pelas lâmpadas brancas fluorescentes, ele a fez lembrar de uma espaçonave, as enfermeiras, os médicos e os auxiliares que passavam atarefados pareciam extraterrestres à procura do verdadeiro significado da vida na Terra. Ela percebeu como estava com fome... faminta, na verdade. Até mesmo a comida do hospital teria um sabor bom naquele momento.

Elas pegaram o elevador até o mezanino, onde a cafeteria ocupava o balcão do outro lado da loja de presentes e da floricultura. Elas levaram as bandejas até uma mesa ao lado da balaustrada, de onde se tinha vista panorâmica da recepção. Ali perto, um homem com cabelos ralos e grisalhos curvava-se sobre um prato de sopa e, várias mesas adiante, um grupo de enfermeiras estava concentrado numa conversa animada.

— Peço desculpas pela minha mãe — disse Claire.

— Não peça. — Ela sabia que Millie não agira por maldade; estava assustada, isso era tudo. E velha. Gerry não estava preparada para a aparência idosa deles, mais de avós. — Eles parecem boas pessoas.

— Estão tentando ajudar. — Claire olhava para a bandeja sem fazer qualquer movimento para pegar os talheres. Um filete pálido de vapor que saía do copinho de chá acariciava a curva delicada de sua face.

— Está na cara que eles te amam.

Claire levantou a cabeça, a boca se torcendo num sorriso doloroso.

— Às vezes até demais.

Gerry sentiu vontade de dizer: *Eu também te amo*, mas aquela não era hora nem lugar. Em vez disso, perguntou:

— Você vai ficar muito tempo aqui?

— Se Deus quiser, não mais do que alguns dias. Vou ficar na casa da Kitty. Ela disse que você também é bem-vinda se quiser passar a noite lá.

Gerry negou com a cabeça.

— É melhor eu voltar.

Claire deu uma garfada sem vontade no purê de batatas que estava em seu prato.

— Você daria uma olhada nas coisas durante a minha ausência? Diga ao Matt... — Ela ergueu o olhar, as faces ficando rosadas. — Diga a ele que vou voltar.

— Eu direi.

Gerry comeu metade do sanduíche, embrulhando o restante para levar consigo. Claire, percebeu ela, mal tocara na comida.

— Você não terá problemas para pegar um voo — disse ela. — Não a essa hora.

Gerry apenas assentiu com a cabeça. Claire não precisava saber que ela tinha outros planos. A ideia lhe ocorrera durante a espera interminável no andar térreo. Deus a levara até ali por uma razão, concluíra. Não apenas para dar conforto a Claire ou forçar o casal Brewster a conhecê-la, mas para cuidar de um assunto seu que ficara sem solução. Estava na hora, pensou, de fazer uma visitinha a alguém que ficaria ainda menos feliz em vê-la do que Millie Brewster, alguém do passado que tinha a chave do seu futuro.

Era meia-noite quando ela chegou a San Francisco. Enquanto seguia para o norte, reservara um quarto no Hilton e, quando deu entrada no hotel, encontrava-se mais do que exausta. Pegou no sono tão logo encostou a cabeça no travesseiro.

Gerry acordou e viu que a luz do sol se filtrava pelas cortinas transparentes de náilon. Sentou-se sobressaltada, franzindo os olhos para o relógio digital na mesa de cabeceira. Nove e meia. Como conseguira dormir até tão tarde? Saiu apressada da cama e abriu o chuveiro. Às dez e meia, já se vestira, fechara a conta do hotel e entrara no carro.

Pouco depois, estava estacionando em frente à casa vitoriana de padre Gallagher na Turk Street. Sua batida à porta foi atendida por uma mulher grandalhona e grisalha, que lhe informou:

— Ele acabou de sair.

— Ah, meu Deus. — Gerry sorriu tentando ganhar simpatia, esticando o suéter no corpo de forma que a blusa amassada do dia anterior não aparecesse. — Eu devia ter ligado antes. Achei que... bem, estou de passagem. Sou uma velha amiga.

A mulher a olhou de alto a baixo, mas estava aparentemente satisfeita por ela estar falando a verdade.

— Ele ouve confissões nas quintas e sextas. — Deu a Gerry indicações de como chegar à igreja.

Enquanto dirigia à procura do local, seu coração batia acelerado e ela se sentiu enjoada. O que diria a ele? Mais importante, o que ele diria a *ela*? Uma coisa era mentir para Claire, mas Gerry já o conhecia. Dessa vez, não o deixaria fugir do assunto.

A Igreja de São Tomás de Aquino era um prédio quadrado e sem atrativos no meio de um quarteirão todo pichado, entre uma lavanderia e um mercadinho vinte e quatro horas. O estado precário do lugar pareceu-lhe estranho até que ela se lembrou de que Jim sempre escolhera a humildade como o meio para determinado fim. O que claramente dera certo. Segundo boatos, ele era um dos assistentes mais próximos do arcebispo.

Ela abriu a porta de madeira, fazendo uma pausa no vestíbulo para os olhos se ajustarem à pouca luz. No altar-mor, cujo ar viciado se assemelhava ao de um baú de cedro no qual se guardavam roupas de inverno, raios pálidos de sol brilhavam vindo das janelas altas e recuadas que no passado deveriam ter sido vitrais, mas agora eram vidros reforçados. Havia meia dúzia de fiéis espalhados pelos bancos, mulheres idosas em sua maioria, as cabeças baixas, em oração. Gerry foi até o banco onde ficavam as velas votivas. Apenas umas poucas tremeluziam quase sem força em seus castiçais de vidro vermelho-rubi. Ela depositou uma moeda na caixa de doações antes de acender uma vela.

Gerry percebeu um movimento pelo canto dos olhos e virou-se. Alguém estava saindo do confessionário — uma senhora idosa, curvada, quase dobrada pela metade, por causa de artrite. Ela a viu arrastar os pés até o banco mais próximo, onde se sentou devagar, segurando-se no banco da frente.

Antes que pudesse desistir, por conta do nervosismo, Gerry precipitou-se e puxou para o lado a cortina pesada de veludo. Ali dentro, ajoelhou-se no genuflexório acolchoado. *Perdoe-me, Pai, pois eu pequei...* Ela quase cedeu à declamação familiar, até perceber como isso seria ridículo diante das circunstâncias.

Podia ver uma silhueta escura através da grade e ouviu o som fraco e estável de sua respiração. Após um momento, uma voz instigou-a a falar:

— Sim, minha filha?

— Sou eu — sussurrou ela. — Gerry.

Ela percebeu uma agitação repentina; então, num murmúrio rouco, ele perguntou:

— O que você quer? — Pelo temor em sua voz, qualquer um que estivesse à espreita, ouvindo a conversa, acharia que se tratava de um assalto.

— Acho que você sabe.

Isso era pecado, o que estava fazendo, mas ela não se importou. E foi ficando empolgada.

— Pelo amor de Deus...

— Seu idiota. Ela não estava te pedindo nada. Tudo o que queria era a verdade.

— Isso... isso é uma afronta. — A voz dele se elevou até um ganido alto: — Você não tem um mínimo de decência?

— Decência? Com que coragem você vem falar comigo sobre decência? — Ela chegou tão perto que sua boca estava quase tocando a grade. — Diga a verdade, Jim: enquanto você varria toda a sujeira para baixo do tapete, algum dia parou para pensar em mim? Ou na sua filha?

Uma lembrança veio à tona: Jim estendendo a mão em concha para lhe pegar o seio, como se levando a mão a uma chama, a expressão em seu rosto similar àquela dos mártires... uma mistura de medo e excitação que parecia pairar no limiar da loucura.

Ela fechou os olhos, vendo-o nu, seu corpo pálido como o de uma estátua. Uma vez em seus braços, ele se desmanchara em suor, não apenas por fazer amor com ela como por *consumi-la*. Talvez porque ele tenha sido seu primeiro homem, ou porque aquilo fosse proibido, ela pressentira então o que hoje tinha certeza: ninguém jamais faria amor com ela daquela forma. Por conta de toda aquela paixão, no fundo ela sentira medo, como se não soubesse se sairia viva.

Agora, na proximidade do confessionário, ela percebeu o cheiro dele, o mesmo odor de um animal encurralado. Ele sussurrou:

— *Vá embora daqui.*

— Irei depois que tiver acabado. — Sentia-se estranhamente purificada... mais do que se tivesse se confessado. Deveria ter feito isso anos atrás. — Ah, sim, também sou responsável. Não nego. E já paguei o meu preço. Só que não serei punida de novo.

— O que você quer? — repetiu ele. Por uma única vez ele parecia derrotado... e velho, muito mais velho do que a idade que tinha.

— Que você me deixe em paz, ou... — Ou o quê? Iria falar com o arcebispo? De que adiantaria? Isso poderia arruiná-lo, mas não a impediria de ser demitida. — Ou você vai se arrepender de ter me conhecido. — Gerry concluiu a frase de uma forma um pouco menos enfática do que pretendia.

— Não sei do que você está falando — insistiu ele.

— Devo achar que é pura coincidência a Casa Mãe estar bisbilhotando o convento? — Ela deu uma risada irônica. — Se fui idiota uma vez, não sou mais.

— Você atribui poderes demais a mim.

— É exatamente o oposto... eu sempre te subestimei.

Sua silhueta sombria assomou, tornando-se algo monstruoso.

— Se eu quisesse que você fosse demitida, teria feito isso anos atrás!

— Quem foi que falou alguma coisa em relação a eu ser demitida?

Um breve momento de hesitação se seguiu. Ele percebeu que tinha se entregado. Mesmo assim, continuou com o jogo.

— É uma suposição natural.

— Como a sua de achar que o nosso segredinho ficaria guardado para sempre?

— Foi... foi... foi um erro. Eu jamais tive a intenção de...

— De trepar comigo? Ou de me engravidar? — Quase trinta anos com a boca fechada não haviam feito sua raiva diminuir, mas o oposto: ela ficara tão imensa que não cabia mais em si. — Acho que o arcebispo vai achar meio difícil acreditar que uma moça virgem de dezenove anos abusou de você.

— *Arreda, Satanás!* — Por um momento, ela temeu que ele tivesse enlouquecido, então, naquele mesmo tom, ele continuou: — A culpa foi *sua*. Você... você... me tentou. — Ele se descontrolou, soltando um murmúrio abafado seguido por um resmungo incoerente que após alguns instantes ela reconheceu como o Ato de Contrição: *Oh, Senhor, eu me arrependo de todo coração de Vos ter ofendido...*

Gerry se permitiu dar um sorriso desolado. Quando era pequena, achava que era “de tolo” coração, o que seria mais apropriado no caso em questão. Ela abriu a boca para dizer que ele não tinha nada que pedir perdão a Deus quando ainda havia contas a ajustar com ela, mas ele claramente não a entenderia. Não ouviria nada do que ela tinha a dizer.

Ela se levantou em silêncio, abriu a cortina e viu um rosto alarmado, os olhos espantados fixos nela: uma mulher de meia-idade, com o rosto pálido, a gola puxada até as orelhas, que com certeza ouvira mais do que deveria, se não cada palavra.

Para alívio de Claire, Millie foi para casa no dia seguinte. Com a medicação que o médico lhe prescrevera, o coração se estabilizou e um pouco de cor lhe voltou ao rosto. Quando Millie perguntou, de brincadeira ao médico se viveria para conhecer o primeiro neto, o dr. Farland rira e dissera: “Acho que isso depende mais da Claire.”

Após a primeira noite na casa de Kitty, Claire foi para a casa dos pais cuidar da mãe e se certificar de que o pai, que estava vivendo de sopa enlatada e arroz de saquinho, estava bem alimentado. Também fez uma faxina completa na casa, percebendo que Millie, com a idade, tornara-se menos exigente com a limpeza. Quando terminou de limpar tudo, foi conferir o talão de cheques do pai, que ele não controlava havia meses.

No primeiro domingo de abril, enquanto ia ao mercado — aquele era seu último dia lá e ela queria deixar a casa dos pais abastecida —, avistou um carro conhecido na casa ao lado: o Hyundai azul de Byron. Seu coração quase parou. No momento seguinte, estava correndo pelo gramado, sem dar atenção ao orvalho que molhava seus sapatos.

Byron encontrou-se com ela à porta, sem camisa, com as calças jeans mais velhas que tinha, os cabelos molhados pelo chuveiro. Ela percebeu que as costelas dele estavam aparentes — havia perdido alguns quilos — e imagens de Matt surgiram em sua mente: seu peito e braços fortes, seus músculos de estivador. Ela logo se sentiu infiel.

Seu namorado saiu para a varanda, fechando a porta devagar. Ela se lembrou de que a família Allendale dormia até tarde nos finais de semana, às vezes tarde adentro. Um hábito que Millie considerava quase pagão.

— Cheguei tarde ontem à noite. Eu estava indo te fazer uma surpresa. — Byron a abraçou, tremendo um pouco por causa do frio. Ele cheirava a xampu e fumo de cachimbo, do pai, e ela teve a súbita sensação, como uma foto torta que era posta na posição correta, que tudo ia ficar bem.

— Você devia ter telefonado para eu saber que estava vindo. — Ela não conseguiu disfarçar o leve tom de acusação em sua voz.

— Só no último minuto é que eu tive certeza de que poderia sair. — Byron recuou com um sorriso, os olhos dele à procura dos dela. — Nossa, que bom te ver.

— Vamos dar uma caminhada na praia? — As compras poderiam esperar. Tinha a manhã inteira para isso. — A gente toma café no caminho.

— Claro. Espere aqui até eu pôr uma camisa. — Ele desapareceu dentro da casa, e retornou momentos depois abotoando uma camisa velha de flanela que ela reconheceu da época da escola. Usava um rabo de cavalo e seus pés sem meias calçavam mocassins surrados.

— Como está a sua mãe? — perguntou ele, enquanto ela dirigia até a praia.

— Está bem, mas insiste em ficar de cama. Está com medo de ter outro ataque do coração.

— Está tomando algum remédio?

— Coumadin. E outro para ajudá-la a dormir à noite.

Ele assentiu com a cabeça como se concordasse e ela se lembrou de quando eles eram pequenos e brincavam de casinha. De como ele andava todo empinado segurando o cachimbo do pai, enquanto ela o seguia fazendo o possível para não tropeçar na barra da saia da mãe. Já naquela época ele tinha aquele leve ar de professor.

Após uma parada rápida no Starbucks — a única coisa que as mães deles tinham em comum: elas faziam um café horroroso —, eles foram andando na direção das dunas, com copinhos descartáveis fumegantes nas mãos. Era lá que ficavam quando adolescentes e ela ainda preferia aquele lugar a outras praias de clima mais ameno, que normalmente ficavam lotadas de banhistas. Ali, o vento soprava forte e frio o ano todo, lançando borrifos gelados por conta das ondas que rebentavam na praia.

Eles passearam pela praia, deserta àquela hora do dia, onde uma vez fizeram amor nas dunas. O nevoeiro havia desaparecido e o céu exibia um azul limpo e vibrante. Na marca deixada na areia pela maré, um bando de maçaricos bicava as algas à procura de insetos. Ela mal percebeu quando Byron lhe pegou a mão, como se estivessem casados há muito tempo. É claro que tivera outros rapazes na faculdade — como um com quem dormira depois de uma festa de confraternização regada a álcool e cujas meias chulepentas ao lado da cama ficaram mais gravadas em sua memória do que a performance dele *na* cama —, mas nenhum que chegasse a ser uma ameaça a Byron. Ela sempre soube que acabaria voltando para ele, e no final sempre voltava.

Eles encontraram uma pequena enseada que oferecia um pouco de proteção contra o vento e se sentaram, abraçados debaixo do cobertor que ela fora sábia em levar. Por um bom tempo, nada falaram, limitando-se apenas a saborear o café e observar as ondas quebrarem na praia.

Byron foi o primeiro a quebrar o silêncio compartilhado.

— Pensei bastante no que você disse. Quer dizer, sei que você odiava o seu trabalho, mas é que eu não estava esperando pela notícia. Desculpe se exagerei.

— Peço desculpas também — disse ela, entrelaçando os dedos nos dele. Estava feliz por ele tocar no assunto; assim era melhor do que o jeito como fora nas semanas anteriores, com conversas rápidas e afetadas ao telefone. — Eu meio que joguei a notícia em cima de você, como se fosse um caminhão de tijolos.

Seus olhos verdes pareciam mais brilhantes que de costume e ela percebeu que isso decorria de sua palidez, por conta das longas horas de trabalho. Claire sentiu-se egoísta. Lá estava ela tomando decisões que muito influenciariam o seu futuro — o futuro *deles* —, enquanto ele quase se matava de trabalhar apenas para andar no mesmo ritmo que ela.

— Se é isso mesmo o que você quer, te dou a maior força — disse ele com mais convicção do que ela achava que ele sentia.

Claire olhou para as ondas que corriam para a praia, prateadas na crista, com o corpo liso e esverdeado. Sentia falta do mar, de seu ritmo, seu ânimo, mas, acima de tudo, sentia falta de Byron.

— Pode ser que seja a pior ideia de todos os tempos — disse a ele. — Pode ser que eu dê com a cara no chão. — Claire fez uma pausa para inspirar o ar salgado misturado com a fumaça de uma fogueira feita de gravetos. — Tudo o que sei é que, pela primeira vez na vida, acordo todas as manhãs ansiosa pelo dia que começa. — Virou-se para ele, ávida por olhá-lo nos olhos. De nada adiantaria se ele estivesse concordando apenas para satisfazê-la.

— Preciso admitir que nunca te imaginei dona de uma casa de chá — disse ele com um sorriso fraco. — Parece uma coisa tão antiquada.

— Talvez *eu seja* antiquada.

— De qualquer forma, acho que não estou na posição de julgar. — Ele olhou com certa ironia para a pulseira de couro trançado em seu pulso, que parecia a relíquia de um passado mais leve. — Não que eu possa te ajudar em alto estilo com o que vou fazer da vida.

— Pobre Byron. — Ela se aproximou e beijou a ponta do nariz dele, que começava a ficar vermelha. — Será que devemos pedir doações?

Ele riu.

— Também não estou tão desesperado assim. Pelo menos não por enquanto.

— Só faltam mais dois anos. — O novo centro médico já estaria pronto e operante. Ainda não havia tocado no assunto com Byron; estava esperando pelo momento certo.

— Parece mais como uma vida inteira — disse ele, dando à voz a dose certa de pesar.

Ela o cutucou com o cotovelo.

— Pare com isso. Já estou me sentindo culpada sem você precisar falar essas coisas.

— Está bem. Como vão as coisas com a Gerry?

Ela pensou no que Gerry havia feito, pegar o avião com ela para ver sua mãe.

— Ela tem sido ótima. Todos eles... o Justin e a Mavis também. Eu não saberia o que fazer sem a ajuda deles. — Tomou cuidado para não tocar no nome de Matt.

— Parece que você já está com tudo esquematizado. — Ele parecia mesmo feliz por ela.

— Todos estão loucos para te conhecer.

— Eu também.

— Quando *você* vai lá?

Ele deu de ombros.

— Como posso saber? Tive que negociar a folga do nascimento do meu primeiro filho, só para conseguir sair por um dia. Vai demorar um pouco até eu conseguir tirar um fim de semana inteiro de folga, mas vou tentar.

Ela quis chorar de frustração quando o sentiu se esquivando, pois não podia esperar para sempre, havia prazos, mais e mais ultimamente. Mas não disse nada. De que adiantaria? Nada havia que pudesse fazer.

— Vou ficar com os dedos cruzados — disse ela.

— Antes que eu esqueça, obrigado pelas fotos.

Ela lhe havia mandado fotos da casa por e-mail.

— Sempre nos imaginei escolhendo uma casa juntos, mas espero que ela seja do seu agrado.

— Tudo o que vi foi um monte de placas de gesso e tábuas de madeira — brincou ele.

A figura de Matt lhe veio mais uma vez à cabeça.

— Neste caso, você terá uma surpresa pela frente.

— Mais de uma, com certeza. — Ele a puxou para si de forma que ela ficou embaixo de seu braço, a cabeça repousada em seu ombro. — Isso me faz lembrar que tenho algo para você. — Ele puxou do bolso uma caixinha mal embrulhada num lenço de papel. Era tão leve que quando Claire a tirou de sua mão o vento quase a levou.

Era um coração de prata numa corrente fininha. Claire a levantou, o sol fazendo sua superfície filigranada brilhar em raios que mais pareciam códigos Morse.

— É lindo. Você não devia ter feito isso.

— Não se preocupe. Não assaltei um banco.

Não fora isso o que ela quisera dizer. Pensara no trabalho que lhe dera.

— Ainda assim, não devia. — Ela ergueu a corrente até o pescoço, os dedos gelados lutando com o fecho.

— Vem cá, deixe-me ajudar.

Os dedos de Byron estavam frios em contato com sua nuca. Por outro lado, o calor de seus lábios a fez pular quando ele a beijou. Sorrindo, ela se deixou cair em seus braços, oferecendo-se para ser beijada. *Isso. É disso que eu preciso.* Ultimamente estava farta de ouvi-lo dizer o quanto sentia sua falta e das longas conversas ao telefone sobre um futuro que começava mais a parecer uma conta-poupança acumulando juros. A vida, conforme aprendera com suas últimas experiências, era para ser *vivida* e não poupada.

Ela se deleitou com a pressão familiar de seus lábios, a ponta de sua língua em movimentos rápidos. Ele a conhecia muito bem. Não fora naquelas mesmas dunas que fizeram amor quando adolescentes? Em plena luz do dia e também à luz de uma fogueira de gravetos... trêmulos em parte por causa do frio, em parte, por prazer. O medo de que Millie e Lou descobrissem tornara tudo aquilo mais excitante.

Mas agora, enquanto se beijavam, Claire tinha a mais estranha sensação de ser também uma espectadora, como se uma parte dela estivesse num cinema escuro, assistindo àquela cena se desenrolar na tela. Cenas de filmes passaram rapidamente por sua mente: Deborah Kerr na praia com Burt Lancaster em *A um Passo da Eternidade*, Sandra Dee e Troy Donahue em *Amores Clandestinos*. Aquela mesma parte dela, a parte que assistia, também se sentia satisfeita consigo mesma, como se dissesse: *Estão vendo? Não temos problemas aqui, pessoal.*

Byron enfiou a mão sob o casaco dela.

— Você está tremendo.

— Me aqueça. — Ela se aconchegou em seu abraço. Seus dedos já estavam quentes e ela não teve problemas em desabotoar-lhe a camisa. Baixando a cabeça, pressionou o rosto em seu peito nu. Era liso e macio, quase sem pelos. Uma imagem do peito musculoso de Matt, todo coberto de pelos, lhe veio de forma proibida à mente, trazendo consigo uma onda de culpa.

Ela se adiantou e foi tirando as calças jeans.

— Vem cá, chega aqui. — Ela riu, sentindo a mesma excitação de tempos atrás. — Não vão pegar a gente. Não tem ninguém a quilômetros de distância.

Byron não parecia muito convencido e, por um momento, ela se sentiu um pouco impaciente... antigamente ela não teria precisado insistir. Então, com uma risada maldosa, ele a empurrou para a areia. Quando tirou as calças jeans, ela viu que pelo menos *aquilo* não precisava de encorajamento.

Em seguida, ele estava dentro dela, o calor de seu corpo aquecendo-a sob o casulo formado pelo cobertor. *Ah, meu Deus, isso... isso.* Já fazia tanto tempo. A última semana que passara sozinha lhe parecera a era do gelo. Num rompante de abandono, ela rolou de forma a ficar por cima dele. Claire percebeu um vestígio de surpresa nos olhos de Byron; ela nunca fora dominadora (não que Byron esperasse que fosse submissa). Mas agora, montada nele, com o vento lhe jogando os cabelos no rosto, ela poderia passar por uma sereia seduzindo um pobre marinheiro até levá-lo à morte. Ela riu alto diante dessa visão, enquanto, por baixo dela, Byron implorava por clemência, dizendo, quase sem ar, que se ela continuasse naquele ritmo ele não iria aguentar.

— Tudo bem — disse ela.

— Você vai...?

— Ainda não.

Ele gemeu.

— Ah, meu Deus... vou gozar.

Ela sentiu Byron arremetendo dentro dela. Por mais curioso que parecesse, ela não se importava por não ter gozado. Em alguns aspectos, era melhor assim. De alguma forma, sentia-se mais arrebatada, mais livre. Ela saiu de cima dele, rolando para a areia, o ar frio e ventoso batendo em sua pele corada foi intoxicante.

Cientes de que alguém poderia surgir a qualquer momento, eles se vestiram rapidamente. Durante todo o tempo ela pôde percebeu um ponto de interrogação nos olhos dele. De onde tinha vindo *aquilo*? Não que não tivessem feito amor em alguns lugares exóticos. E não que ela não fosse capaz de tomar a iniciativa. Mas alguma coisa saíra diferente dessa vez, alguma coisa que uma alma mais insegura se permitiria imaginar que significava que ela havia aprendido alguns truques em sua ausência.

Os pensamentos de Claire se voltaram mais uma vez para Matt. O que vira como infidelidade quando eles não tinham feito nada além de se cumprimentar com um aperto de mãos?

Ela se pôs logo de pé.

— Estou morrendo de fome. Você já comeu?

— Metade de um pãozinho conta?

Ela lhe tomou a mão.

— Vamos, se a gente correr, ainda consegue uma mesa no Manny's. Fiquei com uma vontade repentina de comer *huevos rancheros*.

Eles saíram correndo pela praia, o vento batendo no casaco de Claire como se fosse a vela de um veleiro. Byron passou correndo à sua frente, elevando os joelhos, espalhando areia com os calcanhares, rindo feito um louco. O coração de Claire era só amor. Não queria que ele fosse diferente, apenas que *a* visse de um jeito diferente. Será que isso era pedir muito?

No dia seguinte, Byron voltou para a faculdade, e Kitty levou Claire de carro até o aeroporto. No caminho, elas conversaram sobre o Chá & Chamego South, como o haviam chamado. Kitty estava planejando ir para lá na semana da inauguração. Até então, elas se falariam por telefone, fax e e-mail. Kitty já havia entrado em contato com seus fornecedores de chá no Oregon.

— Vai dar tudo certo, não se preocupe. — Ela parou no terminal, desviando de uns carros em fila dupla, com a destreza de alguém que mal notara a presença deles. Estava com sua costumeira variedade maluca de roupas, uma por cima da outra, como se um vento tivesse batido em seu armário e ela estivesse passando por lá no exato momento: um quimono vermelho sem faixa por cima de uma túnica e calças de elástico, com um lenço verde bem vibrante amarrado no pescoço.

— Me preocupar com o quê? — respondeu Claire, sendo irônica. — Estamos a apenas seis semanas da inauguração e nem perto de terminar. Isso sem falar que estou uma pilha de nervos.

Kitty sorriu dando-lhe força.

— Isso faz parte. No meu primeiro ano, tudo que podia dar errado aconteceu: a lava-louças quebrou, faltou um monte de coisas e a moça que eu contratei deu no pé. Ah, sim, e as galinhas pararam de pôr ovos.

— Galinhas? — Essa história ela não tinha ouvido.

— Tive a brilhante ideia de que, se tivesse o meu próprio galinheiro, iria economizar nos ovos. Nem me passou pela cabeça que dar uma de dona de granja e administrar uma casa de chá eram duas coisas completamente diferentes.

— Me sinto como uma impostora — admitiu Claire. — Como se a qualquer minuto alguém fosse perceber que estou blefando.

— Continue pensando assim que você vai estar pronta para o que der e vier. — Kitty parou o carro e se inclinou para dar um breve abraço cheirando a temperos na amiga. Com as mangas esvoaçantes do quimono, ela parecia um pássaro exótico.

— Tchau, minha jovem, e lembre-se: é a galinha que vem primeiro, não o ovo. — Seja lá o que *isso* queira dizer.

Uma hora depois, Claire estava aterrissando no aeroporto de Los Angeles. No início da semana, havia telefonado para Matt e ele lhe assegurara que tudo estava sob controle. Sem surpresas por lá, pelo menos. Ela só não estava preparada, quando saiu do avião, para o homem grande e cabeludo de calças jeans e jaqueta surrada de brim que a cumprimentou no portão.

Matt aproximou-se, um palito de dentes saindo por baixo do bigode.

— Achei que você iria precisar de uma carona. — Como se ele tivesse acabado de vir do outro quarteirão, e não de um lugar a duas horas de distância dali.

Claire, perturbada demais para pensar direito, disse a primeira coisa que lhe veio à cabeça:

— Não precisava ter vindo. Eu ia pegar um ônibus. — Ele estendeu a mão para pegar sua bolsa e eles a disputaram por um segundo até que ela a soltou, com um sorriso. — Desculpe, não foi isso o que eu quis dizer. Foi muita gentileza sua vir até aqui.

— Bobagem. — Ele jogou o palito fora, dando um sorriso simpático. De roupas limpas e cabelos bem penteados, cabelos que normalmente a faziam pensar numa cama desfeita, ela passou de repente a vê-lo sob uma nova ótica: menos Paul Bunyan, o lenhador, mais Sundance Kid. E, a julgar pelos olhares que ele recebia de outras mulheres, ela não era a única a ter essa opinião.

Somente depois que estavam dentro de sua caminhonete, indo a toda a velocidade pela interestadual, foi que ela tomou coragem para perguntar:

— É por causa da casa? Aconteceu alguma coisa que você não quis me contar por telefone? — Ela imaginou o telhado no chão por causa de uma árvore caída, a explosão de um forno, uma inundação no porão... talvez as três coisas juntas.

Matt lançou-lhe um olhar de quem estava achando graça.

— Você sempre pensa no pior?

Ela percebeu que ele se dera ao trabalho de fazer a barba e, por alguma razão, sentiu-se comovida. Sob a luz vibrante que se refletia do capô do carro ela pôde ver uma teia de rugas fininhas em torno de seus olhos. Não era tão bonito nem tão culto quanto Byron, mas havia algo de muito... bem, muito *sólido* com relação a ele.

— Força do hábito — disse ela, dando um sorriso tímido. — Quando não estou por perto, as coisas dão um jeito de desmoronar. — Estava pensando nos pais.

Matt lançou-lhe um olhar de esguelha.

— Como está sua mãe? — Ele parecia ter lido sua mente.

— Sentada e fazendo ponto de cruz quando eu saí. — Claire baixou os olhos. O rombo na calça de Matt era agora suficiente para deixar passar um dedo.

— Um ataque do coração não é brincadeira.

— Na verdade, foi um alarme falso. — Antes que Matt pudesse fazer qualquer comentário, ela se viu acrescentando: — Mas, veja só, deu tudo certo... voltei correndo, não voltei? — Claire sentiu-se envergonhada logo em seguida. Tinha mesmo dito isso? Ah, meu Deus, o que ele iria pensar?

Mas, se Matt achou que ela era uma pessoa mesquinha, não deixou transparecer.

— As pessoas fazem coisas estranhas em nome do amor, mesmo quando não sabem que estão fazendo — disse, com uma voz branda e pensativo. — Como uma garota que eu conheci na escola e ficou grávida. Quando ela contou para os pais, eles ficaram furiosos. Disseram que iam deserdar tanto ela quanto o filho e que, para eles, era como se ela tivesse morrido. Bem, para encurtar a conversa, ela perdeu o bebê. Começou a sangrar ali mesmo onde estava.

— Que história horrorosa! Tem certeza de que é verdade?

Ele acendeu a seta e foi para a pista da direita, assim que se aproximaram da saída para a Rodovia 33.

— Tenho mais que certeza. Eu me casei com ela... assim que ela completou dezoito anos.

— Foi a sua *mulher*? — Claire ficou olhando para ele. — Então...

—Foi. E meu filho também. — Ele encolheu os ombros, mas ela viu pela tensão em sua boca que ele não havia superado o incidente por completo, mesmo após todos aqueles anos. — O pior é que eles estavam certos: isso talvez tivesse arruinado com as nossas vidas, embora a gente tenha conseguido fazer isso muito bem sozinhos. Mas, caramba, tenho dois filhos lindos desse casamento.

— Acho que é isso o que importa.

O céu estava começando a ficar nublado quando eles chegaram à periferia da cidade. Ela disse que esperava que não chovesse, pelo menos até que trocasse as calhas. Matt acrescentara que havia poucas chances de chover naquela época do ano. Quando ele lhe sugeriu que comprassem uma pizza pelo caminho, ela não teve coragem de dizer não. Ele havia parado tudo para ir buscá-la; o mínimo que ela podia fazer era garantir que se alimentasse.

Assim que ela passou pela porta, viu por que ele estava tão ansioso para acompanhá-la até ali. A sala da frente, que estava uma confusão só quando ela saíra, estava flamante agora, os lambris na parede brilhando com uma demão de cera e as prateleiras novas, no lugar e envernizadas. Claire passou devagar pela sala, correndo a mão pelo acabamento de madeira, sentindo o cheiro de aguarrás.

— Ah, Matt, está lindo! — Virou-se para ele. — Como foi que você conseguiu aprontar tudo a tempo?

— Eu e o Gil. Trabalhamos quase a noite inteira ontem. Eu queria te fazer uma surpresa.

Ela o observou colocar a caixa de pizza devagar em cima da mesa ao lado da porta e pensou no cuidado que fora necessário para nivelar cada parte, martelar cada prego. Se aquilo fosse um barco, seria navegável em alto-mar.

Claire teve uma imagem repentina de ela e Matt à deriva no mar aberto e, por um instante, quase pôde sentir o chão balançar ligeiramente sob seus pés — uma ilusão reforçada pelo fato de que não se dera ao trabalho de acender a luz. A tarde já estava se transformando em noite e o espectro de uma lua flutuava num bote feito de nuvens acima das montanhas distantes.

Quando Matt passou o braço por sua cintura, ela não se esquivou. Em vez disso, encostou a cabeça em seu ombro, como se costumassem ficar assim durante noites a fio, olhando para as sombras alongadas e ouvindo o latido dos cães de um lado e outro da rua. Ele cheirava a creme de barbear e pimentão.

— Obrigada — disse ela.

Matt a virou de frente para ele e pôs a mão sob o seu queixo, levantando-lhe o rosto de forma que seus olhares se encontrassem. Seus olhos estavam escuros e indecifráveis, brilhando com a luz que vinha da varanda. *Ele vai me beijar*, pensou ela, com um leve tremor que lhe percorreu o corpo como uma leve corrente elétrica. *Ele vai me beijar e eu preciso detê-lo, senão...*

Ele baixou a cabeça. Sua boca pressionou a dela, quente e firme, os lábios dela se abriram apenas o suficiente para que sentisse a ponta de sua língua. Seu bigode fez cócegas, intensificando a corrente elétrica em um ampere. Ah, meu Deus. Ela tinha acabado de sair dos braços de Byron... da cama dele...

Matt emitiu um som do fundo da garganta, segurando-a tão apertado que ela mal conseguiu respirar. Ela sentiu o quanto ele a desejava, e toda sua resistência foi por água abaixo. Ele poderia tê-la levantado com um braço só e a colocado em cima do ombro como se fosse um travesseiro de penas de ganso.

— Você não tinha que ir a outro lugar? — murmurou ela.

— As crianças estão com a mãe. — Ele a analisou à meia-luz, seus olhos mergulhados na sombra, o bigode caindo sobre os cantos da boca. — Escuta, se você não tem certeza...

Ela deixou escapar uma risadinha crepitante.

— Nunca estive tão indecisa quanto a tudo na minha vida.

Ele abriu um sorriso, os dentes brancos por baixo da linha escura do bigode.

— Devo considerar isso como um não?

— Tem problema o que eu acabei de dizer?

— Não, acho que não.

Ele a beijou de novo, mais devagar dessa vez, aninhando a cabeça dela em sua mão enorme, enquanto dirigia a boca mais para baixo, explorando-lhe o pescoço. Os pelos de seu bigode em conjunto com a maciez de seus lábios e um leve toque de sua língua chegaram-lhe como faíscas de um fio desencapado. Pequenos músculos e nervos vibraram por baixo da pele de Claire. Ela estava derretendo, dissolvendo-se por dentro. *Isso não está acontecendo*, pensou em alguma parte recôndita de sua mente. Mas naquele momento Byron era a última coisa em que estava pensando.

Matt desabotoou-lhe a blusa e correu o polegar pela curva de seu seio, logo acima do contorno do sutiã. Ela sentiu os joelhos começando a ficar bambos e poderia muito bem ter caído no chão se ele não a estivesse segurando tão firme. Sua estatura enorme a fez se sentir pequena, quase passível de se quebrar.

Em silêncio, ela o pegou pela mão e o levou para o seu quarto. Ainda não tinha conseguido comprar uma cama para o colchão — o colchão velho vindo da casa dos pais, que ela havia deixado na calçada quando se mudou —, mas, pela expressão no rosto de Matt, pouco importaria se eles se deitassem numa pilha de feno. Ela o observou com um sorriso enquanto ele tirava as botas, pulando sem equilíbrio num pé só.

Momentos depois, estavam deitados no colchão, as roupas empilhadas no tapete. Beijaram-se mais um pouco e ela se lembrou de quando era criança e ia ao parque de diversões, de como ficava tonta com todos aqueles brinquedos, sem saber em qual andar depois do outro. Ele lhe conduziu a mão até que ela começou a acariciá-lo, mas em seguida a retirou.

— Quero estar dentro de você quando gozar — murmurou ele.

Em seguida, era ele quem a acariciava. Lá. E, ah, que delícia... seus dedos compridos, que tinham tudo para serem desajeitados, se movimentavam com a habilidade e leveza de uma pluma. O calor entre suas pernas chegou ao ponto máximo. Ela gemeu, entrelaçando os dedos em seus cabelos.

— Agora — sussurrou ela. — Faça amor comigo agora.

Ele tateou o chão às cegas, à procura das calças jeans. No momento que levou para pegar um preservativo e colocá-lo, Claire desanuviou a cabeça e pensou: *É isso mesmo que eu quero? Será que estou pronta para o que virá junto?*

Para o diabo com isso, sussurrou uma voz em resposta em sua mente.

Ela reprimiu um grito quando ele a penetrou — ele era muito grande —, e então tudo ficou bem. Ele estava indo devagar, tomando cuidado para não machucá-la. Ela elevou os quadris, abraçando-o com as pernas. Doeu um pouco quando ele entrou por completo, mas ela já estava para lá do ponto de separar dor de prazer. E Matt não estava com pressa. Ela estava começando a escorregar para fora do colchão quando ele passou a fazer movimentos mais leves. Quando ela não pôde mais segurar, agarrou-lhe a mão, puxando-o com força para si.

Claire gozou liberando um urro fraco e involuntário, mal percebendo que Matt gozava também. Foi como um sonho... sem preocupações, sem palavras, mas com sensações muito fortes.

O rosto de Matt acima do dela, no escuro, foi voltando lentamente ao foco, suas faces lustrosas por causa do suor, os olhos enegrecidos pela sombra.

Ele se deitou de costas. Estavam os dois encharcados de suor e respirando fundo. Parecia que o coração de Claire nunca desaceleraria.

— Deus do céu, onde você aprendeu essas coisas? — Ela se apoiou no cotovelo e olhou para ele, pousando a ponta dos dedos nos lábios dele. — Não, não me conte. Acho que não quero saber.

Ele lhe afastou os dedos e Claire viu que ele estava rindo.

— Olha só quem está falando.

— Para o seu conhecimento — informou-lhe —, estive com exatamente quatro homens na minha vida, contando com você.

— *Ele* sabe?

Mas ela não queria pensar em Byron. Haveria tempo de sobra para isso mais tarde. Ela recostou a cabeça no ombro de Matt e ele a puxou para mais perto. Dava para ouvir as batidas ritmadas de seu coração, como um motor fabricado antes da época da obsolescência planejada. Tudo com relação a Matt era assim: sólido, confiável, feito para durar.

A não ser aquele seu traço impetuoso que lhe percorria o corpo como um veio de gipsita no leito de uma rocha.

A segunda vez foi mais devagar, como se estivessem saboreando a sobremesa após uma refeição. Matt acariciou e beijou todo o seu corpo, inclusive entre as pernas. Quando já estava satisfeita, trouxe-o para si. Seu orgasmo foi menos explosivo do que da primeira vez, porém mais prazeroso de alguma forma. Estavam os dois ofegantes quando pararam para recuperar o fôlego.

Tempos depois, eles se levantaram e Matt foi buscar a pizza, há muito tempo já fria. Como acompanhamento, pegaram algumas cervejas da geladeira. Claire pensou que nunca havia comido nada tão gostoso. Ela sabia que no dia seguinte tudo seria diferente, mas naquele momento, sentada de pernas cruzadas no colchão, de frente para um homem nu e peludo como um urso, com um pedaço de pizza apoiado no joelho, ela pensou: *Meu Deus, nada pode ser melhor do que isso.*

Capítulo Treze

Desde a sua chegada na semana anterior, a presença de irmã Clement fora sentida como uma frente fria repentina após um extenso período de dias ensolarados. Mulher de rosto inexpressivo, cujo único traço marcante era uma mancha da cor de vinho que lhe cobria metade do rosto, ela ficava em silêncio nas reuniões da comunidade e parecia tomar nota mentalmente de todas as falhas confessadas no ato penitencial. Na capela, seus ouvidos afiados pareciam dar conta de cada ruído e tosse, e, durante o cântico de *laudes*, as irmãs que eram desafinadas se tornavam conscientes de sua inabilidade e ficavam logo com as faces ruborizadas. Ela parecia saber quem era rápida ao retornar da Sexta e quem demorava mais em suas meditações, o que significava um exame de consciência mais profundo. Agora, enquanto visitava a casa do mel, sua aparente falta de interesse passava a sensação de uma conclusão já definida: a irmã Clement já havia tomado sua decisão.

Gerry a levara para conhecer o processo de embalagem e lhe mostrara como os pedidos eram rastreados pelo computador. Ao irem para a sala ao lado, ela experimentou uma sensação de derrota, pesada e difusa, como o mel que grudava em todas as superfícies. Gerry se esforçou o máximo que pôde para manter um semblante alegre.

— Aqui é feita a desoperculação. — Ela indicou um grande reservatório inoxidável que ficava no centro da sala, onde uma noviça de faces rosadas segurava o quadro de uma das colmeias apoiado sobre a tábua central e manejava habilmente uma ferramenta semelhante a uma espátula pelos favos incrustados de cera que saía em longas tiras encaracoladas, jogando mel para dentro do tanque.

— Bem quente aqui, não? — Irmã Clement se abanou com o caderno. Estava com o rosto ruborizado, a mancha em sua face maior do que o normal.

Gerry já estava tão acostumada com o calor que mal percebeu.

— Facilita o manuseio do mel — explicou-lhe, conduzindo o caminho até o canto no qual ficavam dois extratores sobre blocos de concreto. Ela elevou a voz para ser ouvida acima do ruído dos aparelhos. — Cada um desses suporta cinquenta favos. Depois o mel vai para um tanque decantador. — Ela apontou para uma tina grande e aquecida forrada com uma malha de náilon. — Ele fica aí por um ou dois dias, então tudo o que permanecer na superfície é desprezado. E o que sobra é um mel cem por cento puro e de extrema qualidade.

Irmã Clement assentiu com um gesto mecânico de cabeça, fazendo algumas anotações no caderno. Gerry percebeu que, enquanto todo o resto dela era inexpressivo, até mesmo desajeitado, suas mãos eram estranhamente delicadas, as unhas peroladas incrustadas do rosa suave da ponta de seus dedos. Gerry imaginou uma gata robusta, as garras escondidas.

Irmã Clement ergueu os olhos, analisando a sala onde meia dúzia de irmãs com aventais compridos, as mangas enroladas e véus caprichosamente presos atrás da cabeça trabalhavam lado a lado, cada uma numa função específica: entre elas, a magra irmã Andrew, que enchia um latão de dois litros na torneira que ficava na base de um dos extratores, e a corpulenta irmã Pius, que levantava um já cheio do armário térmico — mel que iria parar nas fileiras de potes reluzentes recém-saídos do esterilizador.

— Qual a produção anual?

— Num bom ano, quase mil quilos ou mais. — Gerry não pôde deixar de se gabar. Desde que assumira como gerente, a produção mais do que dobrara. — Embora com as abelhas seja difícil prever.

— Jamais pensei nelas como qualquer outra coisa além de pragas.

— Elas são praticamente inofensivas se manuseadas corretamente. — Gerry teve uma inspiração repentina. Talvez irmã Clement entendesse quando as visse em ação. — Venha, vou lhe mostrar. — Quando chegaram à porta, onde havia uma sequência de macacões brancos de brim pendurados em ganchos na parede, juntos com capuzes de tela, ela disse despreocupadamente: — Não vamos precisar deles. — Elas manteriam uma boa distância e as abelhas ainda estavam um pouco lentas por causa do inverno.

Do lado de fora, o ar ameno da primavera parecia frio em comparação com as instalações aquecidas da casa do mel. Elas começaram a andar pela trilha toda marcada por décadas de pegadas de sandálias, que cortava o gramado em diagonal. Os talos marrons do inverno haviam sido substituídos pelo capim novo, que roçava na altura dos joelhos de Gerry. Para onde quer que olhasse, havia botões de flores silvestres — cornichão, viperina, alfafa, trevo-cheiroso, alcaçuz —, o rico pot-pourri que dava à Bendita Abelha o sabor singular pelo qual era conhecido. Assim que se aproximaram do bosque de eucaliptos no lado extremo, Gerry ouviu o leve zumbido das abelhas e viu irmã Carmela balançando um defumador de latão acima de uma das colmeias, baforadas de fumaça subindo para os galhos das árvores.

— É a época do acasalamento. — Gerry virou-se para irmã Clement. — A senhora sabe como as abelhas acasalam?

— Infelizmente, essa não foi uma das matérias ensinadas quando eu estava em Notre-Dame — irmã Clement respondeu com ironia. Isso fora o mais próximo que chegara de mostrar que tinha senso de humor.

Gerry sabia que podia parar por ali, mas um demoniozinho interior a fez prosseguir.

— Todas as primaveras a rainha sai para seu voo anual, seguida por zangões apaixonados. Tão logo um deles copula com ela, ele explode.

— Encantador. — Irmã Clement tinha uma expressão de nojo.

Gerry sabia que estava apenas piorando as coisas, mas pensou: *Se correr, o bicho pega; se ficar, o bicho come.*

— Realmente é muito interessante quando paramos para pensar no assunto — continuou, mantendo um tom de voz inocente. — Quando copulam, o zangão lhe fornece esperma para toda a vida; assim, no caso dela, uma vez só é suficiente.

— Fascinante — respondeu a freira, com frieza.

Seu senso de futilidade estava mais forte do que nunca. De que adiantava tentar conquistá-la? A essa hora no dia seguinte, irmã Clement estaria a caminho da Casa Mãe. Depois disso, seria apenas uma questão de dias, semanas no máximo, antes que Gerry fosse convidada a se retirar.

Se esse fosse seu único problema, ela teria conseguido olhar de outra forma. Mas havia Andie também. No dia anterior, quando voltara do aeroporto, Gerry telefonara para ela na casa de Mike. Andie estava chorosa, porém firme — não tinha a menor intenção de voltar para casa. Gerry precisou se controlar para não entrar no carro e subir a colina a toda, até a casa do ex-marido. Mas ela sabia que a situação precisava ser manejada com cuidado. Andie estava magoada. *E por acaso eu não ignorei todas as pistas?* Embora se sentisse mortificada, concordara em deixar a filha com o pai por enquanto.

Uma das frases prediletas de sua mãe veio-lhe à mente: *É mais fácil pegar moscas com mel do que com vinagre*. Ela esperava que o mesmo acontecesse com irmã Clement. Afinal, talvez não fosse tarde demais. Se conseguisse convencer a mulher de que fazia mais bem do que mal, talvez, apenas talvez...

Elas chegaram à margem da clareira com suas fileiras de colmeias enfiadas por entre as árvores. Ao longe, podia-se ouvir o leve murmúrio do riacho.

Gerry percebeu que irmã Clement ficara para trás, claramente nervosa.

— Tem certeza de que elas não vão nos picar? — Ela olhou para as abelhas circulando as colmeias.

— Não se preocupe, não vamos nos aproximar mais.

Os anos de exposição constante às abelhas haviam deixado Gerry desprovida de medo. Irmã Clement, no entanto, não tirava os olhos da colmeia mais próxima, a uns bons cinco metros dali, tão preocupada com ela como se fosse uma cascavel pronta para dar o bote. Ali por perto, uma das ajudantes de irmã Carmela, usando roupas de proteção — macacão de brim, luvas de couro e capuz de tela —, inclinava-se sobre uma colmeia desmantelada. As abelhas estavam grudadas em suas costas e ombros como um manto de pele.

— Ela está tirando o própolis — explicou Gerry. — É um tipo de resina que as abelhas usam, tipo massa para parede. — Ela indicou os reservatórios colantes que estavam sendo cuidadosamente limpos com aguarrás. — É também usado para embalsamamento.

— Embalsamamento?

Gerry apontou para um montinho amarelado do tamanho de um sabonete colado no quadro.

— Um rato deve ter entrado por acidente e foi picado até morrer.

Irmã Clement estava visivelmente pálida.

— Acho... acho que já vi o suficiente. — Ela segurou o caderno bem firme junto ao peito. — É melhor eu voltar. Eu gostaria de dar uma palavra com a reverenda madre antes de ir embora.

Gerry sentiu o coração pesar.

— Neste caso, não vou prendê-la aqui. — Ela se virou, mas viu que irmã Clement não arredava o pé dali. Estava enraizada no lugar, espantando uma abelha que zumbia em torno de sua cabeça.

— Ela não vai picá-la se a senhora ficar quieta — advertiu Gerry.

Tarde demais. Foi como se a mulher estivesse pegando fogo. Ela sacudiu os braços desesperadamente, usando o caderno para espantar a abelha, o que apenas serviu para atrair mais delas. Com um sobressalto, Gerry percebeu a causa de toda essa excitação. O caderno era marrom-escuro, cor que exercia o mesmo efeito nas abelhas que o girar da capa do toureiro para os touros. E os movimentos agitados de irmã Clement não estavam ajudando nada. Um pequeno enxame se reunia em torno dela agora. Uma abelha pousou em seu braço e ela soltou um grito:

— *Ai! Ai! Aaaaaaiii...!*

Mais abelhas se reuniram em seus braços e costas, e uma, com a aparência de uma pinta volumosa, agarrou-se à mancha cor de vinho em seu rosto.

— Não fique aí parada! — gritou ela. — *Faça* alguma coisa! — Ela deu um safanão na abelha em seu rosto, soltando um grito agudo de dor.

Gerry aproximou-se lentamente dela, de forma a não agitar ainda mais as abelhas.

— Ouça o que vou dizer — pediu com a voz calma. — Faça exatamente o que eu disser e a senhora não vai se machucar. *Fique completamente parada*.

Mas irmã Clement não estava mais raciocinando. Ignorando Gerry, ela saiu correndo pelo caminho, gritando a plenos pulmões. As abelhas, excitadíssimas agora, saíram em bando atrás dela.

Com um suspiro profundo, Gerry saiu correndo atrás dela. Uns dez metros à frente, irmã Clement ziguezagueava como um búfalo ensandecido no meio do capim alto, os braços agitados e o véu voando. Teria sido cômico se Gerry não estivesse vendo aquilo pelo que era: a consumação de seu destino.

Correra atrás da irmã até metade do gramado quando a freira tropeçou na bainha do hábito e caiu de rosto no chão. Gerry a alcançou e agachou-se, ignorando as poucas abelhas que não haviam se cansado da perseguição.

— A senhora está bem? — Ela agarrou a freira pelo braço, colocando-a de pé.

A mulher estava tremendo dos pés à cabeça, os olhos arregalados cravados em Gerry. A mancha em seu rosto começava a inchar, parecendo uma grande contusão arroxeada.

— *Você fez isso de propósito!* — gritou, borrifos de saliva saindo de sua boca contorcida.

— Sinto muito, eu não podia imaginar... — Gerry deteve-se, percebendo que qualquer coisa que dissesse naquele momento cairia no vazio. — A senhora quer que eu a leve para a enfermaria?

Irmã Clement ignorou a mão estendida de Gerry.

— Obrigada, sra. Fitzgerald, mas não vou precisar da *sua* ajuda. — Estava com o véu torto, e um tufo de cabelos grisalhos saía por baixo da touca engomada. Com o pouco de dignidade que lhe restava, estendeu a mão para ajeitá-lo antes de se dirigir à estrada.

Gerry ficou parada, imersa num sentimento de desesperança. *Isso é uma brincadeira*, pensou. Uma peça cruel que Deus estava fazendo com ela. Ela começou a rir histericamente, sentando-se sobre o trevo-cheiroso e sobre o capim rabo-de-gato. Ela riu até o estômago doer e lágrimas começarem a rolar pelo seu rosto.

— Pelo amor de Deus, o que deu em você?

Gerry ergueu os olhos e viu sua velha amiga, irmã Carmela, olhando preocupada para ela.

— Acabei de foder com o meu emprego, foi isso o que me deu — disse ela, pondo-se de pé.

A expressão de irmã Carmela não se alterou. Certamente ouvira palavras mais picantes durante a infância, num dos piores bairros de Los Angeles.

— Sei. — Olhou de relance para a figura que mancava pela estrada, os lábios se esticando num sorriso, como se acreditasse que irmã Clement recebera exatamente o que merecia.

Gerry sentiu uma onda de carinho pela amiga.

— Ah, irmã, vou sentir saudades suas.

— Ora, ora. Não quero ouvir falar nesse assunto. Você ainda não foi demitida. — A freira idosa deu-lhe palmadinhas no braço. — Quem sabe se eu falar bem de você para a irmã Clement...

Gerry sacudiu negativamente a cabeça.

— Obrigada, mas não iria adiantar. — Ela olhou para a campo onde cotovias cantavam e beija-flores refletiam a luz do sol em raios iridescentes. — Vou ficar bem. Afinal, eu não caio sempre de pé? — Ela sorriu corajosamente, na esperança de que, ao falar alto, acreditasse nas próprias palavras.

Ao atravessar a campo, olhou por cima do ombro e viu irmã Carmela parada no meio do capim alto, o rosto moreno e enrugado, como o de uma mãe observando ansiosa o filho atravessar uma rua movimentada. O humor de Gerry se elevou. Tinha amigas ali, *boas* amigas. E nos meses que se seguiriam aquelas amizades a apoiariam.

Decorridos alguns momentos, ela estava de volta ao seu escritório, apática, separando a correspondência, quando ouviu uma batida à porta. Madre Ignatius enfiou a cabeça.

— Você tem um momento?

Bastou uma única olhada e Gerry soube que ela já havia conversado com irmã Clement. Ela ficou arrasada.

— Pelo visto, a senhora já sabe. — Gerry ofereceu a cadeira do outro lado de sua mesa, mas a reverenda madre preferiu ficar de pé. Um mau sinal.

Ela não escolheu as palavras.

— Pedi a alguém para levá-la à enfermaria. Vamos torcer para que ela não seja alérgica. Mas não é isso o que está me preocupando. Pelo que percebei, irmã Clement acha que você a colocou propositadamente numa situação de risco. — Os olhos de madre Ignatius estavam duros.

— Foi isso o que ela falou para a senhora? — Gerry ficou roxa de indignação, mas então lembrou-se de que havia mais coisas em jogo ali do que o seu futuro. — Acho que eu deveria ter tomado mais cuidado, mas com certeza não tive a intenção de fazer-lhe mal — disse.

— Foi o que eu falei com ela. — As rugas de apreensão no rosto da madre superiora relaxaram. — Embora eu ache que isso não vá fazer muita diferença. Acredito que irmã Clement tenha... como se diz hoje em dia? Uma pauta?

— Nada fiz para ajudar, essa é a verdade.

— Não posso deixar de concordar.

— Bem, ela pode pegar o relatório dela e... — Gerry deteve-se, envergonhada pelo que quase dissera. — Desculpe, sei que não é só o *meu* emprego que está sob avaliação.

Um sorriso cansado se apossou dos lábios da reverenda madre e, de repente, ela aparentou a idade que tinha. Sem um pingo de autopiedade, disse:

— Aconteça o que acontecer, os interesses da nossa comunidade vêm em primeiro lugar.

— Quanto tempo levará para sabermos?

— Um conselho será reunido. Depois disso, o resultado deverá sair bem rápido.

Gerry gostava da sua objetividade. Madre Ignatius nunca fora nada além de honesta, às vezes até cruel.

— Eu gostaria que houvesse algo que pudéssemos fazer — continuou ela. Claramente a conversa que Gerry tivera com Jim Gallagher não havia ajudado.

A reverenda madre dirigiu-se à porta e então virou-se com um sorriso tão terno que seu rosto austero se transformou de repente.

— No entanto, não custa rezar.

É, pensou Gerry. *E aonde isso iria me levar?* Nos últimos dias, a presença de Deus era como um sino distante que ela não podia mais ouvir. Durante toda a vida, mesmo em seus piores momentos, ela fora confortada pela certeza de que Ele estava olhando por ela. Mas, agora, tudo o que sentia era solidão.

Pensou em Aubrey e, antes que se desse conta, estava pegando o telefone. Fazia mais de uma semana que não o via. Ele teve uma gravação em Los Angeles seguida por um concerto. Não que se importasse com suas ausências... na verdade, era o oposto. Não era maravilhoso que os dois tivessem vidas independentes, que não ficassem em casa reclamando um do outro? Exceto que agora... bem, naquele exato momento ela *precisava* dele... uma necessidade tão profunda quanto o alívio que lhe percorreu o corpo quando ele atendeu.

— Alô? — Ele parecia distraído.

— Sou eu. — Estaria interrompendo alguma coisa?

— Gerry. — Sua voz se suavizou. — Eu estava mesmo pensando em você.

Ela relaxou.

— Mesmo?

— Neste exato momento. Você deve ter lido meus pensamentos.

— Ótimo. Isso quer dizer que eu não terei problemas para encontrar outro emprego.

— O quê? Não me diga que você foi demitida?! — A preocupação em sua voz foi como um bálsamo suavizante.

— Há uma grande possibilidade — disse-lhe. — Escute, não quero falar sobre isso ao telefone. Posso te ver?

— Estou livre hoje à noite.

— Eu estava pensando em alguma coisa mais como *agora*. — Foi rápida em acrescentar: — Se você não estiver muito ocupado, claro.

— Você não está trabalhando?

— Acho que dá para matar o trabalho. — Deus sabia que ela tinha esse direito. Não se dera sempre de corpo e alma para a Bendita Abelha, na maior parte dos dias mal chegando a fazer uma pausa para o café?

Seguiu-se um silêncio do outro lado da linha, e seu coração pareceu ficar suspenso no espaço entre duas batidas. Então veio a resposta que ela estava esperando.

— Posso ir aí te pegar?

— Não... obrigada. Estou indo. — Não estava tão abalada a ponto de não conseguir dirigir. Mesmo assim, abençoado fosse Aubrey por querer pôr sela em seu cavalo branco.

Quinze minutos depois, Gerry estava subindo a entrada de carros íngreme e arborizada de Isla Verde. Ela acenou para Guillermo, que descansava do trabalho no jardim e pôs um dedo sobre a boca para avisá-la para não contar nada a Lupe sobre o cigarro que estava fumando. Gerry sorriu, puxando um zíper imaginário pelos lábios, da forma que fazia com Sam quando elas eram crianças: o segredo dele estava em segurança com ela.

Ela estava abrindo o portão que dava para o pátio quando Aubrey veio cumprimentá-la, de terno e gravata, como se ela o tivesse pegado de saída. De repente, ela percebeu que tinha mesmo.

— Você não devia ter cancelado seus compromissos por mim — bronqueou ela.

Ele a beijou na boca. Estava com um leve e delicioso sabor do café forte e achocolatado que Lupe lhe preparara.

— Não era nada sério. Só um almoço com o Gregory. — Seu empresário, lembrou-se ela. — Eu disse a ele que tive um imprevisto e ele entendeu perfeitamente.

— Agora me sinto duas vezes culpada.

— Não se sinta. Acho que já passamos dessa fase, não?

Ele a analisou sob a luz verde e mosqueada que era filtrada pelas samambaias altas, e ela teve a estranha sensação de que estava sendo catalogada para servir como referência no futuro. Gerry sentiu um frio repentino. Será que ele estava se cansando dela? Se isso fosse verdade, não havia nada que o sugerisse. Parecia mais que ele se sentia da mesma forma que ela, como se aquilo não fosse bem o que eles haviam esperado. Em algum lugar no meio do caminho, a relação deles ultrapassara o limite entre a amizade íntima e... algo mais.

— Aposto que você diz isso para todas — implicou ela, porém falou da boca para fora. E se Aubrey decidisse terminar com ela? Tempos atrás, aceitaria bem. Mas agora...

— Só para as bonitas. — Ele lhe lançou um sorriso brincalhão e sedutor, com uma sobrancelha erguida.

— Você não vai me convidar para entrar?

— Em vez disso, pensei em darmos uma volta de carro. Pedi a Lupe para preparar um piquenique para nós.

— Maravilha. — Se alguém lia os pensamentos dos outros, era Aubrey. Um piquenique era justamente o que ela precisava.

— Espere aqui. Volto já. — Ele retornou minutos depois com calças de algodão e camisa com colarinho aberto, trazendo uma cesta de piquenique. — Não é nenhum serviço de bufê — disse ele —, mas é o melhor que se pode arrumar assim, em cima da hora. Venha, vamos no meu carro.

Eles foram andando para a entrada de carros, os pés esmigalhando flores de acácia caídas. Havia mais delas espalhadas como estrelas minúsculas sobre o teto do Jaguar estacionado do lado de fora da garagem. Ele a acompanhou até a porta do carona e abriu-a para ela. Gerry sentou-se no banco de couro e suspirou. Poderia facilmente se acostumar àquilo, sem dúvida alguma.

A tensão da manhã começou a desaparecer à medida que eles foram descendo a estrada sinuosa e arborizada. Aubrey dirigia rápido demais, acompanhando a tangência das curvas, mas, por alguma razão, isso não a preocupou. Sentiu que ele estava sob controle.

Em pouco tempo eles estavam virando a curva para a Schoolhouse Road, assim chamada em alusão a uma escola de uma só sala de aula que havia na cidade que agora estava em ruínas. Nos anos 50, a escola usufruíra de um breve renascimento em *Estranhos no Paraíso*, o filme que colocara aquele vale no mapa. Gerry se lembrava de como a mãe de Sam costumava encantá-las com a história do dia em que visitara o set de filmagem como convidada do diretor, um lendário galã que deixara tanto ela quanto Sam eternamente especulando sobre ele. Sam insistia que fora algo inocente; Gerry não tinha tanta certeza assim.

A estrada foi ficando mais íngreme e logo eles estavam sacolejando pela ponte de madeira que levava à Pousada Horse Creek. Passaram por várias áreas destinadas a piquenique e, em seguida, pelo contorno para a pousada. Aos poucos, as árvores começaram a diminuir, dando lugar a colinas ondulantes cobertas por videiras. Ao longe, ela pôde ver a vinícola, com suas torres e arquitetura inspiradas num *chateau* francês.

Aubrey virou para uma estrada de chão com marcas de pneus e logo eles estavam sacolejando entre filas de videiras, levantando poeira para todos os lados.

— Não estamos entrando numa propriedade particular? — perguntou ela.

— O Theo e eu somos velhos amigos — respondeu ele, com um encolher de ombros à moda gaulesa. — Ele não vai se importar.

Ele estava se referindo a Theodore Carrillo, o proprietário, atual patriarca da vinícola e que fazia parte do seleto grupo de *gente de razón*, descendentes de espanhóis considerados a nata da sociedade na época colonial.

— Existe alguém que você *não* conheça? — perguntou ela, com um sorriso.

Quando era sócia do clube campestre, Gerry de vez em quando via Theo por lá. Lembrou-se de quando Mike, que se gabava de ser o *connoisseur*, fora bajulá-lo numa das festas do clube, sendo educada, porém sumariamente esnobado por ele.

— Todos os anos, na época da colheita, o Theo dá uma grande festa — disse-lhe ele. — Há uma tina enorme cheia de uvas e todas as mulheres se revezam para pisoteá-las.

— Parece meio desagradável. — Gerry tentou imaginar-se com a saia levantada, as uvas passando por entre os dedos, mas a única coisa que lhe veio à mente foi um episódio do seriado *I Love Lucy*.

— Foi o Theo que me convenceu a vir para cá depois que... — hesitou — ... quando eu decidi deixar Los Angeles.

Sua esposa. Tudo sempre levava a ela, não levava? Para seu espanto, Gerry percebeu que estava com ciúme... de uma mulher morta.

Pararam o carro em frente a um quebra-vento e saltaram. As únicas coisas que se moviam eram o rastro pálido de poeira que esvoaçava pela estrada por onde eles passaram e as folhas de louro que se agitavam na brisa. De algum lugar longe dali chegava o ronco fraco de um trator e, mais perto, o murmúrio baixo da água seguindo seu curso através de um tubo de irrigação.

Aubrey abriu a toalha sobre a grama macia embaixo de uma árvore, e Gerry tirou os sapatos, hesitando um segundo apenas, antes de murmurar:

— Ah, com licença. — Em seguida levantou a saia, tirou a meia-calça e deitou-se de bruços na grama, apoiando a cabeça nas mãos. Qual fora a última vez que gazeteara? Não o fazia desde que saíra da escola. A única diferença era que naquela época não tinha ninguém para ficar apreciando suas pernas.

Aubrey esvaziou a cesta: frango defumado, salada de batatas, queijo Brie e uma bisnaga de pão. De uma bolsa térmica ele tirou uma garrafa de Chenin Blanc com o rótulo da Horse Creek.

— Me pareceu apropriado — disse ele, tirando a rolha e servindo uma taça para cada um. Ergueu a taça em brinde, o sol refletindo em sua borda e descendo, reluzente. — Um brinde para um dia que acabou sendo salvo.

Gerry, surpresa ao perceber que estava com fome, comeu metade do frango, a maior parte da salada de batatas e várias fatias de pão com queijo antes de cair de costas com um gemido. O sol já não estava mais a pino, deixando o céu com o azul forte e cristalino de um lago entre as montanhas. Olhando para cima, tonta por causa do vinho, ela os imaginou descendo o rio numa jangada.

Então lhe contou sobre a manhã desastrosa com irmã Clement, a viagem para San Francisco com Claire e a ida de Andie para a casa do pai. Quando ficou sem fôlego, ele comentou por alto:

— Parece que você tem tentado agradar a todos e não está fazendo um trabalho muito bom para agradar a si mesma.

— Mães não costumam ter esse luxo.

— A Andie me dá a impressão de ser uma menina sensata; ela vai mudar de opinião.

— O que o faz ter tanta certeza?

Ele sorriu.

— Digamos que seja a voz da experiência.

— Como vou saber se ela não vai ficar melhor com o pai?

— Você não acredita no que está dizendo.

— Sequer sei se terei emprego!

Aubrey levou a mão ao seu rosto, a ponta de seus dedos como folhas macias roçando em sua face.

— Posso te arrumar um para você ganhar o dobro. Basta eu pegar o telefone.

Gerry sentou-se ereta, olhando-o séria.

— Não é responsabilidade sua ajeitar a minha vida.

Ele sacudiu negativamente a cabeça, rindo baixinho.

— Pode acreditar. Eu não ousaria. Você mataria qualquer um que tentasse.

O que estou tentando provar?, pensou Gerry. Que não precisava de um homem em sua vida? Que não estava apaixonada por Aubrey? Será que achava que se repetisse várias vezes, de várias formas, isso se tornaria verdade?

Ela olhou para as pernas compridas dele, esticadas em cima da toalha. Ele ainda estava com os sapatos caros, agora cobertos de poeira, que usara junto com o terno. A metáfora perfeita para Aubrey, pensou ela: um homem vivendo em dois mundos e sem pertencer inteiramente a nenhum deles.

Ela ergueu a taça.

— Um brinde para a amizade... e para transas maravilhosas. Não necessariamente nessa ordem.

— Ah, uma mulher que pensa como eu. — Ele bateu com a taça na dela.

Esse era um tipo de brincadeira que ela uma vez achara sexy e ao mesmo tempo segura, pois a privava da necessidade de fazer mais do que ficar na superfície. Mas agora se pegou detestando-a, ao mesmo tempo em que se sentia incapaz de mudar seu curso.

Talvez tenha sido por essa razão, ou talvez apenas por causa do vinho, mas ela explodiu:

— Garanto que você também conheceu a sua parcela do outro tipo... mulheres que julgavam ter o dever cristão de saltarem e te resgatarem da pira funerária. — Gerry viu o rosto dele ficar sombrio e levou a mão à boca. — Ah, Aubrey, desculpe. Escapou.

— Tudo bem. *Não* falar sobre ela não torna as coisas mais fáceis. — Ele pôs a mão sobre a dela. — Sei que você se sente mal por causa do que aconteceu no casamento, mas a verdade é que acho que Isabelle gostaria de ter ouvido a música dela ser tocada numa ocasião tão feliz.

Gerry sentiu alguma coisa se agitar em seu coração.

— Ela parece ter sido uma pessoa da qual eu teria gostado.

— Ah, ela tinha os defeitos dela. — Normalmente, quando falava da esposa, ele parecia distante, como se num lugar onde ela não tivesse acesso para tocá-lo. Mas agora parecia querer falar sobre ela.

— Como, por exemplo? — Gerry ficou curiosa de repente.

— Às vezes ela se achava meio a prima-dona.

Gerry imaginou se ele a via exatamente como o oposto: alguém estável e com quem podia contar. Boa para dar umas risadas e para atender às suas necessidades sexuais.

— Acredito que isso seja comum neste tipo de trabalho. — Afinal de contas, Isabelle se tornara famosa por mérito próprio.

— Ela também era um pouco hipocondríaca. Sempre indo ao médico por um motivo ou outro. — A voz dele saiu suave e ele riu diante da ironia dos fatos: a esposa não poderia imaginar que o que o futuro lhe reservara era muitas vezes pior do que qualquer doença que ela imaginara ter.

Gerry analisou seu perfil gaulês marcado. Sob a luz que era filtrada pelas árvores ela viu mechas mais escuras entre o cabelo grisalho que pousava em seu colarinho. Ele parecia relaxado e feliz. Como se finalmente tivesse feito as pazes com a morte da mulher... ou talvez com o fato de que seria impossível alcançar essa paz.

Gerry também estava relaxada. Naquele dia que parecia que nada daria certo, ela conseguiu ver, de repente, que nada havia de errado. Quando ele se aproximou e tocou os lábios dela com os seus, ela sentiu o sabor do vinho em seu hálito, doce e encantador. Já fazia um tempo desde que haviam feito amor pela última vez e, com uma risada provocante, ela entrelaçou os braços pelo seu pescoço e deitou-se de costas, puxando-o para cima dela.

Ela sabia que era loucura, que alguém poderia vê-los — uma vez com Mike, durante uma caminhada pela mata, enquanto eles transavam numa clareira, uma jovem aparecera do nada —, mas não se importou naquele momento. A ameaça da descoberta apenas fazia daquilo algo ainda mais excitante.

Ela arrancou a blusa. Ficou feliz por estar usando seu melhor sutiã de renda e não outro, fechado com um alfinete de segurança. (Não que Aubrey fosse se importar... ele dizia que gostava dela mesmo com calcinha velha.) Ela tremeu quando ele o tirou e beijou cada mamilo com a ponta da língua. Devagar, ah, tão devagar... Provocando uma avalanche de sensações. Ela não ofereceu qualquer resistência quando ele enfiou a mão por baixo de sua saia e puxou-lhe a calcinha além dos tornozelos, depois jogando-a para o lado e indo cair em cima de um arbusto.

Aubrey tirou os sapatos e jogou as meias para junto da calcinha. Momentos depois, estava em cima dela. Sua camisa desabotoada esvoaçava com a brisa. Ela passou os dedos nos pelos de seu peito, que eram escuros e macios como o pelo de um animal exótico.

Ele olhou para ela com um tipo de reverência.

— Meu Deus, você é linda. Não faz ideia de como.

Aubrey abaixou-se para lhe cobrir a boca com a sua. O sol chegava com um brilho tênue sob seus olhos fechados e ela teve a sensação repentina de que caía em queda livre na direção do céu. Com um gemido baixo, levantou as pernas, entrelaçou-as nos quadris dele e sentiu quando a penetrou. Era assim que se sentia quando concebia um filho, pensou em algum canto relegado e ainda atuante de seu cérebro... como se houvesse uma dimensão a mais, uma sensação maior do que apenas duas pessoas. Só que com Aubrey não haveria filhos. Talvez nem futuro também.

Então estava *mesmo* caindo. Girando na direção do sol como um planeta fora de sua órbita. Agarrou-se a Aubrey, apertando as pernas e enterrando o rosto em seu pescoço enquanto gritava — um grito agudo, como de alguém em dor. Quem olhasse de longe acharia que se tratava de uma briga, de uma mulher lutando pela própria vida. O que não estaria totalmente errado, pois, em meio ao prazer, Gerry tinha a sensação de alguma coisa sendo arrancada dela, contra a sua vontade.

Em seguida, Aubrey gozou também, os dentes trincados, o pescoço arqueado. Ela sentiu o jato quente de seu esperma e ergueu os quadris para não deixar escapar nada — não tinha qualquer desejo remanescente de gravidez, mas uma necessidade profunda de tirar dele o máximo que pudesse.

Pela maior parte do tempo que se seguiu, nenhum deles se moveu. Aubrey permaneceu dentro dela, os cotovelos de cada lado de seu corpo para que não a esmagasse com seu peso. Estavam os dois ofegantes. Então ela se deu conta de alguma coisa andando em sua perna... uma formiga. De alguma forma, eles haviam conseguido rolar da toalha para a grama. Aubrey saiu de cima dela e a ajudou a se levantar. Ela pegou as roupas, olhando furtivamente para os lados.

— Meu Deus, onde estávamos com a cabeça? — disse ela. — *Qualquer pessoa* poderia ter aparecido.

— E daí? — Aubrey foi despreocupado até o arbusto pegar a calcinha de Gerry e as próprias meias.

Gerry riu diante da visão dele se curvando nu.

— Parece que você está pendurando enfeites de Natal. — Riu ainda mais ao imaginar sua calcinha enfeitando a Árvore do Povo.

Ele a jogou para ela com um sorriso malicioso.

— Pelo menos sabemos quem tem sido malvado ou bonzinho.

Eles se vestiram apressadamente e ela tomou o cuidado de manter os olhos bem abertos para se certificar de que a imagem dele não lhe trouxesse outro acesso de riso — ou outro tombo inesperado na grama. Ela se sentiu como se tivesse dezesseis anos, embora, na adolescência, tivesse mais certeza do seu destino do que tinha agora.

Lançou um olhar furtivo para Aubrey. Será que seus sentimentos por ela haviam mudado? Às vezes, sentia que ele estava se retraindo, mas talvez estivesse vendo os próprios sentimentos confusos refletidos nos olhos dele.

Gerry sentou-se de novo sobre a toalha, ligeiramente zonza, o coração batendo num ritmo acelerado. Definitivamente, não esperara por isso.

Aubrey deve ter sentido a mudança de seu humor, pois, de repente, pareceu se retrair. Em silêncio, guardou as coisas na cesta e sacudiu a toalha. Dessa vez, Gerry desviara os olhos por outra razão: não queria que ele visse o que estava estampado neles.

Estavam de volta no carro, sacolejando na estrada, quando ele disse por acaso:

— Acho que eu devia ter lhe contado antes, mas eu não queria que isso estragasse a nossa tarde... Fui convidado para ocupar a função de maestro em Bruxelas.

De repente, Gerry mal conseguiu respirar.

— Sério? Por quanto tempo?

— Seis meses, talvez um ano.

— Pelo jeito que você está falando, parece que já aceitou.

— É por isso que o Gregory e eu íamos almoçar. Ele queria me passar os detalhes.

— E quanto a Isla Verde? — Ela manteve o tom de voz leve e natural.

— Vou mantê-la até o fim do contrato.

— O Justin não vai ficar nada feliz quando eu contar para ele.

— Não precisa contar. Eu mesmo conto. — Aubrey parecia triste.

Gerry deu graças a Deus por estar de óculos escuros... ele não veria as lágrimas em seus olhos. Ela se lembrou de que o amor jamais fizera parte do combinado. Se Aubrey tinha o bom-senso de dar o fora antes que eles se envolvessem demais, o mínimo que ela poderia fazer era concordar.

Ela olhou pela janela para as fileiras retas de vinhedos alinhadas como frases numa página, página de uma história que ela, de repente, não queria terminar. *É bom mesmo ele estar indo*, pensou com firmeza. Pois mesmo que conseguisse domar os próprios medos, sempre, sempre haveria Isabelle puxando-o com força para outra direção, ocupando-lhe a cabeça com o som de sua música.

— Não se esqueça — disse ela — de que você prometeu ensiná-lo a arremessar a bola em curva.

— Ele tem o pai para isso.

Ela bufou em demonstração de escárnio.

— Os únicos esportes que o Mike sabe são golfe e pescaria. Ano passado ele deu um jogo de tacos de presente de aniversário para o Justin. Só que teve um problema... eram tacos para destro e o Justin é canhoto.

Aubrey fez uma careta.

— Coitado do menino.

Ela imaginou se ele estaria pensando no filho que nunca conheceu... um sentimento com o qual estava mais do que familiarizada e que a fazia se sentir mais próxima dele, mesmo quando ele se afastava.

— Quando você vai? — perguntou.

— Não antes do final do mês.

Mas, pela expressão em seu rosto, ela percebeu que ele já havia ido embora... que ela o perdera da forma mais triste possível, pois, para começar, jamais o tivera de fato. Seu coração se partiu e sentimentos que ela nem sabia que estavam ali transbordaram. Toda aquela sua conversa de querer se virar sozinha pareceu justamente isso: conversa.

— Vou sentir sua falta — disse ela.

— Eu também. — As palavras saíram presas, destacadas.

— Você vai dar notícias?

— Claro.

— Um ano é muito tempo. Com certeza vamos sair com outras pessoas. — Gerry tentou não pensar no que tinham acabado de fazer, minutos atrás.

Ele lhe lançou um olhar que dizia que aquela não havia sido uma decisão tomada facilmente.

— Para seu conhecimento, não há outra pessoa. Não é por isso que estou partindo.

Ela sabia qual era a razão: Isabelle.

— Não pensei nisso — disse.

— Estarei indo e voltando. Ainda vamos nos ver.

— Certo. — Mas ela sabia que não seria a mesma coisa.

— Já conhece Bruxelas?

— Não. — Gerry fora à Europa exatamente uma vez, durante sua lua de mel. Dois dias em Paris e outros dois em Londres. Chovera o tempo todo.

— É um lugar adorável. Você deveria ir me visitar.

— Duvido que eu tenha condições de bancar uma viagem dessas.

— Você não me deixaria te mandar uma passagem, deixaria?

— De jeito nenhum.

— Neste caso, estará me obrigando a pagar uma conta enorme de interurbano. — Ele riu mas não encontrou respaldo. Estavam de volta à estrada principal, agora, rumo ao norte. Ao subirem a colina, ela pôde vislumbrar a vinícola logo à frente... um grupamento de construções de pedra, similar àquelas que ela vira em fotos do Vale do Loire, outro lugar que não deveria visitar tão cedo.

O mundo nunca lhe parecera tão imenso.

E não havia ninguém para culpar a não ser a si mesma. Fora ela que escolhera aquilo, assim como Aubrey, portanto não adiantava chorar. Haveria tempo para isso nas semanas e meses seguintes — nas noites em claro em que pensaria como podia algum dia ter chegado a pensar que tinha tudo resolvido, quando, na verdade, não sabia de nada.

Capítulo Catorze

uando Andie tinha oito anos, retirara as amígdalas. Todos os dias, até o final do horário de visitas, a mãe passara horas com ela lendo seus livros favoritos. O pai estava fora numa viagem a negócios — exatamente como quando ela estreara numa peça de teatro na sexta série e quando recebera um prêmio de melhor redação sobre o tema "O que a Paz Mundial Representa para Mim", no primeiro ano do ensino médio. Quando olhava para trás, parecia que havia passado quase a vida inteira esperando pelo pai: pelo barulho de seu carro, pela batida de sua pasta sendo colocada no chão do hall e, mais recentemente, por uma ligação sua.

Estava há pouco mais de uma semana na casa do pai e quase todas as noites aparecia algum compromisso: amigos para jantar, eventos no clube, um coquetel que nem ele nem Cindy podiam perder. Naquela noite seria a festa de aniversário que Cindy estava preparando para sua melhor amiga, Melinda. A madrasta passara o dia inteiro correndo, na maioria das vezes em círculos — dando ordens à pobre Consuelo, perturbando o serviço de bufê com mudanças de última hora, bronqueando com o rapaz que limpava a piscina por ele deixar um rastro de lama por todo o pátio. E agora, com a casa impecável, as flores arrumadas e todas as peças de prataria polidas, ela dirigia sua atenção para Andie.

— Posso pedir um favor, querida?

Cindy parou sob o batente da porta do quarto de hóspedes, o qual Andie ocupava no momento, com aquele sorriso doce de bala de açúcar queimado num dia de frio. Para piorar, ela a estava chamando de "querida"... nunca um bom sinal.

Andie estampou um sorriso no rosto.

— Claro, pode pedir.

— Se precisar usar o banheiro, você poderia ir à casa da vizinha? — Estava claro, pela voz de Cindy, que ela achava seu pedido perfeitamente normal. — Telefonei para a sra. Chambers e ela disse que estava tudo bem.

Deus me livre se a pia estivesse molhada ou a toalha torta quando os convidados chegassem. O sorriso de Andie sumiu temporariamente do rosto.

— Sem problemas — disse ela, pensando que de jeito nenhum iria à casa da vizinha para fazer xixi. Mal conhecia a sra. Chambers, uma senhora idosa com um poodle gorducho que latia para qualquer coisa que se movesse. Prenderia a urina, se preciso fosse.

— Obrigada. As coisas estão um pouco enroladas neste momento. Se cada um fizesse a *sua* parte... — Cindy passou os dedos pelos cabelos da cor de torradas amanteigadas, dando a impressão de extremamente fingida. Fora ao cabeleireiro no dia anterior e seus novos reflexos louros davam-lhe a aparência de que passara horas na praia, uma ilusão reforçada pelo fato de que, com uma camiseta listrada de mangas compridas e calças brancas tamanho PP, ela tinha uma semelhança incrível com a

Barbie Malibu. — Ah, mais uma coisa, você poderia telefonar para o seu pai e pedir a ele para parar no mercado a caminho de casa? Estamos sem filme para a máquina.

Todos aqueles momentos Kodak que você jamais vai querer esquecer. Pouco importava que não houvesse quase nenhuma foto dela e de Justin na casa. Mas assim era Cindy. Não tinha filhos dela e também não pedira para ter filhos postiços. Essa era a única coisa que elas tinham em comum. Estavam ambas praticamente no mesmo barco.

— Só isso? — Andie levantou-se da cama, onde seu dever de casa estava espalhado sobre a colcha de retalhos: seu livro de história americana, vários cadernos manchados de tinta, uma cópia cheia de orelhas de *Silas Marner* e uma pasta cheia de adesivos.

— Também estamos com pouco detergente para a lava-louças. — Cindy examinou o quarto com um olhar de águia próprio de um almirante que se certificava de que tudo estava na mais perfeita ordem. Andie havia arrumado tudo, mas, se qualquer coisinha estivesse fora do lugar, sua madrasta, com certeza, veria. — Ah, querida? Você se importaria de passar o aspirador aqui no tapete?

Nem uma migalha sequer caía no tapete sem que Cindy saísse correndo para pegar o aspirador de pó. Na noite anterior, após o jantar, o pai brincara que lhe daria um coldre especial para que ela pudesse carregá-lo na cintura para onde quer que fosse. Cindy rira, o que, pelo menos, significava que ela tinha senso de humor. Não, pensou Andie, ela não era má pessoa. Era apenas um "pentelho", que, além de se importar com tudo, era difícil de desencravar.

Ainda assim, *estava* tentando — na semana anterior, levara Andie para almoçar no Casa da Árvore e depois à manicure. Agora que tinha carteira de motorista, sua madrasta até lhe oferecera para deixá-la dirigir, ao que Andie educadamente declinara. Um arranhão no Audi conversível zero-quilômetro de Cindy era a última coisa que qualquer uma das duas precisava.

Ela pensou na mãe: na forma como ela rira quando estava praticando baliza e batera nas latas de lixo sobre a calçada: "Você vai pegar o jeito. É só continuar treinando." Ela sentiu um nó na garganta. Mas tinha que encarar os fatos: a mãe não se importava mais com ela. A gota d'água fora quando largara tudo e saíra correndo com Claire para San Francisco. Sem aviso, nem recado, apenas um telefonema pouco convincente quando voltara. Desde então, não telefonara mais.

Estava indo para o armário — havia um aspirador de pó dentro de cada um — quando enfiou o pé na borda do tapete e tropeçou, caindo em cima da penteadeira — adornada com uma saia de babados Laura Ashley, que fazia jogo com a colcha e as cortinas da janela — e deixando a escova de cabelos cair em cima do tapete. Pelo canto dos olhos, enquanto se abaixou para pegá-la, Andie viu que Cindy franzira o rosto. Sabia o que ela estava pensando: e se tivesse sido alguma coisa de quebrar?

— Você está bem? — Cindy aproximou-se, parando a alguns centímetros de onde estava Andie, como se estivessem jogando "Mamãe, posso ir?" e ela ainda não tivesse obtido permissão para se mover.

— Estou bem... só um pouco desastrada. Sempre fico assim quando estou para ficar menstruada. — Andie mordeu o lábio. Por que tinha dito isso?

A madrasta deu uma risada de quem sabia do que se tratava.

— Nem me fale. Quando é comigo, seu pai diz que fico insuportável. O que eu mais detesto é o inchaço... fico parecendo uma baleia. — Andie podia vê-la pelo espelho, batendo numa barriga onde dava para fritar um ovo. — Precisa de absorventes?

— Não. Obrigada. Tenho o suficiente. — Comprara um pacote na esperança de que, junto com ele, viesse sua menstruação. Menstruação há semanas atrasada. A única pista dela era o inchaço, seios inchados, que também podiam facilmente ser sintoma de...

— Bem, se precisar é só me avisar. — A voz aguda de Cindy interrompeu seus pensamentos.

Sim, Cindy estava tentando. Em momentos como esse ela chegava a parecer solidária. No entanto, em certos aspectos, Andie preferiria ter uma madrasta nos moldes dos contos dos Irmãos Grimm. Era mais fácil odiar alguém mesquinho do que alguém que inspirava pena.

Ela estava virando as costas para sair quando Andie perguntou:

— Ah, Cindy? Tudo bem se eu for para a casa da Finch hoje à noite? Estamos trabalhando num projeto que é para entregar na segunda-feira.

Uma mentira deslavada, mas que fazia sentido. Nem Cindy nem o pai faziam ideia sobre o que era o seu trabalho. E Andie não aguentava mais a iminência de mais uma noite enfiada naquele quarto, ou, pior ainda, de ser bajulada pelas amigas falsas de Cindy. Precisava dar o fora daquela casa onde era preciso lembrar de tirar os sapatos antes de entrar na sala de jantar com seu tapete na cor creme e seus objetos de arte (pelo menos assim Cindy os chamava, embora, na casa da avó, aquelas mesmas peças fossem chamadas de quinquilharias) que pareciam prestes a se quebrar se alguém respirasse um pouco mais forte. Andie desejou estar em casa, mas, como isso estava fora de questão, a casa da amiga, com seus gatos e cachorros andando livremente e o leve odor de cavalos impregnado em todos os cantos, era a segunda melhor opção. Lá, você podia andar de botas para todos os lados e, se quebrasse um prato, Laura simplesmente diria que já ia comprar outro mesmo.

Mas Cindy era mais desligada do que ela havia imaginado.

— Você vai perder a festa! — disse ela, fazendo beicinho com os lábios pintados e brilhantes.

Andie tentou parecer aborrecida.

— Eu sei. Sinto muito. Eu... — Começou a dizer que estava ansiosa para a festa, o que era uma grande mentira. — Diga à sua amiga que eu lhe desejo um feliz aniversário, está bem?

Cindy suspirou.

— Cá entre nós, acho que ela não vai perceber se alguém não estiver presente. O verdadeiro motivo dessa festa é... eu queria que ela ficasse mais animada. — Baixou a voz, destacando as sílabas: — Di-vór-ci-o.

— Ah, que pena! — Era estranho falar com Cindy sobre divórcio. — Eles têm filhos? — perguntou Andie, para ser delicada.

— Um só, mas ele está estudando fora. Pobre Mel. Ela está arrasada.

Andie pensou em Simon, que andava ligando e deixando recados aos quais ela não respondia. De que adiantaria? Ele só lhe contaria mais disparates com relação a Monica ser sua mentora, quando todos na cidade sabiam que, aleijada ou não, ela era uma Vênus papa-anjo no que se referia aos homens. Outro dia mesmo, Andie ouvira dizer que ela tivera um caso com o marido da sua professora de história, sra. Farmer, dono da loja de música e que também afiava pianos. "Ouvi dizer que o piano da Monica passou por uma tremenda reforma", caçoara Herman Tyzzer, da Den of Cyn.

Ainda assim, só de pensar que ela e Simon pudessem terminar para sempre, sentia uma dor na garganta, como um comprimido que fica entalado. E se estivesse grávida? O que faria?

— Talvez eles voltem — disse ela, sem muito entusiasmo.

— Pouco provável. Ele já está vivendo com outra mulher. — Cindy ruborizou, como se percebesse que suas palavras estavam descrevendo o mesmo que acontecera com a mãe de Andie. Ela olhou para a menina com um jeito levemente acanhado. — Escute, sei que também tem sido duro para você. Quero apenas que você saiba que se algum dia precisar de alguém para conversar... — Fez uma pausa, como se não tivesse muita certeza do que dizer. — Você faria isso, não faria? Viria falar comigo se tivesse algum problema? Não sou nenhuma bruxa, sou? — Deu uma risadinha nervosa.

Ah, meu Deus, Cindy estava tentando ser sua amiga. Não apenas para soar simpática, mas para satisfazer alguma necessidade patética dela mesma.

— Claro... quer dizer, sim, se eu... se eu estivesse com algum problema. — Andie estampou um sorriso reluzente, esperando convencer a madrasta de que não tinha nenhuma preocupação no mundo.

Mas por que sentir pena de Cindy? Ela tinha tudo. E seu pai simplesmente a idolatrava. Por mais que tivesse brigado com sua mãe, ele achava que Cindy era perfeita.

O barulho de alguma coisa se espatifando na sala ao lado fez Cindy virar-se rapidamente. Momentos depois, ela estava aos berros pelo corredor.

— Bernard! Que *diabo* você fez?

Andie sentiu uma necessidade esmagadora de sair dali. Naquele exato momento teria trocado qualquer CD seu pela sua carteira de motorista, mas não tinha escolha, a não ser tentar conseguir uma carona com o pai.

Pegou o telefone que estava em cima da mesinha de cabeceira — uma reprodução graciosa, branca e dourada, de um telefone antigo — e discou o número dele. Por sorte, ele ainda estava no escritório. Sua secretária, sra. Blanton, pediu-lhe que esperasse, até que sua voz sonolenta surgiu do outro lado da linha.

— Oi, docinho. Eu estava de saída. O que foi?

— A Cindy pediu para você trazer filme para a máquina. E sabão para a lava-louças. Ah, e mais uma coisa... — Ela cruzou os dedos. — Você poderia me dar uma carona até a casa da Finch? — Andie tiraria suas dúvidas com Finch, a quem podia visitar a qualquer hora, tão logo saísse com o pai.

Ele expirou demoradamente.

— Outra pessoa não pode te levar?

— A Cindy está se arrumando para a festa. — Andie podia ouvi-la na cozinha gritando com o funcionário do bufê. — E acho que este não seria o momento apropriado para eu pedir.

— Está bem, mas sob uma condição: vamos parar na casa da sua mãe, no caminho.

Andie ficou imóvel, como se, de repente, o mundo fosse feito de lâminas afiadas que lhe cortariam a pele se ela se movesse um centímetro sequer.

— Por quê? Não temos nada a dizer uma para a outra — respondeu com frieza.

— Falamos sobre isso no caminho. — Mike tinha a voz firme.

Meia hora depois eles já estavam no carro, um Lincoln azul-bebê do qual Cindy zombara, dizendo que era o tipo de carro que o pai *dela* dirigiria. À medida que foram deslizando pelas ruas do Hidden Valley Estates, condomínio fechado onde Mike e Cindy moravam, ela pensou como aquele lugar era diferente do bairro onde crescera. Tão bem ajardinadas e mantidas quanto a Disneylândia, as casas, que sua mãe chamava de McMansões, ficavam bem afastadas da calçada e eram cercadas por gramados tão vistosos e verdes quanto os campos de golfe do Dos Palmas.

— Isso é tolice — disse ela.

O pai nada respondeu.

— Ela nem sequer quer me ver. Se quisesse, teria ligado.

Ele lhe lançou um sorriso suave.

— Você está falando do mesmo jeito de quando era pequena.

Ela se lembrou de quando costumava ameaçar fugir de casa, como a mãe sempre se oferecia de boa vontade para ajudar a fazer as malas. Psicologia às avessas, sabia agora, embora, na época, achasse que ela não ligava.

Andie analisou o pai pelo canto dos olhos. Era um homem bonito e quase não havia perdido cabelo, mas engordara um pouco desde que se casara com Cindy. O que era estranho, pois sua madrasta era exatamente o oposto: fazia ginástica como uma maluca e comia o que o pai chamava de "comida de passarinho". Ele parecia um homem barrigudo de meia-idade — não tinha sempre um assim? — correndo atrás dela na trilha de corrida, fazendo com que todos à sua frente se sentissem muito melhor consigo mesmos.

— Sua mãe me telefonou hoje — disse ele. — Ela parecia triste.

— Sério? — Um leve tremor lhe percorreu o corpo. — E por que ela não me deu essa impressão? Para mim é como se estivesse cagando e andando.

Ele lhe lançou um olhar de censura.

— Olha o palavreado, mocinha. Não é só porque você não está em ca... — Fez uma pausa, trocou rapidamente a marcha e disse: — Sua mãe achou que você precisava de um pouco de espaço.

Andie imaginou a mãe e Justin jantando na cozinha, o irmão reclamando que aquele não era o tipo de massa que ele gostava, e ela respondendo com toda gentileza que todas elas tinham o mesmo gosto e que, se ele não estivesse satisfeito, que preparasse o próprio jantar. De repente ela sentiu uma saudade imensa deles e fez o possível para não chorar.

Mas não havia nenhum cheiro de comida vindo no fogão quando ela entrou. A mãe estava deitada no sofá, os olhos fechados, parecendo tão abalada que toda a raiva que Andie estava sentindo sumiu de repente.

Tudo que ela queria era que a mãe a abraçasse e embalasse como quando era pequena.

— Mãe — chamou baixinho.

Os olhos da mãe se abriram e ela olhou de forma indecifrável para Andie, antes de dar um sorriso hesitante.

— Oi, querida, achei que fosse o Justin. — Ela não se levantou. Parecia que estava esperando que Andie fizesse o primeiro movimento.

Buster entrou e lambeu a mão dela, que se abaixou para acariciá-lo atrás das orelhas. Ele soltou um gemidinho ruidoso e sorriu à moda canina, o corpo todo balançando.

— Não posso ficar, o papai está esperando lá fora.

— Você não quer pedir para ele entrar?

Andie sabia que isso não era fácil para a mãe.

— Não, tudo bem. Ele disse que precisava fazer umas ligações.

Estava escurecendo. A mãe levantou-se e acendeu o abajur, que lhe iluminou brevemente o rosto, produzindo um efeito fantasmagórico, que tornava suas olheiras mais pronunciadas.

— Como você está? — perguntou.

— Estou bem.

— Tem tudo o que precisa?

— Quase tudo.

— Se estiver com vontade de comer alguma coisa, tem pizza na geladeira. Não leva nem um minuto para esquentar.

Andie balançou negativamente a cabeça, lançando um olhar reprovador para a mãe.

— Você sabe que não devia ficar comendo essas coisas. Elas não te fazem bem. — A mãe parecia uma criança.

Gerry sorriu.

— Você está parecendo a sua avó.

Andie deu uma olhada pela sala, tranquilizando-se ao perceber que tudo estava exatamente da mesma forma de quando ela saíra, tudo no seu devido lugar — até mesmo aquela vara de pescar sem sentido que já devia ter ido para a garagem. Ela limpou a garganta.

— O papai disse que você queria falar uma coisa comigo.

A mãe parecia tensa. Também não era fácil para ela.

— Eu queria que você soubesse... bem, não era isso o que eu tinha em mente quando a Claire se mudou para cá. Vi a nós todos como uma grande família. Não parei para pensar que você poderia não estar vendo da mesma forma.

Andie suspirou.

— Não é só a Claire.

— Eu sei, querida.

— Você devia ter acreditado em mim quanto àquele lance do CD.

— Sei disso também. — Andie percebeu o indício de lágrimas nos olhos da mãe.

Ela sentiu sua determinação vacilar.

— Mesmo não tendo sido de propósito, sinto muito pelo Aubrey ter ficado aborrecido.

A mãe pareceu triste diante da menção do nome de Aubrey, e Andie imaginou se eles teriam brigado. Esperava que não. Com ele, a mãe parecia sentir-se feliz pela primeira vez após o divórcio.

— É tarde demais para dizer que sinto muito? — perguntou Gerry, com a voz chorosa.

Andie não conseguiu suportar a expressão no rosto da mãe. Ao mesmo tempo ela a encheu de esperanças, esperanças de que as coisas melhorassem. A menina arriscou um sorriso.

— Não é você mesma que está sempre me dizendo que nunca é tarde demais para pedir desculpas?

— Prometo que as coisas vão ser diferentes.

— Como? — Andie não queria parecer rude. Queria mesmo saber.

— A começar por uma única razão: vamos ficar mais tempo juntas.

Andie foi levada a perguntar:

— Você e o Aubrey terminaram?

A mãe baixou os olhos.

— O que eu quis dizer é que parece que vou ser demitida.

— Claro que não. — Andie negou com a cabeça, incrédula. — Elas não podem fazer isso com você, podem?

A mãe franziu os lábios num sorriso triste.

— Você já ouviu aquele ditado? É melhor não cutucar a onça com vara curta. Bem, ao que parece é verdade. A Claire se encontrou com o pai dela, que não ficou nada satisfeito com a visita e decidiu que estava na hora de acabar de vez com esse assunto. Ou isso ou ele está querendo se vingar de mim.

Claire, então era ela a razão. Pouco tempo atrás, Andie poderia ter usado isso contra a irmã, mas via agora que Claire não pedira por isso tanto quanto ela.

— Ele pode mesmo te demitir?

— Aparentemente sim.

— Que merda!

— Eu não poderia ter me expressado melhor. É isso mesmo, que merda!

Elas olharam uma para a outra e começaram a rir. Assim era a sua mãe: ela sempre podia fazê-la rir. Mesmo quando o motivo pelo qual riam não era nem um pouquinho engraçado.

Isso quebrou o gelo e, quando Andie falou, as palavras saíram com mais naturalidade.

— Sinto muito, mãe. Eu gostaria de poder fazer alguma coisa.

— E pode. Volte para casa. — O riso abandonou o rosto de Gerry e ela olhou ansiosa para a filha.

Tudo o que Andie queria era se jogar em seus braços, mas alguma coisa a impedia.

— Vou dormir na casa da Finch hoje à noite — disse ela. — O papai vai me levar lá.

— Pelo que ouvi falar, ele e a Cindy vão dar uma festa.

— É para uma amiga dela.

Andie deve ter deixado transparecer, pois a mãe deu um sorriso malicioso.

— Não é muito o seu estilo, não é?

— Não exatamente.

— É bom ficar lá com o seu pai?

— É... — Andie encolheu os ombros. — Tem um quarto só para mim

— O que me faz lembrar que eu estava pensando em redecorar o seu. Papéis de parede novos, quadros novos. Lembrei que você gostou daquela cabeceira de palha lá do Píer One.

Antes que Andie pudesse responder, o pai buzinou.

— É melhor eu ir.

A mãe a acompanhou até a porta, onde a abraçou apertado. Estava usando um perfume que Andie lhe dera de presente no Natal anterior. A menina se pegou lembrando que, depois de todas aquelas vezes em que ameaçara fugir de casa, a mãe sempre fazia algo engraçado com ela — como assar biscoitos ou ajudá-la a fazer uma cabana com cobertores.

De repente, Andie não se viu com pressa para ir embora.

A mãe recuou, dando um sorriso tristonho.

— Se você não voltar logo para casa, vou ter que me endividar e comprar um secador de cabelos decente. — Essa era uma piadinha familiar, pois Gerry era a única mãe do planeta que pegava o secador da filha emprestado.

Andie estava no meio da entrada de carros quando deu uma olhada por cima do ombro. A mãe parecia extremamente só, parada sob o batente da porta. Andie pensou numa vítima de enchente presa no telhado enquanto sua casa era invadida pela correnteza. Estava a ponto de se virar e voltar correndo. Mas então o pai buzinou de novo, com mais pressa dessa vez.

Ele a olhou de um jeito engraçado quando ela entrou no carro, mas não perguntou nada até que estavam virando a esquina para o próximo quarteirão.

— Como foi? — perguntou.

— Foi bem — respondeu ela.

— Você não deu trabalho a ela, espero.

Andie suspirou e negou com a cabeça.

— Não. Nós conversamos.

— Então está tudo resolvido?

— O quê?

— Você e sua mãe.

Andie analisou aquele perfil que no espaço de um ou dois anos estaria com queixo duplo. Soube então que ele desejava aquilo tanto quanto sua mãe — por motivos inteiramente dele. Não era nada específico, apenas um sentimento que tinha... de que a vida seria bem mais fácil sem ela por perto.

— Vou arrumar as minhas coisas amanhã — disse a ele.

Ele estendeu a mão para lhe acariciar o joelho.

— Essa é a minha menina.

Andie viu o alívio estampado no rosto do pai, mas, para sua surpresa, isso não a magoou como poderia ter magoado tempos atrás. Apenas se sentiu triste. Ela sabia que, do jeito dele, o pai a amava. Apenas não tanto quanto ela precisava.

Já estava praticamente escuro quando ela chegou à casa de Finch. Andie a encontrou na cocheira com Hector, limpando as baias. Pegou um ancinho e pôs-se a ajudar também, espalhando palha limpa no chão, enquanto Punch permanecia preso às correntes em X na sala de arreamento. Judy, a Appaloosa, e a bela égua alazã de Finch, Cheyenne, observavam por cima de suas baias, aguardando pacientemente sua vez. Quando todas as baias estavam limpas, cada égua recebeu como agrado uma porção de mingau de farelo com melado. Hector saiu para se lavar com a mangueira, e Andie e Finch se revezaram na pia do quarto de arreamento.

O jantar, cortesia de Maude, consistia em feijões assados com linguiças e biscoitos amanteigados. Eles se sentaram em torno da mesa da cozinha, todos conversando ao mesmo tempo — Andie e Finch, Laura, Hector e Maude —, comendo em pratos avulsos e usando garfos e facas de pelo menos três jogos diferentes. Andie nunca vira Laura tão feliz, a não ser, quem sabe, no dia de seu casamento. Falava sobre o seu dia — após um início um tanto lento, parecia que as vendas na Delarosa haviam mesmo deslanchado —, mas, vez por outra, lançava um olhar para Hector, que lhe correspondia com um pequeno sorriso, como se dividissem algum tipo de segredo.

— Mais feijão? — Maude, que fazia Andie se lembrar de um canário branquinho que tivera uma vez, gesticulou na direção da travessa de barro que fora presente de casamento de Finch para os noivos, e continuou a falar sobre a horta que havia plantado, sobre os gatos que precisavam tomar vermífugo e a estrela cadente que vira e para a qual fizera um pedido, na noite anterior.

Não era de admirar que Finch se sentisse em casa com aquela família misturada. Andie se lembrava da época, não há muito tempo, em que a amiga parecia um prego quadrado que tinha de entrar no furo redondo que era o mundo. Mas agora, ao observá-la passando manteiga num biscoito enquanto falava animada sobre um japonês, aluno de intercâmbio de sua aula de geometria, que a convidara para comer sushi, Andie se deu conta de como ela parecia feliz, como se nada de ruim jamais lhe tivesse acontecido, como se não tivesse se sentido tão estrangeira quanto Mariko na primeira vez que chegara a Carson Springs.

No meio da refeição, Laura comentou com Andie:

— Ouvi dizer que você está na casa do seu pai. — Ela havia tirado a roupa de trabalho e vestido calças jeans e um moletom, sua indumentária de ficar em casa.

— Volto para casa amanhã — contou-lhe Andie.

— Sua mãe deve estar feliz.

A resposta saiu com facilidade:

— Está.

Laura sorriu.

— A propósito, finalmente conheci a Claire.

— Ah? — Andie aguardou pela batida acelerada que sempre se seguia quando o nome de Claire era mencionado, mas percebeu que estava apenas um pouco curiosa para saber o que Laura havia achado dela.

— A casa de chá dela é o assunto do momento na cidade.

— Quanto a mim, mal posso esperar. — Maude quase bateu palmas de tanta alegria.

— Passei lá outro dia, para ver se ela precisava de ajuda. — Hector pegou outro biscoito. — Aquele empreiteiro dela trabalha bem. O lugar está mesmo ficando bom.

Andie sentiu-se culpada por não ter ido lá para ver, e ficou aliviada quando a conversa passou para outros assuntos: o telhado novo da cocheira, a conserva de vagem que Maude ia começar a vender na feira do condado e a aula de literatura de Hector na escola, que o fizera passar metade da noite acordado, lendo *Guerra e Paz*.

A sobremesa consistia em bolo de damasco, que Maude havia posto em conserva no verão anterior. Depois disso, Finch recostou-se na cadeira e disse:

— Estou cheia. Não conseguiria comer mais uma fatia, mesmo que vocês me pagassem.

— Neste caso, pode ajudar com a louça — disse-lhe Laura.

— As senhoras podem ficar quietinhas. *Eu* é que vou lavar a louça. — Hector arrastou a cadeira e apertou carinhosamente o ombro de Laura ao se levantar. — Isso serve para você também — disse a Maude, que já estava botando o avental.

— Nós vamos levar os cachorros para dar uma volta. — Finch lançou um olhar significativo para Andie e em seguida assobiou para Pearl e Rocky.

Assim que saiu pela porta dos fundos, Andie viu que a noite estava clara — a lua bem visível e as estrelas pareciam luzinhas brilhantes no céu de veludo. Estava frio também. Dava para ver a própria respiração e ela ficou feliz por ter levado seu casaco grosso.

Elas pegaram o caminho que levava à subida relvada atrás da cocheira. Havia chovido na noite anterior e o aroma era de terra molhada e sálvia. Ao longe, as montanhas pareciam colagens sobre o horizonte estrelado.

Elas paravam de vez em quando para que Pearl e Rocky, velhos e ceguetas, precisando urinar em cada arbusto, conseguissem acompanhá-las. Em determinado momento, Finch se abaixou para dar uma olhada em alguma coisa na boca de Rocky.

— O que você encontrou, rapaz? — Ela examinou a "coisa" com cuidado na escuridão; então, fazendo uma careta, a atirou nos arbustos. — Eca, seja lá o que for, está morto.

Andie teria vomitado, mas supôs que a carcaça de um rato não fosse nada em comparação com as coisas que Finch já vira. Como, por exemplo, ter o pai adotivo baleado por traficantes de drogas e sangrar até a morte na sua frente. Considerando tudo pelo que ela já havia passado, era impressionante como era normal.

Elas continuaram a andar, suas sombras se estendendo como tesouras alongadas sobre o caminho iluminado pela lua. Após um tempo, Finch falou:

— Estou feliz por você e a sua mãe terem feito as pazes.

— É, eu também. — Andie chutou uma pedrinha.

— Seu pai aceitou numa boa?

— Para falar a verdade, acho que ele está mais ou menos aliviado por eu estar voltando. — Finch era a única pessoa para quem ela podia contar isso.

— Por causa da Cindy?

— De certa forma, sim.

— Que filha da mãe.

Andie encolheu os ombros.

— Ela não é tão ruim assim.

— Pensei que você a detestasse.

— Detestava... mas não detesto mais.

Elas chegaram ao topo da colina, onde se sentaram sobre uma pedra grande e achatada, enquanto os cachorros saíam para explorar o terreno. As sete estrelas da Ursa Maior pareciam perto o bastante para serem tocadas. Decorrido um momento, Andie perguntou:

— Você pensa na sua mãe?

— Na verdade, não me lembro dela. — Para Finch, Laura era a única mãe que tinha. — Eu tinha dois anos... pelo menos é isso o que está na minha ficha. Me encontraram sozinha numa loja do McDonald's. — Ela deu um sorriso amarelo. — Às vezes tenho um sonho... bem, não exatamente um sonho, é mais uma lembrança... de uma mulher loura com um vestido azul se curvando sobre mim. Deve ser a minha mãe.

— É uma lembrança boa?

Finch arrancou um matinho que crescia na rachadura de uma pedra.

— Acho que sim. Mas seria melhor se eu conseguisse me lembrar de mais alguma coisa.

De repente os problemas pessoais de Andie pareceram pequenos em comparação aos da amiga.

— A Claire devia ficar imaginando coisas assim também.

— Sorte a dela que não precisa mais pensar no assunto.

— É.

— Estive pensando. — Finch virou-se para ela. — Talvez a gente pudesse ir até a casa dela depois da escola na segunda-feira, sei lá, ver como estão as coisas.

— Acho que mal não ia fazer. — Andie não lhe contou que o mesmo pensamento já lhe passara pela cabeça.

— Eu gostaria de conhecê-la.

— Por que você não foi com a Laura e o Hector?

— Até parece que eu ia fazer isso com você. — Finch lhe lançou um olhar sério, indicando que nem cogitaria fazer isso sem que ela soubesse primeiro.

Andie baixou a cabeça, não querendo que Finch visse lágrimas em seus olhos.

Em seguida Rocky saiu do meio dos arbustos carregando um galho, que Finch tirou de sua boca e atirou para baixo, para que ele fosse buscar. Na colina oposta, uma sequência de árvores se destacava em forte contraste com o céu e, mais adiante, uma clareira levava às casas que reluziam como dados jogados na paisagem escura.

Quando ficou muito frio, elas começaram a descer, os cachorros as acompanhando logo atrás. Quando já haviam descido mais da metade do caminho, Finch perguntou de forma despreocupada, despreocupada até *demais*:

— Tem notícias do Simon, ultimamente?

— Você quer saber se eu retornei as ligações dele? — Finch sabia muito bem que ela não havia retornado. — Duvido que ele esteja esperando.

Finch lhe lançou um olhar ligeiramente magoado.

— Ei, eu só estava perguntando.

— Desculpe. Acho que ando meio sensível.

— Ainda nem sinal da sua menstruação? — Finch baixou a voz, embora não houvesse ninguém por perto.

Andie negou com a cabeça, de repente tomada de pânico.

— E quanto ao teste? Você fez?

— Ontem. — Pegara um daqueles testes caseiros quando parara para comprar absorventes.

— E?

— Deu negativo.

Finch parou de repente.

— Por que você não me *contou*? Eu estava superpreocupada.

— Testes podem dar errado.

— Quanto tempo ela *está* atrasada?

— É a segunda menstruação que não vem.

Finch franziu o cenho.

— Você devia procurar um médico.

— A única médica que eu conheço é a da minha mãe.

— Nós vamos encontrar alguém, não se preocupe.

Andie sentiu-se reconfortada pelo uso do pronome "nós". A ideia de ter de passar por tudo isso sozinha era quase mais do que conseguia suportar.

— Ainda não contei para o Simon.

— Você não acha que deveria?

— Ele não vai levar a sério. Vai dizer que o teste não está errado. — Simon, acima de tudo, era jornalista. Lidava com fatos, não com especulações.

— Está bem, então por que você não espera até ter certeza, tanto com relação a um resultado quanto a outro? — Finch foi rápida ao incluir: — Nesse meio-tempo, você pelo menos devia *vê-lo*. Você não sabe se tem mesmo alguma coisa rolando entre ele e a Monica.

Uma coruja piou em algum lugar na escuridão; isso lhe pareceu o som mais solitário do mundo. Andie pensou por um momento e disse:

— Tem razão. Idiotice a minha.

A verdade era que sentia saudades de Simon quase tanto quanto sentira da mãe. Sentia falta da mochila dele batendo na sua, do olhar de felicidade em seu rosto quando ela se aproximava furtivamente dele na biblioteca, a forma como piscava, surpreso. Sentia saudades até mesmo de seus presentes bobos: as balinhas coloridas que ele sabia que ela gostava; uma caixa de clipes coloridos; o chaveiro que ele lhe dera quando ela havia tirado sua carteira de motorista.

— Por que você não liga para ele quando a gente voltar para casa? — Finch apertou o passo.

Andie franziu os olhos.

— O Simon pediu para você falar comigo?

— Eu? Nem sei do que você está falando.

Mas, a julgar pela forma repentina como Finch passou à sua frente, Andie achou que ele *havia* pedido sim. Por alguma razão, ela não ficou chateada. Sorriu para a amiga, que se afastava no escuro.

Mas Simon não estava em casa quando ela ligou. A única coisa que seu irmãozinho (Andie nunca sabia qual; eles tinham a voz parecida) soubera lhe dizer é que ele havia saído. Com Monica? Ela não ousou perguntar. Tampouco deixou recado, já que sabia por experiência própria que havia menos de cinquenta por cento de chance de ele recebê-lo.

Na manhã seguinte ela e Finch levantaram assim que amanheceu. Com o sol semelhante a um pêssego gordo num céu de melancia, elas puseram selas nos cavalos — Andie montando Punch, e Finch, Cheyenne — e saíram. Quando voltaram, o sol aquecia as tábuas gastas da cocheira e as duas estavam famintas. Assim que terminaram de escovar os cavalos, Andie pensou em torradas com manteiga e na geleia de pêssego de Maude.

Por sorte, Maude estava de pé e na ativa, o café passando e uma panela com mingau de aveia cozinhando no fogão. Andie pegou uma tigela de uma pilha torta e duas torradas com geleia. Quando estava no meio do café da manhã, Hector entrou devagar, bocejando, e perguntou a Andie se ela gostaria de uma carona até a cidade. Ela logo aceitou sua oferta, perguntando se ele a deixaria na casa de Simon.

Pouco depois, ela estava descendo do carro na entrada de um acampamento malcuidado de trailers. Olhou desapontada ao redor. Havia imaginado Mariposa Gardens como o acampamento de trailers onde a irmã de seu pai, tia Teresa, morara numa época: bonito, com trailers duplos e jardins bem cuidados. Ali, havia apenas áreas de grama seca onde ainda restava algum vestígio de jardim. Conforme andava pela entrada parcialmente coberta por cascalho, ela viu que os carros sob os abrigos eram de modelos mais velhos, com partes amassadas e manchas de base pré-pintura. Os únicos sinais de vida eram os varais, onde as roupas balançavam sem vigor, e brinquedos espalhados por todos os cantos — carrinhos Hot Wheels, piscinas infláveis com água espumosa até a metade e caminhõezinhos virados na terra.

Não era de admirar que Simon não tivesse pressa em levá-la à sua casa.

As poucas pessoas que estavam por ali — um homem tentando ligar o carro, o som do motor parecendo o gemido de um animal à beira da morte, uma senhora de chinelos e penhoar surrado levando o lixo para fora e um menino louro, com cerca de dez anos, empoleirado no porta-malas de uma caminhonete amarela avariada com um adesivo no para-lamas que dizia: SE VOCÊ CONSEGUE LER O QUE ESTÁ ESCRITO AQUI, VAI COMER POEIRA, que olhou desinteressado para ela quando passou. Estava na cara que os vizinhos de Simon estavam acostumados a ver pessoas estranhas andando por ali nas horas mais inusitadas.

Mais para o final da entrada de carros ela avistou a Variant velha de Simon estacionada sob um abrigo um pouco maior do que uma telha de plástico corrugado apoiada sobre mastros de alumínio, e sentiu uma onda de alívio lhe percorrer o corpo. Se tivesse ido à casa de Monica na noite anterior, não estaria ali agora. Ela subiu os degraus do trailer que se destacava dos outros à sua volta, por conta de uma jardineira de onde pendiam gavinhas de trepadeiras que cresciam desordenadamente, e bateu à porta. Lá dentro, um cachorro começou a latir.

A porta se abriu e uma criaturinha branca e peluda saiu apressada — Bartlesby, o vira-lata que Simon adotara do abrigo para cães onde ela havia trabalhado como voluntária. Ela se abaixou para pegá-lo no colo.

— Andie! O que você está fazendo aqui?

Ela se empertigou com o cachorrinho nos braços e viu Simon olhando surpreso para ela.

— Eu estava aqui perto — disse-lhe.

Ele parecia nervoso quando recuou para deixá-la entrar. Estava com uma camiseta surrada do Monterey Jazz por cima de uma calça de pijama amassada e, com os cabelos caindo-lhe sobre a testa, não parecia ter mais do que doze anos. Ele lhe deu um sorriso hesitante.

— Só estou surpreso, é isso. Você não retornou nenhuma das minhas ligações.

— Eu te liguei ontem à noite. Você não estava em casa.

Andie olhou à sua volta. Dois meninos de cabelos escuros, parecidíssimos com Simon, estavam refestelados no tapete, de frente para a televisão ligada a todo volume. Um terceiro, mais novo que os outros dois, sentado à mesa a alguns centímetros dali, comia ruidosamente o cereal de uma tigela branca, enquanto uma menininha ao seu lado tomava leite diretamente da caixa.

— Junie! — Simon precipitou-se e arrancou-lhe a caixa das mãos. — Quantas vezes eu já falei para você usar um copo?

— Eu não alcanço — choramingou ela.

Ele pegou um copo do armário da cozinha. Ricki, que Andie reconheceu da escola, passou naquele exato momento, mal olhando para ela, que se sentava no sofá.

— Pessoal, esta aqui é a Andie — informou Simon.

— Olá — disse ela, baixando o cachorro até o tapete.

Os meninos murmuravam alguma coisa sem tirar os olhos da TV. Ricki, alta, magra, desengonçada, de cabelos escuros, legging e moletom preto larguinho, ergueu a mão num cumprimento, enquanto Junie lhe abriu um sorriso com bigode de leite, dizendo em voz alta e aguda:

— É a *namorada* do Simon.

Um calor subiu pelas faces de Simon e ele lançou um olhar apologético para Andie.

— Eles não são muito educados.

Andie olhou para o corredor estreito.

— Sua mãe está dormindo?

Ele fez que sim com a cabeça.

— Ela trabalha à noite. Não se preocupe, pode cair uma bomba que ela não acorda.

Andie observou Bartlesby correr para a mesa onde o leite que Junie havia derramado escorria para o chão.

— Quanto a ontem à noite — disse ela —, eu teria deixado recado, só que não tinha certeza se você iria querer falar comigo.

— O que parece engraçado, se você levar em consideração todos os recados que eu *tenho* deixado. — O tom de voz de Simon estava irônico e seus olhos cor de avelã, arregalados num gesto de censura. Ele empurrou os óculos, que haviam escorregado pelo nariz.

— Talvez eu devesse ter ligado para a casa da Monica.

O rosto de Simon ficou ainda mais vermelho e ele olhou nervoso para os irmãos e irmãs que tinham desviado o olhar dos Power Rangers para encará-lo. Ele segurou Andie pelo braço e a levou até a porta.

— Vem cá, podemos conversar aqui fora.

— Cuidado com a sra. Malcolm — advertiu Ricki, com uma risada. — A televisão dela está com defeito de novo.

— E a gente por acaso se parece com atores de novela? — rebateu Simon.

A porta de tela bateu atrás deles com uma chacoalhada. Ele conduziu Andie até duas cadeiras dobráveis caídas a estibordo na faixa de grama sob uma grande castanheira. Ele, como bom cavalheiro, escolheu para si a que tinha mais tiras arrebentadas.

— Desculpe. A gente não recebe muitas visitas — disse ele.

— Não vim aqui para tomar café com bolo.

— Por que você *veio*? — Ele parecia magoado e ela pensou se o julgara com muita rapidez... da mesma forma que a mãe tirara conclusões precipitadas sobre aquele CD idiota.

— Achei que devíamos conversar.

— Sobre a Monica? — Andie percebeu um toque de sarcasmo na voz dele.

Ela olhou para a própria sombra que se alongava sobre a grama escurecida e mal desenvolvida.

— Desculpe, fui uma perfeita idiota.

— Detesto ser eu a falar isso com você, mas você ia ficar sabendo mais cedo ou mais tarde: a Monica e eu estamos fugindo para Las Vegas para nos casarmos lá. Nós pensamos: para que esperar até eu me formar? Nada como o presente. E quem vai se importar com a faculdade quando eu posso viver como um rei, deitado à toa em volta da piscina, tomando piña-colada?

Ela ergueu o olhar e viu que Simon a observava com uma expressão séria.

— Piña-colada? — Ela deu uma risadinha.

Ele abriu um sorriso.

— Essa foi boa.

Andie se sentiu uma tola de repente.

— Pensando bem, você e a Monica dariam um belo casal.

— É, eu poderia visitá-la atrás das grades quando ela fosse presa por transar com um garoto menor de idade.

Ela riu só de pensar. Ao mesmo tempo viu a resposta engraçada e automática de Simon pelo que ela realmente era: uma fachada. A verdade era que Simon tinha vergonha... de tudo *aquilo*, o que tornava mais compreensível sua reação à oferta de Monica.

— Desculpe *mesmo* — disse ela. — Eu devia ter confiado em você.

— Tudo bem, vou deixar você sair fácil dessa vez... considerando que é o seu primeiro crime. — Seu sorriso tímido se alargou de orelha a orelha. — A propósito, acho que você gostaria de saber que a Monica não estava de onda quando disse que conhecia o diretor de admissões na Universidade de Stanford. Já está tudo acertado. Vou falar com ele dentro de poucas semanas.

— Isso é maravilhoso! Você deve estar nervoso. — Andie estava feliz por ele, mesmo que isso significasse que fossem se separar. Não havia como ela conseguir entrar em Stanford com as notas que tirava.

— Só para seu conhecimento, ela nunca encostou a mão em mim.

— Nem tentou?

Ele sorriu de forma misteriosa.

— É para eu ficar com ciúme?

Ele fez cara de inocente.

— Eu me pareço com o tipo de cara que trairia a namorada?

Andie respirou fundo. Teria que superar isso também.

— Tem uma coisa que *você* deveria saber... Acho que posso estar grávida.

Ele não disse nada de início, apenas ficou parado, olhando incrédulo para ela. Não Clark Kent ou até mesmo Carl Bernstein, apenas um garoto magricela com uma camiseta vermelha surrada e calça de pijama larga demais na altura dos tornozelos. Alguém que tomava conta dos irmãos e irmãs e pegava cachorros de rua.

— Você *acha* ou *tem certeza*? — A voz dele saiu surpreendentemente calma.

— Fiz o teste... deu negativo.

Ele relaxou, aliviado.

— Então...

— Só vou ter certeza depois que for a um médico. — Isso a pegou em cheio. — Ah, Simon, e se eu estiver grávida?

Ele a observou sério por um bom tempo, então se levantou, as tiras da cadeira dando um estalo, e se apoiou sobre um joelho, pondo as mãos dela nas suas.

— Somos jovens demais para casar. Isso só pioraria as coisas. Como você acha que a minha mãe acabou nesse cu de mundo com seis filhos? Mas uma coisa eu *posso* te prometer: aconteça o que acontecer, não vou te abandonar.

O coração de Andie elevou-se até que ela se sentiu como se pudesse ser erguida e subir até o alto das árvores, como um balão.

— Não quero que a gente se case — disse, num fio de voz. — Mesmo assim, obrigada por não me pedir em casamento.

Ele lhe lançou seu sorriso enviesado de sempre.

— De nada.

Ela percebeu um movimento pelo canto dos olhos, ergueu o olhar e viu uma senhora de cabelos cacheados espiando pela janela do trailer ao lado.

Andie sorriu e perguntou baixinho:

— Você acha que estamos dando à sua vizinha o que ela está esperando ver?

— Você está brincando? O show ainda nem começou. — Simon pôs-se rapidamente de pé e puxou Andie para os seus braços. Ele tinha um leve perfume de lençóis e de camisas do fundo da gaveta. Quando a beijou, ficou com os joelhos bambos e esqueceu-se daquela senhora, até o momento em que recuou para cochichar no ouvido dela: — Estamos fazendo um favor para ela, você entendeu, né? Para que gastar dinheiro com uma TV nova quando ela tem *isso*?

Então Andie soube que tudo ia ficar bem. Acontecesse o que acontecesse. Pois nesse exato momento, com o sol por cima das árvores e a sra. Malcolm se acomodando para assistir ao resto do espetáculo, não restava qualquer dúvida em sua cabeça de que Simon a amava.

Capítulo Quinze

Os primeiros morangos da estação eram tão pequenos e doces quanto frutas cristalizadas. Claire comprara várias caixas de uma pequena fazenda vizinha na Rota 128, de propriedade de um senhor idoso e de seu filho de meia-idade, Chester e Chuck Dunlop, com quem ela combinara entregas regulares quando o Chá & Chamego inaugurasse dentro de um mês. Descobrira que era assim que as coisas funcionavam por lá: nos celeiros e nas barraquinhas das fazendas espalhados pelos campos e pelas plantações que se estendiam numa grande faixa verde do vale e produziam tantas coisas boas que era difícil escolher entre elas: cerejas, pêssegos, damascos, ameixas, uvas e amoras durante o verão; maçãs, peras, caquis e romãs no outono, e frutas cítricas oferecidas em abundância durante quase o ano inteiro. O cardápio do dia da inauguração havia sido planejado de acordo com a estação e incluiria tortinhas de morango, bolinhos de amora, pasteizinhos de maçã com limão e o famoso bolo de laranja de Kitty, com calda de laranja, que Gladys Honeick, cliente habitual do Chá & Chamego, certa vez descrevera como uma viagem de poucos segundos de ida e volta ao paraíso.

Ultimamente, Kitty não saía da cabeça de Claire. Ela sempre fizera isso parecer tão fácil, como se as pessoas que aparecessem aos bandos no Chá & Chamego fossem vizinhos que passassem por lá no exato momento em que ela estivesse tirando alguma coisa do forno. Até mesmo os erros do passado pareciam divertidos quando ela os contava, pois Kitty era, bem... era Kitty, e não eram apenas seus bolos e tortas que atraíam as pessoas. O que restava ver era se as pessoas também se sentiriam assim com relação a *ela*.

Claire pensava nisso enquanto estava sentada na cozinha, fatiando morangos. Seus dedos estavam manchados de carmim intenso e seu avental, todo respingado de vermelho. Potes aferventados preenchiam cada centímetro da bancada e uma chaleira no fogão liberava um vapor perfumado. Não obstante, ela sentia um tipo de pânico só de pensar no que tinha pela frente. O dia seguinte seria um teste. Havia convidado seus novos amigos e familiares para o chá: Gerry e as crianças; Aubrey, que se dissera encantado, mas que teria de sair cedo; e Mavis, que estaria ali de qualquer jeito. Isso sem falar em Sam e Ian, Alice e Wes, Laura, Hector, Maude e Finch. E Matt, é claro.

Matt. Ela sentiu calor só de pensar nele... suas mãos grandes e calejadas, o bigode que lhe fazia cócegas. Em sua imaginação, via as roupas dele ao pé da cama: calças jeans e camisa, botas, meias e cueca numa pilha que por si só já exalava calor.

Eles haviam caído num tipo de rotina. Nos dias em que ele não precisava pegar os filhos, ficava ali depois do trabalho, tomando cerveja à mesa da cozinha até a luminosidade diminuir e o sol se tornar uma faixa cor de ferrugem cortando o horizonte. Matt arrancava as botas e ela tirava os sapatos para pôr os pés doloridos em seu colo. Invariavelmente, eles acabavam na cama.

Claire sentiu mais calor ainda ao se lembrar da noite anterior. Nem mesmo o artifício de intimar a imagem de Byron estava lhe trazendo aquela pontada fria e habitual de culpa. Era como se aquele lance com Matt estivesse acontecendo com alguém completamente separado dela. Como se a pessoa que ela fora em Miramonte tivesse sido descartada como um par de sapatos que machucassem ou um vestido que não servisse mais. Ao mesmo tempo, também não queria deixar Byron de lado. Ainda queria a vida que eles haviam planejado juntos, as noites de verão na varanda — a casa, os filhos, as duas carreiras. A questão era: onde Matt se encaixava? Se aquilo não era nada mais do que um caso de excitação na primavera, por que se sentia tão dividida?

Não era apenas Matt — havia os filhos dele também. Ele os trouxera algumas vezes, deixando-os brincar no quintal enquanto dava os acabamentos. No dia anterior, Tara ficara na cozinha, vendo-a preparar as tortas, enquanto o irmão, Casey, ajudava o pai com o abrigo para latas de lixo que ele estava construindo ao lado da garagem. Enquanto preparava a massa para biscoitos que iria congelar, a menininha ficara tão fascinada com todo o processo que Claire lhe colocara um avental e a deixara cortar alguns pedacinhos que seriam cobertos por glacê colorido e decorados com granulados logo após assados.

Naquela noite, depois que ele deixara os filhos na casa da mãe, quando ele e Claire estavam aconchegados na cama, ele lhe dissera baixinho:

— Eles gostam de você.

— Eles são uns amores. Aposto que gostam de todo mundo. — Não iria deixá-lo fazer muito alarde daquilo.

— Diga isso para a professora do Casey. Na semana passada ele chamou a srta. Hibberd de cara de bunda.

Claire sorriu.

— E como você sabe se ela não é assim mesmo?

— Você não está entendendo aonde quero chegar.

— E aonde é?

— Estou querendo dizer que ele *não* gosta de todo mundo. — Matt cheirou o pescoço de Claire. — Outro dia o Casey quis saber se eu ia me casar com você.

O coração de Claire acelerou.

— O que você respondeu?

— Que eu não podia porque ia me casar com a srta. Hibberd.

Ele abriu um sorriso, seus dentes foram como um lampejo branco no escuro e ela se sentiu relaxar. Falar sobre casamento, mesmo de brincadeira, deixava-a nervosa.

Agora, em plena luz do dia, casamento — com qualquer pessoa — era a última coisa que lhe passava pela cabeça. Ela olhou de relance para Mavis, quebrando nozes na mesa. Agradecia a Deus por ela — e pelas suas mãos ásperas, sempre em movimento, suas canções alegres e um pouco desafinadas, e seu fluxo constante de dicas caseiras, do tipo como usar sal para esfregar panelas muito sujas e leite para remover manchas de vinho. Com Mavis, tudo tinha de ser feito à moda antiga.

Claire virou-se, para ouvi-la resmungar com desprezo:

— Você já viu a data de validade nesses saquinhos? — Ela atirou mais uma casca na pilha que crescia. — Quando é leite, você sabe o que está comprando. Frutas, dá para ver quando estão ruins. Mas, pelo pouco que se sabe, essas nozes de supermercado podem ser tão velhas quanto as prateleiras onde ficam. — Ela balançou a cabeça. — Sempre fico espantada com o que as pessoas põem na boca.

— A maioria das pessoas não se preocupa mais com isso. — Claire lembrou-se de como ficara surpresa, quando era bem jovem, ao saber que os alimentos se dividiam em mais do que três grupos básicos.

Estava na oitava série. Um dia, quando ficara em casa, doente, por causa de uma gripe, e entediada até não aguentar mais, por acaso sintonizara num canal de culinária: Julia Child demonstrava a maneira correta de assar um frango. Para Claire, aquilo fora um divisor de águas. Já havia explorado a cozinha antes, usando o livro de culinária para crianças de Betty Crocker (com receitas tipo enroladinhos de salsicha) que pertencia à vovó Brewster, mas, depois do programa, começara a experimentar para valer. Recortava receitas de revistas e pesquisava livros de culinária. Descobrira James Beard, Maida Heatter e Craig Claiborne junto com livros antigos como *A alegria de cozinhar* e *Fannie Farmer*. Aprendera a forma correta de amassar batatas e amaciar a carne. Descobrira que o curry não era só um tempero, mas uma grande variedade de outros temperos moídos juntos e que dar uma rápida fervura nas ervilhas junto com uma colher de chá de açúcar dava-lhes a aparência de recém-colhidas. Ao longo do caminho descobrira sua verdadeira paixão: bolos e tortas. Fora isso que acabara a levando ao Chá & Chamego, que ganhara uma seguidora devota, com inúmeras sobremesas antigas, como bolo de chocolate com calda quente e sorvete, biscoitos de geladeira e torta de chocolate com massa podre.

— O que é um absurdo — bufou Mavis. — Já falei mais de mil vezes para a Gerry: preparar macarrão com queijo, passo a passo, é tão fácil quanto preparar o de caixinha. — Ela sacudiu a cabeça, exasperada, os cabelos cor de ferrugem esvoaçando sobre seu rosto. — Como a minha filha, que cresceu numa casa onde se assava o pão, pode comer do jeito que ela come, é um mistério para mim.

— Se todos fossem como os pais, seria muito chato. — Claire pensou em Lou e Millie.

Mavis inclinou a cabeça e sorriu pensativa.

— Vai ver isso pula uma geração. Deus sabe que você se parece mais comigo do que qualquer um dos meus filhos.

— Acho que há muitas vantagens no antagonismo natureza *versus* criação — respondeu Claire, mais do que ligeiramente desconfortável com o assunto.

— No entanto, tenho certeza de que os seus pais têm um certo crédito pela pessoa que você se tornou — Mavis foi rápida em acrescentar.

Seus pais, que ainda não sabiam se viriam visitá-la. Millie continuava insistindo que não estava bem para viajar, mas, outro dia, Lou deixara escapar que eles tinham ido visitar tia Lucille e tio Henry em Monterey. Claire não reclamara, mas ficara magoada mesmo assim.

Ao levantar a tampa da chaleira, Claire disse com um sorriso nostálgico:

— Eu costumava pensar nas famílias como um tecido inteiro, mas elas não são, não é mesmo? São mais como... — ela desviou o olhar do conteúdo da chaleira, baixando-o até a cesta de retalhos ao lado da máquina de costura — ... retalhos costurados um no outro.

— Como uma colcha de retalhos. Sim. — Mavis sorriu, pondo de lado o quebra-nozes e observando o monte de nozes descascadas em cima da mesa. — Bem, acho que isso é suficiente para alimentar todo o Hemisfério Oeste. — Ela se pôs de pé, franzindo ligeiramente o cenho. Certamente o novo remédio que o médico lhe prescrevera estava funcionando, embora Claire suspeitasse que isso tivesse mais a ver com seu espírito incansável, pois Mavis não era do tipo de se entregar facilmente e aceitar a morte. — Enquanto você acaba isso, que tal eu começar a fazer a massa?

Elas já haviam estocado três dúzias de forminhas com massa para fundo de torta no freezer, quando Olive Miller, amiga de Mavis, chegou para apanhá-la. Claire deu uma olhada para fora da janela assim que as duas saíram no velho Plymouth azul de Olive — duas senhoras idosas empoleiradas nos bancos da frente como dois pica-paus cinzentos sobre uma cerca, tão entretidas na conversa que Olive quase bateu na caixa de correio. Claire sorriu. Nas últimas semanas, ficara mais íntima de Mavis do que da vovó Brewster ou da avó Nana Schilling. Até mesmo com Gerry se sentia mais à vontade agora. A única pessoa de quem não sabia muito o que pensar era Andie. Ela e sua amiga Finch haviam passado lá mais para o início da semana, mas não se demoraram muito. Um sinal encorajador, embora Andie tenha se retraído, deixando Finch falar a maior parte do tempo.

Na tarde seguinte, horas antes de os convidados chegarem, Claire estava na cozinha, fazendo recheios para sanduíches, quando ouviu o tilintar do sino na porta da frente. Achando que se tratava de Mavis, não parou o que estava fazendo, até que ouviu uma tosse educada e se virou, vendo Andie, hesitante, sob o batente de porta.

— Oi, eu estava pensando se você não iria precisar de uma mãozinha. — Ela vestia calças jeans e uma camiseta de malha curtinha que deixava o umbigo à mostra, saltado como o de Claire.

Ao perceber seu constrangimento, Claire sentiu uma pontada de compaixão. Podia lembrar-se de quando tinha aquela mesma idade e se sentia como se estivesse virada do avesso, cada pensamento e emoção à mostra.

— Estou precisando de umas seis mãos. — Dando uma risada, ela gesticulou para as bisnagas de pão de banana que estavam esfriando em cima da bancada, as tortinhas de morango recém-saídas do forno e a massa de brownies dentro de uma vasilha. — Dê uma olhada dentro do armário da área de serviço... acho que tem um avental extra lá dentro. Ah, e os pratos e as xícaras de chá do jogo da louça boa estão na cristaleira. Você pode colocá-los em cima da mesa lá na frente, enquanto eu... — Fez uma pausa e sorriu. — Obrigada, não sei como agradecer.

— Não tem de quê. — Andie abaixou a cabeça, remexendo num dos inúmeros brinquinhos nas orelhas. Estava tirando a casca dos pães de sanduíche e arrumando-os no lindo prato de porcelana alemã que Sam dera a Claire, quando ergueu o olhar e disse: — A sua cozinha tem o mesmo cheiro da cozinha da vovó. Quando eu era pequena, adorava passar a noite lá. A gente sempre fazia biscoitos doces. Ela tinha todos aqueles cortadores em formato de bichinhos.

Claire caminhou em silêncio até o armário comprido ao lado da geladeira e remexeu lá dentro, até que encontrou o que estava procurando: uma velha caixa de sapatos que chacoalhou um pouquinho quando ela a levou até a mesa.

— O presente de boas-vindas que recebi da sua avó — disse ela.

Andie levantou a tampa e enfiou a mão para pegar um cortador de biscoitos no formato de urso. Ela sorriu diante das lembranças que ele despertou:

— Eles seriam ótimos para festinhas de criança.

— Festinhas de criança? Até que *é* uma ideia. — Claire imaginou como seria: chá de aniversário para meninas pré-adolescentes, como uma versão adulta das festas de mentirinha que elas costumavam dar quando pequenas. — E como você gostaria de participar? Poderíamos dividir o lucro, meio a meio.

O olhar de Andie foi ao encontro do dela, ainda um pouco na defensiva.

— Claro, por que não? Seria divertido. — Um sorriso tímido surgiu. — Vou falar com a Finch, tenho certeza de que ela gostaria de se juntar a nós.

— Sua amiga parece legal.

— A Finch? Ah, é.

— Ela não é daqui, é?

Andie ficou um pouco tensa, como se Claire estivesse sugerindo que ela não se encaixasse bem.

— Ela é de Nova York.

— Deve ser isso. Ela parece tão... — Claire procurou pela palavra certa — ... sofisticada.

O rosto de Andie relaxou.

— Ela é adotada.

— Ouvi dizer que sim.

— O processo de adoção vai ser concluído dentro de poucas semanas.

— Que bom para ela.

— É. Ela está muito feliz. — Elas voltaram a cortar os sanduíches e, após mais ou menos um minuto, Andie arriscou: — Deve ser estranho para você... ter duas mães.

— Não penso na Gerry como minha mãe. — Claire fez uma pausa enquanto picava salsa. — Ela é mais uma amiga.

Andie pareceu aliviada.

Pouco depois, quando Gerry apareceu com Justin e Mavis a reboque, as mesas da frente estavam cobertas pelas toalhas floridas que Mavis havia feito e com a louça boa da casa. Havia pratos de sanduíches, pão de banana, bolachas de gengibre, brownies, tortinhas de morango e uma tigela cheia de morangos frescos ao lado. Ao perceber o olhar de admiração de Gerry examinando a sala que Sam iluminara com as flores de seu próprio jardim, Claire não pôde deixar de se sentir orgulhosa. Pela primeira vez, permitiu-se sentir uma pontinha de otimismo, achando que o Chá & Chamego seria um sucesso.

— Não com toda essa pressa, rapazinho. — Gerry bateu de leve na mão de Justin quando ele estava prestes a pegar um brownie. — Primeiro, quero tirar uma foto. — Gerry enfiou a mão na bolsa enorme que carregava no ombro, em busca da máquina. Após tirar várias fotos, juntou a todos para uma foto em grupo. Andie hesitou no início, então foi para o lado do irmão, tão colado em Claire que ela poderia facilmente lhe dar uma cotovelada no olho. — Muito bem, sorriam todos! — Pelo canto dos olhos, Claire viu Mavis piscar e retrair-se quando o flash disparou.

Gerry gastou o resto do filme somente na sala.

— É inacreditável o que você fez com esse lugar — disse, quando finalmente baixou a câmera. — Eu mal o reconheci.

— O Matt é que merece a maior parte do crédito. — Claire sentiu as faces ruborizarem, pensando em como ele fora conveniente em outras áreas também. — Algumas dessas coisas ele nem me cobrou. Acho que ficou com medo de que eu não pudesse pagar.

Ela deu uma olhada para o revestimento de lambri e para a sequência de prateleiras atrás da vitrine, que ela havia comprado por uma pechincha numa delicatéssen que estava encerrando suas atividades, e na qual estava exposta sua coleção de bules de chá. Uma das outras ideias de Matt tinha sido o armarinho ao lado do balcão, com suas gavetas em miniatura onde estavam guardados diferentes tipos de chá: Lapsang Souchong, China Oolong, Blue Flower Earl Grey e Blood Orange Sencha, entre outros.

Mavis deu uma risadinha maliciosa ao ir mancando até a chaleira que apitava num dos queimadores de ferro do fogão.

— Pelo jeito que esse rapaz olha para você, eu diria que é uma troca justa.

Claire sentiu as faces ruborizarem ainda mais. A visão de Mavis podia não ser o que era no passado, mas ela via muito bem. Claire ficou grata quando Andie, parecendo compadecer-se dela, mudou de assunto:

— O Simon ficou de passar aqui. Espero que não tenha problema.

Claire sorriu.

— Quanto mais gente, melhor.

— Mas vou logo avisando: ele come feito um cavalo.

— Que é o que nós todos vamos ficar parecendo quando acabarmos com tudo isso — brincou Gerry, olhando para as travessas.

Andie parecia distraída, como se tivesse se lembrado de alguma coisa. Em seguida, todos se puseram a correr atarefados, tentando não esbarrar uns nos outros ao trazerem as coisas da cozinha.

Sam e Ian foram os primeiros a chegar. Observando-os passar pela porta, Claire não pôde deixar de pensar mais uma vez no casal estranho que eles formavam — Sam, tão refinada e segura de si, até mesmo em roupas de gestante, e Ian, com seu rabo de cavalo e brinquinho.

— Tem alguma coisa cheirando bem — disse ele.

— Vou comer duas porções de tudo que tiver — brincou ela, batendo na barriga.

— Lembre-se do que a médica disse — preveniu Gerry.

Sam sentou-se com um suspiro na cadeira mais próxima.

— Uma única aulinha de parto normal e ela já se intitulou meu cão de guarda. — Sam virou-se para Claire e acrescentou: — Com base exclusivamente, e, se me permite dizer, "injustamente", na minha idade, parece que estou em risco constante. Pouco importa que eu me sinta mais saudável hoje do que quando tive minhas duas filhas. — Ela não mencionou que isso acontecera há mais de um quarto de século.

— Vamos deixar como está — resmungou Gerry.

Sam lançou um olhar para Ian em busca de apoio, mas tudo o que ele fez foi dar de ombros.

— Desculpe, mas estou com a Gerry.

Alice e Wes foram os próximos a chegar. Alice parecia ter saído diretamente da *Vogue*, com calças cor de caramelo e túnica preta justa, os cabelos louros cor de mel presos num coque perfeito. Wes, mais esportivo, com calças jeans e um paletó antigo de tweed, seguiu-a com os olhos assim que ela atravessou a sala para dar um beijo no rosto da mãe e de Ian.

— E aí, mamãe, você está ótima. — Ian lhe abriu um sorriso largo.

Ela lhe deu um tapinha no braço.

— Abra o olho. Você é mais velho do que eu.

Ian virou-se para Claire, piscando.

— Ela sempre fica pê da vida com essa brincadeira.

— Espero que meu filho esteja cuidando bem de você. — Wes passou o braço pelos ombros de Sam.

— Melhor, impossível. — Ela deu um sorriso de uma mulher extremamente satisfeita.

Laura e sua trupe chegaram minutos depois. De calças jeans e camisas xadrez com abotoamento de pressão, ela e Hector formavam o par perfeito. Finch, por outro lado, vestia uma camiseta justa e uma saia estilo sarongue que lhe dava uma aparência extremamente original. Claire imaginou como ela ficaria linda dentro de poucos anos, quando as pernas longas e os olhos grandes demais para o rosto entrariam em proporção. A mão da menina roçava no cotovelo de Maude, como se para evitar que ela caísse por conta dos saltos altos e da saia na altura dos tornozelos. A afeição entre as duas era evidente; podiam muito bem ser parentes.

Maude fez uma pausa na soleira da porta e juntou as mãos, batendo palmas silenciosamente.

— Me acorde se eu estiver sonhando. Acho que caí no buraco do coelho de Alice no País das Maravilhas.

— Você fez tudo isso sozinha? — Laura olhava espantada para o banquete.

— Tive ajuda. — Claire relanceou para Mavis e Andie.

— Quem mais ficou de vir? — Alice quis saber.

Antes que pudesse responder, Gerry adiantou-se:

— Aubrey, por exemplo. — Deu uma olhada no relógio. — Ele disse que se atrasaria um pouco.

— Convidei o Matt, mas duvido que ele possa vir — disse Claire, sabendo como ele se sentia com relação a reuniões com muita gente.

Em seguida, ela ouviu um barulho de passos na varanda e, por puro condicionamento, seu coração pareceu parar, mas era apenas o namorado de Andie, que se encaixava com perfeição na forma como fora descrito: alto, com movimentos ágeis, uma visão júnior de Clark Kent complementada por óculos no meio do nariz.

— Oi, sou Simon. — Ele abriu um sorriso simpático, apertando-lhe a mão com a firmeza de um executivo. — Ouvi falar muito de você.

Claire tinha esperança de que parte do que ele tivesse ouvido fosse de coisas boas.

— Eu também. A Andie me disse que você gosta de comer. Como você pode ver, veio ao lugar certo.

Estavam todos sentados e o chá, pronto para ser servido, quando Aubrey finalmente chegou tão elegantemente europeu como sempre, com um paletó de três botões e uma camiseta preta, mocassins de couro de bezerro à mostra por baixo da bainha das calças.

— Espero não estar atrasado demais — disse ele.

— Você chegou na hora. — Gerry levantou-se e deu-lhe um beijo suave no rosto. Claire teve a impressão de ter percebido um leve vestígio de mágoa no olhar que trocaram.

— Infelizmente não posso demorar. Estou a caminho do aeroporto — desculpou-se antecipadamente, sentando-se na cadeira vazia ao lado da de Gerry.

— Para onde desta vez? — Mavis perguntou alegremente.

— Para Bruxelas.

— Ah, por quanto tempo?

— Acho que para sempre. — Ele parecia evitar propositadamente o olhar de Gerry.

Sam foi a única pessoa além da amiga e dos filhos que não pareceu surpresa; então Claire lembrou-se de Isla Verde: ele não poderia simplesmente ir embora sem informá-la antes.

— É uma pena que você vá perder o jogo do Justin — disse Andie.

Justin lhe lançou um olhar reprovador por baixo da aba arqueada do boné de beisebol. Claramente, Aubrey era apenas mais uma figura paterna a dar o fora.

— Não tem problema. É bem capaz de eu não jogar mesmo — disse ele, aborrecido.

— Só porque você ficou no banco no jogo passado... — Gerry deteve-se, como se tivesse percebido que aquilo nada tinha a ver com o desempenho de Justin.

A pequena nuvem nebulosa foi posta de lado pela chuva de elogios que se seguiu. E, a julgar pela velocidade com que a comida foi devorada, os comentários não foram da boca para fora. Claire ficou feliz e orgulhosa. Aquilo era apenas um pequeno ensaio em comparação ao que enfrentaria no dia da inauguração, mas já era um bom presságio. Ao observar Maude comer avidamente sua segunda fatia de torta, fazendo uma pausa para limpar o recheio que lhe escorria pelo queixo, ocorreu a Claire que seu maior problema talvez não viesse a ser escassez de clientes, mas a dificuldade em atender à demanda.

— Esses são os melhores brownies que eu já comi na vida — declarou Sam.

— Eu uso licor de café no lugar de baunilha — contou-lhe Claire.

— E esses biscoitos... meu Deus! — Laura revirou os olhos em êxtase.

— São receita da Mavis. — Claire relanceou e viu Mavis sorrindo encantada.

Hector serviu-se de outro biscoito de gengibre.

— Independentemente de quem fez, isso aqui está bom demais.

Laura lhe lançou um olhar de falsa mágoa.

— Acho que meus dotes culinários não chegam nem perto disso.

Hector lhe deu palmadinhas no braço.

— Ninguém consegue fazer um pão de milho melhor que o seu.

Ela se virou para Claire.

— A mamãe finalmente fez a Lupe divulgar a receita. Você acredita que a razão de ela ser tão enigmática durante todos esses anos era porque não tinha nada por escrito?

— Agora sei onde foi que eu errei. Em vez de tentar seguir receitas, eu devia tê-las inventado conforme as preparava. — Gerry riu para si mesma.

Sua risada pareceu luminosa demais, seu sorriso um tanto frágil. Ainda assim, ela comeu com a mesma disposição que os outros e tomou várias xícaras de chá. Quando chegou a hora de Aubrey partir, ela não mostrou qualquer sinal de sofrimento, a não ser um leve tremor na mão ao se levantar para lhe alisar a lapela. O gesto pareceu-lhe estranhamente possessivo e Claire imaginou se as outras pessoas também haviam percebido. Sam com certeza havia; escolheu esse momento para pegar o guardanapo que caíra no chão. Alice, acostumada a relacionamentos pouco ortodoxos, tinha uma expressão de quem sabia o que estava acontecendo.

Os pensamentos de Claire se voltaram mais uma vez para Matt. Nos últimos dias, estava ciente de uma mudança sutil no relacionamento deles. Em vez de implicar com ela com relação a Byron, ele agora parecia sentir-se incomodado quando o assunto vinha à tona. Uma vez, quando Byron telefonara, a batida de martelo de Matt no quarto ao lado tornou-se quase ensurdecedora.

Gerry acompanhou Aubrey até a porta.

— Eu gostaria que você não precisasse ir tão cedo. Parece que acabou de chegar — disse ela, olhando para a limusine preta aguardando junto à calçada.

— Se eu não tivesse que pegar um avião... — Ele sorriu com pesar e olhou para Justin. — Vou te mandar um presente... um taco para críquete, talvez. — Ignorando o olhar sentido que Justin lhe dirigia, virou-se para Andie. — Quase me esqueci. Tenho algo para você, minha querida. — Ele puxou um embrulho fininho em papel de presente do bolso próximo ao peito, observando com uma expressão ligeiramente irônica quando Andie o abriu. Era um CD. — As últimas sonatas de Schubert. Muitos consideram essa uma das melhores gravações de minha esposa — disse ele. — Espero que ele lhe traga tanto prazer quanto traz para mim.

Andie ficou com as faces vermelhas.

— Obrigada — agradeceu timidamente.

Gerry limpou a garganta e disse:

— Vou te acompanhar até o carro. — Ela se permitiu olhar em seus olhos e, por um longo momento, eles ficaram parados na soleira da porta como se ninguém mais existisse. Então saíram.

De início ninguém falou nada, até que começaram todos a falar ao mesmo tempo. Quando Gerry retornou com o rosto vermelho e claramente abatido, era como se nada estivesse errado.

Depois de um bom tempo, todos estavam se levantando para ir embora.

Na saída, Sam deu um beijo no rosto de Claire, recomendando:

— Continue fertilizando aquelas rosas da forma como eu te mostrei e elas vão dar flor durante todo o verão.

— Foi uma festa maravilhosa, minha querida. — Maude oscilava em cima dos saltos altos como se tivesse tomado algo mais forte do que Earl Grey. — Mal posso esperar para a inauguração oficial.

— Devo ter engordado uns dois quilos — resmungou Finch, bem-humorada.

Laura revirou os olhos.

— Eu não vou nem pisar na balança.

— Não deixe de me avisar quando estiver pronta para virar uma S.A. — brincou Wes. — Vou colocá-la em contato com o meu corretor da bolsa.

Gerry se demorou na varanda, enquanto os outros desciam a escada juntos.

— *Foi* uma festa maravilhosa — disse a Claire. — Só fiquei com pena do Aubrey não poder ficar conosco.

Claire hesitou e disse:

— Você vai sentir falta dele, não vai?

Gerry parecia prestes a negar, então suspirou e disse:

— É, vou. — Ela pôs uma mecha de cabelo atrás da orelha, sorrindo tristonha. — E quanto a você? Qual dos dois vai ganhar: o médico ou o carpinteiro?

Claire piscou, surpresa. Como soubera? Então soltou uma risadinha encabulada.

— E eu achei que estava sendo discreta.

— Minha mãe tem a língua comprida. Além disso, já vim aqui algumas vezes, lembra?

O rosto de Claire estava pegando fogo.

— O lance com o Matt... não é nada sério.

— *Ele* sabe disso? — Gerry lançou um olhar engraçado por cima do ombro.

Claire virou-se e viu Matt subindo o caminho, um ramo de flores envolto em jornal, apoiado no braço. Seu coração se elevou e então despencou. Ah, meu Deus? Teria ouvido? Não, pela expressão em seu rosto, era óbvio que não.

Ele correu para a varanda.

— Desculpe, me atrasei. — Ele acenou com a cabeça ao passar por Gerry, que desapareceu no lusco-fusco. — Mas, pelo menos, não vim de mãos abanando. — Entregou as flores para ela.

Dálias e ásteres, suas favoritas.

— Não precisava.

— Há uma história por trás delas. — Matt piscou ao passar pela porta. — Eu estava trabalhando lá na Flowermill esta tarde. O sistema de irrigação da estufa deles deu problema. A Joanne, a dona, ficou tão agradecida que queria encher a traseira da minha caminhonete de flores. Só fiquei com medo de parecer que eu estava indo para um enterro.

— Bem, fico feliz por não ter precisado morrer para ganhar estas aqui — disse Claire, dando uma risadinha ao mesmo tempo em que corria os olhos pela sala à procura de um lugar para colocá-las e percebendo que todos os seus vasos estavam ocupados.

Na cozinha, fisgou um balde de plástico que estava sob a pia. Por enquanto, quebraria o galho. Enquanto o enchia com água da torneira, Matt chegou com uma pilha de pratos sujos.

— Parece que a festa foi um sucesso. Pena que não consegui acabar mais cedo. Mas sabe como é. — Ele encolheu os ombros, colocando os pratos sobre a bancada.

Com suas botas Timberland e camisa de lenhador, ele parecia preencher a sala. Por baixo da linha irregular de seu bigode, aparecia a base reluzente de seus dentes e ela teve uma vontade repentina de beijá-lo e correr a língua pelo interior de seu lábio. Deus do céu, que tipo de pessoa era ela? Num minuto queria dispensá-lo, no minuto seguinte queria fazer amor louco e selvagem. Certamente era alguém que ela própria não reconhecia... ou de quem particularmente gostava.

— Bem, sempre haverá uma próxima vez. — Ela pôs as flores no balde, imaginando se haveria uma próxima vez com Matt.

Eles terminaram de encher a lava-louças. Ela estava varrendo as migalhas da sala da frente quando ele arrancou a vassoura de suas mãos.

— Isso pode esperar — disse ele. — Venha, vamos dar uma volta de carro.

— Agora?

— Tem uma coisa que eu quero te mostrar.

Claire encolheu os ombros. Por que não? Um pouco de ar fresco lhe faria bem.

Já do lado de fora, ela subiu em sua caminhonete. Estava uma noite agradável, o ar perfumado pelos lilases que floresciam ao longo da rua. Eles passearam num silêncio companheiro. Claire apreciou o calor que entrava pela janela aberta. Em pouco tempo o centro da cidade tornou-se um brilho distante no espelho retrovisor.

Já haviam percorrido vários quilômetros para o interior quando Matt tomou um caminho coberto por cascalho e parou em frente a um celeiro decadente. Tudo o que havia era o cantar dos grilos e o latido distante de um cachorro. Mais à frente, no final da entrada de carros, brilhavam as janelas acesas de uma casa de fazenda: um cartão de boas-vindas da Hallmark.

— É sua? — Claire nunca estivera na casa de Matt. Sempre que ele dava a ideia, ela declinava, achando que, sem dúvida por pura ingenuidade, aquilo significaria algo para o qual não estava pronta.

— Não. É de um amigo meu. Faço alguns trabalhos para ele em troca do aluguel. — Ele surgiu com uma chave para abrir o cadeado. A porta rangeu por causa das dobradiças enferrujadas.

Quando entraram no ambiente escuro, a primeira coisa que Claire percebeu foi a ausência do odor próprio dos celeiros. Os únicos cheiros eram o de madeiramento novo e verniz. Quando ele acendeu as luzes, ela logo viu por quê: um barco quase concluído, com uns quinze pés de comprimento, jazia em cima de suportes de madeira no centro do celeiro. Ao seu lado havia ferramentas elétricas em capas plásticas, latas de tinta e, em cima de uma lona, um mastro recém-torneado.

Claire correu a mão pela quilha.

— Foi você que fez?

— Tudo, exceto os acessórios e as instalações. — Matt parecia tão orgulhoso como se ela tivesse elogiado um de seus filhos.

— É inacreditável. — Ela falou tomada de espanto.

Ele deve ter lido a pergunta que se formara em seus olhos.

— Você provavelmente deve estar pensando o que um marinheiro de água doce como eu está fazendo com um barco. Bem, não fui sempre empreiteiro. — Ele subiu com facilidade para o convés, esticando a mão para puxá-la. Quando ela estava acomodada em um banco, ele disse: — Antes de eu me meter a trabalhar sozinho, fui arquiteto naval.

Claire estava tão encantada que só agora o ouvia, então falou sem pensar:

— O que houve?

— Eu era casado na época e morava em Oakland. Durante a semana, estudava à noite em Berkeley. Poucos meses depois de pegar o meu diploma, recebi uma proposta de um construtor de navios em Nova Orleans. Na mesma semana, a Lainie me disse que queria o divórcio e que ela e as crianças estavam voltando para Carson Springs para ficarem perto dos pais dela. — Ele deu de ombros, brincando com uma roldana na adriça. — Foi uma decisão fácil. Eu não queria que os meus filhos crescessem sem um pai.

— Isso foi... — ela se esforçou para encontrar a palavra — ... nobre da sua parte.

Matt olhou para ela, os olhos cor de chá franzidos de tão confuso que ficou.

— Nobre da minha parte? — Ele deu uma risadinha irônica, tirando uma farpa de madeira e a jogando por cima da proa como se fosse um inseto que não queria matar. — Não foi só nas crianças que eu pensei. Eu teria me suicidado se ficasse tão longe assim deles.

— Você não poderia ter arrumado um emprego por aqui?

— Há pouquíssimos construtores de navios neste país. Um pouco mais do que construtores de carruagens e chicotes para cavalos. — Ele sorriu, tristonho. — Em parte, a culpa é minha, por ter escolhido uma profissão tão difícil... mas meu pai construía barcos, e meu avô também antes dele. Eu nunca quis fazer outra coisa.

Claire entendia agora por que ele pareceu achar tão engraçado ela abrir uma casa de chá: não estava fazendo troça dela; estava se permitindo um pouquinho de fantasia.

— Por que você não me contou antes?

— Eu não queria que você sentisse pena de mim. — Ele sustentou o olhar e ela viu que seus olhos também não carregavam nem um pouco de pena de si mesmo. — Enfim, como você pode ver, não desisti por completo. — Ele correu os olhos pelo barco com o olhar de um homem que, se não estava cem por cento satisfeito com a própria vida, tinha mais ou menos feito as pazes com ela.

— Você vai vendê-lo?

Ele assentiu com a cabeça, passando a mão pelo gradil, como se o dinheiro não fosse o mais importante.

— O que eu faria com um barco? A não ser que você quisesse ir para o Taiti comigo. — Ele abriu um sorriso largo.

Ele só estava brincando, mas ela sentiu que ficara um pouco tensa.

— Me dê só um tempo — respondeu bem-humorada. — Se eu falir, talvez aceite.

Ele baixou os olhos para os pés, e então de volta para ela, sentindo algo próximo da timidez.

— Você pensaria em alguma coisa menos romântica nesse meio-tempo?

— Como o quê?

Sua expressão ficou séria.

— Eu estava pensando em algo próximo a uma relação exclusiva.

O coração de Claire começou a bater com força e ela baixou os olhos.

— Não posso. Você sabe disso.

— Acho que, no final — disse com ternura, porém firme —, você terá que decidir com qual de nós dois vai querer ficar. Ele ou eu.

— E se eu *não conseguir*?

Claire ergueu o olhar e o viu esfregando o queixo, pensativo, mais como um homem que considerava suas opções do que um prestes a ser magoado.

— Você sempre foi sincera comigo. Eu gosto disso. E eu sei que o lance é sério com esse cara, Byron, assim como é comigo. Mas a gente não pode continuar assim... brincando de casinha. Estou ficando sem ter o que fazer.

O pânico tomou conta dela.

— Por favor, Matt. Não faça isso.

— Fazer o quê? — Matt ficou olhando para ela, a boca tensa. — Por Deus, mulher, eu quero me *casar* com você.

De repente ela se sentiu como se tivesse perdido o rumo.

— Ah, Matt. — Claire levou a mão à boca. — Nunca pensei...

— Para falar a verdade, nem eu. Eu também não esperava.

Ela estava balançando a cabeça, pressionando-a com tanta força com os nós dos dedos que podia sentir os dentes cortando a parte interna do lábio.

— Você não entende. O Byron e eu... estamos juntos desde que éramos crianças.

Ele não tirava os olhos dela.

— Vou aceitar isso como desculpa... se você me disser que não está apaixonada por mim.

Claire não poderia dizer isso. Se lhe dissesse que não, estaria mentindo. Mas como podia amar dois homens ao mesmo tempo?

— Não posso. — As palavras saíram como um murmúrio entrecortado.

Matt olhou para as próprias mãos, para um arranhão nos nós dos dedos que ainda não havia sarado bem. Quando voltou a olhar para Claire, ela viu que os olhos dele estavam brilhando com lágrimas não vertidas. Sua voz, porém, saiu firme e determinada:

— A única coisa boa que a minha mulher teve para falar de mim é que sempre fui homem de uma mulher só. Não estou interessado na sobra deixada por outro homem. Não sou assim. Se você não consegue escolher, acho então que isso é um adeus.

— Assim, desse jeito?

— Assim desse jeito.

Ela pensou em Byron. Terminar com ele seria como amputar uma perna. Não poderia fazer isso consigo mesma... ou com ele. Mas será que poderia ficar sem Matt? Não era só o sexo. Sentiria falta da voz dele no quarto ao lado, de vê-lo à sua frente à mesa e das pequenas formas como ele a defendia — a forma como agira quando da visita do inspetor de obras que insistia em se referir a Matt como se *ele* fosse o proprietário da casa, como se a mulher não tivesse importância, até que Matt se virou para ele e disse com uma piscada: "O senhor vai ter que perguntar à dona da casa. Pode não parecer, mas ela entende a nossa língua."

Como poderia deixá-lo partir? Como suportaria não vê-lo de novo?

— Vou sentir saudades — disse ela, com ternura.

Os olhos vermelhos de Matt se fixaram nela com uma intensidade que parecia lhe queimar a pele. Então ele se levantou com dificuldade e passou uma perna por cima da proa antes de pular rapidamente para o chão. Baixando os olhos para ele, para a sua cabeça levantada e os seus braços erguidos para ajudá-la a descer, Claire teve a estranha sensação de que o barco não estava mais sobre um terreno sólido, mas deslizando para o mar.

Capítulo Dezesseis

— oi divertido.

Gerry lançou um olhar surpreso para Andie, vendo-a pelo espelho retrovisor. Não, ela não estava sendo sarcástica. E sorriu.

— Foi mesmo, não foi?

A dor em seu peito diminuíra um pouco. Iria sobreviver. O quanto era possível sentir falta de um homem por quem você, até o momento, não sabia que estava apaixonada? Ainda assim, vê-lo partir fora uma das coisas mais difíceis que tivera que fazer. Será que o veria de novo...? Ou ficaria sozinha, apenas com sua música? Passaria tardes solitárias, deitada no sofá, ouvindo Beethoven, enquanto o imaginaria no palco em algum lugar, sonhando alto com Isabelle.

Lágrimas lhe embaçaram a visão, os faróis de seu carro lançavam pontas de estrela na escuridão do outro lado da estrada íngreme e sinuosa. Ela piscou e tudo voltou ao foco. Viu que se dirigiam para uma curva fechada e aliviou o pé no acelerador.

— Essa menina é uma Fitzgerald, não tenho a menor dúvida — disse Mavis ao seu lado, presa com o cinto de segurança. — Ela tem o toque sutil da minha mãe. A bisavó de vocês — virou-se para falar com as crianças — era famosa em todo o condado. As pessoas costumavam dizer que você ainda não sabia o que era a vida se não tivesse provado um dos bolinhos com passas de Fiona Fitzgerald.

Gerry se preparou para o que viria. *Ô-ô, aqui vamos nós de novo. Mais um lembrete de como o famoso toque Fitzgerald pulou uma geração comigo e de como eu não consigo nem cozinhar um ovo para salvar a minha vida.*

Mas Mavis estava claramente com a cabeça em outro lugar enquanto olhava para fora da janela, um sorrisinho nostálgico nos lábios. Não era a ela que se referia, percebeu Gerry. Era a Claire e ao toque de leveza que ela trouxera não apenas à cozinha. Todos haviam sentido isso. Mavis, que mais uma vez sentia vontade de viver. Justin, que, apesar de aborrecido por causa de Aubrey, estava mais feliz do que ela já o vira. Até mesmo Andie parecia mais à vontade, embora isso provavelmente tivesse algo a ver com o fato de ter voltado para casa. Se ainda tinha algum ressentimento com relação a Claire, não houvera sinal disso naquela tarde.

— Só quero ver o que o Kevin vai achar quando chegar — disse Gerry.

Justin se animou.

— O tio Kevin está vindo para cá?

— Para a inauguração, sim. — Kevin confirmara em outra noite. — Ele me disse que o doceiro dele acabou de ir embora. Eu o fiz prometer que não tentaria roubar a Claire.

— Ela não nos deixaria, deixaria? — Justin parecia preocupado.

— Claro que não. Estou só brincando. — Gerry olhou para ele pelo espelho retrovisor, perguntando-se por que tinha tanta certeza. Talvez porque fosse seu coração que lhe dizia isso e não sua mente.

— Coloquei os folhetos dentro de todos os jornais por onde passei — Justin disse orgulhoso. — Entreguei o resto para a Laura distribuir.

Querida Laura, sempre a primeira a se oferecer para uma causa nobre. E após o banquete daquele dia ela seria capaz de elogiar o Chá & Chamego também com base em sua experiência pessoal. O que seria bom, pois Claire precisaria de toda ajuda possível. Gerry sabia por intermédio de sua amiga, Myrna McBride, que mesmo um evento dos mais promovidos poderia acabar com uma visitação muito pequena. Por outro lado, se os livros eram alimento para a alma, eles não satisfaziam àqueles ávidos por doces. O Chá & Chamego colocaria A Última Palavra no chinelo. Ainda assim...

— A Claire vai precisar de muita ajuda nas próximas semanas — disse ela.

— Posso vir depois da escola — retrucou Justin, animado. — A não ser nos dias que tenho jogo da Liga Mirim.

— Você vai acabar com o estoque dela de comida — implicou Andie.

Justin lhe lançou um olhar de desprezo.

— Mãe, se a Andie voltar para a casa do papai, posso ficar com o quarto dela? — Esta era uma briga constante entre eles, o fato de o quarto de Andie ser maior do que o dele.

— Não seja cruel — bronqueou Mavis, embora seu coração claramente não estivesse ali.

— Sua irmã não vai a lugar algum. — Gerry deu outra olhada na filha. Andie, com a janela parcialmente aberta e o vento jogando seus cachos escuros pelo rosto, poderia passar por Merle Oberon em *O morro dos ventos uivantes*, sofrendo com saudades de Heathcliff, no alto do penhasco. Sua garotinha. Quando havia crescido?

Os olhos de Andie se encontraram com os dela no espelho retrovisor, os lábios curvos, num sorriso de retribuição. Não, não estava indo a lugar algum, pelo menos não por enquanto, embora Gerry soubesse que seus dias como responsável pela filha estavam contados. Esse pensamento a deixou triste.

— A tia Sam está ficando enorme — comentou Andie.

— Eu fiquei maior ainda quando estava grávida de você — disse-lhe Gerry.

— Espero que seja um menino. — Justin falou com o desejo de alguém que tinha um jogador faltando no time.

— Por que você não vai organizar um chá de bebê para ela? — quis saber Andie.

— Ela não deixaria.

— Por que não?

— Superstição... tem medo de que traga má sorte.

— Acho que me lembro dela organizando chás de bebê quando estava grávida da Alice e da Laura — disse Mavis.

— Ela disse que naquela época tudo bem, pois era mais jovem.

— E que diabo uma coisa tem a ver com a outra?

Gerry deu de ombros.

— Fiz a mesma pergunta. Ela disse que eu deveria tentar ter um bebê nessa idade, e então iria saber.

Andie arregalou os olhos, aterrorizada.

— *Você não faria isso.*

— Não nesta vida. — Gerry riu. — Estou esperando para ser avó.

Andie pareceu apavorada por algum motivo.

— Ainda acho que é uma pena. — Mavis expressou sua desaprovação conforme subiam a Oak Creek Road. Não o trajeto usual deles: um desvio por conta de uma obra. — Estão todos tão empolgados com esse bebê. É como... bem, como um sinal de alguma coisa. Esperança, acho eu. Estamos todos sendo lembrados de que nunca é tarde demais para recomeçar.

Nem todos partilhavam do mesmo entusiasmo. Gerry lembrou-se da tentativa de Marguerite Moore de tirar Sam da presidência do comitê do festival de música, no ano anterior. Ela fora derrotada por unanimidade de votos. Parecia que Sam tinha mais amigos na comunidade do que Marguerite.

— Daremos uma festa depois — disse ela. — Mas, mãe, esse bebê vai precisar de mais de duas mãos e dois pés para a quantidade de coisas que você está tricotando!

Gerry entrou numa curva fechada, a luz dos faróis iluminando marcas profundas de derrapagem que cortavam em diagonal a área de contorno logo à frente. As muretas estavam seriamente deformadas e os arbustos à sua volta, quebrados. Um acidente e, pelo que parecia, um bem recente.

A adrenalina lhe percorreu o corpo num fluxo gelado, lançando tudo numa perspectiva clara e em cores. *Sam*, pensou. Ela e Ian haviam saído alguns minutos antes e deviam ter pegado o mesmo trajeto. *Meu bom Deus, que não sejam eles...*

Gerry freou subitamente e desceu do carro. Sentiu o mau cheiro de borracha queimada e viu marcas de tinta na amurada. Tinta *vermelha*.

O Honda de Sam, lembrou-se, era vermelho.

Seu coração acelerou dentro do peito.

— Mãe, o que foi? — Andie e Justin saíram apressados do banco traseiro.

Gerry acenou para eles.

— Fiquem aí. Vou dar uma olhada. — Isso foi tudo o que pôde fazer para não deixar transparecer o pânico em sua voz.

Ela olhou por cima do gradil para a escuridão do despenhadeiro abaixo. De início, tudo o que pôde distinguir foram arbustos e pinheiros, suas agulhas com um brilho prateado sob o brilho dos faróis. Então avistou alguma coisa no sopé do barranco íngreme: um carro virado de lado. A única coisa que o impedia de cair no riacho abaixo era uma árvore robusta contra a qual ele se apoiava. Ela não precisou ver a marca para saber que era o carro de Sam.

Gerry ficou sem ar e seu coração pareceu parar dentro do peito. Então, num rompante, começou a subir no gradil, num momento escalando-o, no outro, escorregando para o barranco.

— Liguem para 911! — gritou para as crianças, que olhavam pálidas por cima do gradil sob a luz ofuscante dos faróis.

A escuridão parecia se intensificar à medida que ela deslizava vários metros abaixo numa trilha escorregadia de terra e cascalho. Uma lembrança lhe veio à mente: o parquinho de diversões na feira do condado.

Convencera Sam a ir com ela. Tinham o quê? Dez, onze anos. Sam, que já naquela época gostava de tudo muito bem organizado e nos devidos lugares, não conseguiu escapar a tempo, mas Gerry amara cada minuto que passara lá: o chão ondulado e os corredores em zigue-zague, os espelhos que a faziam parecer gorda e, em seguida, magra. Só agora sentia como se fosse *ela* quem tivesse sido empurrada contra a própria vontade para um lugar onde nada fazia sentido e onde nada se encaixava.

Ela pôs as mãos em concha em torno da boca, gritando:

— Sam! Ian!

Nenhuma resposta.

Por favor, meu Deus, que eles não tenham morrido. Ela pensou no bebê, a nascer dentro de duas semanas. Não era justo. Não depois de tudo o que eles haviam passado. Eles tinham que estar bem, *tinham* que estar bem.

Gerry perdeu o equilíbrio e foi escorregando pelo resto do trajeto, segurando-se num galho baixo a tempo de não sair rolando até a barragem íngreme na margem do rio. Ela caiu bruscamente de costas, a poucos centímetros do carro capotado — um Honda.

Então se descontrolou, gritando:

— *Sam!*

A porta aberta do lado do motorista estava levantada como a porta de um alçapão, os arbustos à sua volta quebrados e amassados, como se alguém tivesse se arrastado para fora. Ela subiu com dificuldade, passando por cima do estribo do carro num ângulo de difícil acesso e voltou a experimentar aquela mesma sensação de estar no parque de diversões. Segurando-se com uma das mãos na moldura da porta e a outra no volante, examinou o interior escuro onde ficavam os bancos da frente. No lado oposto havia um vulto caído sobre a porta do carona: Sam.

Com a boca seca, Gerry soltou um grito entrecortado que mais pareceu um gemido. Conseguiu articular o suficiente para gritar:

— Sam! *Sam!*

Ela ouviu um gemido, mas ele vinha de trás dela. Gerry se remexeu para os lados tão de repente que perdeu o equilíbrio e caiu na terra logo abaixo. Foi quando viu Ian, a vários metros dali, a perna direita dobrada numa posição tão pouco natural que só podia estar quebrada. Ela foi se arrastando até ele.

— Ian? — Tocou-lhe o rosto. — Ian, você está bem? — Encostou o ouvido em seu peito e sentiu-o inflar e ceder. Quando levantou a cabeça, viu que seus lábios se moviam e se inclinou para ouvi-lo.

— *Esqueça... de mim. Cuide... da... Sam.* — Sua voz saiu tão fraca que poderia ter sido o ar saindo de seus pulmões. Ele tentou se pôr de pé, mas caiu com um gemido. As calças jeans, na parte abaixo do joelho da perna dolorosamente torcida, reluziam com sangue escuro. Mas ele estava vivo. Era isso o que importava.

Ele tentou se sentar mais uma vez, mas ela o forçou a permanecer deitado.

— Ian, escute. A ambulância já está a caminho. Só... não se mexa... *por favor*. Vou me certificar de que a Sam está bem. — Sua voz, calma e estável, parecia vir de algum lugar fora dela.

Ele concordou fazendo uma careta, o rosto pálido como cera.

— *Sam...*

Gerry se sentia como se estivesse andando na água gelada e cheia de correntes ameaçadoras conforme se arrastava de volta ao Honda capotado, os galhos rasgando suas roupas.

Meu bom Pai que está no céu, Gerry pegou-se rezando. *Sei que é pecado o que vou pedir, mas, se é para levar alguém, que seja o bebê. Não a Sam. Por favor, não a Sam.*

O Honda sacudiu levemente com o seu peso assim que ela voltou a subir nele. Gerry ergueu o olhar e viu que vários dos galhos que o sustentavam haviam se quebrado. O murmúrio leve do riacho de repente lhe pareceu maligno. Ela trincou os dentes, resistindo ao ímpeto de sair dali. *Se a Sam for, vamos as duas.*

Segurando-se no volante, ela estendeu a mão, seus dedos tateando um braço inerte até pegar o pulso da amiga. O calor de seu braço percorreu-lhe o corpo como uma corrente elétrica e ela ficou tonta de alívio.

— Sam? Sou eu... Gerry.

Sam mexeu-se e piscou sem compreender.

— Queeeem...?

— Você sofreu um acidente.

Ela soltou a mão para proteger a barriga.

— O bebê — murmurou com a voz rouca.

— O bebê está bem, e você também. — A voz de Gerry parecia um trinado alto e agudo. Sentia-se como se tivesse tomado dez xícaras de café com o estômago vazio. Devia permanecer assim, conversando, sem se deixar abater. — Você acha que quebrou alguma coisa?

— Acho... acho que não. — O rosto pálido de Sam se contorceu de repente e ela fez pressão na barriga. — O bebê... ah, meu Deus...

O mundo pareceu retroceder de repente, como se Gerry estivesse olhando pelo lado errado de um telescópio, vendo apenas o espelho retrovisor virado para ela como um olho escuro e brilhante. A bolsa de Sam estava presa na alavanca de mudança da engrenagem e seu rosto querido olhando para ela na sombra — um camafeu pálido numa moldura desbotada.

Em algum lugar em seu íntimo ela reuniu a calma necessária.

— A Andie chamou socorro. Você vai estar no hospital antes que se dê conta — tranquilizou-a, tateando até encontrar a fivela do cinto de segurança. O clique dele se soltando foi percebido como uma arma disparando no silêncio.

Sam lhe agarrou a mão.

— Onde está o Ian? Ele está bem?

Gerry abriu os dedos de Sam.

— Ele está um pouco machucado, mas, fora isso, está bem. Não se preocupe, vocês dois vão ver esse bebê chegar ao mundo... um bebê bonito, gorducho e saudável. Isso foi só um acidente de percurso. — Ela sorriu sem vontade diante do trocadilho. — Você achou que iria passar por essa como qualquer pessoa normal? Depois do jeito que essa criança foi concebida? Como se ter um bebê na sua idade já não bastasse, você tinha que transformar isso num episódio de *Plantão Médico*?

Sam conseguiu dar um sorriso fraco.

— Isso que dizer que vou me encontrar com o George Clooney?

— Encontrar com ele? Ele vai ficar na fila para pegar um autógrafo *seu.* — Gerry deu uma risadinha regada a lágrimas.

O rosto de Sam se contorceu e, mais uma vez, ela segurou a mão da amiga, apertando-a com força suficiente para impedir a circulação sanguínea.

— Estou sentindo uma coisa. Acho... acho que estou sangrando.

— Tem certeza de que não é a bolsa que estourou? — Agora, sentira *mesmo* pânico em sua voz.

— Cer-certeza absoluta.

— Segura as pontas, minha amiga, isso só vai levar um minuto. — Onde é que estava aquela maldita ambulância?

Então, graças a Deus, ela a ouviu: o som distante de uma sirene.

Uma sensação de alívio percorreu o corpo de Gerry numa onda fria e clara. *Obrigada, Senhor.* Apesar do murmúrio da circulação sanguínea em seus ouvidos, ela conseguiu ouvir o apito intermitente da sirene cada vez mais alto.

— Me prometa... — disse Sam, com um gemido.

— O quê?

— Prometa que você não vai deixar nada acontecer ao bebê. Por favor, Gerry. Você precisa *jurar.* — Seus dedos apertaram o pulso de Gerry.

Se Sam estava disposta a arriscar a vida pela do bebê, Gerry se sentiu dividida, incapaz de tranquilizá-la. Se fosse preciso escolher, não havia dúvidas para ela: a ideia de viver sem a presença da amiga era impensável. Por outro lado, Sam passara por tanta coisa por causa daquela criança, desafiando tudo e todos. Como Gerry poderia se negar a atendê-la?

Das profundezas de sua alma, ela reuniu a força necessária para tranquilizá-la.

— Não quero nem saber dessa conversa. Você chegou até aqui. E, menino ou menina, vai ser uma danada de uma criança. Se for um pouquinho só parecido com você, vai ser pra lá de teimoso para desistir. — Ela sentiu os dedos de Sam afrouxarem um pouco e viu a amiga se recostar novamente sobre a porta. — A única má notícia é que parece que vou ser mesmo sua auxiliar de parto. E se você acha que vou te dar vida fácil, pode esquecer. E experimente só não me obedecer. Vou cair tão pesado em cima de você que você não vai nem saber o que aconteceu.

O céu, em toda a sua magnificência, parecia zombar dela, a lembrança de Aubrey descia sobre a sua cabeça como uma estrela cadente: sua esposa grávida esmagada até a morte num acidente de carro. Pela primeira vez ela entendeu de verdade o que aquilo devia ter significado para ele.

O pensamento lhe sumiu da mente ao ouvir ruídos de pneus e ver faróis de carros movendo-se em arco na estrada. Como se estivesse numa outra dimensão, ela ouviu portas de carro batendo, seguidas de um burburinho — a voz de Andie entre elas, alta e ansiosa. A luz da ambulância pulsava banhando o barranco, tingindo a folhagem à sua volta com um vermelho vibrante. Agora ela podia distinguir dois vultos em macacões que desciam com habilidade, e com uma maca balançando entre eles.

Ela sorriu para Sam.

— Pode relaxar, minha amiga. Os fuzileiros atracaram.

Andie aguardava ansiosa pela mãe. Dava para ouvir as vozes distantes dos paramédicos descendo o barranco, junto com o estalo de seus walkie-talkies. A uma pequena distância dali, Justin estava abaixado na frente do gradil como um cão fiel, olhando para o despenhadeiro. Na luz dourada e pálida lançada pelos faróis, insetos se arremessavam e giravam como pirilampos dentro de um pote. Exceto pelo barulho ocasional dos carros que passavam, eles eram as únicas criaturas que se moviam. Até mesmo a avó deles estava imóvel dentro do carro, embora isso devesse estar matando-a. Isso era uma das coisas que Andie mais amava na avó: ela sabia quando iria apenas atrapalhar.

— Está vendo alguma coisa? — Andie murmurou para o irmão.

Justin se virou, o boné de beisebol lançando uma sombra sobre seu rosto.

— Acho que sim. Estou. Tem alguém na maca.

— Quem?

— Não sei direito. Acho que é tia Sam.

Andie rezou para que ela estivesse bem. O bebê também.

Sua boca ficou com um gosto que parecia leite coalhado. Naquela noite havia planejado contar para a mãe que sua menstruação estava atrasada. Agora, com isso...

De repente, pensou na esposa de Aubrey morrendo num acidente de carro — estava grávida também. *Por que não fui mais legal com ele?* Lembrando-se do CD que ele lhe dera, ela se sentiu duas vezes pior. Embora não tivesse culpa do ocorrido durante o casamento, não era um pouco culpa *sua* o fato de ele estar indo embora?

Andie olhou para baixo, quase se surpreendendo ao ver que ainda estava com o celular da mãe. Antes que se desse conta, estava digitando o nome de Aubrey. A mãe tinha discagem rápida para todos o números importantes; um deles tinha de ser o dele. Ela ouviu uma série de bipes seguidos por uma chamada fraca.

— Aubrey falando.

O coração dela começou a acelerar e, por um momento, ela ficou sem voz.

— Sr. Roellinger? É a Andie... Andie Bayliss. Desculpe incomodar, mas é que houve um acidente.

— Com a sua mãe? Ela está bem? — A voz dele parecia vir do fundo de um poço, tão estranhamente calma que Andie levou um momento para reconhecê-la pelo que de fato era: a outra cara do pânico.

— Ela está bem. É... é a tia Sam e o Ian. O carro saiu da estrada. Eu... eu não sei se é muito sério. A ambulância acabou de chegar. — Ela inspirou de forma entrecortada. — A mamãe não pode vir até o telefone agora. Mas... acho que ela gostaria que o senhor soubesse.

— Obrigada, Andie. Você agiu certo.

Andie sabia que não havia nada que ele pudesse fazer. Afinal de contas, ele estava a caminho do aeroporto. Seu pai não teria voltado, telefonaria mais tarde para ver se estava tudo bem. Mas, se isso fosse tudo o que Aubrey pudesse fazer, seria melhor do que nada.

Logo em seguida, os paramédicos — um corpulento, de cabelos compridos, o outro magro e de cabelos bem curtos — assomaram à vista levantando a maca. O coração de Andie quase parou de bater quando viu sua tia Sam. Ela estava branca como um fantasma, protegendo a barriga como se as tiras de lona que a mantinham no lugar não fossem suficientes para protegê-la. Andie quis correr para ela, mas descobriu que não podia se mover. Então tia Sam desapareceu na traseira da ambulância.

Os paramédicos voltaram ao barranco. Parecia que horas haviam se passado — embora o relógio de Andie mostrasse que eram apenas minutos — antes que eles reaparecessem carregando Ian. Seu rosto estava contorcido de dor, o cobertor que o cobria do peito para baixo estava manchado de sangue. Quando a maca balançou para os lados e ele gritou de dor, o homem corpulento lhe tocou o ombro e disse:

— Desculpe, companheiro. Sei que isso dói pra caramba. — Minutos depois, a ambulância saía em velocidade pela estrada, a luz de emergência piscando e a sirene tocando.

Somente quando a mãe finalmente apareceu, pálida, as roupas e os cabelos desarrumados, com um arranhão numa das faces, foi que Andie conseguiu se mover. Ela se atirou nos braços da mãe, que a abraçou também, como se fosse sucumbir caso não o fizesse.

— A tia Sam vai ficar boa?

— Vai. — Mas a mãe não parecia convencida.

— O Ian também? — quis saber Justin.

Gerry recuou com um sorriso que parecia esculpido em seu rosto.

— Nada que um gesso não resolva. — Justin se aproximou e ela o puxou num abraço a três. — Vamos lá, pessoal, vamos em frente. Temos uma longa noite a enfrentar.

Momentos depois, estavam dentro do carro correndo para o hospital.

Aubrey recostou-se no assento do carro, olhando pela janela para o rio cinzento formado pela autoestrada que ficava para trás, enquanto ele próprio parecia imóvel, uma rocha no meio de um remoinho de luzes. Sentiu uma paz recair sobre ele, um tipo de clareza que não sentia havia anos. *Todo esse tempo eu fiquei correndo*, pensou, *simplesmente me movendo em círculos.*

Agora, a lembrança lhe chegava com força total.

Ela estava usando um vestido amarelo naquele dia, um que ele lhe trouxera de Nova York. Tinha poás minúsculos e um decote franzido que fizera Isabelle rir quando o experimentara.

— Parece que saí de um romance de Henry James — dissera, dando voltas em frente ao espelho.

— Você se parece consigo mesma.

Ele a tomara nos braços e puxara para si. Ela recendia a perfume, uma fragrância leve e floral, e também aos cigarros Gauloise que insistia que ele parasse de fumar, embora ele se permitisse fumar só de vez em quando. Ficara apenas alguns dias fora, mas sentia saudades dela. *Sem mais compromissos fora da cidade até o bebê nascer*. Vivia prometendo a mesma coisa, mas então havia sempre um compromisso do qual não conseguia se esquivar, e depois desse, outro. O concerto daquela noite, pelo menos, seria no Music Center.

— Ele faz com que eu pareça grávida? — perguntara ela.

— Querida, nada poderia esconder o fato de você estar grávida. — Ela estava no sétimo mês de gestação e no auge do esplendor. Com os cabelos louros presos com folga atrás da cabeça, ela o fez pensar num pêssego maduro — um particularmente suculento. Ele lhe deu uma leve mordida no pescoço.

— Você sabe o que estou querendo dizer. — Será que ele a deixava feia e gorda? Como se alguma coisa fosse capaz disso. Ela rodopiou em seus braços, com a leveza de uma bailarina. — Aubrey, vamos sair hoje à noite. Estou com um desejo repentino de comer escargots ao molho de manteiga.

— Não podemos, tenho um compromisso no Music Center hoje à noite — ele a lembrara. Estavam trabalhando na Sinfonia nº 88 em sol maior de Haydn, uma obra particularmente festiva, alegre *demais* para o gosto dele. Preferia mil vezes a melancolia da Quinta de Beethoven.

Ela lhe parecera triste. Não tanto porque não iriam sair, ou porque passaria mais uma noite sozinha, mas porque queria estar no palco também. Pobre Isabelle. Sentia falta de se apresentar da mesma forma que um cavalo preso em sua baia sentia falta de correr. Se seu médico não houvesse insistido que os excessos de uma turnê representariam muito esforço naquele estágio do que vinha sendo uma gravidez de risco, nada a teria detido. Ela olhou para o porta-partituras com o mesmo desejo que teria olhado para um amante.

— Então vou com você — dissera.

Aubrey olhou pela janela. Estava chovendo forte — um tipo de tempestade raramente vista no sul da Califórnia e um lembrete de que a Mãe Natureza sempre ria por último. Nada de se acomodar, ou um terremoto virá e derrubará você e seus vizinhos como se fossem pinos de boliche; dê uma de arrogante e os ventos de Santa Ana vão te açoitar com incêndios na mata, lançando suas chamas pelo trajeto.

— Você vai pegar um resfriado — dissera ele.

Isabelle rira. Ela sabia que ele não levava suas indisposições a sério. Não lhe dissera isso repetidas vezes?

— Vou usar uma capa de chuva. Ficarei igual a Pancho Villa.

Ele balançou a cabeça, em parte achando graça, puxando-a mais uma vez para si e enterrando o rosto em seus cabelos. Será que percebera então, em alguma parte íntima de seu ser, que precisaria absorver dela o máximo possível enquanto pudesse? Que deveria abastecer-se de seu perfume, como um louco abastecendo-se para o fim do mundo iminente?

— Vou pedir ao Gordon para te levar. — Pediria ao motorista para voltar e levá-la em seguida.

— Se tiver trânsito, ele vai levar horas. — Ela inclinara a cabeça, seu sorriso era de uma linda mulher acostumada a dar um jeito de ceder de vez em quando. — Você venceu. Vou ficar em casa.

Ele adorava o contorno do pescoço dela. Sua pele parecia perolada; reluzia produzindo uma luz própria e suave. Durante todos os anos que passaram tentando ter filhos, ele imaginara se os deuses lhes negavam as crianças pela simples razão de eles já terem tanto na vida. Não seria ganância querer mais? Não demoraria muito, ele veria que os deuses é que eram gananciosos: queriam Isabelle só para eles.

Ele acabara de baixar a batuta nos acordes finais da *Sinfonia Inacabada* de Schubert, a segunda de duas peças orquestradas no programa daquela noite, o que em retrospecto não deixou de ser uma rica ironia, quando recebeu uma ligação nos fundos do palco. Lembrava-se apenas de alguns fragmentos dela. Isabelle ferida... o carro totalmente destruído. Se Gordon não estivesse dirigindo seu carro, ele mesmo é que teria parado no hospital... ou no sopé do morro. Por outro lado, se tivesse insistido em mandar seu motorista buscá-la, se ela não tivesse sido inconsequente a ponto de ela mesma dirigir, nada disso teria acontecido.

Isabelle estava morta quando ele chegou; disseram-lhe que ela havia morrido na hora. Por que, imaginou, os mensageiros da morte sentiam necessidade de dar tais notícias? Não podiam imaginar que receber notícias como essa aos poucos, como pequenas rajadas de metralhadora, era melhor do que ser derrubado de uma vez?

No elevador, a caminho do necrotério, uma apatia abençoada tomara conta dele. O que o fez conseguir passar por tamanha provação foi a ideia de que aquilo não estava mesmo acontecendo. Na manhã seguinte, ele levantaria da cama e veria que tudo não passara de um pesadelo terrível. Como aquele corpo azulado e frio sobre a mesa poderia ser o de Isabelle, que brilhava mais do que o sol? Ele lhe tocara os cabelos. Eram compridos e finos, da cor de cerveja forte. Ele os enrolou em seus dedos. Pareciam vivos, apertou-os, impedindo sua circulação, até que foi forçado a deixá-los deslizar.

Calmamente, ele pediu uma tesoura ao médico legista — homem mais velho com jeito simpático. O homem olhou com pesar para Aubrey, como se suspeitando que ele tivesse enlouquecido. Aubrey preferia que sim, pois a loucura seria uma suspensão temporária bem-vinda do tormento que enfrentaria em breve. Com a tesoura na mão, cortou várias mechas do cabelo da esposa e as enrolou cuidadosamente, antes de enfiá-las no bolso. O homem perguntou gentilmente se ele gostaria de ver o filho. Ele não quis. Fazê-lo, mesmo na morte, quando Isabelle tivera essa alegria negada, seria extremamente injusto. Tentou imaginá-la no paraíso com o filho — um menino, ficara sabendo —, mas descobriu que não acreditava mais nisso. Na verdade, não acreditava mais em Deus.

Dias mais tarde, quando ajoelhado em frente a seu túmulo, não foi com Deus que falou, mas com Isabelle. Estas foram as seguintes palavras que ele proferiu para a mulher: *Je t'aime*. Eu te amo. Hoje e sempre. Nunca haverá outra mulher para ocupar o seu lugar.

E não houvera, até agora. Tivesse Gerry alguma coisa a ver com Isabelle, ele teria se protegido dela com unhas e dentes. No entanto, pouco a pouco, quase sem perceber, ela foi passando por suas defesas. Até o dia em que ele percebeu que estava apaixonado por ela. Essa ideia o apavorou. Como podia amar aquela mulher sem abrir mão de Isabelle? Gerry não era o tipo de mulher que aceitava ficar em segundo plano. Gerry, com seus gestos animados e risada escandalosa, que preenchia uma sala apenas ao entrar. Por sua própria natureza, ela lançava uma sombra na qual a lembrança de sua esposa iria murchar como uma planta privada de sol. Somente naquela noite, após dar um beijo de despedida nela, foi que percebeu que estava matando qualquer chance com a única mulher que o fizera se sentir vivo depois de Isabelle.

Agitando-se como se acordasse de um sono profundo, Aubrey levou uma mão ao rosto e viu que estava molhado. Pegou-se lembrando de uma carta que Debussy escrevera enquanto compunha *La Mer*. Escrevera sobre o mar: *Tenho um estoque infinito de lembranças e, para mim, elas valem mais do que a realidade, cuja beleza sempre embota o pensamento.*

Fora isso o que fizera — privilegiara suas lembranças em detrimento da vida em si. Assim como a música com a qual Debussy havia captado a essência do mar, ele transformara uma coisa fluida em uma bela partitura, com notas fixas e tempo correto.

Aubrey bateu na divisória de vidro e esperou o que parecia uma eternidade até ela se abrir.

— Vire na próxima saída — ordenou. Tudo o que pôde ver do motorista foram seus cabelos caprichosamente cortados na nuca e dois olhos curiosos no espelho retrovisor.

— Senhor?

— Estamos voltando para Carson Springs.

* * *

Sem ultrapassar nenhum sinal vermelho, eles chegaram ao hospital, onde a recepcionista na ala de emergência os informou que a sra. Kiley estava no andar superior, na maternidade. Ao subirem pelo elevador, Gerry lembrou-se de que não ia àquele andar desde que Andie e Justin haviam nascido. Olhou para eles, Justin com o braço sobre os ombros da avó e Andie com os braços cruzados sobre o peito. Gerry não podia pensar em dois adultos que fossem mais cuca fresca diante de uma experiência tão aflitiva, e nunca se sentira tão orgulhosa deles.

As portas se abriram com um baque surdo e Gerry foi até a enfermaria.

— Estou procurando a sra. Kiley — disse ela para uma enfermeira mais velha, de cabelos grisalhos, tão larga quanto uma fragata da marinha americana.

A mulher consultou um quadro.

— Sra. Kiley? Está dizendo aqui que ela está indo para a sala de parto. Por que a senhora não se senta? Eu lhe manterei informada. — Ela sorriu com simpatia, indicando a sala de espera logo no finalzinho do corredor.

— A senhora não está entendendo, sou a auxiliar de parto dela.

A enfermeira olhou mais uma vez para o quadro.

— Bem, neste caso ela não vai precisar da sua ajuda. Pelo que diz aqui, ela vai fazer uma cesariana.

Gerry se esforçou para manter a postura.

— A dra. Rosário está aqui?

A enfermeira apontou para o corredor, onde Gerry viu Inez Rosário com roupas cirúrgicas verdes, conversando com um dos residentes, um jovem que não parecia ter idade para limpar o bumbum de um bebê, que dirá para fazer um parto. Graças a Deus Inez havia chegado a tempo. Gerry fez sinal para a mãe e os filhos esperarem na recepção e saiu correndo.

— Inez, você não sabe como estou feliz em te ver.

A obstetra de Sam fizera o parto de Andie e Justin, e o simples fato de vê-la agora, seus cabelos grisalhos e crespos e sua postura firme e direta, já inspirava confiança. Inez afastou-se do residente, gesticulando para que Gerry a acompanhasse pelo corredor.

— A Sam teve sorte — disse ela. — Apenas umas costelas fraturadas, uma pancada leve... mas o bebê parece estar com algum problema.

O coração de Gerry parecia prestes a sair pela boca.

— Não quero que ela passe por isso sozinha.

Inez fez uma pausa e olhou pensativa para Gerry.

— Normalmente, apenas o marido pode assistir a uma cesariana — disse ela. — Mas acho que podemos abrir uma exceção neste caso. — Seus olhos castanhos buscaram os de Gerry, transmitindo a necessidade de calma absoluta.

Se ela não estivesse tão séria, Gerry a teria beijado.

— O Ian vai ficar bem?

— Parece que ele teve fraturas múltiplas, portanto não sei quando poderá sair da cama. A boa notícia é que será poupado de ficar andando de um lado a outro às duas horas da manhã. — Inez se permitiu dar um sorrisinho. Elas haviam chegado às portas duplas que davam para a sala da obstetrícia e Gerry a seguiu até uma antessala com sua fileira de pias. — E olha só o que ele disse: o ortopedista contou que ele ficou insistindo que a perna dele poderia esperar, que ele precisava ficar com a Sam. Isso é que é um futuro pai determinado.

— Você não sabe da missa a metade.

Gerry pensou na forma como ele havia mimado Sam, como se fosse uma avó italiana insistindo para que ela pusesse os pés para cima, tentando-a com iguarias, como as romãs que tanto adorava. Para todos aqueles céticos que uma vez o haviam julgado como um homem sem responsabilidades, Ian provara que estavam extremamente enganados.

Decorridos alguns momentos, munida de máscara e luvas, Gerry estava olhando para o rosto pálido e ansioso de Sam. Um tipo de tenda fora erguida sobre a mesa cirúrgica onde ela se encontrava, ocultando sua metade inferior. Seus cabelos estavam protegidos por uma touca parecida com a que Gerry usava, e ela se lembrou de quando elas estavam no ensino médio se arrumando para sair com os rapazes. Naquele momento, Sam parecia ter dezesseis anos.

— Eu não tinha certeza de que você chegaria a tempo — disse Sam, com a voz fraca.

Gerry pegou-lhe a mão e a apertou.

— De que vale um ator substituto se não pode encenar quando o ator principal quebra uma perna?

Do outro lado da tenda, médicos e enfermeiras surgiam e sumiam de vista. Um monitor soou e instrumentos tiniram na bandeja. Inez, rápida em dar ordens, poderia estar falando suaíli, a julgar por tudo o que Gerry entendeu. Ela não tirou os olhos de Sam até que uma enfermeira enfiou a cabeça pela porta e anunciou que a dra. Steinberg estava a caminho.

— Graças a Deus, é a Dorothy. — Ela ouviu Inez sussurrar.

Gerry lembrou-se de que Dorothy Steinberg, velha amiga de Mavis que se recusava a se aposentar, era a chefe da pediatria neonatal naquela comunidade. O bebê estaria em boas mãos. Mesmo assim, ela recitou uma pequena prece.

Ela voltou o olhar para Sam e viu que seus olhos estavam marejados.

— Não posso perder esse bebê — disse, com a voz rouca. Sam, a mulher mais corajosa que ela conhecia, não parecia tão corajosa naquele momento.

— Shhh. Isso é coisa que se diga! — bronqueou Gerry, ligeiramente surpresa ao ouvir as palavras da amiga saírem de sua boca. — Vocês dois vão ficar bem.

— Eu sei que no início eu não queria o bebê. — O queixo de Sam começou a tremer e uma lágrima escorreu por uma das faces. — Você acha que Deus está me punindo?

— Deus não pune ninguém por seus pensamentos. E não existe mãe tão boa e amorosa quanto você. — Gerry começou a dar palmadinhas nos próprios olhos marejados até que percebeu que estava usando luvas. — Droga. *Olha só* o que você me fez fazer. Justo eu que estava economizando as lágrimas para o batizado.

Ela foi recompensada pelo mais fraco dos sorrisos.

Do outro lado da tenda, Gerry ouviu Inez dar instruções rápidas:

— Ok... estamos fazendo uma incisão na fáscia muscular... vamos fazer uma pequena sucção.

Sam segurou-lhe a mão.

— Não estou sentindo. Não estou sentindo *nada*. Só... pressão. Como vou saber se o bebê está bem?

— Aposto dez dólares como é uma menina.

— Apostado.

Elas ficaram em silêncio, tomadas pelo pavor daquilo tudo, então Inez anunciou com uma autoridade tranquilizadora:

— Agora estamos fazendo uma incisão no saco amniótico... Peguei a cabeça... ok, agora o ombro. — Fez uma pausa. — Ah, meu Deus, é um menino!

— Um menino. — A voz de Sam saiu cheia de encantamento.

Gerry abriu um sorriso.

— Parece que perdi dez pratas.

Elas esperaram por aquele som familiar que espantaria seus medos, e, como ele não surgiu, Sam fixou os olhos no lençol como se pudesse abrir um buraco nele.

— Ele não está chorando. O que houve? Ele está bem? — Sua voz se elevou, demonstrando pânico.

Gerry também ficou preocupada, mas acariciou o ombro de Sam.

— Calma. A Inez sabe o que está fazendo. — Embora o parto de Andie e Justin tivesse sido melzinho na chupeta em comparação àquele.

Exceto o seu primeiro parto.

Uma lembrança veio à tona. Então, de repente, estava sendo levada às pressas numa maca pelo corredor. As dores não vinham mais em ondas, pareciam um punho gigante que a apertava. Ela gritou que se sentia enjoada, mas a enfermeira ao seu lado simplesmente sorriu e disse que tudo acabaria logo. Não entendia o que Gerry estava lhe dizendo. Quando ela *de fato* vomitou, a mulher, de olhos pequenos e brilhantes, pareceu aborrecida.

— Onde está a minha mãe? Eu quero a minha mãe! — Gerry gritara com a angústia de uma menina que mal havia saído da adolescência e que nunca ficara doente sem Mavis se curvando sobre ela com um paninho fresco e uma mão acalentadora.

— A sua mãe está na sala de espera — informou-lhe a enfermeira. — Agora, seja uma boa menina e pare de fazer escândalo.

Quando Gerry abriu a boca, liberou um berro de agonia. A dor chegara ao máximo, não apenas a apertando, mas *rasgando* por dentro.

Uma porta de duas folhas se abriu e a maca passou por cima da soleira. O rosto de um homem, a metade inferior tapada por uma máscara, surgiu à vista. Tudo o que ela pôde ver foram olhos azuis sobre um ninho de ruguinhas finas e sobrancelhas grossas e louras.

— Como está, srta. Fitzgerald, humm? — Os lábios que se moviam sob a máscara fizeram-na lembrar de Boris Karloff em *A Múmia*.

— Quem é o senhor? — perguntou ela, com a voz áspera.

— O dr. DeCordillera não está na cidade — dissera a ela. — Sou o dr. Perault.

Gerry negou com a cabeça. Não, não queria um estranho. Mas ninguém parecia se importar com o que ela queria. Ela foi erguida até uma mesa e seus pés colocados em dois estribos. Um líquido frio foi jogado em suas partes íntimas, que, nas últimas doze horas, pareciam ter se transformado em propriedade pública — toda hora lhe faziam o toque, depois lhe rasparam os pelos e agora sua intimidade estava plenamente à vista.

Isso logo perdeu a importância, pois a região entre suas pernas podia se comparar aos portões do inferno. Ela se contorcia, gritava, implorava, mas Deus não se compadecia. Foi quando ela teve certeza de que Ele a estava punindo.

— Empurre. — O comando foi abafado pelo barulho em seus ouvidos. — Dê um belo empurrão agora. Ótimo. Agora mais um. Está indo bem. Respire fundo. Isso, de novo. EMPURRE!

— Não consigo — gritou ela, sentindo como se estivesse sendo cortada ao meio, um abacate maduro de onde o bebê seria retirado como um caroço.

Mas, de alguma forma, ela *estava* empurrando. O tempo todo grunhindo e elevando o corpo como um animal. Alguma coisa quente

escorreu por entre suas pernas e a dor cessou bruscamente. Ela caiu para trás, ofegante. Um bebê chorava, mas por causa do suor que lhe escorria da testa aos olhos ela não podia vê-lo... apenas um borrão de braços e pernas e um chumaço de cabelos encaracolados.

— Uma menina! — Ouviu alguém exclamar.

Ela estendeu os braços.

— Deixe-me segurá-la.

Um pacotinho bem embrulhado foi posto em seus braços, olhos azuis a observando atentamente. Um grande amor começou a surgir dentro dela e ela logo esqueceu o tormento pelo qual passara. Olhou para a boquinha que parecia um botão de rosa, como se estivesse se preparando para ser alimentada, e sentiu os seios comicharem em resposta.

De repente, o bebê foi tirado de seus braços.

— É melhor assim — disseram a ela. De máscara e jaleco, a mulher poderia ter se passado por um ladrão roubando de Gerry tudo o que possuía de mais valioso.

— Não... espere. — Gerry começara a dizer que havia mudado de ideia. Como poderia saber do que estaria abrindo mão? Mas era tarde demais. A enfermeira e seu bebê haviam ido embora.

Então um rombo se abrira em seu coração e um vento estranho se pusera a soprar. Ela começou a chorar, e por muito tempo foi como se jamais fosse ficar sem lágrimas. Chorou por horas e horas, de forma inconsolável, até que, exaurida, caiu num sono profundo que mais pareceu uma viagem ao inconsciente.

— O que houve? Por que ele não está chorando?

Gerry voltou à realidade pela voz ansiosa de Sam. Ela saiu de trás do lençol para ver com os próprios olhos. O que viu a alarmou ainda mais: Inez e a dra. Steinberg debruçadas sobre a mesa onde havia um bebê, fazendo de tudo para fazê-lo respirar.

— Estão fazendo uma sucção nele — contou a Sam. Não disse à amiga como ele lhe parecera fraco e azulado e sentiu-se aliviada pela máscara que lhe cobria parcialmente o rosto. Sam sempre fora capaz de interpretá-la como se fosse um livro.

— Por que está demorando tanto? — Sam parecia um animal desesperado para pegar sua cria. — Tem alguma coisa errada com ele? Ele não está... — Não conseguia se controlar para dizer as palavras.

Gerry ficara sem saber como tranquilizá-la. Tudo o que pôde fazer foi ficar parada apertando a mão dela e esperando pelo melhor. Onde estava Deus quando se precisava mais Dele? Escondendo-se como todos os outros homens que a haviam deixado na mão, deixando as mulheres com o trabalho pesado.

Em seguida, quando começara a pensar no pior, veio o choro: o choro do bebê. Alto e forte, fulo da vida.

Sam soltou um grito de alegria. Gerry liberou o ar que não havia percebido que estava prendendo. Inez Rosário exclamou:

— Vejam só que pulmões! Você não vai dormir muito com esse menino. — Ela foi para onde pudesse ser vista, seus olhos castanhos afetuosos e estreitados sob a máscara. Em seus braços, um pacotinho embrulhado numa toalha branca bem macia. — Sam, tome o seu filho. — Ela o baixou gentilmente até o peito de Sam, enquanto uma enfermeira a levantou um pouco com o auxílio de um travesseiro.

Gerry não soube quem começou, se ela ou Sam, mas de repente estavam as duas chorando.

— Ele é lindo — disse Sam, com a voz estrangulada, passando o dedo pela cabecinha com seus tufos de cabelos úmidos como os pelos de um gatinno. O formato de seu crânio era perfeito, um dos benefícios de não chegar ao mundo da forma mais difícil. — Ele se parece com o pai.

Gerry enxugou os olhos.

— Ele tem o queixo dos Delarosa.

— Eu gostaria que o Ian estivesse aqui.

— Ele estará logo, logo. — Gerry tinha a esperança de que, a qualquer momento, ele entrasse ofegante pela porta, numa cadeira de rodas.

Sam entregou o bebê para a amiga enquanto terminavam de lhe dar os pontos.

— Não se preocupe. Você vai tê-lo de volta — prometeu Gerry, percebendo a ansiedade com que ela o acompanhara com os olhos.

Gerry baixou os olhos para o bebê aninhado em seus braços e a lembrança mais uma vez voltou com força total. Só que dessa vez não a feriu. Sentiu-se como se, de certa maneira, tivesse fechado o círculo. Sua filha *havia* voltado... apenas não da forma como ela imaginara.

Então, como uma onda no mar, a plenitude em seu coração retrocedeu, deixando-o exposto e brilhante como uma concha. Ela pensou em Aubrey, que teria sido o homem certo para ela caso as circunstâncias não tivessem sido tão erradas. Será que ele sentiria sua falta nos meses seguintes? Será que ficaria pensando no que poderia ter sido?

Gerry baniu o pensamento da cabeça. Teria muito com o que se preocupar ao sair à procura de outro emprego sem ficar obcecada por sua vida sentimental.

— É melhor eu pôr um fim ao sofrimento da mamãe e das crianças — disse ela, quando o bebê mais uma vez voltou para os braços de Sam. Eles estavam extremamente preocupados, temendo o pior.

— Hum-hum... tudo bem. — Sam não estava ouvindo. Estava apaixonada demais pelo novo homem em sua vida.

Assim que Gerry virou para o corredor, precisou se concentrar a fim de seguir em linha reta. Estava com as pernas bambas e a cabeça parecia flutuar vários centímetros acima do pescoço. Qualquer um que olhasse para ela em roupas cirúrgicas poderia tê-la confundido com uma médica saindo de uma longa e complicada cirurgia.

Ela avistou um vulto familiar logo à frente conversando com Mavis e as crianças e ficou paralisada. Aubrey. Que diabo *ele* estava fazendo ali? Não deveria estar a caminho de Bruxelas? Confusa demais para pensar direito, ela pareceu flutuar pelo resto do trajeto ao longo do corredor. A única coisa da qual tinha consciência agora era da bolha de calor que se expandia em seu peito, preenchendo-a com uma alegria boba.

Ele se levantou para cumprimentá-la.

— Está tudo bem?

— É um menino. — Gerry virou-se para Mavis e para as crianças, sentadas no sofá e olhando ansiosas para ela. — Ele é pequenininho, mas tem uns pulmões que vocês não vão acreditar.

— Jesus, Maria, José. — Mavis fez o sinal da cruz. — Preciso rezar cinquenta rosários.

— Podemos vê-lo? — quis saber Andie.

— Você pode até segurá-lo... quer dizer, se conseguir arrancá-lo da sua tia Sam. — Gerry sorriu. — Ela parece uma mamãe tigre com sua cria.

Justin abriu um sorriso.

— Um menino. *Maravilha*.

— Mais um pouco e vamos formar o nosso próprio time — brincou Aubrey.

Gerry olhou para ele, alegre e confusa. Mal tinha consciência dos pés tocando o chão. Tudo o que sabia é que nunca se sentira tão feliz em ver alguém na vida.

— Como você soube?

— Eu liguei para ele. — Havia um tom de desafio na voz de Andie.

Aubrey sorriu para ela.

— Uma sábia decisão, devo dizer.

— Mas o seu voo... — A frase ficou inacabada. Gerry não conseguia pensar direito com Aubrey olhando para ela daquela forma... como se tivessem se passado meses e não horas desde a última vez que a vira.

— Esqueça o meu voo. — Seu tom de voz deixava claro que isso era a última coisa que lhe passava pela cabeça.

Ela o olhou nos olhos. Alguma coisa havia mudado. Ele a estava analisando com uma franqueza séria e atordoante — mas, ao mesmo tempo, estimulante. Gerry pensou em como deveria ter sido difícil para ele voltar, pensou nas memórias doloridas que deviam ter sido desenterradas. Qualquer outro homem teria seguido adiante. Só a coragem de ele ter voltado já era atordoante.

Ela tentou encontrar alguma coisa familiar, algo que lhe desse segurança contra aquele sentimento que estava prestes a se libertar, e a encontrou em seus gracejos leves e usuais.

— Bem, já que você veio até aqui, o mínimo que posso fazer é te pagar um café.

— Podem ir vocês dois. Eu fico com as crianças — Mavis apressou-se em dizer. Quando Justin abriu a boca para protestar, ela lhe lançou um olhar sério e ele a fechou em seguida.

Eles logo acharam o caminho que os levaria à cafeteria, no segundo andar. Gerry se lembrava da última vez em que estivera lá, no ano em que Andie tirara as amígdalas, de que o café era horrível. Ele não havia melhorado nos anos que se passaram até então. Ela deu um gole e baixou a xícara para adicionar mais um pouco de açúcar.

— Que bom que você veio — disse a ele. — Não precisava ter se incomodado.

— Porque você é forte o suficiente para carregar o peso do mundo sozinha? — disse Aubrey, com a voz branda, porém com uma expressão séria. — Não vim porque a Andie pediu. Vim porque precisava vir.

— Por quê?

— Digamos apenas que eu tinha alguns assuntos para resolver.

Gerry ficou tensa. Estaria ali por causa de Isabelle? Por alguma necessidade de domar seus próprios demônios?

— O que você vai dizer para o pessoal em Bruxelas?

Ele deu de ombros.

— Que vou demorar um pouco mais do que o esperado para resolver as coisas.

Gerry sentiu o calor que se expandia em seu peito se retrair subitamente. Será que ela era apenas isso, um assunto em sua agenda que tinha de ser resolvido?

Mas quando olhou nos olhos de Aubrey não foi Isabelle quem ela viu. De repente ela teve dificuldade de respirar.

— Não estou sendo muito eloquente, não é? — continuou ele, sorrindo. — O que estou tentando dizer é que eu talvez tenha cometido um erro.

O coração de Gerry estava batendo com tanta força que ela podia senti-lo no rosto, uma pulsação quente e constante. Naquela noite cheia de surpresas, será que daria conta de mais uma?

— Com relação a mim? Ou de uma forma geral?

— As duas coisas.

Ela franziu a testa.

— Preciso que você seja um pouco mais específico.

Um homem que tomava café na mesa ao lado olhou desinteressado para eles. Tinha os olhos sem vida e a barba por fazer, como se não dormisse há dias. Quando Gerry voltou o olhar para Aubrey, seus olhos estavam o oposto — tão cheios de uma emoção sincera que ela mal podia aguentar olhar para eles.

— Percebi uma coisa esta noite... que tenho sido um tolo — disse ele. — Achei que, se me permitisse amar você, estaria de alguma forma apagando a lembrança de Isabelle. Mas não é assim que funciona, não é?

— Você não é o único culpado.

— Então talvez esteja na hora de nós dois olharmos de outra forma. — Ele gesticulou de um jeito que a fez lembrar de como agia quando regia uma orquestra, a forma como parecia arrancar uma nota do ar, com tanta delicadeza como se pegasse uma borboleta. — Esta noite, quando estava vindo para cá, me lembrei de algo que havia esquecido... de que a boa música sempre vem de muito sofrimento. — Ele sorriu com tristeza. — Sou melhor hoje por ter amado Isabelle. Tanto quanto sou melhor por te amar.

Gerry achava que não seria capaz de se mover ou falar. Ela queria proferir as palavras que lhe martelavam a cabeça no mesmo ritmo de seu coração acelerado: *EuteamoEuteamoEuteamo.* Mas algo a estava detendo. Por fim, ela desistiu e disse, com um sorriso enviesado:

— Somos um casal e tanto, não é?

Aubrey estendeu a mão e enfiou uma mecha solta de cabelos atrás da orelha dela, esperando que ela continuasse a falar.

— Eu estava pensando na Sam agora mesmo — disse ela. — Quando o Martin morreu, ela não esperava se apaixonar de novo, mas não fiquei nem um pouco surpresa quando isso aconteceu. Ela foi feita para ser esposa e mãe. — Gerry mexeu o café sem se dar conta. — Quanto a mim? Não fui o máximo como esposa e, apesar de ser louca pelos meus filhos, também não tenho certeza se sou grande coisa como mãe.

— Duvido que seus filhos concordem com essa opinião.

— E quanto a você? — Ela olhou cautelosa para ele. — Você não quer ter filhos?

— Eles não precisam necessariamente ser meus.

Gerry sentiu uma semente se abrir dentro dela e liberar uma gavinha frágil. Ela sempre agira de acordo com a própria cabeça e pagara o preço por ter de carregar o peso sozinha. Agora lá estava Aubrey oferecendo o que nenhum outro homem antes dele fora capaz de oferecer: amor suficiente para a vida inteira. Seus olhos se encheram de lágrimas e ela as enxugou com raiva.

Por mais que quisesse, não estava pronta para acreditar.

— Por falar nisso, é melhor eu ir ver como estão as crianças. — Ela se pôs de pé.

No saguão, encontraram Andie e Justin tomando refrigerante e assistindo à reprise de uma comédia de Jerry Seinfeld na tevê.

— A vovó está com a tia Sam — informou-lhes Andie.

— Nós vimos o bebê por uma janelinha. — Justin parecia ligeiramente decepcionado. Levaria algum tempo até o bebê de Sam crescer e se tornar interessante.

— Acho que ele se parece com a tia Sam — observou Andie.

— Ele se parece mais com o Ian — discordou Justin.

— Acho que ele se parece com os dois. — Gerry não tinha energia nem para riscar um fósforo, que dirá para mediar uma das discussões dos filhos. Mas, ao olhar para eles, Justin, com a cabeça tão perto da de Andie a ponto de os cabelos dela roçarem em seu rosto, ela achou que talvez não tivesse feito um trabalho assim tão ruim na educação deles.

O que a fez se lembrar de Claire. Deveria telefonar e lhe contar sobre o ocorrido. Mas o peso de tudo isso lhe caiu de repente sobre os ombros e ela afundou na poltrona mais próxima de uma forma tão brusca como se tivesse levado um golpe de caratê nas articulações traseiras dos joelhos.

— Não sei quanto a vocês — disse ela —, mas, se eu não for para casa na próxima meia hora, vocês vão ter que *me* internar aqui no hospital.

Aubrey se inclinou, oferecendo-lhe o braço.

— Meu carro está estacionado lá embaixo.

Gerry estava abrindo a boca para dizer não, não podia simplesmente deixar o carro dela no estacionamento, quando Justin saltou exultante do sofá.

— Caramba, vamos andar de limusine! Espere só até eu contar para o Nesto.

— Por que você não liga para ele do carro? — sugeriu Aubrey, de homem para homem. — Tem mais glamour do que contar depois de já ter acontecido, você não acha?

Justin olhou para ele e abriu um sorriso.

— Irado!

— Vou buscar a vovó. — Andie saiu pelo corredor à procura de Mavis, retornando minutos depois com a avó a tiracolo.

Logo estavam todos indo para o elevador. Quando as portas se abriram e eles entraram, Gerry teve a estranha sensação de que o elevador ia para cima e não para baixo.

Capítulo Dezessete

ndie estava analisando a lista de médicos que Finch lhe enviara por e-mail quando sentiu a primeira cólica. Ela correu para o banheiro e trancou a porta. *Por favor, Deus, que seja o que eu acho que é. Juro que irei à missa todos os domingos pelo resto da minha vida*. Com as mãos trêmulas, abriu o fecho da calça.

Lá estava, uma mancha de sangue na calcinha.

Uma onda de alívio tomou conta dela e ela se deixou cair sobre o assento do vaso sanitário, pegando uma toalha do cabide para abafar um soluço. Somente naquele minuto é que se deu conta do quanto estava apavorada. Pois, se estivesse *mesmo* grávida, não conseguiria fazer um aborto. Ao mesmo tempo, não via como manter o bebê.

Da mesma forma como fora com Claire. Será que a vida dela teria sido melhor se Gerry tivesse ficado com *ela*... ou apenas diferente? Então lhe ocorreu que poucas decisões na vida eram cem por cento certas ou erradas. Talvez os pais de Claire tivessem sido melhores para educá-la, assim como Gerry era melhor para ela agora. E se a família na qual Andie crescera havia se metamorfoseado em outra, a qual ela mal reconhecia atualmente — com protagonistas diferentes e regras inteiramente novas —, isso havia começado bem antes de Claire aparecer.

A primeira vez que Andie segurou o bebê de sua tia Sam, pouco mais de uma semana atrás, percebera também como as coisas podiam ser perfeitas quando tudo estava no lugar. Na certidão de nascimento, ele estava registrado como Jacinto Wesley Carpenter, em homenagem aos dois avós, mas eles o chamavam de Jack, a forma mais curta. Único menino numa família só de mulheres, ele já havia cativado a todos com seus olhos bem azuis e bochechas com covinha. Tia Sam não conseguia tirar os olhos dele e Laura não conseguia parar de conversar amorosamente com o irmãozinho. Até mesmo a fria e elegante Alice não resistia aos tatibitates. E quando ele começava a chorar e não parava, era a sua avó Mavis que o colocava no colo e dava palmadinhas nas costas até que ele soltasse um arroto alto.

Quando foi a vez de Andie, ela o aninhou em seus braços como se fosse feito de algodão-doce. Ele era muito pequeno, embora a mãozinha que apertava seu dedo tivesse uma força surpreendente. O que mais a impressionara fora a confiança com que ele olhara para ela. Ainda não sabia o que era sofrer; não havia aprendido que geralmente as pessoas que deveriam te proteger é que deveriam inspirar mais cautela.

Imaginou então o que seria dar o próprio bebê. Naquele momento, entendeu o sacrifício que a mãe havia feito — não um gesto desumano, mas provavelmente a decisão mais difícil de sua vida.

Andie levantou-se com as pernas bambas. Mal podia esperar para contar para Simon. Finch, também. Eles ficariam muito aliviados.

Ela pegou um absorvente debaixo da pia, sorrindo ao se lembrar do quanto costumava odiar sua menstruação. A avó lhe dissera que, na sua época, as mulheres a chamavam de "amiga". Agora Andie entendia. Rasgar a embalagem do absorvente foi como abrir o melhor presente do mundo.

Justin escolheu esse momento para começar a bater à porta, reclamando:

— Vamos lá, preciso *entrar*! Você não é a única pessoa nesta casa, sabia?!

Ela deu uma olhada no próprio reflexo no espelho do armário do banheiro, as faces rosadas, sorrindo como uma tola. Tomou o cuidado de disfarçar e fazer cara feia antes de abrir a porta·

O irmão retribuiu a cara feia.

— Por que *demorou* tanto?

— Sou uma menina — informou-lhe com um ar de superioridade, como se não houvesse necessidade de mais nenhuma explicação. — Por que você não usou o banheiro da mamãe?

— Porque ela está tomando banho.

— Aceite: você é minoria aqui. — Sentiu prazer em lembrá-lo que ele era numericamente inferior ali.

— Eu preferia quando você estava na casa do papai — resmungou, mas ela sabia que ele não falava sério. Na semana que se passara, ele fora mais amável do que de costume, outro dia chegou até a lhe emprestar o seu discman.

Andie passou esbarrando nele a caminho do corredor.

— Estou surpresa por você ter chegado a notar que eu tinha ido embora. Você está sempre na casa do Nesto.

— Sempre *nada*. — Justin abriu um sorriso presunçoso.

— Está bem. Vocês passaram um dia na casa do Aubrey. Grande coisa. — No sábado anterior, Aubrey recebera Justin e Nesto em sua casa e seu irmãozinho não parava de falar nisso desde então.

— E não foi só isso. Fomos ao cinema e comemos banana split.

— Achei que você precisava usar o banheiro — disse ela, franzindo os olhos.

— E preciso. — Ele lhe deu um empurrão e bateu a porta.

Andie correu para a sala de estar e pegou o telefone. Simon atendeu no segundo toque.

— Winthrop, Winthrop e Winthrop. Qual ramal deseja, por favor? — Sua fala padrão, embora ela tivesse se pegado rindo como se fosse a primeira vez que a ouvisse.

— Serviço de atendimento ao cliente, por favor — Andie continuou com a brincadeira.

— Desculpe, mas todas as linhas estão ocupadas.

Ela parou de fingir.

— Simon, você não vai acreditar, mas...

— Transmissão de pensamento — interrompeu-a. — Eu estava para *te* ligar.

— Estava?

— Tem uma coisa que eu quero te mostrar.

— O quê?

— Surpresa.

— Dê uma pista pelo menos.

— Você vai saber logo. Te pego dentro de meia hora. — Típico dele: não se dera ao trabalho de perguntar se ela estava ocupada.

Quando ele apertou a buzina na entrada de carros, a mãe ainda estava se vestindo para se encontrar com Aubrey, e Justin havia saído para a casa de Nesto. Ela gritou até logo para a mãe da porta do quarto e saiu.

— Você perdeu a farra de ontem — disse a ele, conforme sacolejavam pela rua silenciosa. — A mamãe pegou a tia Sam e o Ian no hospital. Ela disse que foi engraçado ver os dois saírem de lá em cadeiras de rodas.

— Eles têm sorte de estarem vivos. Vocês descobriram o que causou o acidente?

— Um cervo. O Ian desviou para não atropelá-lo. — Com toda a agitação que se seguira, a história não tinha vindo à tona até o dia seguinte.

— Poderia ter sido muito pior.

Ela não precisava de Simon para lhe dizer.

— Minha avó está convencida de que os anjos da guarda estavam olhando por eles.

— Besteira — disse Simon, sem perder o humor

— Você não tem como saber. — Simon se dizia ateu, mas ela achava que ele falava isso simplesmente por ter dificuldade em crer em qualquer imagem paterna, até mesmo Deus.

— Você também não tem como saber se essas coisas existem.

— Ninguém tem.

— Encerrei minhas alegações.

Ele fez a curva para a Hibiscus, onde a casa da sra. Crawford havia sido decorada para a Páscoa, com semanas de antecedência. Há cem anos ela era professora do jardim de infância da Portola Elementary e só recentemente é que se aposentara. Agora, na casa dos oitenta, ela parecia uma criança de cinco anos enchendo a janela da frente de adesivos e recortes de papel sulfite a cada data comemorativa. Nesse momento, a janela estava decorada com rosas de lenço de papel, filhotes de passarinhos de palitos de picolé e fios grossos e coloridos.

— O que você quer me mostrar? — perguntou ela.

— Você vai ver. — Ele sorriu, enigmático.

Eles passaram pelo terreno baldio onde Andie e sua melhor amiga do ensino fundamental, Amy Snow, costumavam praticar saltos por cima de cabos velhos de esfregões e vassouras, fingindo serem cavalos e relinchando em círculos. Em seguida, Simon estava subindo a colina a caminho da escola.

Ele parou em frente ao prédio da administração, que parecia deserto, não fosse pela presença de um faxineiro empurrando seu carrinho pelo passeio coberto adjacente. Simon deu uma sacudida no chaveiro assim que tirou a chave da ignição, lançando-lhe um olhar significativo. Não era de admirar que tivesse a chave. Decerto, ele a recebera do próprio diretor, que considerava Simon praticamente um membro do corpo docente.

Ao entrar, ele a conduziu escadaria acima, até a sede do *Scribe*, onde gesticulou para a cadeira em frente à sua mesa.

— Sente-se. — Ele abriu a gaveta de cima e tirou dela um minigravador.

— Lembra daquela viagem que eu fiz para o Norte, na semana passada?

— Para ver o amigo de Monica em Stanford? — Simon perdera dois dias de escola.

Ele concordou, inserindo uma fita.

— Enquanto estava lá, aproveitei e também visitei outra pessoa.

— Quem? — Ela não estava com espírito para bancar a adivinha. — Simon, você poderia...

Ele apertou o botão PLAY. No início, tudo o que se ouvia era o barulho da fita, então veio a voz de Simon:

— *Ok. Peguei o jeito. É a primeira vez que uso este negócio... desculpe. Estou um pouco nervoso.* — Ele parecia um garoto desajeitado do sexto ano, o que ela sabia que era pura encenação. Que diabo estava acontecendo?

Seguiu-se a risada baixa de um homem.

— *Relaxe, filho. Todos nós temos que começar de algum ponto.* — Uma pausa. — *Agora, se puder refrescar minha memória, de que escola você disse que era?*

— *Portola High, senhor.*

— *Padre, por favor. Ela não me parece uma escola católica.*

— *E não é... padre.*

— *Neste caso, não sei se qualquer coisa que eu venha a dizer vá ser de interesse para os seus colegas.*

— *Na verdade, hum, isso não é para o jornal da escola.* — A voz de Simon ficou mais audaciosa. — *Esqueci de mencionar que eu também faço extras como freelancer?*

— *É mesmo? Algo que eu já tenha visto?* — A voz do padre traía descontração.

— *Saiu uma reportagem sobre Monica Vincent no* Chronicle *da última quinta-feira. Foi trabalho meu. A reportagem foi tirada do nosso jornal local pela agência de notícias UPI. Nada mau para uma primeira vez, não é?*

— *Ainda não entendo o que isso tem a ver com a arquidiocese.* — Um vestígio de tensão foi sentido na voz, que não poderia pertencer a ninguém mais a não ser ao pai de Claire.

— *Já estou chegando lá* — continuou Simon. — *Bem, estou fazendo esta reportagem sobre o nosso convento local, o Nossa Senhora de Wayside. Comecei com um assunto de interesse humano, mas quando me aprofundei vi que havia muito mais do que isso.*

— *Entendo. Como, por exemplo?*

— *Há uma mulher, Gerry Fitzgerald, que administra o apiário de lá. Enfim, a filha dela é muito amiga minha e me contou uma história interessante: há muito tempo, sua mãe era freira, mas teve que deixar o convento quando descobriu que estava grávida.* — Seguiu-se uma pausa. — *Padre, o senhor está bem? O senhor parece um pouco pálido.*

Seguiu-se o ruído surdo de alguém pigarreando.

— *N-não, estou bem. O que você estava dizendo?*

— *É... Bem, segundo minha amiga, o pai da criança é o senhor.*

Um momento de silêncio e em seguida um grito estrangulado:

— *Mas que atrevimento!* — Ele se esforçava para tomar fôlego. — *Vá embora daqui. Agora! Antes que eu chame a polícia e o acuse de... de se fingir de... de...*

— *De jornalista?* — Andie imaginou Simon sorrindo. — *Padre, com todo respeito, eu apenas queria ouvir o seu lado da história. Quer dizer, nunca se sabe... uma das grandes redes de notícias pode comprar a matéria e botar em rede nacional e eu detestaria não ter os fatos confirmados.*

— *Vá embora! Vá embora do meu gabinete! Ou eu irei...*

— *Irá o quê?* — De repente Simon revelava o seu eu verdadeiro e determinado: — *Mandar demitir a pobre mulher? Ah, sim, já ouvi sobre isso também. O que o senhor acha da seguinte manchete?* PADRE TEM FILHO COM EX-FREIRA. *É bem apropriado, o senhor não acha? Também tenho uma entrevista agendada com a sua filha.*

— *O que você quer de mim?* — Toda a raiva havia desaparecido da voz do homem. Ele parecia aterrorizado.

— *Eu já lhe disse. Estou fazendo uma reportagem para...*

— *Foi ela que te mandou aqui, não foi?*

— *A sra. Fitzgerald? Ela não faz ideia de que eu estou aqui.* — Isso era verdade, pelo menos.

— *Não acreditei quando ela me ameaçou, mas...* — Ele se interrompeu bruscamente. — *Ela está pronta para me entregar.*

— *Perdoe-me, padre, mas assim parece que...*

Ele foi subitamente interrompido.

Simon, empoleirado na beira da escrivaninha, apertou o botão para encerrar a reprodução.

Por um longo momento Andie ficou parada, olhando para o gravador como se estivesse hipnotizada.

— Você não está zangada comigo, está? — perguntou ele.

— Zangada? — Ela piscou e olhou para ele. — Isso foi fantástico.

Simon abriu um sorriso.

— Pena que você não viu... ele perdeu o rebolado. Cheguei até a me sentir mal pelo cara.

— Minha avó estava com a razão. Ela disse que você tem coragem para dar e vender. — Andie estava rindo também. — Meu Deus, Simon... chantageando um padre. Isso poderia muito bem ter efeito contrário. — Ela não imaginara que ele fosse fazer nada desse tipo quando lhe confiou o assunto.

— A questão é que não teve.

— Você poderia ter sido preso ou... ir para o inferno.

— Lembre-se de que eu não acredito em inferno.

— Ainda assim..

— Olha, deu certo. Não é o que importa? Eu o fiz prometer voltar atrás e, em troca, eu arquivaria a reportagem.

— Você não iria fazer isso, iria?

— Não, mas ele não precisava saber, precisava? — Simon parecia tão satisfeito consigo mesmo que não tinha dúvida de que algum dia *ganharia* o prêmio Pulitzer.

— Se a minha mãe algum dia descobrir, ela vai ficar pê da vida. — Gerry preferia lutar as próprias lutas.

— Neste caso, o que os olhos não veem, o coração não sente. — Ele pegou a mão de Andie, levando-a aos lábios. Seus olhos por trás das lentes empoeiradas dos óculos pareciam grandes enquanto a analisava por cima dos nós dos dedos. — O que me faz lembrar que eu consegui o nome de um médico... o médico da Monica.

— Você contou para *Monica*?

Ele lhe abaixou a mão.

— Calma. Eu não disse para quem era.

A fita de padre Gallagher havia ofuscado temporariamente sua boa notícia, mas agora ela surgia borbulhante à superfície.

— Na verdade, era isso que eu queria falar com vo...

— Não se preocupe. Eu tenho um pouco de dinheiro guardado. Ninguém precisa ficar sabendo.

— Simon, eu...

— Vai ficar tudo bem, prometo. — A preocupação sincera em seu rosto era quase o suficiente para fazê-la chorar.

— Eu não estou grávida — ela conseguiu falar finalmente.

Ele recuou, surpreso, um olhar apatetado de alívio surgindo em seu rosto. Ele desceu da escrivaninha, segurando-a pelas mãos e a pondo de pé.

— Por que você não *me* contou? Durante esse tempo todo eu fiquei por aí... quando você descobriu?

— Agora há pouco.

— Tem certeza?

— Tenho.

Ele passou os dedos pelos cabelos, deixando-os de pé como uma crista de galo.

— Isso é maravilhoso. Quer dizer, uau!, isso é... *maravilhoso*. — Pela primeira vez na vida, Simon estava sem palavras.

Ele a tomou nos braços e a beijou. Se aquilo fosse a cena de um filme, pensou, os violinos começariam a tocar, mas não era, e quando Simon recuou e olhou para ela, o único som era o da sua respiração.

Após um momento, ela disse:

— Não consigo parar de pensar como seria.

— O quê?

— Um filho nosso.

— Com o nosso DNA? Seria um gênio. — Ele abriu um sorriso.

Ela balançou negativamente a cabeça, apertando os lábios para não rir, o que apenas o encorajaria.

— Espero que ainda demore bastante para eu ser mãe.

— É mais difícil do que parece, pode acreditar. — Ele lhe tomou a mão e eles foram para a porta. — Tive uma ideia. Sabe o Motel 6 lá na estrada? Você consegue imaginar? Uma reportagem sobre motéis baratos sob a ótica de um adolescente? Imagine só como iria vender. As pessoas fariam fila para...

Ele ainda estava falando quando ela se adiantou pelas escadas, deixando-o para trás.

— A coisa mais extraordinária do mundo. — Os olhos azuis e frios de madre Ignatius olharam para Gerry por cima do aro dos óculos de leitura. Sobre sua mesa havia uma pilha de correspondências não abertas, como se sua rotina matinal tivesse sido interrompida. — Acabei de falar por telefone com a Casa Mãe. Parece que, com base no relatório da irmã Clement, eles concluíram que não há necessidade de nenhuma mudança drástica. Para resumir, vamos continuar como antes.

Gerry olhou incrédula para ela. Tinha certeza absoluta de que seria demitida quando a reverenda madre a chamou em sua sala. Agora, sentia a nuca arrepiada, os cabelos em pé. Não exatamente uma visão da Santa Mãe, mas um milagre mesmo assim.

Ela expirou com força.

— Jesus, Maria, José.

Madre Ignatius tirou os óculos, dobrando-os com cuidado antes de enfiá-los no bolso.

— Muito honestamente, não sei o que inferir daí — disse ela.

— Será possível a irmã Clement ter mudado de ideia? — Mesmo enquanto fazia a pergunta, Gerry achava difícil de acreditar.

— Parece mais o resultado da missa especial que pedi ao padre Reardon para celebrar.

— A senhora também? — Quando parara para conversar com padre Reardon na semana anterior, ele não mencionara o pedido de madre Ignatius. Ela sorriu. — Acho que contei com toda a ajuda que precisei.

E não apenas para manter o emprego. Ela pensou em tudo pelo que passara nos últimos meses: a filha que viera para casa e outra que se mudara temporariamente; a proximidade da morte de Sam e o nascimento de seu filho (tudo numa mesma noite); e, por último, porém não menos importante, Aubrey, que poderia, ou não, ficar definitivamente em Carson Springs. Tudo isso foi o bastante para fazê-la imaginar se era Deus atrás do volante... ou alguém aprendendo a dirigir.

— Vou dar a notícia durante as orações do dia, mas eu queria que você fosse a primeira a saber. — A voz da reverenda madre estava calma, mas seus olhos brilhavam. Ela estendeu a mão pela escrivaninha arrumada. — Parabéns, minha querida, espero ter ainda muitos anos pela frente discutindo com você sobre o que é melhor para a Bendita Abelha.

— Mesmo que algumas vezes eu esteja com a razão? — disse Gerry com uma risada.

— Eu não aceitaria se fosse de outra forma.

Elas trocaram um sorriso afetuoso. Gerry estava se virando para ir embora quando se deteve, surpresa ao ouvir um som muito pouco familiar: a reverenda madre rindo sozinha.

Ela se apressou pelo corredor, sabendo que, se não contasse a notícia para alguém, iria explodir. Na mesma hora pensou em irmã Agnes, mas uma volta rápida pelo jardim levou-a apenas à irmã Henry, ajoelhada, arrancando o mato de um canteiro.

— A irmã Agnes está na enfermaria — informou a freira mais velha, balançando a cabeça, deprimida. Gerry viu que uma vez ela fora bem bonita antes de que os anos deixassem suas marcas. — A pobre coitada não tem mais muito tempo de vida. — Seguiu-se um momento de pânico, até Gerry perceber que ela falava de irmã Seraphina.

A enfermaria era uma antiga casa de caseiro que fora equipada com leitos e equipamentos de emergência de primeira linha. As irmãs que trabalhavam ali eram enfermeiras registradas, e uma médica fazia visitas duas vezes por semanas. Agora, ao passar pela porta que dava para o salão ensolarado, Gerry foi surpreendida, como sempre era, pelo contraste com o exterior. Enquanto a fachada mantinha suas pedras antigas e uma densa cobertura de hera, o interior havia sido todo modernizado — piso de cerâmica branca, um balcão de alvenaria na recepção e uma saleta de espera acolhedora, com móveis de vime logo adiante. Apenas a câmera de segurança acima da porta permanecia como um lembrete silencioso da população que envelhecia na comunidade. Ela a protegia contra aqueles que tinham o hábito de vaguear por ali.

— Estou procurando a irmã Agnes — disse Gerry à noviça bochechuda sentada ao balcão.

Antes que a moça pudesse responder, a porta dupla que dava para os quartos dos pacientes se abriu e padre Dan surgiu a passos largos. Ao ver Gerry, ele parou subitamente e abriu um sorriso. Parecia cansado e, embora ainda belo, não era mais o padre estonteante que batia recorde de atendimento feminino na Igreja de São Francisco Xavier.

— Ela está em paz... finalmente — disse ele, com um suspiro.

Gerry fez o sinal da cruz e recitou uma oração por irmã Seraphina.

— Espero que não tenha sofrido.

— Acho que não.

— Mesmo assim, deve ter sido uma bênção.

— Não tenho a menor dúvida.

Eles foram andando para a recepção, onde Gerry sentou-se numa poltrona de frente para a janela.

— Me lembro de quando eu era noviça. Ela já parecia velha naquela época.

Padre Dan sentou-se de frente para ela.

— Confesso que eu não estava com pressa desta vez — admitiu ele, acanhado. E quem poderia culpá-lo? — Do jeito que ela estava, tive apenas poucos minutos para lhe dar a extrema-unção.

— Ela teria ido para o céu da mesma forma.

Gerry lembrou-se de como irmã Seraphina costumava andar com a bainha do hábito a alguns centímetros do chão para não gastá-lo. Agora, em retrospecto, isso lhe parecia uma metáfora para sua vida também:

o corpo de irmã Seraphina permanecendo leal a ela e se recusando a sucumbir.

— Se ela não fosse, eu ficaria seriamente preocupado com o resto de nós. — Ele fez uma pausa, sorrindo como se dividissem um segredo. — Mas você não veio aqui para ver a irmã Seraphina.

Gerry negou.

— Eu estava querendo falar com a irmã Agnes.

— Ela ainda está com a irmã Seraphina. Acho que vai demorar um pouquinho. — Ele não precisava lembrá-la de que lá no convento Nossa Senhora de Wayside os mortos eram preparados com muito esmero pelas próprias irmãs. — Posso ajudar com alguma coisa?

— Na verdade, dessa vez tenho boas notícias.

Padre Dan parecia intrigado.

— Então, quero ouvir tudo.

Ela lhe contou sobre a decisão da ordem.

— Acho que agora, oficialmente, a tempestade passou.

— Bem, isso é mesmo uma boa notícia. — O padre vibrou. — Mas parece que você ainda não está acreditando.

— Você não estava lá. Não viu o olhar no rosto da irmã Clement. — Gerry não conseguiu deixar de sorrir ao se lembrar. A mulher tivera o que merecera. — Não consigo imaginá-la tendo algo de remotamente generoso para dizer.

— Você acha que o nosso velho amigo mudou de ideia?

Ela lhe contou sobre a visita que fizera ao padre Gallagher, sem deixar qualquer detalhe de lado. Dan, de sua parte, sequer ergueu a sobrancelha.

— Engraçado, porque quando fui lá não tive a impressão de tê-lo afetado.

— Bem, ele deve ter caído em si. De qualquer forma, você está fora de perigo.

— É verdade.

— Você não parece muito feliz.

— Neste momento, estou mais confusa do que feliz.

— Talvez lá no fundo você ainda ache que não merecesse — sugeriu ele com brandura.

Ela refletiu por um momento, olhando para uma macieira em flor que parecia um grande buquê cor-de-rosa, e disse em seguida:

— Talvez não mereça. — Lembrou-se de seu primeiro encontro embaraçoso com Claire. Muito havia se passado desde então, mas ainda havia um longo caminho a percorrer. — Talvez haja algumas coisas que a gente nunca supere.

— "Perdoai e sereis perdoados" — citou ele do Evangelho de Lucas. — Você não acha que isso deve incluir perdoar a si mesma? — Ela se virou para ele e notou que seus olhos tinham o mesmo azul do céu logo atrás dele.

— Estou me esforçando — disse ela com um sorriso.

— Como *vai* a sua filha, por esses dias? — Ele parecia ter lido sua mente.

— Melhor do que nunca.

— Ouvi dizer que a casa de chá dela está para abrir qualquer dia desses. É exatamente o que eu precisava, mais uma parada na estrada da tentação. — Ele bateu no estômago, onde o volume acima do cinto revelava sua fraqueza. — Embora eu tenha ouvido dizer que a torta de morangos dela vale por dez ave-marias.

— Pelo jeito, você andou conversando com a Sam.

— Passei lá para ver o bebê. Um belo menino. Uma cópia perfeita da mãe.

— Vamos torcer para que ele tenha herdado a paciência dela também. — Sam lhe dissera que passava mais tempo em pé à noite do que na cama. E por mais surpreendente que pudesse ser, mesmo depois de tudo pelo que passara, ela parecia não se importar.

Padre Dan ficou sério.

— Ele não estaria aqui não fosse por você — disse ele. — A Sam não consegue parar de te exaltar.

— Fique de olho, padre, que logo vão me canonizar. — Gerry riu para disfarçar o constrangimento.

— Não com a sua história, não mesmo — implicou ele. — E, por falar nisso, ouvi dizer que o seu namorado decidiu ficar por aqui. — O tom de sua voz continha um significado que só poderia ter vindo de

Sam. Gerry fez uma anotação mental para não se esquecer de torcer o pescoço dela na primeira chance que tivesse.

Gerry ficou ruborizada.

— Por enquanto. — Ela franziu a testa. — E você pode parar de me olhar desse jeito, Dan Reardon. Mesmo que eu estivesse loucamente apaixonada por esse homem, o que não estou dizendo que seja o caso, "felizes para sempre" é coisa de contos de fada. Veja só o que me aconteceu na última vez que entrei nessa.

— Não vou levar essa desculpa esfarrapada em consideração. Você e o Mike, em primeiro lugar, nunca deviam ter se casado.

— Estou melhor assim, pode acreditar. E o Aubrey também... mesmo que ele ainda não saiba. — Ela balançou a cabeça, imaginando a quem estaria tentando convencer, se a ela ou Dan.

— O que a faz ter tanta certeza?

— Além do fato de eu saber que não faço exatamente o tipo esposa? Eu estaria competindo com a falecida esposa dele. E pode acreditar: essa é uma competição que eu não venceria. Nem mesmo um santo pode imaginar o que é isso.

— Ninguém vem sem bagagem. Principalmente na nossa idade.

— Ficarei grata se você não me lembrar da minha idade — disse ela, asperamente.

— Tudo o que estou dizendo é que você não deve fazer julgamentos precipitados.

Gerry imaginou se ele teria razão. Para alguém que havia feito voto da castidade, ele com certeza parecia saber muito. Será que enxergar as coisas do lado de fora lhe dava uma vantagem injusta?

— Nunca imaginei que veria o dia — disse ela, com ironia — em que o meu padre daria uma de alcoviteiro.

O brilho sumiu dos olhos dele.

— Tudo sempre acaba no fato de se ter ou não coragem. E eu acho que você tem. Para falar a verdade, aposto o que você quiser como eu tenho razão.

Coragem? O que ele sabia sobre isso? Alguém realmente corajoso teria encontrado uma maneira de ficar com a própria filha. Até mesmo com Mike ela não tivera coragem de enfrentá-lo até o final. Ah, ela sabia como era vista por aqueles menos lúcidos que padre Dan. O que na verdade era cômico, porque ela nada tinha a ver com o tipo caça-marido. A razão pela qual jamais se firmara com nenhum outro homem — ficando Mike como única exceção, e isso somente porque ela pensara nos filhos — era porque sempre tivera medo. Medo de se ferir ou de ser devorada pelo ego de outra pessoa e, principalmente, de ser deixada numa pior. Pois não tinham todos os homens de sua vida, a começar pelo próprio pai, a abandonado de uma forma ou de outra?

Agora, mais uma vez se via à beira desse precipício. Ela sabia que com Aubrey seria diferente, mas não era só porque poderia haver um pote de ouro no final do arco-íris que ela seria obrigada a ir atrás dele. O arco-íris, pensou, poderia ser escorregadio.

— Você tem sorte — disse ela, em parte sentindo inveja. — Pois nunca precisou passar por isso.

Ela se levantou e foi até a janela. O sol estava se pondo acima das montanhas distantes e a neblina fina que surgira mais cedo havia se elevado. Dava para ver com clareza o perfil indolente da Pedra do Cacique Deitado, com seu nariz e queixo proeminentes.

Ela sentiu o leve roçar das mãos de Dan Reardon nas suas e virou-se, vendo-o ao seu lado.

— Você sabe que nem sempre fui padre — disse baixinho. — Já me apaixonei uma vez.

— Ela partiu o seu coração ou foi o contrário?

— Acho que um pouco dos dois. Nós simplesmente tomamos caminhos diferentes. — Ele parecia feliz com o caminho que escolhera. — Ela está casada agora. Três filhos, dois na faculdade. Nós trocamos cartões de Natal.

— Você pensa, de vez em quando, como teria sido se tivesse se casado com ela?

— Não sei se teríamos sido infelizes — disse ele, encolhendo os ombros —, mas isso não é o mesmo que ser feliz, é?

Nesse momento, o que a faria feliz seria passar uma noite em casa com os filhos: macarrão com queijo seguido por uma partida de Banco

Imobiliário. Talvez Claire pudesse ir, e eles veriam se ela havia herdado o talento dos Fitzgerald para comprar hotéis em Boardwalk e Park Place. Gerry podia imaginar os quatro reunidos em volta do tabuleiro na sala de estar. Não exatamente uma das ilustrações de Norman Rockwell, mas o que havia de mais próximo.

Onde Aubrey se encaixaria? Por um momento de extremo prazer ela se permitiu imaginar: a escova de dentes dele no armário do banheiro, os sapatos dele ao lado dos seus. O que eram hotéis em Park Place em comparação a isso?

Capítulo Dezoito

Páscoa trouxe mais do que o repicar dos sinos da igreja. Houve o concurso anual dos ovos de Páscoa mais bem decorados, com prêmios para cada faixa de idade, e os ovos ganhadores expostos na vitrine do Lundquists, aninhados ao lado de biscoitos em forma de coelhinhos e pães doces trançados. O *grand finale* era a caça aos ovos de Páscoa em Muir Park, patrocinado pela Câmara do Comércio, onde jovens de oito aos dezoito anos engatinhavam por entre gardênias e belas-emílias, hostas e tomilhos, atrás de mais de uma centena de ovos escondidos. Além de alguns poucos arranhões, o único acidente foi quando Otis e o neto de quatro anos de Jean Framer foram picados por um vespão, e o único tumulto, quando o doido do Clem Woolley subiu em cima de um banco para gritar: "Deem passagem para Jesus!" Algumas pessoas atribuíram seu comportamento à época, mas a maioria sabia que ele se referia a Jesus literalmente: Jesus era tão real para Clem quanto o reverendo Grigsby, que o acompanhava com toda a gentileza até a mesa de comes e bebes, onde o pastor robusto lhe serviu duas fatias da torta de maçã com ameixa de Elsie Burnett — uma para Clem e outra para seu companheiro invisível. (Fato pouco divulgado, Clem dizia para quem quisesse ouvir que Jesus adorava doces.)

Andie e Finch, com a ajuda de Simon — mais preocupado em ficar atrás dos irmãos e irmãs —, distribuíam panfletos na barraca da Sociedade Protetora dos Animais, sob os cuidados de Laura, embora o verdadeiro chamariz fossem os animais engaiolados. Ao final do dia, elas haviam conseguido quase quatrocentos dólares em doações, alguns lares adotivos temporários e alguns contingentes de casas a serem inspecionadas para Bitsy, uma cadela maltês de quatro anos e um gato preto chamado Cole. A mãe de uma garotinha que fizera uma tremenda pirraça quando Laura lhe explicara, com toda a gentileza, que os animais não poderiam ser soltos para brincar, acabara desistindo da adoção quando Laura lhe dissera que, claramente, ela já tinha muito com o que se ocupar.

Fora ideia de Mavis que Claire fizesse propaganda da grande inauguração de sua casa de chá, apenas uma semana à frente, com várias sobremesas cuidadosamente escolhidas, para venda na barraquinha de doces. Após muita discussão, elas haviam decidido se limitar aos doces clássicos: torta de três camadas de coco com recheio de limão, brownies e biscoitos amanteigados com geleia de morango caseira — Mavis argumentara que sobremesas caseiras de qualidade causariam muito mais impacto do que criações caras e sofisticadas. Mesmo assim, foi com muita ansiedade que Claire ficou olhando David Ryback, do Café da Casa da Árvore, levar uma garfada de seu bolo à boca. David seria um crítico severo; seu café era famoso por suas sobremesas.

Após um momento de tensão, ele revirou os olhos, extasiado.

— Tenho uma única pergunta a fazer. Você entrega em casa?

A notícia se espalhou e as pessoas começaram a fazer fila. Em menos de uma hora todos os biscoitos, brownies e fatias de bolo haviam sido vendidos. A única pessoa que não ficara muito satisfeita com o sucesso de Claire fora Candace Milestrup, cujo bolo com lascas de chocolate fora a preferência certa nos anos anteriores.

Conforme o grande dia se aproximava, Claire ia entrando numa onda de agitação. Todos os itens de maior importância já haviam sido providenciados — pratos e talheres desembalados e guardados, estoque de mercadorias em caixas de papelão caprichosamente empilhadas, o freezer abastecido de massa congelada para torta e biscoitos na quantidade suficiente para alimentar um batalhão. Mas ainda havia mil e um detalhes que pareciam se multiplicar como as vassouras do filme *Aprendiz de Feiticeiro*. Os suportes das cortinas estavam empenados e precisavam voltar para o lugar, a leiteria com que Claire estivera trabalhando fechara as portas por causa de uma doença bovina, e camundongos haviam entrado na despensa.

E essas foram apenas as dores de cabeça de última hora. Em sua lista de coisas por fazer estavam os cardápios (que Justin fora um amor ao se oferecer para preparar em seu computador) e anúncios a serem colocados no *Clarion* e no *Pennywise Press* à procura de funcionários. Nenhum dos candidatos que entrevistara até então, desde a gentil porém ligeiramente atrapalhada Vina Haskins até a supereficiente e mais do que um tanto autoritária Gert Springer, parecia servir. Por enquanto, Mavis quebraria o galho contando com a ajuda de Andie e Justin após a escola.

Kitty, atrasada por causa de uma inundação em seu porão, chegaria qualquer dia desses. Kitty, com sua abordagem relaxante e toque de experiência, faria tudo aquilo parecer moleza. Seria bom também ter alguém com quem conversar sobre Matt.

Claire não o via desde aquela noite após a recepção, mas outro dia o fiscal de obras lhe chamara a atenção para um descuido — parece que ela se esquecera de fazer uma rampa para cadeiras de rodas. Sem tempo a perder, telefonara, em pânico, para Matt. Ele estava em outro trabalho, mas prometera cuidar do assunto após o expediente. Somente após desligar é que se dera conta do erro em que aquilo poderia se converter. A última coisa que precisava agora era vê-lo com raiva ou, pior ainda, sofrendo. Ela acabou se sentindo duas vezes mais culpada e arrasada.

Mas, quando ele apareceu, no final do dia seguinte, logo após Mavis ter ido embora, estava descontraído como sempre e não parecia nada abalado. Na verdade, parecia melhor do que nunca: bem bronzeado, quase torrado por causa do sol, usando uma camiseta que exibia seus braços musculosos.

— Obrigada por arrumar um tempinho — disse ela. — Sei que você anda ocupado. — Ela chegou para trás para lhe dar passagem, cruzando os braços. Estava descalça e de repente se deu conta do chão frio e liso em contato com a sola dos pés. — Você gostaria de uma limonada? Está com cara de que precisa de alguma coisa gelada.

— Claro, se não der trabalho. — Ele parecia tão tranquilo como quando conversara com ela ao telefone.

— Trabalho nenhum.

Ele a seguiu até a cozinha, onde limões frescos do pomar de Isla Verde estavam amontoados numa cesta em cima da bancada. Ela escolheu três e os cortou em gomos, jogando-os dentro do liquidificador, casca e tudo, junto com uma xícara de açúcar e outra de água. Jogou tudo depois dentro de uma tigela forrada com um paninho de algodão e o pressionou para extrair o líquido, que passou para uma jarra. Adicionou várias xícaras a mais de água e um punhado de gelo.

Matt acompanhou o processo com interesse.

— Se eu soubesse que você iria fazer isso de forma tão artesanal, não teria te dado esse trabalho.

— Não é trabalho algum. — Ela serviu um pouco da limonada num copo e o decorou com uma folhinha de hortelã.

Ele tomou um gole e disse:

— A melhor limonada que já tomei na vida.

Ela sorriu, debruçando-se na bancada.

— As pessoas ficam espantadas quando lhes dou a receita. É como se achassem que os limões foram espremidos por monges trapistas.

— Muito melhor. — Ele lhe abriu um sorriso, jogando a cabeça para trás para dar uma grande golada. Ela olhou para o seu pomo de adão que subia e descia naquela coluna morena que era seu pescoço. Gotas formadas pela condensação no copo escorreram pelos nós de seus dedos e ela teve o ímpeto de lambê-las. Deus do céu, o que havia de errado com ela? Não podia conversar com o homem sem sentir vontade de se atirar na cama com ele?

Tem certeza de que é só sexo?, sussurrou uma voz em sua mente.

Sentia-se próxima de Matt em outros aspectos também. Podia lhe contar coisas que outras pessoas achariam bobas, como o seu passatempo favorito, que era assistir a comédias antigas na tevê, e sua comida pronta preferida quando criança, que era s'mores, um sanduichinho de bolacha doce com recheio de marshmallow e chocolate. Se Byron estivesse ali, ela sabia que seria diferente. Mas não era esse o grande problema?

— Não consigo acreditar que nós esquecemos — disse ela, referindo-se à rampa.

Matt encolheu os ombros.

— Se o inspetor não tivesse percebido, Monica Vincent nos faria lembrar bem rapidinho.

Claire lembrou-se de que Monica morava ali por perto e imaginou como ela seria. Tanta coisa havia sido escrita sobre ela — seus chiliques nos sets de filmagem, seus inúmeros amantes e, por fim, o acidente que a deixara parcialmente paralítica. Durante um bom tempo não fora possível ir ao supermercado sem vê-la em todos os jornais.

— Não seria engraçado se ela viesse para a inauguração?

— Provavelmente virá. Ela nunca perde a oportunidade de aparecer.

— Eu ainda não a vi.

— Você saberá quem ela é quando a vir. É difícil não perceber. — Ele se serviu de outro copo de limonada. Qualquer um que olhasse pela janela o tomaria como seu marido, pensou ela, chegando em casa após um dia de trabalho exaustivo.

— Porque ela anda numa cadeira de rodas?

Matt contraiu os lábios num sorriso desprovido de humor.

— Essa é a menor das suas deficiências. Pergunte a qualquer um que já tenha tido que lidar com ela. Todos nós temos histórias.

— Você a conhece?

— Fiz alguns trabalhos na casa dela, um tempo atrás.

— Como ela se comportou?

— Você quer saber antes ou depois de tentar me seduzir?

— Ela *não* fez isso.

— Ah, não sou do tipo que fica se gabando. Acho que ela faz isso com todo cara que tem um físico razoável. — Acrescentou em seguida: — Não que eu tenha aceito. Se bem que talvez assim ela tivesse me pagado por todo trabalho extra que fiz.

— Pelo menos ela não fica por aí sentindo pena de si mesma.

Ele riu só de pensar.

— Se há alguém digno de pena, é a irmã dela.

— Ela não trabalha para a Monica? — Claire lembrou-se de Andie comentar alguma coisa.

Ele bufou.

— Está mais para servidão. Anna faz tudo, exceto dar brilho nas calotas da cadeira de rodas da irmã... Para o diabo que não; garanto que ela faz isso também.

— Por que ela não vai embora?

— É fácil falar. Ela não vai embora por um único motivo: porque não tem dinheiro. Não fosse por Anna, a mãe delas estaria num asilo público.

— Por que a Monica não ajuda? Com todo aquele dinheiro...

— Muita gente pensa a mesma coisa. — Ele balançou a cabeça, contrariado. — É como se ela achasse que dar emprego à irmã é suficiente. Há ainda outra irmã, Liz, mas seja lá qual for a razão é a Anna que faz o trabalho pesado.

— Parece muito triste. — Claire suprimiu um encolher de ombros ao pensar nos próprios pais. Quem tomaria conta deles quando eles não pudessem mais tomar conta de si mesmos? — Acho que tenho sorte. — Sua nova família não era perfeita de forma alguma, mas eles lhe haviam mostrado, cada um à própria maneira, que ela podia contar com eles numa emergência.

Ela viu alguma coisa cintilar nos olhos de Matt. Desejo? Arrependimento? Ele tomou todo o resto de limonada do copo e o colocou em cima da bancada.

— É melhor eu começar a fazer essa rampa enquanto ainda há luz. — Seu tom de voz não foi brusco, mas profissional. — Obrigado pela limonada.

Claire podia ouvi-lo do lado de fora enquanto lavava a louça, o barulho de madeira sendo descarregada da caminhonete, seguido pelo som estridente de sua serra. Horas depois, quando o sol havia se posto e o céu escurecia, ela foi para fora e viu o molde no lugar, as tábuas de pinho brilhando como ossos radiografados sob a luz do anoitecer.

— É incrível. Mal dá para notar que tem uma rampa aí. — Ela ficou encantada ao inspecioná-la. Em vez de desfigurar o alinhamento da varanda, ele a construiu mais para o lado, ligeiramente afastada do caminho de lajotas que levava à casa.

— Você vai precisar alargar um pouco o caminho, mas isso não vai ser problema — disse a ela.

— É a menor das minhas preocupações, pode acreditar.

— Vou pedir para alguém trazer o cimento. Não vou cobrar a mais por isso.

— Insisto em pagar. Já tenho que te reembolsar pelo que foi feito até agora.

Ele puxou a aba amassada do boné verde-escuro com ORCHARD LUMBER impresso em branco na faixa de ajuste manchada de suor.

— Pague depois.

— Tudo bem — concordou contrariada. — Mas quero tudo por escrito.

— Neste caso, levarei uma de suas tortas de morango como garantia.

Ele lhe abriu um sorriso antes de se inclinar para dar uma martelada num prego do balaústre. O som reverberou alto na quietude do jardim ao anoitecer. Claire viu uma luz surgir do outro lado da rua; era a sra. Gantt alimentando o gato. Dentro de alguns minutos a janela da sala de estar se iluminaria também. Dava para marcar no relógio. A sra. Gantt nunca perdia o noticiário da noite, seguido pelos programas *Hollywood Squares* e *Who Wants to Be a Millionaire?*.

— Acabei de ficar sem tortas — disse a ele. — Em vez disso, você não quer ficar para o jantar?

Claire não sabia dizer qual dos dois ficara mais surpreso; as palavras simplesmente saíram de sua boca. Quando ele espantou calmamente um inseto, revelando uma meia-lua de suor debaixo do braço, seu movimento lhe pareceu estranhamente exagerado.

— Acho que não seria uma boa ideia — disse ele.

— Por que não? Ainda somos amigos, não somos? — Ela falou com naturalidade, mas estava ciente de como suas palavras soaram infantis. Era como querer acreditar em Papai Noel diante de todas as evidências ao contrário.

— Não me entenda mal — respondeu ele, educadamente. — Mas já tenho muitos amigos do jeito que está.

Ela fez uma careta.

— Acho que eu mereço.

— Por outro lado — continuou ele, no mesmo tom brando de voz —, se o que você tem em mente vai além de um jantar, talvez eu possa ser persuadido.

Claire sentiu alguma coisa se elevar dentro de si como uma onda se precipitando para a costa e pôde ver claramente: Matt de frente para ela, do outro lado da mesa da cozinha, os dois cientes de que o jantar seria pouco mais do que um prelúdio.

Mas, se ele passasse a noite ali, ela não estaria fazendo uma escolha? E, ao escolher Matt, estaria rejeitando Byron. Simples assim. Não poderia ter os dois.

— Matt, você sabe como me sinto. Mas...

Ele não lhe deu a chance de concluir.

— Ei, nada de mais. Sou bem crescidinho. Eu sabia no que estava me metendo. Sem ressentimentos, está bem? — Ele começou a guardar as ferramentas.

De repente, ela se sentiu à beira das lágrimas. Fora ingenuidade sua achar que eles poderiam permanecer amigos.

— Desculpe. É que... eu *gosto* de você, droga. Quer dizer, fora... fora...

Ele inclinou a cabeça e sorriu para ela.

— Tudo bem, pode falar.

O sangue lhe subiu pelas faces.

— Não me arrependo de nada.

— Você só quer que isso acabe — disse ele. — Pois bem, acabcu. — A tampa de sua caixa de ferramentas se fechou com um tinido. Ele a levou para a caminhonete, levantando-a até a carroceria e gritando despreocupadamente: — Amanhã eu volto para acabar o serviço.

Ao ver a caminhonete dele sair da entrada de carros, ela teve o ímpeto de sair correndo atrás, ímpeto que logo se desfez. Verdade seja dita, isso não era típico seu — a coisa mais louca que fizera na vida fora abandonar o emprego e se mudar para ali. Em vez disso, ficou parada do lado de fora, esforçando-se para enxergar na luminosidade rarefeita do anoitecer, até que tudo o que sobrou foi a luz vermelha das lanternas traseiras da caminhonete. Quando elas sumiram de vista, ela se virou e pôs-se a subir os degraus. O que ninguém jamais lhe dissera sobre ter de escolher entre dois amantes, pensou ela, é que isso nunca era uma transação segura: você ficava condenada a desejar um e a não se dar por inteiro ao outro.

Como se de certa forma tivesse adivinhado, Byron ligou para dizer que estaria indo para ali, para passar o fim de semana.

— Não me pergunte como eu consegui — disse ele. — Você não vai querer saber.

— Mal posso esperar — disse ela, embora as palavras tenham scado vazias aos próprios ouvidos.

Vai ser diferente quando ele estiver aqui, disse a si mesma. Nos braços de Byron, logo se esqueceria de Matt.

— Meu voo chega ao meio-dia. Se eu não pegar trânsito, devo chegar aí lá pelas duas, duas e meia.

Ela lhe deu as indicações para encontrar a casa, dizendo:

— É uma toda coberta de hera. — *E com uma rampa para cadeiras de rodas pela metade.* — Acho que você não vai ter problemas para encontrar.

— Senti sua falta, amor. — A voz dele ficou sensual.

— Eu também. — Sentira, não sentira? Caso contrário, por que outro motivo teria dormido com Matt?

Na manhã seguinte, ela estava com os nervos à flor da pele. Será que Byron olharia para ela e ficaria *sabendo*? Ela pensou em telefonar para Kitty em busca de uma dose de bom-senso, mas a amiga já não tinha problemas suficientes no momento? Além do mais, isso apenas a atrasaria ainda mais.

Quando Byron chegou, ela estava mais do que nervosa. Mas, ao vê-lo descer do carro alugado com sua camisa larga e calças de algodão, ela logo relaxou.

Ele ficou com uma expressão ligeiramente espantada ao andar pela sala.

— Uau! As fotos não fizeram justiça.

— Aquilo foi antes, isso é depois.

Qualquer apreensão que tivesse sentido foi desfeita à medida que Byron entrava de cômodo em cômodo, admirando cada detalhe. Ela tomou o cuidado de não se demorar no quarto, mesmo após tê-lo examinado minuciosamente em busca de todo e qualquer vestígio de Matt.

— Está ótimo — disse ele, parecendo não perceber que o colchão estava no chão.

Ela lhe mostrou a sala de estar anexa, onde uma parede fora derrubada entre dois quartos pequenos, ideia que fora de Sam. Tudo o que faltava era colocar o papel de parede, e então poderia colocar o restante dos móveis e tirar os objetos das caixas. O plano a longo prazo, quando pudesse bancar, explicou a ele, era converter a garagem num apartamento grande o bastante para os dois.

Byron nada respondeu. Parecia mesmo empolgado por ela, mas Claire percebeu que ele tomava o cuidado de não se incluir em qualquer discussão sobre planos futuros.

Eles voltaram para a sala da frente ensolarada, a única além do banheiro e da cozinha que estava pronta.

— Seu empreiteiro fez um bom trabalho — disse ele, correndo a mão pelo acabamento de lambri.

Claire sentiu-se ruborizar.

— Direi a ele o que você achou.

— Também gosto do jeito que você decorou.

Ela olhou à volta, vendo o lugar através dos olhos de Byron — as cortinas franzidas que Mavis havia costurado, as mesas e cadeiras pintadas com estêncil, a cristaleira de pinho com sua coleção de garrafas e latas antigas do antiquário de Avery Lewellyn. O gramofone ao lado da porta fora presente de Maude e a colcha na parede, presente de Olive e Rose Miller. A contribuição de Laura fora a cadeira de balanço antiga que estava num canto, para as mães com bebês.

— Não fiz isso tudo sozinha — disse ela.

— Eu não esperava nada assim tão... bem-acabado.

Ela o analisou pelo canto dos olhos. Ele parecia o mesmo, mas o papel que os dois desempenhavam parecia ter mudado. Após uma vida inteira andando por caminhos seguros, ela havia decidido arriscar, enquanto Byron, que sempre agira de acordo com a própria cabeça, estava seguindo o caminho mais tradicional, do tio. Qualquer referência sobre abrir o próprio consultório ou fazer trabalho voluntário — assuntos sobre os quais falara com paixão — havia ficado de lado. Ultimamente suas conversas eram pontuadas por comentários sobre o tio Andrew e quanto ele ganharia por ano ao trabalhar em Hillsborough.

— Eu tinha pensado em optar por papel crepom e balões — respondeu ela com certo cinismo —, mas, não sei por quê, achei que ia ficar brega.

— Você sabe o que eu quis dizer. — Ele a abraçou, fazendo-a se sentir uma tola por interpretar mal o seu comentário. — Você deu duro... merece que isso seja um tremendo sucesso.

Ela apoiou a cabeça em seu ombro. Ele tinha um perfume leve e agradável dos sabonetes feitos à base de óleos vegetais que seus pais, naturalistas, compravam em embalagens de atacado e usavam para todos os fins, tanto como xampu como para lavar roupas.

— Por que a gente não vai comer alguma coisa na cidade? Talvez esta seja a minha única chance de te levar para dar uma volta. Os próximos dias vão ser uma loucura.

— Na verdade, eu tinha outra coisa em mente. — Ele lançou um olhar significativo na direção do quarto.

Ela ficou inquieta de repente.

— Teremos tempo de sobra para isso mais tarde.

— Está bem, já que você insiste...

A rampa incompleta para deficientes pareceu zombar de sua cara quando ela pôs os pés na varanda. Ela pensou em Matt e em como não teria outra escolha a não ser apresentá-lo a Byron. Deus do céu. Como se metera nessa? Não sabia o que temia mais: que Byron descobrisse tudo ou ela própria magoar Matt ainda mais do que já havia magoado.

Após andarem pelos primeiros oitocentos metros rumo ao centro da cidade, Claire sentiu um pouco da tensão diminuir. Enquanto passeavam pela rua da antiga missão, ela falou continuamente sobre os carvalhos centenários, que eram como vacas sagradas em Carson Springs (assunto que no mês anterior acabara nas primeiras páginas dos jornais, quando Norma Devane, do Corte & Encante, cortara uma de suas árvores), sobre a palestra dada na biblioteca pública pela renomada naturalista Petra Crowley, onde um falcão de cauda vermelha se perdera e quase levara consigo o poodle miniatura de Marguerite Moore, e sobre a torre do prédio do correio com seu sino que fora condenado a se tornar matéria-prima para munição durante a Primeira Grande Guerra, apenas para ser "roubado" até a época em que pudesse voltar seguro para o lugar.

Quando chegaram ao fim do passeio coberto, Claire levou Byron para uma caminhada pela Praça Delarosa, com sua fonte azulejada e lojinhas antigas e atraentes aninhadas em um pátio cujas paredes eram cobertas de buganvílias.

— Vem comigo, quero te apresentar a Laura.

O sininho que ficava na porta da loja Delarosa tilintou assim que eles entraram. Ela avistou Laura nos fundos, atendendo uma mulher mais velha e muito bem-vestida. Laura sussurrou-lhe alguma coisa e se afastou, saudando-os com afeto:

— É um prazer finalmente te conhecer — disse, após Claire lhe apresentar Byron. — Ouvi dizer que você é médico. Precisamos de mais de vocês por aqui.

— Estou mais para um residente faminto — disse ele, com uma risada. Seu olhar percorreu o local, observando a bela exposição de cerâmica e artigos de tecelagem, objetos de arte artesanais e joias exóticas. — Coisas bonitas. Aposto que você faz bons negócios por aqui.

— Estamos indo bem. — Laura, sempre exagerando na modéstia, tirou uma mecha solta de cabelo da testa. Vestia calças marrons e uma blusa amarela de seda que ficavam bem em contraste com sua pele azeitonada. — Para ser honesta, fazemos mais dinheiro pelo nosso website.

— Ela se daria melhor ainda se estivesse num grande centro — Byron murmurou para Claire quando estavam de saída.

Claire ficou chocada. Será que ele não havia percebido? A Delarosa estava na família há gerações, desde a época da Corrida do Ouro. Além do mais, Laura *gostava* do lugar em que trabalhava. Ao mesmo tempo, perguntou-se se não estaria ela mesma sendo um pouco desonesta: sua excursão turística um pouco mais do que uma apresentação planejada e exagerada.

Eles passearam pelo Muir Park, parando para admirar o coreto no qual havia concertos durante o verão. Clem Woolley estava no mesmo lugar de sempre, perto do mirante, segurando uma pilha esfarrapada do livro que publicara. Perto dali estava o robusto Nate Comstock, que havia feito uns trabalhos elétricos na casa de Claire; ele observava as árvores com binóculos, o *Guia de Aves de Sibley* debaixo do braço tatuado. Olive e Rose Miller, com vestidos chemisier idênticos de algodão listrado, pararam para dar olá antes de continuarem a andar de braços dados.

Como pularam o almoço, Claire estava faminta quando eles chegaram ao Casa da Árvore. David Ryback, em seu costumeiro posto ao lado da porta, cumprimentou-os assim que eles entraram.

— Não me diga que você está reconsiderando a minha proposta — brincou ele, lembrando-a do posto de doceira chef que ele dissera ser dela a hora que ela quisesse.

— Só se, em troca, você me der a receita da sua torta de amoras — Claire devolveu a brincadeira.

— Nada feito. Em uma semana, estou fora do mercado.

Quando estavam sentados, ela conversou brevemente com Melodie Wycoff, que anotou os pedidos, e cumprimentou uma das frequentadoras usuais, a ruiva Delilah Sims, que, segundo diziam, era apaixonada por David. Os dois estavam comendo avidamente seus sanduíches quando Byron comentou com naturalidade:

— Você conhece um bocado de gente.

— Acho que sim. Eu não tinha pensado nisso. — Claire ergueu o olhar para um garotinho e uma garotinha subindo correndo a casa na árvore, como se fossem dois macaquinhos, e sorriu; eles podiam muito bem ser ela e Byron naquela mesma idade. — Engraçado — disse —, mas em certos aspectos eu me sinto como se tivesse vivido aqui a minha vida inteira.

Ele foi rápido em trocar de assunto.

— Como tem andado a sua mãe?

— Acho que bem.

— Eles estão vindo para a inauguração?

— Não disseram nem que sim nem que não. — Ela sentiu um aperto no peito, mas percebeu que isso não a incomodava tanto quanto antes. Não que os amasse menos, mas não esperava mais muito deles. — E quanto aos seus? Mandei um convite para eles.

— É, eu sei. Eles me pediram para te dizer que não vão poder vir. A mamãe vai dar uma conferência em algum lugar. O que me faz lembrar... — Ele enfiou a mão no bolso do casaco e tirou um livrinho em brochura. — Ela me pediu para te dar. É o livro com as poesias dela.

Claire ficou surpresa. Não sabia que a mãe de Byron era poeta.

— É bom? — perguntou, folheando-o.

— Quem sabe? — Ele encolheu os ombros. — Foi feito na gráfica da universidade. Acho que publicaram o livro só para agradá-la.

O antigo Byron não teria sido assim tão desdenhoso, pensou ela. Será que ele havia mudado tanto assim?

— Bem, foi gentil da parte dela — disse ela.

— Ela deu um para os seus pais também... como um tipo de trégua. — Ele balançou a cabeça, admirado. — Não sei se funcionou, mas, pelo menos, eles estão se falando.

— Ainda há esperança para eles. — Ela sorriu diante da ironia: os pais de Byron fazendo as pazes com Lou e Millie enquanto ela era deixada de lado. — Engraçado. Eu achava que eles precisavam de mim. Mas acho que tudo o que fiz foi evitar que eles vissem como eram solitários.

Byron estendeu a mão para pegar a dela, correndo o polegar pelos nós de seus dedos.

— A única coisa que importa é se *você* está feliz.

Ela ainda não havia ouvido a palavra *nós* desde que ele chegara.

— Estou — disse ela. — Mas não é a mesma coisa aqui sem você.

— Isso não vai durar para sempre. Só mais dois anos.

— Eu posso estar cheia da grana até lá. — Ela manteve os olhos nos dele e acrescentou: — E depois que a garagem tiver virado casa...

Ele lhe soltou bruscamente a mão.

— Você sabe como me sinto com relação a esse assunto.

— Eu tinha esperanças de que você tivesse mudado de ideia.

Ele empurrou o prato para o lado. Pelo menos estava sorrindo, o que a encorajou.

— Tudo bem, admito que eu não tinha certeza no início, mas a julgar pelo que acabei de ver... — Ele abriu as mãos, uma expressão de entusiasmo iluminando seu rosto magro e intenso. — Depois que o negócio deslanchar, você poderá abrir filiais em outros lugares.

— Isso meio que iria destruir o objetivo principal, você não acha?

Se Byron havia captado o sarcasmo em sua voz, não deixou transparecer.

— Qual seria o problema de abrir uma filial do Chá & Chamego em, digamos, Hillsborough?

— A terra das típicas mães riquinhas americanas, que ocupam o próprio tempo levando os filhos para todos os lados?

A expressão de Byron desmoronou.

— Você poderia, pelo menos, pensar no assunto.

— Por outro lado, você poderia se mudar para cá.

— Por favor, Claire. É sério.

— Estou *falando* sério.

Byron balançou negativamente a cabeça.

— Veja — disse ele, sem ser indelicado —, passei os últimos oito anos da minha vida tentando me tornar alguém. Não estou a fim de trocar uma cidadezinha do interior por outra.

Claire sentiu o coração despencar. Houvera uma época que, assim como Byron, tudo o que ela pensava era subir na vida. Mas não havia desistido da advocacia para fazer dinheiro em qualquer outro lugar. Se o Chá & Chamego seria ou não um grande sucesso, isso não era o mais importante. Estava fazendo o que queria, cercada por pessoas de quem gostava. Desde que conseguisse pagar suas despesas básicas, o que mais importava?

— Não preciso te contar como foi a minha infância — continuou ele, lembrando a ela que o salário dos pais, juntos, mal fora suficiente para pagar todas as despesas da casa. — Não fosse pela ajuda do meu tio, eu não teria conseguido bancar a faculdade de medicina. Você sabe como me sinto com relação aos meus pais, mas tudo o que eu sempre quis foi *nunca* ser como eles.

— Em vez disso, você prefere ser como o seu tio? — Ela estava surpresa de ver como estava calma. — Uma casa bacana em Hillsborough e um Mercedes na garagem?

— Isso seria tão terrível assim? — Seu rosto salpicado pela sombra das folhagens parecia mudar conforme a brisa.

— Eu me lembro de quando você se preocupava mais com outras coisas.

— Ainda me preocupo. Só não sei por que preciso passar fome para fazer do mundo um lugar melhor.

— Você poderia ter uma vida boa *aqui*.

Contudo, ele continuou a balançar a cabeça.

— Não daria certo, Claire.

Ainda assim, ela insistiu:

— Estão construindo uma clínica nova. Vão precisar de médicos. E, para trabalhos voluntários, os campos de imigrantes estão cheios de estrangeiros ilegais que preferem morrer a ir ao hospital. Você poderia fazer um trabalho e tanto.

— Parece que você já está com tudo decidido.

— Tudo o que estou pedindo é que você pense no assunto.

— E você vai pensar no que *eu* estou sugerindo?

O desespero lhe percorreu o corpo e ela balançou a cabeça.

— Não... não posso.

Nada disso tinha a ver com Matt, percebeu. Nem com o fato de ter se mudado para ali. Tinha a ver com uma pequena rachadura que acabara se rompendo de forma tão silenciosa e gradual que nenhum dos dois havia percebido. Ou talvez tivessem apenas preferido fazer vista grossa. Não fora isso o que sentira naquela noite em que Matt a levara para ver o barco? Ao ver a paixão com que ele construíra aquele barco, ela percebeu que não devia ter sido fácil para ele ter virado as costas para o seu sonho. Mesmo assim, ele o fizera pelo bem dos filhos. Será que Byron teria feito o mesmo? Em outra época, ela talvez tivesse achado que sim, mas agora não tinha mais tanta certeza.

— Talvez você se sinta diferente daqui a um ou dois anos — disse ele, embora Claire pudesse ver em seu rosto que ele sabia que não.

Os olhos dela se encheram de lágrimas.

— Não vai dar certo, não é?

Parecia que alguém virara a chave num cadeado. O rosto de Byron ficou tomado de angústia, aquele rosto querido que ela amara desde a infância.

— Talvez a gente precise apenas ficar um tempo separado — disse ele com uma voz estranha, entrecortada.

Claire mal notara a presença de Melodie falando compulsivamente com alguém na mesa ao lado sobre um remédio para calvície sobre o qual ela lera no *Enquirer*. E de David Ryback numa conversa séria com a esposa loira e cansada, no outro lado do pátio. Ninguém estava olhando para ela e Byron; ninguém parecia se dar conta do abalo sísmico que ocorria entre eles.

— Talvez — disse ela.

A expressão nos olhos de Byron era quase mais do que ela podia suportar.

— Quando eu te disse que viria, naquela primeira vez, nunca imaginei que isso fosse acabar assim. — Um dos cantos da boca de Byron se curvou num sorriso irônico.

— Nem eu.

— Acho melhor eu não ficar. Só iria piorar as coisas. — De repente, Byron teve dificuldade de olhar nos olhos de Claire.

Ela piscou, uma lágrima escorreu pelo rosto.

— Você vai dar notícias?

— Claro. — A voz dele falhou.

Ela sabia que poderia levar meses, anos talvez, até que estivessem prontos para se ver de novo. A única coisa de que tinha certeza é que nunca ficariam sem ter notícias um do outro.

Quando Melodie trouxe a conta, ele jogou algumas notas em cima da mesa. Eles se levantaram ao mesmo tempo, as cadeiras arranhando as lajotas gastas do pátio. Várias pessoas se viraram para olhar para eles, mas, como não havia nada de extraordinário, voltaram para o que estavam fazendo. Foi um gesto natural eles se darem as mãos na saída, não como amantes, mas como velhos amigos consolando um a outro num momento de necessidade.

David demonstrou uma expressão de entendimento quando os viu sair pela porta. Claramente já tivera a sua cota de experiência nesses assuntos.

Eles voltaram andando em silêncio. Quando a casa finalmente surgiu, complementada pela caminhonete de Matt parada na entrada de carros, isso serviu de arremate perfeito para um dia perfeitamente tenebroso.

Matt assumiu a dianteira com um aperto de mão firme e um sorriso simpático.

— Prazer em conhecê-lo — disse ele. — Claire falou muito de você.

— De você também. — Byron forçou um sorriso, olhando impaciente para a casa. Claire praticamente podia ouvi-lo pensar: *Quando será que vou poder pegar as minhas coisas e dar o fora daqui?*

— Vai ficar para o final de semana? — O olhar de Matt estava tranquilo, sem aborrecimentos, sem transmitir qualquer indício de que aquilo tivesse alguma importância para ele. Claire sentiu um rompante de gratidão.

— Na verdade, eu estou de saída — disse-lhe Byron.

O rosto de Matt registrou surpresa.

— Mas você não acabou de chegar?

Claire teve a sensação de que ele queria ir mais a fundo.

— Surgiu um imprevisto — ela acrescentou em seguida.

Byron deu continuidade:

— O cara que ia me substituir ficou doente.

— Que azar — disse Matt.

— Bem... prazer em te conhecer. — Byron estava subindo os degraus que davam para a varanda, os ombros caídos como se suportando o peso da mala que ainda não havia recolhido, quando se virou e disse: — A propósito, gostei do que você fez com este lugar.

Se ele tinha alguma desconfiança de que muito do que estava ali fora fruto do amor, não deixou transparecer. Byron não tinha como saber que, em certos aspectos, Claire considerava aquela casa tanto dela quanto de Matt.

Ela observou Matt ir tranquilamente até a caminhonete e começar a descarregar as ferramentas, e precisou se controlar para não correr para seus braços, pedir a ele que entendesse. Mas ficou onde estava, o olhar fixo na cerejeira florida e nas madressilvas que subiam pela cerca. As árvores antigas que sombreavam o caminho de carros lançavam padrões rendados na grama e, avistando a toca de um rato, Claire pensou em arrumar um gato.

Por que tudo tem que ser tão difícil?, pensou ela.

Decorridos alguns minutos, Byron reapareceu com a mala em punho. De alguma forma, parecia ter encolhido ao descer os degraus, e Claire se compadeceu dele. Não era boa em despedidas — um dos motivos para ter permanecido tanto tempo em Miramonte — e por uma fração de segundo sentiu-se tentada a correr o mais rápido e o mais longe que pudesse. Qualquer coisa que a privasse de dizer aquelas palavras odiosas.

Ela o acompanhou até o carro, onde o abraçou constrangida, preocupada com Matt.

— Dirija com cuidado.

— Certo, mamãe. — Durante anos, implicara com ela por se comportar como Millie, embora dessa vez as palavras fizessem pouco sentido.

— Vou sentir sua falta.

— Eu também. — Ele baixou o olhar, mas não antes de ela perceber lágrimas em seus olhos. — Não vou te desejar sorte na inauguração, pois tenho certeza de que vai ser o maior sucesso.

— Deus te ouça.

Ele a beijou de leve na boca e entrou no carro. Momentos depois, desaparecia ao virar a esquina. Ela o observou partir sentindo um nó na garganta, a luz ao seu redor ficou ofuscante de repente. Não percebeu que Matt se aproximava.

— Posso vir outra hora, se você preferir.

Ela se virou devagar. Sabia o que ele estava querendo dizer. Tinha ele algo a ver com aquilo ou era apenas um observador? Claire não sabia o que responder. A única coisa de que tinha certeza no momento era que, se tentasse falar, não conseguiria.

— Prefiro que você fique — disse por fim, numa voz estranhamente calma.

Ela viu uma luz cintilar nos olhos de Matt, embora fosse óbvio que ele não queria renovar as esperanças. Ele deu de ombros.

— Vou parar de te incomodar logo, logo. Me dê só mais uma ou duas horas.

— Você está com pressa?

Ele tirou a serra elétrica da carroceria da caminhonete e a pôs sobre a grama.

— Depende.

— De quê?

— Se há mais alguma coisa que precise de reparo. — Ele semicerrou os olhos, olhando para o telhado.

— Eu queria que você ficasse para jantar — Claire se pegou falando. — A última vez que te convidei, você disse que ficaria para uma próxima vez.

Ele voltou o olhar para ela, seus olhos castanhos, da cor de chá, ternos e atenciosos.

— Não acredito que tenham sido estas as minhas palavras.

— O Byron não foi embora porque tinha que ir — disse ela. — Nós decidimos que seria melhor assim.

— Foi o que eu pensei.

— Acabou, Matt. Acabou já há algum tempo, eu é que ainda não havia percebido.

— Eu já tinha achado isso também.

— Sério?

— Se você o amasse de verdade, não teria ficado comigo.

Foi como se um nevoeiro tivesse se dissipado. Seria tarde demais? Teria ferrado com tudo? Com toda a calma, ela perguntou:

— Então por que você me pediu para escolher?

— Eu queria que você soubesse o tipo de homem que iria escolher.

Ela ficou um bom tempo olhando séria para ele. Tudo fazia muito sentido agora.

Nenhuma música de fundo tocou quando ele deslizou o braço pelos seus ombros. Os únicos sons foram o chilreio dos estorninhos nos galhos acima e o escape dos aspersores na casa ao lado. Uma sensação de calmo encantamento tomou conta de Claire, um tipo de consciência apurada e trêmula que surge apenas no rastro de uma grande felicidade ou de um grande sofrimento. Ela pensou nas árvores frutíferas que iria plantar — pessegueiros-anões, ameixeiras, nectarinas — e em como ficaria ansiosa para vê-las florescer a cada primavera. A despeito do que acontecesse, sempre teria um lugar para pendurar um comedouro de passarinhos e frutas suficientes para usar em suas tortas.

E alguém para dividir tudo isso.

Kitty chegou no dia seguinte, cheia de desculpas. Enquanto passava por conserto, o aquecedor de água entrou em curto-circuito e ela precisou chamar o eletricista, que ficou prometendo que iria, mas não apareceu. Sean se oferecera para consertá-lo, mas como estava estudando para as provas finais, ela não quis atrapalhá-lo. Ele já fazia muito ao tomar conta de Maddie. Quanto à casa de chá, deixara Willa no comando junto com sua irmã, Daphne, que descansava um pouco do romance que estava escrevendo para ajudar nas contas.

— Me sinto culpada por fazer você vir até aqui — disse-lhe Claire.

Kitty já havia saído para a grande excursão pela cidade e as duas estavam tomando limonada na varanda, onde o último presente de Gerry, um par de cadeiras de vime, estava sendo bem aproveitado.

— Que tipo de sócia seria eu se ficasse em casa? — quis saber Kitty. — E, também não acho que você ficaria satisfeita se eu não viesse. — Radiante com um conjunto de túnica e calças de seda, os cachos compridos da cor de gengibirra descendo em cascata pelos ombros, ela parecia mais relaxada do que nunca.

— Você devia ter me visto há uma semana. — Claire revirou os olhos.

— Bem, sou toda sua nos próximos três dias.

— E, pode acreditar, você vai ter que dar um duro danado.

Kitty riu como se não tivesse nenhuma preocupação no mundo.

— A propósito, quando vou conhecer sua nova família? — Ela olhou ao redor como se esperando que ela saltasse dos arbustos.

Claire lhe dissera que ela chegaria a qualquer momento.

— A Mavis tem uma receita de bolo de uísque que quer experimentar. — Claire mal acreditava como se sentia mais leve. A noite que passara com Matt a ajudara a pôr as coisas em perspectiva.

Kitty recuou para olhar admirada para a amiga.

— Você está diferente. Mudou o cabelo?

Claire correu os dedos por ele.

— Não. Na verdade, estou pensando em dar um corte.

— Então é isso. Você o deixou crescer. Eu *sabia* que alguma coisa estava diferente. — Kitty sorriu, como se essa não fosse a única mudança que tivesse reparado. — É melhor ficar de olho, senão logo, logo vai estar usando um negócio desses aqui. — Ela lançou um olhar torcido para as sandálias Birkenstocks que estava usando.

— Fico descalça a maior parte do tempo.

— Você mudou *mesmo*. — Kitty parecia aprovar.

Em seguida estavam as duas de avental, Kitty medindo os ingredientes para os biscoitos de aveia com nozes-pecãs que iria congelar, e Claire derretendo chocolate para um bolo com camadas, quando Mavis entrou acompanhada por Gerry e as crianças. Sem sequer se apresentar, Mavis largou a bolsa de compras que estava carregando e deu um abraço apertado em Kitty. Ao vê-las juntas, as duas com os mesmos cabelos avermelhados e a tez irlandesa, Claire achou que elas poderiam passar por parentes que não se viam há muito tempo.

— Você deve ser a famosa Kitty Seagrave de quem tanto ouvimos falar. — Mavis recuou, sorridente. — Do jeito que a Claire fala, achei que você chegaria aqui caminhando sobre a água.

— E quase vim mesmo. — Kitty lhes contou sobre a inundação no porão e todos deram uma boa risada.

Gerry virou-se para Claire.

— Ela é exatamente tão encantadora quanto você falou.

— Você deve ser a Gerry. — Kitty a abraçou. — Sinto como se já a conhecesse.

Os olhos se Gerry estavam cristalinos e despreocupados.

— Eu gostaria que você conhecesse meus filhos *mais novos*: Andie e Justin. — Ela deu uma pequena ênfase a "mais novos".

— Você tem filhos? — perguntou Justin, ansioso.

— Uma, mas ela só tem três anos. — Kitty exibiu uma expressão de conforto.

— Sua casa de chá é parecida com esta aqui? — quis saber Andie.

— No astral, sim — disse Kitty. — Aliás, é este o segredo: todo lugar deve ter personalidade própria.

Logo estavam todos conversando como velhos amigos, Kitty os divertindo com histórias de seus clientes habituais. Mavis falando da Carson Springs de sua infância. Gerry os pondo em dia com as últimas novidades no convento.

Pouco depois, Mavis estava ao lado de Kitty em frente à bancada, com Andie descascando maçãs à mesa, enquanto Justin tirava as sementes e as fatiava. Gerry, que se autointitulava um desastre na cozinha, se fizera útil passando os guardanapos.

Ela estava reabastecendo o ferro a vapor com água da torneira quando viu um bilhete enfiado num vaso de violetas-africanas no parapeito da janela:

— "Ansioso pelo grande dia. Com carinho, Aubrey." — Ela leu alto o bilhete e sentiu que ruborizava.

— Para um homem com as malas prontas, ele não parece estar com muita pressa — Mavis observou com ironia.

— Ele vai assistir ao jogo no sábado. — Justin fez o possível para dar a impressão de que aquilo não era nada de mais, mas a expressão em seu rosto o traía: aquela de um menino que já se cansara de examinar as arquibancadas à procura do pai ausente.

— O que é mais do que eu poderia dizer de *algumas* pessoas — murmurou Mavis, que claramente não tinha simpatia alguma pelo ex de Gerry.

Andie surpreendeu a todos, dizendo:

— Você devia se casar com ele, mãe.

Gerry virou a cabeça para ver onde ela estava.

— O quê?

— Ele é exatamente o seu tipo. — Andie foi enumerando os motivos nos dedos: — Enigmático, não está dando sopa... até agora. E ele nunca, nunca mesmo, vai te entediar. Isso sem falar que é louco por você.

— Louco é a palavra certa — brincou Gerry. — Ele não sabe no que estaria se metendo. — No entanto, a julgar pelo rubor em suas faces, ela certamente já havia pensado no assunto.

— Ah, eu acho que ele sabe muito bem — disse Claire.

— Por que não fazemos uma votação? — propôs Kitty como se conhecesse Gerry desde sempre. — Levantem a mão todos aqueles a favor.

Três mãos foram erguidas. Apenas Kitty, que ainda teria que conhecê-lo, se absteve de votar. Claire sabia que eles tinham acertado um direto em Gerry quando ela soltou um grito: havia queimado o guardanapo que estava passando.

— Tenho uma ideia melhor. Por que eu não cuido da minha vida e vocês não cuidam da de vocês?

— Acho que isso quer dizer que eu e o Simon, finalmente, podemos fugir para casar — disse Andie, fingindo que falava sério.

— Só por cima do meu cadáver — rebateu Mavis, com uma expressão de falsa indignação.

— Quando você tiver a minha idade, e sua vida já estiver arruinada, aí vai poder fazer o que quiser — disse Gerry.

Ao ouvi-los falar, Claire, com a mesma cautela que verificaria um dente doendo, pôs-se a verificar o sentimento secreto de inveja que uma vez sentira. Mas em algum momento ao longo do caminho ele se fora. Ela nunca seria tão próxima de Gerry quanto Andie e Justin, mas elas tinham outro tipo de laço: ambas haviam escolhido uma à outra da mesma forma que Lou e Millie a escolheram.

Se ao menos a mamãe e o papai pudessem ver as coisas dessa maneira. Ela sentiu a tristeza aflorar, mas foi mais como uma dor fantasma. Ainda nutria a esperança de que eles aparecessem para a inauguração, porém, se não viessem... bem, eles é que sairiam perdendo.

— Acabei de me lembrar — disse ela. — Em menos de vinte e quatro horas estaremos oficialmente funcionando.

— Isso pede um drinque. — Mavis levantou a garrafa de uísque que havia levado para o bolo. Pegou seis copos da cristaleira e serviu um pouquinho em cada um, incluindo o copo de Justin.

— Vida longa ao Chá & Chamego! — brindou Kitty, erguendo o copo.

— E que haja segundos capítulos na vida — Mavis lançou um olhar significativo para Gerry.

Justin deu um gole do uísque e fez uma careta.

— Eca.

— Você aprende a gostar com o tempo — Andie disse com ar de experiência.

Claire correu os olhos pela cozinha ensolarada, cheia de rostos familiares das pessoas que amava. Não fazia poucos meses que se mudara para ali? Parecia uma eternidade. O futuro não parecia mais tão assustador. Ela dera o salto mais incerto de sua vida ao ir para ali e veja só o que havia acontecido. Todo o resto seria apenas uma repetição.

— Eu não teria conseguido sem a ajuda de vocês — disse ela para todos.

— Bobagem. Para que serve a família? — Mavis se aproximou e a abraçou. Tinha um leve cheiro de uísque, mas num bom sentido... como se se tratasse de um remédio para fazer com que você se sentisse melhor.

— Isso sem falar dos amigos — concordou Kitty.

— Acho que vou passar mal. — Andie fez um barulho de quem ia vomitar.

— Ninguém se mova. — Gerry pegou a máquina fotográfica de dentro da bolsa e, ignorando os resmungos de Andie e Justin, tirou várias fotos.

— Espero que eu não saia gorda nas fotos — disse Andie.

— Você não precisa de uma máquina fotográfica para isso. — Justin parecia feliz por ter acertado na mosca.

— Parem com isso, vocês dois — bronqueou Gerry, embora fosse óbvio que não estivesse se importando muito.

Claire ficou parada, sorrindo. Na sua imaginação, já havia escolhido o lugar na parede de seu quarto onde penduraria a foto.

* * *

Domingo, dia da inauguração, choveu forte pela primeira vez em semanas. Gerry suava frio naquela manhã, enquanto se vestia. Com tantos outros dias para chover! Pobre Claire! Uma imagem lhe passou pela cabeça: uma fileira de bolos, tortas, tortinhas e biscoitos sem ninguém para comê-los. Pois em Carson Springs, onde o sol brilhava o ano todo, uma chuvarada rara como aquela poderia muito bem se tornar uma monção. Em sua maioria, as pessoas ficavam em casa, e aquelas que por acaso estavam na rua saíam em busca do abrigo mais próximo, a gola do casaco puxada para cima para proteger as orelhas. Alguns até poderiam dar uma parada ali, mas a maioria iria optar por ir em outro dia.

A Chá & Chamego não deixaria de funcionar, mas aquilo abalaria sua confiança. E Gerry queria tanto que isso fosse um sucesso! Todos haviam investido de alguma forma, não somente no empreendimento, mas naquela família que era uma costura de várias partes soltas. Enquanto vestia os jeans, Gerry fez uma pausa para rir do tão pouco que compreendia da vida quando era jovem. Imaginava que milagres eram visões da Santa Virgem e que sinais de Deus eram algo como uma chama no meio de uma sarça... mas eram os milagres do dia a dia que a encantavam agora: a filha perdida que voltava, uma velha amiga que ganhava um bebê, um amor inesperado nos lugares menos prováveis.

A lembrança de Aubrey veio à tona mais uma vez. Ela levou a mão ao rosto, que estava quente. No dia anterior, após o jogo — no qual o time de Justin ganhara com o rebatedor circulando todas as bases no *inning* final —, ela passara a noite em Isla Verde e alguma coisa estivera diferente na forma como eles fizeram amor. Embora Aubrey tenha o tempo inteiro se preocupado com ela, houve uma ternura diferente na forma como sua mão se demorou em seu rosto e como sua boca parecera engoli-la. Ele não dissera que a amava, mas as palavras carinhosas sussurradas em seu ouvido transmitiam muito mais. Em determinado momento, sem qualquer razão aparente, ela quase caiu no choro.

Depois, aninhada a ele, caiu no sono, pensando: *Eu conseguiria me acostumar com isso.*

Gerry franziu a testa ao fechar as calças jeans. Por que eles não podiam simplesmente continuar como antes? Lembrou-se do que seu pai costumava dizer: "Se não está quebrado, não conserte." Se cedesse ao que seu coração estava dizendo, ela poderia correr o risco de arruinar um relacionamento perfeito.

Estava prestes a sair quando a chuva cessou de repente. Ela parou na varanda, ergueu os olhos para o céu azul que espiava por entre as nuvens e murmurou: *Obrigada.*

Andie e Justin haviam pegado uma carona mais cedo com Finch. Todos haviam se oferecido como voluntários naquele dia. As meninas iriam atender às mesas, enquanto Justin e Nesto as limpariam. Mavis ajudaria na cozinha. A única coisa a cargo de Gerry seria pegar Sam e Ian. Como era compreensível, Sam estava muito nervosa para dirigir, e Ian, restrito ao banco do carona até tirar o gesso.

Ao parar na entrada de carros, ela viu Ian na varanda com o bebê e sorriu diante da cena: o pequeno Jack dentro de uma bolsa-canguru, como se fosse um canguruzinho agarrado ao peito do pai: os dois igualmente felizes. Ian acenou assim que Gerry desceu do carro.

Ela subiu na varanda devagar, dando-lhe um beijo no rosto.

— Prometa que não vai furar a orelha dele — implicou ela, dando uma puxadinha de leve no brinquinho prateado de Ian. Ela acenou com a cabeça para o gesso apoiado numa tipoia de náilon azul, cada centímetro dele coberto por assinaturas. — Parece que você andou recebendo visitas. Tem alguém que ainda *não* veio aqui?

Ele beijou o topo da cabecinha despenteada de Jack.

— Sou só o cara que faz a recepção. Este rapazinho aqui é que é a atração principal.

Gerry, que nem em um milhão de anos achou que sentiria inveja da melhor amiga, olhou nos olhos azuis cintilantes do bebê e sentiu uma onda de... de quê? Não de desejo, algo mais para um sentimento de nostalgia por um tempo que já havia passado. Ah, pela oportunidade de começar tudo de novo e então fazer dar certo!

Sam estava vestida e pronta para sair quando a amiga entrou. Gerry deu uma olhada para ela com um vestido de seda justo e disse:

— Eu te odeio. Como você pôde caber nele assim tão rápido?

— É fácil. Estou toda enfaixada. — Sam deu uma volta para mostrar a Gerry os nós nas costas. — Pega isso para mim? — Ela gesticulou para a bolsa do bebê enquanto saía à procura da cadeirinha do carro, gritando por cima do ombro: — Eu tinha me esquecido da parafernália que a gente carrega. Sair de casa com um bebê é como fazer uma viagem à Europa. — Ela não parecia nem um pouco aborrecida com o fato de que, na sua idade, *poderia* mesmo estar viajando para a Europa.

Eles chegaram ao Chá & Chamego e encontraram tudo no lugar... e todos na maior tensão. Pouco passava das dez e meia, com a abertura programada para as onze. A sala brilhava por conta da faxina que Claire e Kitty tinham dado na noite anterior e as prateleiras da vitrine estavam cheias de tortinhas que mais pareciam joias, pãezinhos rechonchudos e muffins, bolos e bolinhos, tortas de frutas e torteletes. Havia um vaso de rosas amarelas sobre o móvel do gramofone ao lado da porta e um vasinho com um ramo de clematites sobre cada mesa.

Maude Wickersham, com um vestido de seda lilás, mais apropriado para um chá da era eduardiana, postara-se na porta da frente.

— Vocês perderam toda a confusão — disse ela, com os olhos azul-claros da cor de pervinca.

— O alarme de incêndio disparou e os bombeiros ficaram ávidos para entrar — explicou Laura.

— Acho que eles queriam ser os primeiros a comer tudo. — Alice, de calças afuniladas e blusa azul-turquesa brilhante, foi para o lado da irmã. — A Claire os mandou embora com um saco cheio de pãezinhos doces.

— Como está o meu neto favorito? — Wes fez cócegas no bebê, que olhou fascinado para o avô grande e barbudo. Ele podia ter dúvidas se teria ou não outro filho, mas estava claramente apaixonado por Jack. — Quer que eu o pegue? — perguntou a Ian.

— Só para lembrar, se precisar trocar a fralda, ele é todo seu. — O sorriso de Ian, à medida que tirava Jack cuidadosamente do carrinho, era de pura ironia. Wes não fora o mais atencioso dos pais, ocupado demais em construir um império, mas agora que Ian era pai, ele pensava de outra forma.

Gerry sentiu inveja de Ian. Por que ela não conseguia fazer o mesmo: esquecer o passado e olhar para o futuro? *Encare, você é uma farsa, uma falsa.* Sempre encorajando os amigos a andar para a frente, enquanto ela própria recuava. Não era de admirar que ela e Aubrey formassem o par perfeito: de um jeito ou de outro, os dois haviam empacado.

Claire pôs a cabeça para fora da cozinha para anunciar alegremente que, se mais alguma coisa desse errado, ela daria um tiro na cabeça, enquanto Kitty permanecia serena à bancada, decorando um bolo com rosinhas de açúcar feitas na última hora. Mavis estava fazendo a checagem, vendo se todos os açucareiros estavam cheios e todos os guardanapos arrumados em suas argolas. Arrumara os cabelos no dia anterior no Salão Corte & Encante, um penteado levemente enrolado para cima que lhe fizera parecer anos mais jovem. Gerry não podia se lembrar da última vez em que vira a mãe tão animada.

Poucos minutos antes das onze, as pessoas começaram a chegar aos poucos. Rose e Olive Miller, com vestidos floridos e chapéus, acompanhadas pelas netas louras de Rose. Elas presentearam Claire com uma antiguidade da época em que o Café da Lua Azul pertencia ao pai delas: um fonógrafo automático de mesa. Em seu rastro, chegaram o reverendo Grigsby e sua esposa *mignon*, Edie, seguidos por Carrie Bramley, a nova e bela organista da primeira igreja presbiteriana.

A bibliotecária-chefe, Vivienne Hicks, chegou de braços dados com Tom Kemp, o que foi uma grata surpresa para Gerry; ela não sabia que Tom e Vivienne estavam namorando. Via agora que eles faziam o par perfeito: os dois angulosos e fãs de leitura com uma tendência a ruborizar por qualquer motivo — como estava acontecendo agora. Quando Sam se aproximou para cumprimentá-los, como se Tom não fosse nada além de um velho amigo da família, Vivienne ficou aliviada.

Tom analisou o bebê aninhado nos braços de Wes.

— Olha só estes cabelos!

Os cabelinhos finos que Jack apresentou ao nascer tinham se transformado em um topete encaracolado. Wes parecia tão orgulhoso quanto se fosse pessoalmente responsável por isso.

— Ele é um Carpenter, afinal de contas.

— Acredito que eu talvez tenha tido alguma coisa a ver com isso — disse Sam, com a voz suave.

— Parabéns, Sam. Ele é lindo. — Vivienne parecia especialmente interessada, e Gerry lembrou-se de como ela defendera Sam no ano anterior, quando Marguerite Moore tentara tirá-la do cargo de presidente do comitê do festival de música. Quem sabe? Talvez no próximo ano eles estivessem dando os parabéns a Vivienne.

Myrna McBride, da Livraria Última Palavra, apareceu trazendo um livro de receitas para Claire.

— Pelo que estou vendo, você não vai precisar dele — disse ela, observando, encantada, a vitrine.

Claire agradeceu mesmo assim.

O ex-marido de Myrna chegou minutos depois. Perry McBride, homem de queixo e ombros caídos que lembrava Ichabod Crane, o personagem de um conto de Washington Irving, claramente havia pensado em algo parecido: presenteara Claire com um belo livro de fotografias de bules de chás colecionáveis. Gerry viu que ele lançou um olhar presunçoso para Myrna ao lhe entregar o que claramente achava ser o presente mais adequado.

Lupe e Guillermo entraram em seguida, de mãos dadas como dois adolescentes — apesar de estarem casados há cinquenta anos —, acompanhados pelo veterinário grosseiro, dr. Henry, e por Avery Lewellyn, homem gordo e de barba branca que, apesar da ausência da roupa vermelha, era a imagem perfeita de Papai Noel.

Mais da metade das mesas estava ocupada quando Fran O'Brien chegou com seus filhos adolescentes, altos e robustos. Embora parecesse anã perto deles, a ruiva, determinada, exibia um ar de domadora de leões no comando. Gerry lembrou-se de que fora Fran a primeira pessoa a lhe dizer que aquela casa estava à venda.

— Checando a concorrência? — implicou Gerry, enquanto os acompanhava até uma mesa.

— Já posso ver que estou encrencada. — Fran, com os cabelos ruivos e crespos saltando do coque no alto da cabeça como fagulhas saindo de um fogo de artifício, correu os olhos pelas bandejas que circulavam.

David Ryback chegou sozinho, explicando que a esposa ficara em casa tomando conta do filho. Gerry achou que havia mais coisa por trás disso: corriam boatos de que o casamento deles estava no fim. Melodie Wycoff afirmava que ele ficava horas depois do expediente com Delilah Sims, com quem dividia a paixão por literatura... e talvez outras coisas mais.

Mas foi Monica Vincent que roubou a cena, quando entrou em sua cadeira de rodas, envolta por camadas de uma seda vermelha diáfana. Gerry levou um tempo para reconhecer que o que ela vestia era um sari. Desde quando Monica se tornara indiana? Em contraste, sua irmã, Anna, parecia ainda mais apagada do que nunca.

Matt foi cumprimentá-las.

— Anna... Monica. Tiveram problemas para subir a rampa?

— Foi você que a fez? — Anna era bem bonita quando sorria.

— Com minhas próprias mãos. — Ele as levantou como se para lembrar Monica do pagamento do trabalho que ela ainda lhe devia.

Mas, se Monica se lembrou, não deixou transparecer.

— Bem que estou precisando de mãos assim lá em casa. — Ela hesitou pelo tempo suficiente para que o duplo sentido de suas palavras fosse entendido.

Ignorando-a, Matt virou-se para Anna, perguntando:

— Como está aquele cano?

— Bem... obrigada. — Anna corou e explicou para Monica: — Aquele cano debaixo da pia estava vazando. O Matt foi gentil em consertá-lo. — Anna, obviamente, se referia à casa que ela dividia com a mãe.

— Que gentil — disse Monica, com falsidade.

Gerry as conduziu até uma mesa ao lado da janela, onde Monica ficaria sob uma luz ofuscante. Ao seu lado, Anna se sobressaiu inesperadamente, a pele branca ganhando um tom rosado.

Quando finalmente parou para dar uma olhada no relógio, Gerry se surpreendeu ao ver que já era quase meio-dia. O que estaria prendendo

Aubrey? Será que havia acontecido alguma coisa? Era bom que Justin, trazendo e levando pratos, estivesse ocupado demais para notar sua ausência. A última coisa que seu filho precisava era de mais uma decepção na vida. Ela, por outro lado, ficaria agradecida se Aubrey não aparecesse. Não estaria tudo resolvido se ele se enfiasse num avião e a poupasse de ter de decidir o que fazer?

Esse pensamento não lhe trouxe qualquer conforto.

Decorridos alguns momentos, ela se esqueceu de Aubrey quando Kevin e Darryl passaram pela porta. Gerry correu para eles e abraçou o irmão.

— Kevin! Eu estava começando a achar que vocês não viriam.

— Problemas com o carro. Nunca acredite quando um gay diz que viu o motor do carro. — Darryl piscou e ela se lembrou de que Kevin e ele haviam decidido aproveitar e tirar umas miniférias, dirigindo pela costa.

Kevin recuou para dar uma olhada rápida na irmã.

— Você está bem, Ger. Homem novo na sua vida?

— Até parece que você não sabia.

— Ele ainda está dando uma de difícil... ou o contrário?

— Eu me recuso a responder, acreditando que isso possa vir a me incriminar — disse ela com uma risada. — O que temos aqui? — Espiou dentro da sacola de compras que Kevin estava segurando.

— Temperos do Oriente. — Com um casaco esportivo Armani, seu irmão se sobressaía num mar de roupas de brim. Ele correu os olhos pela sala lotada. — Onde está a Claire?

— Na cozinha. Onde mais?

— Vou ver se ela precisa de ajuda. — Kevin já estava tirando o casaco e arregaçando as mangas. — Darryl pode divertir as senhoras durante minha ausência. — Era uma brincadeira entre os dois, pois seu namorado, uma versão mais jovem de Al Pacino, sempre atraía as mulheres... mesmo aquelas que sabiam que ele era homossexual.

Gerry estava levando uma das novas mamães, colega das aulas de parto normal de Sam, até uma mesa, quando padre Reardon apareceu. Ele deu uma mãozinha para Emma Pettigrew, com seus dois filhos menores, enquanto ela tirava o bebê do carrinho. Emma lhe ficou extremamente grata e aproveitou a oportunidade para perguntar se poderia passar mais tarde na residência paroquial para acertar uma data para o batismo.

Gerry o levou para um canto.

— Que bom que você veio! — Ela se sentiu honrada, sabendo que ele havia pedido ao padre Hurley, seu amigo, que estava de visita na cidade, vindo de Seattle, para rezar a missa do meio-dia por ele.

— Você conhece a minha fraqueza. — Ele olhou ansioso para a vitrine.

— Guardei um pedaço de bolo de uísque para você — confessou ela, em voz baixa.

— Desde que isso seja um segredo só nosso. — Com uma piscada, ele relanceou para Althea Wormley, presidente da Associação de Acólitos, comendo avidamente uma torta de morango com camadas de creme chantili. — Se Althea ficar sabendo, vai achar que estou seguindo os passos do padre Kinney. — Ele estava se referindo ao seu antecessor, que se submetera a um tratamento de reabilitação de alcoolismo.

— Eu o trarei dentro de um saco de papel marrom — brincou ela, embora estivesse com o coração pesado. Onde Aubrey se metera?

Ela já havia perdido as esperanças quando, da mesma forma repentina que o céu limpara, ele entrou pela porta. Cabeças se viraram e as pessoas ergueram o olhar. Foi como se Aubrey tivesse surgido da fumaça que subia como mágica dos bules de chá. Não se tratava apenas de ele ser famoso. A festa não havia começado até ele chegar.

— Você não está com sorte — Gerry disse a ele, o coração de repente batendo forte demais. — Acabei de ocupar a última mesa.

Ela olhou encantada ao redor: a inauguração estava sendo um sucesso. Todos os muffins tinham acabado e sobravam apenas algumas tortinhas na vitrine. Quando Kitty apareceu com uma bandeja de pastéis de maçã recém-saídos do forno, eles desapareceram de uma só vez. Gerry se perguntou se Claire, que de vez em quando saía da cozinha com uma expressão preocupada, tivera a oportunidade de se dar conta disso. Provavelmente não. Mais tarde, quando os pratos estivessem lavados e guardados, ela iria curtir o sucesso.

— Não me importo de sentar na varanda — disse ele. — Você me acompanha?

Ela hesitou, não querendo abandonar seu posto. Somente quando Sam, sentada perto deles com o bebê no colo, olhou em seus olhos e fez um gesto de cabeça, foi que Gerry aceitou, relutante:

— Está bem, mas só por alguns minutos.

Na varanda, as cadeiras de palha rangeram quando eles se sentaram. O burburinho vindo ali de dentro era um zumbido agradável. Gerry viu que as ipomeias plantadas apenas semanas atrás já estavam subindo pela cerca. Dentro de pouco tempo, elas iriam precisar de poda.

— Estou feliz pela Claire — disse ele. — Parece que tudo está acontecendo do jeito que ela esperava.

— E não foi só sorte.

— Claro que não. E você também teve uma participação nisso.

Gerry se virou surpresa para ele.

— O que eu fiz?

— Se você não tivesse ido com ela ver a mãe, talvez isso tivesse acabado de outra forma.

— Não pensei nisso na época — disse ela, encolhendo os ombros. — Apenas fiz o que julguei certo.

— Palavras de mãe. — Ele sorriu e estendeu o braço para lhe pegar a mão.

— Eles mandaram balões — disse ela. — Você acredita? Com um cartão dizendo: "Desejamos Boa Sorte. Mamãe e Papai". A Claire tentou não deixar transparecer, mas sei que ficou magoada. E sabe de uma coisa? Eu gostaria que eles *tivessem* vindo. Assim parece tão... incompleto.

— Por falar em incompleto. — Os dedos lhe apertaram as mãos. — Há uma coisa que eu acho que você deveria saber.

Gerry sentiu um aperto no coração. Aquela noite no hospital nada fora além de cavalheirismo e agora ele estava ficando inquieto. Ela podia ver isso em seus olhos: a necessidade de seguir em frente. E, embora isso fosse o que ela queria, ou o que vinha dizendo a si mesma que queria, parecia que uma porta lhe era batida na cara.

— Sou toda ouvidos. — Ela tentou soar natural, mas as palavras saíram como uma pedra rolando morro abaixo.

Aubrey hesitou, um silêncio preenchido pelo som do sangue circulando em seus ouvidos. Então ele disse baixinho:

— Sei que prometemos um ao outro não deixar que isso ficasse fora de controle. "Amizade colorida", acho que foi esse o termo que você usou. — Ele sorriu. — Mas fui sincero no que disse a outra noite... acho que está na hora de revermos isso.

Ela não pôde deixar de perguntar:

— E quanto a Isabelle?

Seu olhar foi sincero quando respondeu:

— Não vou fazer promessas que não poderei cumprir... e eu não poderia esquecê-la mesmo que tentasse... mas há uma diferença entre zelar pela memória de alguém e, como você mesma coloca de uma forma bem singular, se atirar na fogueira. — Ele fez uma pausa, seus olhos examinando o rosto de Gerry. — E quanto a você, minha querida, vai ficar para a segunda rodada?

Gerry sentiu o bolo apertado no qual seu coração se transformara começar a se desdobrar em pétalas.

— Sempre achei que havia algo de nobre em não precisar de um homem. Como se eu merecesse algum tipo de medalha por isso. — Sua boca se curvou num sorriso arrependido.

— Em vez disso, você aceitaria uma aliança? — Aubrey pegou alguma coisa do bolso: uma caixinha de veludo.

Gerry ficou olhando para ela, uma onda de arrepios se espalhando pelos seus braços e pescoço.

— Foi por isso que eu me atrasei — continuou. — Mandei vir de Londres por um mensageiro. — Ele abriu a caixa e um diamante com corte retangular reluziu num brilho tão ofuscante que a fez engasgar. — Era da minha mãe. Ela gostaria que ficasse com você.

— E... e quanto a Isabelle? — Logo em seguida, Gerry sentiu vontade de morder a língua. Que jeito de estragar o momento.

Mas Aubrey estava com o rosto relaxado e o olhar inalterado.

— A verdade é que a minha mãe nunca gostou muito dela — disse ele, encolhendo os ombros. — Eu nunca soube bem por quê. Talvez porque fossem muito parecidas, mas de você, por outro lado, ela teria gostado. — Ele a observou com ternura. — Minha mãe não tinha o menor senso de humor, mas gostava muito disso nas pessoas.

— Não consigo pensar em nada de engenhoso para dizer agora. — Gerry começou a tremer.

— Neste caso, não diga nada. — Aubrey deslizou o anel pelo dedo dela. Como esperado, serviu completamente.

Gerry levantou a mão, virando-a para os lados. O anel cintilou como se sinalizasse em código Morse. Qual seria sua mensagem? Ela o observou por um bom tempo, antes de desistir e ouvir o próprio coração. As palavras vieram então, sem esforço.

— Detesto casamentos grandiosos — disse ela.

— Também penso o mesmo.

— Podemos casar em Las Vegas.

— Sua família jamais nos perdoaria. — Família, ah, meu bom Deus. Será que Aubrey fazia ideia de onde estava se metendo? Seus medos desapareceram quando ele acrescentou. — Conheço um rapazinho que adoraria te levar ao altar.

— Com Andie e Claire como damas de honra.

— E Sam como madrinha.

— Segurando um bebê em vez de um buquê de flores. — Ela riu.

Bem, não foi tão difícil, pensou. Apenas uma questão de pôr um pé na frente do outro. Antes que se desse conta, já estava lá. Ela apertou a mão de Aubrey e uma sensação de paz se apoderou dela. Não se tratava de um cavaleiro montado num cavalo branco. Ela havia salvado a si própria... e resgatado algo importante ao longo do caminho: a coragem para amar de novo.

Ela sorriu para Aubrey, entre lágrimas.

— É melhor nós voltarmos. As pessoas devem estar se perguntando por que estamos demorando.

— Daqui a pouco — disse ele.

Pela primeira vez, ela não discutiu.